KUWEI
酷威文化
图书 影视

九鹭非香
著

我的奇异时光

上

江苏凤凰文艺出版社
JIANGSU PHOENIX LITERATURE AND ART PUBLISHING, LTD

目录

Contents

第一章

Chapter 1

怼王的日常

“我觉得李怼怼就是喜欢你。”李陪陪一边吃着烤翅，一边和我说，“上次你在楼下和你那个什么老同学聊天的时候，我看见他抱着手站在楼道口，面目不善地盯了那个老同学好久。”

我给刷子蘸了酱油，放在烧烤架上一边烤，一边瞥了她一眼：“你对感情的感觉就没有正确过，我不相信你。”

虽然李陪陪是李怼怼的妹妹，但因为这货有点缺心眼，所以我从来不相信她的直觉。

尽管……他们同为吸血鬼。

“我也觉得李怼怼喜欢你。”摊在鱼池边上的美人鱼美美抓了一条烤鱼吃了起来。

我嫌弃地盯着她：“美美，你们美人鱼也要吃鱼？”

“鲨鱼也要吃鱼，你怎么不问为什么？”

她说得好有道理，我一时间竟接不上别的话来，唯有堵上一句：“少吃点，看你都胖成什么样了，鲨鱼都没你那么宽的臀围。”

“你别想岔开话题。”她不为所动，懒懒地摆动着她的鱼尾巴，“上次我看见李怼怼在公交车站等你呢，下小雨的时候，他还把他那把大黑伞给你了。咱们房东是什么人，能随随便便对人好吗？”

“嗯，没背后阴你就不错了，还对你好？还给你伞？”李陪陪咬下一块肉，一边嚼一边附和美美的话，“他如果对你没有意思，那难不成还是他转性了？这个概率大概比天塌下来还小一点。”

“给我伞是因为我没有伞啊，而且给了我伞，他马上就走了。”我解释，“你们不要想太多了。整栋楼就你俩最八卦。”

“我……我也觉得房……房东大人喜欢你。”

旁边传来少年怯怯懦懦的声音，我转头一看，狼人小狼拿了一根烤玉米在角落里蹲着。

说了一句话，他已经羞红了一整张脸，见我瞅他，更是害羞，垂着头，抱着玉米，像蚊子一样讷讷道：“你们……不是因为我遇见的嘛。”

是，我和李怼怼是因为小狼遇见的。

在那个月圆之夜……虽然在重庆这样的城市里，月圆之夜很少有能见到月亮的时候，但是这并不妨碍身为狼人的小狼，化身为狼。也不影响化身为狼的他，抢走我唯一的口粮。

我之前二十三年的人生，过得顺顺当当，平平淡淡，上学，恋爱，失恋，毕业，然后开始做自己喜欢的事情——画漫画。

很可惜，我可能并不是一个有趣的人，所以编辑给我的评价是“你的画工可以，但内容太无趣了”。

那段时间，几乎是我人生的最低谷。

失恋，失业，不被父母理解，没有朋友鼓励，梦想像个白日梦，现实一片狼藉，前途一片黯淡。

我用最后的余钱，买了最后一个星期的口粮，我想着，混完这个星期，房租合同到期了，吃了这些粮食，我就回去接受父母的安排，老老实实地做一个“干正事儿”的人。

但万万没想到，就是在这样的境地里，我最后的口粮都被人抢了……

还是被一个狼人抢了。

追上去的时候我是没有犹豫的，一心只有一个想法，绝对不能让我的食物落到别人手里！

就算追梦的时间只剩一个星期，我也要坚持到最后那一分钟！

口粮，万万不能丢！

山城的地形相当奇怪，抢我口粮的“人”在下面平地跑，我在高一截的上面平地跑，眼看着他要拐弯，跑到我追不到的地方了，我一咬牙一闭眼把命豁出去了，直接从上面往下飞身一扑。

当我抱住抢我东西的“人”时，我才发现好像有哪里不对。

这个“人”……

肩好宽，毛好多……

我从上面扑下来，挂在他的脖子上，拉扯得我手臂肌肉撕裂一样的痛，但是他居然一步也没有挪动。

我在他身上闻到了一股野兽的味道。我感到他慢慢转过头来，盯住了挂在他背上的我，他幽绿的眼睛阴森且可怕，唇边的獠牙夸张而醒目……

妖……妖怪?

在他开口之前，我“啪”给了他一巴掌，把他转过来的头又狠狠地抽了回去。

“啊！救命！”我手忙脚乱地从他身上爬下来，又连滚带爬地往旁边跑，一边跑一边捡地上的石头回头砸他，我“啊啊啊……”叫：“救命！有妖怪！”

妖怪那边委屈巴巴地吭了几声，竟然没有追我的动静。

可我一心只想着逃跑，惊慌失措地喊着跑出去十来米，忽觉后领被人一提，我像一只鸡一样被拎了起来。

面前的人，金发，戴金边眼镜，穿着一身西装，一手提着我，一手揣在兜里，满脸的不耐烦与嫌恶：“喂，你吓到我的宠物了。”

我呆呆地盯着面前的人，又转过头去看那边的妖怪。

宠物?

那个快两米的、宽肩窄腰、浑身长毛、耳朵竖立的妖怪是他的宠物？我不能理解这境况，且让我更不能理解的是，当妖怪看到这个男子的时候，一脸毛背后的眼神倏尔一变。

他把我那塑料袋子里面的巧克力一把抓出，连包装纸都没有撕，直接往嘴巴里面塞。

“啧。”拎我的男子一啧声，揣在兜里的手终于掏了出来，只见他指尖一条金色铁链蹿出，以迅雷不及掩耳之势，箭一般射了过去，蛇一样缠绕住妖怪的嘴，将他的脑袋往后面一拉，就这样硬生生地打断了他吃巧克力的动作。

“唔！”妖怪要说话，可是被铁链子绑了嘴，他什么都说不出来。

男子手中又一用力，狠狠地将妖怪拉了过来，他像座山一样，“咚”一声摔在男子脚下：“说了多少遍，你们狼人不要随便吃巧克力，会死的。”

我眼巴巴地看着这一出有点玄幻的戏，一时间感觉脑子不太够用。

而抛开一切，我此时只有一个疑问：“吃了巧克力会死的不是狗吗？狼也会？狼人也会？”

金发眼镜男转头看我，眯起了眼睛：“作为一个人类，你的胆子很大。”

他刚说了这句话，地上那身形如山的狼人像小孩在使脾气一样，奋力爬起来，将金发男一推，力道之大，径直将金发男推向旁边的阶梯。

金发男提着我，于是我也跟着摔向旁边的阶梯，我紧紧闭上眼睛，只想着这么大的力气，我脑袋撞在石梯上，非撞个脑浆迸裂不可了！

然而预想的疼痛并没有来到。

我只觉在摔倒在地之前，有人的手抚住了我的后脑勺，接着抱着我一转。

我压在了谁的身上，撞上了谁……的唇。

我睁开眼，与金发男四目相接。

我感觉我的嘴破了皮，有血流了出来，染红了他本来颜色浅淡的唇瓣，就是这一抹红，让他连眼珠子看起来都更亮丽犀利了一些。

他的眼神我不太懂。我只微微抬了一点头，察觉我俩以一个很暧昧的姿势摔倒在阶梯上，我在上，他在下。

他一手按着我的后脑勺，一手……不巧，撑住了我的胸……

“啊！”我惊呼一声，踉跄爬起，退后两步，捂胸站定，我惊魂未定地看看他，又看看旁边的妖怪，又看看他。

他这才从阶梯上坐起来，伸出舌头，动作缓慢地，带着几分我说不出的湿润感，舔干净了唇上的鲜血。他垂头坐了一会儿，不知道为什么，我见他深呼吸了几口气。然后一抬头，目光直接掠过我，盯住后面的狼人："出门开个会，你就给我惹事。"

狼人浑身一抖："我……我……我变成这个样子之后，我真的控制不住自己！我真的很想吃巧克力！"

我："……"

对不起哦，这么穷的我，也因为馋，所以多买了几块巧克力，馋到你了真的很抱歉！

我觉得可能遇到了假狼人……

"回去关禁闭。"

金发男发了话，站起身，手一转，掉在地上的铁链就自动钻进了他的掌心，铁链在狼人刚才挣扎的时候，已经从嘴巴滑到了他的脖子上，金发男也没有解开，就这样牵着他走了两步，待到狼人走到我身边的时候，金发男脚步一顿。

"嗯？"他在阶梯上一回头，瞥了狼人一眼。

狼人眼巴巴地望着他："怎么了？"

"把人扛走。"

"扛她？"

"扛我？"我愕然。

"她看见了你的模样，扛走。"

我转头望着狼人，只见一脸可怕的长毛的他挠了挠头："不好意思啊。"

然后，他一巴掌挥来，我的世界就陷入了黑暗。

我醒过来后，就住进了这栋八层楼的老旧居民房，我知道了金发男名叫李怼怼。他是个吸血鬼，可以在白天出门的那种厉害的吸血鬼，他也是这栋楼的所有者，而这栋楼只租住给这些传说中的妖魔鬼怪居住……

除了我。

小狼在没有变成狼人的时候，就是一个瘦弱的少年，十分害羞，甚至懦弱，他看了我一眼，继续说："那天啊，你们相遇的那天，房东大人抓我回来之后，我就被房东大人关禁闭了。

"当然是关在我的房间里，我房间里有一面很大的镜子，房东大人把我关在铁笼子里后，他自己在镜子面前站着失神了好一会儿的。"小狼低头悄悄说了句，"还摸着嘴巴……"

我恍然间想起了那天慌乱之中的触碰，那根本连吻都算不上吧，李怼怼身为一个吸血鬼，不会……还在意这个吧?

我还在琢磨这事儿，忽听楼顶房门"嘭"被人推开。

从来都是一脸高冷的李怼怼站在了那方："和你们说了多少次。"他眯着眼，一脸不爽，"不许在楼顶烧烤。"

李怼怼之所以叫李怼怼，因为他会无差别地狠怼所有人。

究其原因，我认为李怼怼这个吸血鬼，大概讨厌世界上的所有人。

看见李怼怼来了，小狼一口玉米噎在喉咙里，咽也咽不下去，美美急着往鱼池子里钻，我继续垂头烤肉，李陪陪是最有战斗力的一个，撸起袖子就打算和她哥干一场，但却被他哥开口第一句话就打蔫了。

"李陪陪你房租交了吗？"

李陪陪默默地把袖子放了下来："学校工资还没发……"

李陪陪在吸血鬼学校当授课老师，每天上班时间晚上十点到凌晨四点，算是他们非人类世界的公务员，死工资，没提成，偏偏李陪陪自己喜欢浪，浪出了一身债，只好住在她哥的破居民房里，接受每月一次的资本凌辱。

"那你站起来干什么？"

"坐久了……起来活动活动。"李陪陪这样说着，又老实地坐下了。

把李陪陪的气势打压了，李怼怼目光一转，瞥见旁边在奋力往鱼池里钻的美美，金边眼镜背后的眼睛微微一眯："余美美，你的肉把鱼池里的水都要挤干了，别扑腾了，给我起来。”

余美美湿答答地坐起来：“房东好啊……我有点缺水……”

“你这个月的房租呢？”

余美美苦了脸：“冬天，水冷，江里的鱼不好骗，大的也没几条了，生意不好做……”

美美在菜市卖鱼……用美人鱼的力量把江里的鱼骗过来，挑几条大的，然后拖到市场上去卖掉。从某种角度来说，她就是他们鱼界的“人贩子”，还是鱼界的“吃人族”。

我觉得她其实是个很可怕的美人鱼，但她倒是觉得自己很有道德，毕竟从不卖小鱼，也不一网打尽，够自己日常开销就满足了。

李怼怼盯着她手上的烤鱼骨头：“那你还有资格吃鱼？”

余美美憋屈地把鱼骨头丢进了鱼池子里：“我就舔舔……鱼骨头……”她手往旁边一指，“小狼也在吃肉呢！”

李怼怼又转了头，盯住蜷缩在角落里已经被玉米噎青了脸的小狼：“你？你还有资格吃？”

小狼脸色一变，鼓了一口气，挤得脸一红，毛一爹，显了狼头，喉咙变粗，这才把那玉米咽了下去，气都没敢多喘两口，就连忙道：“我吃的素……我……我马上就回去工作！”

小狼欠了李怼怼大概半年的房租。

他是个业余的作曲人，专业的不赚钱的架子鼓手。虽然他平时看起来唯唯诺诺，就算化身为狼之后，也是软软的，但在敲起架子鼓的时候……他就变成了真正的狼人。

以前小狼还混乐队，让乐队唱他的曲子，把乐队唱垮掉之后，就一直住在李怼怼的居民楼里，继续写曲投稿，郁郁不得志至今。

李怼怼“哼”了一声：“一个能按时交租的都没有。”他话虽然这样说的，但那个语气却仿佛在说，一群垃圾，一个能打的都没有。

然后……

他的目光落在了我身上：“苏小信。”他对我也没好气，“你欠了三个月，一共四千五。”

这栋八层楼的老旧居民房其实，一层楼两户，一户一室一厅一厨一卫，其他人的租金都是一千，但因为我住顶楼，带了个“楼顶花园”，虽然余美美泡着的这个鱼池经常漏水到我的客厅里，但因为带“花园”，李怼怼就强行给我涨了五百块房租。

而和我同一层楼的邻居李陪陪，他寻了个“亲情价”的由头，还是只收她一千的房租。

我知道，李怼怼就是在针对我。

李怼怼讨厌所有人，尤其讨厌我。

因为他是那么固执守旧的一个人，而我却打破了他的常态，窥见了他们的世界，以致他不得不接受我这个普通人类住在这栋只允许“非人类”住的楼房里。

所以我这三个妖怪基友跟我说什么他喜欢我，我真的是一个字都不会信。

而就算李怼怼这么针对我，我也还是要住在这里。就算我现在的生活已经越来越偏离正常人的轨迹，我也还是要住在这里！就算有时候甚至会受到来自这些非人类的一些攸关性命的威胁，我也依旧要住在这里！

不是因为我有多喜欢这里，也不是因为我有多喜欢这些非人类，而是因为，他们让我脱离了那样平淡、无聊且一筹莫展的生活，他们让我有故事可以讲，他们……

给了我稿费！

尽管稿费不太够用！可我还是很庆幸，在那个纠缠着霾和浓雾的夜里，有个狼人抢了我的口粮，以至能让我撞见这个世界的另一面。

“我稿费下周到。”我回了李怼怼的话，对他的态度无动于衷。

因为我也发现了，对李怼怼这种看不惯所有人的人来说，你就不用指望做什么事能博取他一点点好感了，你唯一能对他做的，就是怼回去。

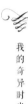

而在不占理、怼不回去的时候，最好表情冷漠声音平淡，看起来一副胸有成竹，并不怕你的模样。因为这样一来，他怼我，他也不

会有多爽就是了。

李怼怼对于我被怼的态度果然不爽了，他抱起了手。

李陪陪在旁边用手肘捣了我两下，就像小学课堂上，想提醒被老师关注的同桌一样。

“我没记错，前几天，你那个做编辑的同学来找你，应该给过你转过一笔稿费，有钱花，没钱交租？”

我转头一看，楼顶烧烤四人组，除了我，他们仨跟死了的鸡一样安静。就钱这个问题，没有人敢在李怼怼面前吭上一声。

我觉得我不要做一只死鸡，于是我昂了头，盯着李怼怼，沉着道：“房顶漏水，楼道缺灯，厕所经常堵，热水器也坏了，我给你的楼顶搞了个大检修，钱都花在里面了，照理说这些钱应该房东付的。”

我手一指：“那边就是这儿唯一的公交车站，直线距离三百米，但因为重庆地形是山地，所以走下去要十五分钟，就目前重庆的房价，你这八层旧居民楼，位置偏，楼房旧，交通不便，物管电梯都没有，40平方米的小房间，租个八百块都是抬高房价。收我双倍房租几个月，你就欺负我是人类吧？”

我一通话说完，楼顶一片死寂，三个非人类呆呆地看着我，目带崇敬。

而李怼怼片刻后，竟然丝毫不为所动地凉凉道：“就是欺负你是人类。”他一字一句地问，“怎么了？”

对于这种吸血鬼我是很想泼他一脸炭的，但……这种情况……我咽了一肚子火，微微一笑：“我下周给你房租。”

他这才大摇大摆地离开，关上楼顶房门之前，摆手说了一句：“楼顶给我收拾干净。下次再发现私自烧烤，通通给我罚款。”

“嘭！”

大门关上，我们四个像斗败的鸡，李陪陪拍了拍我的肩：“小信，下次再努力。”

我咬了一口有点糊的烤串，心里盘算着，今天的更新，把李怼怼画成猪算了。

第二章 Chapter 2

非人类

读者觉得我是个奇幻漫画作者，其实不是，我是货真价实的写实派。

我目前在网上连载的漫画叫《吸血系列——吸血亲王怼穿肠》，主人公当之无愧的是李怼怼，画的，大概就是他的收租以及怼人日常。

读者们都觉得有趣极了，虽然我是不太理解为什么会有人觉得这样怼人的李怼怼帅破天际，但读者花钱了，给饭吃的是大爷，我又是个没太大出息的作者，目前以养活自己为最高使命，读者喜欢，我就画给他们看。

所以我还是感谢李怼怼的，谢谢他日常生活里的嘴欠、刻薄和寡毒，让我有故事可以画，谢谢他。

当然，更感谢他的傲慢与高冷，以至让他不屑看我的漫画，所以我才能安稳地活到现在。

不然……照李陪陪和我科普的吸血鬼知识来看，他要杀我，应该也是蛮容易的。

再次谢谢他。

所以当我拿到稿费的时候，我并没有拖延，立刻取了钱出来，打算面对面、郑重其事地将钱交给他。

这是我拖欠的房租，也是我第一笔付给他的房租。打从我意外住进这栋楼开始，我就没钱交租，虽然之前或多或少赚了点，但也都因为别的事而……

“啊啊啊！”我听到楼顶传来一声尖叫，穿透了八层楼，威力十足，是李陪陪的手笔。

大白天能见她醒着，十分难得。照理说我应该去问问她怎么了，但李陪陪实在是个咋咋呼呼惯了的吸血鬼，我没搭理，依旧淡定地敲着一楼的李怼怼的房门。

可敲了半天，也没见李怼怼来应门。

白天是吸血鬼的就寝时间，但李怼怼和李陪陪兄妹俩都是可以在白天活动的“日行者”。尤其对李怼怼来说，一天二十四个小时，不管哪一分钟，只要闻到钱的味道，他都能爬起来。

我还在奇怪，楼上就传来“咚咚咚”的急促脚步声。

我一转头，看见一双穿着卡通珊瑚绒睡裤的大长腿冲了下来，至于她的上半身……已经完全被抱着的阿拉斯加挡住了。

那是李陪陪的狗，名叫莽子，除了吃喝拉撒还有睡觉，别的啥也不会，但却是李陪陪的心头宝。

“莽子怎么了？”我问李陪陪。只见莽子的狗头已经耷拉下来了，舌头吊在外面，滴滴答答落了一地口水，和一条死狗没什么区别。

“它把我掉地上的法器吞进去了！”

我一惊。

他们每个非人类身上都有个防身的法器，独属于自己。这对他们来说很重要，会保护他们，并且跟随他们一辈子。

李陪陪的法器是一根会变化的鞭子，她叫它蛋蛋鞭。因为这鞭子没用的时候就是个圆滚滚的球。

我去过她乱糟糟的房间，看见过她的蛋蛋鞭被她不走心地丢在自己的棺材里，而且棺材还没盖上，就像咱们人类睡醒不叠被子一样，没收拾。

当时我就猜想并提出：“你家莽子可能会把你的蛋蛋吃掉。”

而李陪陪则是很潇洒地回答我：“我蛋蛋上有杀气，莽子那么㞞，不敢吃。”

过了这么久，终于到打脸的时候了。

“现在怎么办？”我问她。

“我要抱它去医院给它取出来！”

“那赶紧走！”

“我没钱！”

“……”

现在，我一手放在李怼怼的门上，一手拿着鲜红鲜红的票子。我看看票子，又看看李陪陪，又看看莽子。最后一声叹息：“我有，走吧。”

对的，说来可能没人相信，每次在能交租的时候，我的稿费，都会因这群邻居各种各样、乱七八糟、稀奇古怪的情况而……花掉。

把莽子送去做取异物的手术，我和李陪陪在外面老实地坐着等。

她看着我手里少了一小半的钱，问我：“你去找李怼怼交租吗？”

“嗯。”

“别交了，你交了租，不就衬得我们几个更没用了吗？”

我给李陪陪翻了个白眼：“李怼怼讨厌是讨厌，可钱是钱，该给他我还得给他。”

“李怼怼给我们取名字叫拖租四大天王呢，你交了租，不就脱离我们小团体了吗？”李陪陪奋力说服我，“而且再说了，你这两天也交不了租。”

“怎么了？”

李陪陪撇了撇嘴：“吸协最近接到协助请求，好像是湘西那边来赶尸的，赶掉了几只几十年前的老尸，上边让咱们吸协陪着查找一下，别闹出什么事情来。李怼怼最近忙这事儿呢，没空管你交不交租。”

吸血鬼统一协会，简称吸协，李怼怼是吸协的负责人，我听过有人叫他李主任。主任最近公务繁忙，难怪在公寓没看到他的身影。

说来，这个吸血鬼统一协会也是一个很神奇的存在。

近年来因为重庆城市建设好、房地产市场把控好、房价低、物价低等优势，吸引了一大批非人类居民居住于此。再加之重庆地势地形复杂，常年多云多雾，日照少，紫外线弱，最适宜吸血鬼居住，所以深受世界各地吸血鬼们的喜爱。

吸血鬼统一协会于 2015 年 1 月正式将总会迁于重庆，立志扎根美丽山城，为全世界吸血鬼的美好未来而服务。

这是当初初来乍到时，李陪陪老师一本正经地给我科普的内容。那时我只当她是胡说八道，当然，现在我已经认识到了自己的浅薄和错误……

“李怼怼估计还要忙一段时间呢，你这租一时半会儿交不了，不如咱们去庆祝一下吧？”

“庆祝什么……庆祝你家狗差点被蛋蛋噎死？”

“小信你待久了也会怼人了，咱们今天就庆祝蛋蛋没有噎死它，也庆祝你终于能交得起租了！我最近听说有一家小酒吧的酒可好喝了！钱花了还可以赚，大好时光浪费了就回不来了！走吧！”

我就这么简单地被李陪陪这世俗的理由……说服了。

把李莽子放回家后，我和李陪陪就去浪了。

解放碑一如既往的热闹，我和李陪陪直奔她说的那家小酒吧。酒吧氛围不错，有歌手在台上唱歌，但没有动次打次的激情吵闹，是个聊天打屁、插科打诨的好地方。

三两杯酒一下肚，李陪陪的眼珠子就开始在身边的男人身上打转，转没一会儿，就开始陆陆续续有男人过来找她搭讪了。

我抱着自己那杯酒，老老实实地坐到一边去。

李陪陪一直想找一个恋爱对象，苦于没有渠道，酒吧是她很重要的社交场合，她在这里审人，寻找着能带给她怦然心动感的那个人。

而我是一个心底带有一些偏见的人，我认为，混迹酒吧的浪荡子，轻易搭讪的男人都不会是什么好人。

我粗粗看了一圈，这个酒吧里有三三两两坐在一起聊天的，有一个人来买醉的，有呼朋唤友来热闹玩笑的，有功利的，也有消遣的，服务员来回穿梭，劝着客人多喝两杯。酒保擦着杯子，抬头看看坐在吧台前的人，眼里映照的是日日重复工作的麻木。

众生百态，在这小酒吧里都小小地表现了一番。

就我看来，这里最耀眼的，大概就是李陪陪了吧，她和世俗那么的不一样，所以也那么的光彩耀目……

等等。

我的目光一顿，停在了独坐角落的一个男人身上。

他穿着一身黑色羽绒服，一直静静地盯着面前的酒杯，什么也没干，空气好像在他身边都凝固了一样，他的沉静与整个酒吧的气氛显得那么的格格不入。

我只看到了他在霓虹光彩流转中的侧脸，他面部轮廓硬朗，那个玻璃珠子一样的眼睛里，有着我从来没有见过的冷冽光芒，他就坐在那里，却像一把待要出鞘的剑。

我被他吸引了目光。

而或许，人是能感觉到别人对自己的注视的。

他轻轻一眨眼，微微转了头，目光不偏不倚，恰好盯住了我。

四目相接，这一瞬间我竟有一种被一把利剑指向咽喉的战栗感。

这个人……

“苏小信！”李陪陪喊了我一声，我错开了被那人擒住的目光，抬头望着李陪陪，却见李陪陪已经打发了所有搭讪的人，站在我身边，她盯了那边的男人一眼，脸色有点莫名难看。

“怎么了？”我问她。

“走走走。”李陪陪径直拉了我的手腕逮着我离开了酒吧。

慌慌忙忙出了门，李陪陪拎着我拐了好几条道，这才停了下来。然后摸着手臂开始哆嗦：“唔，吓死爸爸了，鸡皮疙瘩都给我吓出来了。以后我还是把蛋蛋揣在身上好了，这世道真危险。”

我有点茫然：“怎么了？刚才那也是个吸血鬼？你们已经用我肉眼看不到的速度交过一战了吗？”

李陪陪白了我一眼：“什么肉眼看不到的速度，动漫看多了吧你。”她搓了搓手臂，“刚才那个不是吸血鬼，我也看不出他是个什么东西，可他绝对不是人类就对了。”

这个世界上有很多妖怪、精灵、传说的那些生物或者说异能者，用他们的话总结自己，就是非人类。

二战之后，随着人类联合国的成立，为了应对信息和武力都越来越爆炸的时代，在数量上处于绝对弱势的非人类们为了不让大面积捕杀来临，吸血鬼、精灵、妖怪等一系列非人族决定组成联盟，互帮互助，在人类越来越多的世界里，得以借助彼此的力量生活下去，所以世界非人类联盟（简称世非联）应运而生。

世非联大概就是他们的联合国，在世非联的统管下，还有中国国家非人类管理委员会，简称国非委，国非委下面又有各个省级，市级的管理委员会。

不同的种族又有属于自己种族的协会，比如说什么吸血鬼协会，狼人协会，美人鱼协会，乱七八糟各种各样。

他们混在人类社会之中的非人类，其实是一个庞大的群体。

我对生活中出现的这些非人类已经见怪不怪，也不再害怕。李陪陪就更没有必要害怕了，毕竟在我看来，李陪陪已经很厉害了，至少小狼和美美是打不过她的，而至于李怼怼的实力，我没办法知晓，用李陪陪的话来说："真打起来，十个我也不够他玩的。"

可就算李怼怼那么厉害，李陪陪也是不惧和他一战的。今天遇到一个陌生人，就不战而㞞，实在让我惊讶。

尽管那人的目光确实……

"总之你别再去那家酒吧了。"李陪陪垂头看了看时间，"呀，快十点了，我要去上课了，你自己先回去吧，路上小心点啊。"

我挥手和她告别，然后去坐公交车慢慢悠悠地晃回去。

公交车上上下下好几座山，堵了几个立交，下公交的时候已经十一点多了。从公交站走回去还得二十分钟，可这时天上却飘起了毛毛细雨。

在重庆，这样的天气也很常见，我戴上帽子，打算小跑回去，刚踏出去一步，脚尖就踩到了地面上的一个黑影子上。

我抬头一看，西装革履的李怼怼揣着手，打着大大的黑雨伞，站在我面前。

“去哪儿了？”

或许是因为这几天忙累了，他声音有点低沉，而又带着一点特属于他自己的小脾气，混杂着轻柔的雨声，听在我耳朵里，竟有些错觉一般的……关心。

我不得不承认，我对李怼怼的脸，是有幻想的。

毕竟以写实的手法画出来的他能得到读者们的一致好评，可见他的颜值达到了大众审美的标准线以上。

而我现在之所以解释这么多，只是想说明，在这一个寂静寒冷的雨夜，一个本该孤独归家的时刻，我因他的出现而漏了一拍的心跳，并不是我真的对他心动了，只是我身为一个正常分泌荷尔蒙的少女，最单纯的，见色起意。

我拉了拉帽子，让心跳平静下来：“这和你没关系吧。”我反问，“你在这儿干什么？”

“你以为呢？”李怼怼直视着我的眼睛。

我看了看他的大黑伞，伞面上已经积了不少雨滴，滴滴答答往下落，应该是在这儿站了一会儿了。我有点愣。

李怼怼……难道是看下雨了，知道我没钱打车回去，所以特地来公交车站等我，给我送伞的吗……

“扑通”，我的心又因这个猜想漏了一拍。

难道李怼怼真的像美美小狼说的那样……

我还在猜，李怼怼已经伸出手来：“黑狗说你今天下午来交租，现在，房租呢？”

我内心一腔柔水霎时被倒春寒的冷风吹出了一层厚冰，还在“咔咔”开裂的那种。

李怼怼的脖子后面慢悠悠地爬出来一只小黑猫，也不知它刚才躲在哪儿了。

它蹲在李怼怼的肩上舔了舔爪子。这是李怼怼养的黑猫，虽然名叫黑狗，但却是货真价实的土猫一只，跑得飞快。前年它因为叫春太大声，被李怼怼拖去阉了之后，忽然就会说人话了。

从此以后，不知道是出于报复社会还是什么样的扭曲心理，它经常跑到楼上偷听我们说李怼怼的坏话，然后回去给李怼怼告状，活脱脱的现代奴才，死阉狗！

呸！阉猫！

我瞪了它一眼。

黑狗并不怕我："盯我干啥子。"身为土猫，它一口重庆方言说得很溜，"你和李陪陪出去，把房租耍完了嗦？"

就你话多。

我暗自咬了牙，顶着李怼怼凉凉的目光解释："我没拿房租去玩，就送莽子去做了个小手术。"

"哦。"李怼怼，揣回了手，面无表情地道，"所以你在宠物医院陪着动物尸体喝了医用酒精？"

倒是忘了，这个吸血鬼长了个狗鼻子。

"我就和陪陪小去了一会儿酒吧……陪什么尸体，你说话能别这么可怕吗？"

"带着一身尸臭的你才比较可怕吧。"

他认真说这话的样子成功地吓到我了："尸臭？"我左右闻闻，除了春天雨水的味道，什么也闻不出来。

我仰头望李怼怼，求助询问："身上真的有尸臭味？你没吓我？"

李怼怼瞥了我一眼，见我似乎真被吓到了，就没再多说，错开目光往回走："不想被乱七八糟的东西吃掉，最近就少跟李陪陪瞎跑。"他望着前面的路和雨，"房租交齐了再随你折腾。"

这抠门毒舌的吸血鬼，一门心思就盯着钱了。

我心里吐槽他，可还是跟上他，蹭着他的大黑伞躲雨："陪陪说最近湘西来的赶尸匠赶掉了几只僵尸，你说我刚才回来的路上，是不是碰上了僵尸啊？"

我猜想着，瞬间脑补出了很多画面，公交车上乘客，擦肩而过的路人，好像都变得危险起来。我觉得脊梁有点寒，开始后怕："那些老尸真的会吃人？像生化危机里面的那种，一咬人就散播病毒，我现在会不会在不知不觉间已经染上了僵尸病毒吧？"

"他们要吃只会把你吃个干净。"李怼怼回头看了我一眼，"不会给你变成同类的机会。"

我打了个寒战，往他身边挤了挤，直到蹭到他的手臂，稍微才有了点安全感。

李怼怼脚步微微一顿。我没多想，只觉这时寒风一吹，凉雨打在我身上，寒意更甚，我跟李怼怼挨得更近了一点，虽然他身上也没多少温度，可是在他身边……

好歹安全啊！

"苏小信，你没觉得我主人的身体都僵硬了吗？"李怼怼肩头的黑狗一尾巴甩在我脸上，"个人爬（自己滚开），离我主子远点。"

我被黑狗这一尾巴打得怒了，也懒得管它说什么，径直探手去李怼怼肩上抓它："你这狗仗人势的猫，让着你还得寸进尺了是吧！"

我一把拍在李怼怼的肩上，黑狗飞快地蹿到了他另一边肩上，我绕到李怼怼身前，两只手往他肩上一伸，迎面抱住了李怼怼，本想抓住猫尾巴，可黑狗跑得快，以一个惊人的角度，从他后背蹬腿一跳，直接跳到了黑伞之上。

于是伞下就只有我搂着李怼怼的脖子将他抱着。

李怼怼没动。

我骂了一句："阉猫。"抬头一看，李怼怼金边眼镜背后的细长双眼正盯着我。

脸挨得那么近，近得连他的睫毛都看得清清楚楚，所以我也能借着透过黑伞的路灯灯光，看见他眼里倏尔涌动而过的一丝暗红。

那红色涌现得那么快，快得像我的错觉。

我登时反应过来，方觉姿势暧昧，连忙咳了一声，往后退了一步："你……你的猫得好好管管了！"我强撑气势，"一点也不可爱！"

"所以你很可爱吗？"李怼怼揣着手，用他一如既往的讨打语气说，“以为色诱我就可以不交以后的房租了吗？”

“啊？”

“放弃吧，你还差点。”

放弃？差点？放弃什么？差点什么？这个吸血鬼说话简直太侮辱人，要不是打不过他，我早就动手了！

我拉住衣袖，犹豫着要不要为了尊严拼死一战，可正在这时，李怼怼兜里的手机响了起来，他看也没看我一眼，接了电话，简短应了两句，就将电话挂了。

李怼怼表情变得有点严肃。

“你先回去，最近这段时间能不出门，就不要出门。”

我也跟着紧张起来：“发生什么事了吗？”

“没，只是不希望你出门丑到别人。”

我：“……”

“伞拿去，回去的路上挡挡脸。”

“……”

我一巴掌狠狠地挥过去，然后抓住了伞柄，把伞抢了过来：“真是多谢你了！”

我是很气，可我更不想让自己吃亏，毕竟淋雨回去，湿身感冒，受苦的可是自己。我很清楚两个事——

第一，我是要更新的人。

第二，我是没有钱的人。

所以我不能生病。

我怒冲冲地转身就走，拼命晃了两下，把伞顶的黑狗甩了下去，黑狗身手敏捷，跳上旁边的树，三两下一蹿就自己跳了回去，也不管我。我也懒得管它，头也不回地回了公寓。

爬到自家门口，想起楼顶晒的衣服还没收，我直接撑了伞去楼顶取衣服，一开楼顶的门，就看见美美在鱼池子里泡着。享受着雨水的沐浴，倒春寒的天，穿着两个贝壳胸罩COS小美人鱼她也没觉着冷。

“你在池子里别乱折腾。”我一边收衣服一边嘱咐她，“楼顶防水才修好，你别又给我蹦跶坏了。”

余美美看了我一眼：“哎哟，你还说咱们房东不喜欢你，又给你送伞了。”

“下雨啊，我又不是你们，淋了雨可是会生病的。生病就耽误工作，他还望着我的稿费给他交房租呢。”

“哼哼。”余美美意味不明地笑了两声，“上次隔得远没瞅得清，这次我可瞅清楚了，这伞上可是有法咒的。一般非人类可不能接近。他给你伞，就是在保护你啊，李怼怼会保护你一定就是喜欢你。”

“啊？”

这逻辑……似乎听起来有点道理？

余美美摆了两下尾巴：“不过，这也说不太准，我听万事难给我八卦过，咱们房东过去可是有过一段情史的。”

万事难是住在三楼的一个老头子，没人知道他活了多少年了，就知道他有超能力，可以穿越时空，他也喜欢到处看，所以经常不在公寓里住，但是因为活得长，知道特别多的八卦。

我和他接触不多。不过，美美住在他隔壁，偶尔还能打几个照面。

现在我的注意力已经被李怼怼的情史吸引了，打着伞蹲到美美身边问她：“李怼怼这样的人，还能有情史？”

“有啊……你先离我远点，这伞上的法咒靠近了让我难受。”我退了两步，她才接着说，“就是万事难也不太清楚，上次只含糊地和我提过一句，李怼怼以前有个喜欢的姑娘，也是和你一样的人类，但是后来病死了。”

“病死了？”

“嗯，就是在下雨天淋了雨，生了一场大病，身子弱，没扛得住，就被阎王勾走了。听说李怼怼为此消沉过好长一段时间呢。”

我有点惊讶：“淋雨生病……最多就是感冒啊，怎么还能死了呢？天生身子就这么弱吗？”

“那都是多少年前的事了。”余美美伸出手指头算了算，最后没算得清，只含混带过，“好像说那个时候还在打仗，兵荒马乱，女人们都还穿旗袍。”

我想了想，那大概得是民国时候的事了……那时候的中国，感冒生病去世的人，可能还真不少。

这李怼怼看着年轻……可他到底是活了多少年了？

“所以下雨天给你送伞，我瞅着，可能是因为喜欢你，也可能是因为移情吧。”

“因为什么都不重要。”我撇了嘴，抱着衣服回房前和美美说，“李怼怼就是我的素材而已，他也不可能喜欢我这样的普通人，你们也别瞎想了，说得好像能有什么结果一样。”

美美甩着肥肥的尾巴，慢悠悠地说：“万一呢。”

我没搭理她，只静静地关上门。

我知道，我普通的人生里没有什么万一，我唯一的万一就是遇见了李怼怼，住进了这所公寓，我觉得，如此，已足够耗尽我这辈子所有的运气。

不要再去期待什么万一。因为期待就必定伴随着失望，而我的人生经验告诉我，我并不是一个走运的人，多半概率，都会失望。

所以干脆不要去期待，这样，也就不会有失望了。

尤其……是在感情方面，毕竟我的好几段情史，都是这样告诉我的……

第三章 Chapter 3

一见钟情

我觉得我喜欢上了一个人，划重点，不是李怼怼。

事情是这样的。

在那个雨夜，李怼怼送我伞让我回家之后，我并没有把他的话放在心上，我认为他只是十分单纯地在怼我，十分单纯。

于是，第二天，我连夜画稿子，脑海里忽然浮现出烤年糕、烤脑花、烤韭菜、烤肉串的模样时，我犹豫了一下，最后还是打算花点钱犒劳自己。

我放下画笔，拿了钥匙，穿着我的珊瑚绒睡衣就出门买烧烤去了。

一个人住就是这一点好，想干什么就干什么，丝毫不用征求别人的同意。

李怼怼这栋楼的位置真的偏，外卖没人送，离最近的烧烤店走路大概半个小时，还都是楼房间的阶梯小路，一层层一阶阶，买个烧烤合着得翻两座小山。

我心里还挂着刚才没画完的稿子，一边跳着小阶梯，一边想着构图和剧情。

忽然，前面拐角的地方传来“吱吱呀呀”的声音，转角过去一看，是个老旧失修的路灯挂在电线上晃荡，它荡出的灯光在地上画出分明的光暗界限。

光影交替间，一个小孩面对着老旧的墙壁静静地站着，他的影子像古老的钟摆，随着路灯的摇晃，在地上甩来甩去。

我是一个想象力不太丰富的漫画作者，可好歹是个作者。看见小孩的一瞬间，我已经自动脑补出了一万个鬼故事，把自己吓出了一头冷汗。

我听着路灯“吱吱”晃荡的声音，做了无数思想斗争，在看到他校服背上映着的小学校徽时，终于稍微定了定心神，是附近小学的学生。

属于现实认知的东西强制拽停了我越开越远的想象小火车。

是了，我在非人类聚集区住了这么久，是见识了各种各样的非人类，但从来没听他们提过虚幻的鬼魂之类的东西。

想多了吧。

“小朋友，你在这里干什么？这么晚了怎么还不回家？”

我往他那边靠近了一步，伸出手去，想拍拍他，可还没碰到他的肩，他就转过了头来。

一张青紫的脸，闭着双眼，眼睛下面是重重的乌黑色，与鬼片里面阴森森的小鬼没什么两样。

我倒抽一口冷气，倒退一步，不想却踩在一个软软的脚背上！我一个踉跄，脚踝一崴，往旁边栽了一头，还没站稳，灯光晃荡间，眼角扫到了我身后的人影。

一个女人，瞪着双眼，死死地盯着我！

她皮肤干瘪、青黑，黑色的血脉从太阳穴爬进她的眼珠子里，而眼珠又极度凸出，仿似一碰就能掉下来一样。

我一个哆嗦，肾上腺素飞快分泌，和非人类相处多了，尤其是和李怼怼相处多了之后，被惊吓到了，我的第一反应不是跑，而是怼她：“你吓死阿爸了！”

怼了一句，我和她面面相觑了一阵。

不对，这家伙不是人，也和我认识的非人类不一样。她……她身上有腐坏的尸臭味。

僵尸。

"湘西来的赶尸匠赶掉了几只僵尸。"

李陪陪的话从我大脑深处钻了出来，我盯着她，听着路灯摇晃的声音，还有楼间吹过的风声……我抽了张手里捏的二十块，竖着往她脑门上狠狠一拍，然后转身就跑。

若问我为何要贴二十块，因为那是人民币中最接近黄符的颜色啊！

可我没跑两步，那僵尸仿佛就回过神来了，我看见地上被路灯照出的影子在一明一暗之间一个晃动，僵尸就已经冲我扑了过来！

我双肩被狠狠一推，脚尖踢在地上一块凸起的砖石上，当即跌了个满分的狗吃屎，还附加了背后压住我的女人的重量。

我觉得我的膝盖和鼻梁骨差不多都摔碎了，我的鼻血哗哗往下流，可这种时候我已经顾不上疼痛了，抹了一把血，撑着身体往前爬了两步。背后的僵尸却不放手，她紧紧抱着我，居然顺着我的腿往我身上爬了上来。

她抱住了我的腰，我跑不掉，不得不反过身来，双手拼命地抵住她的脑袋，她张着嘴，想咬我的脖子，让我流血，让我窒息，然后撕我的肉吃。

我蹬腿，除了浪费自己的体力，并没有任何反抗效果，我只有躺在地上，手肘撑地，手掌抵住她的下巴，奋力反抗。昨夜的雨让阶梯很是泥泞，我的衣服被泥水浸湿，透心的冰凉，从肌肉到关节，全都僵硬得不行。再僵持下去，我一定会被她吃掉。

"僵尸姐姐，我们打个商量。"我试图和她沟通，"我天天熬夜，肝不好，身体里都是毒素，你别吃我，我给你指条路，你顺着这条路往山上走，那儿有栋楼，楼里都是食物！"

她没理我，好像根本听不懂话，沟通失败，我只有呼救，刚开口喊了一句，僵尸忽然一转头就咬到了我的手掌，她牙齿用力，直接咬破了我的皮肉，血液从她的牙齿间渗出，我疼得呜呼哀号，连声尖叫救命。

然而喊了半天，这老旧的待拆迁区，连一条帮忙叫唤的狗都没有。

一个人住就是这点不好……你出了什么事，别人都不知道……

“我再也不吃烧烤了……”我有点哽咽，电影里的人被僵尸咬了都会变成僵尸的，我想着自己的命要交代在这里了，很是委屈，“我的稿子都还没画完……”

“呵。”

寂静的夜，隐约传来了一声男子的轻笑。

声音好听得让我以为是自己产生了错觉，我瞅了一眼那紧闭双眼的小孩，正纳闷，忽觉金光乍现，身上重量忽然一轻。

我转回头来一看，只见我脚边站着一个裹了一身大黑袍的人。

从头到尾遮得严严实实，连头发丝也没露出一根。

他此时此刻手里提着的正是刚才咬了我的僵尸，僵尸在他手里就像个玩具一样，丝毫没有任何反抗能力：“滚吧。”

他将僵尸随手一丢，僵尸滚下阶梯，捡回一条命，那女僵尸却没急着自己逃走，她盯着男子看了一会儿，鬼魅似的往阶梯上一蹿，我以为她还要来咬我，却不然。

她跃到那小孩身边，一手将他抱住，紧紧地把他护进怀里，然后带着孩子逃离了这个地方。

黑袍人从头到尾只是静静地看着，并没有干预那僵尸的离去。

我也傻愣愣地盯着他。

这个时候，身体才开始不由自主地颤抖起来。也不知是因为后怕，还是因为这一身湿衣带来的刺骨寒冷，更或者……

是因为这个人一步步向我走来，带给我的那莫名的战栗。

他在我身边停下。

我大概能想象到我现在有多狼狈。

沾了泥水的珊瑚绒睡衣，满脸泪水鼻涕混着血，披头散发，还惊魂未定地抱着自己被咬的手。

肯定是没什么好模样的。

他蹲下身来，大黑袍子里面仿似有一团魔法一样的黑雾，让我离他这么近也没法看见他的脸。

他伸出了手来，连手上也戴着黑牛皮手套，从里到外，捂得严严实实，我不知道他是谁，只觉他现在落在我头上的手，极其的轻柔，像在抚摸一个重新拼凑起来的瓷器，那么小心翼翼。

好温柔……

他的手顺着我的头发，抚上了我的脸，然后用拇指帮我擦了擦鼻子下面的血。

他一言不发，我却忍不住了："大哥，你谁？"

于是他又笑了。

声音那么好听，令我词穷，无法形容。他放开了我，站起身，后退一步，风一过，他的黑袍在我面前飘舞，就像那些漫画、小说、电视剧里面的英雄。

身为一个虽然没有什么想象力但还是沉迷二次元的漫画作者，我忽然，听见了自己心动的声音。

怦然一跳。

突如其来。

我一直以为，不可能有人能触动我心里坚不可摧的"次元壁"，哪怕是那些奇奇怪怪的非人类，但生命的神奇和迷人或许就在这里吧……

不知道在哪个拐角，就会遇上传说中的奇迹。

"所以，他最后到底说他是谁了没？"李陪陪啃着苹果问我。旁边的美美和小狼连连点头附和："到底是谁？我们楼里的吗？什么类别的？"

我正要回答，楼顶的房门又被人一脚踹开："是她不敢相信的爱。"李怼怼抱着手站在门口，"都不去赚钱，又在偷懒？"

"我们也是要休息的，最近又没耽误干活。"李陪陪发工资了，说话有底气了些，"你别闹，让我们听小信说完。"

我顶着他们三个好奇宝宝的目光，咳了一声："他确实是这样说的。"

"哪样？"

"我是你的，不敢相信的爱。"

本来昨天听来非常令人心酥酥麻麻的一句话，被李怼怼这样一说，我再一重复，霎时意境全无，说出口，我自己还觉得有点肉麻，搓了搓手臂，我斜瞪了李怼怼一眼："你又来干吗？"

一张单子"哗"甩到我面前，李怼怼的脸色只会比我更难看："昨天的医药费记得给六楼的老巫婆送过去。"

嗯，昨天就是因为李怼怼的出现，让我飞快地结束了我和那黑袍男的金风玉露一相逢。

在李怼怼找来的那一刻，黑袍男子的身影就像烟一样瞬间消失在了山城的薄雾里。我傻傻地坐在原地，还在回味他那句"不敢相信的爱"，还在猜测，这个人难道也对我一见钟情，李怼怼的脸就出现在我的视线里了。

"苏小信。"他喊我的名字，无比的严肃。

那倒是我第一次看到李怼怼这么看我，皱着眉头，唇角微微绷紧："给我说句话。"

"说……什么？"

"说你还好。"

"我……还好啊。"我傻傻地回了一句，然后慢慢醒了过来，"李怼怼，我刚才，好像遇见我命中注定的英雄了。"

是的，就像紫霞仙子那句已经被说烂的话，虽然黑袍男没有穿着一身铠甲，没有踩着七彩祥云，也没有万众瞩目，但刚才，他就像一个出现在我生命里的盖世英雄。

"我觉得，我好像对他心动了。"我捂住胸口，看着李怼怼，"你相信，一见钟情吗？"

李怼怼望着我，是一段长久的沉默。

"我相信，天上不会掉馅饼，凭你这副傻样，是不配拥有因见色起意而发生的一见钟情的。"他说，"你给我清醒点，回去治伤。"

然后他就拖着我回了公寓，找了六楼的巫师……是，那是个巫师，但因为性格有点娘娘的，所以李怼怼老称呼人家老巫婆。

巫师当时还敷了一脸绿油油的面膜，被李怼怼敲出来开门，一脸不开心，给我清理伤口的时候力道也大，嘀咕道："治疗结束。"不过这都不重要，我一直沉浸在关于那黑袍男的回忆当中，无法自拔。

一直到现在，我都还有点恍惚。

我接过医药费单子，揣进兜里："我知道的，不用你来催。"我望着李怼怼，刚想问一句，昨天你是怎么找到我的，就见他送完单子，头也不回地离开了楼顶，话都没和其他人多说两句。

"所以……"李陪陪开口，拉回了我的目光，"你是对一个不知道来历，不知道名字，不知道长相的人，一见钟情了？"

李陪陪给我昨天的遭遇做了总结。

我品了品她这句话，然后慎重地点头："对，我对那样的人，一见钟情了。"

甚至，我知道，那样的，根本就不是人。

偶遇一见钟情的神秘人之后，我开始天天做梦，很可惜……不是春梦。

甚至和浪漫、恋爱、少女心等故事一点关系都没有。

我梦见的场景破碎而混乱，有时候炮火翻飞，巨大的爆炸声能直接将我从梦中震醒过来。有时又十分安宁，一个女人在和这山城夏天一样闷热的天气里，哼着我未听过的童曲儿。有时又仿佛回到了冷兵器时代的战场，梦里的我变成了一个面目模糊的黑甲将军，提着重剑，在冰冷沙场上舔舐唇边的敌人的热血。

我认为是受到僵尸惊吓之后，我大脑过度兴奋，灵感太多，白天画不完，所以晚上就体现在了我的梦里。我也很敬业，认认真真地把这些梦到的场景画了下来。

我一直觉得是老天爷开天眼了，天天赐予我灵感，直到有一天，李陪陪休假，我陪她出门遛狗。

那是重庆难得的大太阳天，春日阳光晒得我很是舒服，我伸了个懒腰，看了眼旁边的李陪陪，她戴着大大的遮阳帽，巨大的太阳镜几乎要把她的脸给完全挡住了，她还捂着口罩，披着防晒衫，全副武装。

“这么辛苦还白天出来干啥……”

我问她，然后撒了绳子，让李莽子伸着舌头肆意奔跑去了。李陪陪推了推太阳镜：“放假几天，不出来走走，太憋屈了。”

我撇了撇嘴，体贴地没戳穿她。

李陪陪是个骨子里带风、灵魂里有海、不浪不成活的吸血鬼，闭门不出是对她的自由灵魂的极大禁锢。这几天她请假不去上班，在家里憋了几天，到底是憋不住了，无可奈何地挑大白天出来遛狗，无非就是因为……

她怕鬼。

没错，身为一个吸血鬼，同为“鬼”字辈的狠角色，而她却怕鬼，尤其害怕中国传说中的鬼，特别害怕鬼片里的鬼，连带着也对那天出现的僵尸有莫名的恐惧。

在那天我被僵尸咬了之后，她知道走散的僵尸在附近出没，晚上就不敢一个人出去上班了。

她好面子，平时不说，装得自然，我看懂了也没多说，和她走了一会儿，就坐到树下的椅子上琢磨昨天的梦境。

我总觉得我梦里面的有些场景是可以接起来的，所以把他们画好之后就拍下来，无聊的时候翻看翻看，想着能不能找到一点别的灵感。

李陪陪在大白天也没什么精神，绕到我身边坐下，脑袋搭在我肩上，和莽子一样张嘴喘气儿。

她虽然和李怼怼一样都是日行者，但力量没李怼怼那么强，走了一段路也觉得累，喘了一会儿，她垂头看我屏幕：“喔，这些老重庆的风貌画得很好嘛，好怀念呢……”

我手指顿住，转头看她，她倒没什么察觉，好奇地伸出手指，在我屏幕上划了两下，看了几张后面的图片：“还画了当年的大轰炸啊……好逼真啊，小信你最近要画历史题材？”她问我，“美美说，最近她邻居回来了，你让那老头带你回到过去玩了一把？”

我当然没有。

我和能穿梭时空的老头一点都不熟。

而对于老重庆还有当年的大轰炸，我只有基本的了解，这个基本，大概就是在高中历史课上听过，多年后的现在，只记得五三五四大轰炸，还有6.5大隧道惨案，而之所以能记得这个时间，还是因为每年6月5号的时候，重庆主城中会拉响令人无法忽视的防空警报。

在这个背景下，我细思李陪陪的话，不由得有点心头发毛。

“陪陪啊。”我问她，小心翼翼，“那个湘西来的赶尸匠，弄掉的那几只僵尸，大概是什么年代的僵尸啊？”

“报告上看好像是民国时候的吧，喏，就和你这画里的时间差不多的。”

“这是我被咬之后，这几天做梦梦到的场景。”

李陪陪看着我，我看着她，四目相接，我与她之间陷入了短暂的沉默。

虽然椅子几步外就是灿烂明媚的春日暖阳，可我还是觉得脊柱进了寒风，而李陪陪脖子上的鸡皮疙瘩更是以我肉眼可见的速度立了起来……

她“噌”站了起来，往后踉跄着退了两步，站到了阳光下面：“我……突然有点不舒服。我去上个厕所。”她说着一转身，甩胳膊就逃跑了……

我愣了一会儿，连忙站起来，跟着李陪陪，一边追一边喊：“你站住！你别留我一个人！我好怕！”

“你站住！”她也大喊，“别追我！我也好怕！”

我真是从来没想到过，我这么胆小普通的人类，有一天会追得一个吸血鬼满公园地乱蹿。

李莽子不明所以，以为我和李陪陪在玩，跟在我屁股后面也是发狂一样的傻跑，“汪汪汪”叫得极欢。

我追了几分钟，不知道跑到了一个什么僻静的地方，周围一个人影都没看见，久不运动的身体就跟要散架一样难受，用力呼吸，嘴里满是血腥味：“你站不站住？”我大喊。

李陪陪根本不理我。

我一个急刹，转头就把李莽子抓住了：“你不回来我就杀狗了！”

李莽子傻喘着，甩着大舌头舔了我一脸口水，在它把我脸舔了个遍的时候，它没用的主人阴恻恻地出现在了前面一棵黄桷树的背后，露出半张脸，戒备地盯着我：“你果然被僵尸同化了。”

我气得不行：“同化个鬼！你哥李怼怼不是说它们除了吃人不会同化人吗？我不懂，你也不懂？我电影看得多，你也看得多？”

“你都做梦了啊！”

“除了这些民国的事情，我还梦到更久之前的古代打仗的场景呢，拿刀拿剑的！我可能只是单纯地做梦而已啊！”

“也可能是和其他僵尸也连线了啊，一梦梦一群。”

这话说得我真有点夙：“真的？它们僵尸还有云端记忆储存系统？”

李陪陪看我还好好地站在阳光下，犹豫了一番，到底是从树背后走出来，也踏在了阳光中：“照理说应该是不可能的，但之前你被僵尸攻击了，李怼怼去吸协开会的时候就说了，这几只僵尸可能有变异的。”

“什么变异？”

“中国的这些僵尸邪乎又神秘，现在世非联里面也没有他们的协会，他们基本都由赶尸匠控制，赶着回家乡安葬，很多落单的僵尸也没有自己的意识，他们行动的唯一动力就是捕食，但没有什么病毒传染，只会将猎物吃干净。”

作为吸血鬼学校的教育工作者，科普起知识来，李陪陪稍微有了点正经样：“前几天你碰到的那个僵尸，攻击你，可能只是为了吃你。但你说她最后走的时候还带走了孩子，这证明她是会保护小孩的，也就是说，她其实是有自我意识的，而且……我听说，那个小孩，好像是那僵尸抢来的。”

“抢来的？”

“嗯。抢了一对人类父母的孩子。那家父母去警局报了案，说孩子放学的时候失踪了。警察目前当失踪案在调查，但现在国非委这边很紧张，想尽快抓住那个僵尸，把人家小孩还回去，害怕暴露非人类的存在引起不必要的恐慌。”

“她为什么要抢人家孩子？”

“这我怎么知道？我就知道这几个僵尸变异了，咬了你，可能你也变异了……”她伸出手来，“你把莽子还给我，别待会儿站着站着就疯了，咬莽子一口，它也变异了怎么办？”

“李陪陪你骨子里和你哥一样的吧！”

我这话刚说完，忽然对面的李陪陪神情严肃，目光凛冽，与方才同我闹腾时宛若两人，她一声不吭，身形如电一闪，径直冲我扑来。

我诧然，口都没来得及开，就直接被李陪陪扑倒在了地上。

莽子嗷嗷叫着直线冲了出去。

我撑着身体坐了起来，听见压在我身上的李陪陪轻轻抽了一口冷气。

我很紧张：“怎么了？发生了什么？”

“嗷呜！”还没得到李陪陪的回答，那边莽子的痛呼伴随着一声沉重的闷击声传来。我抬头一看，连毛带肉的阿拉斯加，那么大一只，现在像死了一样侧躺在地上，而那方阳光下只站着一个裹着黑袍的男子，他面对着我，我还没来得及看见他大帽子里面的脸，就被李陪陪拉了起来。

“走！”

我感觉我被李陪陪扛上了肩头，屁股朝天脑袋朝下，没一会儿就充血充得眼睛都要睁不开了。

场面混乱，我就看见李陪陪掏出了她的蛋蛋鞭，鞭子撕裂空气发出尖锐的呼啸，“噼啪”两声，仿似武器击打触碰的声音，空气瞬间动荡起来，我的头发和衣服还有五脏六腑被晃得乱七八糟。

然而这一切都发生得那么快，像坐了一趟太过激烈的过山车，我一闭眼，一睁眼，就被甩在了冰凉的地上。

在地上趴了一会儿，我挣扎着爬起来，脑袋里天旋地转，好不容易分清了天地，刚认出面前的旧居民楼的一楼楼道，胃里的一股酸气直接冲了上来。

我一只手撑在上墙，捂着胃“哇哇”吐了两口酸水。

“啧，你脏死了。”黑狗蹲在楼道楼梯破旧的防护栏上，舔了舔他的猫爪子，“不要在我主子门前乱吐好吗？我主子嗅觉很好的，这味会打扰到他。”

他说着，我听到“嘎哒”一声，房门拧开的脆响。

我一转头，正好对上了李怼怼微微迷蒙的目光，仿似刚从梦中醒来，他眯着眼，头发微微凌乱。

他看了旁边靠着墙死命喘气的李陪陪一眼，又把目光挪到了我身上，随即站直了身子，提着眼镜架的手轻轻抬了起来，那副金丝眼镜随着他的动作展开，随意地被他架上了鼻梁，他轻轻推了一下眼镜，褪去了眼中的蒙眬，却还没来得及褪去声音中的低沉沙哑：“谁欺负你们了？”

李怼怼问话很短，姿势很帅。我扶着墙，捂着胃，嘴里泛着酸气，猝不及防地被他帅到了。

“有个混蛋！”李陪陪缓过劲儿来，张口就来一句骂，只将我骂回了神。

“吓死我了！要不是我跑得快，今天不定出什么事！莽子还在那儿躺着呢！我要去抱回来！你跟我来，我带你去找他！憋屈！给我打死他！”

李陪陪平时和李怼怼针锋相对，可到骂人打架的时候，她立马和李怼怼站到了一边，变成了他的妹妹。

李怼怼看着情绪激动的李陪陪，表情还是很冷静，他抓了一下自己有些乱的头发，那修长净白的手指就像有魔力一样，霎时让他的头发恢复了原来一丝不乱的发型，他没多搭理李陪陪，只把目光落在我身上，上下一打量，目光在我脚边的呕吐物上顿了顿，然后皱了眉头："被伤了胃？"

我有气无力地指了下李陪陪："被扛肩上颠的。"

"颠两下好过丢条命，人类都体弱你又不是不知道。"李陪陪直接带过我，"小狼呢，把他也叫上，那家伙不好对付。"

"什么来头？"李怼怼一边轻描淡写地问着，一边回了自己房间，再出来时手上戴了一枚金灿灿的戒指，样式古朴，犹如蔷薇带刺的藤蔓缠绕了他白得过分的食指。

这是李怼怼的法器，用的时候会变成一根金灿灿的链条，我第一次见到李怼怼，他就是用这个东西收拾化身为狼的小狼的。

"看不出来，穿着一身大大的黑袍子，裹得严实，我没看见脸。"

李怼怼正在转动食指上的戒指，听到她这话，忽然动作一顿："哦？黑袍子？"

"对！黑……"李陪陪忽然也是一顿，然后盯住我，"苏小信，你之前说你碰见僵尸的那个晚上，一见钟情的那个人，也是一身黑袍？"

李怼怼也对我投来意味不明的目光，我咽下一嘴酸味："是啊。但是，我不知道这是不是他啊，太快了我什么都没看到。而且，那天那人救了我，虽然我也没看到他的脸，但我知道不一样，他很温柔，也……"就算是此情此景，回忆起那天的事，我还觉得头发上残留着他掌心的温度。

我说不出为什么："不会是同一个人的。"

"你现在就是发春。"

难得，是李陪陪在吐槽我，而李怼怼一言未发。

他只在片刻的沉默后，吹了一声口哨，没一会儿，七楼的一户阳台上翻身就跳下来一个身影。"咚"一声重响，小狼双膝一屈，稳稳落地，他站直身子，迈出步来，身后的水泥地里已经留下了两个浅浅的脚板印。

"说了多少次，不能跳窗。"李怼怼一斥，小狼立即弱弱地吭了一声："我……我房租交不及时，但房东大人叫我，我还是要及时来的。”

“嗯。”这个回答李怼怼还算满意，“走了。”

小狼一脸懵懂：“干啥？”

“人。”

李怼怼说话还是很帅，虽然不知道他们要干的到底是不是人。我一个柔弱的人类，不想跟着去拖他们后腿，只有目送支持他们去报仇雪恨，捡回莽子。穿着睡衣的李怼怼很酷炫地走在前面，带着他的妹妹、他的下属、他的阉猫，一起奔赴前面公园的战场。

“他们去干吗了？”余美美在三楼刷着牙，探了个脑袋出来问我。

“去战斗啊。”

“啊？”余美美问我，“穿着睡衣棉拖就去了？房东已经轻视敌人到这么随便的地步了吗？好歹是白天。”

我看着他们几人的背影好一会儿，然后一合掌：“这一幕好燃！我要回去画下来！”

“啊？燃？睡衣棉拖？你也已经轻视读者到这么随便的地步了吗？”

我没理会美美，一溜烟跑回了房间，忍着恶心奋力画着图，然而我两幅画还没画完，李怼怼又穿着睡衣棉拖回来了，小狼打着哈欠走在旁边，肩上趴着已经睡着的黑狗。睡过去的李莽子像一座狗山一样被李陪陪抱在怀里，掩埋了她的上半身。

第四章 Chapter 4

吸协一日游

那天李陪陪骂人打架的结果是，我回去时，人已经不在了，就剩睡得四脚朝天的李莽子躺在原地。

我本来以为这件事大概就这么完了，黑衣人是谁，为什么攻击我们好像也不太重要，因为……反正有李怼怼在查嘛，但我和李陪陪都没想到，第二天，李陪陪开始肩痛了。

她来找我给她捏捏，一脱衣服，我看着她的右肩，没敢捏下手。

“怎么了？”

“陪陪你昨天没洗澡吧。”

“昨天好累，我棺材都没打开，就在沙发上将就了一天。怎么了？我身上脏吗？”

“不是。”我把她带到镜子面前，“你要是洗澡，一定能看见这个。”

李陪陪背着身，扭过头，在镜子里看见了她自己的后背，然后她也怔愣了：“这是什么？”

只见在她后背右肩胛骨的位置上有一块暗红色的印记，形状像一个小孩的血手印，在那手印指端的地方还划出了三条血淋淋的线，我鼓足勇气，抽了四五张抽纸，揉成一团，轻轻在那线上擦了擦……

“擦不掉。不是你的血，就是个印记。”我感觉我的心跳像看鬼片一样，已经加快了不少，“陪陪，昨天你推我那一下的时候，是不是被那个黑衣人打了一下？”

李陪陪本来就白的脸，一下就变青了：“那是个鬼？难怪我们回去找的时候他人不在了，他是不是附身在我身上了？小信你快给我打打光，我影子还在吗？”

我二话没说，当机立断，拖着她就下了两层楼，“咚咚”敲响了老巫婆的房门。

老巫婆好像有事出去了，我又拖着已经被吓得六神无主的李陪陪去了一楼，敲李怼怼的房门，然而只有黑狗在门口舔爪子：“主人昨天出去了，一晚上都没回来，估计忙着呢。”

“在哪儿忙？”

“我为什么要告诉……”

我一把拎了它的脖子把他提起来：“你看我的样子像在和你开玩笑吗？说，他在哪儿忙？”

黑狗被我吓到，瞪着眼睛看我，我将它一抖，它声音立即低了一个八度：“在吸协呢……”

“陪陪我们走。”

“不不不！”李陪陪挣脱了我的手，一溜烟地往楼上跑，“这楼里有结界，我不出去，万一一出去我就被鬼抢了身体怎么办？我不去。”

我看她已经吓得完全没了平时的威风，只好掏出手机给李怼怼打电话，打了两个电话，还都关机，我一手提着黑狗就往外面走：“你给我带路，去吸协。”

“那么远！我爪子很软的，我不想跑……”

“天涯海角你也得给我带过去！”

最后……我们选择了打车，坐在后座，猫爪子指方向，我给师傅指路，一路磕磕绊绊，受了师傅无数抱怨，终于开到了磁器口……

我万万没想到，他们吸血鬼协会这么一个神秘的地下组织，居然会把办公地点定在这么人声鼎沸的城市旅游景点……

我抱着黑狗，听它给我指路，在摩肩接踵的古镇游客里，奋力向前，走过最主要的两条街，黑狗指着我往旁边一条小道里一拐，瞬间人就少了不少。它又是上下左右的一通指，重庆山城地形本就复杂，我拐了几个墙角就完全不知道自己在那个方位了，还以为黑狗在遛我玩，正想揍它，它就甩了甩尾巴：“喏，就是这门。”

面前的门十分古旧，门守着的这个房子看起来也有很久的年代了，破破烂烂，好像推一下就能把这老房子推倒一样，门旁边的灰墙上还贴了一张告示，上面写着“危房，勿进”。

“真是这儿？你没骗我？”

我困惑，他们吸协的条件也太艰苦了吧！吸血鬼们在国外不都住城堡吗？奢华豪华，什么男爵伯爵，怎么到我大中华来，堂堂办事处，居然沦落成了这副德行……

“对啊。”

“李怼怼每天西装革履、打扮得人模狗样的就在这儿上班？”

“对啊。”门前房门“吱呀”一声打开。西装革履、人模狗样的男人抱着手站在里面，静静地看我，“你有什么意见？”

黑狗见了主人，当即纵身一跃，泥鳅一样从我怀里逃走，一下蹦上了李怼怼的肩头：“主子，这贱婢今日可放肆了！区区人类，居然威胁我！”

我咳了一声：“李怼怼，我和你说正经事儿，陪陪昨天因为保护我，替我挡了那黑袍人的一记攻击，现在她肩胛骨上有了一个小孩的血红色手掌印，我去找了老巫婆，他不在，你回去给她看看吧，我怕出事……”

李怼怼听了我的话，默了一瞬：“黑狗，进去帮我叫两个医师回去看看李陪陪。”

“好的，主子。”黑狗一溜烟蹿进了小破房子里。

我忍不住往房子里多望了一眼，这外面看起来又破又小的房子，听李怼怼的意思，里面好像还有很多人似的……我一下觉得，他们的条件变得更加艰苦起来。

“你。”李怼怼喊我。

“我什么？”

“今天开始，你有门禁了，非必要时，不准出门。”

"为什么？"

"为什么？"李怼怼的语气里充满了对我智商的嫌弃，"李陪陪帮你挡了一招，你说，给李陪陪留下印记的人，原本想对付谁？"他盯着我，眸光严肃且寒凉，只看得我心肝一颤，"我们的世界很危险，作为人类的你本不该掺和，可你既然已经掺和进来了，就把自己的小命看紧点。"

李怼怼说："记住，你是猎物。"

我总觉得，任何话，无论谎话、大话、玩笑话，当李怼怼盯着我说出来的时候，那就是真话。

他就是一只捕食的狮子，吃饱肚子，闲暇之余，给我点警告。所以当他吐出"猎物"这两个词的时候，我浑身的鸡皮疙瘩很配合地站了起来。

我成功地被他吓住了。

他镜片上映出的我像一只惊惶的小鹿，抿着唇，屏着气，眼睛一眨不眨地望着他。

他垂了眼眸，转过头往那危房里走，我站在他后方，直觉他在笑，至少他觉得我很好笑……但当他回过头来看我的时候，眼睛里又没有丝毫笑意，还是像平时那样跩跩的。

"杵着干啥？"

他这话将我问蒙了，我愣了一会儿，回答："等医生跟我一起回去治李陪陪啊。"

他眉头一皱，典型的房东式不耐烦："刚才我说话的时候你耳朵打蚊子去了？你回去路上指望两个医生护着你？"

我看了他好一会儿："不然呢？"

"等我。"

于是我静静地等着他把下半句话说完，可就这样和他对视了十秒钟，他也没再说下一句，我好心提醒："等你干啥？"

他微微一眯眼，转过身来，抱起了手，倚在破败的木门上，推了下眼镜，用看智障的眼神看着我，缓慢地说：“除了等我下班，你以为，在这里，你和我，还能干什么？”

周围是青石楼梯和危房，下面远处是江，上行不远是人头攒动的景区，如果在这儿是我的男朋友，凭我多年累积的阅片量，我能想出一万件能干的事情，温情的，刺激的，什么都有，想干什么就干什么……

可是李怼怼，我只能愣愣地盯着他，反应了好半天问：“你让我等你一起回家？”

“你是不是昨天让李陪陪把脑子颠掉了？傻得听不懂中文了？”他开启了怼人模式，而我没有及时怼回去，因为我有点蒙。

我不是傻，也不是不能理解李怼怼和我说的话，我只是不理解他。

我知道李怼怼有多讨厌“一起”这个词语。

他不止讨厌自己和别人“一起”，还讨厌我和李陪陪小狼小美“一起”，他称我们打麻将是聚众赌博，烤烧烤是非法集会。见一次怼一次，怼得我们聚会频率直线下降，只有我和李陪陪因为同住一层楼还算是联系比较频繁。

李怼怼好像希望我们每个人都和彼此保持距离……或者说……他希望我和每个人都保持距离。

是的，就像之前说的，我觉得李怼怼内心是讨厌我的，因为我打破了他的规矩。

所以，打从一开始，我脑子根本就没往他会为了保护我而“屈尊”跟我一起回去这个方向转。

“进来。”李怼怼说罢这两个字，扔下还蒙圈的我，走进了危房。

我抬头看了一眼上面已经开裂的墙壁，左右看了一眼无人的小道，心里有点发虚，小步踏进了门，几乎是下一瞬，房门“吱呀”一声合上，整个房间立即陷入了黑暗之中。

没有退路，我也看不见走在前面的李怼怼。

“李……”

我话刚开了个头，忽听“嚓”一声轻响，火光蹿出，角落里李怼怼点亮了一根蜡烛，火光在他脸上颤动摇曳，衬得他五官更加立体，有那么一瞬间，我恍惚觉得这里不是磁器口，没有维修的古镇危房，而是遥远欧洲大陆上的一座古堡，古堡里住着阴晴不定的吸血鬼伯爵……

“过来。”伯爵命令我，成功地打破了我的想象。

“你知道你每次叫我的神态语气就跟李陪陪叫莽子一样吗？”

我提出自己的不满，换来了李怼怼轻轻一瞥：“哦，那我对你还挺好的。”

“……”

对话间，我走到了他的身边，脚刚刚站稳，忽然间，他手中握着的蜡烛火光猛地一亮，脚下光华大作。我垂头一看，一个正圆的法阵闪耀着金色光华，尽管住进老居民房已经有一段时间了，但我还是头一次站在这样的法阵里，我很激动。

“像动画一样！”我刚喊了这句，身边光华陡然消失，眼前不再是那漆黑的危房内部，而是石头堆积建造出来的一条暗道，暗道潮湿，两边点着昏黄的蜡烛。而昏暗的环境并没有抹杀我高昂的兴致，我双眼不停地在四周扫了扫去。

这是简直是灵感之地啊！

我一边打量一边问：“我们现在在哪儿？还是磁器口吗？这是地下？你们弄了多深？我就说你们吸血鬼协会听起来那么有趣的名字怎么会在危房里办公。我要在这里等你吗？我可以自己到处走走吗？我保证什么都不碰！”

我叽叽喳喳、兴致勃勃地一通嚷嚷，喘气的时间才发现我打破了这里的宁静，就像闯进图书馆的广场舞，那么的不合时宜，而李怼怼居然没有喝止我让我安静点。

我转头看他，却见他也正看着我。

四目相接，中间隔着一根火光跳跃的蜡烛。

他盯着我的目光有点悠长，好像透过我看见了时空的另一头，但在我懂事的伸手捂住自己的嘴之后，他眨了眨眼睛，眼中的那层雾蒙蒙的纱散了去，他恢复了以往的高傲：“把你眼里的光收一收，别闪瞎了这下面见不得光的吸血鬼。”他说着把手里的蜡烛递给我，“拿着照路，去前面第三根蜡烛里面的房间等我。”

我压着自己的声音：“我就问一个问题。”

“嗯？”

“我可以自己到处逛逛吗？”

然后李怼怼就皮笑肉不笑地笑了：“你说呢？猎物。”

我咽了口口水。

他转身往后面没有蜡烛的黑暗里走，那声音就像从虚空里飘来的一样，在暗道里来回碰撞，空洞而可怕：“胆肥就去逛吧。吸协地下办公楼很大，什么都有，拿好蜡烛，那是你的通行证。”他顿了顿，我看见他的身影在即将淹没进黑暗之前转头来看了我一眼，“可别让它灭了。”

像听到了什么不得了的诅咒，我头皮一麻，立即护住蜡烛，小心翼翼地挪到了李怼怼说的房间，里面有个简单的办公桌和椅子，我抱着蜡烛坐了下来，一动不动地盯着火光。

我所有的好奇心都死在了刚才李怼怼恐吓我的瞬间。

保命，不作死，我觉得这是平凡而普通的我在这个危险世界存活下来的主要原因。

就这样盯着火光坐了很久，我实在无聊，掏出手机，没有信号，于是开始玩起了消灭星星，玩了两把，听见“啪嗒”一声轻响，头顶白光闪了两下，我一仰头，只见头顶上吊着的白炽灯打开了，一瞬间室内亮白，亮得和普通的政府办公室一样，那种阴暗可怕的气氛瞬间消失殆尽。

“哦哟吓死我了，你一个人干吗坐这儿不开灯？”门口一个十五六岁的小萌妹一脸困惑地问我。

我报之以抽搐的嘴角：“没……没人和我说这里有灯……”我说，“我以为你们这儿就爱点蜡烛呢……”

“谁爱点蜡烛啊，又熏又闷，走廊的灯上周坏的，让人来修一直没修好，没办法才点的蜡烛。”她走进来，把手里的面往桌上一扔，重庆小面的香味顿时飘了满屋，香辣的味道刺激味道味觉，让我有些饿了，“让让，那是我的办公椅，你去那边坐。”

“哦……”我抱着蜡烛挪开。

“你抱着蜡烛干啥？开灯了你还看不见吗？”她问我。

“不是说……蜡烛是通行证吗？”

小萌妹愣了一会儿，然后拨开桌上的文件，在角落翻出一个座机，打了个电话：“喂？总秘书室啊，我这儿是前台，你们能和主任沟通一下吗？能不能让他别再乱吓唬新来的人了，每次都要和人解释一遍我们是现代化遵纪守法的工作单位真的很累啊！我很忙的好吗？……你们不说？你们不说难道让我去和主任说吗？要你们秘书室是干吗吃的？”

小萌妹在电话里和人撕起来了，我就这样近距离地观测了一场非人类事业单位的骂战。

然后恍悟过来……

李怼怼！没想到你是这么幼稚的吸血鬼！居然欺负我初来乍到不懂你们吸协的规矩！

“气死我了。”小萌妹甩了电话，“要不是看在面快糊了的份上我今天儿不诀（骂）死他。”她一边说，一边打开一次性筷子，“呼呼”吃了两口面条。小面暖了她的胃，仿佛也安了她的心，她这才抬头看我，情绪不复刚才在电话里那么激烈。

“你是来办什么业务的？莫怕，我们不喝人血很久了。”

我知道他们吸血鬼现在已经不怎么喝人血了，现代社会，他们早就造出一种高营养高价值可以高效率生产的血粉冲剂，就跟奶粉一样，一冲就是一袋血，干净无污染。价格有高有低，味道有甜有腥，有的还可以加糖加盐来饮用，吸血鬼之间还有关于血粉的甜咸之争。

当然了，作为生活必需品，血粉偶尔也有一些假冒伪劣产品混迹市场之中，危害吸血鬼们的身体健康，所以他们吸协也有一个很重要的责任就是打击伪劣产品。

前段时间就听说李怼怼他们查获了一吨的伪劣血粉，还把几个不法分子抓来关起来了呢。

“我不是来办业务的，我呃……是在这儿等你们李主任下班。”

小萌妹一听，眼睛一亮：“等主任一起回家啊？”

“嗯，我是他邻居。今天是有点特殊情况，所以……呃……”

我不解释还好，一解释，小萌妹的眼睛越来越亮了，我说不清楚，干脆闭嘴，任由她上上下下将我一通打量，然后一边吃面一边和我说：“哎呀，我们主任哪儿都好，就是爱吓唬人，好多次了，都吓得来办业务的人话不敢和我们多说几句，就怕我们把他们吃了，主任说这样会让他们少闯点祸，可没想到增加了我们多少工作难度，怎么也没办法获得他们的信任。邻居小姐啊，你要是有机会，和咱们主任说说呗。”

我去说还不如你们自己说呢……

我微笑一下，不置可否，静静听她的抱怨。

很神奇，我是一个一毕业就开始自己在家里画画的漫画作者，从来没有去任何公司待过，我怎么都没想到，有一天，我竟然会在不知道地下多少米的地方，听一个吸血鬼和我抱怨工作的烦恼。

小萌妹超能说，不知扯了多久，或许到了晚上我该睡觉的时间了，我在椅子上闭上了眼睛，耳朵边一直是她絮絮叨叨的声音，慢慢的，耳边絮叨的女声变成了另一个声音。

这个声音明显要惊慌很多，她好像在一个又闷又热的地方，她一直在行走，穿梭在拥挤的人群里，路过的每一个人脸上都是一片愁云惨淡，气氛悲苦又绝望，她逢人就问：“我孩子呢？你看见我的孩子了吗？他是个小男孩，穿着青布衣裳，你看见他了吗？”

世界一片寂静，只有她一个人在不停地寻找。

而忽然间“轰”一声，天崩地裂，头顶落下了石头，人群开始惊叫起来，一片混乱，她只能在混乱当中绝望地尖叫：“幺儿！幺儿！”

她越喊越大声，越喊越凄厉，每一声都在撕裂我的耳膜。然而在一声极高亢的哀鸣后，世界陡然归于一片黑暗。

"苏小信。"

我听到有人在叫我的名字。

我睁开了眼，李怼怼站在我身前，他望着我，眼神那么平静，和我梦里的惊惶形成了那么鲜明的对比。

"我……做噩梦了。"我说着，坐起身来，这才发现手心拳头握得发疼，后背已是满满的冷汗。

他拉了一个椅子，在我旁边坐下，抱着手跷着腿，看着我："说说。"那自信的表情，好像全天下不管有再可怕的事，到他面前都不值一提一样。

于是，在他身边，我也莫名自信地觉得，这个噩梦真的就不值一提了。

"有笔吗？"

"嗯？"

"我把我的梦给你画下来。"

李怼怼给我找来了一支圆珠笔和一个小笔记本："没别的。"他说这话，好像是怕我以工具简陋为借口画不出来一样，我给他翻了个颇为不屑的白眼，接过圆珠笔和笔记本就埋头画起来。

作为一个没有想象力的职业漫画作者，扎实的画工是我的安身立命之本。我把我描述不了的场景在纸上速写下来，笔触很快，画面难免有些潦草，但景和人比例没有一丝偏颇。

我画画的时候不言语，李怼怼也没有说话，吸协安静的地下办公室里就只有我笔尖摩擦过纸面摩擦的轻响，还有我随着笔触时重时轻的呼吸。

当我停下笔抬头的那一刻，才发现李怼怼什么也没干，就一直专注地盯着我的画，见我停笔，他也一抬眼睑，四目相接，呼吸很近，瞳孔里彼此的身影是可以依偎的距离。

我把画举了起来，挡在我和李怼怼中间，像一个能隔开我和他的屏障："画好了。"

李怼怼往椅背上一靠，抱着手叫我："苏小信。"

我见他这姿态，立即防御起来："行了行了，没让你看我画得好不好，你就看看这意思……”

“你的画还不错。”

“咚”，我心跳快了一拍，不为其他，只为……李怼怼这怼穿肠的家伙居然夸人了！

“你画画的模样也不错。”

我睁大眼睛，看着李怼怼，当我最引以为傲的本事得到了最不认可我的人的认可，在最初那一瞬的震惊错愕之后，我嘴角微微一翘：“那当……”

“下次见我别说话了，画画就行。”

“……”

呵呵，我真是天真，这家伙嘴里能吐什么象牙？

我拿笔头敲了敲笔记本：“看这个！重点在这儿！”

李怼怼跟着我的笔头又扫了一眼我的画：“大轰炸时期的防空洞，看样子不大，这是个丢了小孩的母亲吧，把她的面部给我精细地刻画下来，我拿去让人扫描复印散发出去。”

我一愣：“扫描复印散发？”

“嗯，你看见的，大概就是咬你的僵尸生前的模样。”李怼怼表情冷淡地说着话，让我后脊梁阵阵发寒，“李陪陪昨天和我说过你做梦的事，我和几个医师还有赶尸匠探讨了一下，估计是僵尸黏液进入你的血液导致中毒，毒性让你看见僵尸生前的事。照理说僵尸黏液不会有这样的毒性，可失控的那几只或许有变异，黏液毒性带有未知不确定性。”

“我……”我颤抖着开口，“我这是中了尸毒？我是不是……要死了？”说到最后，我语调一转弯，竟在自己没法控制的时候就带出了一丝哭腔。

李怼怼瞥了我一眼，那充满嫌弃与自负的眼神好像在说，有我在呢，你想死还没那么容易。

我稍稍控制了一下情绪，隔了一会儿，还是忍不住开始在心里默默盘算，要回去给没完结的漫画好好写个大纲了，万一我遭遇不测，故事也总要给读者一个交代！这是作为职业漫画家的操守！

我一边想着，一边把笔记本翻了页，起了个大形，然后开始用圆珠笔画起了梦中女人面容的素描。画着画着我忽然想起了一点，抬头问李怼怼："上次我被那个僵尸咬了，为什么那个时候不直接让我画那个僵尸的模样？"

李怼怼擦着眼镜的手微微一顿，眯眼问我："哦，那你还记得那僵尸女人长什么样吗？"

……

很抱歉，我忘了，关于那天晚上的回忆，我只记得那个连脸都没看清的黑衣人了。嗯……好像，确实也是，在被僵尸袭击后的一两天里，我根本没有在意"被咬了"这件事，而是全身心投入"一见钟情"的情绪里面去了。

我沉默，垂头画画，李怼怼擦好了眼镜，将它架在鼻梁上，然后站起了身："在这儿画着，我去带个人过来，今天和我们一起回去。"

没再给我发问的机会，他揣着手走了出去。

大概一个小时后，我圆珠笔尖停在女人的眼角，着重加深了一块阴影，然后挺直背，呼了口气，左右一审视，又在她嘴角的位置添了两笔。

"哇！"我听到一个孩子稚嫩的惊呼，旁边一个黑乎乎的脑袋立即凑了过来，惊叹似的欣赏着我的画："画得好好啊！"小孩说着，仰头看了我一眼，眼珠子像黑曜石一样透亮，"你好厉害！"

这么会欣赏的小孩已经很少了，我心头得意，正想谦虚两句，手里的本子就被拿了过去，李怼怼拿着本子看了看，直接用前台小萌妹的座机打了个电话出去："喂？来前台拿文件，今天给我发出去。二级通缉。"

他们吸协的通缉令分为特级通缉和一级、二级、三级、四级、五级通缉。

一般一级通缉就是最高通缉令了，像发生了非人类连环杀人事件，或者非人类大规模斗殴死伤惨重，就会对主要罪犯发布一级通缉，二级通缉算是普通事件里面的最高级别，看来僵尸这个事，给他们的压力还挺大的。

至于特级通缉，李陪陪说这是属于他们非人类事业工作机构里面的机密了，一般人都不知道……

“小姐姐，你不仅画画得好看，人怎么也这么好看啊，我都看呆了。”

嗯？

我把目光从李怼怼身上挪开，看到半人高的小朋友脸上，小男孩眨巴着一双透亮如黑曜石的眼睛盯着我，我一时半会儿还有点难以置信是一个小男孩说了刚才那句话。

“小姐姐眼睛好漂亮，一定是因为一直用这么美的眼睛看世界，所以画的画才那么好看。”

嗯？！

等等！这小孩！这小孩简直……

“哎呀，被漂亮小姐姐一直盯着看，我都脸红了。羞羞！”小男孩说着就把脑袋往我腿上埋，就在额头要蹭到我时，背后一只苍白的手提了他的衣领就把他拎了起来。

李怼怼斜眼看他：“一把年纪了，就别瞎卖萌占人便宜了。”

“咦？叔叔你在说什么啊？我怎么听不懂？”

李怼怼颇为嫌弃地盯着他，手一挥，像扔垃圾一样直接把他往墙上砸去，我一声惊呼，还以为小男孩要头破血流横尸当场了，没想到那孩子抱着头在空中几个旋转，双脚稳稳地在墙上一蹬，腰腹一扭，像奥运会里看到的那些体操队员一样，完美落地。

他赤着脚没穿鞋，脚踝上系了个铃铛，但是刚才那一套动作下来，脚上的铃铛吭都没吭一声。

“别就知道看脸，这家伙对你来说已经是四五十的大叔了，收收你那一脸看神童的神情。”

“咦？四五十？”我惊讶，“天山童姥？”

“哪有？我真的就是个小男孩啦。”他笑眯眯地看着我，“我叫于邵，小姐姐可以叫我小邵邵或者小于于。我是一个赶尸匠，今天要和小姐姐回家住。”

“一栋楼而已，你别想太多。”李怼怼打断他。

“我今天要和这么漂亮的小姐姐住在同一栋楼里了，想想就觉得好开心。连有这么煞风景的外国僵尸在我都觉得没什么了。”

“不高兴你可以继续睡办公楼里。”

于邵看也没看李怼怼一眼，走到我面前，伸出手来：“我们要走了呢，前面好黑哟，我怕看不见，要小姐姐牵，不然走不动。”

我静静地看着他，又看了看李怼怼，李怼怼微不可见地点了点头，我这才放心地把手交到这个奇怪小孩的掌心里，而在他握住我手的那一刻，他一直看似天真可爱的眼神倏尔锋利：“小姐姐几天前被僵尸咬了老做噩梦是吧？”

“嗯……”

“那这几天要小心哦。”

我心里打突：“小心什么？”

“小心做梦的时候被僵尸带走哦。”

这话说得太吓人了，我当即腿一软，有些走不动路了，他见我被吓到，又笑开了，一边牵着我走，一边说：“不过小姐姐放心，你们那栋楼本来就有外国僵尸下的法阵，虽然我不愿意承认，但他确实挺厉害的，那几只不听话的僵尸是没有能力闯进去的，就是想闯进去的，可能不是那几只……”他简单提了句，又转了话题回来，“不过，不管什么僵尸，现在那栋楼有我住进去了，就不会让这么漂亮的小姐姐跟他们去玩的，要玩，也只能和我一起玩。”

听到这儿，我算明白了，这赶尸匠，原来是李怼怼找来的护卫啊。

“那几只走丢的僵尸就是你赶掉的吗？”

于邵轻轻一笑：“小姐姐，我好久没亲自赶过尸了，那些都是手下的人做的，不过这次碰到了麻烦，让我从湘西赶过来收拾场子，正好我也好久没来重庆玩过了，想念这边的麻辣老火锅。”他往旁边一指，“都赖这抠门工作狂怪叔叔，我都来了两天了，一直让我在地下室工作，都不让我出去玩的。”

说话间，我们已经离开了吸协的地下办公楼，在法阵的一闪一灭间，又来到了下午走进去的那个破烂危房里。

于邵推门出去，轻车熟路地走上了磁器口的正街上，现在已经是凌晨，相比于白天的磁器口，大晚上的古镇倒真有点古镇的样子，只是商业化的痕迹还是难以避免，偶尔有一两家店趁夜赶工装修，其他的店都关着门，有几个小酒吧不知日夜地传来几句配着吉他的民谣。

春风已不寒，带着江水湿意，柔柔拂过脸，吹出了我几分睡意。

“火锅的话，改天到楼上来我们买了菜可以自己做。”我打了个哈欠，看路边卖麻花的店正要打烊，这家麻花从小爹妈就爱买来给我吃，到现在他们白天的生意十分火爆，排长队最少也要十几分钟，这大晚上倒是一个人也没有，我撑着睡意蹦跶过去，在老板手机只有3％电量的情况下，强行支付，买了两包糯米小麻花。

“小邵邵，来，见面礼。”我给了他一袋，“以后麻烦你照顾啦。”

“哇！小姐姐你真好！”于邵开开心心地接过，直接撕开就吃了一个，眯着眼直夸好吃，旁边卖家看见了，趁着还没打烊，把于邵叫了过去，抓了两大把麻花塞他手里：“小朋友喜欢就多吃点。”

长得可爱又会说话的小孩果然上哪儿都讨喜。

于邵在那边将店老板一个劲儿地夸。

我这边看了李怼怼一眼，他正盯着房顶上的猫，我将另一袋麻花递给他：“这袋给你的。”

李怼怼这才垂头看我：“给他的是见面礼，给我的是……保护费？”

“那你收吗？”

李怼怼默了一瞬，抬手，将小麻花提了过去。

我强调：“收了保护费，可是要干事的。”

收了保护费，可是要保护我的。

他瞥了我一眼，在那边于邵抱着麻花跑回来的时候，只轻轻说了一句：“安心画你的画。”

第五章

Chapter 5

血手印

“王炸！”

回到居民房楼下听到这寂静夜里的一声吼，我有点蒙，看了李怼怼一眼，果不其然，他已经皱眉，仰头望七楼，推了一下他的金边眼镜。

“三拖一，我赢了！”

我也随着李怼怼的目光往楼上看去，黑漆漆的旧居民房只有七层一户还开着灯，那是小狼的房间，正在李陪陪楼下。

我心怀疑惑，小狼什么时候交了几个可以深夜斗地主的朋友？

李怼怼迈步就往楼上走，我亦步亦趋地跟着，我不打算去管小狼的事，毕竟李怼怼会管，这个房东大人现在已经是一副面色不善，迫不及待地想怼翻大晚上不睡觉还大声斗地主的不乖租客……的模样了。

我只想快点上去看看李陪陪，然后自己回家洗洗睡觉。于邵也很乖地跟在我后面嘎嘣嘎嘣吃着麻花，爬楼向上，因为李怼怼给他安排的房间就是小狼隔壁的那户。

爬上七楼，隔着破旧的铁门，里面又传来小狼的声音：“3 个 K 带个 5。”

“要不起。”

“要不起。”

听到这两道声音，我看见李怼怼眉头一皱，二话没说，掏出了那把最可怕的房东万能钥匙，“咔”一声开门进屋，屋内烟雾缭绕，光线昏暗，三个大男人围着一张藤编小圆桌坐着，桌上乱乱地摆着打过的牌，两个穿着白大褂的医生叼着烟，抖着腿，齐齐转头看向门口。

活像电视里乌烟瘴气的赌博现场，哦……这就是赌博现场。

小狼根本没看门，数清楚了手里的一把连牌，欢欢喜喜地甩到桌上：“顺子！”

两个大叔医生转过头去，又抽了口烟，齐齐说：“要不起。”他俩已经完全没了精神，声音沙哑又疲惫。

“再来个王炸！还有两张！一对十！”小狼语调雀跃，“我赢了，春天加炸，翻番翻番。”

我看得目瞪口呆。

“在我的地盘聚众赌博？”李怼怼语调微扬，“玩得开心？嗯？”他一开口，我看见小狼几乎是下意识地浑身一颤，两个大叔医生这才扔了牌，站起身算是礼貌地打了声招呼：“主任。”

“禁止吸烟。”李怼怼瞥了他俩一眼，他俩识趣地把烟掐了。李怼怼又把目光挪到小狼身上，“你最好有个解释。”

小狼微微僵着身子抬头，看看李怼怼，又看看我，目带求救，而我还在震惊小狼的牌运，一万次感谢还好以前李陪陪提议打麻将的时候我以不会的理由拒绝了，不然我大概能把下半辈子的底裤都输出去。见求我无望，他又把目光挪到我背后的于邵身上。于邵笑容灿烂地和他打招呼：“哟，我是你的新邻居，你好呀小狼人。”

小狼这时才有了点平时羞涩的模样，垂着头，微微一笑，一边把桌上的钱往兜里抓，一边弱弱地说了声：“你好。”

“哪儿好？欠的房租赢回来了？”李怼怼一句话插进去，直接把小狼的脸插白了去。他嗫嚅半天说不出一句话来，磨蹭半天，像要哭了一样把兜里的钱抓出来，一张一张地数了，递给李怼怼：“还差四个月的……”

他委屈巴巴，而李怼怼收钱毫不客气，旁边两个医生摆着一副沧桑的模样叹气，我却突然想起一件事来："等等，你俩……吸血鬼医生不是该给李陪陪看病去吗？怎么在这儿斗地主了？李陪陪呢？"

两人指了指楼上："不让进。"

小狼也才弱弱地开口解释："傍晚他俩来给陪陪看病……陪陪怎么也不开门，我就接他们来屋里坐坐，反正陪陪就在楼上，听见什么异动我们也可以上去，然后……正好桌上有扑克……正好，我们都会斗地主……"

搞半天他们居然没有去给李陪陪看病！

我急得不行："她不开门你们不知道破门而入吗？两个吸血鬼加一个狼人，还能被一个破铁门拦在外面？"

"我们当然要有礼貌。"一个吸血鬼开口了。

我想着李陪陪身上那个邪门的血手印，不知过了这么长时间发展成什么样了，心里又气又恼又急，看着这仨一副事不关己的模样，瞬间体会到了李怼怼每天管理着这样一群不着调的非人类时那操碎心的心情。

何以解怒？唯有强怼。

"什么破礼貌有救人重要吗？都多大的吸血鬼和狼人了，能不能靠点谱！"

我头一次对小狼发脾气，他很明显吓到了，用一副被李怼怼怼了的委屈表情看着我。旁边两个医生则是呆呆地看看我又看看李怼怼，于邵倒是在我背后感慨："哇，小姐姐怼人的样子好帅哦！"

而李怼怼听完我这番话，破天荒地站到了我这一边："听见了没？都给我靠谱点。"他语调严肃又冷凝，带着不怒自威的力量。

他给我撑腰，我盛怒之下也有点惊讶，然后就听见他说："一晚上了，输赢才两个月的房租，吸协没给你们开工资吗？"

我……

我就不该对这些吸血鬼非人类报什么希望！

我怒而转身，"噔噔噔"上了楼，敲李陪陪的房门，里面没人应，我有点慌了，脑子里已经闪过了一万种李陪陪在家里的死法："上来开门。”

我往下喊了一声，却见楼下两个吸血鬼在找李怼怼理论：“主任……我们已经很久没涨过工资了……”

“涨工资找财务处。”

“可那也要你盖章啊……财务处说，每次送上去的涨工资提议……你都给退回去了。”

我这边是生死攸关的境地，他们却在楼下讨论涨工资……

是指望不上他们了，我咬咬牙，退后两步，往前一冲，“咚”一脚狠狠踹在李陪陪的铁门上，铁门本来就年久失修，我这发狠的一脚倒真的把铁门踹开了。

我膝盖和脚踝震得发疼，巨响倒让楼下几人注意到了上面的动静，齐齐上楼看了过来。

李怼怼只有一句话：“苏小信，这门你来修。”

我瞬间心疼起了李陪陪，你们吸血鬼之间的感情是有多么淡漠啊，几个力量摸不着边的非人类站在后面看热闹，就我一个人类来出力救人。

我懒得理他，进了屋去，就看见李陪陪的那个被她涂抹得七彩斑斓的棺材摆在屋中间，棺材盖盖得死死的。

“李陪陪。”我在棺材盖上叫她，“你还好吧？还活着吗？”

“活着活着，别管我别管我，让我一个人待在棺材里，我害怕！”

她的声音听起来十分精神，虽然衬得我的担心着急有点多余，但她没事才是最重要的，我哄她：“你别怕，你哥李怼怼也在呢，给你带了两个医生和一个赶尸匠来救你，不让你出毛病。”

棺材里面安静了一会儿，然后微微掀开了一条缝：“赶尸匠？能解尸毒的？”

“小邵邵。”我唤了声门口吃着麻花看热闹的小孩。他倒是最听话的一个，乖乖走进来，和棺材缝里面的李陪陪打了个招呼：“大美人儿，又见面了。”

嗯？搞半天原来是旧相识，不过想来也是，李怼怼认识的人，李陪陪多半也都认识。

“啊！”李陪陪一声惊呼，一把掀了棺材盖就蹦了出来，“于邵邵！”她一把把于邵抱了起来，“你来了！我有救了！你给我看看。”

说着她丝毫不顾在场还有几个男人，一把扒开外衣，转过身去，露出光滑的背脊：“你给我看，那血手印儿能解吗？”

我来不及帮她捂住别的男人的眼睛，于是只好捂住我自己的眼睛，然而房间沉默了很久，于邵开口：“大美人儿，你给我看了很漂亮的一片雪肤，手印儿我可没看见。”

我错愕地拿开手，定睛一看，李陪陪后背的血手印儿已经不见了！

“没有？”李陪陪说，“不可能啊！先前我和小信亲眼看见的，就在这一块。”她费力地将手弯过来比画。在我记忆中，那小孩的手印确实是在她后背的那个位置，但是此刻她光滑洁白的皮肤就像一块圣地，上面什么都没有，连毛孔都小得看不见。

“确实有的。”我给李陪陪作证，因为如果不是互相印证，我恐怕都会怀疑，今天只是我看晃眼了。

于邵摸了摸下巴：“两位医生来检查下她的身体吧，看看有没有哪儿奇怪。”

医生依言提了他们的医疗箱来给李陪陪做检查，终于算干了点儿正事，然而身体测完，两人却说李陪陪身体没什么毛病：“唯一有点不好就是血糖有点高，估计是高糖分的血粉冲剂喝多了，今天多喝点水。”

医生给了这样一句不痛不痒的叮嘱，收拾了箱子：“没什么事儿我们先走了。”

医生走了，李怼怼和小狼也跟着转身离开，李怼怼只留了一句：“记得给我把门修好。”

于邵一边吃麻花一边嘀咕：“我也是没看出什么问题，不过既然你们俩都说看到了血手印，那大概也有点问题吧，不过没事，这段时间，找到那些僵尸前，我都会住在这儿的，就在楼下，有什么事儿来找我就行。”他顿了顿，给李陪陪抛了个电眼，“没事来找我也行。”

所有人都走完，只剩我和李陪陪在屋子里面面相觑。

“小信。”

“嗯？”

“虽然他们这么说，但我还是很怕。”她提出提议，“你和我一起睡棺材好不好？”

“我也很怕你的棺材！”

我回了房，那天李陪陪身上出现的血手印好像就这样不了了之了，过后再有几天，李陪陪也没有出现什么异常，那个手印就好像是那天我和李陪陪产生的错觉一样。

倒是我，每天晚上都在做梦，梦里的场景人物越来越清晰，故事也越来越明了。

有时候我也会看见一个古代战场的将军，但更多的时候是一个女人带着自己的孩子在被狂轰滥炸的城市里躲避。他们计划逃离城市，然而在逃离前的一天早上，空袭再来，他们躲进了就近的防空洞里。洞里的人有认识的，有不认识的，每个人脸上的表情都极致的麻木，然而在这麻木之中又透露着来自灵魂里的不安惊惶。

女人和自己的孩子走丢了，她在防空洞里绝望地寻找，一声又一声地喊，但没有人回应她，回应她的只有外面疯狂的爆炸声，还有紧接而来的地动山摇。

“要垮了！要被炸垮了！”

有人喊出这句话，人群像惊慌的牛羊，毫无尊严地，争先恐后地往洞外奔跑，有人摔倒，于是脚步践踏而上，有人哭号，有人狰狞，有人扒开前面的人往外冲，有人把自己身边的亲人往前推，但摔在地上的人越来越多，一层又一层，人就像屠宰场里的肉，被那名唤恐惧的力量推着，挤着，一层又一层地叠在下面的人身上，压死的，窒息的，最后防空洞轰然垮塌，一切归于寂静。

而那个一直在找孩子的母亲，最后还是没有找到自己的孩子。

每一次的梦都会越来越清晰，最后清晰得甚至让我听到了那个女人最后的愿望："我要找到我的孩子，带他离开这里。"

我把这些画下来，一次比一次画得更加清晰写实，我拿给于邵和李怼怼看，希望能对他们的寻找提供一些帮助。而专心于画这些的时候，我在网上的连载《吸血系列——吸血亲王怼穿肠》的更新就放慢了下来，好几天时间，还停留在李怼怼穿着睡衣棉拖去和人干架那场上。

下面的留言有很多催更的，但更多的还是对于那一话里面的李怼怼的评价——

"怼爷拖鞋睡衣也能帅翻我！"

"好想替怼爷脱掉他的睡衣！我要来场粗暴的！"

"求苏苏专门来一话不干别的，就嫖怼爷。"

最后这条评论有一百个点赞，是我目前为止所有评论里点赞最多的一条。这代表着我的读者对剧情的殷切期盼，所以它成功地引起了我的注意。

前面说过，我是一个写实派，所以画的也都是一些李怼怼的怼人日常，视角当然也是从我的眼里出发。也就是说，漫画里，我等于是一个女主角，李怼怼是我主要吐槽的对象，所以他就是男主角。

读者要嫖"怼爷"，那用我的视角去画才能最让读者有代入感。

而我也说过了，我是个没有太多想象力的作者。要嫖李怼怼……我得实践啊……

毕竟我没办法靠大脑去想象，有一天李怼怼被我压在身下，扒光衣服的时候，他会是什么表情……

哦……光是想想，我就有点焦躁不安了呢！

为什么不是燥热不安？因为那毕竟是李怼怼啊！那是正常人吗？如果有一天我和他之间出现了这样的场景，那背后一定不知道牵扯着多么可怕的事情啊！

我摇了摇头，否决读者的这个提议，虽然我是个很喜欢迎合读者的、没什么自己个性的、也没太多节操的作者，但是！有的事情我真的做不到我也没办法啊！

可打看了这些评论之后，我知道，我看李怼怼的目光明显变了，我更想去看他脖子以下被衣服遮掩住的部分。

想知道他的肌肉形状，动作时候的肌肉形态……

这样我才能更好地写实啊！只可惜李怼怼回来的时间少，在我面前脱衣服的时间更少！我只有经常在楼顶和楼下溜达，以期望能偶尔捡个漏，好好瞅上一瞅。

李陪陪请假在家很多天，每天没事干的时候就会研究我，她和我说：“李怼怼好像变成了你的大卫。”

大卫是以前学画画的时候常常画到的石膏像。

我没有否认。

“小姐姐为什么不画我？你要愿意，我可以脱光光让你画！”于邵一边被火锅辣得只抽气，一边和我说，“要什么姿势我都可以摆。”

李陪陪经常在家里待着无聊，所以我就让于邵出去买了菜，在楼顶做了一锅自制火锅。今天吃火锅的就我们仨。其他人都有事出去了，连万年没活干的小狼都好像接到了一个演出邀请，一大早就走了。

“你太小了。”我也一边吃一边回。

于邵忽然沉了脸色，严肃而正经：“你没看过，怎么知道小不小？”

我一口毛肚差点吐回锅里。

李陪陪在旁边“哈哈哈……”笑，忽然之间，她的笑声戛然而止。我以为她被呛到了，正要给她递水，就见李陪陪十分突兀地站了起来。

膝盖撞在小火锅桌子上，差点没让火锅汤洒出来。

“怎么了？”我仰头问她。

她不回答我，而是转身就往楼顶另一边走，于邵见状，也放下筷子站起身来，他往前踏了一步，此时我听到一阵清脆的铃声，来自于邵脚上从来没有响过的铃铛。

“她……”

“控尸术。”于邵表情沉重，“给活人下的控尸术。”

我听得浑身一颤，这面前一锅还扑腾翻滚着的火锅也压不住从脚底板冒出来的寒气。

“控……控尸术不是你们赶尸匠才会的东西吗？”这几天，我也了解了一些赶尸匠的事情，我问，“是你们内部出了什么叛徒导致这次僵尸走失事件发生的吗？”

“不是赶尸匠。”于邵声音极低，全然没有平时卖萌的模样，这般听起来，倒真有点四五十岁沉稳男人的样子，“只有碰见僵尸，我的尸铃才会响。”

“李陪陪变成僵尸了！？”我震惊。

“不是她，另有其人！”

他话音一落，周遭忽起大雾。

重庆一直是个雾多的城市，但这样忽然而来的像山间白云一样的大雾我还是第一次遇见，能见度瞬间降低到十米以内，我只看见那方雾朦胧中的李陪陪头也不回地往楼顶边上走去。

这旧居民楼楼顶能有多大，平时经常在这儿玩儿我也约莫估算到了李陪陪是要走到头了，再往前走可就要摔下去了！

“陪陪！”我喊她的名字，可她并没停下。

于邵眉头一皱，腰间掏出一支小毛笔和一张黄符，在上面一通画，他念了一句咒，只见黄符像闪电一样冲了出去，直接贴在李陪陪的后背上。

李陪陪脚步一顿，终于停下来了。

于邵回头看我：“跟紧我。”

我立即跟着他，手里拽着筷子，像拽着一个安全的救命稻草。

他向李陪陪所在的方向而去，走到陪陪身边时，先看了她一通，见她闭着眼，面容平静，这才伸手去抓了李陪陪的手腕，然而便是在于邵扣住陪陪手腕的那一瞬间，李陪陪倏尔一睁眼！

一双特属于吸血鬼的猩红眼瞳在浓雾之中显得尤为抢眼可怕！

她一转头，反手扣住于邵的手腕，另一只手掐住于邵的脖子，一张嘴，獠牙是我从来没见过的长，她像被唤醒了身体里最古老的欲望，她一口照于邵脖子咬去。

我看得心惊，情急之下，在于邵身后一筷子直接捅到李陪陪的嘴里，将她一挡，筷子前还有刚才没舔干净的香油蒜泥作料，李陪陪这一口像咬到了火炭上，身体几乎是条件反射性地往后一缩，我连忙给她道歉："陪陪你痛不痛啊？我知道你不吃蒜啊，我不是故意的！"

"别说了，赶紧躲着给李怼怼打电话，来者不善！"

我立即跑到了角落去，让于邵一个人挡着李陪陪，于邵不敢真的伤了她，所以没有动真格，而李陪陪被控制了，却不管不顾，两个人打得很胶着。

我躲到小火锅桌子下面，手里抱了一碗蒜泥，一边看那边的战况，一边给李怼怼打电话，电话里面的嘟嘟声，让我庆幸还好这雾没切断信号，同时又让我心焦，感觉这待机声，从来没有这么漫长过。

终于："喂？"

李怼怼的声音就像一个胜利的曙光出现在我的眼前："李怼怼！你快回来！"我刚喊出了这一句，忽听头顶传来一阵剧烈的撕裂声，像夏天的雷能击穿整个天空和大地。

"苏小信……"他刚回了一句我的名字，我根本没来得及听清他后面在说什么，就在这雷声轰鸣之后，我只觉头顶的火锅小桌被人毫不留情地掀翻，巨大的黑色袍子在浓雾的裹挟下，从我的身后飘到我身前，我震惊地睁大眼，瞬间想到那日公园里袭击我和李陪陪的那个黑衣人！

根本不给我再反应的机会，我只觉得后领被人一提，那边于邵被李陪陪缠斗着，想要救我而无法脱身，他脚上的尸铃像机器出了故障一样拼命地响。

一切都是那么的混乱，我被提上天空穿透那浓雾之前，只来得及留下一声竭尽全力地大喊："李怼怼你要对得起我给你的小麻花！我们说好了的！"

我们说好了，你要保护我的。

我会等你来救我的。

第六章

Chapter 6

绑架

我被绑架了，我很害怕，我一直装晕，不敢醒来，直到……我悄悄地看见了“绑匪”非常蠢地在晾衣服。

我被绑来的这个地方是一个待拆迁的房子，拆了一半，整个房子摇摇欲坠，屋内砖石满地，窗户只有一个砖石框架，别说玻璃窗了，连窗户框都给拆了。上面晾衣服的挂钩就是一个弯曲裸露出来的钢筋，我看了一眼，发现那玩意儿是有点不好挂东西。

这个绑架我的绑匪现在正在往那个挂钩上晾一件湿答答的黑色羽绒服，羽绒服有点重，他单手撑着晾衣杆，还有点力气不足的手抖，哆哆嗦嗦地伸出去半天，愣是没有把衣架挂上上面的挂钩，终于外面风一吹，羽绒服一晃，他手一个不稳，衣服带着衣架连同晾衣杆一起掉到了楼下。

他探头出去望，看了好一会儿，好像在思考人生一样，然后默默地回头，打算下去捡衣服。

而当他转身的一瞬，就正好对上了我情不自禁带着点嫌弃意味的目光。

四目相接，他眸光冷漠而犀利，像一把刀刃，一瞬间激得我立即收起了那些不屑。我觉得这个眼神看起来有点熟悉，但无论如何都想不起来在哪儿见过他，只是在良久的对视之后，我感到了空气中那浓郁的沉默而尴尬的气氛……

这个僵尸好像也觉得挺丢人的，所以并没有开口和我说话。

但为什么要看着我呢？

我能怎么办？我也很尴尬啊！我也不想撞见本来以为很高大上的绑匪结果也蠢得和普通人一样的画面啊！我能说什么？难道要我说“你好，好巧啊，看见你衣服掉下去了，我可以帮你捡，就是需要你把绑着我的绳子解开。”？

在尴尬达到顶峰之前，他终于开口了，神态冷静，语调客气，面色漠然，就是声音出奇的沙哑，像身体虚弱带着病一样：“稍等，我下去捡衣服。”

“呃，好，你慢来，不着急。”

客气的话脱口而出，他听完就真的不再管我，踩着地上破碎的瓷砖石头直接往楼下走了。而我也才反应过来……

又不是请我来做客的！这样的对话很奇怪吧！

转念一想，事态发展成这样其实挺好的，或者说，不能比这更好了，绑匪没有凶神恶煞地要我性命，我就已经该谢谢菩萨了……

他的脚步声一层层往楼下传去，很慢很稳重，行事作风与他面相很搭，而在这样不徐不疾的脚步声中，我也冷静下来……虽然被绑匪影响到这种事很奇怪，但我确实收起了害怕，开始打量周围环境。

我手脚被绑，缺少锻炼的身体没多少肌肉，我蹭了蹭，放弃了用一种艰难姿势站起来的可能。我到不了窗户旁，所以只能用小孩的角度往外打量。

我想知道这是哪儿的拆迁房。

知道位置，我就能算出这里离李怼怼的楼有多远，虽然……以这绑匪搞出的动静来看，他大概是个很厉害的僵尸，李怼怼也不一定能救得出我，但知道李怼怼的距离，我就会莫名地多几分安心。

而我往外面望了半天，除了看见外面的夜空被通明的灯火照得很亮以外，并辨不出方位。但能看到光就好，能看到光，至少证明我还在主城里，没有被拐到更远的地方。

我定下心，开始盘算待会儿要怎么应对这个绑匪，就在这时，那沉稳的脚步声又一步一步顺着楼梯爬了上来。

再次出现在我面前时，他左手提着羽绒服右手拿着晾衣杆，不说话不看脸的话，很像普通小区里的大爷。

他洗好的衣服上又裹了一层厚厚的灰，大概是要再洗一遍了，他面上没透露出什么情绪，只是安静地把衣服放在了一边，晾衣杆也规规矩矩地靠墙放着，仔细一看，放晾衣杆的底部还有几个碎砖石堆的置物点，晾衣杆底部靠在上面，稳稳当当，一点也不怕滑倒。

我又看了一眼这空荡荡的屋子，这才发现，里面的被子床铺，每样东西都破破旧旧，但每样东西都收拾得规规矩矩，丝毫不乱……

这么破的房子里还有自己的规矩……这好像是个强迫症患者啊。

他放好东西，终于转过头来看我。

触到他眼神的那一瞬，我就像个被老师点名的小朋友，下意识地坐直了背脊。

“幸会。”

“嗯？哦……你……你好。”

他走到我面前，坐了下来，背脊挺得笔直，面容也很严肃：“在下以此方法冒昧请姑娘前来，实属迫不得已，得罪。”

“呃……”

我没法接！他的话我没法接！什么在下，什么姑娘冒昧得罪，说得这么古风古韵的，我一开口一嘴大白话好像显得我很没文化啊！

“我有一急事需姑娘帮忙。”

“你……直说就行。”

“姑娘爽直。”他说着就开始脱衣服了。

我双眼一突，心跳一下就快了起来。

什么？等等？这……什么事？那事的话这是不是太快了！大哥我觉得我们还可以再商量商量啊！一开始就赤诚相见是不是太快了？

根本不让我拒绝，他脱掉了破旧的黑色 T 恤，露出健壮的身体，我一瞬就看呆了……

现代社会，二十多岁的女青年，谁说自己没见过美好的男人裸体我真的是打死都不信，更何况我是个学画画的，对于肌肉的线条在人体的呈现我再熟悉不过，我惊讶的不是他身上美感十足的线条，而是在他青灰色的肌肤上，那些盘踞着的可怕伤疤。一条条一道道，不知道是怎么造成的伤疤，像蜈蚣一样爬满了他的身体。

我从来不知道一个男人身上能拥有这么多的伤疤而依旧如此强壮。

而更让我惊讶的，是在他的胸膛之上，本来应该装着心脏的地方，破开了皮肉，露出了白骨，在那惨白的肋骨里面，空空荡荡，一片漆黑，没有心脏跳动，甚至……没有心脏。

我住进李怼怼的旧公寓后，我已经见过很多千奇百怪的非人类了，但如今这一幕，还是让我震惊得合不拢嘴。

“我想请姑娘，帮我寻回我的心脏。”

“等等。”我打断他，“你是不是要告诉我，你是千年妖龙，二十年前被挚爱之人所害，被分尸大江南北，肉身分别被封印在五个地方，你想让我帮你集齐你身体的所有部分，找回妖力，然后去找你的前任报仇，但你身体里最重要的一部分其实在我的心里？”

“不是。”他盯着我，“姑娘何出此言？”

“没事……这是我之前看的一部蛮好看的言情小说……”

他沉默了一瞬，没发脾气，表情依旧严肃：“我的故事，说来姑娘可能不信。”

天真，你们非人类说什么我现在都是相信的。

我忍住吐槽，以聆听着的态度看着他，听他给我细细道来他的故事。

“我乃一名将军，含恨而亡，死而尸身未腐，成了如今这模样，是谓世人所称僵尸。我本不晓世事，最后的回忆也只停留在生前那一刻，但月余前，我自一强光之中忽然苏醒，清醒之后再见人世，却发现周遭已经大变模样。于各种渠道中了解，如今离我活着的年代，已有千年之久。”

"啊。"我理解地点了点头，一脸同情，"古穿今嘛，我懂的，一开始都这样。千年前还在北宋呢吧。难为你了。"

好了，我的生活除了非人类，现在还有穿越者了……

精彩！

"我苏醒之后，发现心脏意外丢失，本已是死亡之躯，身体如何与我影响不大，但没有心脏，身体不完整，让我无法回到我本来的时代。"

我惊讶："你想回到你原来的时代？"

"说来惭愧，余愿未了，若就此身死倒也罢了，如今既已清醒，那未尽执念总难放下。"我理解他，每个人都有自己的梦想嘛。他继续严肃地陈述："恰巧有一时空旅行者道是能将我带回，可需得我有完整之躯。"

"这个时空旅行者……是不是一个叫万事难的老头子啊？"

"非也，乃是一年轻男子，只是我已有很长时间未见得他，但当务之急却是先将心脏找回。"

"可是，我就是一个普通人啊，我能怎么帮你，让你费那么大工夫……"我看了一眼他的双手，那双粗糙的大掌现在满布伤口，细细碎碎，伴着焦黑，一看就是才受的伤，我想大概是他打碎李怼怼给老居民楼下的法阵的时候留下的，所以之前才连晾个衣服也很吃力吧，"而且，你是非人类，你有困难，找重庆市非人类委员会去反映啊，他们会给你协助的。"

他沉默了一瞬："初来乍到，不懂规矩，惹了一些麻烦，如今在下已被列为通缉对象之一。"

我好奇："什么级别的？"

"特级通缉。"

"厉害了。"我惊叹，难怪从来没听李怼怼提过，这样的通缉只有他们吸血鬼内部人知道吧，也难怪这段时间李怼怼找僵尸忙成这样，原来并不只是在找那几个走丢的僵尸啊。

"你都干了啥？"

“有远道而来的赶尸匠前来捕捉在下，不小心下手重了些……伤了两百余人。”

“……”

没死人，但一个打了两百个，想想怎么也该是特级了。

“不说别的，此次在下寻姑娘前来，乃是因为那走丢的几只僵尸，其中有一位身体中正巧带着我的心脏。是何机缘巧合让我的心脏落入她身体之中我也不得知晓，但那僵尸曾咬过姑娘，姑娘对她一定有所感应。”

“啊。”

他这样一说，我倒是将所有事情都联系了起来。

难怪我做梦梦里不止有那个女人，还有古代将军上战场的事情呢，原来，是因为那个女人身体里带有这家伙的心脏，产生的连锁反应啊。

“可是……我也不知道她们的具体方位，我就平时做了一些梦。”

他神色微微一凛：“还请姑娘细说。”

我乖乖地把最近的梦告诉他，一边说一边看他，感觉他活着的时候一定是个很严肃的将军，只是一直盯着人，就足以令人有刀锋割喉般的战栗感……

等等……

这个感觉……

他是之前去过解放碑酒吧的那个黑羽绒神秘男！

我终于反应过来了，正说着梦的嘴顿了顿，他立即锁紧我的眼睛：“怎么？”全然一副将军问士兵的语气。

“没……就腿有点抽筋了……。”我巴巴望着他，他想了想，给我解开了脚上的绳索。

我缓缓站起来活动了一下腿脚，眼睛趁机往窗外一望，第一瞬就看见了宽阔的长江，江水映照着朝天门那方恢宏的建筑，正在建造的来福士广场风帆一样的形状已显现出来，在灰色的正在建造的大楼背后，是整个重庆最繁华的解放碑商圈，灯火辉煌，映照得通天明亮。

我就知道！果不其然，这个千年僵尸初来乍到，一定不会选很远的地方去喝酒，而只在周围活动又害怕被人跟踪发现，最安全的就是过个江，到对面繁华商圈里面去。

按照这个地理位置推算，这儿应该就是在南滨路上，这些等待拆迁的老房子，又在这么好的位置，想来想去也只有黄家巷这一圈了。在民国时期，重庆被大轰炸期间，南岸区这一片可是各种外国人聚集的安全地带，可谓是当时名副其实的富人区。

他选了个好地方藏身，一整个待拆迁的老区，白天人少晚上没人，交通还好，步行十分钟大概就能到南滨路吧。只是这儿离李怼怼那地方远啊，开车不堵车也得半小时。偌大一个重庆，这可让李怼怼怎么找我。

"好些了吗？"

"嗯，谢谢。"我觉得我还要和他在一起待很久，于是尽力保持温柔微笑，使出浑身仅有的那点女性魅力和他套近乎，"说来，聊了这么久，我还不知道大将军你的名字呢。"

"我姓卫，名谨，字无常。"

"卫……无常。"

谓无常。

听起来真的是一个很沧桑的名字啊。

我张了张嘴，还想拉近一下关系，但忽然之间，那破旧窗户外透漏的繁华光芒倏地一闪，有个黑色的影子一晃而过。

"好了卫无常，聊了这么久，可以把我的租客还给我了吗？"

听到这个声音，我立即一个扭头，差点没把脖子扭坏！

只见破烂的窗户外，金光一闪而过，黑影李怼怼手里抓着他那条金色鞭子的法器，往窗户里一荡，皮鞋"嗒"一声，双脚轻巧落地，他依旧西装革履，满脸高傲，他一抬头，顺手推了下眼镜："还是说，租客。"他眯眼看我，一脸的微妙，"你还想和大、将、军聊下去？"

李怼怼！我万万没想到他居然这么快就找到了我！快得让我这一瞬间都把他背后解放碑商圈的光芒当成了他身上的圣光！

这一瞬，我觉得李怼怼是我的男神，然而也只有一瞬。

卫无常站在我身前，只手挡在我的腰腹部前，他这个动作我在电视剧里看过，不是防我跑了的姿势，而是保护我的姿态，李怼怼当然也看过电视剧，他目光还在赤裸着半身的卫无常身上一转，神情更加微妙了一点。

他好像误会了什么，可我有什么办法，现在我哪有时间解释，而且我也不知道这个绑匪为什么要这么做啊！

“你们聊吧。”李怼怼甩了四个字，转身就从窗户跳了出去。

W……What？！

我看得瞠目结舌，你这来救人的也走得太随便了一点吧！我这脸上的笑都还没来得及挤出来呢！

他那方刚跳下去，我就听到楼下李陪陪一边喘一边咋呼的声音：“人呢？你救的人呢？怎么就你自己一个人下来？又跑了吗？”

卫无常二话没说将我手臂一提，眼看着真的要带我走了，我连忙叫唤，目光真挚：“等等！这几个人不是你敌人，他们会帮你的！你相信我！”

“我不信你。”卫无常非常耿直的一句话噎得我一时什么都接不上来。但他说得也很有道理，我是他绑来的，虽然我俩说话客套，可心里到底怎么想谁能有谱。

也就在这对话间，窗户外又是一个人影一晃而过，这次来得是李陪陪，我顿时跟看到老乡一样两眼泪汪汪的号：“陪陪！”

“把人给爸爸放了！”李陪陪到底是和那阴阳怪气的李怼怼不一样的！终于有了点来救人的气势，找回了绑架剧情里面的主旋律。

虽然好像绑架戏里的主旋律也没有一上来就问候绑匪母亲的……

可这一堆奇奇怪怪的非人类，还能要求他们走什么正常剧本！

卫无常身为一个古人，得了一句现代的脏骂，周身气温瞬间低了几度。

“先别动手！我们可以三方会谈一下！”我试图通过对话和平

解决冲突，“了解一下彼此的需求，不用武力……”

“谈个屁！爸爸从来没被人这么操纵过，屈辱过！今天不打得这死人自己往土里钻，我以后还在道上混个麻花啊！’陪陪丝毫听不进去我的话，手上蛋蛋鞭一扔，长鞭“啪”一声就径直照卫无常的脸甩了过来，也没有想想我这个“人质”的安危！

但好在卫无常没有杀我的心，他把我一推，我这小破胳膊小破腿，踉踉跄跄一头栽到旁边，摔了一嘴的土，等我这边灰头土脸地爬起来，那边千年僵尸和吸血鬼已经打了起来。

我被反绑着双手，一脸沉默地坐在旁边，愣了半天总算是看明白了……

李陪陪和她哥也差不多！她就是打着救人的幌子过来报仇的！

这一个两个非人类，半个靠谱的都没有！二战之后世界和平了这么多年了，他们物种数量没有增加反而减少都是有原因的！

这群坑货！

照理说李陪陪是打不过卫无常的，毕竟从卫无常几次出现来看，李陪陪和他之间等级差距不是那么一点点。但现在或许是他破了李怼怼的法阵，带伤在身，李陪陪倒也和他打了个不相上下。

我看了一会儿，谁也没担心，就担心自己，这破拆迁楼本来就摇摇欲坠，被他们这么一造作，感觉拆迁队都不用来了，整栋楼的钢筋水泥都在晃，墙上的裂缝以我肉眼可见的速度在扩大。

我腿上的绳子解开了，跑路没什么问题，问题是我不敢从楼梯下去，万一我跑到一半，楼就塌了呢，那我岂不是还被埋得更深了一些？思来想去，我跑到了窗户旁边，往下面一望，危楼之下，情急之中，头号坑货李怼怼还揣着手站在楼下若无其事地玩手机。

虽然他的表现也很让人着急，但他的存在就是一道光，我大喜过望：“李怼怼！”我喊他，“楼要塌了！你来救救我啊！”

他仰头看我，目光破过黑夜和尘埃，带着满脸的冷漠和阴阳怪气：“哦？不聊了？”

脚下楼板颤动不停，我内心气得吐血，可还不敢对他发脾气：“我跳下来，你接住我！”

“不接。”

“为什么不接？”

“你胖。”

“……”

我……我若有朝一日刀在手，看我不剐了这李怼狗！

最耻辱的是，我现在再大火气也得按捺住了，好生解释：“我不胖，就一百多一点！你一定接得住！”

“过百了还好意思喊这么大声？”

“……”

如果我手上有硫酸我现在就照着李怼怼的脸泼下去了！

这怼货级别真的高到让我有了牺牲这条性命去喷他的冲动。

我在拼命抑制自己冲动的情绪之时，忽然之间，墙角开裂，整个大楼摇摇欲坠，我不再对李怼怼抱有期待，转头想去喊李陪陪，或者喊不到李陪陪，喊个好歹主持过大局的将军也好。

但这两个货比李怼怼更不靠谱！我就这么一转眼，他俩就不知道打到哪儿去了，人影都看不到一个！

我是人质啊！我是被绑架的小可怜啊！你们一个绑匪，两个来救人的，能不能有点角色使命感啊！

这种场景不应该一直在我身边，围着我转吗？

我像一个走错片场的演员，内心崩溃，这栋楼也如同我的心，垮塌崩裂之声不绝于耳。脚下的地板剧烈晃动，好似正在发生八级地震。

我满心绝望，绝望之际又心生狠劲儿，一咬牙，一瞪眼，一闷头，踏上窗台，使出浑身力气，双腿一蹬，跳出危楼，没想别的，只想能以这最后一搏……

砸死李怼怼！

可我都还没来得及感到失重，头就顶到了一个硬邦邦的胸膛，紧接着腰腹一紧，手腕一松，反绑着我的绳子瞬间解开，我的身体被人拦腰抱住，我贴着的这个身体微微冰凉，没什么温度，他的言辞语调也显得出奇的冷漠。

“你再吃我就真的抱不动了。”他说，“欠的房租都拿去贴肉了吗？回去给我减肥。”

我目光往下一瞥，四层楼的高度，脚下空空荡荡，什么都没有，李怼怼抱着我的手就是最后一根稻草。一瞬间的决绝之后，后怕侵袭而来，肾上一股凉意顺着脊柱就蹿上大脑，冻得我脑子一片空白，本能地把李怼怼的腰抱住，死死的。我把脑袋抵在他的胸口上，脊柱就像僵硬了一样抬不起来。

好怕，我差点摔死了，好怕。

这个动作我不知道维持了多久，直到手臂酸软发抖得连我自己也无法忽视了，我才稍稍抬头，望着李怼怼：“下……下去啊！把我放地上啊……我要踩着地。”

一开口，声音抖得像个结巴，而我并不能控制，语调带着哭腔，我也不能控制。眨了眨眼，眼前还有点模糊。

我被吓哭了。

丢人。

但我确实是被吓哭了，我没有我想的那么勇敢，估计也没李怼怼想的那么勇敢，他沉默地把我放到地上，非常沉默。

我一站稳，就推开了他，我盯着他，他盯着我，眼神里的光有一丝波动。

我指着他的鼻子，指了半天，把眼角泪一抹：“我跟你说！你今天玩脱了！”

我很生气，非常生气。

我不仅气李怼怼逗我玩，还气他这种情况还在怼我，更气的是，我在刚刚那种情况里，抱着他，居然还诡异地想依赖他，像依赖最后的稻草，最后的浮木，最后的希望。

他制造了危急，他掌控着节奏，他轻而易举地救了我，而我除了依赖他，竟然别无选择。

我超级生气的。

旁边的大楼终于支撑不住自己，顷刻坍塌，巨大的轰鸣声后，翻飞的尘土轰然而起，而李怼怼身边有独属于他的世界，任由外界气流翻飞滚动，他这一方依旧稳如泰山，在小小的鸡蛋壳一样的结界之中，尘埃阻绝了我和他以外的世界，让我与他的相处像一个密闭的空间。

我瞪着他，他看着我，空间里只有沉默。

“你为什么不道歉？”我终于忍不住了，质问他，“你是不是不会道歉？你知不知道你这样逗我很过分？你知不知道我很生气？”

“看出来了。”

“那你为什么不道歉！”

他短暂地一顿：“不会。”

“……”

此时此刻，此情此景，谁能理解我？谁能理解我！？

如果我是一条黑狗，我现在能杀了自己，喷他一头一脸的黑狗血！

可或许是嘈点太多，怒气太满，我竟然一句话也说不出来了。

周遭尘埃渐渐落定，飘在空中打架的两人碰撞的光辉在黑夜之中尤其醒目，“噼里啪啦”的声音也不知传出去多远，我看着他们也是来气，蹲地上捡了一块板砖抡圆胳膊就往天上砸，骂不出李怼怼，骂骂别人我还是有话的：“给我下来！打出感情了吗？你们两个坑货！”

李怼怼的结界拦住了外面的尘埃，没有拦住我的板砖，我也没想到我暴怒之中板砖居然有这般准头，一砖砸到了卫无常的腰，他身型一顿，挨了李陪陪一鞭子，李陪陪大笑：“看我今天不抽死你！”

她笑声没完，我一块石头砸上了她的脑门，将她砸得一愣，我吼她：“李陪陪再嘚瑟我回去就把莽子炖了！消防车都要来了，你们还不给我换地方！日子都不想过了是吧？那个死人，你还找个鬼的心脏，给我下来！”

卫无常静默，李陪陪一怵，身形一闪就飘了下来，落到李怼怼旁边小声问他：“小信发脾气好吓人啊，你怎么把她给惹黑化了？”

我看见李怼怼绷着脸，故作镇定，没有回答，只是望着还飘在空中的卫无常说："下来。先换地方。"

他与卫无常之间静默地博弈了一瞬……

"看这么久你们要谈恋爱吗？"我阴恻恻地盯着李怼怼，"该动手的时候你们怎么没人动手了？"

李怼怼依旧沉默，只是转了下他手上的戒指，正在这时，卫无常就自己下来了："今日我不是你的对手。在下认输。"

李怼怼很高傲："知道就好。"

"我知道你的法阵还没画好，你想让人类知道你们非人类的存在吗？"我凉凉地提一句。

李怼怼没有反驳，乖乖起地了法阵，法阵一亮，瞬间，周围的拆迁房，破砖石已经不见了，换来的是有些微乱的办公桌，日光灯，还有皮沙发。一副办公室的模样。

第七章 Chapter 7

引路

我大概猜到了这是李怼怼吸协的办公室，将卫无常送到这儿来确实是最好的选择，他们这个地下办公楼不知道有多少结界法阵，想把卫无常关在里面，轻而易举。

换了个环境，我的怒气稍微降低了一些。

我深吸一口气，转头看着三个不靠谱的非人类："好了，闹腾完了，让我们用成年人的方式，冷静地，成熟地，谈谈吧。"

我话音刚落，李怼怼反手就是一条金色链条套住了卫无常。

像绑粽子，把他裹得极紧，虽然很不合时宜，但看到这样的卫无常，我肚子叫了一声，饿了，快端午了，有点想吃粽子了，还要蛋黄瘦肉馅的。

"小信你肚子叫了。"陪陪像没看见那边动手了一样提醒我，"你是不是饿了？"

是，我不仅饿了，还有点尿急，好像还有点头晕，脑袋里盘旋着一股嗡嗡的声音。但是现在好不容易控制了情况，我可不想让他们又在这里打得昏天黑地，我拦在卫无常面前，对李怼怼说："先好好说话。"

李怼怼眼神再次变得很微妙起来，他沉默。

反而是卫无常先开口安慰我："无妨，在下既已认输，便不会再过多反抗。"

我回过头去看他："你是不反抗，可我这不是怕他揍你吗？"

卫无常一愣，垂头轻声道："多谢姑娘回护。"

李陪陪喊了出来："这人绑过你哎！还控制了我！这是敌人！苏小信你居然还护着他！我们这么风风火火地赶过来是为了救谁？你这吃里爬外的东西！"

"你是赶过来了。"我瞥了她一眼，她想了想她刚才的所作所为，也噎了一下，但又立即挺直了背脊，死鸭子嘴硬："不管，这死人让我担惊受怕了那么久，棺材都不敢爬出来，不杀他难解心头恨，他就是我的仇人。"

我揉了揉额头："陪陪我知道你很气，但你们先听听因果。"

"听个屁。"李陪陪一口否定了我。

"好。"她旁边的李怼怼却出人意料地应了下来，只是他依旧没有松开他的法器，牵着那条金色的链子，走到办公桌背后，坐在他那大大的办公椅上，微微一转动椅背，正对着我和卫无常，双手在胸前一交叉，"说说，所谓的因果。"

于是我将卫无常告诉我的事转述了一遍，作为一个职业漫画作者，虽然我的创造力不行，可我的复述力还是非常赞的，一口气说完，卫无常没有打断也没有补充，只在最后认可地点了点头："便如姑娘所说。"

"哦，如她所说。"李怼怼点了点头。

"所以这位大将军，你是想在打了我们的人，浪费了我们这么多人力物力通缉你之后，随便解释一句你有苦衷，就拍拍屁股想走吗？"他推了一下那金边眼镜，凤眼的眼角让他的神情显得有些犀利凛冽，"走之前，你还想让我们帮你找回你的心脏？嗯？难道你们古代军营对敌军或战俘，都这么好吗？"

不得不说，李怼怼摆出这副模样的时候，气场是很足的，他怼得我没办法帮卫无常接话。

卫无常也是个不善言辞的主，一番言语下，他也沉默了。

常年被催租的李陪陪终于享受了一把跟她哥站在同一战线上的快感，连连点头，双手一叉腰，把她那对傲人的胸挺了出来："对对对，你想就这么走了吗？有这么便宜的事吗？"

"嗯。"李怼怼和李陪陪开始唱双簧，"这不是件便宜的事。"

"就是就是，不是便宜……"李陪陪陡觉不对，转头看看李怼怼，触到李怼怼的神情，她刚才仗势欺人的气势一下就低下去了，那双漂亮眼睛眯起来，渐渐流露出了鄙夷的目光，"李怼怼你……"

李怼怼手指在办公桌上敲了敲，没有看李陪陪，也没有看我，就直勾勾地盯着卫无常："现代社会，想要保释，需要帮忙，是要付钱的。"

李陪陪："……"

我："……"

李怼怼这家伙以前难道是干黑道收保护费的吗？他想就着这个机会狠狠地诈这个古人一把吗？他到底是多穷，对金钱有多执着啊？

我内心吐槽弹幕几乎要挡住了眼前李怼怼的脸，就在这室内一片沉默的时候，卫无常开口了："如今现世，在下无权无势，身无分文，钱财难付，唯生前得蒙先皇圣恩，御赐宝剑一把，随我征战多年，此剑于我意义极重，但若阁下能助我寻回心脏，在下无以为报，此剑也可作为抵押，交予阁下。"

御赐宝剑啊，我转头看了卫无常一眼，他看起来是个一板一眼的人，在以前的时代应该是个迂腐且带有点愚忠的人吧，皇帝赐给一个将军的剑，对他来说肯定很重要……

"剑呢？"李怼怼丝毫不为所动，直指核心问题，"对你来说意义如何不重要，我得审审值多少钱。"

我看着这样的李怼怼，简直情不自禁地撇了一下嘴，一转眼，发现旁边的李陪陪也是这样的……

这个充满铜臭味的吸血鬼！

"剑配于我身侧。"

李怼怼闻言，金色链条像蛇一样在卫无常身上收缩攀爬，露出了他的腰腹部，但还是绑住了他的腿和手臂。

我仔细一看，在他裤腰旁边，确实挂着一把短剑，剑鞘大概与匕首差不多长短，所以刚才我都一直没有注意到他身边的佩剑，或许……也是因为他肉体上的伤疤，实在太惊人了吧。

“皇帝赐的剑，这么短？”我问。

“非也，此剑剑身出鞘乃有三尺，姑娘可拔剑一观。”我走到卫无常身边，伸手要去解他腰上的剑，但伸出手去的时候，才觉得，嗯，这个姿势莫名地有点暧昧，我也不知道为什么，有点莫名尴尬地瞥了旁边的李怼怼一眼。

李怼怼依旧坐在他的办公椅上，交叉着双手，静静地盯着我，不言也不语。

眼神有点怪，但我为什么要管他眼神怪不怪。

我专心解了剑，将那短剑拿在手里的时候才发现，这剑居然沉得可怕。剑柄底部嵌着一块大大的白玉，白白糯糯，上面像有油浸出一样，摸上去滑滑的，可一点也没有油腻感。我试探地问了一句：“羊脂白玉？”

卫无常点了头。

旁边李怼怼眼镜上的光一闪，连没有正眼看他的我都感觉到了他的注视。

我一手拿着剑鞘，一手握着剑柄，使了一把力，然后放弃了，太沉了，握着难，拔也拔不出来，我吃力地把它放到李怼怼的桌子上：“李怼怼你要审就你来拔吧。”

卫无常没有异议。

李怼怼这才站起身来，探手拿过那短剑，没有急着拔剑先是细细地审了一下外观。

对我来说沉得不行的剑，落在他手里好像就是拿了个小孩玩具一样。

我就知道！我怒视李怼怼，他说什么我再吃一点就抱不动了，他就是想埋汰我！一百多一点很重吗？抱不动的才是弱鸡吧！

或许是我的目光太灼热，专心看剑的李怼怼抽空瞥了我一眼：“看什么，想让我把你和这剑一起放到跷跷板上去吗？”他收回目光，“这剑是挺重的，不过你要有信心，你可以把它弹到天上去。”

我……

我是可以！但谁许你说出来了！

李怼怼不再看我愤怒的脸，眼神凝在剑上，手上一用力，握着剑鞘，只听“唰”一声，剑出短鞘，然而拔出来的剑身的长度远远超过了我的预料。

剑刃寒光映着白色的灯光几乎闪疼了我的眼，锋利的剑刃上有细小的锯齿状，再仔细一看，每一块锯齿下方都有段裂纹，照我理解，这剑应该是中空的，在剑尖上用力按压，剑身就会一段一段地缩回去，就像拍电视剧的时候用的那种假道具一样，往身上一扎，剑刃就退回去了。

李怼怼大概想的和我一样，他竖着拿剑，往桌上一戳，只听“咔”一声，实木办公桌直接被戳了一个洞进去。

李怼怼：“……”

他大概是没想到吧，一个古人带的剑，居然还能这么锋利。他从桌上把剑拔出来，剑身周边的锯齿如同一把锯子，将戳进去的洞拉得更大了一些。

“剑鞘里有机关。”卫无常道，“只有收入剑鞘，剑身才会变短。”

李怼怼看了一会儿剑：“之前交手，你从未用过此剑，包括破开我的结界。”

“玄双剑乃御赐长剑，只上战场，不伤无辜。”

这是他的坚持，这个坚持听起来有点傻，打架对战保命之时，哪有什么无辜，但他说这话，却让我起了几分敬佩之情，我欣赏这种有自己坚持的底线和原则的人。

李怼怼闻言也将那剑收入剑鞘，拉开抽屉，将剑放了进去：“你的保释费我收了，明日去上面汇报，给你撤了通缉。之前打伤的两百名赶尸匠找时间去赔偿道歉，找心脏的事回去等消息。”他说罢，撤了法器，拿出了非人类登记信息表和一支钢笔，从桌上推给卫无常，“登记一下姓名电话住址。”

卫无常拿过钢笔，用握毛笔的方式握着，非常不习惯地用繁体写下了姓、名，还有字。然后顿了顿："没有电话，暂时藏身之处方才已经……"

被拆了。

我看着李怼怼："你一楼旁边那个房间还空着吧？"

李怼怼目光转到我身上，顿了很久才说："空着，怎么？"

"做成日租房吧。"

李怼怼眯了眼睛："拖租四大天王扩建成拖租五小龙？你以为我搞慈善吗？招个穷鬼来干什么？他的房租，你付？"

"我付。"我想，反正他也住不了多久，下周大概又有一笔稿费要到账了，多担几天房租，不是什么问题。而且最重要的是，我很期待啊。这样一个有点迂腐的、一本正经的、长得还有点帅的千年僵尸住进那栋楼里，会和里面的人都发生什么奇妙的反应。

那些，可都是素材啊！

我心里盘算着这事儿，李陪陪在旁边很不友好地问我："苏小信，你是不是喜欢这个死人啊？"

她说得直白，我一僵，卫无常也是一僵，旁边的李怼怼盯着我，一言不发。

李陪陪接着问："不是吗？他也是个黑衣人，你之前一见钟情的那个不也是？"

我看了看卫无常，尴尬地解释："不是他。"

陪陪大概是真的把卫无常当作有血海深仇的敌人了，所对他充满了攻击性，连带着我都不愿意放过："你怎么知道不是，那你护着他干什么？"

"我……"

我总不能当着人家的面说，我想把他画进我的《吸血系列——吸血亲王怼穿肠》里面去吧，而且李怼怼还在这儿呢！

我一垂头："我尿急，你们先聊。"我一溜烟跑去了厕所，把自己关进小空间里，这才舒了一口气。

上完厕所，周围没有刚才那样争执不断的声音，我才发现自己脑海里的嗡嗡声已经比之前想吃粽子的时候大了很多，我揉揉太阳穴，心想，一定是从之前被绑架开始，我的神经就处于高度紧绷的状态，现在终于稍稍放松下来，所以疲惫就涌上来了。

然而等我从小房间出去，到洗手台洗手的时候，我忽然发现有点不对。

这耳鸣声好像阻挡了水流的声音，在我耳边越来越大，仔细一听，竟然还听得出一些轻微的起伏。

我被这起伏之声吸引了注意力，心里有点怕，也有点好奇，跟随着声音走，就像跟着一道细微的灯光在黑暗的甬道之中不由自主地奔跑。越跑光越亮，越跑声音越清晰，直到我听到了人声。

那是一个女人的声音。

声音很熟悉，她呜呜咽咽、凄凄惨惨，像带着百年未消解的怨气，从黑暗之中爬出来，轻轻拉拽我的裤脚："我的孩子，救救我的孩子。"

那寒气就从她的手里弥漫出来，钻进我的裤脚里面，顺着我的腿一路向上，爬上我的脊椎，蹿上我的大脑，刺痛我的太阳穴。

我有些胆寒，想着这是在吸协里面，这里的结界一定比李怼怼布置在居民楼的结界还要厉害，连千年僵尸卫无常破开那个结界都那么不容易，别的僵尸想攻入这里更是不可能。

我理性分析之后，鼓足勇气往脚下看去，只见黑白相间的瓷砖上什么也没有。

没有女人的手，也没有我想象中的那些可怕的东西。

我稍稍松了一口气，高悬的心放了下去，连带着耳朵里面那诡异的声音也消失了。

一定是因为之前情绪太紧张了所以才会产生这样的幻觉，我深呼吸一口气，一抬头，看见了镜子里的自己……还有她。

她贴在我的背后站着，衣衫褴褛，面容腐败，眼珠子凸得几乎要掉出来。

她侧头对着我的耳朵吹气，仿佛是来自地狱之中的恶寒，让我浑身血液瞬间凉到了极致。

“我的孩子。”

她腐坏的唇几乎触到我的耳朵，那森白的牙齿像要将我的耳垂咬进去一样：“救救我的孩子。”

我再也没法听下去，伸手捂住了耳朵：“我不知道你的孩子在哪儿，我没法救他。”

“跟我来。”

“不不不……”我怕得不行，直接蹲在了地上，把自己抱成一团，“别找我别找我。”

“跟我来。”

我感觉凉气开始拉我的脖子了，我浑身肌肉都在抖，抖得连抱自己都没有了力气，我跪在地上，撑着地，一步一步慢慢地往厕所外面爬，还没爬到厕所门口就看到李怼怼的那双皮鞋，他身后还有李陪陪在叫唤：“啊李怼怼你进女厕所了。”

我抬手就把李怼怼的腿抱住：“鬼鬼鬼……在追我。”

我话音还没落，转角处就见李陪陪的身影化成一条黑影，一瞬间就蹿没了影儿，没义气得吭都没吭一声！

“你先起来。”

李怼怼一说话，我就多了两分底气，但还是腿软，哆嗦着转到他的背后，然后再抱着他的腿，贴着他从他背后站了起来，双手还是死死拽着他的西装，不撒手，生怕自己被不知名的东西拖走。

“看到什么了？”李怼怼问我。

“僵尸，就是那天那个，拐小孩的。”

“这儿除了后面那个，没有别的尸臭。”

他说着，卫无常就从转角走了过来：“她不一定在这儿，只是苏姑娘曾被那僵尸咬过，所以能感知到她的存在。”他站到了我身边，“冒昧问一下，方才那僵尸与苏姑娘说了什么？”

“她让我救救她的孩子，让我跟她走。”

卫无常眼神一凝：“往何处走？”

"就……"我摸了摸自己的脖子，现在还能感觉到那股凉气的存在，我顺着那个凉气指，"大概还是那方。"

李怼怼说："带路。"

我㞞："我怕。"

"为难苏姑娘，只是要找到那僵尸，非姑娘不可。"

我看了卫无常一眼："好……好吧。"

话音一落，李怼怼"啪"拍掉了我拽着他西装的手，我被他吓了一跳："你干什么？"

李怼怼的脸有点黑："带路。"

我依言带路，只是走了两步，回头一看，发现李怼怼的脸更黑了。

这吸血鬼不仅脾气不好，喜欢怼人，现在这心性还阴晴不定了起来，真是难伺候！但想着万一耽误时间这凉气消失了，回头再找那僵尸就难了，我没与他计较，和卫无常一边说一边指，走在了前面。

出了吸协地下办公大楼，走上磁器口古镇，现在已经是凌晨三四点钟，路上一个人都没有，那凉气勾着我的脖子，无比清晰地给我指着方向，我直觉那个地方还有点远，叫了一辆出租车。李怼怼和卫无常没上车，他俩非人类，走得都快，跟上出租车没问题。

我上车后，司机问我："走哪儿？"

"前面路口先左转。"

"去哪个地方？"

"我还不知道。"

"……"

司机看我的眼神很奇怪，一路上跟着我的言语指挥，开到了一处破败的工地上。

这一片是十年前规划的一个楼盘，照理说其实位置不算差，但在盖楼的时候老是出事，后来那个开发商资金链断掉，整个楼盘也就停工了，这块成了烂尾楼，各种各样的传说传得乱七八糟，也没有别的开发商来接盘，于是就一直这样停工放着。周围常年被围起来，几乎没有谁会到这里来，更没有人会像我一样，大半夜，凌晨三四点，在这里下车。

我身上没带钱，也没有手机，等下车的时候才想起来，我之前是被绑出来，我有点尴尬，看着司机师傅。

司机师傅却没有看我。我看了他很久，他也没有转头来看我一眼。绷着脖子，瞪着眼睛，只呆呆地盯着前方，额上还有点汗。

“师傅……”我弱弱地喊了一声，有些心虚，“我忘了身上没钱，你要不给我你的电话，回头我再来找你，把钱给你。”

他咽了一口口水：“你下吧，不用了。”

“这不行，钱一定得给你。你们大晚上开车不容易。”

“真不用，下吧。”

我看了眼前面放着司机信息：“张师傅，你……”我话还没说完，他一拔安全带，推开车门，连滚带爬地跑下了车，一边跑一边回头看我，没一会儿就跑没了影儿……

“还磨蹭什么？”

李怼怼拉开我这一侧的门，我下了车：“你借我五十块，我放车里给个车费。”

“这司机回来还敢碰出现在车里的钱？”他白了我一眼，“赶紧走。”

我摸了摸鼻子，没想到自己也有被当作非人类的一天，我跟着凉气，带着李怼怼和卫无常进了工地，刚一走进来，李怼怼就皱了眉头：“满地尸臭。”

他一说这话，我就更㞞了一点，卫无常站在我的旁边，声音沉稳镇定：“姑娘莫怕，在下定护姑娘周全。”

我点点头。转头就看见旁边一块石头被李怼怼踢飞，力气很大，石头撞在前面废旧多年的钢筋上“咣”一声，尘埃腾起，地下还有一些窸窸窣窣的声音传来，不知道是老鼠还是其他什么乱七八糟的声音。

我被惊得往旁边一缩，怕了之后又起一股恼怒：“李怼怼你又怎么了！”

他看了我一眼：“告诉他们，爸爸来了。”

第八章 Chapter 8

僵尸母亲

李怼怼双手揣着裤兜，像爸爸一样走了过去。

我以为他鼻子灵得能分出遍地尸臭里面那个僵尸独有的味道，但他走了一半，又转过头来，一脸不耐烦地看着我：“杵着干什么？不玩了？”

“你是来玩的吗……”

我嘀咕了一句，老老实实走到了前面去带路。

一边走我一边打量这个荒凉狼藉的工地：“以前还没进来看过，现在发现好多楼都还没盖到标准层就停了。结合今天的事看来，这地方还真是邪门呢。”

卫无常问我：“标准层是什么？”

“唔，怎么说呢，现在的楼都很高，一般情况下，3 层楼到 18 层楼之间的所有户型都一样，这种就叫标准层。3 层楼以下基本都是商铺。”

卫无常点了点头：“苏姑娘博学多才，好生厉害。”

他夸得太认真正经，我忽然觉得有点不好意思，挠头客气地笑了笑：“没有，就是要画漫画嘛，有时候不经意间就会去了解一下其他的知识。”

“画漫画？”

“就是画画的一种，用图画来讲一些自己想出来的故事。”

“佩服。”

在李怼怼的公寓里我已经好久没有被人这样当面赞扬过了，嘴角的笑难以掩盖。

“前面有坑。”李怼怼一句话砸过来，我一个踉跄险些摔倒，站稳身子定睛一看，大好的平路连块砖都没有哪来的坑。

我转头瞪李怼怼：“坑呢？”

他看也不看我：“看错了。”

这货脑子有病吧！你们吸血鬼是夜行动物啊！你以为我不知道你的夜视力有多好吗？骗谁呢？

我想骂人，架势都起好了，卫无常伸手将我一拦：“苏姑娘稍等。”

“你别拦我，我今天一定要和这吸血鬼讲讲理！”

“不，我是说你脚下稍等。”

我垂头看地，一片泥土地，并没有什么不对，然而我背后牵引着的那股凉气却往前飘了两三米后，转入了地下。

卫无常捡了一块石头，往前面一丢，只听一阵稀里哗啦的声音，沙石落下，露出上面搭盖着的木条和报纸。刚才卫无常那块石头好像砸中了这个陷阱的要害，木条报纸在上面撑了没一会儿，也跟着掉了下去。

前面地里的大坑露了出来，直径大概 1.5 米，我和李怼怼、卫无常三个人一起跳下去估计都没什么问题，就是不知道下面是个什么情况。

原来……这下面真的有坑啊……李怼怼这个家伙，没到边上的时候就开始喊，等真到了边上又说自己看错了，他其实就是想害我掉下去吧！

坑货！

“到边上了你怎么不拦了？”我质问李怼怼。

他冷淡地看了我一眼：“反正你也要下去。”

他说得确实也没错，我脖子上的凉气一阵阵地往下飘，牵引着我，甚至好像在催促着我，让我往里面跳。我们要找的东西就在下面，我肯定是要下去的，但李怼怼这态度真的让人很不爽，虽然他平时也挺让人不爽的，可今天真的是出奇的，尤其的，阴阳怪气……

卫无常这时看了李怼怼一眼，沉默了片刻，说："下方漆黑，在下在黑暗中行走惯了，视力无碍，便由在下先行下去探路，阁下带着苏姑娘稍后下来便可。"

没等我俩答应，卫无常就跳了下去。

坑上，就我和李怼怼临坑而立，无言了好几分钟。

"两位可以下来了，下方无碍，就是有点深。"

"好的。"我应了，转过身，自然而然地张开双手，摆出要抱的姿势。李怼怼看着我，半天没动。我也望着他，抖了抖手："抱我啊。"

李怼怼一眯眼："苏小信你有时候说一些话就不觉得害羞吗？"

"我跟你害什么羞？"我反问。

他说得像我和他会有什么奸情一样。我觉得，在这个世界上，我甚至可能和李陪陪产生爱情，但唯独不可能和李怼怼有个什么。

为什么？

没有为什么，直觉。从见到李怼怼的第一面起，就有这样的直觉。

李怼怼沉默了，难得有一次被我怼得没有言语。我心头还在暗喜，李怼怼一手抬了起来，越过我的双臂，提着我的衣领，将我往坑里一带，我像只猫一样就被他拎了下去。

他双脚一落地，我拐了好几下才惊恐不已地站定。他一松手，我在黑暗里立马就失了方向："李怼怼你别太过分！"

"嘘，别吵。"他声音一正经起来，虽然我还有满腔怒火，可也看在大局的份上暂时压了下去。

我们三个站在坑底，我感觉一直勾着我脖子的凉气变得有些乱，坑底到处都凉飕飕的，一时让我分不清这气息到底是从哪个方向来的。但却有一个轻细的声音，像孩子的呜咽声闯入了耳朵。

我努力地辨别方向，还没有确定下来，就感觉有人抓住了我的手腕："这边走。"李怼怼说。

我两眼一抹瞎，什么都看不见，只好跟着他手腕的力量往前走，在黑暗当中，他就像那唯一可以依靠的灯塔，指引着方向。

“李怼怼。”

“嗯？”

“我想说……”我顿了顿，“如果你们能找到路的话，能不能让我先上去啊？”

我承认，我是害怕黑暗，但我不想在这里多待的原因是，我不喜欢好像除了依靠这个人，什么都做不了的感觉，这会让我觉得我没什么用，也会让我恐惧，恐惧于在这极致的情况下，我会产生一种“他是唯一”的错觉。

生活的经验告诉我，一旦对某个人有了这样的错觉，不管两人之间是什么感情，那我都完了。至少产生这个错觉的这一段时间，是完了。

“不行。”李怼怼否定了我。

“为什么？”

他没有回答，一直沉默的卫无常倒是开口了：“这里还有别的僵尸，苏姑娘一人在上面，恐怕更加危险。”

“好吧。”看在现在有三个人的份上，我妥协了。

对我来说，这算是极致的黑暗了，我什么都看不见，只有手上的力道牵着我，或左转或右拐，不知道在这地下迷宫一样的地方转了多久，一直缠绕在耳边的小孩呜咽声也变得越来越大了起来。

终于拐过最后一个弯，声音变得清晰，前面也陡然出现了一道细微的手电筒的光芒。

我知道前面可能会有什么，一瞬间就紧张了起来，连忙将李怼怼牵着我的那只手抓紧，还觉得不安全，又直接把他的胳膊抱住了。

什么不要把他当成唯一，在危急关头，那些都是次要考虑。保命才是第一要务。

“抱这么紧做什么？”

“你说做什么？”

对话间，卫无常已经率先走了过去，他的身影在那微弱的手电筒光芒下显得十分高大威武，然而他在刚拐过弯的时候，身影就顿住了。

我立马拉住要往那边走的李怼怼：“卫无常不动了，他一定是受到什么攻击了，咱们赶紧撤，回吸协多带点人来。”

“苏姑娘……”卫无常有些无奈地喊了我一声，“在下无碍，你且过来看看。”

我这才带着点不情愿地跟着李怼怼往前面挪，等走到拐弯处，我也是见到手电筒照出来的场景，我也是微微一愣。我想过很多很可怕的场面，大脑里已经被各种丧尸片堆满，但我万万没想到，面前看到的居然会是这样一个哭泣的……

母亲。

就是那个僵尸，在厕所吓过我，在梦里见过我，也在我去买烧烤的路上咬过我，我见过她的狰狞，也见过她生前身为人母时的温和美丽，而现在见到的是一个可怕的僵尸。

她面容枯槁，眼珠凸出，皮肤干枯如柴，只是她怀里抱着一个活着的孩子。

孩子躺在她怀里，面色青紫，不停抽搐，刚才那一路来的声音，就是这个小孩发出来的。他已经人事不省，而他的僵尸“母亲”居然在哭。

没有眼泪，但是她一边喘息一边身体抽搐，像一个活人哀恸大哭之后，条件反射性地抽搐一样。

而在她身边，还围着三四个僵尸，像在保护着她，也保护那个孩子。只是这几只的动作有些僵硬，不似她这般灵活。

她转过头来看我，那电筒的光就是从她胸口照射出来的，她的胸腔已经没有肉了，只余下了棕色的骨架，她把手电筒卡在肋骨里，这样她就可以把两只手都空出来抱着小孩，还可以有光芒一直照着孩子。

也就是这样，所以我能看见她胸腔里有一个和她体型不符合的心脏。

心脏没有跳动，却稳稳地待在她的胸腔里，那是卫无常的心脏。

“孩子……”她张嘴艰难地说，“救救他。”

卫无常上前，她瞬间就戒备了起来，像一只炸毛的猫，瞬间就变得充满了攻击性。周围的僵尸也瞬间面向卫无常，像拥护蜂后的雄蜂，竖起了自己尾巴上的刺。

这个母亲……

我试着松开李怼怼的手，往前走了两步，她依旧只盯着卫无常，没有看我。我生出了一个想法，我在梦里见过她，或许她也在梦里见过我。当然我的梦里还有卫无常，或许她也见过卫无常，可她知道，她胸口里的心脏是卫无常的，也很有可能知道，她现在之所以能摆脱赶尸匠的控制，全赖卫无常的心脏。

所以她戒备卫无常，是害怕他将他的心脏在这个时候拿回去。

但她相信我。

我又往前走了一步，李怼怼拉住了我：“到我后面来。”

“你等等，我觉得她相信我，她是来找我求助的，不会伤害我。”

“那也要到我后面来。”李怼怼上前一步，想把我护住，可他一动，那母亲便又转了头，露出了她已经焦黄的牙齿，像野外的狼，随时准备攻击。

我立刻挣脱了李怼怼的手：“别添乱，别动。”我命令他。

李怼怼一怔，倒也没有再说什么。

我一步步走上前，那僵尸母亲从头到尾都没有把目光落在我身上，只是戒备着李怼怼和卫无常。

我走到那群僵尸面前，他们主动给我让了路，让我走到僵尸母亲身边，我蹲在她身前，看着她怀里的小孩。

小孩呼吸急促，我探手摸了摸他的额头，虽然他现在面色青紫，但额头却烫得吓人，我一碰到他，他立即一转头“哇”吐了一口水出来，我定睛一看，从他的呕吐物里发现了类似草根的东西。

“你给他吃什么了？”我有点急。

这些天吸协搜查搜得那么紧，她一定不敢出去觅食，她是僵尸，饿是饿不死，但小孩得吃啊，她给小孩吃的东西像就在这工地旁边挖的草，这小孩他身体还是个人，哪能经得起这样折腾。

我不确定他是被这些东西弄坏了肠胃还是食物中毒，但不管哪一种情况都是我一个人在这里处理不了的。

“得把他送去医院。”我跟她说。

但僵尸母亲一听这话，立即将孩子抱紧了一点。

“你这样会害死他的。你也不想让他死在你怀里对不对？”

“不，不。”她抱着小孩，“孩子，我的孩子，在我身边，我再也不会弄掉他了。”

我很不忍心，但我只有告诉她：“这不是你的孩子。”我说，“你的孩子很早很早之前就已经死了，你忘了吗？防空洞里你们走散了，后来洞塌了。就算你的孩子那个时候不在洞里，就算他万幸地从战争里活了下来，可现在已经过了很多年了，很多年了！”

“我的孩子，是我的孩子，我的！”

“这不是你的孩子，这是别人家的！你失去了孩子你知道有多痛苦，为什么你还要让别的家人再承担一次呢？”我看她情绪有点失控，把孩子抱得太紧，以至让小孩更加难受了，这样下去，不知道小孩还能撑多久。我心头一急，伸手往旁边一指，“你的孩子在那儿！”

她果然立刻转头往旁边看去，我趁她注意力不在此处，立即伸手从她怀里将孩子抱了出来，可刚把小孩从她怀里挪动了一分，她就立即转过了头，面目极致狰狞：“休想把他从我身边带走！”

她一声厉喝，伴随着李怼怼一声急切的呼喊：“苏小信！”我后面几只僵尸冲我扑了过来，下一瞬间，我只觉大脑“轰”一声炸裂的巨响，像被震晕了一样，整个世界瞬间颠来倒去。

像开始一场噩梦，我看见纪录片里面的那些老旧的战斗机响着嘈杂至极的声音从头顶飞过。

我看见人像蝼蚁一样在地面奔走逃难，我看见拥挤漆黑的防空洞里一片死寂的鸦雀无声，我听到孩子的哭喊，听到母亲的绝望，听到时代击打整个国家的声音。

而我此时此刻，就在这防空洞中，被陌生人践踏在脚下，而陌生人也被另外的陌生人推挤着、践踏着，什么尊严，什么平等，什么都没有，连生的权利都被剥夺，而且，无处申冤。

炸弹在爆炸，洞穴在崩塌，在人命比草更轻贱的年代，无数的人带着不甘和恐惧，被永远地掩埋在了山石和历史之中。

什么都没留下。

我感觉到我生命的离去，我感到我的愤怒，我的绝望，我的恨，还有我的无助和无能为力。

我死了。

我以为我死了，可渐渐的，我听到有人在喊我的名字，像来自深渊，又似来自天堂，我陡然清醒，如同溺过了水。

我剧烈地咳嗽，拼命地呼吸，抓住了身边的人，抓着那最后的稻草，我看见了微亮的山洞，看见了身边的李怼怼。

一片混乱之后，我终于反应过来，我刚才陷入了幻觉当中，但即便认识到了这个事情，我还是压不住心头的恐惧，我跳起来，一把抱住了李怼怼，拼命地抱紧他。此时此刻他的身体冰冷，我的却比火更加灼热。

我什么话都没有说，只会发抖，和现在的感觉比起来，刚才在高空之中的恐惧根本不算什么，我这时也才知道，原来我在恐惧到极致的时候，会害怕得连眼泪都流不出来。

我只想抱住一个人，去感受这个胸膛，就算他没有温度，我也想用他的呼吸来证明，我还活着。

“苏小信。”我听到他在我耳边说，“没事了，只是幻觉。”

我知道，可我还是没法放手。直到我用力抱他抱得浑身都有些抽筋似的开始颤抖，我没了力气，这才稍稍将他松开。

而也是身体恢复知觉之后，我才发现，李怼怼这时候也轻轻地抱着我，他天生冰凉的手在我的后背上轻轻地拍着，像在哄一个宝宝。

“我还活着。”

“嗯，还活着。”他说，“有我在。”

李怼怼对自己总是万分的自信，平时我是不屑的，可这个时候，我什么都没有反驳，因为我心里也是这样想的，是的有他在，幸好有他在。

好像所有的劫难，都会变成一碗面条辣椒放多了一样的小苦恼。

缓了一会儿，我彻底放下了心，而也在我恢复过来的时候，李怼怼的手已经从我后背上拿开。

我拉着他的手，站了起来，往旁边一看，僵尸母亲已经松开了她抱着的孩子，在角落里站着，她看着脚下那一摊血，形容沉默，而那小孩现在正在卫无常的手里。

其他的僵尸则都站在一边，他们好似没有自己的思维，一切都听从这个僵尸母亲的指挥。

“说是不会听的。”李怼怼和我解释，“还是动手了。”

“你们打她了？”

“把你抢回来，她自己勒得孩子开始呕血，就吓得放手了。”

“我晕了多久？”

“就一分钟时间。”

一分钟……一分钟就足以让我窒息了，如果在那个幻觉里再待久一点，恐怕我真的会疯掉吧。然而……让我这么害怕的世界，却是他们当年真正生活的世界。

“我们会把他送去医院的。”我跟僵尸母亲说，“我们会治好他的。”

她抬头看了我一眼，摇摇晃晃地伸出手，却是往自己胸腔里一掏，挖出那个心脏，扔在了地上。周围的僵尸立即僵硬，像瞬间没了力一样，乱七八糟地倒在了地上。

“我要去找我的孩子。”

她说了这样一句话，往墙上一靠，彻底脱了力。

我看着她这样，眼眶一红。

在梦里，我看过她的一生，她来自湘西，十六成亲，十八生子，抗日战争开始之后，她丈夫参战，生死不明，她独自坚强，带着孩子逃难到重庆，想等战争结束，再回家乡，却没想到客死异乡，她死的时候，二十四岁，和我一样大。

和我一样大。

“你会找到你的孩子的。”

她坐在地上，骨架一松，不再动作。

我问李怼怼：“那个赶尸匠呢？能不能把他找来，带她回家啊。”

一别故乡数十载，我希望，她终能归回家乡。

李怼怼说：“先前于邵被李陪陪打断了腿，今日来不了，但……”他话没说完，被另一人抢了过去：“苏姑娘若有此愿，在下或可一试。”

李怼怼眼眸往旁边一转，盯住卫无常，神色不明。

我没心思揣摩李怼怼的想法，卫无常已经走到我的身边，他把那昏迷过去的孩子交到了我手里，上前两步，捡起了他的心脏，寻常得就像捡了块石头。

我不知道卫无常身上有什么样的故事，但那本该维系他生命的东西现在如此寂静地躺在他的手里，纵使他什么情绪都没流露，这一幕也足够的荒唐与沧桑。

他沉默地将心脏放回了他的胸膛之中。

下一瞬间，沉寂的地下洞之中，一股慑人的寒风掠过，在狭窄的空间里吹出低沉的旋律，卫无常站在风声的起点，宛如立地成佛的魔，那青灰色的皮肤颜色渐渐恢复，一如正常人，先前因破开结界而受伤的手也慢慢地褪去焦黑。

更神奇的是，那裸露出白骨的胸腔也慢慢地长出血脉与肌肉，似有针线在帮他缝补，一针一线，穿缝过隙，缝好了他的筋骨皮肉，让他胸膛完整得像从没受过伤一样，只留了浅浅的伤疤，是关于他过去伤痕的证明。

风声渐消，卫无常抬起双眼，我与他四目相接，这一瞬仿佛见到了那传说中的一个人的“气”。

我第一次在酒吧见到卫无常，只觉得他眼神出奇的慑人，而现在我终于能形容出了，这个男人，像一把剑，就像他的那把玄双剑，入鞘则含而不发，出鞘则光彩毕露，他身上，也有那剑刃一般凛冽的剑气。

我问他："你活着的时候也这样吗……伤口都可以自己愈合？"

难道古代修仙都是真的吗？到目前为止我还没有认识任何一个修仙者，难道……这就是我打开修仙大门的契机吗？

"苏姑娘说笑了……在下生前不过一介平凡武夫，德蒙圣恩才能成为一名武将。今日这般也是我第一次得见，大概是死后才能如此吧。"

"那也就是说，这些伤口都是你活着的时候都有的？你受了这么多伤啊……"

我目光在他身上游走，最终停在了他的脖子上，当他胸口那过于骇人的伤口愈合之后，他身上最为醒目的就是他脖子上的这道暗痕，没有破皮流血，但却是颜色最深的一道。

他察觉到我的目光，摸了摸脖子："苏姑娘莫再看了。"

"嗯？"

"我因绞刑而亡，此乃亡证。"

我一惊，立即收了目光："对……对不起。"

他没再多说这事，像很不愿提起关于他的死因的一切，他一抬手，方才倒在地上一动不动的那几只僵尸就站了起来，包括那僵尸母亲，规规矩矩地排了队，像传说中被赶尸匠赶着走的那些僵尸，没有神情，没有意识。

卫无常说："我可控制这几只僵尸，让他们自己寻夜路回家，不用赶尸匠在左右催赶。"他看了李怼怼一眼，"若是李兄不放心，也可遣赶尸匠追上他们，沿路监督。"

李怼怼抱着手，还是往常作风："从没听过僵尸可以操控僵尸，先前你还给李陪陪下过咒，让她把那嘚瑟的赶尸匠头头的腿打断了。这些都是你自己会的？"

卫无常看了李怼怼一眼："在下醒来之际，便已莫名掌控了这般能力，着实也令在下吃惊。”

“哦。”李怼怼不咸不淡地应了一声，“那就先把他们赶去吸协吧，回头我给赶尸匠协会发个文件，让他们协助处理一下，你在吸协等我，我带这家伙将小孩送去医院再说。”

“行，且听李兄安排。”

“走吧。”

他俩说定了，卫无常手腕一转，手上犹如有千丝，牵木偶一样，操控着几只僵尸就往前走了，路过我身边，卫无常把僵尸母亲胸口卡着的手电筒递给了李怼怼：“这样苏姑娘至少能走得安心一些。”

我看李怼怼的神色，他好像很想把这个手电筒扔在卫无常脸上，但最后还是没有那么做，他接过手电筒，皮笑肉不笑：“你们古代的武将，都好细心啊！”

“李兄对苏姑娘也甚是细心关注。”

李怼怼手一顿，他抬手推了一下金边眼镜，眯着眼睛看着卫无常。

我懂他的眼神儿了，他在说：这个僵尸瞎了吗？扯什么淡呢？

不怪李怼怼，因为我也是这样想的。

李怼怼，对我，细心？关注？

扯什么淡呢？

“大将军啊，待会儿天就要亮了，去磁器口的人多，你赶紧的。”我催卫无常走，因为这两人再说下去，指不定聊成什么场面。

卫无常点点头：“稍后再见。”

我借着手电筒的光照着卫无常的背影，看着他带着闹了这么些日子的僵尸步步前行。我目光不由得落在那僵尸母亲的身上，她也变得和其他僵尸一样，行动僵硬，双目无神，我以为她就会这样离开了，却在前方拐角的时候，恍惚看见她微微转了脑袋，盯住了我，或者说盯住了我怀里抱着的小孩。

她的双目因为皮肉的干枯而突出，但那双眼睛里面的情意却依旧深情而湿润。

我愣了愣，但下一刻她就跟着卫无常转弯走掉了，身影消失，那一瞬的留恋却只像我的错觉一般。

然而就算是错觉，也足以让我怔愣好久。

“走了。”李怼怼抓住了我的胳膊，“带这小孩去医院。”他说着，脚下法阵光华一闪，不过眨眼的时间，周围的场景倏尔改变，不知是在哪条小道里，一头是堆满垃圾的垃圾桶，另一头是小道的出口，外面是已经渐渐开始人多起来的大街。

“用得着这个？”李怼怼冷冷嫌弃了一声，抬手就要把这手电筒扔到垃圾堆里面去。

“等等！”我拦下李怼怼，“给我。”我把手电筒揣到了兜里，想自己留下来。

李怼怼看了我一眼，破天荒的地没有嫌弃我老收一些没什么用的东西。他从我手里抱过小孩：“我带他去医院，你去找个公用电话给警察局打个电话就说之前走丢的小孩找到了，在这个医院。”

“现在哪有什么公共电话亭？！”

“那就找人借个手机。”

他说完，带着小孩去了医院，我跟在李怼怼身后，从小道里走出去。

外面大街上已经有车在行驶了，路边就是一家医院，李怼怼将小孩抱到了医院里面去。我站在医院外看着里面一瞬间忙碌起来的医护人员，又看了看旁边的路，电话亭没找到，找到了一家早早开门的报刊亭，我借口手机没电，找店主借了手机，店主有点戒备，但还是把手机给了我。我背过身，站到一边拨打了110。

等候电话接通的时间，我目光随着眼前开过的一辆车，望向它行驶而去的那条宽阔的主城主路。

沥青路上驾着高高的轻轨，时间还早，但已有轻轨列车从轨道上开过，像一条飞龙，我知道它将在城市里蜿蜒出千百里的路程，穿过高楼，穿过大厦，穿过川东丘陵的山，穿过嘉陵与长江的水，载着这城里的千人万人，奔走一天，忙碌而平静。

头顶没有会投下炸弹的轰隆飞机，没有仓皇逃命的蝼蚁与人，防空洞被改成了地下商场，里面的店主会为了生意不好做而愁眉苦脸，也会在闲暇时看到手机笑话而哈哈一笑。

路上行人匆匆，上班的，上学的，在我身边来来去去，有迷茫的，有彷徨的，有筋疲力尽的，也有带着梦想的，充满期待的，自我沉思的……

电话通了，里面传来接线员的声音，我将李怼怼的话一重复，那边做了记录，还要再问我问题，我就挂了电话。

我知道非人类办事最忌讳让人类警察机构查到自己头上。

我把电话还给店主，迈步走开。

医院里的李怼怼也走了出来，我冲他远远地招了招手，他向我走来，脚步不徐不疾，我知道那里所有的事他都一定处理完毕了。

他走到我身边，伸手拦了车，坐在车上，我看着窗外，有点失神。

“李怼怼。”

“嗯？”

“我觉得，现在真的很好了。”

“什么？”

“没什么，就……突然感慨一下。”

我摸了摸兜里的那个破破烂烂的手电筒，我觉得现在很好了，以后也一定会更好的。

之前在那个幻境里，我看见了时代的力量在打击我的城市，我的国家。

而现在，匆匆几十年过去，多么庆幸，我生活的这个地方，让我看见这个受过苦难的国家，拖拽着曾经抛下她的时代，坚强而行的身影。

“你们讲故事的人都这么喜欢莫名其妙地发表感慨吗？”

我现在心情很宁静安好，于是没有搭理他的出言不逊：“待会儿到了磁器口，我给你买包小麻花吧。”

“哦？最近钱有多？”

“这次不是你赶来救了我嘛，上次给你的算是订金，这次给你的算是完成任务的报酬。虽然你这个任务完成得也挺不尽人意的。”

他瞥了我一眼：“你被绑架得也挺不尽人意的。下次我给你安排一个动真格的？”

我感觉我宁静安好的心情正在慢慢崩坏：“你这个人怎么就这么坏呢？”

“多谢夸奖。”

外面太阳升起，重庆又是一个难得的艳阳天，李怼怼虽然不怕阳光，但不太喜欢阳光，于是仰头靠在座椅上，闭目养神。他真的是个很厉害的吸血鬼，折腾了这么长时间，先前也没见他显露一点疲惫，也就现在一闭眼，侧脸才稍露一分困意。

我看着他的侧脸，默了一会儿。

“先前太乱，我有话忘了和你说。”我说，“多谢你那么快就赶过来救我。”

出租车在路上轻轻抖动，我看见他微微睁开了眼睛，斜斜地瞥了我一眼，随即又十分淡漠地把眼睛闭上。

我以为他不会再搭腔了，于是转头看窗外的晨光。车在跨江大桥上行驶了好一会儿……

“不谢，我的笨租客。”

我看着晨光耀动的江面，撇了撇嘴：“你才笨。”

“你笨。”

“你笨。”

“你笨。”

“李怼怼你幼稚死了。”

“彼此。”

我懒得搭腔，眼睛却定在了出租车的玻璃窗上，我看见了自己微微翘起的唇角。

好吧，我认了，但我还是要在心理上告诉自己，我就是比他聪明一点点。

第九章

Chapter 9

喜提千年尸王

回公寓的路上，我带着李怼怼，还带上了卫无常，只多了一个人，坐车的气氛一下变得沉默了很多。

我坐在副驾上，李怼怼和卫无常坐在后面，小小的空间里流动着名为尴尬的因子，因子浓度之高，甚至让开车的师傅都感觉出来了，作为一个热情直爽的重庆出租车司机，他试图带动车里的气氛："这两个小伙子好帅啊，就是跟我年轻的时候比还是差点儿，哈哈哈……哈哈……哈……咳。"

我很心疼师傅的尴尬，但是我也实在不知道搭什么话。

毕竟，刚才在吸协的时候，我和李怼怼也是刚吵了架出来的。

吵架的原因很简单，他不同意卫无常租他一楼旁边的房间，我不理解他为什么不同意，在我看来，这件事情在之前他收人家剑的时候不都已经说好了吗？

我一开始的时候是试图好好和他沟通的，可没想到李怼怼出奇地坚定，先说："他交不起房租。"

我说："说好了我来啊。"我看了眼旁边的卫无常，"你会住很久吗？"

卫无常很配合："找到那个青年男子我就离开。在那之前，在下也可外出工作，有收入当立即付清租金，绝不拖欠，苏姑娘也无须为在下钱财之事过多操心。"

“你看。”我指着卫无常，让李怼怼看，就像让自己家的熊孩子看看别人家的孩子有多乖。

李怼怼脸黑着脸，又扯：“他控制了李陪陪，让李陪陪把于邵腿打断了，李陪陪不会接受他，也不会接受你把他放进去。”

“陪陪那边我去说，让他住进去，方便陪陪和于邵报复。”

卫无常听我这话好像有点无奈，他苦笑着说：“先前的冒犯实在抱歉……在下一定找机会，登门赔礼道歉。”

“你看！”

李怼怼脸色更黑。

我继续说：“依我对他俩的了解，陪陪巴不得找机会收拾他，他又是这么厉害的僵尸，于邵对他的兴趣肯定也很大。”

开玩笑，李怼怼是不知道，光卫无常和李陪陪有仇这一茬能让我有多少灵感！画出多少故事！指不定还能让李陪陪和卫无常凑一对 CP 呢，胸大无脑暴力大姐头和冷静睿智犀利古代将军，多好的 CP，说着我都想看看后续故事了。

“我不想隔壁住其他人。”李怼怼还在继续扯。

“那就让他住楼上其他空着的房间嘛，我记得还有四楼还是五楼，还有空房间对不对，不行的话……”我看了眼卫无常，觉得古代将军的人品应该是值得信任的，于是说，“我那屋还可以弄个隔间出来给他住……”

“不行。”

卫无常都没说话，李怼怼直接一口拒绝。

我看着他，他看着我，隔了半天，才从牙缝里挤出一句：“不允许合租。”

“那就让他住一楼啊。”

“不租。”

“为！什！么！”

李怼怼干脆死鸭子嘴硬，赖皮不说话了！

我很生气，卫无常琢磨了片刻：“李兄可是怕我对苏姑娘有非分之想？”

“啊？”李怼怼眯眼看他。

“啊？”我震惊地看他。

“若是担心此事……”

“我不担心。”李怼怼一口驳回。

我脑袋一转，趁机和卫无常混合双打：“那你担心什么？”

“可是担心我将苏姑娘从李兄身边抢走？”卫无常沉稳的声音犀利开问。

他问的这话惊到了我，什么叫从李怼怼身边抢走，我根本也就没站到李怼怼身边去过啊！而且，他问话的这个语气……

这个语气莫名带有一点对我的占有欲和对李怼怼的挑衅是怎么回事？

这个僵尸……难不成在这么短的时间内，对我……

方才节奏极快的对话在卫无常这一句问话之后陡然沉默下来，李怼怼望着卫无常，轻轻抬了一下金边眼镜，眼镜上映照的寒光一闪，他抱起了手：“那就住进来吧。”

李怼怼开口，语气带着平常的散漫和漠不在意：“一楼二户。你想住，那就来。”

或许是我的错觉，在他落下这几个字的一瞬间，我觉得周围气压都低了好多，压着我，让我感觉到……我好像……搞了一个不得了的事情……

从那一刻开始的重压，就一直延续到了出租车上，蔓延到了旧公寓楼下，直到遇见了又顶着清早太阳出来遛狗的李陪陪。她是个看不懂氛围的人，一开口就打破了那股纠缠不清的尴尬沉默。

“苏小信！你真把这个僵尸带回来了！你要养小白脸吗？”

她一喊，莽子作为一条被卫无常打过的狗，也跟着一起喊，阿拉斯加雄浑的声音顿时响彻八层楼。

卫无常身为一个古代的将军，听到李陪陪这句话，脸色又沉了沉，可兴许是觉得自己真的做了很对不起人的事情，所以卫无常将情绪压下，没有发作。

“李姑娘。”

“姑个屁，要叫叫爸爸！”

莽子：“汪汪汪！”好像在重复她后面三个字。

卫无常霎时就转了头和我说：“道歉改日吧。”

他看了一眼李怼怼，李怼怼一边掏钥匙，一边说：“在外面等着，我去给你拿钥匙。”

李怼怼回去了，李陪陪难以置信，跟在他后面不依不饶：“你就让他住进来了？你就让他住进来了？李怼怼难道你也喜欢上这个僵尸了？你弯了吗？”

莽子：“汪汪汪汪！”好像在重复她后面四个字。

她连声追问只换来了李怼怼两个冷冷的字眼：“闭嘴。”听声音情绪也是非常的不好。

这兄妹俩一前一后地进了屋，楼上又传来叮叮咚咚的声音。

于邵一条腿上打着石膏，两只手撑着小小的拐杖就从楼上麻溜地跑了下来，套在他脚上的尸铃叮叮当当响个不停，一冲到楼下，他两只眼睛一下就发出了太阳一般的光芒。

他盯着卫无常，急匆匆地走上前，把卫无常当猴子一样上上下下地打量，也不管自己的瘸腿，在他身边之绕着走了好多圈。

“千年尸王，千年尸王。活着的僵尸王。”这神色态度就和平时装小孩吃豆腐时完全不一样了。

卫无常看了一眼围着自己绕圈的于邵，又看了看他的腿，大概知道了此人是谁，他作揖道歉：“先前情急，伤了阁下，委实抱歉。”

“没事没事，能看到千年僵尸王，别说让这腿骨折一下，就是砍了双腿也不可惜！”他说着满眼的痴迷，就像卫无常是什么无价珍宝。

说真的，我觉得他这样的目光其实挺变态的。被一个小男孩这样观摩，卫无常也有点不知如何对待，我岔开于邵的注意力：“千年僵尸王，很稀有吗？”

“稀有？”于邵瞥了我一眼，“照理说这个年代根本就没有了。”他激动得喋喋不休，“僵尸天然形成，需要的自然条件本就比较苛刻，而且形成的僵尸多半没有意识，要成千年尸王，则更加苛刻，要尸身千年不腐，要对前生抱有极大执念，还要常年受尸气的浸润。”

尸身千年不腐，对生前的事有极大执念，还要常年受尸气浸润？

我很难想象卫无常在死的时候，到底被埋在了一个怎样的坟……

“尸王难得，而一旦形成，则如活人一般灵活聪明，天生异能，能驱使别的僵尸，操控各种术法，还能如仙人一般长生不老，传闻赶尸匠先祖的赶尸法便是跟僵尸王学的。赶尸匠将僵尸赶回家乡，安葬之后，获得他们身上的尸气，慢慢修炼自己的能力，这便是学习的尸王的操控术和吸食其他僵尸的尸气的能力。

“而现代社会，火葬盛行，亡者直接被一把火烧干净倒去公墓，僵尸越来越少，赶尸匠能寻得一个僵尸就非常难得，别说碰到个尸王。”

他说得越多，我对卫无常就越发刮目相看。

原来，这还是个大宝贝啊。

但比起这事，我更想询问于邵另一件事：“他这么稀有，那你是不是很想让他住在这个公寓里啊？”

“当然！”

我马上喊：“李怼怼你看我没说错！”

李怼怼从屋子里走了出来，手里一把钥匙直接冲卫无常扔了过去，然后被准确无误地接住，吸血鬼和僵尸王隔空相望，双方眼神片刻交流之后便又错开了去。

李陪陪又牵着莽子出来了：“我不许他住！”

“陪陪。”我喊她，“你过来。”

她非常不情愿地走了过来。

我问她：“你是不是讨厌他？”

“是。”

“你想不想报复？”

"想！"

"那他要住在别的地方你要去找他再报复他，是不是很麻烦？"

李陪陪想了想："是。"

"所以……"

"好！让他住。"

我望向李怼怼："你看。"

李怼怼沉默了很久，然后才隐忍地开了口："一群猪……"

这方新租客的事终于落锤敲定，所有障碍一概清除，楼上忽然传来余美美一边刷牙一边含糊不清的声音："你们还有心情吵哦……"她把手机拿在手里晃了晃，"你们上今天早上的社会新闻啦。人贩子夫妻。"

李怼怼眼睛一眯，我一愣，见李怼怼掏出了他的手机，我立刻跑过去看了一眼。

微博上的新闻标题写着——"夫妻人贩致小孩食物中毒，终于良心发现将小孩送医后潜逃。"

配图是一张我和李怼怼在路边打车离开的图。大概是因为天还不够亮，手机也不好，所以照片的像素不高，噪点很多，我和李怼怼的脸都很模糊。

从这个角度来看……拍照的，大概是我借手机的那个报刊亭老板……

我抬头望李怼怼，四目相接，非常沉默。

我就知道，住进这栋楼后，就算是我这么平凡的人，终会有上报的一天，就是没想到我会和人做了夫妻，做了人贩……

这新闻槽点太多，连李怼怼也噎住了喉。

隔了好半天，他才开口："我让你干一件事，你给我干出了多少事来？"

"我能有什么办法？我也很绝望啊。"

他按了下 Home 键，回到主页，点开电话，找到拨号键盘，手指飞快地跳跃，播了一个号码，打了出去，转身进门，"哐"一声，一楼一户的大门关上了。

所有的动作一气呵成，而我知道，这件事，大概已经解决了一半了。

“哦，还有。”余美美在楼上喊了我一声，“今天一大早还有人给你送了一个快递来，落款是那个‘不敢相信的爱’。你没在，我就帮你先收着了。”

嗯?

什么?

听到这句话，我的大脑停顿了片刻，等反应过来的时候，我睁大着眼，难以置信地看着余美美:“什么，你说什么? 谁送的? 送的什么? ”

“你等下，我给你扔下来。”

她脑袋缩了回去，隔了一会儿，又探出头来，手里还拿了个白色的盒子:“我丢下来了啊。”

“不! 别! 等等! 我上来拿! ”

我话还没落，快递就掉了下来，我紧张地扑过去，但还是错过了盒子，我心头一紧，在那盒子要落地的时候，旁边一只手堪堪帮我接住。

我给卫无常道了声谢，连忙接过，看着盒子上面蝴蝶结下卡了一张卡片，上面的字是打印的，看不出来端倪:“看到她就想起了你。”

简单的一句话，没有起因没有结果，落了一个“你不敢相信的爱”就结束了。

我把卡片收好，小心翼翼地拆开蝴蝶结，打开白色盒子的盖子，里面规规矩矩地叠了一条简单的小黑裙。没有商标，没有价格，只是料子摸起来意外的柔软。

就像我现在的心，莫名地柔成了一摊水。

送我裙子的，是我不敢相信的……爱啊。

我日日沉迷在黑裙子的柔软中，有一天李陪陪看不下去了，问我："你对得起李怼怼吗？"

她这句话真是惊了我一大跳。

我终于把目光从供在墙上的黑裙子上挪开："关李怼怼什么事？"

她霸占了我的单人沙发，缩在角落里，抱着睡成死狗的莽子，一边揉它的毛一边瞥了我一眼："又是什么千年僵尸王，又是什么'不敢相信的爱'，苏小信，你好花的心啊。"

"啊？"

"虽然我是觉得女人花心点也无所谓，人之常情嘛……"

我揉了揉眉心："我就不说你这理论怎么样了，就事论事，我从头到尾喜欢的也就只有'不敢相信的爱'呀。之前我不是说了吗？一见钟情。"

李陪陪撇了一下嘴，算是认可了我："好吧，虽然有点同情李怼怼，但谁让他平时这么贱呢，活该吧。"

"所以到底关李怼怼什么事……"

李陪陪沉默了一会儿，她抓着莽子的大尾巴用它的长毛去打它的脸，打了半天，也思考了半天，直到把李莽子弄醒了，它张了嘴一口咬住自己尾巴，傻得自己开始和自己尾巴玩起来，李陪陪才推开它和我说："我真觉得李怼怼喜欢你，你就没感觉吗？"

"没感觉。"

"你和我说真话。"

"真，没感觉。"

李陪陪说："那你是没看到，那天你不是被那个叫卫无常的抓了嘛，当时我被控制着，虽然管不了自己的身体，但脑子还是清醒的。我看见自己手重，打断了小邵邵的腿，也看见了你躲在小火锅桌底下给李怼怼打电话，你不知道，你前脚刚被卫无常抓走，李怼怼拿着手机就出现在楼顶上了，脚下法阵都没有闪一下。你要知道，咱们现在只有在紧急情况下才能用法阵，法阵就等于给上级打的报告，等于你们人类的消防车啊，救护车啊，警车啊，拉响警报了，可以不管交规，一路畅通。

“但是不用法阵，瞬间移动那么远的距离是违规的，就像限速40城区公路，有个人逆行开出了200码，超速超得都可以把驾照给扣了，万一被上面抓到，搞不好职位都要吊销的。”

我愣了一会儿，完全没想到李怼怼居然……

为了我给他的那包小麻花，真的拼了！他还是个很守承诺的吸血鬼啊！

“而且，李怼怼当时的眼神……我真的好久没看到他那样的眼神了。”

“什么眼神？”

不知道为什么，李陪陪明明用这么平淡的语气在和我描述当时的事，可我却像在听一个悬疑故事，提心吊胆。李陪陪轻描淡写地看了我一眼：“你知道，想杀一个人是什么样的眼神吗？”

我不知道，我也没见过。我的生活里根本用不到这样的情绪。

“李怼怼当时，就是想杀了那个僵尸的。”

但是他来的时候，我和卫无常在非常和谐地聊天……

我喝了口水，没有接话。

李陪陪往后面一靠，又抓了莽子的毛和它玩了起来：“所以我觉得他喜欢你，就是他不会承认……”她顿了顿，“你也不会承认而已。”

我没再看李陪陪，抓起了我的数位板，盯着电脑，在数位板上简单画了几笔：“陪陪，我是个非常、非常、非常普通的人。”

我普通得，不认为李怼怼这种连戴个眼镜都要金光闪闪的非人类会喜欢上我。就算退一万步，就算太阳打西边出来，他就真的喜欢了，那也一定是有什么不可告人的，无法诉说的可怕缘由。

我害怕有人喜欢我喜欢得不纯粹，所以我害怕李怼怼喜欢我，也害怕喜欢上这么耀眼的一个……漂亮吸血鬼。

而至于‘不敢相信的爱’……那就不一样了，那大概就像对偶像的崇拜和迷恋吧，妥妥地单恋，而且是不在乎回报的那种。

“你是个非常、非常、非常可爱的人。你看，我就喜欢你。这栋楼里，很多很多很多非人类也喜欢你。”李陪陪这话话音刚落，像要印证她的话一样，外面响起了“咚咚咚”的敲门声。

“小信小信。”小狼兴冲冲地在外面喊我。

我一打开门，就看到他闪闪发亮的眼睛，一扫平日的胆小懦弱，在屁股上插根尾巴估计他能甩得比莽子还快一些：“我找到工作了，最近想请你们吃饭，你这几天有时间吗？”

“咦？”我好奇，“你找到了什么工作啊？”

“哦！吃饭！”李陪陪和我在意的点完全不一样，“吃什么？”

“在时代天街的一家酒吧驻唱。”小狼有点骄傲，也有点害羞，他挠头笑笑，“老板说我的音色很好听，让我过去弹吉他唱歌。”

李陪陪像流氓一样吹了声口哨：“那你们老板口味有点重哦。”

我瞥了她一眼，制止她这种学习李怼怼专门怼人的行为：“你不是喜欢架子鼓吗？”

“架子鼓打起来，就只有唱摇滚了，可是老板不想让我唱摇滚，他给我规定了曲目，暂时也不唱原创的。”说到这个，他的兴致稍稍有点降下来，“不过没关系，这些事都慢慢来，我收了好多订金，刚给房东大人把房租补了……”

李陪陪很慌：“什么？你脱离拖租四小天王的团队了吗？难道我真的要拉上卫无常那个死人吗？”

“你对这个四天王到底是有什么执念？”我吐槽了李陪陪一句。

没人管我，小狼接着说：“没补完。还差两个月的，剩下的钱不够交一个月的房租了，房东大人就让我留下来，我想先请大家吃顿好的，这段日子大家照顾了我好多，给了我好多吃的，我也要回报大家。”

我开口：“其实不……”

“好！”李陪陪站起来，振臂一呼，“吃光它！”

小狼也跟着兴冲冲地点头：“嗯！吃光它！”

莽子：“汪汪汪！”

我：“……”

我觉得和这些非人类说，存点钱以备万一这种话，简直就是对牛弹琴……

算了，让他们挥霍吧，反正……也穷了这么多年了，不在乎未来再穷下去。

最后我们定了明天晚上六点，在时代天街小狼驻唱的那个酒吧旁边的一家日料店吃饭，小狼基本上敲过了整栋楼租客的门，虽然最后去的人只有一半，但我还是很担心……小狼剩下的那点钱，根本不够这群饿狼塞牙缝的。

于是我悄悄地也把银行卡带在了身上，以防万一。

第二天我在家里赶了一整天的画稿。

出发前，我终于把前段时间耽搁的漫画更新补完了，在读者们的期待、呼唤和威胁之中，发表了最后一张图。

而刚发上去没有十分钟，就有读者把所有更新都看完了，又开始在评论区敲碗，要我加更。

创作就是这样，画了一整天，调整构图，处理细节，调整台词，创新情节，抓耳挠腮挖空心思地弄好故事，发表上去，看得快的读者分分钟就扫完了剧情，又开始急切地催更。

这对于在创作故事上十分愚钝的我来说是个不小的压力，但被人催更的时候，也是非常甜蜜的时间。

我翻阅着评论区，看着读者们可爱的撒泼打滚，像小鸟一样嗷嗷待哺，我没有每一条都回复，但每一条都细细看过，被骂了也会丧气，被表扬的时候特别骄傲，看到卖萌的会被萌得捂住小心肝，看见讨论剧情的会认真研究，知道别人讨论出我的小 BUG 或者猜到后面的剧情走向时，我又会开始想怎么修改，避过。

讲故事真的是一件非常有趣的事，互联网也真的是一个非常有趣的东西。

或许人总是难以逃避刻在灵魂里的孤独折磨，在某时某刻，总会以为茫茫天地间就只有我孤身一人。很多人都在寻找排解孤独感的办法，有的人失败了，有的人妥协了，有的人成功了。

对我来说，我找到的办法就是画漫画。

我孤独地创作，带着迷茫和彷徨将故事讲出去，但在收到评论的那一刻，无论什么，我会知道，原来这世界上不只有我一个人能看见“我”。

我像和素不相识的人有了心灵上的沟通，我像看到了好多看不见的。会有人在我的故事里，在我痛的地方痛，在我笑的地方笑，在我思考的地方思考，在我迷茫的地方迷茫。

这种感觉太美妙，它让我感觉不孤独，甚至让我感觉我是有价值的。

所以这大概就是我爱上我的工作，并且迷恋它的原因吧。

我刷完第一波“占坑”“沙发”“献花”和“我不管虽然你才更新我也还没看但我知道你的更新量是不够的所以我还是要大力催更”的系列评论之后，我按 F5 刷新界面，看到了第二波评论，这一波评论一般就会多很多对剧情的讨论，然后我发现我被刷屏了……

“怼爷就是吃醋了，这个不老实的小妖精，求让女主抽他两鞭子，让他赶紧跪着承认自己就是爱女主就是沉迷女主不可自拔啊！费时间扯这些犊子干啥？赶紧表白抱抱亲亲滚床单去啊！”

这个评论瞬间被复制了十几条……

而在最原始的评论下还有 +1，+2，+3，+10086，+ 身份证号，等排列组合……

复制党和排号党最可怕的地方在于，他们会制造出连他们自己都意想不到的、极其规整的、排山倒海的压力，以造成有一个正步方队对着我迎面走来，如果我不顺着他们就会被他们踢死，踩死，践踏而死的错觉……

我抹了把汗，默默关掉了评论界面。

是的……讲故事会消解我的孤独感，有时候也确实会让我觉得，我的互联网世界里……实在太闹腾了。

第十章 Chapter 10

你是谁

我看了看时间，还有一个小时到六点，我怕晚高峰堵车，于是收拾了包包出门去叫李陪陪一起走。

敲门把李陪陪叫醒，我叫上了小狼和余美美，一起走到一楼，正好碰见卫无常洗了衣服在平地里摆了晾衣架正在晾衣服。好像这个僵尸王十分喜欢晾衣服……我也比较容易撞到他晾衣服，他晾衣服也是一派军人作风，每件衣服在晾衣架上挂得规规矩矩，整整齐齐，一个皱褶都没有。

他看见我们出门，就冲我点了点头，算是打了个招呼。

我也点头示意，李陪陪“哼”了一声，小狼却在这个时候开口了：“这是新来的租客吧？你还没吃晚饭吧，昨天我下楼来找房东大人的时候你好像不在，你要不要跟我们一起去吃饭啊？”

卫无常张了张嘴，还没来得及说话，李陪陪就竖了眉毛：“别带他玩！”李陪陪说，“我告诉你们，这个人是我的仇人，除了苏小信这个已经摆明态度、吃里爬外的叛徒以外，你们谁要敢和他玩，就不要和我玩了。”

小狼听得一愣一愣的。

我和余美美看着她冷笑一声。余美美挤对她：“陪陪，你不是三岁小孩了，你已经七岁了，你可以上一年级了，不要再这么幼稚了好吗？”

陪陪非常不满意，于是和余美美就她到底几岁的问题争论了起来。

我觉得我仿佛在和一堆智障做朋友。

我看着左右为难的小狼："你别管她，她幼稚起来和她哥差不了多少。你请客，你是老大，你想请谁就请谁。"

小狼又看向卫无常，卫无常主动抱手拒绝："阁下好意在下心领了，只是在下不需进食，便……"

"呵，算你识相。"李陪陪听到这话，暂时从和美美的争执中脱身出来，冷笑着针对卫无常，"我可不想和小白脸坐一桌吃饭……"

我看见卫无常拳头紧了紧。

"便……去看看吧。"他说。

"你！"李陪陪一脸震惊，"你！"

卫无常一脸正气凛然，丝毫没有和幼稚鬼斗气的神态："走吧。"

我冷眼旁观，认清了一个真理，果然……幼稚这种病毒，是会传染的。就算是千年僵尸，也能被毒得返老还童……

我们一行五人，吵吵闹闹，磕磕绊绊，伴随着偶尔动点小手，打个小架，终于来到了日料店，这时候已经迟到十五分钟了。

日料店门口西装革履的李怼怼已经等得一脸不耐烦，他旁边站着在吃冰激凌的于邵，于邵倒还好，隔街看见了我们就拼命挥手跟我们打招呼，惹得周围好多路过的小姐姐小哥哥都夸他可爱。

他脚上的铃铛遇见了卫无常也开始叮叮当当响了起来，和于邵会合之后，伴随着欢乐的铃铛声，这个神奇的非人类小团队内部气氛瞬间缓和了不少。

进了日料店，服务员把我们安排在了餐厅角落，她帮我们拼好了小桌子，四张两人小桌，一共八个位置，我们开始自行挑选。

李怼怼首先坐下去，他坐在一个端头，对迟到的我们没什么好脸色。

然后余美美和小狼选择坐在离他最远的两端的位置，李陪陪显然也是不愿意面对着李怼怼吃饭的，她坐到了李怼怼的斜对面，于邵瞬间蹭到她身边坐下，然后于邵招呼我："小信小信，你来坐这儿，我要左右都挨着美女。"

我不好打于邵的脸，于是在他旁边坐下，正好，我对面就是李怼怼。

我看了李怼怼一眼，脑子里瞬间飘过今天出门前看到的读者说的话，什么小皮鞭抽，什么亲亲抱抱举高高，我脑海里开始演戏了，觉得面对李怼怼越发尴尬。但这时候站起来换位置更加尴尬。我坐着没动，一看旁边卫无常还站着，我想找个话题，就指了指李怼怼旁边的位置说："大将军，你坐。"

李怼怼坐在一个端头，余美美坐在另一个端头，卫无常只有让他们其中一个人站起来才能坐进去，他离李怼怼很近，但是李怼怼像没听见一样，跷着二郎腿，抱着手，金边眼镜背后的眼睛一片淡漠。

场景沉默了一瞬，还是于邵扛住了低气压，开口说："哎呀，你让让我们僵尸王啊，一点都不友好。"

"从我这儿过从我这儿过。"余美美连忙站了起来，卫无常顺着阶梯下了，走到余美美那边，与她错身，坐到了里面。

于是现在的场面，更加尴尬了，我对面两个冷面大佬，全都冷着一张脸不说话。

宛若修罗场……

于邵吊着他打着石膏的腿，开开心心地舔冰激凌："怎么不点菜呀？我饿了。"他一开口，旁边的服务员终于走了过来，我觉得，要不是他顶着一张小孩的脸开口，我估计服务员都不敢过来给我们这一桌添茶水。

服务员倒了茶，小狼点了单，气氛终于稍微缓和了一点。

小狼开始汇报："那个……谢谢大家赏脸，之前大家帮了我很多忙，我没什么好回报的，先请大家吃个饭，待会儿吃完饭十点的时候我就要去旁边的那个酒吧唱歌了，大家也可以去听听。

"今天本来想把楼里所有人都请过来的，但万事难没回来所以不来了，老巫婆拒绝参加集体活动，所以也没来，女神大人还在睡觉，也不来了。其他都不知道什么时候在家，所以都没通知到。今天就咱们七个人，先聚聚餐。”

小狼说的这个女神大人住在二楼，目前为止，我还没有见过她本人，甚至不知道她的名字，因为她一年三百六十五天，有三百六十四天都在睡觉，她到底是什么非人类物种，据说连李怼怼都不知道，但所有人都知道一个事情，那就是——

有女神大人在，我们那栋破居民楼，就是有 Wi-Fi 的，而且免费。

网速神快！看电影追剧从来不卡！传文件、传图片都是分分钟的事情！下载个大型游戏半个小时妥妥搞定！

每年女神大人醒过来的那一天就会处理一堆杂事，比如说吃掉接近十多公斤的食物，和别人唠唠嗑，看看电视，上上网以及给李怼怼上缴未来一年的房租。

所以在李怼怼的嘴里，女神大人简直是模范租客，按时交租，绝不拖欠，老实睡觉，什么祸事都不招惹，还能给居民楼做出巨大贡献！

简直是“别人家的租客”！

但女神大人绝对不仅仅是因为这样而被称为女神大人的。她还有一个非常神奇的特异功能，那就是，在她醒来的那一天，她会选择一个人，满足他的一个愿望，无论什么。

这个愿望真的会实现！

我就听说过，有一年李陪陪向女神大人许愿，她想要一条大狗，于是第二天女神大人睡着之后，她就在路上捡到了莽子，被遗弃的纯种阿拉斯加！身体绝对健康，养到现在除了吞过她的蛋蛋鞭去过医院以外，从来没出过毛病。

还有一年，小狼和女神大人诉苦，说自己喜欢架子鼓，但没钱买架子鼓，于是第二天小狼就在路边捡到了一整套的架子鼓，买回来敲敲打打到现在修都没修过，质量超级棒！

还有余美美捡到了漂亮的贝壳内衣，老巫婆路上抽到了整容医院免费整容券……等等。

可以说，她的存在，就像一个神迹。

就是从来没听说女神大人满足过李怼怼什么愿望，但谁管李怼怼！他又不重要！

每年，旧公寓里面的非人类都在期待女神大人醒来，包括今年才住进来的我，如果可以，我一定要向女神大人许愿——请让我再许三个愿望！

但女神大人的苏醒时间是不一定的，每年没个定时，有时候开年第一天就醒了，有时候要等到年中，有时候甚至要等到年末。

所有人都想把她喊醒，但她就像楼里的保护动物，所有人都觊觎的时候，所有人就都开始保护她了，她住在二楼，没急事的时候，大家上下二楼的声音都是很轻的。

我这边思绪飘远了，回过神就看见小狼硬着头皮在没有人应他的情况下举起了杯："那个，我们还是以茶代酒碰一下杯吧。"

李怼怼到底还是给面子地举了杯。

于是大家也都举了杯。

小狼咕咚咕咚喝下一杯茶，不像庆祝，倒像在压惊。

我心疼他，找到一个工作不容易，要请这一堆"妖魔鬼怪"吃东西更不容易，于是我想带带节奏，搞一波气氛，但我心里还没想好要怎么搞，就听见角落里"咚"一声轻响，我以为是什么东西掉了，下意识地转过头去看，忽然在余美美旁边角落里的沙发上看见一个正在蠕动的深灰色生物……

老鼠……

"老鼠！"我一声惊呼，几乎是在那一瞬间从座位上弹跳了起来，桌子一抖，将坐在我对面的李怼怼手上的茶水都抖了出去。

旁边的服务员听到我这一声喊也很骚动，纷纷往后面退了一步，略带惊恐地盯着角落。

而我面前的这一桌本来应该骚动的客人却都相当地安静。李怼怼连头也没转，拿了餐巾纸擦拭桌上洒掉的水，其他人转头看了一眼，表情都出奇的平静。

离得最近的余美美照常喝水，问我："要弄死吗？"

"提去外面弄死，别让她咋咋呼呼的。"李怼怼冷声吩咐。

"好。"余美美二话没说，站起来徒手抓了老鼠，在服务员和我一片"啊，天哪！啊！呀！在动！呀！"的惊呼声中，余美美冷静淡定地把老鼠提到了店外面，我透过落地玻璃窗看见她把老鼠往地上狠狠一砸，然后观察了一下，就拍拍手进来了。

"哪儿可以洗手？"

服务员给她指了卫生间。

她走了进去。

服务员都和我一样，像看英雄一样看着她。这时候日料店的店长急急忙忙走过来，安抚我："实在抱歉，这商场楼上管道都是通的，咱们又在一楼……真的是抱歉了，让大家受惊了，我帮你们换一桌位置吧。"

我刚想点头说好，李怼怼就开口拒绝了："不用，麻烦。"

店长往旁边一看，我们一桌人，就我一个站了起来，还有一个淡定冷静地从洗手间里面走出来，小狼还在安抚店长："没事没事，老鼠嘛，正常的。"

店长有点蒙，大概没见过这样这么淡定的客人。于是又和唯一被吓到的我说了好几声抱歉，转头忙去了。

我默默地坐下来，他们的反应……搞得好像害怕老鼠是一件很奇怪的事情一样……

"你们现在的人都太娇气啦。卫生条件太好了，给惯的。"于邵晃着腿，脚上的铃铛叮叮当当响着，这时候倒是显得一脸老成，"我们那个年代，碗里有老鼠屎，挑出来扔掉都能继续吃的。"

小狼也说："以前我们住的地方，到晚上经常听见房梁上有老鼠跑过的声音，有时候还会有一两只掉在脸上呢。"

这个话题似乎很有得聊，卫无常也开了口："这便也还好，在下当年战后清理战场，掩埋尸体，尸坑之中蚊虫老鼠肆虐，防治疟疾鼠患才是头疼。"

越说越重口味，菜上来我也有点吃不下了……

是……真是抱歉……就属我们当代人类最没用了……

我默默地扒着茶泡饭里的梅子，不过，总算是打破了尴尬沉默的气氛，这个老鼠……也算是死得其所了！

“海里倒是没有这种东西，不过有很多别的。”余美美开口说话的时候，旁边倏尔走过来一道人影，手里端着一个盘子。

“抱歉，各位受惊了，这是芝士烤虾，是我给各位的赔礼，真是不好意思。”

我抬头一看，是一个帅气的小哥，旁边有人介绍：“这是我们主厨，特意来给大家道歉的。”

这么年纪轻轻的主厨呀。长得也好清秀啊，在这一堆非人类的对比下，竟然丝毫没有逊色。

我正在欣赏他的容貌，忽然听到碗碟一阵乒乒乓乓乱响，是美美突兀地站了起来，她因为堆积了很多脂肪而凸出来的肚子将桌子撞得不停晃动，还在她对面的小狼眼疾手快给她摁住了。

大家都奇怪地看她，而她只是盯着主厨，隔了好久才开口：“你是谁？”

她这问话问得非常奇怪。

帅哥主厨转头看她，因为是客人的身份，他脸上挂着几分疏离又客气的微笑，他微微偏着脑袋，示意他并没有听懂美美的问题。

余美美什么也没解释，只是直勾勾地盯着他。

我从来没见过胖胖的美美有这样的神情。

昨天陪陪问我，你有没有见过想杀一个人是什么样的眼神，我没见过，但我今天，见到了。

“李怼怼已经一个人吃完一份寿司了！”于邵喊了出来。

一句话惊醒了一桌的人，李陪陪二话不说拿了筷子就是干，两口吃完了面前离她最近的两个鳗鱼寿司。小狼也开始狼吞虎咽地战斗起来，除了发呆的美美和来“看看”的卫无常，还有从头到尾一直保持着优雅但却进食速度有效的李怼怼，其他几个的吃相都尤为……壮观。

我非常担心小狼的钱包……虽然他自己好像并没有这个概念。

主厨将虾放下之后，礼貌地鞠了个躬：“希望大家用餐愉快，今天抱歉了，谢谢。”他转身走了，美美却一直双目发直地盯着他的背影。

我看着桌上的刺身，有了个可怕的猜想……

这个主厨，难道以前切过美美的小伙伴？

这个念头一起，我瞬间对面前摆盘精致的料理没了兴趣，这仿佛是一个杀人现场，他们嘴里塞的都是人血馒头，小狼、陪陪和李怼怼一口一个小孩子的屁股肉，吃得让我心发慌。

在我把事情往更加恐怖的地方猜想时，李陪陪包着一嘴的饭，含糊不清地嘟囔着：“别看啦。”她喝了一口茶，咽下嘴里的饭，“就是长得像啦，别多想啦。”

嗯？我转头看李陪陪。

这背后的故事，看来李陪陪很了解啊。

在卫无常来之前，我是最晚住进李怼怼的旧公寓的人，对他们的前尘往事的了解，仅限于他们自愿说出来的故事。至于他们不想说的，我连猜都没办法去猜，因为他们的寿命相对人类来说，太过漫长，我无法臆测他们经历的过去和感情。

美美听了陪陪的话，这才收回了目光，她放下了筷子，沉默着不说话，情绪很凝重低沉。

第一次看到这样的美美，我有点不知道该怎么去安慰，张了两次嘴都闭上了。

倒是李怼怼喝了口茶后，轻描淡写地说了句：“先分清是不是，再分析好和坏。”他没有去看余美美，夹了一片北极贝，“万一呢？”

他说的每个字我都认识，但连在一起愣是没懂他说的什么意思。

美美却目光一亮。她停顿片刻，拿起筷子，也夹了一片北极贝，狠狠塞进嘴里，目光望向正在开放料理台里工作的主厨：“我会弄清楚的。”

我很好奇以前美美身上到底发生了什么事，毕竟，这些也都是素材，但这事看起来挺大的，我就一直憋着没敢问。

这一顿饭在莫名的气氛当中结束，餐后出账单的时候，小狼终于反应过来，他剩下的房租钱其实不够吃这一顿，我正想自己掏点钱帮他解围，但感谢先前掉下来的那只老鼠，店长主动给我们打了八五折，小狼的钱才刚刚够付。

出了日料店，李陪陪一直咋舌，称这老鼠身价昂贵，而小狼满地地找那只被摔死的老鼠，说要给它记功德。

在路人看神经病一样的眼神中，我们又一起去小狼工作的酒吧坐了一会儿。

到他上班时间，我们看他上台，听他弹了一首歌，简单的民谣，旋律悠扬，和他平时打架子鼓时完全是两个风格。

这时候我才发现，原来小狼真的很会唱歌，声音相当的清亮，像那未满的月光，柔柔地落在山上，抚摸着青草和狼人的皮毛。

酒吧灯光迷离，打得小狼本就立体的五官更加深邃，晃眼一看，还以为是个外国小哥在台上演唱。虽然他好像确实是外国血统……

我看着小狼有点失神，我碰了碰旁边李陪陪的手肘：“你还敢说人家老板重口味？小狼这模样，要能推出去，不知道会有多少迷妹。”

“肤浅。”

回答我的是李怼怼。

我往旁边一瞅，发现刚才我碰到的原来是李怼怼的手肘，他漂亮的手指端着一杯插了薄荷叶的“僵尸”，鲜红的酒液和他格外的相配。

他好像在瞬间变成了古堡里苍白的血族贵族，而不是趿着拖鞋穿着睡衣就能出去和人干架的一楼包租公。

这酒吧灯光一定有毒，居然让所有人都变好看了！

我轻咳一声，强撑气势：“我和陪陪说话呢，你站这儿干啥？陪陪呢？”

“吧台。”

我经李怼怼一提醒，转头往吧台一看，只见余美美一个人坐在一边喝酒，于邵抱着橙汁儿在另一桌和小姐姐们搭讪，李陪陪和卫无常侧坐在吧台边，两个人面对面，李陪陪一脸杀气地盯着卫无常，以战斗之姿，抬起了手……

“乱劈柴的……六六顺！”

“五魁首！”

他们……居然开始划拳了……

我：“……”

这个拳我不知道是不是重庆特有的，但我好像也没有在外地看见有人划这个拳。

这个酒拳和“十五二十”差不多，就是两个人，一人拿一只手出来，五个指头，随便出几个，两个人随意喊出十以内的数字，如果喊出的数字正好是两人手指头相加之和，那就算猜赢了，输的一方就要把杯子里的酒喝干净。

而划拳的时候，光喊“一二三四五”或“没得”似乎又太无聊了些，于是常常会把数字藏在一些词语中，比如他们刚才喊的“六六顺”“五魁首”还有什么“四季柴”“全都来”“好兄弟”。

这个“全都来”就是“十”，两人都出了五，就算是“全都来”了。

而这个“好兄弟”，就相当于是“二”，两个人一人出一个，加在一起就是好兄弟了。

到现在为止我都不会玩这个拳，毕竟在划拳的时候，还要去观察对方的神态、表情、微动作以及出拳习惯，计算加减，还要谋划自己的出拳方法……

其难度对我来说简直比“十五二十”高出几个指数级，我身为一个重庆人，在父辈酒桌的熏陶下也一直没有学会。

但李陪陪不一样……

她好像天生就是吃这口饭的，喝酒喝不醉，划拳划不输，我觉得，如果她有点上进心，想赚更多的钱，去酒桌上厮杀，没哪个业务员能是她的对手。

以前我和李陪陪去酒吧，就看到她用自己的“铁血手法”干掉了不止一打的男人。

今天……竟然和卫无常干上了。

看来她是真的是很想报仇啊，无论哪个方面……

卫无常才开始接触这个游戏，我看着他快速地被李陪陪“秒杀”了几把，几杯酒下肚，他没有一点醉意，反而变得更沉凝冷静起来，他和李陪陪每划一拳的时间越来越久。又被灌了几杯酒后，卫无常终于赢了一把。

陪陪的表情一下变得十分错愕，然后斗志更加高昂起来，她从高脚凳上下来，站直了身体，一仰头喝进一杯酒：“来！再战！”

他俩战得火热，旁人还投来好奇目光的，帅哥美女在一起，不管干什么都是赏心悦目的。

但看在我眼里，这一个吸血鬼一个僵尸王真的是……

太接地气了……

“你不管管陪陪吗？”我和李怼怼说。

“哦。”李怼怼不咸不淡地应了一声，“你对千年僵尸很关心嘛。”

我静静地看着李怼怼：“我只是觉得，他俩这样一直喝下去，酒钱最后还得你付。”

李怼怼端着酒杯的漂亮手指僵了一下。他转身，走向了李陪陪。

很快，那边的战局就结束了。

李陪陪被喷得灰头土脸。“没钱没尊严”，“寄人篱下没尊严”，“长大了窝在家里啃老更没尊严”，这一系列原则在她身上得到了淋漓尽致的体现。

李陪陪被怼得没脾气了，李怼怼开口让回去，除了没欠租的于邵和工作的小狼，我们几人都跟着他回去了。

欠租犹如坐牢，房东就是监狱长，正常情况下，谁都没脾气和他顶嘴。

第十一章

Chapter 11

人鱼梦境

今天这一路上美美都很沉默，我没询问到原因，晚上回家睡觉的时候想着，要不明天给美美做点好吃的让她换换心情吧。

我带着这样的想法沉入了梦乡，而很快，我就感觉天亮了，这个夜晚真的是出奇的短。我心里还在这样想着，一睁开眼，看到的却是蓝得可怕的天空和刺眼的阳光。

重庆……这个时候就已经有这么刺目的太阳了吗？

而且……为什么我房间的天花板不见了？

我有点蒙，坐起身来，却听到了“哗哗”的海浪声，我一转头，瞬间更蒙了。

为什么……我会在沙滩上？

我瞬行了？我穿越了？还是说……我这是在做一个非常真实的梦？

“啊……时隔多年，又来了。”

我听到旁边熟悉的声音在叹息，转头一看，李陪陪居然从沙地里爬了出来。她活动了一下胳膊：“啊！我只想好好睡觉啊！放我出去！”

“别号了，吵死人。”

嗯！？

我往右边一转头，李怼怼竟然也在！

这到底什么情况？

“这到底什么情况？”又有一个声音从另一头传来，我又转头看去，贴了一脸黄瓜片的老巫婆站在海浪里，身上的粉色丝绸睡衣被海浪打了个透湿，贴紧了他没什么肌肉的身体……

李陪陪站起身来，拍了拍身上的沙：“这里是梦境啦。”

“何人梦境？”卫无常也从海里走了出来，和粉丝绸睡衣的老巫婆完全不同，他穿着黑色紧身背心和武警一样的黑裤子，海浪一打，那一身肌肉线条简直看得让人沉醉……

“人鱼梦境。”李怼怼说，“我们都在余美美的梦里。”

伴随着他这话音一落，海浪一卷，“哗啦”一声，一个穿着白色珊瑚绒睡衣的女子被海浪拍上了岸，骨碌碌滚了几圈，停在沙滩上，她卷了一身沙，长长的金色大波浪的头发盖了她一脸，而她还在沉睡。

二楼的女神大人！

我第一次见到她，在见到她这一面的时候，我几乎想跪下来膜拜她的盛世美颜。

“美人鱼在情绪极度波动的时候，如果在梦里哭了，就会容易把周围的人带入自己的梦里。”李陪陪咋舌，“好家伙，这次把女神大人都拉进来了，这梦做得……看来美美今天看到那个人，对她情绪触动很大啊。唉，不知道又哭成啥样了。”

我心疼美美，看了一圈四周环境：“就我们几个？美美呢？”

“她在做梦，当然在她梦里这个时候该在的地方啊。”

李陪陪说着，沙滩不远处的椰子林里传来一阵吵闹之声：“你带我走了，你会被罚的！他们不知道会对你做出什么事！”这是一个女孩子的清脆声音，像黄鹂，像夜莺，像最美的悦耳旋律。

“没事，你先走，我说过，我要救你出去，就一定会救你出去。”少年声音低沉，年纪还小，但已经能听出声色里的沉稳。

对话之间，两个人影从椰子林里“跑”了出来。或者说……两条美人鱼“跑”了出来。

他们竖着站立，鱼尾在沙地上磨蹭，一左一右，动作看起来相当别扭，但因为他们俩的脸都太让人惊艳，所以姿势的别扭也完全无法影响他们的动人。

美人鱼都长得很漂亮，我是听过这个说法的，所以在我第一次见到胖胖的美美的时候，我是感觉有点幻灭，当然后来习惯了，也觉得美美胖胖的其实很可爱。而这时，看到这两条美人鱼的时候，我才认识到，什么叫作天地绝色。

“好漂亮。”我由衷感慨。

“嗯。”李陪陪附和，“美美以前超级漂亮。”

“嗯？”我怔愕，“你说啥？”我看了眼美人鱼，又看了眼李陪陪，“这是……那个小姑娘是美美？余美美？”

“是呀。”李陪陪点头确认，“瘦版。”

我愕然，看来……这胖瘦……有时候真的会比整容对一个人的影响都大啊……

“别看了，余美美瘦下来还能变美，你就算了吧，这辈子也就这样了。”

听到这话我头上的青筋就冒了起来，然而怼我的不是李怼怼，是黑狗。

它骑在莽子背上，从海里乘浪而来，莽子奋力地四脚刨水，眼看着要上岸了，海浪却退了回去，莽子直接被海浪一波带走，它张着嘴去咬海水，好像在叫海水放开它，模样真是蠢得可爱。

黑狗则是纵身一跃，麻溜利落地跳上了干燥的沙滩，对于被海浪带回去的莽子，它看都懒得看一眼。

黑狗一甩毛，水溅了我和李陪陪一身。

我没动手，李陪陪已经冲上去了，一把提了黑狗的脖子：“李怼怼你家这只阉猫怎么还没死？这嘴讨厌得越来越像你了。未免你怼王的地位被这猫抢了，我帮你宰了它，好不好呀？”

“贱民！给我放手，我对主人忠心耿耿你不要想挑拨离间！”

“宰之前先把这舌头拔了吧。”

李陪陪说着捏开了黑狗的嘴，黑狗吓得眼睛都瞪圆了。

正在这时，瘦版余美美被少年牵着手，跑到了海滩边，完全没看到我们似的，直接从我们身体里穿了过去。

李陪陪继续威胁黑狗，见怪不怪，我则很诧异："他们看不见我们？"

"余美美是梦的主人，她想看见就能看见，现在她沉浸在回忆里，不想看见有其他人打扰而已。"李怼怼开口了，"别在这儿站着了，都去阴凉处，等余美美梦够了，自己就会醒过来。"

他迈步往椰子林里走，对瘦版余美美和那少男美人鱼的故事一点都不关心，不过也是……听他之前和李陪陪的话，应该来过这个梦境好多次了。

李怼怼走了两步，又停了下来："把金花带上。"

谁？

我一转头，没看见人动，等了一会儿，老巫婆叫了出来："哎呀，她好沉的，我抬不动。"

李陪陪吓够了黑狗，让它耷拉了脑袋不敢再嘚瑟，于是将它扔了，转头叫卫无常："那个僵尸，你把我们女神大人背上，好好背，轻一点，别磕着碰着了，她可是咱们楼的大宝贝儿。"

卫无常一本正经地说："男女有别。"

李陪陪嫌弃地白了他一眼："迂腐。"

而我在旁边则完完全全地愣住了。

这个"金花"难道……是女神大人的名字？

嗯？！

是不是有哪里搞错了？

你们在逗我吗？

我来这栋楼之后，一直觉得这里面的非人类都在费尽心机地颠覆我对传说中的他们的认知。

在一波又一波的冲击波下，我接受了他们其实很接地气的事实，但是我怎么都没想到……他们居然能接地气到这种地步！

连这有着金色大波浪长发，长着一副盛世美颜的女神都能取名字叫……金花？

这和吴彦祖取名叫二狗有什么区别？

我问李怼怼："这是她的本名吗？"

李怼怼不咸不淡地回我："这重要吗？"

是……对于他们非人类来说，好像是不太重要，毕竟连李怼怼自己都敢叫李怼怼了……

我沉默地接受了女神大人的名字，看着李陪陪自己一撸袖子走到了女神大人身边，一手搂住她的后颈，一手搂着她的膝弯，轻而易举地就把女神大人打横抱起。

说真的，李陪陪这175cm的身高，一脸帅气的表情，公主抱抱着女神大人的模样，愣生生地将我的百合魂点出了一根火苗。

李陪陪抱着女神大人走到我身边，我望着她："陪陪，你一直没找到男朋友，你有没有想过原因，可能是你的择偶条件太苛刻了，你或许可以放宽一下条件，比如说性别什么的？"

陪陪看了我一眼，一脸嘚瑟："怎么，觉得我太帅，所以你无法自拔地喜欢上阿爸我了？"

我："……"

走在前面的李怼怼忽然脚步一顿，我一头撞在他的后背上。我抬头看李怼怼，他也垂头盯着我。

我见他神情有点微妙，连忙解释："别误会，我对你妹妹没什么意思。"

"哎呀，我懂我懂的啦。"李陪陪继续一边迈步向前一边说着，"喜欢上我是一件多么容易的事情，毕竟我这么棒，但是苏小信你还是放弃吧，虽然我说你很可爱，可我还是喜欢男人。"

我："李陪陪你直白得太可怕了，委婉点。"

"什么都可以委婉，拒绝人不能委婉，表达喜爱也不能委婉。"李陪陪说得很坚定，"我就是喜欢男人。"

我捂住脸，觉得已经听不下去了。

我只想去海里洗洗耳朵。

我认真地往海那边一望，却愣住了，那边的瘦版余美美本来已经入了海，但是那个少年美人鱼却在海边停住了身体。

余美美在海里焦急地看着他：“阿许，你来，海水不会伤害你的，海才是我们的家啊。”

少年美人鱼在岸上看着大海，面色苍白，身体颤抖的弧度连隔了这么远的我都看得见。

一条美人鱼，却害怕大海。

我很困惑，转头问李怼怼：“他为什么不入海，他刚才不是说一定要带美美离开吗？”

“因为他就是入不了。”

李怼怼刚刚说完这话，我就听见头顶“咻”一道破空之声划过，我目光顺着声音的方向追去，看见空中一支银色的长箭径直对着那少年美人鱼而去。

“小心！”我下意识地喊出了声，但他们并没有听到。

我看到余美美惊愕得睁大了眼，也眼睁睁地看着那银色长箭将那少年穿胸而过。鲜血喷溅，落在白色沙滩上，箭头穿过他的胸膛后，瞬间分出六根银色金属柱，如同魔鬼的尖爪，盘踞在少年胸口。

长箭末端还连着一条银色的细铁链。铁链在空中拉紧，直接将那立在海边的少年硬生生拉回去十来米远。

“阿许！”余美美一声大喊，从海里跃了起来，扑过去要抓他，可是在抓住他的手之后，又立即放开。

因为如果美美往前面拖拽，那向后的“铁爪”能直接把少年的胸膛挖出个洞来。

少年身体被拖拽着在沙滩上一阵摩擦，上半身的皮也破了，下半身的鱼鳞也被磨掉了。

沙地上留下触目惊心的血红色。

我看着一阵揪心，只觉自己身上的皮仿佛也被磨掉了一样，脊柱一股凉意蹿上头，惹得头皮一阵发麻。

终于，铁链不再拉拽，名为阿许的少年在沙地上堪堪停住，他蜷缩在地，疼得浑身抽搐。

“不……不能帮帮他吗？”我问李怼怼。

“这是余美美的梦，都是她过去经历过的事情，你要怎么帮？”

他神色理智，我理解他的话，但更心疼起美美来……这都遇到的是些什么事啊……我看着那不停抽搐的少年，忽然间，将他的五官和在日料店吃饭的那个主厨的脸联系了起来。

“我觉得……他也有点像。”

然后我恍悟过来了，那主厨简直就是这个少年的成年版嘛！

也难怪余美美当时会直接站起来，但是……很奇怪啊。如果说现在这个少年要带着余美美走的话，那他应该和余美美是朋友才对，看美美现在的表情，她也很心疼这个少年啊。

为什么……当时在那个料理店里，她却是一副要杀了那主厨的表情呢？

这时，那条细铁链窸窸窣窣响着，椰林里面矮小灌木轻声响动，里面两个人扒开草木，大步踏了出来。

来的两人一男一女，穿得邋遢至极，男人瞎了右眼，女人瞎了左眼，两人脸上都拿一块黑布裹着瞎的眼，他俩看神情都极致的凶神恶煞。而在女人手里还拖着一条铁链，铁链末端牵着另一个少年美人鱼。

而这个美人鱼的脸……和那在地上颤抖的美人鱼竟然一模一样。

人鱼双胞胎？

被套着手的这条美人鱼身上满是伤痕，有旧的伤，也有新的伤，看起来十分吓人，他嘴角还有鲜血，好像刚刚才被虐打过。

他们从我们身边走过，这个美人鱼与我擦肩时，我看见了他盯着前面那对男女，也瞥了一眼蜷缩在地的少年，他眼里暗藏的阴毒和憎恶让我觉得胆寒。

他在痛恨，恨着这对男女，也恨着那跟他长得一模一样的人鱼，还恨美美。

他尾巴挪动的速度根本跟不上女人的步速，终于一个踉跄，摔倒在地，但是女人并没有停，她回头瞪了他一眼，拿着手里的鞭子便对着他的脸狠狠抽了下去：“没用的东西！”

这一鞭子抽花了人鱼的脸，打破了他的耳朵。他闷哼一声，下意识地抬起被束缚的双手，挡在脸颊旁，手臂立即蹭了一道血。

女人看他这样，停下脚步胡乱地抽打他：“你还敢挡！你还敢挡！？让你挡，你再挡啊！”

人鱼咬住嘴唇，在那一声声鞭打之中，慢慢挺直了身体，像死鱼一样躺在地上，任由女人鞭打，他双眼瞪大，死死瞪着天空，看着太阳，像要将自己眼睛晒瞎一样，他不挣扎，不反抗，不叫痛。

我实在看不下去，一转身，李怼怼站在我身后，我盯住了他的胸膛，隔得很近，他也没挪开身体。

我深深呼吸，压下心头的不适感。

陪陪在椰林里喊我：“小信，你过来，那俩海盗夫妇手段狠着呢，别看了，接下来更血腥的都有呢。”

我咬了咬牙，转头再看了一眼，那女人见人鱼终于臣服于她的暴力之下，停了手：“呸！贱玩意儿。”她力气大，拖着人鱼就往前走，手上的鞭子指向了美美，“小贱货，还想勾着我们的奴隶逃走！看我今天不把你的鳞都给刮了！”

蜷缩在地上的阿许颤抖着手推了追到他身边的美美一把：“你走。”他说，“你可以走，你不属于这儿，你属于大海。你和我们不一样。”

女海盗笑了，转头看了被绑着的人鱼一眼：“阿季，你看看你弟弟，还在给你找打呢。他是当真觉得那小贱货比你这哥哥重要呢。”

阿季盯着太阳，眼睛也没转一下。

男海盗把手里一块布甩到阿季脸上，盖住他的眼睛：“想把自己晒成瞎眼废物等老子杀你啊？”

阿季任由那块脏兮兮的布盖在脸上，什么也不做。

男海盗骂完了阿季，一边走着，一边拉拽手中细铁链，又把阿许往后拖了一两米。

阿许在地上吐血，疼痛仿似转到了美美身上，她“啊”惊呼一声，又扑上前，却不敢碰阿许，她哭得嗓子都快哑了："你住手吧！我不跑了，你别打他，你们别打他们了。他们也会痛啊！好痛啊！"

我看着从来没露出一点难过表情的美美哭得这么伤心，也觉得十分难过和无能为力。

"美美每次都要重新梦一遍这个吗？"我问李怼怼，"她这些年都这样梦过多少次了？"

李怼怼说："太多了。"

我更难过了，心里像有一只手把心尖上的肉都掐住了，拧在一起，那时候的美美，得有多难过啊，她得有多无助啊。怎么我就不能帮帮她呢……

男海盗咧嘴笑着："行啊，要我们不打他，你只要答应我一个条件就行了。"

"你说。"

"我这儿有药，能让美人鱼分出双腿，但听说你们美人鱼要自己自愿才能成功割出人类的双腿，这么多年了，老子费了多大力都没成功，他俩怎么都分不出双腿来，你要是愿意自己割尾成腿，老子就考虑考虑你说的话。"

阿许听到这话，忍着痛，抬头望着美美，狠狠推了她一把："走！"

美美愣了很久，满脸泪痕，面色苍白，她嘴唇因为太阳的暴晒而起了皮，她望着那海盗夫妇，终于点了头："我分，我自愿把尾巴分成双腿，我留下来陪你们，你们放他们俩兄弟走。"

阿许双目充血，紧紧盯着美美。

而躺在女海盗身后的阿季听到这话，也微微转了头，盖住脸的脏布落在地上，他那双几乎失明的眼睛也落在了美美身上。

海盗夫妇相视一笑："好啊，你留下来陪我们，我们放他俩走。"

我看到他们两人眼中的奸诈，看到他们的残忍，也看到他们注定会言而无信。

但我想到美美现在时而变成人腿，时而变成鱼尾的身体状态，大概已经猜到了结局。

果然，美美在长久的沉默后，像木偶一样，木讷地点了头。

“好，我分。”

“今晚就分。”

“好，今晚。”

“别看了。”李怼怼和我说。

我刚转头回来，忽觉四周光芒瞬息转变，太阳飞快地沉入海平线，天上圆月，明月清朗，冰冷的月光遍洒海滩，陪陪和其他几个人还是待在椰林里，而沙滩上只残留了人鱼血迹，干涸成了暗红发黑的颜色。

美美和人鱼兄弟还有那两个海盗夫妇都不见了。

我大概能理解现在的情况，因为这是美美的梦境，就像美美现在不想看到我们一样，她也可以凭自己的想法掌控这个梦境里的空间和时间，她梦到的都是她在意的或者说对她来说印象深刻的事情，于是跳过了不重要的时间。

就像画漫画，笔者会省略掉很多不精彩的事件，以免耽误读者时间。

“他们现在在哪儿？”我问李怼怼。话音还没落，就听见椰林深处传来一声凄厉的惨叫。

声音惨烈至极，仿佛能撕裂整片夜空。

是美美的声音。

我听得心头剧颤，几乎是下意识地就往声音传来的那个地方奔跑而去。我想救她，我想让她不那么无助，不那么绝望，我想在她伸出手的时候，看见有人愿意帮她。

“苏小信。”李怼怼在后面喊了我一声。

我没有管他，我想着就算现在的我帮不了以前的美美，但我或许可以把她叫醒呢，如果她醒来就不用接受过去的回忆的折磨了。

我寻着声音的来源，借着月光看到了灌木草叶上沾染的人鱼血迹，跑了过去。没跑多久，我拨开一株高高的草木，眼前就看到了火光。

我冲过去的时候，看见的正是美美被那女海盗摁在大石上的场景，她腰被细铁链绑在大石头上，腰上的肉已经被细铁链勒了进去。

她的上半身被女海盗摁住，下半身的鱼尾顺着石头的弧度垂下，而在她腰腹下一根铁钉穿过了她的鱼尾，把她钉在石头上，她的尾巴痛得抬不起来，尾巴末端的鳞片都已经失去了颜色，一片死白。

美美痛得浑身颤抖。

男海盗站在石头下，拿了把大刀，问："她的药效起作用了吗？"

女海盗粗鲁地掰开美美的嘴唇："已经变成人类的牙齿了，起作用了，切开吧。"

随着她这话话音一落，男海盗那一把大刀恶狠狠地穿过了美美的鱼尾，贴着那铁钉，往下一划。"唰"一声，听得我心口一揪。

美美没有叫，她已经叫不出来了，她望着天上的月亮，张着嘴，就像在巨手擒喉的情况下，想拼命地呼吸。

月亮，在她眼里不知道是什么颜色。

我奔上前，扑上那块大石头，趴在美美耳边喊："余美美！快醒来！别做梦啦！"

她根本听不到我的声音。

我想尽办法呼唤她，我说"我在楼顶煮了火锅，放了你最爱吃的年糕！"，我说"李怼怼找你催租啦！要烧你被窝啦！"，我说"你的存折被李陪陪偷了拿去买酒喝啦！"。

然而在此情此景之下，所有的威胁，利诱看起来都那么的可爱。

比起她现在经历的事情，她住在这个居民楼里发生所有的琐碎的、计较的、麻烦的事，都那么可爱。

我喊不醒她。她听不到我的声音。

我……根本帮不了她。

我颓然地退到一边。

"哎呀，早知道她以前这么可怜，我回头多送她几份自制面膜。"老巫婆不知道什么时候跟了过来，他抱着手站在火光外，和我一起看着美美，"这两个海盗怎么那么讨厌啊？要是让我逮着他们，我一定给他们下一个诅咒，给他们圈在一个地方，不让他们出去祸害人。"

“巧了，天下巫师大概都跟你想的一样。”黑狗和卫无常也跟了过来，黑狗骑在卫无常的肩上说，“这两个海盗就是招惹了一个巫师，被诅咒了困在这个岛上，永生永世都不能离开。”

老巫婆理了理头发：“嗯，还是我们巫师一族厉害。”

“如果不能离开岛，他们怎么抓住美美他们的？”我问。

“那人鱼兄弟是意外被海浪暗流冲到了沙滩上和父母走散了，然后就被这两个海盗圈养了，他俩心眼可坏了，从小用各种招数整得这两兄弟对大海有了阴影，看见海都不敢自己下去。而且你看见没……”黑狗爪子指了一下女海盗，“她永远牵着人鱼哥哥，因为人鱼哥哥的能力没有弟弟强。

“他们让人鱼弟弟在沙滩边唱歌，引来鱼群或者航海到附近的人类，然后把他们都宰来吃掉。”

卫无常皱眉：“食人？”

“对呀，可坏了。”黑狗接着说，“如果弟弟不乖乖听话，他们不仅打弟弟，还要打哥哥，加倍的惩罚。弟弟害怕连累哥哥，就更不敢轻举妄动了，美美就是被弟弟的歌声引到这个岛上来的。他们不吃美美，是因为吃够了，想留个玩物来娱乐消遣。”

我心头一颤：“所以他们想把人鱼分开双腿……”

“想做你能想到的所有肮脏的事咯。”

我心头一阵恶心，我看着那男海盗不停地将刀往下切割，还差一点就把美美的尾巴完全切断，她的鲜血顺着石头落了满地，美美几乎晕了过去，她鱼尾上的鳞片一会儿消失一会儿显现，尾巴也慢慢分出了五指的模样。

我握紧拳头，从来没有这么憎恶过一个人。

就在这时，一只长箭忽然从男海盗的太阳穴左边穿过他的大脑，箭头从右边穿了出来。剪头穿出之后，金属铁链瞬间张开，往后一包，扣住男海盗的脑袋，箭尾连着的链条径直拉紧，只听“扑”一声，男海盗的脑袋直接被扯断，滚在了地上。

场面太过血腥一时间看得我竟然有些反应不过来。

等反应过来时，胃里已经一片翻腾。然而恶心之后，却有一种“他活该”的心情。

我不知道这样的心态健不健康，但在我的价值观里，极恶之人，就该有极惨的下场。

顺着箭尾的铁链看去，站在一旁的人鱼阿许费力地用尾巴撑着身体，他从自己胸膛里拔出了那只箭，用手将箭狠狠地冲着男海盗的脑袋扔了出去。

所以有了刚才那一幕，穿过男海盗脑袋的箭末端连着的铁链还穿过了他的胸膛，在箭穿过海盗脑袋的时候，铁链也在他身体里摩擦而过。

我很难知道，他和这个海盗，到底谁更痛一些。

海盗的血和美美的血还有阿许的血流了满地。

这个事情发生得太快，不只是我，连那个女海盗也没有反应过来。

她的手还摁在美美的肩上，在短暂的怔愣之后，她一声大喊：“反了你！找死！”她松开美美，根本没管地上的男海盗，提了刀就向阿许走来。

阿许好像已经下定决心要拼命了，他气喘吁吁地拖动地上男海盗的头，将他的脑袋当武器一样像女海盗砸去。

而更惊悚的是，那男海盗的脑袋竟然还睁开唯一的那只眼睛，怒瞪着前方：“给我杀了他！给我杀了他！”

那竟是不死之身……

果然是永生孤独地活在孤岛上。

男海盗的身体在地上挣扎，但是根本找不到方向，而他的脑袋也不受自己控制，被阿许砸到了女海盗刀上。

“臭婆娘！你的刀差点削掉老子鼻子，把这链子砍了！”男海盗的头如此命令着，女海盗一刀砍在那条牵连着那颗头与阿许的铁链上。

铁链应声而断。

我眼睛一亮：“是机会！”

阿许也知道，前面的铁爪制衡没有了，他拼命地往前爬，爬出了铁链的牵制，他爬到美美身边，扶起了奄奄一息的美美。

他什么话都没说，鱼尾一扫把地上的篝火打翻，篝火落到女海盗身上，烧起了她的脏衣服，也点着了男海盗那颗头头上的头发，两人一阵鸡飞狗跳地折腾。

阿许带着美美头也不回地往海边而去。

美美抬着头，目光透过阿许的肩往那海盗夫妇身后一望，只见黑暗中的阿季静静地看着他们，他双手被绑着，铁链另一端在女海盗手上。

他根本跑不掉。

他睁着双眼，像白天看着太阳那样看着他们的身影越跑越远，篝火点着女海盗的衣服，也像点燃了他灵魂里的憎恶怨毒的火。

美美张了嘴："你哥哥……"

阿许沉默不语，带着美美向着月光铺洒的大海而去。

一路踉跄，一路挣扎，一路竭尽全力。

我跟在他们身后追，我想去看，我想看他们好好的，我希望他们能好。我希望美美现在没提过这个叫阿许的人鱼，是因为在他们逃离这个海岛之后，一别两宽，各自寻找适合自己的生活去了。

跑到海边。

夜里的海是黑色的，海浪扑在岸上，"哗哗"的海浪声规律而不知停歇。

阿许一把把美美扔进海里，碰到海水，美美那条被切开的鱼尾瞬间没了人腿的形状，只是变成了两瓣难看残缺的尾巴。但她还可以游。

我知道，他们美人鱼只要有水就能游，能游过千万丈的深渊，游过数百米的惊涛，游过百万年来变幻莫测的沧海，游到最自由的彼方。

美美入海之后没有急着游走，她回头看阿许。她没说话，那双美得令人惊艳的眼睛映着世上最温柔的月光，她看着阿许，鼓励着他。

终于阿许一咬牙，纵身一跃，似那神话中的鲤鱼跃龙门，一过这个坎，他就飞升成为遨游天际的龙，从此这个世间，再没有任何事可以阻拦他们了……

第十二章

Chapter 12

一生所爱

美美和阿许入了海，滚动的波涛映着夜色，掩去两人的身影。

我多希望到这个时候，美美就醒了过来，当没有故事可以讲的时候，就是主人公的生活终于平静得同普通人一样的时候，但美美没有醒过来。

她的梦还在继续。

那椰林里的火已经将岛上的草木都燃了起来，把小岛上的夜空照得一片猩红，滚滚黑烟中，女海盗一手拖着阿季，一手提着男海盗的脑袋从椰林里面追了出来。

她的脸被烧花了，衣服也被烧得破破烂烂，所以她表情极度凶恶，鼻孔里呼出的气息让鼻翼愤怒地张开，令她看起来像被激怒的野兽。

她手中的男海盗也在大声地叫嚣："给我杀了他们！杀了他们！"

女海盗一手一用力，几乎是将因为跟不上速度而已经摔倒的阿季拖到她前面来："给我感应到你弟弟的方向！说不准打死你！"

我心头一凉，看见阿季被打得充血的眼睛在月光下显得犹如地狱的恶魔一样可怕。

他手往前方一指，正好是美美他们逃走的方向，他开了口："这儿，在往下潜了。"

人鱼兄弟之间竟然还能互相感应对方的方向！

我震惊之际，看见女海盗把男海盗的脑袋往旁边一扔，一手从背后拔出了一把弩箭，弩箭上放着数十只长箭，她对着阿季指的方向“嘭”一声拉下扳机。

那些长箭登时奔向长空，在天空上一炸，又分成了无数细小的银针，在月色下如雨点一般窸窸窣窣扎进了海里，没一会儿海上就有被扎中了的鱼翻着肚皮浮了起来。

那针……有毒啊？

“老巫婆！”我转头喊人，但发现老巫婆没和我一起追出来，椰林边上只站着一个黑影。“李怼怼！李怼怼！”我大声喊他的名字，冲他招手，“我想去海里看看！有办法去没？”

李怼怼没搭理我。

我心一狠，想着这就是美美的梦啊，反正我在里面也死不了，埋头就往海里冲，刚追到褪去的浪花，腰就被一只男人的手揽住了。

“别乱折腾。”他低沉的声音在我耳边响起。

“我……”

“我带你去。”

他的声音沉稳，十分的有力，特别是在夜里，那属于他的荷尔蒙瞬间就刺激到了我的神经。

我失神了一瞬。

也就是这一瞬，让李怼怼说出了下一句话：“回去付劳务费。”

“……”

我吼他：“你倒是动啊！带我下去啊！”

话音刚落，李怼怼二话不说，带着我就动了起来，一瞬间的劲风之后，四周环境瞬间大变，没了沙滩，没了椰林，晶莹剔透的海水充盈了我的世界。

成群的鱼在我头顶上，衬着月光游过，鱼鳞的反光让月光更加温柔，但却破碎。

所有被海水掩盖的美丽秘密都被捧到了我的眼前。

我没时间感慨世界的神奇，也没时间多看四周的稀罕美景，我憋着气，想在能憋气的时间努力地去寻找美美和阿许的身影。

"别憋得像个河豚。"李怼怼说。

我诧然地看他，这家伙在海里还能呼吸说话！？

"这只是个梦，你不要被梦境主人梦见的表象迷惑了。"

他说着，我尝试着张开嘴，我看见气泡从我嘴里逃窜而去，但是我却没有感觉有海水灌进我的喉咙里，我试着呼吸了一下，果然和李怼怼说得一样，这只是梦境的表象，我在这里，还能像在陆地上一样呼吸。

知道自己不会淹死，我放下了心，开始左右寻找美美和阿许的身影。

李怼怼好像看不下去我跟无头苍蝇一样乱撞的状态，捏着我的下巴，把我脑袋往右边一拧，往上一抬，我看见我的斜上方有两个身影。

是美美他俩，只是他们游得不快。

第一波银针已经落尽，他们好像没有被扎中，但美美被切开的鱼尾到底是影响了她的速度，阿许也好不到哪儿去，他的伤不会比美美轻。

我很难想象，如果是我，我的大腿被人家从中间切开了一条长口子，撕裂肌肉，伤得深可见骨，在这样的状况下，我到底要怎么去行走。

但是他们还在"走"，因为他们也只能这样"走"。

"美美你一定要加油啊。"我呢喃着给她鼓气。李怼怼看了我一样，并没有说话。

阿许牵着美美手说："海水好温柔啊。"

他们说着美人鱼在海里的语言，但或许因为这是美美的梦境，我竟然听懂了他们的话。

"是啊，这是我们的家。我们回家了。"美美在笑，我也心头一柔，终于看见她笑了，笑得那么好看，那么动人，那么温和。

然而她的笑却倏尔停住了。

银针再次铺天盖地而来，如同在海里下了一场疾风暴雨，美美奋力摆动被切断的尾巴，忍着剧痛往水下游，她拉着阿许："快往下面游，躲到深处去！"

她没有游得动，因为阿许一把将她拉了回来，挡在她的上方，把她那时还那么瘦弱的身体抱在怀里，他的胸膛和肩膀仿佛成了她的天空。

美美睁大着双眼，她看不见阿许，但是她大概听见阿许在她耳边轻笑的声音。

仿佛感应到什么，美美身体有点颤抖起来："游啊。"她催促他，声音带了点哭腔，"我们往下游啊。不要放弃啊，我们回家了，我们都回家了。"

"美美。"阿许说着，那么温柔，不徐不疾，好像危机已经过去，好像海水都变得明亮，好像穿梭在他们身边的银针都不再可怕。那仿佛是流星，为了点缀他们这最美的一刻而存在。

"你说得对，大海真美。"阿许说，"我怕了一辈子，现在终于不用怕了。"

"阿许……"

美美颤抖着张口，但却突如其来一股暗流，将他俩身边的银针轨迹都搅乱了去。

乱流力量很大，冲击着两人，将他们带入了海底深渊，又飞快地把他们从深渊里卷了出来。阿许似乎已经没有了力气，被从深渊里带出的时候他的双手已经放开了美美，美美拼命地抓住他，紧紧地抱住，就像抱着最后的希望。

"你不要放弃！"美美大声喊着，声音破碎、痛苦、又哀恸。哭腔里是绝望又是无助，还有那么多惶恐与彷徨，"你抱着我！阿许你抱着我！我们自由了！我们明明已经自由了！"

阿许没有回答他，他们在汹涌暗流之中被推得那么狼狈。

自然就像一只小孩充满恶意的大手，随意摆弄着他们的性命。

阿许双目放空，随波逐流："美美……"

暗流一推，终于把美美的手甩开，暗流拉着她往海上而去，她被切开的尾巴根本无力反抗这股力量，而阿许则被分成另一股的暗流拖拽着，埋葬到了海底深处。

漆黑的深渊里，只有阿许温柔的声音最后游到了美美耳边。

“谢谢你带我回家。”

“不不！”美美声嘶力竭地叫着，“回来！把他带回来！”可是她的声音并没有得到回应。她被暗流拖到了海面上。

李怼怼带着我也从海里出去了，他凭空借着力，让我们正好踏在海浪上。

我看见美美无助地转头回望，暗流拖拽着她已经行了很远，那海岛上的火光仿佛来自另一个星球，遥不可及。漆黑的海面上，一波波海浪，托着月光，那么凄清又寂寥。

她像一片飘零的落叶，被浪推着，起起落落，全不由己。

她就这么失神地愣了一会儿，忽然开始左右张望，向左游游，又向右游游：“阿许。”她全然乱了，她往海里钻，游了没多久又浮了起来，探出脑袋，红着眼睛，像被丢下的小孩，那么委屈，无助，不知所措。

“阿许！”她大声地喊，“你把他还给我！”

她愤怒地拍打着大海，海水溅了她一脸，让她像个疯子，也像个哭花脸的孩子：“你把他还给我！还给我！”语至最后，已经是声嘶力竭的尖叫。

而尖叫也只是让她更孤独。

大海上的波浪从不停歇，她的声音哭至嘶哑也一直未停。

我也跟着美美一起哭，哭得抽噎不停，而便也在这时，我感觉身体越来越重，世界也在颠倒，我感到背部和颈部慢慢有了压力，也感觉到了身上被子的重量，还感觉到……

有人揉了揉我的头顶。

动作不太温柔，但却也像一种安慰。

我睁开眼，看见了卧室的天花板。头顶还残留着被人揉过的感觉，眼角也有泪水，但一切都像一场梦。

我缓了好一会儿。半天都没有从床上坐起来。

直到李陪陪来敲我的门，我才挣扎着起了床，拖着比平时沉重很多的身体，一步一步挪去给她开了门。

李陪陪一见我就打了个大大的哈欠，她眼睛下的黑眼圈也十分的重："小信，啊……你没事吧？"

"我还好……"我努力打起精神说话，但身体实在累得不行，"就是有点累。"

"人鱼梦境就是这样的，去过一次就跟打了一场仗一样，你第一次，又是个人类，应该还要严重一些。我还怕你出什么事呢。"她说着又打了个哈欠，"没事就好，我先走了。"

我点点头，在她转身时又叫住她："不用去看美美吗？"

陪陪说："我经历过很多次了，就不去看了。"她开门走了进去，"大概枕头都哭湿了，不会想让人看见的。"

她进屋关门睡觉，我想了想，也进了屋，坐在电脑前大半天，点开了淘宝，斥巨资一百块，买了点零食，打算等明后天再去找美美吃饭。

第二天的时候，重庆下雨了，阴沉沉的天，我去楼下敲门没找到美美。

我想了想，去了楼顶，推开门，果然看见胖胖的美美躺在鱼池子里，她仰头望着天空，接受着雨滴的洗礼，那条尾巴现在是完整的，完全看不过以前受过伤的模样。

我走到美美的身边的时候她睁开了眼睛，仿佛还没有从昨天的梦里走出来一样，她显得有些没精神。

"小信啊。"

"美美要吃牛肉干吗？"

"好啊。"她接过了牛肉干，拿过去咬了一口，仿佛恢复了一点精神，"好吃。"

因为吃到好吃的而开心，她好像恢复了我认识的美美那样的元气。我也掏出牛肉干，淋着雨陪她吃，关于昨天的梦，我没有开口去问。

“昨天……你被我拖进梦里了吧。”

我愣了一下：“没事，我今天还精神着呢。”

“你看见我的狼狈了吧。”

我看了眼美美的尾巴：“美美，你现在很好。不会再有那么狼狈了。”我和她说，“我会保护你的。”

美美转头看了我一眼：“小信你好温柔啊。”她说，“要是当时我能碰见你就好了，不过……那之后不久，我也碰见了李怼怼和李陪陪，他们把我从海里救了出来，治好了我的尾巴，我也是到上岸之后才知道，我竟然因祸得福，能自由变换人腿和尾巴了，多少美人鱼都不行。虽然……走路是有点痛。”她顿了顿，“就当作是余生对我的惩罚吧。是我害了他。”

我默了默：“美美……”

美美笑了笑：“不用安慰我，我心里有数。我遇见李怼怼他们后，跟着他们来了重庆，住在了这里。”美美说，“阿许永远沉睡在了海底，但我却没办法再待在海里了。”她仰头望着天，目光有些游离，“可是我又很想念，所以……你知道我为什么喜欢下雨天吗？”

是的，美美喜欢下雨天，但凡雨天，她都会到这儿来，穿着她的贝壳内衣，静静地淋着雨，什么也不说，什么也不做。

“大海源于雨水，雨水也来自大海，下雨天会让我感觉……落在我脸上的每一滴水，可能都曾流过他的身边。”

我看着美美平静地说出这句话，默默地替她擦掉了她眼角温热的“雨水”。

我很心疼美美，打算天天都给她买好吃的，李怼怼看着我连收了几天的零食大礼包后，和我说：“省省吧，你以为余美美是怎么长到这么胖的。”

我抱着大礼包的手僵了一瞬：“你喂的？”

正是傍晚时候，要去上班的李怼怼拿了钥匙，一边关门一边说：“李陪陪喂的。”

我大概能想象到李陪陪第一次看见美美的梦境的时候，会对美美有多好。

我思考了一下美美现在的身材，又想到了前段时间，重庆非人类委员会组织的非人类身体健康检查，美美拿回来的检查报告好像有脂肪肝，高血脂高血糖的毛病……

我再看看怀里这一堆高热量零食，一时间有点进退两难。

李怼怼走过我的身边冷漠地告诉我："少买点吃的，有这个钱就帮她交房租。"

催租狂魔……我小声嘀咕。李怼怼转头看了我一眼："你的房租呢？之前和人家谈的合作都白谈了？你在家里真有好好工作？"

"我工作很认真。不要质疑我的职业操守！"我信誓旦旦地拍着胸脯说，"明天稿费一到，我立马就把欠的所有房租都还清！翻身做有尊严的租客！"

李怼怼在手机上点了两下："我给你录下来了，做不到就把这录音做成闹钟，每天凌晨五点叫你起床干活。"

"……"

这个李扒皮……

李怼怼怼完我，神清气爽地上班去了。

我对着他的背影做了个鬼脸，抱着零食上了楼。我决定这包零食还是不给美美了，为了她的健康，我还是自己吃了吧！

忽然间三楼的门一开，美美站在里面对我招了招手。

我有点为难："美美，这本来是给你买的，但是……"

"你昨天前天给我的够吃了，这个你带回去，我跟你说个别的事儿。"她把我拉进了她的屋子，一进去，我就吓了一大跳，满墙的照片，全是……那个日料店主厨的。

有人家工作的时候，回家的时候，早上上班没睡醒，打着哈欠买早餐的时候，甚至还有去男厕所的背影……

我指着那张男厕所的背影问："你不要告诉我你还跟进去了？"

美美面带恨色："胖了，胸大，没法伪装成男孩子跟进去。"

我看着她桌子上那叠厚厚的没有贴上墙的照片："你这两天居然……干这事儿去了。"我翻了两张，"你查出什么了吗？"

"没有。"美美往沙发上一躺，"他很普通，像一个正常的普通人类一样。"

"那可能，他真的就是个普通人类吧，大概只是长得像……"

美美神情认真且严肃："不，我直觉他并不普通，所以我需要你帮我。"

我愣神："怎么帮？"

美美诚恳地看着我："借我点钱吧。"

"……"

"跟拍真的很花钱。"美美说，"他去哪儿我去哪儿，这两天吃他们餐厅的日料都把我吃穷了，明天他们几个员工好像约了要去唱歌，我也想跟着去。唱歌是最能看出他是不是美人鱼的一个办法，人鱼对人鱼的歌声都有感应的。"

我看着她，她看着我，我颤抖着开口："你……要多少？"

她伸出了三个手指头。

"三百？"

"加个零。"

"你为什么要这么多！"

"我已经赊了很多账了……"她可怜巴巴地望着我，"小信，就这一次，你帮帮我吧，以后我抓了鱼，李怼怼的房租我都不交，随便他怎么怼我，我都先还你钱。"

我看着美美真挚恳求的双眼，心里想着，果然，我总结的定律是对的，每一次有稿费一到，马上就会因为各种乱七八糟、意想不到、奇奇怪怪的事而花光……

我捂住脸，一声叹："拿去，都拿去，给你，都给你。"

美美站起来抱了我一把，看着这么开心的她，我想，这大概就是我的命吧……

被李怼怼放闹钟到我门口，大概……也是我的命吧！

第二天一大早，李怼怼刚下班回家，收拾睡下了，我就下楼找美美去了。我打算今天和美美一起行动，因为一旦被李怼怼逮到，我大概就只有把钱取给他了。

我陪着美美中午吃了日料，下午蹲在马路对面闲聊，到了晚上九点半，日料店的员工开始收拾东西了，十点钟，他们下了班，往KTV走。我和美美立即跟了上去。

看着他们进KTV上了电梯，美美上去就和服务员说："给我开他们旁边的包房。"

服务员看了我和她一眼："那旁边两间房都是大包，你们两位吗？"

美美一咬牙："对，两位，就给我开个大包。"

我摸了摸钱包，感觉它在痛。

进了包房坐定，我点了比较安静的歌，刚一打开，把耳朵贴在墙上的美美就立即摆手："关掉关掉。"我又关掉，整个包房安静得全是隔壁的鬼哭狼嚎，我看着豪华的大包房，觉得钱包一阵委屈。

我怕吵到美美，压低声音问她："不是说你们人鱼对人鱼的歌声有感应吗？要靠屏蔽掉所有声音才能感觉，你们这个感应很不靠谱的样子啊。"

美美没搭理我，听了好久，站起身来："好气，他都不唱歌的吗？"美美站起来，"我出去看看。"

她走了出去，佯装上厕所，眼神就放在人家门上的玻璃上，来来回回晃了几趟，终于，她神色一震，在门口站了一会儿，回来了。

我好奇："他唱歌了？"

"嗯。"

"是人鱼吗？"

美美坐着，垂着头："不是。"她说着这话，好像有点失落。

我拍拍美美的肩："这样也挺好的，和过去完全说再见吧。"

美美沉默了很久，忽然笑了笑："小信你知道吗，我本来还有期待的。"

“期待什么？”

“期待这个人如果是人鱼的话，不要是阿季，而是阿许。我期待他其实并没有葬身在海底，我还期待他在我没看到的地方，寻到了转机，活到了现在。”

我没法安慰美美，把话筒递给了她：“我们唱几首歌回去，反正钱都付了。”美美拿过话筒，我问，“你要唱什么？我给你点。”

“《一生所爱》。”美美说，“我被抓的时候刚看过星爷的电影，那海盗夫妇没管我们的时候，我教阿许唱过这首歌，他也喜欢听我唱歌。”

我给她点了这首歌，美美听着前奏，像有点失神，以至第一句歌词开始的时候她都没有开始唱，到“苦海翻起爱恨”时才接了上去，她唱得很轻，声音也不大，房间的话筒和音响声音我都没调多大，但因为她的歌声太美了，所以隔壁那么大的动静都没法再吵乱我的耳朵。

“苦海翻起爱恨，在世间难逃命运……”

她唱到第二遍的时候好像再也没法唱下去了，她放下话筒：“小信我们回去吧。”她拎上包，站起来，就冲向门口走，然而一拉开门，她却愣了一下。

我往门口一望，那个日料店的主厨也正站在门口，像不期而遇又像命中注定的相逢一样，他望着美美，神情有几分呆滞和迷茫。

我望着他们俩，任由包房里放着一生所爱的伴奏，不敢动，不敢发声，就怕打扰了他们两人，直到隔壁包房有不懂事的人开门出来喊了一句：“小许，你着什么急跑这么快呢，钥匙都被门刮掉了都不知道啊。”

那人手里递来一个钥匙，有些破旧了，钥匙扣上有一个贝壳，不知道多少年了，看起来应该常被拿在手里把玩，贝壳上的天然纹路都被摸得光滑了。

而这样的贝壳我见过的，不过是比这个钥匙扣大很多的版本……

每到下雨天，美美就会翻出来穿的那件贝壳内衣。

"你叫什么名字？"我听见美美极力压抑着自己声音的颤抖，她问出了这么一句说来对陌生人有点冒昧的话，"告诉我你的名字。"

那人只是看着她并没有回答。

旁边的大叔将他俩看了一会儿，神情带着十足的八卦味还有一种奇异的玩味，而正在这时，那个被称为"小许"的主厨兜里的手机忽然响了起来。

他像被这铃声震醒了一样，掏出手机，屏幕上有一个大大的少女照片在跳跃，照片里的少女俏皮，可爱，笑容阳光而明媚，而那个少女照片上写着两个同样醒目的字——美美宝宝。

许主厨立即挪开了目光，接了电话，走到了一边："喂？我下班了，你下课了吗？"他声音很温柔，这样的声音我听过很多，情侣之间都是这样的甜蜜而美好，"到我家了？我回去给你做饭。等我。"

我看了眼美美，她没什么表情，但放在身侧的手却有些颤抖。

我上前拉住她的手："美美……"

那边打电话的主厨仿似听到了什么，他转过头来，美美却在这时转了身，她拉着我："小信，我们走，快走。"我不知道她为什么忽然这么着急，但我知道，如果现在我不扶着她，她很可能就会摔在地上。

第十三章 *Chapter 13*

阿季 or 阿许

我和美美回家的时候，已经很晚了，李怼怼守在楼道口等我们。

我看着李怼怼的神色，忽然想起来昨天答应他交房租的事，心里咯噔一下，有点慌。我像罪人一样走过去，他瞥了美美一眼：“先上去休息。”

美美在回来的路上就像失了魂一样，一句话没说，现在也是，没有抬头看李怼怼，就直接上楼了。

我蹭着美美往楼上走，刚走了两步……

“苏小信。”

宛如高中时期班主任的点名，我觉得浑身的皮都紧了一下。

我很想选择性装聋，但背后的目光太冰冷，冷得让我无法忽视，我转头望李怼怼。

“过来。”他一转身，领着我往他屋里走。

我跟着李怼怼进了他的房间，一楼一户，虽然每天都从他的门口路过，但是我从来没有走进过他的房间。我走到门口，扫了眼屋内，和李陪陪那跟打过仗一样兵荒马乱的房间不同，李怼怼的房间竟然意外的……正常。

沙发茶几，饭桌书柜，简单简洁的装修，没什么多余的样式，但也不至像卫无常那样，什么东西都收得规规矩矩，一切都显得那么制度化。

他的房间里，小东西会散乱地放着，沙发上有穿过还没洗的一件衬衣，桌上还有剩下半杯水的水杯，整个房间非常的有生活气息……

虽然透过卧室门还是能看到里面那个黑色的大棺材……但对于一个非人类来说，他的屋子算是正常得比较不正常的类型了。

“把门带上。”

李怼怼本来就穿着拖鞋，他走进屋，自己没换鞋，倒是顺手从鞋柜里给我拿了双拖鞋出来，放到我面前。

看着李怼怼在我面前弯腰放下拖鞋，我有点愣。

这……深更半夜，孤男寡女，共处一室……“把门带上”这四个字，未免显得有些暧昧。

“有……有什么你就在这儿说吧！”我把着门，像一根铁钉把门撑开，以一副壮士断腕的表情盯着李怼怼，“明人不说暗话，咱们之间没什么对话见不得人的。”

李怼怼直起身，金边眼镜背后细长的双眼盯着我，仿佛在盯着一个智障，满满的嫌弃。

“喊你关你就关，废话多。”一条黑影猛地从屋里蹿出，跳上我的手臂，在我手上借力一蹬，我吓了一跳，下意识抽回手来，那黑影在我脖子上一绕，尾巴一卷“哐啷”一声就把我身后的门带上了。

黑狗从我肩上跳下，蹲在李怼怼脚边，舔了舔爪子，张嘴就是一口重庆话：“能到我主子屋里头来是你的荣幸，你还磨叽。”

我咬咬牙，捡了地上的拖鞋，冲黑狗的脑袋砸过去，它脑袋一偏，成功躲避，我换上一只拖鞋，抬着一只脚，跳进了李怼怼的客厅，将扔出的那只拖鞋穿上后，瞪了眼跳上李怼怼肩膀的黑狗：“迟早有天给你送到广东去，做一锅龙虎斗！”

黑狗十分讨打得给我吐舌头。

李怼怼没有理会我和黑狗的斗嘴，擦过我肩膀，走到沙发上坐下，一只手臂搭在沙发靠背上，一手端了水杯，喝了一口。他跷起了二郎腿，虽然穿着睡衣，但他姿势很大气。

而就是这样大气的姿势……竟然莫名地让我有一种，想凑到他那展开的手臂里坐一坐的冲动。

我甩掉脑子里这种奇怪的想法："什么事？哦……"我想起来了，然后在兜里摸了摸，"我能交上这一个月的房租，之前欠的……嗯……情况有变。"

李怼怼放下水杯，不徐不疾："没问你要租。"他抬眼睁看我，"今天你和余美美出去找那日料店厨师了？

我点头。

"有确认吗？"

我琢磨了一下："很奇怪，美美之前说听歌声能听出那人是不是美人鱼，但美美听了他唱歌，说他不是，而之后美美唱完歌后，那人又在门口等着美美，还有很多蛛丝马迹都指向那人是阿许，他好像也姓许，钥匙上的贝壳挂饰和美美的内衣是同一种贝壳……"

"哇。"黑狗插嘴，"这么有情趣。"

我看李怼怼："可以让它先闭嘴吗？"

李怼怼："闭嘴。"

黑狗的嘴像忽然被强力黏胶粘住了一样，任由它怎么努力张都张不开，它抱着它的嘴在地上来来回回地打滚。看着它这么难受，我瞬间就舒心了不少。

"我看美美今天的模样，这事儿大概也认了十之八九了，那人应该是阿许吧，只是很奇怪，阿许当时受伤那么重，他到底是怎么活过来的？"

李怼怼推了下眼镜，沉默着听我接着说："就是那个阿许现在身边好像有了另一个'美美'。"

"哦？"

"要走之前看到阿许和一个名字叫'美美宝宝'的人打电话呢。"我叹息，"所以美美这不才这么失魂落魄地回来嘛。喜欢的少年终于活过来，却喜欢上了另一个人。"

李怼怼继续沉思了片刻："或许不是那个少年呢。"

我一愣："什么意思？"

李怼怼从茶几上的书本里抽出一张照片，照片好像是在晚上照的，光线昏暗，噪点多，所以让画面非常的模糊。照片里的场景好像是在江边，江边似乎有个人，在往江岸边的岩石上爬，他头顶有一束工程照明的光打过，正好将他下半身照亮，那是一条闪着光亮的鱼尾。

“重庆非人类委员会最近从路人手里买来的一张照片，疑似有美人鱼出现在重庆，这事儿刚压下来。调查员跟踪调查，跟踪这条美人鱼时被打伤，伤势不轻，这条美人鱼性情暴烈，下手狠辣，之后再没人见过他。委员会已经颁发通缉令了，B 级。”

我愣愣地看着手中的照片，只觉这模糊的五官和日料店的那个厨师长的十分得相像。

心情暴烈，下手狠辣……

“你的意思……”我拿着照片感觉震惊，“那个日料店的厨师很可能是阿季？”

李怼怼又喝了一口水：“所以问你们确认了吗？”他说，“如果真是美人鱼，他在我们委员会没有身份登记，可是得去重庆非委会坐坐的。如果他就是被通缉的美人鱼，还有笔保释费需要他上缴。”

“这事我得和美美说。”

李怼怼问我：“你确定？”

我想了想，点头：“说来有点残忍，但如果不是阿许，可能她就没有那么难过纠结，如果是阿许，不管是什么样，我觉得美美肯定都希望自己能帮阿许一把，去提醒他做个身份登记，还能再名正言顺地看他一眼呢。”

“嗯，那你去吧。”

“好。”我转身离开，拉开门的时候忽然顿了一下，我转头看还坐在沙发上的李怼怼，“你今天把我叫到你屋子里来，就是为了和我说这事儿？”

“嗯。”

“你为什么刚才不直接和美美说？”

李怼怼看了我一眼：“你问这么多，是想在我屋子里多待一会儿？”

“谁……谁想在你屋子里多待啊！”我推门就出去了。关上李怼怼的门，我在门口站了一会儿，觉得这个吸血鬼真是奇葩极了，说的好像……我对他有什么想法一样。

我气呼呼地往楼上走了两步，忽然想到刚才我没问出答案的话。

李怼怼避开美美，单独拎我出来说这事……他难道是觉得自己平时怼人怼惯了，不知道该用什么样的方式去对待受伤的人，所以在询问我的意见？

我回头往楼下看了一眼：“真是个别扭又傲娇的吸血鬼……”

不过，我好像隐隐约约感觉到了这个吸血鬼内心里，好像真的有一种叫作温柔的东西存在。

我敲响了美美的门，把江边美人鱼的事和美美说了，美美听了之后反应不是很大。

“那个被通缉的美人鱼，我不知道，但是日料店里的，肯定不会是阿季。”

我问美美：“你怎么肯定的？”

“第一次见的时候，那张脸足够让我震撼，而阿许已经死了的事情在我心里太根深蒂固了，所以会以为他是阿季。但是后来冷静下来，每天观察，那是不一样的。”

美美说：“阿季因为经常被虐打，会因为阿许的过错而被惩罚，所以他恨所有人，恨那对海盗夫妇，恨我，也恨阿许，他不会因为店里有小孩摔倒而给小孩送糖，也不会对同事那么温和地微笑。而且……他的手腕被戴了太多年的手铐，手腕的皮肤破损又结痂，破损又结痂，那伤口印记会一直在他的手腕上，像永远洗不掉的刺青。那个主厨手上没有……”

“那就是说……”

“嗯，我确定那是阿许。”美美说着这话的时候嘴角带着微笑，“他活过来了，小信你知道吗？他活过来了，只要知道这一件事，就足够让我开心了。好像多年来压在心里的石头终于被拿开了。虽然他喜欢上了别的女孩子，虽然站在他面前的我，他也不认识了，但这些不重要。”

我看着美美，看着她在说不重要这三个字的时候，眼泪啪嗒啪嗒往地上掉。

“这些不重要，真的不重要。”

我抱了抱美美，拍拍她的背，刚想安慰她，她忽然推开了我，说：“我要减肥。”

“啊？”

她盯着我，目光灼灼：“小信，我要减肥，我要变回以前的我。我要瘦下去。”

虽然美美以前说过这句话一百遍，但是这一次，我选择相信她。

“好！”我一拍胸脯，“来！我们一起！”

第二天一大早，凌晨五点，我醒了，不是因为要减肥，而是因为李怼怼催租。

“不要质疑我的职业操守！明天稿费一到，我立马就把欠的所有房租都还清！翻身做有尊严的租客！”

我的声音被做成了闹钟，挂在了我卧室窗台的晾衣杆上，凌晨五点的时候准时响了起来。

“明天稿费一到，我立马就把欠的所有房租都还清！翻身做有尊严的租客。”

我在被子里被这个声音喊得一个激灵，睁开眼睛，从被子里探出脑袋，迷迷糊糊，无比挣扎地扭头一看，李怼怼的手机套在手机套里，悬挂在晾衣杆上。屏幕闪着光，孜孜不倦兢兢业业地重复着我那晚的 FLAG。

“翻身做有尊严的租客！”

“啊……”

你李怼怼还真敢这么玩啊！幼稚鬼！

我恨得咬牙切齿，任由闹钟响了一会儿，自己消停下来了，我把脑袋埋到枕头里，打算不管不顾地继续睡，毕竟习惯性熬夜的我昨晚两点半才睡觉，早上五点到九点是我睡眠的绝对黄金时间。

“不要质疑我的职业操守……”

我没有起床，也没有骂人，我只是被骂醒了，我从枕头里抬起头来，迷迷糊糊地看见一个长手长腿的大美人穿着一条海绵宝宝的三角裤，套了个小吊带，用蜘蛛人一样可怕的姿势，从隔壁窗台爬到我这边的窗台上。

我：“李陪陪……”

李陪陪瞪了我一眼，挂在窗户外面，恶狠狠地把李怼怼的手机从我的晾衣杆上扯了下来，没搭理我，三下五除二地先关了闹钟，才没好气地把手机丢到我床上。

“自己的闹钟自己关啊！爸爸才上了班回来刚刚睡着，很累的好吗？”

“这不是我的闹钟……”我替自己辩解，顺带好心提醒，“爬得高的时候，你好歹穿个裤子……”

“内裤不是裤子吗？都是护裆的，你瞧不起它啊！”她反驳了我一句，显然根本不想再听我别的话，又自顾自地嘟嘟囔囔从窗户外面爬了回去。

八层楼的高度，破破旧旧的老楼，松松旧旧的晾衣杆……她像闲庭散步一样爬窗来给我关了个闹钟又走了。

说实话，我真的很佩服他们非人类的身体特质，但是转念想了想，我也蛮佩服我现在这样淡定的气质的。

我在被窝里翻了个身，打算继续我的黄金睡眠，然而我刚躺好，“咚咚咚”敲门声响起。

“小信小信，我们出去晨跑吧！”

我掀开被子，双目无神地看着天花板，光污染让整个城市几乎没有黑夜，即便是在待拆迁的老房子里。

我叹了口气，认命地起床，打着哈欠给美美开了门。

门口的美美一身运动装扮，虽然衣服有点旧，但看起来十分的专业，她兴冲冲地问我：“怎么样？”好像生活忽然有了目标，美美的眼神都比先前要闪亮更多。

“很好，等我洗漱一下。”

我打开衣柜想和美美一样穿着运动装出去，然而我却悲哀地发现，我衣柜里居然是睡衣最多，挑挑拣拣了半天，最后选了一件宽松的 T 恤和大学期的运动裤，穿了一双帆布鞋，就和美美出去跑步了。

我没有查路线，但美美的路线却很明确，一路奔着时代天街的日料店而去。

我试图和她沟通：“美美……我们找空气好点的地方跑，这边全是大马路。”我说着，早班公交从我旁边呼呼开过，留下一路尾气。

“大马路？”美美视而不见，“这不是有绿化吗？”

“……”

我暗恨！早该想到，说着减肥，其实这条美人鱼就是项王舞剑啊！

跟着美美一路跑跑停停一个多小时……

主要是美美在跑，而我负责喊停……

是，我承认我是运动中的弱鸡，但我一直以为美美也是啊！我真的是从来没看见过美美的脚步这么轻松愉快过，和先前磨蹭慵懒的步伐完全不一样。

我记得之前刚搬进居民楼来的时候问过美美，美人鱼上岸之后走路是不是真的会痛，当时美美和我说她很少和别的美人鱼接触，所以没有细问过别人，但是她自己走路是会痛的，时轻时重，她含糊地告诉我是因为当初切尾巴的时候不够完善。

以前我不知道这句“切得不完整”里面有什么样的过程，所以也没办法去想象她的痛，而现在我知道过程了，或许还是无法具体了解到她的疼痛，毕竟痛不在我身上，而我至少知道，她的痛足够让我心疼。

可她现在，多么轻快。

尽管……

我俩终于到了时代天街，七八点钟，路上行人不少了，几乎都是行色匆匆的上班族，而商场还没有开门，日料店自然也没有开。

美美给犹如死狗一样坐在路边的我买了瓶矿泉水。

我拧开瓶盖，“咕咚咕咚”喝了几大口，才喘气说：“美美，我觉得，这样的作息不适合我。”我扶着我的小心脏，“其实我觉得我是吸血鬼的命，不小心投成了凡人的胎，大早上在马路边跑步，对我来说，有点……超负荷。”

美美看了我很久：“那我们明天下午跑吧。”

我握着水瓶的手，生理反应得有点颤抖：“还跑这条路吗？”

“还跑这条路。”

我又觉得喉咙干了起来。又仰头喝了一大口水，正想再和美美商量一下，忽然间，我看见美美眼睛一亮。我顺着她的目光往那方向一望。

神奇，在重庆这个 3D 魔幻城市，连自行车道都没有规划在马路上的地方，居然有人敢骑着自行车来上班。

这个主厨可以说很威风了。

不过我也不得不承认，这个主厨的山地车很帅，人也相当的不错，堪称马路上一条亮丽的风景线。

美美的目光一直追随着他。好似也感应到了什么似的，主厨刚过前面的红绿灯，目光一下就冲美美这方扫了过来，我看见美美立即站直了身体，紧紧地收着腹部。

主厨的车头微微偏了一下，险些撞上旁边的行人，他长腿一放，点地，站稳，与美美对视。

我能看到他们的目光穿过重重人海，粘黏在一起。

然后主厨收回了腿，重新踩动自行车，向美美这边骑来。

美美指尖微微有些颤抖，她嘴角抽搐着，终于抽搐出来了一个微笑，但是主厨骑车过来，丝毫没有减速，带起一阵风，吹动了美美额前的头发……

擦肩而过。

他一句话都没有说，自行车链条搅动的声音在满是发动机与脚步声的城市中那么的突出，那人丝毫没有停滞地继续向前，唯一停滞的，好像是美美眼里灵动的光。

我矿泉水瓶里的水还有一点点。我递给美美，打断她可能有的复杂思绪。

“喝点水吧。”

她茫然地接过，像听命令一样喝完了水。

我把美美拖回了家，回去的路上，她就像个行尸走肉，也不笑了，也不吐嘈我了，甚至连话也不说。

将她送到家，我在门口问她：“明天还去跑步吗？”

美美站了好一会儿，最后到底还是点头：“去。”她仰头望我，正想说些什么，我抱了她一下：“那明天咱们下午去，三点。”

美美没有吭声，我感觉到她眼睛在我肩膀上磨蹭了一下。她垂着头：“小信你好好回去休息。”她推开我，自己进了屋。

我看着紧闭的房门，微微一声叹息，正是一转头，忽听对面的门“嘎哒”一声，一个勾腰驼背的白发老头子从美美对面的门里走了出来。

“啊……”我愣了愣，这是我第一次看见他，时空旅行者……万事难老爷爷，听说他之前都在各种时空里穿梭来去，从来没个人影。

“您好。”我和他打了个招呼，但他好像有点不开心，表情非常严肃地瞥了我一眼，我被他瞪得一怵，万分迷茫。

我……应该还没来得及做什么得罪他的事情吧?

正在这时，他屋里忽然传来一声响动，我目光跃过他望向屋内，黑漆漆的屋子里窗户紧闭，一点光也没有，里面好像有人走动了一下，但因为太黑，我没看得真切，而下一瞬间，万事难立即将房门带上。

“嘭”一声，好像情绪极度糟糕。

他狠狠瞪了我一眼，驼着背下了楼去。

我一头雾水。之前……没听说过万事难这个时空旅行者是个这么难相处的老头子啊……而且他这屋里……我有点好奇，但又不好意思贴门探听，便自己上了楼去，打算等以后问问李陪陪或者李怼怼。

我转身上楼，忽然间，又听到一声非常细小的“嘎哒”声。

我上楼梯的脚步一顿，微微侧头，往后面看了一眼。

万事难刚狠狠关上的房门，竟然在我转身的时候，开了一条门缝，漆黑的门缝里一片寂静，而这一瞬间，在我想太多的脑海里，这条细缝中，仿佛有了好多只看不见的眼睛，在暗处偷窥着我，观察着我……

我忍不住往后一退，但是却被阶梯绊倒，身体往下一坐，有个有力的手臂倏尔拖住了我的后背，像一个顶梁柱，将我支撑了起来。

手掌的温度是我已经熟悉了的微凉。

我转头看他。

李怼怼也居高临下地看着我。

“怎么了？”

第十四章 Chapter 14

喜欢和爱的区别

有的话从别人嘴里说出来可能是关心，但从李怼怼嘴里说出来，可能是嫌弃、不屑或是蔑视。

比如说现在……

他穿着睡衣拖鞋，手托着我的后背，居高临下地看着我，只是这种神态，我实在没办法叫它“关心”。他挑着眉毛，眼神带点不由自主地嫌弃。

李怼怼说：“五点的闹钟叫不醒你的良心吗？”他眯着眼睛，恨不能拿金光眼镜反射出的光来射杀我，“难得早起，不赶稿子居然出去玩？”

“我陪美美出去跑步了。关心邻居健康是比赶稿子更重要的事。”迫于他的淫威，我下意识地解释了一句，解释完了忽然想起自己为什么会倒在他手上，我站直了身体：“嘘。”我指了指万事难的门，“李怼怼，这里面好像有人。”

李怼怼依旧居高临下地看着我，他抱起了手：“你觉得，我会允许这栋楼里有第二个弱鸡。”

抱歉……这栋楼里就我一个是弱鸡人类，拉低了非人类邻居们的整体水平真是非常地对不起您啊！

我握着拳头，咬着牙，正想着要不要先怼回去再说，李怼怼就走下了楼梯，像平时一样闲庭散步似的走到万事难家的门口，掏出了他那把万恶的房东钥匙。

看着他毫不犹豫“嘎哒”一声打开门，我莫名有一点兔死狐悲的难过。

我试图拦住他：“这样不好吧？怎么能随意进人家屋子？好歹有点隐私！”

李怼怼瞥了我一眼：“隐私重要？安全重要？”

“安全重要。”我老老实实地退到一边，卖了和我同为租客的万事难。

李怼怼推开门，站在门口没有进去。

我好奇地往里面张望，屋子里很黑，窗帘拉得严严实实，和楼上老巫婆那个粉粉嫩嫩满是少女心的房间比起来，这才更像一个男巫女巫的房间，阴气森森，寒意瘆人。

“没有其他活物。”李怼怼扫了一眼屋子，又转头盯着我，“在现实里脑补这么多，没用在创作上？”

李怼怼当然不是关心我的创作我的更新、我嗷嗷待哺的读者。他关心的是我的工作、我的稿费、我永远补不齐的房租。

我后退了一步，一步一步后退着上了阶梯。

“我回去工作了。”

“去吧。”

李怼怼一挥手，我老实告退。

走到楼梯拐角处，我往下一望，只见李怼怼还站在万事难门口没有走，和刚才与我说话的嫌弃模样不同，他神色难得严肃地盯着万事难的屋子里，抱着手，不知在沉思什么。

我不敢细想，回了房间，锁好门窗，老老实实地坐在电脑台前，抱着手绘板，翻了两页前面的东西，调出大纲，接上之前的灵感，继续开始画画。

在《吸血系列——吸血亲王怼穿肠》这个系列故事里，我的故事进度刚讲完僵尸王的故事。这两天经历了美美的梦境，我也很是感慨，想开个番外，讲讲美人鱼的故事。

我构思的美人鱼故事里面，三条美人鱼被两个坏海盗抓住，困在海岛上，他们三个经过自己的努力与海盗夫妇抗争，脱离了海盗夫妇的控制，回到了大海，最后互相告别在了深海里，各自游向自由的彼方。

故事的结尾，我没有停在幽深寂静的深海里，没有美美撕心裂肺的哭喊，没有远处小岛孤寂而又惨烈的火光冲天。

我停在了美人鱼伤痕累累地浮上海面，望着海平线上初生的朝阳，轻轻微笑的模样。

我说过我是一个写实派，其实按理说我应该照实画完美美的故事，但漫画其实是讲故事的人的一个梦，再写实，我有时候也会私心掺杂进去自己的想法。

有时候我会想制造一个美好的东西，让大家看了就感到开心，幸福，然后狠狠撕碎这个美好，看见读者哭，看见他们哀号，闹着要给我寄刀片，我心里其实很暗爽。

但有时候我双眼看见的东西满目疮痍，遍地残破，光是想想就觉得疲惫不堪，而便是这种时候，我却想让这个东西好起来。

于是我用手中的绘板、电脑，将现实浓妆艳抹，把鲜血抹成最艳丽的口红，将眼泪镶成最闪亮的钻石，我把不甘变成希望，将痛苦戏谑为怪诞。

我把噩梦改成美梦，因为我希望这个梦有力量影响现实，让我美梦成真。让我看到的世界能因为这个梦，而更美好一点点。也不自量力地希望，会有人和我一样，因为我创作出来的人物和故事，而感到生活美好了一点点。

我就是怀揣着这样天真又不切实际的想法一口气画完了这个番外的线稿。

线稿一共 24 页，非常非常非常的粗糙，粗糙到线条大概只有我自己能分清楚是画的什么，但一气呵成，我觉得我排得分镜和整个叙事角度都特别赞！

我很骄傲，很满意，感觉自己身心都得到了升华！

我长长舒了口气，坐直身体，伸懒腰的时候，才发现浑身酸痛得不行。

我转头看屋外的天色，竟然已经不知不觉到了深夜。

肚子传来一声痛苦地哀号，我恍然发觉自己竟然没吃午饭和晚饭。

我想着外卖大概已经来不及救活快饿死的我，我拿了手机、钥匙和钱包就出了门去，打算就近随便找一家小面店吃碗面条吊命。

其实创作东西的时候真的有很大的不确定性。

有时候一天能爆发，比如今天，饿都感觉不到。有时候一天又很难进入状态，坐在电脑前磨皮擦痒，刷完微博刷朋友圈，刷完朋友圈刷评论区，都刷完了戳戳朋友聊聊天，聊到朋友不想聊了，还能磨蹭到去看个剧，一整天什么事都干了，就是没画画。

当然磨蹭完一天后，是有极大的愧疚感的，可我有什么办法，时间已经磨蹭过去了，只有在爆发的时候补回来了。

我心里一边反思着，一边走到了一个破旧的小面店里面，叫了一碗小面，面条端上来，我都不感觉到烫，稀里糊涂吃完了，一抬头，看见万事难不知道什么时候坐到了我对面。

老头子一脸阴沉地盯着我。

我吓得一咳嗽，差点没把刚才吃的面条都吐出来。

“你……你好……”

万事难盯着我，没好气地往桌上丢了一个盒子，我低头一看，有点蒙。这是一个深蓝色的盒子，盒子上打着美丽的淡黄色蝴蝶结，一看就是送女孩子的礼物。

被一个臭脸老头丢了一份礼物，我看看盒子，又看看万事难。

“这……”

“给你的。”

我往后坐了坐：“老先生，你这样我有点慌……

万事难脸色更臭了：“你的‘不敢相信的爱’给你的。”他说完，站起身来，转身就走了。

我一愣，愣了很久，然后呆呆地拆了上面的蝴蝶结，打开盒子盖，一看，里面是个六棱柱的黑色水晶耳环……

小店因为电压不稳，头顶的白光有点闪烁，而这破破烂烂的白光映在黑色水晶上，我居然觉得有点耀眼。看见它的一瞬间，好像有激光打在它身上，瞬间提升了周围方圆二十米的档次，让这个小破店瞬间蓬荜生辉！

我觉得我手里的东西在发光，宛如修仙小说里面的神器。

这玩意儿看起来就很贵，和上次‘不敢相信的爱’送的黑色小礼服简直是绝美搭配。

我把耳环放进了盒子里，盖上礼盒，遮掩住它耀人的光芒。

我冷静了一会儿，然后拍了十块钱到桌上，豪迈地告诉老板剩下四块不用找了。我捧着盒子，追了出去，寻找万事难。当然我没有找到，于是我又急匆匆地跑了回去。

跑到楼下撞见了又在掐架的僵尸王和李陪陪。

他们吵架的缘由是卫无常晾在阳台上的衣服掉在了地上，正准备出门上班的李陪陪帮他把衣服捡起来，李陪陪把衣服递过去的时候，卫无常只对她点了一下头，而没有说谢谢两个字，这让李陪陪很没有面子。而卫无常坚持认为自己点了一下头就是示意感谢的意思，李陪陪就是在无理取闹。

我是觉得这两个外国僵尸和国产僵尸差不多要返老还童到婴幼儿时期了。不想掺和这种三岁孩子的骂战，我直接越过他们，要上楼去找万事难。

这时，李陪陪拉住了我的胳膊：“小信，你说，是不是这孙子没礼貌？”

卫无常闭了一下眼，我看他在很努力地隐忍自己的情绪，额上的青筋都忍得跳了两下。

“苏姑娘。”卫无常刚喊了一声我的名字，李陪陪就把我拉到了她身后。

“苏什么姑娘，小信是我这边的，你不要想拉拢她。”

“何来拉拢一说？若谈拉拢，你怕才是明目张胆吧。”

我决定破财消灾，从兜里掏了一枚硬币出来，塞到李陪陪手里。

“正面你赢，反面他赢，竖起来就各自回家，抛不见了就息事宁人，被人半空截住了就再抛一次。”我说了我能预想到的所有情况。

李陪陪果然放了我，认可了我的公平公正。

我脱离了泥潭，跑上楼，敲响万事难的房门。

敲了半分钟，没人应门，我心里着急，想了想，又跑到楼下敲响了李怼怼的房门。

一楼走廊外面，李陪陪和卫无常还在抛硬币，两人显然都不想输，在硬币掉下去的过程当中，两人拳打脚踢你来我往，互相争抢，我瞥了一眼，不打算管。

李怼怼的门倒是没敲多久，他一脸不耐烦地开了门，西装革履，一副也要去上班的模样。

“吵什么！”他喊了一句。那边在李陪陪与卫无常手中不停地被抛到天空从来没有落地的硬币终于落了地。但也因为李怼怼这一喊，那硬币竖着着地，“咕噜噜”滚没了影子。

李陪陪与卫无常相视一眼。

“行，我今天先让你一把。没时间和你耗，我上班去了。”

卫无常瞥了李陪陪一眼，也自己拿着衣服回了家。

我抱着盒子望着李怼怼，根本没管他们两人。

“你能联系到万事难吗？”

李怼怼皱眉：“找灵感的主意打到那老头头上了？”

“不是，他和‘不敢相信的爱’有联系啊！他帮‘不敢相信的爱’给我送礼物了！”我晃了晃手中的盒子，“这礼物看起来太贵重了，我不敢收，我想让他帮我还回去，都没什么交集的……”我想了想，有点害羞，“总是托人送我礼物多不好，我也该礼尚往来。”

李怼怼金丝眼镜背后的眼瞳跟着我手里的盒子上下晃了两下，然后狠狠一皱眉。

“不拖租的我都当他们是死人，联系不到。”他说完，“嘭”一声关上门，头也不回地走了。

我看着李怼怼的背影，觉得，我这个房东，简直钻进钱眼子里，没心没肺得没得救了……

随着年岁渐长，我越发领悟到一个真理——时间可以治愈一切，除了胖。

我陪美美跑了一周，沿着大马路，吸了无数尾气，一点没瘦。不夸张地说，一点也没！甚至还因为运动量陡增，打开了我的胃口，我反而还涨了两斤。

绝望。脂肪的顽固，让我绝望。

但美美却真的瘦了。

以肉眼可见的速度消瘦。脸蛋比之前小了一圈，脸色也比之前白了一圈，因为她的方式太极端了。每天疯狂地运动，还不吃饭。我劝了两次，并没什么作用。为了日料店的厨师长，她好像拼了命了。

虽然我觉得……如果那人真的是阿许，他并不会因为美美的胖瘦而决定疏远或靠近她。

然而一周后，一脸菜色的美美却捧着手机，双眼发光地和我说："我加到他微信了。"

我一愣。

美美像捧着宝贝一样，打开手机，点开微信，点出阿许的头像："你看。"

照片上的人戴着厨师帽，穿着主厨的衣服，名字是简简单单的一个字"许"，简洁干练，整个微信透露出一幅"除了工作外不谈其他事"的严肃冷淡模样，是那个厨师长的风格。

我沉默片刻，虽然有些不合时宜，但我还是问了："你叫他阿许，上次那个 KTV 的人叫他小许，他自称许，所以他真名到底叫什么？许仙吗？"

美美白了我一眼："这只是个代称，真名对我们来说很重要的，一般都不会告诉别人，那可是有言灵的，被人知道了名字就等于被人抓住了把柄。”

我这时才恍悟过来：“所以，你给我的名字也是假名字？代号？”

“你觉得我真名会叫余美美？李怼怼会叫李怼怼？女神会叫金花？小信你把我们都当什么了？”

我居然天真地相信了他们这些非人类这么久！从没怀疑过！

“你们喊代号也喊得太自然了些吧！”我抗议，“连李怼怼、李陪陪这兄妹俩都叫这种名字，我当然以为你们取名就是这种艺术风格！”

“李怼怼、李陪陪也不一定互相知道真名呢。”余美美说罢，显然不想再就名字的问题和我讨论下去了，她敲了敲手机，“你看，我加到他了！”

我又瞥了一眼手机中的阿许。

“你主动加的还是他主动加的？”

“我主动找他同事加的。”

我又沉默了一会儿：“上次借你的钱你都花到这家日料店吃饭去了吧？”

“这不重要，重要的是，我和他又有关联了。”

美美说着，摸了摸手机屏幕，点开他们的对话框。我看到那白色的对话框里，只有来自阿许白色对话框的一句“我通过了你的朋友验证请求，现在我们可以开始聊天了”。

但是并没有任何真正的聊天内容。

“这样就满足了？”我问她。

美美抱着手机：“暂时。”

我看着美美垂下的眼睛没再说话。

和她在楼道间道别，叮嘱她还是要吃饭之后，我回了家。

打开衣柜，衣柜里被清出了一个隔间，恭恭敬敬地供奉着两个盒子，一个装着小黑裙，一个装着亮晶晶的耳坠。

两样东西都被我原封不动地封起来，供在衣柜里。我望着两个盒子沉默了一会儿，转头看了一眼柜子里面贴着的镜子，镜中的我眼里并没有刚才美美那样的炙热与柔情。

我想，这大概就是喜欢和爱的区别吧。

我是心心念念的躁动，她是拼死拼活的压抑。

我关上了柜子，坐到电脑桌前，一边将之前构思的美美故事精细化，一边想着，这段时间任凭我怎么找都找不到万事难，李怼怼不管，美美也不知道。关于万事难和那神秘的“不敢相信的爱”，全无消息。

接下来一两个月的时间，日子还是很平常地过。重庆的温度从冬天忽略了春天，一下跨到了夏天，大街上有人穿起了短袖与短裤。

我这一两个月来，画完了自己想象中的美美的故事，期间因为懒惰，断更了一段时间，被编辑和读者骂过之后，清醒过来，又开始断断续续地更新。

期间被人催更无数次，威胁寄刀片无数次，但好歹还是连载完了。

一开始 24 页的剧情在编辑的催促下，扩张成了 48 页，番外画完之后，美美的故事得到了不错的反响。

编辑和我说，我的稿费每页大概能涨个二十块钱。

我很高兴，把这个消息告诉了叽叽酱。

叽叽酱是这段时间我在微博上认识的一个漫画作者，虽然名字怪怪的，但却是一个非常软萌的妹子。

她和我在同一个网站连载不同的漫画，她画的是恐怖悬疑类的，和我画风迥异，但她却喜欢看我的漫画，她称我的漫画看似暖萌，实则是糖中放着冰碴子，不管怎么看都透着一股子置身事外的冷漠味道。

我一瞬间有些语塞，甚至有一种……透过漫画，被人看穿了我生活的感觉。

因为我好像确实……有点冷漠。

我和李怼怼、李陪陪还有美美们生活在同一个屋檐下，但始终觉得有层膜存在着，或许是李怼怼的规矩立得太好，他从我进公寓的第一天就告诉我“我们是不同的”。

他说这句话的神情和姿态，我到现在也没能忘了。

我和叽叽酱的友情也是从她说出这句话的时候开始了。

因为我觉得，我碰见知己了。

我每天不画画的时间就开始和她吹牛扯八卦，偶尔还玩几局王者荣耀，身为不在一个城市的“同僚”，我俩感情日渐深厚。

而这段时间里，我早就放弃了陪美美去跑步。

是……一开始的时候我信誓旦旦地说要陪美美减肥，但坚持这件事，大概就是人类的天敌吧。三分钟的热度一过，我怀揣着愧疚看着美美继续一个人去跑步，到最后也习以为常地懒惰着继续躺在家里。

美美在坚持。

她瘦了很多，两个月时间，她和阿许的进展……也有许多。

偶尔一起吃饭的时候，美美会把她和阿许的聊天记录给我看。

从一开始美美锲而不舍地说“早安”“晚安”，到阿许开始回复一个“早”“晚安”开始，他们的聊天越来越多。美美到了他店里吃的哪些菜，会告诉阿许，有哪些好吃，有哪些差一点。

很明显，阿许很在意别人对菜色的点评。每次说到这个，阿许的回复就会变多。

一来二去，话题倒也不止于对菜色的点评了。

他们开始分享生活，美美讲讲今天跑步路上遇见什么，说说天气，阿许回复中说了些工作和锻炼的注意事项，让美美不要断食。

后来的聊天记录，美美就很少给我看了。

但是他们聊天里面绝口不提一个人，就是阿许手机里的那个“美美宝贝”。

我知道这个事情的发展走向，让美美处于一个很微妙的境地，但我能怎么说，我见过美美的梦境，也无法判断阿许到底是个什么情况。作为旁观者，我只能缄口不言。

直到有一天，美美主动提出说：“小信，我们找个酒吧去喝酒吧。”

我一惊，看着已经瘦了一大圈的美美：“你今天不减肥了？”

“偶尔一天没事。”

我隔壁的门被推开，李陪陪穿着内裤，披着一件睡衣就站在了门口，内衣都不带穿一件，可那胸在睡衣的遮掩下，让我和美美都有一瞬间的沉默。

李陪陪伸了个懒腰，半倚在门口，抱着手：“我好像听到了‘喝酒’两个字？”

于是我们三个收拾好之后就出发了。

第十五章 Chapter 15

前男友不一般

又是解放碑的那个小酒吧。

李陪陪一喝酒就疯，自己物色男人去了。

我和美美坐在吧台旁边，她仰头“咕咚”喝了一大口酒，我咬着吸管，啜着果汁，心惊地看着她那杯瞬间少了一大半的长岛冰茶。

“阿许今天告诉我，说让我和他不要再联系了。”她笑了一下，“昨天，我去他店里坐着的时候，看见他女朋友来了。”

我被果汁哽住了喉咙，费劲儿咽下去之后，我看着美美，正在斟酌言语。

我不知道是该劝她说“放手吧，他已经是另一个人了”比较好，还是“只要锄头挥得好，没有墙角挖不倒”比较好。

因为这是她的事，我无权帮她做任何决定。而我知道，现在的美美和我说这些话，就是因为她想要寻求一个和她内心的决定相符的支持。

我不知道她想做什么样的决定，只得听她说下去。

“她女朋友，似乎发现了什么。”美美说，“昨天晚上我给他发消息，他都没有回。这是这些天来，唯一一天我发晚安，他没给我回的一天。”

她说得很冷静，就像以前和我说，她喜欢下雨天，因为每一滴雨，都曾流过他身边时，一样。

“他今天和我说，不要再联系了。我知道他做了什么样的选择。其实我早就知道的，你看，这么多天，五十个日日夜夜。如果是以前的阿许，不要五十天，不要五天，不要五个小时，五分钟都不要，他在看见我的时候，就会立即牵起我的手，没有任何犹豫。

“可他保持暧昧，保持犹豫，而我也贱得无法离开……把自己像鱼一样送上去，放到他的菜板上。”

“美美啊……”

“小信。”她打断我，“我做了一个梦。”

“啊？”话题跳得太快，我一瞬间有点没反应过来。

她看着酒杯，就像看着她的梦。

“我梦见，我还是当年的模样。我被他抱在怀里，那怀抱好温暖啊。”她晃着酒杯，眼神迷离，“他低下头，轻轻吻了我的额头，我听见他对我说：‘我喜欢你，和我在一起吧。’”

美美笑了起来，眼睛弯弯的，那么漂亮。

“可他不让我回答，他说：‘嘘，你不要说话，你安静地在我怀里睡一宿，等明天天亮了，你要愿意，点点头就好了。’于是这一觉，我睡得那么安稳。结果……我等到天亮，睁开眼睛，却忽然醒悟，啊，原来是我梦一场。”

她又仰头喝了一大口酒，好像这烈酒配上冰，才能压住她身体里的感情。

“小信你知道吗，醒来的那一瞬间我有多失落，我多想回到梦里，再沉入那个怀抱里，我希望天永远都不要亮。”

我沉默了一会儿，试探着抓住了美美的手，她握着酒杯的手冰凉冰凉的，像被切开放在冰上摆盘的生鱼片。

“这段时间，我真是体会到了从来没体会到的好多感情。”美美笑着说，“‘我想你了’，这句话你知道要怎么委婉表达吗？”

她伸出手指，一根一根地掰着数：“‘起了吗’，‘吃了吗’，‘在干吗’，”她顿了顿，“所有的话，都是‘我想你了’。而我想名正言顺、直截了当地和他说一句‘我想你了’，但只有这一句，唯有这一句，我说不出口。因为我没有立场。”

美美自言自语地说着这些的时候，我一句话都插不上。

我只有陪着她，看她喝酒，等她喝醉然后和李陪陪一起把她扛了回去。

当然，是李陪陪在扛，因为虽然美美现在减了肥，但我的力气还是不够的。

回去的路上，陪陪有点烦美美，倒不是因为她喝醉，而是因为她一直在嘴里反反复复地念叨着同一句话。

“他的一生所爱，不是我。”

“知道了知道了！你别念叨了！”

我只有叹口气劝陪陪：“你就让她念叨几句吧。”

我俩把美美送回了家，李陪陪开门就回房睡了，我想到楼顶好像还有我晾的床单没有收，就先上了楼。想到美美刚才说的话，嘴里情不自禁地就哼起了《一生所爱》的调调。

“苦海……翻起爱恨，在世间，难逃避命运……”

我收下了床单，忽然看见床单背后的房顶边上站着一个人——李怼怼抱着手，不知道大半夜一个人在房顶上干什么。

我抱着床单望着他，他望着我，夜里有点安静。

“有人说过你唱歌好听吗？”李怼怼忽然问我。

我一瞬间就脸红了，心跳乱了一瞬。

“没……没有。”

“那你还唱什么？”

“……”

要不是知道他会飞，我现在就把他推下去了，我绝对不是在开玩笑！

我觉得只有内心充满戾气的人，才会时刻准备怼天怼地怼空气，比如李怼怼。

我没好气地收着自己的床单，没好气地对他翻了一个白眼，没好气地问他："您老大半夜不上班，闲着来屋顶做贼吗？"

"呵。"李怼怼这声冷哼很小声，但却是又冷又寡毒还夹带着一百分的不屑，"你们有什么好偷的？"

"我们……"

我很想帮自己、帮陪陪、帮美美以及小狼辩驳一下，但是，"穷"这一字真是让人反驳不出的伤痛。

我们确实没什么好偷的。

尽管我涨了稿费，但是这个月刚涨的稿费，要到下个月才给结算，提现也只能到下个月才能实现。

上上个月的稿费借给了美美，上个月懒了一下没画多少画，这个月提现三千五百块，用一千五还了李怼怼一个月的房租，还欠他两个月的房租钱，留了一千做生活费，还有一千帮卫无常交了房租……

是的，在这么穷的情况下，我还帮他交了房租……

当初卫无常说住进来的时候，我万万没想到他居然会住这么久。

连卫无常自己也没想到，他以为自己很快能找到那个时空旅行者，却苦寻一个月无果……

咱们这栋楼里的万事难老头自打那次出现交给我一个"不敢相信的爱"的礼物之后，连带着他所拥有的消息，一并消失无踪，又不知道去了哪里。所以卫无常也没有撞见他。

上个月，作为一个非常有责任心的大将军，卫无常实在无法忍受自己的无所事事，以及欠我钱和人情，以及被李陪陪 360 度全方位嘲讽……终于在重庆非人类委员协会的帮助下，拿到了中华人民共和国国民身份证，他出去给自己找了一份工作。

这个昔日大将军，今日僵尸王，利用自己优秀的军人品质，坚毅的性格，长远的目光，健壮的体格，抓住机会，勇于挑战，战胜自我，终于……在一个高端商场里当了一个保安。

每天面对的不再是提刀相向的敌人，而是提包而来的各种仙女，耳边的马蹄铮铮变成了高跟鞋踢踏之声。

卫无常来跟我保证他一发工资就还我钱的时候，我悄悄问过他关于这个工作的想法，得到了一个无比正经的回答："商场如沙场，安保工作并不比上阵杀敌容易，商场里处处危机四伏，每个人平和的表面下皆是一颗无法揣摩的人心，危险便在平静之中，每一个客人都可能是潜在威胁，我需要时时戒备，以应对最可怕的突发情况。"

"所以你把每一个客人都当成威胁？随时准备干掉？"

"是的，必须如此，方能保障商场最大的安全。"

商场最大的威胁恐怕是你吧！

当然，那时我并没有将内心的想法说出来，我沉默很久，只是在心里觉得，以后不太想去逛有卫无常在的商场了。毕竟……时时刻刻有个保安在暗处把你当头号目标盯着的感觉……并不好受。

扯远了，总之，卫无常这边欠我的钱，最快也要下个月才能还我，而美美那边欠我的钱……就不说了。所以面对李怼怼关于我钱财的嘲讽，我无力反驳。

我默默地收完衣服，正准备走，李怼怼又叫住了我。

"余美美最近还在跑步？"

"是啊。"

"让她最近少出门。"

我被勾起了好奇心："怎么了？"

"上次说的美人鱼，沉寂两个月之后又有了新动静。"

我想到了那张模糊的照片，照片中的人与阿许有着一模一样的脸。我抱紧床单："有什么动静？来找美美了吗？他想干什么？"

李怼怼站在楼顶栏杆边，往下方眺望。眼睛微微眯了起来："谁知道呢。"

我看他表情奇怪，抱着床单挪到了他的身边，往下面一看，周围都是被拆迁的房子，唯有一棵不知道长了多少年的巨大的黄桷树。黄桷树长在通往我们这破公寓的破烂阶梯之上，其树根盘踞，蜿蜒交错，隆地而起，早就将阶梯上的水泥撑开，挤得乱七八糟。但也因为长在挡道的地方，所以树根上有不少地方被人踩得十分光滑，犹如抹上了油一样。

而此时，正在黄桷树落叶长新芽，新旧树叶交替之际，树枝交错为网，树枝网下，有一个亮红色的小点正忽明忽暗地闪烁着。

以我的人生经验来说，应当是有人在树下抽烟。

我皱着眉头，仔细地去看。

但在我探出头去的时候，那个小光点却消失了。

“你看到了是谁在那儿吗？”我转头问李怼怼。

李怼怼瞥我一眼：“你，是个穷的、人类。”他强调这两个词，“如果你稍微有点聪明，就该知道自己要做什么？”

我很冷漠：“哦，我要做什么？”

“多做工作，少管闲事。”

我深呼吸了一下：“我回去工作了，房东再见。”

“还有。”

“什么？”

李怼怼转头看了我一会儿，我不知道他在沉默个什么劲儿，但最后到底是吐了一句话出来：“虽然天气热了，但空调不要开得太低。”

我难以置信：“我电费自己付的！这你也要管？”

李怼怼看着我，嘴角动了动，我觉得他好像是想骂人，但最后忍住了，只是一脸冷漠地说：“怕你主机过热把房子烧了。”

“那应该怪你买的空调质量不过关吧！”

李怼怼冷冷地瞥了我一眼，显然不想再搭理我，转身就从楼上跳下去了。我嘀嘀咕咕骂了他一句“莫名其妙”，也懒得再想他的事儿，一边琢磨着那照片上的美人鱼，一边将床单抱了回去。

回了家，整理好床单，一打开手机，这才看到叽叽酱给我发了几条消息。

“小信小信，快去你的评论区看看。”

“今天微博上一个大大好像推荐你的漫画了，你的评论区直接炸了。”

“好评如潮，你要火了。”

“抱住大腿，等带飞。”

最后加了一个抱大腿的表情包。

我看着这几条消息愣了很久，然后飞快地打开电脑，点开网页，看到了评论，一晚上时间，评论激增五百多条。我拉动页面条，往下浏览着，评论里都是在讨论我的漫画，有的在说我的剧情，有的在赞我的分镜，有的在夸我的人物。更多的则在给我表白，比心，催更。

之前不是没有评论，但突然间数量来了一个对于我而言“爆炸式”的增长，我激动起来。

我的心跳“咚咚”跳着，一股被别人欣赏的喜悦由心底而生，让我头皮一时有些酥酥麻麻，像被一个喜欢了很久的人表白一样美好。

我承认，我飘了，有点小小的志得意满起来。

刷完评论，我回复了叽叽酱的留言。

“刚看到，惊呆了，发生了什么，我完全不知道。”

叽叽酱很快回复了我：“微博上一个叫嘚吧嘚的大大推荐了你的漫画，说看你的怼穿肠美人鱼篇看哭了来着，她的粉丝就疯狂涌过来了。”

我打了三个感叹号，表示震惊，我说：“说句大逆不道的话，我是看嘚吧嘚的漫画长大的！初中就看她在杂志上连载漫画了！我女神啊！”

“哈哈哈……你赶紧也去整个微博号吧，好和大大互动，说不定从此就抱上大腿，有幸福人生了！”叽叽酱问我，“说来，你都画了这么多年了，怎么连个微博号都没有。”

我沉默了一会儿，被暗恋的人表白的喜悦感掉了一点下去。

身为一个现代人，二次元，画漫画，我怎么可能没有微博。

我当然有，不过在和前男友分手后，就……弃号了。

我和前男友分手的原因非常普通——因为他死了。

说笑的，是他劈腿之后，我就当他死了。

我和前任谈了小半年恋爱，最后换来他一句谢谢你的成全……

这也是说笑的。

我没有成全他，但也不算是闹得大家难堪，我犹记得当时我和前任还在电影院里面看电影，电影还没放完，他手机就来了电话。

安静的电影院里就大屏幕的声音和他手机震动的响声。实在响得有点久，我转头一看，就看见他表情复杂的脸。

他接了电话，一个“你”字，还没出口，那边就传来一句有点崩溃的大吼：“我受不了你和她去看电影。今天最后一次，我就在电影院外，你出来，跟我走。要么回去你就再也见不到我。”

在我现在看来，要怪，只怪那电影是个文艺片，太安静了，这电话内容我没有贴到他耳边都听得清清楚楚。

我端起了可乐，起身就往电影院外面走。前任来拉我，当然没拉住。

“走吧，出去，我跟你一起走。”我冷静地跟前任说着，走出了电影院，看到了影院外面站着的他的室友。

也就是到那时候我才知道，原来，我谈了小半年的男朋友，处处体贴，细致入微，让我觉得终于遇见了小说漫画男主的前任，是个GAY啊。

GAY啊！

我很冷静，我前任很挣扎，他室友看见我，目光落在前任拉我手臂的手上，表情很是愤怒，而愤怒中又隐藏着尴尬。

空气很沉默，最后是我打破了沉默。

“祝你们幸福。”我说，然后揭开可乐盖子，把冰可乐泼了前男友一身。

这大概是我做过的，二十几年来最不平凡的一件事了。

我记得当时我用尽全力在控制我的表情，让我不至面目狰狞和扭曲。我心脏狂跳，整个身体像木头做的一样，指端甚至都在发麻。

可我控制住了自己，让自己冷静地、不崩溃地、不难堪地把泼光可乐的杯子塞回了前任的手里，我说：“麻烦你最后帮我扔个垃圾，谢谢。”

我转身走了，当时的想法很简单，他们两个男的出轨了，我打一个都打不过，要打两个更不行了，撤吧，免得精神受伤之后身体还受伤。

我撤了。

从此这个人在我的生活中该删的删，该丢的丢。有的东西有过太多他存在痕迹的……比如微博，我就弃用了。

而要是有人问我为什么和前任分手，这个理由我实在说不出口。所以但凡有人问及，提起，我总会说他死了，且表情无比真挚，神态出奇难过，精神极度萎靡，只有这样，才能火速了结这个对我来说能尴尬死我的话题。

在和前任分手不久后，我毕业了，住进这个公寓之后，我更是没时间想起以前的事，直至现在，都快一年时间，我几乎已经忘掉了这段情史，却万万没想到会在今天又从犄角旮旯里翻出来这么一段回忆。

再次回忆，我依旧难堪得抚额叹息。

当年的我也是单纯，和前任谈了小半年恋爱，啵都没打一个，却愣是没觉得奇怪，还在心里觉得这个人对我真好，真温柔，和其他乱七八糟只想把姑娘哄上床的妖艳玩意儿果然不一样。

最后发现，确实也不一样……

我甩甩脑袋，将这些破事儿甩掉。

时至今日，我崇拜的大大在我最热衷的漫画事业上推了我一把，这是我最初想都不敢想的奇遇，只要我重新找回我的微博，说不定还能和大大互相关注一下，从而让自己离梦想稍微更近那么一点点……

我在电脑前犹豫了很久。终于还是打开了微博网页，在时隔一年之后，重新登录了我的微博。

一年前我是个比现在还透明的小画手，微博上我关注的人有四五百个，可关注我的才两百个，其中大概还有一百五十个僵尸粉，三十几个各种同学，同学小号，真正从网上找来关注我的粉丝，大概……十个左右吧，现在一年没上，粉丝变成了一百九，估计仅有的那几个也都取消关注了。

一年攒下来，三个 @，五条评论，还有……

嗯？

我惊了一下，这几百条未关注人私信是个什么玩意儿。

我戳开去看，看到了一个熟悉的头像，是我的前男友。当年分手的时候我删人很快，第二天他就全方位地消失在了我任何软件的联系人当中，学校里我也是绕着他走的，寝室门口有他在我就不回去，但凡有帮他传信的人见一个躲一个。后来毕业了，这些破事也就没有了。

没想到……他竟然在微博里面给我留了这么多东西。

我点开网页，发现最近一条居然是昨天，但当我看完这句话，一瞬间就觉得后背有点寒意瘆了出来——

"又看见你了，在你回家的路上，你的朋友不再像以前那么单纯了，怎么老爱去酒吧呢？多不安全。如果你回到我身边，一定不让你交这样的朋友，也不让你做这样的事。"

我身体一阵冰凉，手心登时冒出冷汗，湿润得似乎能让鼠标短路。

我丢了鼠标，扯了纸巾擦擦手汗，又愣愣地看着屏幕里的这句话，半天没回神。

隔了好半天，我才慢慢压住心头的寒意，电脑屏幕工具栏里的微信一直在跳，我知道大概是叽叽酱在找我，但我一直没点开，也没有心思看别的东西。

我再次握住鼠标，滑动滚轮，往下拉，看着之前的消息。

"今天很想你，所以忍不住去看你了，你住的地方真奇怪，几次想进去，上了阶梯就觉得不舒服，大概是天意还不愿意让我再次出现在你的生活里吧。"

留言的时间再往前："给你送伞的男人是谁呢？他喜欢你吗？你们打闹那么开心，我很嫉妒。"

再往前："你住进了一个奇怪的居民房，那么破，你为什么要住在那儿呢？在顶楼，周围也没有比你住的高的建筑，这以后，我要怎么时刻关注你，保护你？"

再往前："画漫画很不容易吧？每天那么晚，压力那么大，回到我身边不好吗？你都没有听过我的解释，你为什么就不愿意相信我对你的爱呢？"

为什么……不愿意相信他对我的……爱？

不愿相信的……爱？

我说不出我现在是什么样的感觉，仿佛一瞬间被撕开了所有保护层，赤裸裸地暴露在了一个角斗场当中，周围一片死寂，可总有一双眼睛直勾勾地盯着我，看着我身上每一处不想让人看见的地方。

此时此刻，我知道在我身上什么都没有发生，但我依旧觉得恐惧，我开始忍不住地想，我走过的那些地方，经历过的那些事，居然都是在一双眼睛的监视下完成的……

而更可怕的是，当我不小心刷新页面，忽然看到我看过的那些话旁边，都出现了两个字——“已读”。

紧接着，私信框忽然又刷新了一条。

我心头一惊，看见四个字跳了出来——

“你回来了。”

我感受到了因为害怕而疯狂乱跳的心脏。我直接合上电脑，生怕里面忽然伸出一只手，将我抓进去。

我在电脑前坐了很久，一动也不敢动，因为仿佛我每一个动作，都能被人窥见，我每一个表情，都在别人的眼中，我是裸露的猎物，一直被人的猎枪瞄准。

直到此刻我才发现，我之前所以为的我所有的普通平淡的生活，原来，这么的惊心动魄。

我谈的恋爱，经历过的前男友，并不一般……

我冲进了李怼怼的房间，“啪”关上门的那一刻，我才看到李怼怼没有穿上衣。

黑狗蹲在地上看着我，猫的眼睛在晚上变得圆溜溜的十分可爱，但它的眼神却透露着几分微妙：“干啥子？大晚上的，想来投怀送抱免房租吗？”

我没有搭理他，因为我太慌张了。

从刚才看到那些私信留言开始，我后背就在淌冷汗，跑去李陪陪家敲了门，并没有人应，不知道她回来后又跑到哪儿浪去了。

我下楼跑到小狼家，也没有人应，应该是还在酒吧工作唱歌。

于是我又连滚带爬地敲响老巫婆家的门，换来老巫婆一顿扰了他美容觉的臭骂，还并不给我开门。

最后我冲到美美家，还没停留，想到美美隔壁屋万事难家里之前看到的那个黑影，我额上冷汗淌得越发厉害，又连滚带爬地冲到一楼，在卫无常和李怼怼之间，下意识地敲响里李怼怼家的房门。

李怼怼的门刚开了一条缝，我二话没说，扒开门就冲了进去。然后“嘭”关上门，这才看见，李怼怼没穿上衣，吸血鬼苍白的身体在我面前呈现，然而虽然肤色那么苍白，却并不影响他身体上充满力量的线条。

这线条让我安心。

“玩这套没用，房租不减。”李怼怼说着，拈着拎金边眼镜，手微微一抖，眼镜架展开，他不徐不疾地将眼镜戴到脸上，以中指随意地推了下眼镜架。

“你别听黑狗乱扯。”我望着他，感觉背后的冷汗淌得没那么厉害了，“李怼怼，我需要你……”

“你看你看你看！”黑狗打断我的话直接叫了起来，“好哇！还说我乱扯！你这个欲求不满的小东西！”

我扒了鞋就冲黑狗砸去，黑狗跳起来，身形矫捷，一溜烟蹿到李怼怼肩头上，李怼怼也不管它，任由它猫在自己肩上，一脸讨打地甩着尾巴：“我们家主人才看不上你呢，对不对，主人？”它柔软的尾巴从李怼怼脖子后面绕过，扫到李怼怼面前，明明黑狗的话那么讨打，但是身为黑猫，它的尾巴实在神秘又诡异，在黑夜中，像一条隔在我和李怼怼之间满是诱惑的引线。

“你需要我什么？”他开口了。

于是我也正儿八经地提出了我的请求：“保护我。”

李怼怼看着我，这一瞬间他仿似有点恍惚，我也没有管他的恍惚，把黑狗的尾巴拍开，将手机掏出来，点开微博，点开私信，递给他看。

“我觉得我前男友是个变态。”我说。

黑狗立即“哟”了一声，阴阳怪气地问：“你还有前男友？”

李怼怼瞥了一眼我的手机屏幕，也眯眼看我：“前男友？”

“大学的。”我解释，“早分了。”虽然我也不知道我为什么要和他们解释，“我本来都当他死了。”

“他死了吗？”黑狗根本不给我休息的空隙接茬。

李怼怼像也不甘示弱，根本没问我遇到了什么事，劈头盖脸就是一句：“长什么样的？”

您老还想和他比美吗？

“没你帅。”我连忙捧了一句，又将手机凑到李怼怼面前，指望他能对我的安危一事上点心，别把心都挂在那八卦上。

李怼怼得到我这三个字的回答，微微“哼”了一声，带着几分莫名其妙的自满与骄傲，接过我的手机：“什么变态？”

他看了我的私信，然后表情沉了下来，金边眼镜印着手机的光，照得他的眼神有几分冰凉，他手指滑动我手机的屏幕，速度不快，应该是一条一条地在仔细读，我看见他的神色越发阴森起来，透着些许杀气。

黑狗适时从李怼怼的肩上跳了下去，像察觉到李怼怼周身的气息变得有些不妙，它自己猫着脚跑回了窝里，将身体一蜷，爪子一揣，乖乖地缩着了。

“从你搬进来就开始了，倒是胆大。”他看完了私信，自言自语地说了一句，然后将手机递给了我。

“我也不知道会是这种人啊，我和他交往的时候感觉都还好好的，就是……最后结局不太好，但我万万没想到他居然是这样的性格。”我看着李怼怼的脸，也有点瑟缩，“我不是故意要暴露你们的。”

李怼怼瞥了我一眼：“我怪你了吗？”

“没有。”

“我骂你了？”

“还没。”

“那你委屈什么？”

我闭上嘴不说话，因为，我觉得我给大家添麻烦了。鉴于这栋公寓的特殊性，我摊上这么一个前男友，首先是自己的人身安全受到威胁，还有一个是我的邻居们的隐私受到了威胁。

"把你微博账号给我。"李怼怼主动转了话题，我却有点蒙。

"啊？你要干什么？"

"钓鱼执法。"

就这样，女神微博推荐我漫画的事就暂时被我放到了脑后，我跟着李怼怼进了房间，看着他打开电脑，蹲在他旁边，瞅着他敲键盘登了我的微博账号，他的卧室有点黑，如果不是我背后正摆了一个他睡觉的大棺材，我会觉得这就是一个光着膀子熬夜上网的网瘾少年。

他登录我的微博账号后，网页刷新有点慢，而我又有点紧张，在他背后靠他有点近，也不知道是我这个人类的热气烫到他了还是怎么的，他往后瞥了我一眼。

"怎么了？"我问。

他说："给我把睡衣拿来。"

"你睡衣在哪儿？"

"刚脱在沙发上。"

我乖乖出去从沙发上拿来了他的睡衣，非常普通的白 T 恤，不像一个吸血鬼的睡衣，倒像某个普通的青年大学生，平易近人到和李怼怼平时那副精英矫情范儿完全不一样。

我下意识地帮他抖了抖衣服，递给他。李怼怼看了一眼我手里的他的睡衣，又瞥了我一眼。没吭声，接过了睡衣，也没屏退我，就当着我的面穿上了白 T 恤。

等他重新把目光放到电脑上的时候，我才反应过来，刚才我与他的那番对话动作，在一个孤男寡女共处一室的深夜房间里，好像有点……亲密，仿佛……一对生活在一起的夫妻。

这个想法一冒出来，我一时间有点臊。

李怼怼通过私信点进了我前男友的微博，打开我前男友的微博，我这才也转了心思，背后那股发凉的感觉又冒出来了。

"居然还搞偷拍！"

他的微博和私信不一样，他微博里，几乎隔一天发一条，每条都没有文字语言，全是我不知道什么时候的背影。有在路上打哈欠的，有出去坐公交的，有半夜穿着拖鞋出去买消夜的，还有和李怼怼、李陪陪他们在一起的照片。

“这变态！”我摸出手机，“我要报警了！”

“别急。”李怼怼拦了我一句，又不咸不淡地看了我一眼，“你这前男友什么人？”

“什么什么人？我认识他的时候，他就是我大学同学啊，普普通通的大学生！”

“普通？”李怼怼冷笑一声，“拍你就算了……”

“什么算了！”我插嘴，李怼怼显然不在意，直接忽略了我，接着说：“拍到李陪陪也算了，连我也拍了。”

“有几张你拍得还挺帅的……”我实话实说。

“我当然帅。”李怼怼到底是接了我一句话，“不过，还没有人能在我不知道的时候，拿东西瞄准我，就算是手机。你说他普通？”李怼怼再次打开了我的私信，在私信回复栏里敲：“你想干什么？”

我紧张兮兮地跟他盯着私信框，很快，他发出去的话变成了已读，那边的状态也变成了正在输入，回复也是同样的快：“我想让你回到我身边，小信。”

我打了个寒战。李怼怼转头看我：“你怎么想？”

“拒绝拒绝。”

李怼怼回过头去敲了键盘：“好啊。约个时间见面吧。”

我倒抽一口冷气：“李怼怼你要做什么？”

李怼怼看也没看我，眼睛盯着电脑屏幕，冷静又沉稳：“要保护你。”他顿了一下，这才目光沉着地看了我一眼，“不是你求我的吗？”

我……。

我大晚上……居然有点，被他这爷们的样子，稍稍撩到。

第十六章 Chapter 16

我和妖怪谈过恋爱

李怼怼去见我的前男友了。

他说他要单独去，但我又实在放心不下……外加无比好奇，我想一起去，可这事儿又太过危险，为了我的小命，我还打算鼓动一个人陪我一起去。

于是我找到了李陪陪。

我敲响了她的房门，李陪陪给我开门后几乎是一瞬间就把我拽进了房间里。然后把手指放在嘴上，长长地“嘘”了一声。

莽子跟着沙哑地叫了一声“汪”，像模像样地跟着他的主子学。

我呆呆地看着她，然后转了头，看见正坐在李陪陪棺材旁边的两个好久不见的人：于邵和小狼。

他们手里拿着扑克牌，打出去的牌扔在李陪陪的棺材板上，非常的随意。看这架势，正是在干李怼怼明令禁止的事——斗地主。

“不要声张。”李陪陪小声和我说，“你来了正好，我们可以凑一桌麻将。”

“你们今天都不上班的吗……”我问。

李陪陪抓了把头发，有点不耐烦的意味：“昨天被一个学生气到了，今天不想去上课，打算旷工，在家沉迷三天三夜的赌博。”

“你这不只是今天不想上课吧……”

“我今天正常休假。”小狼说，“好久没打牌了……嘿嘿……”

我往他身下一瞅，不为其他，只因为他先前赢的零钱已经塞鼓了他的裤裆。

我有点无语：“你钱就不能换个地方藏吗？”

小狼羞羞地挠了挠头：“网上说，赢的钱放在这里，就不会输出去了，说得挺准的。”

我：“……”

这什么破网？都教了这群非人类什么玩意儿？

“你们怎么还带小孩赌博？”我看了眼于邵，他一双小手都还没办法把手里的牌握好，牌插得乱七八糟的，一看就输了不少钱，但他应该是他们三个当中最有钱的一个，对这种五毛钱的赌局根本没放在心上。

“哎，小美女，你可别小看我，我玩这些玩意儿也好多年了。”于邵说着甩了一对王炸出来。

李陪陪立即没心思管我了，凑过去算牌：“这才出多少牌，你打王炸干啥？你一把牌能走完吗？”

“先炸一炸，吓死这个地主。输人输钱不能输气势。”

李陪陪煞有介事地点了点头：“有道理。”

我听着他们的对话就觉得，今天就算是五毛钱的局，他们俩不管当地主当农民，不输个几百大洋都对不起我们和谐的社会主义。

小狼很耿直，过了一把牌之后，接着往下面打，于邵出对三，李陪陪出对四，小狼出了一个对二，在两家都说要不起的时候，一把连牌，接了个三带一，甩了个四个 Q 到棺材板上，完美收官。摁着李陪陪和于邵的头，屁都没让他们再多放一个，就结束了这一把赌局。

“我气势和人都可以输。”小狼伸出手，神情依旧天真羞涩，“我只要钱。”

李陪陪和于邵掏了钱，小狼认真地把钱塞进裤裆里。

我看得只想抚额，决定解救一下他们。

“你们谁有空陪我出去一下吗？”

“大白天都要中午了，出去干啥？没空。”李陪陪一边洗牌一边漫不经心地说着，眼睛都没瞅我一眼。

“可是李怼怼要帮我去见我前男友，我怕出什么事，也想跟去看看……”

李陪陪洗牌的手一顿，小狼盯着裤裆的眼睛是瞬间抬了起来，于邵眼睛一眯，直勾勾地盯着我，发出了一声意味深长的：“噢？”

他们三个站了起来，动作可以说是非常的整齐划一了。

李陪陪：“我去。”

于邵：“我去。”

小狼：“我去。”

他们三个说得异口同声。我沉默片刻：“我觉得这是一个很正经的事，你们能不能用正经严肃的态度和我出去，不要摆出一副坐等看大戏的模样。”

“我们很正经。”李陪陪走过来，一把勾住我的脖子，她比我高出快半个头去，我没有招架之力，直接被她拉着出了门。

“你的门没关！”我在她臂弯里挣扎。

“莽子会看门。你说李怼怼在哪儿见你前男友，我们直接过去。”

我被李陪陪拉下楼，余光往旁边瞥了一眼，瞥到小狼那不忍直视的肿胀裤裆：“小狼你钱掏出来理理再出去！”

小狼点头：“好，我数数，待会儿出去买点瓜子花生。”

于邵说：“我想吃棒棒糖。”

“好，钱够的，待会儿买个大的，应该能吃一会儿。”

这群非人类……

他们把我拉拉扯扯拖到楼下，正好碰上了在楼下晾衣服的卫无常。他一丝不苟地抖了抖手里的衣服，转头看见了被李陪陪勾着脖子的我。

卫无常一副并不想和李陪陪打招呼的模样，只对于邵和小狼点头示意了一番，然后对我说：“苏姑娘，这月的工钱商场就要发放了，彼时我还了欠你的银钱之后，以后的房租也不用你负担了。”

“好……你今天也休假……”

早知道卫无常在，我就不找李陪陪这看戏的了！要论当保镖，他可不是个现成的嘛！

“走走，别理他，你先说说李怼怼约人约在哪儿？”

卫无常不解地皱眉，问我：“你这是……”

“要不要一起来？来帮我个忙！行不行？”我心里琢磨着，好歹带个靠谱的。

卫无常当即面容一肃：“苏姑娘的事在下自当全力以赴。”

于是，我就这样，本来只想带一个人保护自己的，结果却愣生生地带了四个人去……看笑话。

李怼怼和我前男友约在公园小树林里。

这片小公园本来人也不多，当初卫无常也是在这里攻击了我和李陪陪，打晕了莽子。李怼怼把我前男友约到这儿来，或许……是想在必要时候，动动手吧。

我和四个非人类躲在两棵大树背后，悄悄地望着坐在公园长凳上的李怼怼，他跷着腿，手里拿着一本书，难得能在大太阳下看到他，他白得过分的皮肤却让人觉得有点晃眼，加上他架在脸上的那副金边眼镜，好像一瞬间他成了一个会发光的人。

我看着他，不由自主地有点失神。

具体因为什么，我也不知道，我唯一能想到的理由，大概就是因为……帅吧。

或许……还有一点是因为，他身上那股无意识间就透露出来的疏离感与冷漠感，还有若有似无的孤独与清冷，就算现在晴空万里，但他身边好像一直在下雪，没有人能撑伞走进去，将他抱住暖一暖……

我有点想去坐到他身边，但又觉得这样对他来说，会很多余。

李怼怼仿佛是一个能安心待在孤岛上的李怼怼，他不需要我，也不需要任何人。

“哦！”李陪陪忽然发出一声低低的惊呼，“来了，那是你前男友吗？小信。”

我定睛一看，一身运动装，背个大书包，书包还是当年我陪他一起去商场买的。

是我的前男友，他和我分手之后，好像时间并没有在他身上移动多久，他还是和当初一模一样，连打扮都没有什么改变。

“是……”

李陪陪就差吹口哨了：“蛮帅的嘛。不错呀，为什么分手？”

前男友就在面前，我很难正儿八经地说出他死了这样的话，我只有叹了口气：“他出轨他室友了。”

“什么？”李陪陪转头看我，于邵一口咬碎了棒棒糖，小狼手中的瓜子也在无比震惊当中“哗啦啦”落在了地上，他们齐齐转头看我。

和我料想的一样，他们听到这个消息的表情，比听到“他死了”这三个字的表情精彩多了。

卫无常仿佛有点理解不了我们：“出轨室友？是何意思？”

李陪陪撇嘴：“断袖呗。这个你总该知道吧？”

卫无常也非常的震惊，不过很快就用一个将军的接受力把这事接受了下来：“原来如此。”他立即又用同情的眼神看着我，“委屈苏姑娘了。”

“不委屈……”我被这一波同情的眼神弄得有些尴尬，“不委屈，都过去了。”

“不过如果是这样的话……”于邵摸着下巴，意味深长地看向李怼怼，“那外国僵尸来应付他，岂不是很精彩。”

小狼殷切地询问：“怎么说？”

“皮囊长得那么好。”于邵看着我，笑得有些暧昧，“你前男友要是看上了李怼怼怎么办？”

怎么办？

我看向李怼怼，他坐在长椅上，随意懒散地抬起了头，合上了书，推了一下眼镜，望着与他相距不过十步的我的前男友。

我前男友站得笔挺，也在阳光下盯他。

他们四目相接，他们静默无言，他们之间暖阳倾洒……

我仿佛看到了耽美漫画里面的唯美开端。

要是他俩真看对眼了……那……

我能怎么办？

我就看戏呗。我前男友和李怼怼在咱们公寓里住一个屋，相亲相爱，想想……也是有蛮多内容可以提供给我当素材的！

“你是苏小信的前男友？”

我听到那方，李怼怼开口了，开门见山的一句话，让我不知为何瞬间紧张了起来。

我们五人躲在树后，聚精会神地看着那方。等着我前男友的应答。

蜻蜓扑腾着翅膀，“嗡嗡”作响，在两人之间不惊不扰地飞过。

“你，”我前男友开了口，“就是继我之后想要霸占小信的那个男人吗？”

李怼怼：“……”

“哼！早就知道，昨天和我对话的肯定不是小信。她打字的速度我都能熟悉地记住，我告诉你，苏小信是我的女人，以前是，现在虽然不是，但以后一定也会是，我永远记得，她告诉我，她喜欢健壮的肉体，她是不会看上你这样的小白脸的。你，留不住她，而我，一定会把她从你身边，抢回来。”

小狼：“……”

卫无常：“……”

我：“……”

我真是下巴都要掉下来了。要不是看在这个人可能并不是普通人，我冲过去或许会被他搞死的份上，我绝对撸袖子就冲过去了，抓住他衣领就要骂人——

你不是脑子有残疾吧？你在说什么呀？这种台词说出口，你就不会脸红尴尬无比羞耻吗？你可是我前男友啊！我以后要怎么跟人解释，我是瞎了多少眼才能看上你的啊？

李陪陪：“只有我一个人起鸡皮疙瘩吗？”

于邵：“你不是一个人。你是个吸血鬼。”

李陪陪："吸血鬼也受不了了，我好想打死他。"

"想打就上。"我捂住脸，觉得自己莫名的羞耻和丢人。让人把他打死了，我还算少了一段黑历史。

"我警告你，苏小信，是我的。"

我前男友站在李怼怼面前，像要给他丢白手套决斗一样严肃："我劝你，趁早放弃，离她远点。否则，我一定让你后悔不已！"

我受不了了，鸡皮疙瘩在我胳膊上冒了一片，每个疙瘩硬得像米粒儿一样扎手。

我指着我前男友："谁赶紧上，打死他，我付钱的。"

"多少？"李陪陪心动了。

"五块。"

"太少，担风险。"

"十块，不能更多了。"

李陪陪撇嘴："这么便宜，我才不上，等着吧，那边不要钱的要动手了。"

她话音刚落，我看到那边一直坐着的李怼怼慢悠悠地把手里的书放到一边，站起身来，在裤子兜里摸了一下，拿出了他那枚金灿灿到浮夸的戒指，套上手指，转了一下。

我前男友看着他这个动作顿时眉头一皱。

李怼怼向前一步，适时，阳光在前男友背后，李怼怼这一脚踏出去正好踩在前男友的影子上。

前男友立即往斜后方挪了个位置。

"呵。"李怼怼推了推眼睛，一声冷笑，抱着手，还是一样的倨傲，还是原来的味道，"果然和我想的一样，来无影去无踪，气息淡而弱，极易潜伏……"

说实话，我没听懂李怼怼在说什么，但我就觉得他说这话的样子非常的帅。而我旁边的于邵、李陪陪和小狼却仿佛都懂了，恍然大悟地点了点头。

"难怪，我说一直觉得有什么不对。"小狼认真地嗑着瓜子，认真地和他看到的戏单方面互动着，"原来……"

李怼怼盯着我前男友，冷笑："倒是难得见到个影妖。"

我前男友顿时脸色大变。

我有点蒙："影妖是个什么妖怪？影子妖怪？他是个妖怪？"

天寿了，我和妖怪谈过恋爱。

我多牛……

"李怼怼都说是了，那就肯定是了。"李陪陪也抓了一把小狼的瓜子，边嗑边说，"当了这么多年的主任，他还是有点本事的，分物种没错过。我还记得老早之前非协考核，一百个非人类呢，变成人的模样站在他面前，看准一个物种得一分，李怼怼是全场唯一一个拿满分的。不管什么物种，再厉害的变幻都没瞒过他。"

"可是……"我还是感觉很飘忽，"我以前上大学的时候，一点都没觉得他有什么不对啊，就和普通人一样。"

李陪陪白了我一眼："要不是咱们告诉你了，你觉得我们和普通人有什么不一样吗？"

我想了想，陷入了沉默。

"肯定有蛛丝马迹的。"于邵说，"只是以前你没有留意罢了，比如说，你想想他叫什么名字。"

"叫……东溪。"

"就是了。"于邵一摊手，"你看，咱们人类哪有父母会给自己孩子取名字叫东西的。这不闹着玩儿吗？"

说得……好像很有道理，不过按照他的说法来说的话，那些在正常人眼里名字很奇怪的人，可能……都是非人类？这个念头一起，我觉得这个世界更奇妙了起来。

我这边还在感慨，那边前男友就指着李怼怼一脸惊恐地说："你……你怎么知道的？你……你是谁？你是什么物种？"

"我是谁不重要，只是有些话你需要知道。"李怼怼一步步靠近东溪，每一步都往他的影子上踩去，而东溪则步步后退，两个人都走到阳光遍洒的地方，李怼怼过分白皙的脸在阳光下几乎在发光。

终于他停住了脚步，东溪看他的眼神已经有了几分不同。

李怼怼说话的声音还是漫不经心的："我劝你，趁早放弃，离她远点。否则，我一定让你后悔不已。"

我听到了杀气以及心跳的声音。

杀气是他的，心跳是我的。

"咚"一下，也不知道是触到了心上哪一根低沉的弦，震颤出了这样绵长的余韵。

明明是同一句话，一个字没改，连停顿的地方都没变过，但是从李怼怼嘴里说出来，和从东溪嘴里说出来，听在我耳朵里，却愣是变成了两种声音。

"喔……"

一个感叹词，出自三个人嘴里面。

将我从漫长的心跳回响中拉出。

我转头一看，李陪陪、于邵和小狼一起嗑着瓜子，一脸暧昧地盯着李怼怼，随即又把眼神转过来瞥我："嘿嘿。"他们三个仿佛连体婴一样，发出一模一样的意味深长的笑声。

我有点不自然地咳了一声。

那边的东溪也有点不自然地咳嗽了一声。

"你……是吸血鬼吧，知道你们吸协在重庆势力大，可你也别小看我们这些零散小族类，我告诉你，我可是有正经身份证明的非人类，你敢威胁我，我就去非委会投诉你。"

李怼怼转着手上的戒指："尽管来。"李怼怼不痛不痒地说着，"你的投诉能在非委会里走过第一道筛选，算我输。"

"你……到底是什么人？"

"处理投诉的人。"

虽然李怼怼现在西装革履，戴着金边眼镜，发型一丝不苟，仿佛是一个传统观念里的社会精英，但这妥妥的是个斯文败类啊！比起这身装扮，我觉得说这话的他更适合穿着人字拖叼根烟。

我转头问李陪陪："你们非人类委员会内部这么黑暗吗？李怼怼的一言堂？"

"你去过非委会啊。"李陪陪说，"你不知道李怼怼就爱骗人吗？非委会的投诉渠道都是直通国非委的，不经他这道手，他管不了。"

"我还以为你们吸协一手遮天了……"

"不过李怼怼在国非委有人。"

结果还是官官相护！

李怼怼在那方抱起了手，继续唬人："不过说到投诉，你这用自我能力非法尾随人类，窥探其隐私的行为，才应该被投诉吧。"李怼怼问他，"住哪儿？叫什么名字？以为是个影妖就可以在重庆地界为所欲为？"

东溪看着李怼怼拿出了那副例行公事查户口的主任模样，在这一瞬间莫名有点尿了起来："呃……我……住解放碑……"

李怼怼冷笑："住的地方倒是好，知道吸协在哪儿吧？"

"知道。"

"明天自己来报道领罪，量罪拘留，不来就给你发通缉令，自己掂量。"

东溪已经没有一开始来的那股气势了，懦懦地应了一声："好……"

"走吧。"

这事儿眼看着是在没有打架的情况下要解决了，李陪陪等人觉得无趣，正要转身离开，忽然间李怼怼又开了口。

"还有。"他一说话，东溪又转过了头来，"苏小信以前是不是你的人我懒得追究，她住进我这里开始，欠我钱开始，就是我的人，我需要她工作交租，你要是闹得她没法工作，还不了钱……"

李怼怼指尖金光一闪，我什么都没有看见，但却听到了"啪"一声鞭响，还有东溪影子旁边腾飞起来的尘土。

"我一定打死你。"

李怼怼说"打死你"这三个字的时候，本就深邃的五官在阳光下显得更加立体和阴沉。

东溪咽了一口口水，我也咽了一口口水，李陪陪他们也咽了一口口水。

我看了旁边躲着看热闹的几人一眼，连忙摆了摆手，小声说："咱们赶紧走吧，回去赚钱。"要不然……打死的可能就是我们了！

我们打算撤，但刚一转头，就看见万年不出门的老巫婆穿着浮夸的睡衣，敷着一脸绿色面膜趿着一双拖鞋，"嗒嗒"走来。

他远远看见了我们，立即招了招手大声说："哎，我说你们几个！"

他大声一喊，我们拼命地比画"嘘"已经没了用，我看见李怼怼已经转头望向了我们这边。

老巫婆还是丝毫无所觉，自顾自地大声说着："我觉得余美美出事啦，刚才一栋楼里谁都不在，你们平时关系那么好，都不去管管的吗？"

我们一听，通通都是一愣。

我问："美美出什么事了？"

"有个男的美人鱼啊，拿了把刀架着一个人类女孩在楼下喊余美美和他出去，余美美就这样和他走啦。"

男的……美人鱼？

谁？

第十七章 Chapter 17

阿许的选择

“小信！”

我就稍微大声地问了一句话，就被前男友发现了踪影。

前男友欲向我走来，李怼怼轻描淡写地斜了他一眼，他刚迈出来的脚步了一下，随即收了回去。

而此时的我也没有心思去关注他们那边的事情。我望着老巫婆，还想仔细问问美美被带走的事情，忽然兜里揣着的手机震动了起来。

我将手机拿出，看着屏幕上跳跃的“美美”的名字，一时有点愣神，我抬头望望大家，大家也都将目光放到了我的手机屏幕上。

“接电话。”李怼怼走到了我身后，没有追问我们为什么一大群人来看热闹，或许……他早就知道了我们在看热闹。李怼怼看着我的手机：“公放。”

我接了电话，点开扬声器。在场的人都屏住了呼吸，电话那头一开始果然也没有什么声音出现，只有踩在泥地里的脚步声，但这脚步声只有一道，另一道脚步声更像蛇在地上爬行的声音，拖拽着身体，不知往何方前进着。

“阿季，你到重庆不少时间了吧。”美美开了口，声音冷静且沉着，但我听到她叫出的这个名字，却很惊讶，阿季，双胞胎美人鱼中的哥哥，我看了一眼李怼怼，想问他这个美人鱼是怎么独自来到重庆的，但想起手机还在手中，又连忙将嘴捂住。

电话那头的美美接着说：“几个月前就看过你的照片。”

沉默持续了很久，伴随着没有前行的声音，一个极为沙哑难听的冷笑传了过来：“从那时起，你就开始害怕了吗？”

他的嗓音极致的难听，仿佛是被火钳烧坏了喉咙一样，每一个字都说得那么费力，还无比嘶哑。

美人鱼的声音，本该是世间最美丽的声音……那对被诅咒的海盗夫妇，在美美他们离开海岛之后，又对他做了什么，我不敢想象。

“我为什么要怕你？”

“呵呵呵……为什么要怕我？问得真好。”脚步声一停，那边一片寂静，隔了一会儿，阿季的声音宛如是从地狱里爬出来的怨鬼一样，一字一句道，“因为我是来带你们回去的啊。”

带你们回去……这几个字，简直比要喊打喊杀还要可怕……

美美强作镇定：“虽然不知道你是怎么离开的那里，但既然获得了自由，你为什么还要……”

“为什么？”阿季情绪有些激动了起来，“让我来告诉你为什么。”

一个重物落地的声音，隐约伴随着一个女孩子的闷哼和挣扎。

我抬头看了一眼老巫婆，老巫婆和我比画，小声说：“应该是他绑架的那个人类女孩。”

“阿季……”我不知道美美看见了什么，但是我从她的声音里听到了恐惧。

“你以为，他们会这么容易让我逃出来？”阿季沙哑地笑着，“他们研究了这么多年，终于研究出了一个办法，就在这里下刀，把我的心掏出来，给我下个诅咒，维系我的生命，然后把我的心捏在手里，不管我走多远，只要他们握紧我的心脏，我就还是会疼得像地上的虫子一样，扭曲。”

美美声音有些颤抖：“这么多年……”

“是啊，这么多年，在你们逃离的这么多年里，我还在岛上，求死不能。”

美美陷入了沉默。

隔了很久，那边再次响起了窸窸窣窣的声音。

美美说："我们的事，和这个人类没关系，你放了她吧，她是无辜的。"

"你让我放了她，是当真想救她，还是……害怕那家伙在做选择的时候，为了救她而放弃你。"阿季的声音仿佛来自美美的心底，"你不想尝到被放弃的滋味吧。"他笑着，"可我就想让你们都尝一尝。"

在我见过的美美回忆里，美美和阿许抛弃了阿季，选择携手逃跑，虽然最后也没能有个好结果，但至少他们从那海盗夫妇手中逃了出来，而阿季被留下了。

直到现在……他终于找来了。

"你来晚了，我已经尝过了。"美美顿了顿，问出关键的问题，"你想把我带去哪儿？"

我们屏住呼吸等待答案，但阿季只是笑笑。

"我不管带你去哪儿，他都能找到，你不用知道。"

阿季话音一落，只听"砰"一声轻响，然后一连串杂音，像手机被人打到地上翻滚的声音，再接着，就是渐行渐远的脚步声，最后连无意义的噪声也没有了。

美美那边没有挂断电话，但在听了很久也没声音之后，我抬头看李怼怼，李怼怼点点头，我才挂断了电话。

"现在怎么办？"我问，"你们非人类遇到绑架一般怎么解决的？"

"想办法解决。"李怼怼说，"去找那厨子，这人的目标是他和美美，现在抓到了美美，自然会去找那厨子，就算不找，他也说了，那厨子会去找他。"

我想起来了，曾在美美的梦里见到过，这对人鱼双胞胎可以感知彼此方向所在。

"那我们赶紧去日料店，按以前美美和我说的厨师长上班时间，那个阿许现在应该还在上班。"

李怼怼斜了我一眼："你去干什么？"

"去帮忙把美美救回来啊！"

"你能帮什么忙？"

李怼怼一句话把我怼了回来。我正哑言之际，李怼怼身后远远地传来一句："我的小信怎么就不能去帮忙了！你不要瞧不起我的女人……"

啊……差点忘了……我前男友还在这里……只是，他话音未落，只听"啪"一声恶狠狠的鞭响。

李怼怼微微侧过头去："我之前说什么了？"

前男友咽了口口水，没再多言。但又有点不甘心，没有立即转身离开。

我揉了揉眉心，之前牵过手的人现在㞞成这样，我还是觉得有点尴尬，而我的情绪好像并不太重要，李怼怼没有在意我，回过头来开始吩咐众人："你，"他指着卫无常，"把她送回去。"他的手指挪到了我身上。

卫无常很认可他的意见，点点头，看我表情有些不情愿，于是转而劝说我："苏姑娘，房东大人说得有道理，你还是先随我回去，等他们的消息比较妥当。"

"就是，你回去等消息，我还不相信，凭咱们几个，还能让那个美人鱼得逞了，以后咱们在道上还混不混了。"李陪陪也开始赶我走，转头李怼怼的手指也挪到了李陪陪身上。

"你也回去。"

"为什么？"

"碍事。"

"我……"

根本不给她反驳的机会，李怼怼的手指就挪到了小狼身上："你回去。"他最后点了于邵一下，"你跟我走。"

小狼在李怼怼面前从来都只有认㞞的分，一句抵抗也没有，老实地点了一连串头："好，我这就回去。"

于邵到底是撩妹一把好手，看李陪陪表情有点不开心，在兜里掏了掏，拿出一个U盘模样的东西递给李陪陪："拿着这个。"

我凑过去看："这是什么？"

"实时转播的东西。"于邵说，"回去插在电脑上，就能在电脑屏幕上看到我眼睛里看到的东西，实时转播，没有延迟，还可以给我发弹幕。看到好看的东西，还可以通过屏幕右上角二维码给我支付宝转账，就是不能和我直接交流，有点麻烦。"

我："这是人肉版的直播软件吗？"

"可以这样说吧。"于邵笑笑，"家里一个小辈老是吼着说什么科学改变生活，让咱们赶尸也要信息化，所以爱瞎鼓捣这些东西，平时没机会用上，今天你们想看不能去，就拿这东西玩着吧。"

李陪陪收了U盘："你们这小辈有点意思，下次叫他来重庆玩啊，请他吃火锅。"

"嗯。"于邵刚把这话应下，李怼怼已经在地上画好了阵法。

"走了。"李怼怼站在阵法中，阵法微微散发着光芒，照得他浑身发亮。

于邵蹦蹦跳跳地跑进去，对我挥了挥手，"好好在公寓里待着啊，别被你那前男友拐走了，李怼怼给你留这么多人就是为了保护你，你可自己别掉链子。"

我一愣，看着李怼怼，但李怼怼并不看我，他横了于邵一眼，表情非常的冷淡："废话这么多？"

于邵"嘿嘿"一笑，适时阵法光芒大作，两人在林间瞬间消失了身影。

李陪陪发出长长的一声"哦"。她手肘拐了我一下："我原谅李怼怼了。原来他心里还有这些小九九啊。"

我清咳一声："于邵打趣李怼怼的话你也信。"我转头看了前男友一眼，"你也赶紧走吧，以后别跟着我了。"

东溪看着我，目光可以说是带着十分的伤痛和真挚："不，小信，你不懂我对你的坚持……"

是的，我不懂。

于是我没再搭理他，转身就走。

李陪陪在我身后威胁他：“敢跟上来就打死你。”

我们回了公寓，东溪也果然没有再跟上来，只是所有人都挤到了我的房间，为了画画，我房间的电脑屏幕是最大的。他们……都是来看美美故事的后续发展的……包括老巫婆和卫无常。

我问老巫婆：“我以为你除了自己的脸，对世上的事都漠不关心。”

老巫婆头上戴着绑发带，抹着一脸增光提亮的护肤品说：“我喜欢在护肤的时候追剧。”

这大结局你可等了好多年了吧……

我撇了撇嘴，又看向站在后背另一边的卫无常。

我动了动嘴角，不忍心戳破这个大将军难能可贵的八卦心。

我插上 U 盘，没有一会儿，电脑屏幕里便出现了一片树林，也不知道是在哪个地方。通过于邵的小孩视角，我看到了李怼怼被拉长了两倍的腿，还有另一边的主厨阿许。就我们刚回来的这一段路，李怼怼和于邵就已经找到了他。

阿许此时正在说着：“我早就知道美美是谁，也早就回忆起一切了。只是现在让我选择，我没办法选择美美。”

李怼怼问他：“你说的是哪个美美？”

“和我一起在海岛上，经历过那么多折磨的，带我逃离那噩梦一样地方的美美。”阿许说，“我现在不是以前的阿许，也不属于以前的美美了。”

我听到这样的话，只在这一瞬间感谢还好美美此时听不到，但又忽然心疼，之后，她总该听到，或者说……她可能早就已经听过了。

李怼怼怕不是身上有什么超能力叫作“电影电视剧常用梗在我身上不管用”吧！

以前我就有过这样的想法，只是没有这一次这么直观，好好的一个绑架案，满满的危机感，放在阿许和美美面前明明是一出左右为难的生死抉择，但因为有了李怼怼的参与……

阿季很快就被制服了。

我通过于邵的眼睛在屏幕上看见，阿季把余美美和人类美美绑在树上，他让阿许来选，阿许要救谁他就放了谁，另一个杀掉。但还没有让阿许选择，李怼怼一鞭子抽过去，绑住阿季，直接将阿季从两个美美之间拖到了他自己脚下，他那锃亮的皮鞋踩在阿季胳膊上，皮鞋与裤子之间，是深灰色的纯棉袜子，一点褶皱也没有。

阿季被踩在地上，挣脱不得。

“没人和你说吗？”李怼怼对阿季说，“在我的辖区，不要搞事。”

一场本来会很纠结的大戏，就这样火速完结了。

不知道为什么很兴奋的于邵还在用体育主播的激动情绪介绍着：“看见了吗？这就是传说中的李怼怼的法器穿心刺，以金鞭的形态存在，制人于无形之中，一旦被他的法器绑住，哪怕是世非联的那几个怪物长老，怕是都没法挣脱！”

我有些沉默。身后等着看戏的“观众”也很沉默。

“你们怎么都不给点弹幕呢？”

“关了吧。”老巫婆说，“真没劲。”

我没有关，因为这个时候我通过于邵的余光看见旁边的阿许向两个美美跑了过去。

他解开了人类美美的绳索。

余美美被吊在树上，静静地看着阿许，看他给人类美美解开绳索，心疼地抱住昏迷的人类美美。余美美笑了。

隔了一会儿，阿许才往旁边看了一眼，这时他才恍然记起似的，站起来，想要将美美从树上解救下来。

“李怼怼。”美美开口，呼唤李怼怼，“把我放下来吧。”

阿许在美美面前停住了动作。

李怼怼往旁边看了一眼，于邵立即蹦跶了过去：“我来我来。”他就地一蹬，兔子一样蹿上树梢，将美美绳子解开的一瞬间，他又蹦到了地上，一双小胳膊小腿，但是在接住余美美的时候却很轻柔。

"美人鱼，你没伤到哪儿吧？"

美美被放到地上，她摇摇头，自己站起身来，解开缠在手臂上的绳索。她一转头，和阿许对视，两人都是沉默。阿季此时却在地上笑了起来。

"阿许，你对我无情，却对女人，很多情啊。"

阿许垂着头，默默握紧了拳头："哥，美……余美美，是我对不住你们。她……"他往旁边看了一眼，"十多年前，我被海浪卷走，本以为自己要葬身海底，但没想到被浪拍到了海岸边上，那时她还是个小孩，她在海边救了我。我当时什么都记不得，就这样在她的照顾下慢慢好起来，之后也就这样像普通人一样生活着，直到……"他看了一眼余美美，"那天听到你的歌声之后，才慢慢回忆起来一些曾经往事。"

他有些懊悔地紧闭着眼。

"从那之后我开始做梦，整夜的噩梦，让我分不清什么是过去，什么是现在，我不知道该怎么做……我……我困惑了很久，也迷失了很久，我放不下，也割不断，所以我没拒绝你，也不能和她说明白。"阿许的困扰和纠结写在脸上，但在他说出下一句话之后，他却忽然坚定了。

"可是我的犹豫不决伤害了她。"他转头看地上的人类美美，眼神一瞬间就温柔了，"她知道我和别人不一样，但是我从来没和她说过我以前的事，所以这一次，她没有想太多，她看见我和你的聊天记录，有了普通人类女孩该有的猜测，她愤怒，她不甘，她……哭了。"

"在那个时候，我就做下决定了。"

阿许再次抬头，看向余美美，屏幕里，于邵这个镜头给得有点远，不是特写，所以我看不见他眼里的波光，但我看见了他脸上的歉疚与释然。

"抱歉，余美美。抱歉，过去与你经历了这么多磨难，却没办法再和你牵一次手。"

于邵看向美美，我们看着屏幕，也看向了美美，美美经过了几个月的减肥，瘦了不少，但还是有点双下巴，或许是脸上有些肉，所以遮住了她的情绪。

“有什么好抱歉的。”美美说，“时间总会逼着你做一些选择，有的能抗拒，有的，凭这血肉之身，怎么抵御？带她走吧。”美美站在阿许面前，背脊挺直，“带她去医院检查下，她一直没醒呢。”

事后几个月，美美和我说，她怎么都没想到，和阿许当面说的最后一句话，竟然会是这一句。

这么平淡无奇，这么事不关己，像对一个擦肩而过的陌生人的善意提醒。

阿许因为她的提醒，转身离开了。

美美转头看阿季：“剩下的事，我们自己解决吧。”

于邵一边在旁边画法阵，一边问：“你打算怎么解决？”

屏幕里，变成了于邵看着的地面，他一笔一画地画着法阵，美美的声音从画外传来：“带回居民楼。”

“不行。送到吸协，他是通缉犯。”

“他不能被关起来，至少现在不行。真正该被关起来接受处罚的，现在还在天边逍遥，我需要他。”

于邵转头看几人，屏幕里，阿季正盯着美美。

李怼怼也在沉默地思量。

美美沉着冷静地开口：“海岛上有不少那俩夫妇屯了多年的宝贝，你要是这次帮我，我就不用欠你房租了。”

李怼怼眉毛一挑。

于邵适时插话进来：“去哪儿？”

他们等着李怼怼的回答，而我默默地走到旁边去倒了杯水喝，心里琢磨着，谈及房租，还用问吗，当然是……

“吸协。”

我一口水差点没吐出来，李怼怼居然拒绝了金钱的诱惑！？

我立马跑到屏幕边上，看见李怼怼带着阿季走进了法阵里，和于邵吩咐：“去吸协。”

于邵看着余美美，无奈地耸了下肩："你跟我们走吧，把他送进吸协关起来后，咱们直接回去。"

余美美没有动，她站在法阵外，静静地看着阿季。两人相视无言。

李怼怼没什么情绪波动，吩咐道："走。"

于邵看美美没有要走进阵法的意思，无奈地叹了一声气，阵法大亮，他们带着阿季来到了磁器口的破房子外，而美美那边的动静我们则看不到了。

"把你的直播关了。"李怼怼一声令下，电脑屏幕瞬间黑暗下来。

李怼怼显然是不想让咱们看见阿季被关去了什么地方。

房间一时陷入了沉默。老巫婆拍拍自己的脸："没别的事，我回去睡觉了。"

他离开了，房间剩下我、陪陪、小狼还有卫无常四人。

我们互相看了彼此一眼。

最后还是李陪陪忍不住开了口："我觉得要帮美美，那两个海盗太坏了，早就该受到处罚，好不容易这个美人鱼找来了，能通过他找到两个海盗所在的地方，咱们应该去啊，伸张正义。"

卫无常难得同意陪陪的观点，点了点头："言之有理。"

小狼："我……我也觉得该去，但是房东大人这样做……明显就是不想让咱们插手啊……"

"李怼怼冷血无情，对于不是犯在自己辖区上的事漠不关心，咱们不能学他。"陪陪盯着我，"小信，你觉得呢？"

我也跟着点头："不说别的，阿季的心脏还被那两个海盗捏在手里呢，想想这事儿里面，他也是无辜，他要是不回去，那两个海盗折磨他，他多痛苦。"

"好，那就这么说定了。"

陪陪忽然拍了板。

我看着她拍板，有一丝的蒙圈："说定了什么？"

"明天早上，吸协休息，我日闯吸协，趁他们睡觉，把那个美人鱼带出来，让他带我们去找海岛。咱们给美美报仇去。"

我皱眉："闯吸协？你这样不会受什么处分吧？李怼怼这么好对付？"

"处分不怕，有的事不违法也不能做，有的事违法也要做，现在这事，就是违法也要做的事。"李陪陪坚定地说出这一句话，让我一瞬间对她不知道该用什么样的眼光去看，她盯着我，"而至于李怼怼，这就要靠你了。"

"我？"

李陪陪拍了拍我的肩，一脸严肃而郑重地交代我："明天早上，你就牺牲一下色相，去勾引勾引李怼怼吧。"

我："啊？"

李陪陪刚才说……要我……干啥？

她让我……勾引……勾引……谁？

第十八章 Chapter 18

论如何勾引怼王李

我去百度了一下，怎么勾引人。

百度告诉我，第一，要引起那个人的注意。

我想了想，觉得这个应该没什么问题，他就住一楼，我想引起他的注意，去敲敲门就好了。

第二，要主动投怀送抱。

这对我来说就有点难度了。

上次被前男友的微博私信吓到，我去找李怼怼，还什么都没做呢，那讨厌的黑狗就说我投怀送抱，满满的嫌弃。我要是真投了什么送了什么，还不得被黑狗先嫌弃到尘埃里。

我掂量着，拉下去看了第三点--要搔首弄姿，把语气变得性感，或者有意无意撩头发或者用手指划自己的脖颈。

噫……

第四，要说一些敏感的话题，或者邀请他到住处。

嗯……

写这些东西的人真的很有心机呢……

我沉思了片刻，大概拟定了作战方案。

第二天一大早，在吸血鬼们的休息时间，陪陪带着美美和卫无常离开了，打算日闯吸协，带走阿季。

小狼临时尿了，不敢去，说留在居民楼里做我的后援，我要是有什么搞不定的，他就用武力拦住李怼怼，反正今天就是不让李怼怼去吸协。但我想，小狼都怕李怼怼怕得连跟着陪陪他们去闯吸协都不敢，之后要真出什么幺蛾子，他还敢用武力拦住李怼怼？怕是比我先跪下。

我决定让他带走于邵，把于邵带到街上看漂亮小姐姐，这样李怼怼的势力里就减少了一个人，其他人平时也不怎么出门，这样，就算我勾引李怼怼出什么差错……也不至太丢人。

美美临走时和我说，吸协要是出事，他们联系李怼怼肯定会先打他的电话，李怼怼在紧急情况下会用阵法直接进入吸协内部，所以我要做的，就是今天早上不让李怼怼碰手机。

等吸协发现人被带走，再从吸协找到这居民楼来，至少也得半个小时到一个小时，这些时间，足够陪陪他们带着阿季跑老远了。

想到只用耽误一上午的时间，我有点小窃喜。

一大早，我出门买了些食材，提回来，给自己找了一个能见李怼怼的由头。

然后我就在他屋子外面蹲着，不敢打扰他睡觉，巴不得这一早上他就这样睡过去，什么电话都叫不醒，但李怼怼到底是醒了，老居民楼的隔音不好，我听到他屋里手机响，然后我开始疯狂地敲门，试图用敲门声压住电话铃声。

我砸门的动静太大，李怼怼没一会儿就过来开了门，穿着一身睡衣，带着一丝初醒的迷茫和懵懂，头发乱糟糟地在头上飞舞，一副睡梦中被人砸醒的状态。但是他的声音还是带着他骨子里的自信与沉稳："怎么了？"

我垂下眼眸看了眼他手中的手机，手机还在响，手机屏幕还亮着，但是……却是闹钟的画面……

闹钟？

不是电话！？

一瞬间，我万分懊悔自己锤门的举动，早知道是闹钟，我就不砸门了，这下彻底将人砸清醒了，也不知道李陪陪那边是什么状况，有没有去吸协……万一我的举动引起了李怼怼的怀疑……那我岂不是……当了一波猪队友的典范？

“我……”我哑言半天，“今天想请你吃火锅。”

李怼怼开门时的懵懂、迷茫还有那一丝半点的关切以及在他心中仅有的人性关怀，在这一瞬间，都凉了、褪去了、消逝了……

“就这事？”

如果语言有温度，他现在大概是零下2-3摄氏度。

我把手里的食材递上前做抵挡寒风的盾牌：“那啥……谢、谢谢你昨天帮我解决了前男友的事情。”

闹钟在我们之间聒噪地响着，李怼怼眯着眼睛盯着我，打量我，然后看了眼外面的天色，又看向我，他掐掉闹钟，抱起了手，一副即将开始战斗的姿势。

“吃火锅，大早上？当早饭？”他后面的话我没说，但我从他眼睛里面看出来了——你怕不是个傻的吧？

我清咳一声，伸出去的手有点累了，我将手收回来：“你们吸血鬼不是昼夜颠倒的生活嘛，我们的早上不就等于你的晚上吗？我是请你吃消夜。”

“不吃，拿走。”

李怼怼一转身，抓着门就要关，我连忙伸脚把门抵住。

不能走！要是给他时间琢磨一下，我这可疑的行径一定会惹他怀疑的！绝对不能放他走！

我当机立断，脑海里面默念勾引的秘诀——说话性感，要撩头发，搔首弄姿。

我往门口一倒，靠在墙上，挠了挠脖子，望着李怼怼。

“怼怼……”

我用我能想到的最委婉语气开了口，李怼怼转过身来对我就是一顿喷：“你吃什么噎着了？”

他开口说了一句话，我就忍不住站直了身体：“没有啊……”

“你脖子被虫咬了吗？皮都挠红了，到底在挠什么？”

我有些尴尬地放下了挠脖子绕头发的手，咳了一声，想捞回一丝尊严：“那个……是有点痒……”

“湿疹皮炎别来敲我的门，黑狗最近抵抗力弱，别给它惹上猫藓。”他斜了我一眼，“给它治病比你贵。”

我……

一口老血被怼到喉头，吐不出来也咽不进去。现在李怼怼第一个问题我大概能给他回答了，对呀，我噎着了，吃了他的一波全额输出，都快噎死我了！

在我还没缓过气来的时候。黑狗突然从里面冲出来一爪子挠在我的小腿骨上，我下意识地收回脚，黑狗又灵动地跳回了屋子里：“斗是，脏兮兮的，不准进来，个人爬，莫挨我。（就是，脏兮兮的，不准进来，自己滚，别碰我。）”

我刚想对黑狗发脾气。

“嘭”一声，李怼怼的门关上了。

我提着一包食材，站在门口，有一丝丝的庆幸。还好……还好其他人都不在，我这个脸，丢得也不算特别难堪……

但是转念一想，不行啊！我还是得把李怼怼敲出来接着勾引啊，不然得坏陪陪他们的事儿啊！

我咬牙，刚想再敲一次门，但是在我刚抬起手的时候，李怼怼的门缝又轻轻地“嘎哒”一声打开了。

李怼怼将门缝慢慢推大，这一次他戴上了他的金边眼镜，他好整以暇地看着我，推了一下眼镜框，仿佛是高中学校里最严苛的教导主任：“刚才忘戴眼镜，没看清楚，苏小信，你把你做贼的表情，再演一遍。”

戴上眼镜的李怼怼，瞬间攻击力又上了一个 Level，但现在这样的状况又容不得我逃跑。

我只有硬着头皮看着他，听他说：“说吧，大清早来找我，到底是为了什么？”

“因为……”我张了张嘴，算了！拼了！今天这脸我不要了！

"因为，我想勾引你。"

我说出这一句话后，李怼怼抱在胸前，象征着距离与疏远的手微微一松，他的金边眼镜在鼻梁上微微下滑了两毫米，而他纤长的手指却没有及时将滑下来的眼镜推上去。

他看着我，漂亮的眼睛与我四目相对，静谧的空间里，我听到了他屋里时钟滴答的声音。

此时此刻，他怎么想，我不知道，我只是满心希望着，我在这边经过的每分每秒，最好都变成陪陪他们那边的一长段时间。

秒针大约滴答了十次，很可惜，陪陪那边的时间也并没有因我的期待而变长，但是李怼怼的反应却来得比我想象中，更舒缓一些。

"苏小信。"

他没有立即将我怼回来，而是唤了一声我的名字，又问："你想……勾引我？"

我不管了！

"对，我想勾引你。"

李怼怼忽然上前一步，这一步，让他跨过了门槛，我与他之间，不管是空间距离还是心理上的距离瞬间被迫逼近。李怼怼的身高带给我莫名的压迫感，我下意识地往后退了一步。

"你知道你在说什么吗？"他说话不快，吐字很清晰，但气势却很压人，他一步步靠近我。

"我……"在他的压迫下，我说不出一句完整的话来，只知道一步步地后退。

"你知道什么叫勾引？"

我退到卫无常的房门上，卫无常和李陪陪一起去吸协了，现在并不在家中。房门不会开，我却退无可退。

"你知道勾引一只吸血鬼的人类，会有怎样的下场吗？"

忽然之间，"嘭"一声，李怼怼的右手撑到我的耳边，我浑身一抖。抬头，看见了李怼怼和平时完全不一样的阴鸷眼神隐藏在金边眼镜之后，仿佛是天上猎鹰盯住了猎物，带着凛冽的杀意。

“你知道你我的差别吗？”

他在生气。

因为我说我要勾引他，而生气。

他认为我……越界了。

他微微一张嘴，我惊愕地看见他嘴里的两个犬齿慢慢长长，在他张嘴的时候，微微露在下唇外面，牙齿尖锐，仿佛针尖，令人望而生畏。我有点……被这样的李怼怼吓到了……

现在的他和传说故事中说的吸血鬼一模一样。他把獠牙放在了我的颈边，我屏住呼吸连气也不敢喘一口。

“我和你说过多少次了，猎物。”

这是我第一次，在这居民楼里，真真切切感受到了，这个非人类，是真的要杀我。

而我的生死，不由自己，全由他。

我知道李怼怼是希望我和他保持距离的。

不管是身体上还是心理上，所以这是我第一次在他主动的情况下与他靠得这么近，也是第一次……在他主动的情况下，感受到他把我的灵魂推得那么远。

我呆呆地看着他，几乎看成了对眼，而就在这时，楼上陡然传来一阵无比扎实又十分急促的脚步声。

我侧着眼睛一看，李陪陪那只巨型阿拉斯加莽子仿佛是出栏的野猪，它甩着舌头，滴答着口水，一脸兴奋地从楼道上狂野的奔腾下来，宛如一阵山洪暴发。

在看到李怼怼“壁咚”我时，我很确信地在它眼中看到一抹名叫“我也要玩”的光。

它一个飞身扑下，在李怼怼即将转头去看它的时候，莽子两只爪子已经摁在了李怼怼的背上，李怼怼往前一扑，那白森森的牙直接扎了我的脑门。

“啊！”我一声痛呼。

“汪！”莽子兴奋地叫着，它的爪子从李怼怼后背放了下去，在地上来回踏着，鸡毛掸子一样的尾巴甩得“呼呼”作响。

我捂着额头，垂头没有说话。

李怼怼捂着牙，也没有说话。

场面一时非常的沉默。

直到黑狗从李怼怼屋子里冲了出来，对着莽子就是一顿挠：“勒个批哈狗，你龟儿现在冲下来干撒子！我弄死你，扑也不扑准点儿！（这条傻狗，你现在跑下来做什么，我弄死你，扑也没扑准一些。）”

莽子没有黑狗动作快，挨了一顿打，转头去咬黑狗，又被黑狗骑在背上打了一顿。它还不生气，以为黑狗在跟它玩，欢乐地甩着尾巴转圈圈。

我看着这条傻狗，觉得头更疼了一些。

李怼怼捂着牙在片刻的静默后，看了楼道一眼，没有听到一丁点平时李陪陪找狗的声音，然后他目光一斜，盯着我：“李陪陪呢？”

我听到这句话，头疼得快要炸裂了。

我觉得这事儿我兜不住了，现在我是投怀送抱也送了，拼命勾引也勾引了，连血都献了，但没办法挡住就是没办法挡住。我转身，扶着墙，开始往楼上走，试图逃离攻击范围。

但是刚上了两级阶梯，只觉得腰间一凉，金色的鞭子卷着我的腰直接将我拖了回去，力道之大，根本没有让我挣扎的余地。

李怼怼指尖戒指上冒出的金色光鞭缠绕着我的腰，将我举在半空中。

我难得居高临下地看着李怼怼，但是高度的优势，并不能让我在气势上压倒他。

“苏小信，我看你最近不止脸圆了，胆怕是也肥了不少。”

我的脸并没有圆，只是肚子长了一点肉！

可我不敢反驳，我只有咬着牙，说：“我什么都不知道。”

我话音刚落，李怼怼手里的手机就响了起来。这次是电话铃声。

今天真是什么都赶巧了。

“喂。”李怼怼冷声接了电话，然后眼皮一抬，冷眉冷眼地瞅着我，虽然盯着我，但是他却没有跟我说话：“黑狗，画阵法，去吸协。”

“要得。”黑狗应了，一反身从莽子身上跳了下去，双腿将莽子一蹬，把莽子踹开了一些，黑狗爪子在地上旋转，用猫科动物特有的优雅，画好了一个阵法。

我看得目瞪口呆，猫都会画阵法，我这个人类有什么用？

黑狗阵法一画好它就跳了出去，李怼怼往阵法里一站，金色鞭子也将我拉拽到阵法里。

“我觉得我没必要去吸协。”我有些颤抖，“我可以回去画漫画，赚赚钱来弥补过错……”

李怼怼不理我，静静等着阵法启动。

我不肯放弃，再接再厉：“你刚刚不是讨厌我勾引你吗？现在你知道了我并不是真心实意地想勾引你，你应该感到开心啊！不如趁着这点开心……放了我……”

李怼怼眼神凉凉地看着我。我被他看得有点发虚。

怎么这个吸血鬼，我说啥他都一脸不高兴……

地上阵法大亮，我做最后的挣扎：“怼爷……”

李怼怼终于开口了：“敢去吸协抢人。你还想在家画画？主犯从犯通通关禁闭。”李怼怼声音冷冷的，他瞥了我一眼，我只觉冷刃扎心，“一个都别想跑。”

阵法的光芒瞬间大作，配着李怼怼这话，我和他瞬间被传送到了吸协。

来到吸协，李怼怼的金鞭还是缠着我，我像气球一样被他拎在半空中。

之前我见过的吸协办公室小妹已经等在了传送口处，表情并无我想象中的焦急，她很淡定地吃着手里的袋装麻花，看了看被迫飘在空中的我，又看了看还穿着睡衣的李怼怼，那双可爱的眼睛中闪过一丝名为“八卦”的精光。

李怼怼问：“人呢？”

"在下面僵持着呢，主任，这不是你邻居吗？主任，你怎么……"

这姑娘的话还没说完，我只觉得面前一阵风过，再一转眼，我只匆匆看到了一个"拘留室"的牌子，就被拉了进去。

里面的情况我简单介绍一下……

是一个铁栅栏，栅栏有个门，门打开了，李陪陪和卫无常在外面，堵着吸协的工作人员门，余美美和阿季在里面，美美在地上画着阵法。

李怼怼闯进来的时候"嘭"一声踹开了拘留室的大门，像一声比赛开始的号令，整个屋子的人都转过头来，看了一眼睡衣李怼怼……以及气球一样飘在空中，犹如观赏物的我……

我听到了一声绝对不是错觉的，低低的一声"哟……"。

但此时，作为熟人的作案人员却全然没有发现我窘迫的境地，他们只忙于自己的事，李陪陪大喊："快点！李怼怼来了！"

余美美蹲在地上也在喊："别催！"

卫无常作为一个上过战场的将军，此时是唯一一个有担当且沉稳的一个，他沉默地看着李怼怼。

我心里还想着，千年僵尸王和老不死吸血鬼的战役是不是又要打开的时候，李怼怼打了个响指："摁住他俩，死活不论，不用顾忌李陪陪。"

话音一落，整个房间的工作人员听从指令，直接向卫无常和李陪陪扑了过去……

搞半天……

没动手，是因为顾忌关系户啊……

李陪陪与卫无常瞬间埋没在了一群吸血鬼之中。

而这时余美美的阵法已经画好，她带着阿季站在了阵法之中。

"想走？"李怼怼催动戒指，金鞭一挥……但因为我一路以来的安静如鸡，让他似乎忘了……我还被他的金鞭绑着呢……

于是，在他鞭子一挥时，我顺着鞭子的力量，猛地被甩向了余美美。

我被甩出去的瞬间，李怼怼陡然觉得不对，想要收回来，但已经晚了，我作为一个有点重量的物体，被甩向余美美，到了余美美身边，我便如同一个秤砣，我拉拽着金鞭，金鞭拉拽着李怼怼，李怼怼扑了过来，我们俩连带余美美和阿季……一起……进入了阵法之中。

阵法金光大作……

蓝天白云出现在了我的眼前……

第十九章 Chapter 19

这一次，带我走吧

不是我多心，我看李怼怼是真的想杀了我。

现在，沙滩之上，蓝天白云之下，李怼怼揉着太阳穴站了起来，他看着我。我有些尿。美美挡在我和李怼怼之间："你别拿这眼神盯着小信，是你自己把她甩过来的，不怪她。"

"不怪她？"李怼怼一身睡衣沾了沙，仿佛弄得他非常不爽，他强忍着情绪，拍了拍衣服，"你替她死？"他似乎想起了什么，一抬眼眸，推了下眼镜，"你也是主谋，不用替她死了，一起吧。"

大概是出于本能上对房东的恐惧，刚硬的美美也咽了口口水，微微后退一步。

"啊哈哈哈……余美美！"

"真的带回来了。哈哈哈……"

两道猖狂的声音从离沙滩不远的椰林里传了出来。我一转头，看见一个身材壮硕满脸黝黑而衣衫褴褛的女人，率先从椰林里走了出来，在她身后跟着的是一个同样衣衫褴褛的男人，而只是这个男人……没有脑袋，他的脑袋，被他自己抱在怀里。

即便隔得那么远，我也已经闻到了他们身上难以遮掩的酸臭与腐坏的味道。

看见两人，美美周身的气氛立即变了，旁边的阿季站了起来，目光阴鸷地盯着两人。

李怼怼正在气头上，此时被打扰，火气更上一层楼，他一转头，一阵风过，吹动他额上细碎的头发，阳光照射间，让他过于苍白的面容显得寒气森森。

“哟，还带了救兵？”女海盗怪笑两声，“这岛上是我们的地盘，你带谁来也没用。”

她说着，忽然间我觉得脚下沙地一晃，我正要垂头一看，李怼怼一把将我拽到一旁，就在这一瞬间一柄锈刀自沙地之中蹿出，几乎贴着我的脸蹿向空中，然后在空中一转，回到女海盗手中。

女海盗一手握着刀，一手拽着刀柄上绑着的铁链，厚重的刀与链条，让她看起来还是西方奇幻故事里的那些海盗，壮实，肮脏，又邪恶。

尽管先前我怕李怼怼怕得不行，但换了一个环境，现在被李怼怼拽着手腕，我却觉得有种莫名的安全感。

“躲得到挺快。”女海盗夸赞了李怼怼一句。

我另一只手拽上李怼怼的睡衣袖子，跟他说：“李怼怼，上，让她看看你的厉害。”虽然有些不适时宜，但我真的觉得此时的我有点像躲在巨型猫科动物背后，让他帮我出去咬人的驯兽师。

李怼怼转头瞥了我一眼，半带嫌弃地将我的手从他袖子上撸下去：“厉害？我看你们就挺厉害，勇闯吸协，救人逃跑，厉害得不行。”

猫科毕竟是猫科……没有犬科那么好使唤，我有点尴尬，问李怼怼：“邻居一场，你就见死不救吗？”

“那要先死一个再说。”

“……”

女海盗抡起手中大刀：“擅闯者，都得死！”她一声大喝，大刀向我甩来。

为什么总是欺负我！？

我往李怼怼身后躲，而正在这时，美美倏尔挡在我与李怼怼面前，手一抬，凝气于手，抗住女海盗的大刀：“你们谁都别插手，这是我自己的恩怨。”

美美背对着我们，头也没转，但我仿佛能从她的声音中看到此时的她，眼神会有多么坚决。

她拉拽铁链，与女海盗角力，脚在细软的沙滩上一蹬，跃上空中，挥拳向女海盗杀去。

我在老旧公寓待了这么久，对美美的印象一直是一个爱吃、慵懒的胖姑娘，及至此时此刻，我才看到了她内心深处，身为一个非人类的嗜血与凶蛮。

她与女海盗战在一堆，我心里看得着急，往旁边一瞅，阿季却没有动手，他脸色有些难看，却一声不吭地站在旁边，另一方男海盗发出冷冷的笑声，难听又刺耳。

我往男海盗那方一看，只见那个没有脑袋的身体，一只手抱着自己的脑袋，一只手握着一个红色的肉块。

我定睛一看，那竟然是个心脏！

是阿季的心脏！

男海盗那粗糙的手一松一紧地握捏着那心脏，阿季额上冷汗直流，但是他一直抿紧嘴唇，一声不吭，仿佛心脏被人握紧的疼痛根本不算什么一样。他看也没看那男海盗一眼，只盯着美美的背影。

我想，他是怕自己只要痛呼出声，显露一星半点的脆弱，美美就再也没办法全力应付那女海盗。

我觉得，作为一个有良知的人，我应该帮一帮阿季，但是作为一个普通的人，我更应该机智地帮一帮他们。

我往旁边看了一圈，除了我身边这个李怼怼，好像没有别的办法可以帮他们了。于是我站在李怼怼身后，从地上捡起了一块蚌，用尽全力往男海盗的脑袋砸去。

我眼睁睁地看着这一块蚌向那男海盗腰间的脑袋上砸去，却不想在空中忽然微微拐了个弯，砸向男海盗另一只握着心脏的手。

男海盗握着心脏的手臂如遭重创，将那心脏和他自己的脑袋一丢，捂住手臂，后退两步，摔倒在地，在沙地上疼得滚来滚去。

我觉得奇怪，我扔的这块蚌至多三五斤重，哪怕我这一瞬间爆发出了平时不可能爆发的力量，那也不能把这皮糙肉厚的海盗砸得在地上滚这种程度吧。

活似将他的手砸断了一样。

我从李怼怼身后探出头，微微往上一望，打量李怼怼。

他的金边眼镜在眼光下反射出刺目的光，表情冷漠，宛如面前什么都没有发生。

但平时如果看见我把人砸成这样，他怎么会什么都表情都没有。

我撇撇嘴，没有戳穿李怼怼这种口是心非的别扭。

男海盗的身体疼得在地上滚来滚去，男海盗的脑袋在地上怒斥："把那心脏捡起来！蠢东西！把心脏捡起来！"他的身体扭动着要爬起来，而正在这时阿季忽然向前扑来，一把握住自己的心脏。

男海盗大惊失色："给我按住他！反了他了这个畜生！"

男海盗的身体站了起来，要去抓阿季，我捡起地上的贝壳，不管大小，接二连三地往那人身上砸去。

我站在李怼怼的身后，从我手中扔出去的贝壳无一例外地全部打在了那男海盗的身上，像机关枪的子弹，将那海盗一阵"突突突"，让他完全没有办法靠近阿季。

我丢得尽兴，觉得自己从来没有像现在这样身手高强过，一个重重的蚌壳砸过去，将那身体砸倒在地，我直接跳了起来，欢呼着抱上了李怼怼的胳膊："我好厉害！"

我欢呼雀跃地跳了一会儿，一站在地上，稳住身子，没再晃动的目光，这才将李怼怼看清楚，我以为他会斥我，或许是让我滚开，或许是让我别碰他，但是没有，他静静地看着我，海岛阳光倾洒下，仿佛还有一瞬间的温柔。

而这一瞬间的温柔，仿佛穿过层层雾霭，击中我的灵魂。

"李……"

我想叫他的名字，却仿佛在开口的这一瞬间，也唤醒了他的灵魂一样，他一眨眼，眼中所有情绪散去，恢复如常："你能不能安静点？"

我有点愣神，紧接着，被阿季一声惊痛的呼喊，唤回神。

那方男海盗的身体被我的贝壳砸到了一边，而男海盗的头为了阻止阿季，一口咬上了他的胳膊。阿季忍住疼痛，想将心脏往胸膛之中放，但放回去似乎也非常的费力，他另一只手甩开男海盗的头，那头颅滚在地上，随后艰难立起来，嘲笑阿季：“你以为有这么简单？没有咒语，你休想从我们这里重获自由！”

阿季咬牙。

他一双眼睛满布血丝，他瞪着男海盗，站了起来，一手握着自己的心脏，一边用鱼尾蹭着地，行到男海盗身体旁。男海盗的身体此时已经被我砸得起不来身。

阿季将男海盗腰间的细剑拔了下来，随即向男海盗的脑袋走去。

“说，咒语是什么？”他宛如地狱来讨债的恶鬼，声音嘶哑至极。

阿季走到男海盗脑袋旁边，剑尖指着男海盗：“咒语。”

“你不过是我们的狗，给你的枷锁，我想解，才会解。”

阿季对这样的话已经没有了任何反应，他一剑从男海盗的眼睛刺进去，但是却没有以很快的速度，而是慢慢地，慢慢地，那剑尖仿佛是一条虫，刺破他的眼球之后，慢慢往他大脑后方游走。

男海盗发出惨叫。

我看得一阵反胃，李怼怼将我揽到他身后。

我的眼睛瞬间只能看见李怼怼睡衣上的黄色气泡。

但我还能听到男海盗的惨叫，随后不久，他的惨叫开始变成了大笑：“哈哈哈……来啊！我是不死之身！来啊！不管你怎么折磨我！我是不死之身！我在这岛上，就是神！你不过是我养的牲口！”

我忍不住，再次从李怼怼身后探出了头，我看见阿季将男海盗的脑袋钉死在了沙滩上。

他转身，向我和李怼怼而来，然后把他的心脏摆到了我们身前。

他一言不发，又转过身去，向着美美而去。对于男海盗口中的辱骂不为所动，或许这么多年，这样的辱骂，早已不能再伤害他了。

他走向美美，而那方美美与女海盗的战斗已经结束，在男海盗的痛斥声中，女海盗渐渐败了下风。

美美受了伤，脸上擦出了伤痕，她没有在意，阿季看了她一眼，也没有说话。

美美夺了女海盗的大刀，指着地上的女海盗。阿季走到美美身边：“刀给我。”沙哑而平静的三个字。

美美没有多言，将刀给了阿季。

阿季接过刀来，手起刀落，将女海盗的头砍了下来。然后拎起女海盗的身体，往海里一扔。

这周围海中，仿佛早有被这对夫妇害了多年的灵魂，他们争先恐后地扑上去，将女海盗的身体瞬间啃食干净。

阿季拎着女海盗的头说：“今日起，我将你们的脑袋，一个钉死在海岸东方，一个钉死在海岸西方，我要用你们身体的血肉，献祭给海中亡灵，我要让你们的骨骸永沉海底，我要让你们的灵魂与大脑永生于此，而孤独永随。”

“不！”男海盗终于露出了恐惧，“不！”

“他的身体，该由你扔进海里。”阿季对美美说完这话，拎着女海盗的脑袋往椰林深处行去。

他即将给折磨了他这么多年的人，施以惩罚。

美美一步一步，走向男海盗的身体。男海盗狂怒又恐惧：“住手！住手！将她带回来！把她带回来！”

没有人理会他。

美美走到男海盗身体旁边，将他的胳膊抬了起来，男海盗的身体在挣扎，美美拖着他，行到海边，然后往大海里一扔。

平静的海面忽然翻涌起汹涌的海浪，仿佛是海神张开了嘴，将这肉体吞入了腹中。

海岸上是男海盗的惨叫。

直到阿季回来。他带着女海盗的刀，而女海盗的头，已经被他钉死在了海岛另外一边。

他没有看我们，而是慢慢行到了海边。

夕阳正西下，染得海水一片通红。美美迎着夕阳，静静地看着阿季。

我很难想象或理解阿季的内心，但我看见他慢慢地，慢慢地往大海里行去。

我记得，在两个海盗的教训下，阿季和阿许这两兄弟，是没办法靠近大海的，之前阿季来到内陆，是由两个海盗的法阵传送来的，而他回来，也是由美美的法阵传送回来的。他和当初的阿许一样，恐惧着大海。或者说，他应该更加的恐惧大海。

但是现在他却向大海行去，他干翘脱水的鱼鳞在接触到拍在岸上的海水之后，慢慢变得光滑而美艳，似乎是被擦亮了的红宝石，将夕阳的光辉尽数吸收。宛如烈焰，好似凤尾。

他回首，望向美美。

他们好似隔着许多岁月和苦痛在对望，在这一刻，我有些莫名的悲怆与难受。

得经历过什么，才能历练出如此璀璨的目光。

他慢慢行入海里。

海水没过他的尾巴，十厘米，二十厘米，五十厘米，一米……他沉入海水之中……然后从海水中一跃而出。

我发誓，这是我见过的，最美的美人鱼，比美美要美，比当初美美梦境里面的阿许也要美。

他是涅槃之后的凤凰，也是千锤百炼之后的神兵，而万千戾气，此时都化作一抹耀目的光，他跃出水面的弧度，仿似一轮弯月，誓要与这天地同辉。

而他在水里翻转了两次之后，我看见他高高举起了那把绣刀，我大概猜到了他要做什么，但已经来不及阻止，他的刀穿入海中，穿入他的鱼尾。

他将自己的尾巴剖开了。

这么多年，在海盗的手中，他无论如何都没有让海盗将他的尾巴剖成双腿，而在终于获得自由的这一天，用这样的方式，将自己尾巴剖成了双腿。

海水真的变红了。

阿季回到岸上，他的双腿，笔直而修长。

他将刀扔在沙滩上，看着美美。

“余美美，你这次，带我走吧。”

我回头，看见美美哭了。

我被李怼怼拘留了。

作为一名普普通通的小老百姓，胆子比鸡小，从来不敢犯事，被关在拘留室还是我人生中的第一次，但我的情绪，总的说来还是很稳定的。

因为不止我，美美、阿季、李陪陪还有卫无常，我们都被拘留了。我和李陪陪、余美美一个房间，卫无常和阿季被关在对面。牢门对着牢门，两边看得清清楚楚，还能聊天。

小狼那天带着于邵出门，假装不知情，逃过一劫，他来吸协拘留室给我们送金拱门的时候，有些愧疚。

“我……我也很想和你们同甘共苦，但是正逢周末，酒吧这两天客人多，老板不给假，我没法和你们一起蹲拘留室。”

“行了，有假也别来蹲拘留室，你在外面接济我们就可以了。”李陪陪一边吃着小狼带来的炸鸡，一边瞥了对面坐在角落，一言不发的阿季一眼，“他们能把那对海盗解决了就大快人心，这牢房蹲几天有什么了不起。”

卫无常点头：“虽然误了商场的安保工作，但能除恶扬善，也不失为正义之举，这代价，在下愿意承担。”

他们说得义正词严，但我却有点想在角落里蹲着哭。

我的更新啊，我的“嘚吧嘚”大大啊，好不容易被大大推荐了，但是这接二连三的遭遇，让我根本没心思和大大搭上线，现在还在被拘留五日……

我捂住脸，颤抖着叹息。

我的更新呐……

我真的会被读者和编辑扎小人的吧……

“陪陪啊。”我问她，“有没有什么办法，能让咱们提前从拘留室出去啊？”

“交钱啊。”李陪陪吮着鸡腿骨，一张嘴吃得油亮亮，她质朴地回答我，“一天五千块，五天两万五，你有钱吗？”

我㞞了，我穷，我没钱，我活该被拘留。

“你们吸协收费怎么那么贵啊！”吐槽了一句，但我还是对我的更新有残念：“那陪陪啊，你说，有没有可能，我的电脑和手绘板会出现在拘留室，而且还能连上 Wi-Fi 呢？”

其实，如果拘留室有这样的条件，我再多待五天也没关系的。反正我在出租房里也和这里差不多，这里还有人按点管饭，挺好……

“如果李怼怼动用一下特权是可以给你安排啊，可你觉得他会吗？”

不会。

我偃旗息鼓，重新蹲在了角落里。

我还记得在海岛上时，解决了两个海盗，美美和阿季在沙滩上静静相望，美美看着阿季仿佛从海水中脱胎而出的双腿，静默无言地流着眼泪。

我看着他们俩也感动得不行，在夕阳沉下之后，星空渐亮之时，这一幕仿佛大师笔下的画一样，印刻入我的脑海中。

生来感性的眼睛有点酸涩，仿佛看了一出感人的童话，我眼泪汪汪地转头看李怼怼：“李怼怼，你说阿季是不是心里一直有美美，才会这样说的啊？”

李怼怼没有怼我，只是沉默地看着他俩，在我以为他不会回答的时候，他才说：“不可能没有吧。”他说，“会乞求她这一次带他走，一定是因为上一次，多么遗憾被弃于绝境。”

万没想到李怼怼说了这样一句话，将我泪点戳了个正着，我眼泪“哗”流了下来：“那得有多遗憾和委屈啊……”

我转头看李怼怼：“李怼怼，你是不是也经历过这样的遗憾和委屈啊？怎么说得那么扎心啊。”

李怼怼仿佛有些失神，也没理我，隔了许久，一扭头，画了个法阵：“走了。”

李怼怼把我们从海岛上带回来时，本来我觉得一切都还好，但是一到吸协，李怼怼突然像吃错了什么药一样，仿佛从什么幻境里面回到了现实，整个人的气息一下就沉了下来，他二话没说，直接吩咐吸协的人把我们抓来关禁闭，也没有考虑一下这个时候阿季刚刚剖开双腿，身体还很虚弱，且，没有穿内裤……

第二十章

Chapter 20

拘留

这群非人类对裸体似乎不太在意，我一个学美术的，对裸体虽然也不太敏感，但那场景简直是……要多诡异有多诡异。

一群西装革履的吸血鬼……围着一条裸体美人鱼……一本正经地听从穿着拖鞋睡衣的李怼怼的吩咐，将我们押到拘留室里。

直到他要转身离开的时候，他才想起来，吩咐人给阿季一套囚衣。

期间，李怼怼脸很臭。

我想他是真的想要立规矩了。

自己的一堆邻居抢了自己辖区拘留室，其中还有自己的妹妹，这话传出去真是怎么说怎么不好听，如果处理不好，不仅难以服众，搞不好还影响他的仕途。

所以，我觉得要李怼怼开特例，给我搬台电脑来，那简直是天方夜谭。

我蹲在墙角休息的时候，又有一人被吸协抓来关进我们对面的拘留室之中了。

很巧，也是熟人，我的前男友，东溪。

他来的时候很安静，很服从，但是坐到牢里看到周围的人，愣了愣，一抬头，看到对面牢房的我，又愣了愣。

“小信！”东溪站了起来，立即跑到了牢房边上，抓着铁栅栏就是一阵咆哮，“你怎么在这儿？他们为什么要把你关起来？”

我揉了揉眉心，觉得有点头疼。

最近我真的是……片刻都不得消停。

“来人！来人！”东溪闹了起来。

我深深叹了口气，垂着头不想说话。他的同牢室友卫无常和阿季也都非常的安静，坐在墙角里，静静地看着他闹腾。

李陪陪咬着鸡腿，看戏一样看着东溪：“吵死了，不过，这家伙恶心是恶心了点，但关心你也是真的。”

我有气无力地瞥了陪陪一眼：“金拱门不好吃吗？为什么要帮他说话？”

李陪陪果然沉默地继续吃起来。

东溪将吸协的看守人员闹腾了过来，他对着他们就是一通理论：“把我们这些非人类关起来就算了，怎么能把她一个普通女孩子关起来？你们吸协有什么权利？你们这是干扰人类生活，在人类的法律里就是限制其人身自由！就是非法囚禁！我就跟着小信什么都没干，你们就把我抓来拘留了！现在你们干的这事儿更加过分！我要投诉你们主任！”

投诉两个字一出，吸协的工作人员面面相觑，隔了一会儿，又把李怼怼找来了。

李怼怼已经换上了西装皮鞋，头发抓得一丝不苟，恢复了往日斯文败类的模样。

他走进牢房，看见东溪，眉头一皱。

东溪本来还在吵着要投诉，被李怼怼一瞪，顿时气势矮了一头，但扭头瞅了我一眼，还是硬着头皮说：“你不能把小信关起来。”

李怼怼没有搭理他，转头问身边的工作人员：“谁把他关这儿的？”

“呃……最近没什么人犯事儿，楼下的拘留室都还没打扫呢，想着他们人不多，就都关这儿了。”

李怼怼一声冷笑：“关他还要给他挑环境，你们是不是还要给他弄个套间？”

工作人员冷汗直流。

“把他拖到楼下去。”李怼怼说完转身就要走。东溪立即喊住他：“你把我关哪儿无所谓！你不能把小信关着！她不舒服你看不到吗？！”

嗯？我不舒服？唔……我好像是被闹得有点不舒服……

李怼怼脚步一顿，转头看了我一眼，我也抬头看他。

“小信头疼。”一直沉默的美美在旁边搭了句话，“是不该被关在地下室里。”

嗯？我头疼？

李陪陪闻言立即一转眼珠，碰了一下我的额头：“你是不是发烧了啊，苏小信？”

嗯？我发烧了？

我也碰了碰自己的额头，半点没觉得热，但是就在手掌触碰额头的这一瞬间，我把自己拍醒了……

哦……

这群戏精，为了把我从牢房里面操作出去，已经这么会演了吗……

那我该怎么办，要不要往地上倒？

我想了想，依照我之前勾引李怼怼的演技来看，我好像是骗不了他的，那我该怎么演？

我看了一眼四周，感觉自己仿佛是一群演技大咖之中，没演技、没悟性，还没职业精神的菜鸡龙套，这戏尬得不行。

我巴巴地望着李怼怼，美美在旁边仿似很不经意一样，不咸不淡地说了句：“虽然现代医学很发达了，但是人类也是很脆弱的。发发烧，生生病，搞不好就死了。”

陪陪瞥了美美一眼：“对哦，搞不好就死了。”

我转头看着她俩，憋了一腔的槽没法吐。

现在的人类怕是还没有那么脆弱吧？你们这台词是不是说过了？

"把她带出来。"

嗯?

我震惊地看着李怼怼，这家伙居然被这句台词说服了！？

搞什么?

我在他面前那么用功的演戏都不行，她们俩一句词就将他拿下了?

我陷入了深深的反思，看来，平时我在创作故事时，对人物的剖析还拿捏得不够精准啊……

吸协的工作人员有点犹豫:"可是主任，虽然她是人类，可到底是知道咱们吸协存在的人类。本来照理说，这样的人类应该是要用手段处理的……"

我心头一紧，用手段处理?怎么处理?杀了我吗?我有点惊恐，我从来没有听过这事儿啊!

李怼怼瞥了那工作人员一眼，工作人员迟疑了一会儿，还是决定继续说下去，只是声音小了很多，但是拘留室里大家都安静了下来，尽管他说得小声，我还是听见了。

"主任，我听说上面本来就对你处理她的事儿不太满意，这次擅自从拘留室带人走，她也算是同谋吧，这样把人放了，不管和上面还是下面，都不好交代啊。"

这……李怼怼将我放在居民楼住，背后还有很大的牵扯吗?

我有点蒙。

李怼怼没再听这工作人员多说，将他腰间的钥匙一拔，自己走来给我开了门:"出来。"他拉着门，明明是他把我关进来的，但这时候，他拉着门的样子，却又像来救我的守护神。

真是神奇。

我没有磨叽，从他身前走过，我憋着呼吸，生怕让他嗅到了端倪，得知我根本没有毛病。

但是，李怼怼这样的吸血鬼，我生没生病，他看一眼就该心知肚明。

他心里也是想把我放出来，才会让我离开，但是为什么呢？

我不懂他。

这个吸血鬼最近好像很容易莫名其妙闹脾气、闹别扭，又莫名其妙地温柔。他像嗑药一样，情绪说变就变，脾气说来就来，让人一点也抓不到苗头，

工作人员看着我，还是有点犹豫："主任……"

"我没说要放。"李怼怼瞥了他一眼，"人类太弱，换个地方，带她去医务室关禁闭。别弄死了。"

我："……"

我错了，这个李怼怼，脾气只有变得坏和更坏，根本就没有温柔的时候。

"可是……咱们吸协的医务室，条件不一定比这里好。"

我想了想，隐约记得有一次见过吸协医生们的作风。那次是卫无常在李陪陪身上留下了个什么印记，李陪陪被吓得不行，我到吸协来求救，李怼怼派回去两个医生，但是等我们回去，那两个医生却抽着烟，和小狼斗地主，根本没有管李陪陪的死活。

从这工作态度来看，他们平时在吸协的作风……也不太好吧。

李怼怼果然沉默了一会儿。

"关去我的办公室，五天，一分钟都不能少。"

这个理由仿似让工作人员满意了，但是东溪又闹了起来："啊！你要把小信带去你的办公室？你要对她做什么？五天五夜！孤男寡女！"他脑海里似乎有了什么画面，气得满脸通红，"你太过分了！等我出去我一定不放过你！"

李怼怼听到这话终于转头看了一眼东溪，而我实在听不下。

"你脑子里想的都是什么玩意儿！"

这倒霉东西！怕不是小电影看多了吧！

被我吼了，东溪很委屈："小信，我不要你和别的男人……那个……"

"哪个啊？"我愤怒，"我和李陪陪那个也不会和李怼怼那个！

你看人说话好不好？”

我气得喊出了这话，喊完之后场面静了一会儿，我也忽然意识到，这话……嗯……

唔……我看着李怼怼的侧脸，有点尴尬。

李怼怼还看着东溪，没有看我，但……我感受到了有些低沉的气氛。我很想让工作人员将我拖走，但这时候，这个正直的工作人员突然间不正直了，他似乎……非常猥琐地想将我们这段八卦听完之后再走。

牢里，李陪陪扔了鸡骨头：“我发誓，我是清白的。我很直，我只喜欢男人。”

卫无常直摇头：“不堪入耳。”

“怎么就不堪入耳了，你不是男人吗？”

卫无常被怼得脸色一红，一身正气的将军，认也不是，不认也不是，愣是半天没说出一句话来。

他俩的争执让我有了喘息的空间，我转身，假装什么都没发生：“办公室在哪儿，快带我走吧。”我几乎在乞求。

我快步走开，听到了身后李怼怼的冷冰冰的声音：“你在吸协里的一言一行，通通记录在案，污蔑、威胁非委会工作人员，妨碍吸协工作，再关你一年也不过分。”

我忍不住回头，看到东溪还想说什么，但最终忍了下去。

李怼怼不再搭理他，转身离开，回头的一瞬间，和我四目相对，然后……

头一次，李怼怼自己转开了目光。

干什么……羞恼吗……

我都还没羞呢！

我转过头，忽然发现我好像真的发烧了一样，脸烫得不行。

我觉得自己也真是奇怪。明明，我说的是不睡他啊！

我害什么羞啊！

我红着脸，被工作人员一路带到了李怼怼的办公室。

李怼怼的办公室很宽敞，一个办公桌，一个沙发，茶几，旁边摆着饮水机和绿植……不知道的话，还以为只是走进了一个普通的事业单位领导办公室。

我在沙发上坐下。

工作人员下意识地走到饮水机旁边，拿了个纸杯想给我倒水，但是刚握上纸杯，忽然发现有哪儿不对。他停顿了下，我连忙站起来：“我自己来吧。”

我去接了水，他和我说：“你就在这办公室待着吧，五天后就可以离开了，这五天你要是擅自离开的话，会被加重惩罚的，知道吗？”

我连连点头。看他离开，心里觉得好笑，这群吸协的人……真的是很可爱。

我在沙发上坐下，坐了一会儿觉得累，又躺了下去。李怼怼办公室的沙发很舒服，没一会儿我就睡着了。

这一觉，一开始睡得不太安稳，总觉得凉，一会儿梦到冰山一会儿梦到大海，中途迷迷糊糊醒过两三次，想要给自己抓点东西盖着，但是李怼怼房间没什么可以盖在身上的东西，我摸了摸沙发，就又睡过去，但是睡着睡着，寒意就消失了。

等我再醒过来，发现脑袋有点沉，是有一点头疼。

我想，我大概是真的生病了。

但是……

我看了看身上的黑色斗篷。心头莫名一跳，是李怼怼给我盖上的……我一转头，看见了一个完全意料之外的人。

一个人背对着我，站在李怼怼的办公桌前。

但那不是李怼怼，他周身散发着黑色的气息，将他包围。

明明是不认识的神秘人，我应该感到害怕，但此时此刻，我却只觉一阵心口悸动：“你……不敢相信的……”

他微微侧过了头，与此同时，他身上的黑气也飘到了他的脸上，遮挡了他的面容，我只看见了黑气背后，那双如星的眼眸。

我坐起身来，想要走到他身边去，但起得急，我身体一阵乏力，有点头晕目眩。

“你发烧了。”他的声音温柔，如春日和煦的风与阳光，暖暖地拂过我面。

先前我一度以为，“不敢相信的爱”大概就是像变态一样跟踪我的前男友了，但是……现在事情居然又出现了转机，我前男友被关在拘留室里，他断不会到这里来的，这个人……

“你到底是谁？”

他向我走来，黑气飘散，在他身侧旋转，每一步仿似都踏在我心弦之上，令我的心为之颤动。

“扑通”“扑通”……

我担心，这么强烈的心跳声被他听见。

他蹲在我身前，这么近的距离，但他的面容在黑袍与黑气的遮掩下，我依旧看不清楚。

“我是谁不重要，重要的是你。”他好听的声音里，满是关切，“你生病了。”

“着……着凉感冒而已……最多一周就好了。”

他抬起手，修长的手指触碰我的额头，冰冰凉凉的触感，让我浑身一颤。

我被囚在李怼怼空无一人的办公室里，却与这个神秘人共处一室，我没觉得害怕，反而却有一种莫名的……禁忌的……快乐……

是的，各种恋爱故事看多了的后遗症就是，我在此时此刻，居然在脑海里闪出了一系列囚禁 PLAY 的画面……

这很明显不太符合我性冷淡的调性。我甩了甩脑袋，甩掉那些画面和神秘人的手，我想，一定是我发烧，将脑子烧得过分炽热了。不然……为什么会看着一个脸都没有的人，只单纯被他碰了碰额头，就闪出这些画面……

我往后面缩了缩，不是怕他，是怕自己……万一控制不住自己，扑上去了怎么办？

面前的人仿佛洞悉了我脑内所有的想法，他发出一声轻笑，虽然看不见脸，但我想，有这么美好声音的人，一定也有一张美好的面庞。

“你……你之前送了我礼物。”

“对。”

“好像很贵重……”

“如果只是论贵重，那送你还差了一些，但设计很适合你。”

不不，我觉得论贵重的话，还是那条小黑裙贵一些……

我把我的吐槽闷在内心，不想打破这气氛。

“那个……你……送我礼物，又来看我，如果不方便告诉我你的身份的话，告诉我为什么，行不行啊？”

他沉默了一会儿：“我说过理由了。”

“啊？”

他抬起手，捏了捏我的脸，动作是出乎意料的熟练和亲昵，而与此同时，像错觉一般，我还感觉到他的指尖，有些莫名激动的颤抖。他轻轻捏了我一会儿，看我一脸呆呆的没有反应，他才笑着说：“因为爱啊。”

“爱……我吗？”

“嗯。”他声音沙哑，富有磁性，且充满诱惑，“我爱你。”

“嘭”，这个表白来得猝不及防，仿佛一声枪响，有人向我心尖水晶开了一枪。瞬间击穿了我至少九十九个防御塔，但最后一个名为“为什么”的防御塔，还是将这句表白阻拦了下来。

“为什么？”

“所以我说，这是你‘不敢相信的爱’。”

对……你说对了，你的爱，确实很让人不敢相信……

“其实，你可以解释一下理由，这样，说不定，我就相信了？”

“我不能说。”

“为什么？”

“我不能说。”

死循环……

在我觉得咱们之间的话题要聊不下去的时候，‘不敢相信的爱’先生忽然微微一侧头，他向后退了一步，站起身来：“好好照顾自己，我要走了。”

我知道问为什么没有用了，所以我问了另一个问题：“下次我们什么时候还能再见？”

“很快，别急。”

他后退一步，身影在黑气之中慢慢变得虚无，在他离开之前，李怼怼办公室外一阵急促的脚步声想起，忽然办公室的大门被猛地推开，李怼怼站在门口一眼扫过我，随即盯住了墙角的黑气，他眉头一皱，指尖金鞭挥出，但在金鞭扫过去的时候，黑气已经彻底消失在了房间内。只有一道仿佛加了混响的声音在房间里飘荡。

“夏至已过，黑夜，只会越来越长。千万小心。”

李怼怼皱着眉头，盯着黑影消失的角落，沉思片刻，随即盯向沙发上的我，然后眉头皱得更紧了。

我以为他会质问我一堆关于神秘人的事情，但完全没想到，他开口第一句却是：“你怎么又生病了？”

天地良心，到这个出租屋来以后，我每个月数着自己的工钱过日子，被剥削得连病都不敢病，逃不掉的流感就得过一次，这大概算是今年的第二次感冒，对于一个不运动还亚健康的漫画家来说，这频率已经很低了！

这样李怼怼还嫌我又病了……

不过想来也是……我来了旧居民房之后，从一楼到八楼，生过病的人就我一个，而他们这些非人类……只有受伤，没有生病。

“你们吸协这地下太阴冷潮湿了。”我揉了一下有些堵塞的鼻子，“感冒而已，不是什么大问题。吃药七天，不吃药一周，大概都差不多。”

李怼怼这才转了目光，走到他的办公桌前，他在桌前审视了一番，又在屋子里来回走了几步，摸着下巴，不知沉思着什么。

“那个……”我举起手，像和老师汇报一样：“我没有吃里爬外，让别人来救我。”

李怼怼扫了我一眼：“你也没本事叫到这样的人来救你。”

他这话倒让我有点惊讶：“他很厉害？有多厉害？”我琢磨了一下，没有比较，光凭嘴说也不知道多厉害，于是我接着问，“有你厉害吗？”

李怼怼转头看我。

我又琢磨了一会儿：“有卫无常厉害吗？”

李怼怼这才从我身上挪开目光：“他一身僵尸味，老远就能闻到，这个人身上没有。”

“那他不是僵尸？”

“不是，什么也不是。”李怼怼拿起桌上方才“不敢相信的爱”先生碰过的东西。他把文件放在鼻尖，然后丢掉文件，“一点气味也没留下。”

我忽然想起，李陪陪以前和我说过，吸协考试的时候，李怼怼关于非人类的辨认，一次都没有错过，而这一次，他却辨不出来者何人，从某种程度上来说，这个神秘人，应当比李怼怼更厉害？

我心里有了数，但没打算揭短，略过谁更厉害的话题：“他最后一句话你听到了吗？”

“嗯。”

“什么意思？”

李怼怼沉思片刻，自己似乎想到了什么，但很显然，他没打算告诉我，只是把目光挪到我身上，倏尔又是一皱眉：“猫有九条命。”

我不懂话题为什么转到了这里，愣愣地看着他。他接着说：“好奇害死猫。”

“所以……？”

“所以，生个病就能磨掉半条命的人类，瞎好奇什么？”

我：“……”

李怼怼怼人的时候居然还会逻辑论证了。

“好好待着。”他说了这话，从裤子兜里随手扔出一盒药来，一点温柔也没有地隔空扔给了我。

我一看，一盒感冒药。

李怼怼……之所以安排我来他办公室关禁闭，难道是……早就看出我即将生病，然后出去给我买药了？我张了嘴，正想问他，但李怼怼把药丢给我就自己走到了门口，此时门都快关上了，临到留个门缝的时候，李怼怼才丢了一句：“出事了拨桌上座机，48424843。”

门关上，我却还在回味。吸协为什么要把内部求助电话定得这么有嘲讽意味，是不是二是不是傻……

你们是不是听不懂谐音啊？

第二十一章 Chapter 21 不可理喻的要求

一到晚上李怼怼就来见我了。不为别的，只为上班。

我白天蹲在他办公室的沙发上无所事事了一整天。熬了好几个小时，吃过晚饭，刚起了一点饭后的困意，李怼怼办公室的白炽灯就打开了，吸协即将开始他们一整天的工作。

李怼怼西装革履地走进办公室，瞥了我一眼，我立马正襟危坐，他身后跟着吸协别的工作人员，一份份文件不停地往他桌上递。

有的递完文件就出去了，一个看似他秘书的人站在他书桌旁边，一副要汇报的模样，但是刚张嘴，一转头，盯了我一眼，又闭上了嘴。

李怼怼跟着扫了我一眼，我识趣地自己抬手把耳朵堵住，但是这种小孩把戏，怎么可能完全阻隔声音传入，李怼怼他们不会不知道，我想我大概又要被赶去拘留室了。

我正想给自己保留点尊严，自己离开，李怼怼就垂头看了看自己手里的文件，若无其事地说："说吧，什么事？"

得了李怼怼的首肯，秘书也没在我身上耽误时间，尽责地汇报道："昨天早上，解放碑附近疑似有术法波动，发出巨大声响，能量评级为 A 级，未造成人员伤亡，但已引起附近居民注意，官方解释为工地施工，暂且解除居民怀疑。"

李怼怼坐上他的办公椅："成因呢？"

"目前事件成因还在调查中。现场附近有监控器，已经将事发当时的录像发过来了。”秘书往沙发这方走，打开投影仪。

为了不妨碍到她，我挪到了沙发背后。秘书对我颔首，对我的配合表示感谢。

投影仪打开，秘书按着遥控器，墙上投射出了一段监控录像。

录像里是山城的老房子，房屋虽老，但却很结实，录像的画面没什么动静，如果不是时不时摇晃一下的树叶，简直就像静止的图画。

我转头，看见李怼怼和秘书却看录像看得很入神。

难道……只有我一个人是瞎的吗？

我揉了揉眼睛，忽然听到李怼怼说了一句：“停。”

秘书按停录像，这下画面上的树叶静止，我知道现在是真的变成图片了。李怼怼坐在办公桌背后，表情严肃且沉重：“直接跳到重要的地方。”

“是。”秘书应了，然后开始用 4 倍速开始快进……

我：“……”

原来你们也看不到啊！那你们一副这么严肃的表情是在演戏给我看吗？

我在内心翻着白眼。

“停，倒退两秒。”李怼怼再次开了口，“再退，再退。”随着李怼怼的话，录像往后退了六秒，在这六秒的时间里，我看见画面里老房子的屋顶上有两个黑影，黑影飞快地纠缠又散开，让人看不清楚到底是什么。

“再退回去，慢放。”

录像再次退到六秒前，用极慢的速度播放，这一次，我看清楚了，是两个人在老房子的屋顶上打架，但即便慢放了很多倍，上面飘的树叶缓慢得似乎进入了另一个次元，而这两人打斗的动作还是只让人看见了一个残影。

但随着播放的时间越来越长，我忽然觉得……这其中一个黑影……有一丝丝的熟悉。

“啊……”我不由惊叹出声，“不敢相信的……”爱先生。

我立即捂住嘴，转头看李怼怼，却猝不及防地接到了李怼怼十分阴郁的眼神，而这个眼神却不是盯着我，也不是盯着录像中我认出的那人，而是落在与“不敢相信的爱”先生纠缠的另外一人身上。

那人身影模糊，但却隐约能在他胸前看到一抹红色，仿佛是一条……西装上的口袋巾。

李怼怼沉默着不说话。我却感到了周围气压的降低，是真正的降低，李怼怼身上的气息让四周的空气都变冷了。

对于这样的李怼怼，我有了作为一个人类，本能的恐惧。

“能量波动后，接收到能量的物体，有带回来的吗？”

“有，刚才的文件夹里有旁边那棵黄桷树上的叶子。”李怼怼翻开文件夹，拿出一个透明的塑料袋，将手探入塑料袋之中，握住那片叶子。

以前李陪陪和我说过，他们非人类身体中是有能量的，而这能量就像每个人生来带有的指纹一样，是每个人特有的特征。非人类身体中的能量溢出之后，对周围环境会产生不同的波动影响，而这样的波动则会在旁边的物体上留下肉眼不可见的波纹印记。

用特殊的术法探查的话，对照他们的波纹库，可以找出这是特属于谁的波纹。

这个术法常被用于查找非人类中的罪犯，是他们经常用到的刑侦手法。

李怼怼身为吸协的主任，当然是精通这种法术的。但是他脑子里可没有波纹库。他只能确认他认识的人……

在我还在琢磨这人到底是谁的时候，忽然，“嘭”一声，李怼怼握住的叶子径直被他身体中的气息炸成了齑粉，办公桌桌角登时断裂，桌上文件裂开，刀片一样四处炸开，有碎纸飞快地向我射来！

我根本来不及躲避，是我身边的秘书临时张开一个气场结界将我护住，但即便这样，还是有被能量吹飞的纸屑如刀片一样划破她的结界，从我耳边切过。

一点刺痛从耳边传来。

我愣愣地抬手，摸上耳朵，放下手来的时候却发现食指和中指的指尖都沾染了鲜血。

鲜血的味道飘散出去，惊扰了秘书，同时也惊醒了李怼怼。李怼怼转头看向我。我也呆呆地看着他。

这一瞬间，他的神色来得太过奇怪，像余怒未消的沉郁，又像在压抑深藏于灵魂深处的恐惧。

我不懂他那么复杂的情绪，但是旁边的秘书却捏着鼻子提醒我："苏小姐，你赶紧处理一下，流血太多在这儿会出事的。"

"哦……"这可是吸血鬼的地盘，我连忙要去扯卫生纸，但在我迈出一步之时，李怼怼已经站起了身来，疾步走到我身前，将我的胳膊一拽，不由分说地拉着我往他办公室外走去。

嗯？

"等等……我不是还在被拘留吗？"

"换个地方。"

"那我先止血……你先慢点……"

"回去再止。"

"等等……李怼怼……不是……"

我想把李怼怼拽停下来，因为在我走出他的办公室，经过秘书室房间时，我已经看到有好几个吸血鬼工作人员在咽口水了。

李怼怼这是把我这个肉包子带去饿狗洞啊！

我在挣扎之际，李怼怼忽然脚步一停，一反身，"嘭"一下，手掌拍在我旁边的墙壁上。

我惊诧地瞪着他，看着这么近距离的他，忽然又点害羞："我让你不要突然拖我走，但你突然停下来壁咚也很奇怪……"我看了一眼李怼怼的背后，秘书室里，几个戴眼镜的秘书小姐姐小哥哥们，一边抹着口水，一边蹲在门口看热闹。

"那个……你好歹是主任……"

"苏小信，看你不知道现在的情况，所以我原谅你的无知，但接下来我要通知你三件事情，你通通给我好好记住。"

我巴巴地望着他："你今天有点奇怪……有什么事不能好好说呢，着急这么几分钟干什么……"

"因为这就是你接下来要做的第一件事。"他盯着我的眼睛，无比严肃地告知我，"第一，你以后的时间通通交给我来管，一分钟，一秒钟都不能离开我的监视。"

"啊？"

"第二，接下来，你所有的活动范围，仅限上下八层居民楼，楼外空地，一寸也不得踏出。"

"啊？"

"第三，晚上睡觉，搬到我的房间。"

"啊？？？"

我看你李怼怼，今天炸了片叶子，莫不是炸疯了吧？

"你怎么不说让我直接睡你床上呢？"

"既然你提出来了，那就绑在上面吧。"

"啊？！"

我望着李怼怼，傻傻的。在我过去对李怼怼的理解中，我是无论如何都想不到，有一天他会对我说出这……这样的话。

真的是我太过肤浅了吗……

正在我俩沉默相对之际，背后传来了窃窃私语，我侧过头，越过李怼怼的肩看秘书室内的秘书们，却见他们不知为何激动得有些面色潮红，左顾右盼，东一嘴西一句，仿佛常年渴望八卦的群众忽然间听到了不得了的类似核爆的消息，连锅里散着热气儿的肉包子香味都没办法让他们分神。

我很是尴尬。

李怼怼似乎也注意到了我的眼神没有停留在他身上，于是他一转头，一道锋利的目光，从他金边眼镜背后甩出，宛如几千把利刃砍向背后的秘书室，男男女女们立即一缩脖子，安静地转过身，手脚麻利地关上门，一个探头的都没有了。

没有群众的监视，我这才稍稍静了静心，整理了情绪，抬头，看着李怼怼，打量他，审视他，然后提出问题："你难道是突然喜欢上我了？"

李怼怼一皱眉，金光眼镜背后的眼睛微微眯了起来。

"你想多了。"

"那不然，你为什么忽然对我提出这样的要求，刚才录像里打架的两个人，除了'不敢相信的爱'，另一个你认识？"

李怼怼眼神更加微妙了起来："你说，和他对战的，就是那个不知哪条野路上飘过来的黑衣男子？"

"你不是因为'不敢相信的爱'生气？那那个人到底是谁，你为什么看了之后反应这么大，还对我提出这么一、二、三点不可理喻的要求？"

李怼怼仿佛被气笑了，收回手，抱起手来："'不敢相信的爱'是什么东西？值得我多看一眼？"

我有点不服气了："'不敢相信的爱'刚才在录像里面的表现很可圈可点的好不好！"

"你又知道了？"

"虽然我也没有看清楚他们两人到底打得怎么样，但是看一个人厉不厉害就要看那人的对手厉不厉害。既然你这么在意和'不敢相信的爱'对战的人，可见这人的力量还是很强大的，而'不敢相信的爱'能和那人打得不分高低，可见他也很厉害，而且帅气，还很洒脱……"

李怼怼瞥了我一眼，似乎懒得听我再继续说下去，一手抓了我的胳膊，拖着我继续往前走："我没时间和你磨叽。"

他拽着我，走得飞快，不一会儿就到了吸协入口传送阵的位置，我根本来不及和他多讲道理，只觉脚下法阵一闪，金光掠过，我再一睁眼，已经到了旧居民楼下。

适时，正值深夜，楼顶传来两声莽子的狗叫，待狗叫隐去之后，四周显得更加寂静。

李怼怼拉着我就往他的房间里走。

我此刻开始，真的有点慌了："李怼怼你不是吧？你认真的吗？

你真的要把我绑在你的床上？”我想想了一下那个画面，我觉得自己承受不来，“我们聊聊，我们好好聊聊。”

“没得聊。”李怼怼将我拽到他的房门口，他擒住我胳膊的手宛如一块钢铁，任我怎么挣扎都挣脱不了，他坚定不移地掏出钥匙，打开房门。

门一推开，走廊里的灯光便射进他的客厅。此时黑狗正在客厅里抬着腿舔毛，一看见李怼怼拽着我回来，立即坐正身子，左右甩了两下尾巴：“苏小信，你又做撒子事惹我主人不高兴老？硬是怕我主人弄不死你迈？（你又做什么事儿惹我主人不高兴了，真是不怕我主人弄死你吗？）”

“你主人疯了！”没有人可以让我吐槽，于是我只有对着这只猫喊，“他要把我绑在他的床上！”

黑狗仿佛被我这话吓到了，瞪着圆溜溜的眼睛盯着李怼怼，又看了看我，又看了看李怼怼。

“黑狗，去把你的绳子叼过来。”

李怼怼的话正好印证了我的话，黑狗吓得一下从地上跳了起来：“哎哟我的妈哟，苏小信你给我主人吃了撒子药，黑死猫哟。（苏小信你给我主人吃了什么药，吓死猫了。）”

难得的一次，我希望黑狗的话是对的，真的是我给李怼怼下了药，把他害成这样，只要我给他解药，他就能好了，但偏偏不是啊！这次是李怼怼自己疯了！

这次不用我去打猫，李怼怼一个眼神甩过去，吓得黑狗立即“喵呜”一声，转身就跑到角落去翻找它的绳子了。

李怼怼则“嘭”一声关上大门，把我往他卧室里拽。

然后我就在卧室门口看见了李怼怼睡觉专用棺材……

棺材！

差点忘了，这是个吸血鬼，睡觉哪来的床，他睡的是棺材板啊！他要把我绑在他的棺材里！

棺！材！里！

我瞬间觉得把我绑在床上也不是那么不可以接受了。

“不不不，李怼怼，你有什么话，有什么需求，你和我说，我们好商量，你不要这样。”

我乞求他的同时，黑猫叼着绳子过来了。

他们家居然还真的有遛猫绳，这绳子有用吗？李怼怼以前真的有去遛猫吗？

但现在好像不是在意这件事的时候。

“我待会儿还要去吸协，今天没有时间和你解释原委，以我对你的了解，你不会乖乖地待在这里。所以……”黑猫跳上李怼怼的肩，口中叼着的遛猫绳自己落在李怼怼的掌心，李怼怼把绳子递给我，“你自己绑，然后躺进去。”

还要我自己绑？还要我自己躺进去？还有没有人性了？

我巴巴地望着李怼怼：“你想让我今天住你这里，可以啊，没问题啊，我就当被拘留在你房间里呗，我发誓我不出去。”

“呵。”他冷笑一声，“你让我相信人类发誓？”

“你就信我一次，真的！我今晚真的不走，回头我给你视频，你去吸协看着我，我就在这儿，哪儿都不去，你没时间给我解释，我就在你房间里等你回来。”

李怼怼审视着我，我知道，他是个吃软不吃硬的人，于是我硬挤了一点水花，含在眼眶里：“我真的不想在没死的时候躺进棺材里。你这房间里什么都没有，空荡荡的，很可怕。”

“有我啊。”黑狗闪着一双幽绿幽绿的眼睛说，“我陪着你哦。”

“你看，更可怕了。”

黑狗翻了我一个白眼，跳下李怼怼的肩，去了客厅。用爪子在客厅的地板上画着法阵。

我继续眼泪汪汪地望着李怼怼。

李怼怼沉默地盯了我半晌，那张铁面无私的脸在不知多久的对视之后，终于转了个方向，他侧脸的时候，没有金边眼镜的阻挡，所以我能看到他眼里一丝丝情绪的起伏。

他有点无奈，似乎又觉得又点好笑。

但这样的情绪，我只瞥见了一瞬间，他就背过了身去。

“好。乖乖待着，哪儿都别去。”李怼怼说，“我没有在和你开玩笑，出了这个房间，你可能会死。”

他这话说得太正经，让我一怵。

“其实……你早这样说……我真的不会到处乱跑的。都听你安排。”我顿了顿，“或者，待在你的身边会更安全？要不，你这段时间就带着我走？”

我是个惜命的人，也是个不爱作死的人，我的梦想是平平安安地混吃等死，我不想经历风风雨雨的人生，所以，只要事关生死，我一定很听话的。

“待在这里，比在我身边安全。”

李怼怼留下这句话，走出房间，踏入黑狗画好的法阵里。金光一闪，他身影消失了。

我摸着下巴，坐在李怼怼的棺材板旁边琢磨着他刚才的语气。黑狗从屋外走进来：“你不要乱动屋子里的东西啊。碰坏了，你可赔不起。”

我没想理会他的嘲讽：“黑狗，是不是我的错觉？我怎么觉得，刚才李怼怼说最后一句话的时候，好像有点难过的样子……”

“肯定是你的错觉，我主人怎么会难过，只有无能的人类对于自己的无能无可奈何时，才会产生的难过、痛苦、悲伤这样的情绪。我主人天下无敌，从来不会有这种情绪。”

我撇撇嘴。忽然想到之前在海岛上，李怼怼看着阿季说——会乞求她这一次带他走，一定是因为上一次，多么遗憾被弃于绝境。

我很确定，李怼怼在说这句话的时候一定是感伤的。

我想，在过去我没有经历过的岁月里，黑狗这个天下无敌的主人，一定也有无助、无奈和无能为力的时候。而这个事，我直觉认为，多半和今天这录像里的另一个人有关系。

第二十二章

Chapter 22

和怼王同居的日子

我被囚禁在李怼怼的房间里。

黑狗是一只没心没肺的猫，只陪了我一会儿，就自己去客厅窝着睡觉了。

我不太想和李怼怼的棺材站在一起。因为李怼怼的棺材和李陪陪的不一样。李陪陪养了一只憨傻无比的阿拉斯加，那个棺材被啃得破破烂烂的不说，里面偶尔还会惊现阿拉斯加的巨型便便。

可以说李陪陪的棺材是超现实主义下，充满了荒诞性的黑色幽默。

而李怼怼的棺材就很规矩，规规矩矩的……棺材。平时偶尔扫一眼没觉得有啥，大晚上跟它独处就有点微妙了。

我决定将自己的注意力转开，于是我看向了李怼怼的电脑。

“黑狗。”因为屋主不在，所以我只有询问屋主的仆人，“李怼怼的电脑可以借我玩玩吗？”

“主人有说不能耍吗？”

“没有。”我自己回答了，黑狗高冷地不再搭理我，我也就安心坐了下去，打开他的台式机，等了两三分钟，没有开机密码，直接跳到了桌面。

李怼怼的桌面很规整，除了常规软件没有别的东西。我依照自己的习惯，先点开 QQ，登录自己的 QQ，等启动的时候又去戳开了网页，输入自己漫画平台的名字——“蹦蹦漫画”，但是很神奇的事情，出现了……

我在输入漫画平台的头两个字——“蹦蹦”后，下一个字母刚打了个“m”，输入法的后面自动显示了“漫画”两个字。

嗯?

事情有点微妙了。

输入法的特性是，保存用户经常输入的词语或者词组，下次输入同样的字母开头时就自动关联。

也就是说，如果这个电脑的用户，在之前没有一下敲出“蹦蹦漫画”四个字，那输入法是不会自动关联的。

由此可以断定，李怼怼之前……必定自己敲出了“蹦蹦漫画”四个字，并且输入。

想到这一点，不知道为什么，我忽然……有些心虚起来。

我好像……发现了什么不得了的事情。

我敲下回车键。

“蹦蹦漫画”开始搜索，网页显示出了链接，我戳进去，也没有刻意，也就是下意识地，鼠标滑到了网页的右上角，因为平时我点开漫画平台，第一件事情就是戳到自己后台去查看昨天的评论或者准备更新。

但现在这是李怼怼的电脑，所以不会有我的账号，但很神奇的是，这个电脑也不是游客状态。

这个李怼怼……

在蹦蹦漫画上面有账号？！

我一扫这个会员名字……

千叶。

千叶!

是他！我认识!

这个每次都买我 VIP，但是看了就给我差评的读者!

每条评论不是“胡扯”就是“呵”。

也不说任何瞧不起和蔑视我的缘由，上来就是一阵冷嘲热讽，但下次 VIP 更新他还是要看！我平时很珍惜自己的评论，每条都要逐字逐句地看，一般都是可爱的小天使给的鼓励，看的时候我都会带着迷之微笑，但每次！每次！每次！

这个千叶都能一秒钟破坏我的好心情，我要接着看十条小天使的鼓励才能缓过来。

哼！要不是看在这个 ID 是花钱的爸爸的份上，我！

我……也不能怎么样。

我现在终于知道了！原来是你啊李怼怼！

我想着李怼怼的脸，再想想他的评论，忽然觉得那屏幕上的字简直活了！对口对得不能更贴切！

这个闷骚，居然自己悄悄地看我的漫画，还隐藏得那么好，呵，平时一副人模狗样的德行，没想到在背地里也做这种视奸别人工作的事情！

但是等等……

现在好像也不是计较他给我差评这件事的时候。

我想了想，我目前应该还没有对漫画里面的李怼怼做什么大逆不道的事情。

但是我漫画下面的读者评论，可是把所有的事情都说了一遍的，什么抱啊，亲啊，睡啊，强啊，激烈点啊，粗暴点啊……一样不少……

我咽了口口水。

嗯……

我怀着沉重且微妙的心情，点开我自己的漫画，用李怼怼的账号，刷了一遍我自己的评论区，然后我捂住脸，一声叹息，有点想默默地关掉电脑。

我是一个不抽烟的人，在这时候也想叼根烟沧桑感慨一下了。

时代果然已经变了，现在的少女读者们，都太直白了。

我怎么忘了，有人盖了百来层的楼，让我扑倒李怼怼呢？怎么也忘了，有人还在楼下写有颜色的同人短篇呢？怎么还忘了，短篇里的我和李怼怼不知经历过多少夜晚，孩子都能打酱油了呢？

用李怼怼的视角再看一遍评论，真的是尴尬到惨不忍睹。

我想我以后应该很能面对千叶的“呵”和“胡扯”了。我想他的“呵”和“胡扯”，除了说我，应该还有我的小天使们吧。

对不起小天使们，这一次，我认了，恕我没法为你们战斗了。

在我垂头丧气犹如战败的鸡的时候，我的 QQ 滴滴滴响了起来。

是叽叽酱来找我了。

“你这两天怎么都不在啊？”叽叽酱问我，“我看你好像微博也没有找回吧，嗙吧嗙大大的推荐你也没有回应，以后是打算走高冷范儿吗？”

我有气无力地敲着键盘：“这两天太忙了，今天差不多忙完了。明天修整好了打算把之前落掉的事情捡起来。”

我想着，李怼怼也只是说晚上要在他屋子里待着，白天我还是可以回我的房间的，大不了我就把作息调一调，白天开始工作就行了。

“你这两天忙啥呀？跟消失了一样。”

“嗯……一些乱七八糟的事情。”

“好吧好吧，我还说隔两天到重庆来玩呢。”

“嗯？”我坐直了身体，“你来玩吗？”

“打算来，现在票还没定好，看你什么时候有空啊我的美人儿，我就想来见我的知己一面。咱们见面后吃饭看电影！”

我内心是激动的，我在初中高中每个阶段都有很要好的朋友，但是一旦离开原来的环境，不在一起，话题自然就少了，时间久了，大家也就因为疏于联系而慢慢疏远，大学寝室的室友们也很好，但毕业之后各奔东西也是渐渐疏离。

后来来了李怼怼的公寓，身边一个正常的人类朋友都没有了。现在还发现以前以为很普通的前男友，也并不是个正常人……

我内心其实很渴求有一个正常的，普通的，人类朋友的。

我掰着手指算了算时间。

“我未来五天可能都还比较忙，五天之后应该会好一点，保险起见，你可以十天，或者半个月之后来见我。你到时候还想来吗？”

“应该没问题，那我回头先去琢磨下，你忙吧，我也要去画画啦。”

“好！”

和叽叽酱道了别，我内心暗藏激动。有一种好不容易要做回人类的感觉。

我谋算着明天等李怼怼回来，我问问他之后的安排，以及我的死亡威胁大概什么时候能结束。唔……虽然见到李怼怼可能会有点尴尬，但我想，既然李怼怼没有把他看我漫画这个事情挑破，那我也不用刻意去挑破。

大家揣着明白装糊涂，就看谁演技好吧！

第二天白天，我在沙发上一觉睡醒已经是中午了，李怼怼没有回来。我发短信没人回，又等到晚上，饿得不行，但是没解禁，我也不敢离开他的房间，于是终于打了个电话给他，刚响了两声就挂了，隔了一分钟发了个短信过来：“开会。”

我抓着这个时间，连忙发短信问道：“我什么时候可以离开你的房间啊？你屋子里什么吃的都没有，我又不能和黑狗去抢猫粮，外卖你平时又不让叫，我要饿死了。”

短信很快就回过来了。

“真没用。”

我：“……”

我是人啊！我是人啊！你平时威胁我的时候不是老和我强调我是个人类吗？人类啊！人类是要吃饭的！这个时候你又忘我是人类了吗？

“我让于邵回去给你送饭。”

他接着发了这条消息，安抚下了饿得暴躁的我。

我坐在沙发上，看着墙上的钟，听着滴答滴答的声音，焦躁地等饭来。

半个小时后，天神一样的于邵来敲门了，我发誓我从来没有见过这么可爱的男孩子。他拎着饭站在门口：“小姐姐，给你带的口粮。”

我欢天喜地地接过，然后于邵接着说，“未来五天，都由我来给你送饭啦。”

我转头看他：“什么？”

“李怼怼说的，未来五天他大概很忙，回不来，屋子留给你住，但你不能离开，每天我代替他不定时地来检查一下，顺道给你送点吃的喝的。”

我呆呆地看着于邵：“那五天后呢？我还要被监禁？”

“五天后再说吧。我出去玩啦，拜拜。”

于邵欢乐地和我挥挥手，转身就出门了。

我拎着一包吃的，宛如看着铁窗外的世界一样看着他离去。

我赶紧翻出手机，给李怼怼发了条消息：“我到底要被关多久？”

“看情况，做好一辈子的准备。”

我：？？？

我呆呆地僵立在原地，黑狗跳上我的肩头，幸灾乐祸：“哦哟，你勒个和守活寡有撒子区别嘛？不如吊死算求，撇脱。（哎哟你这个和守活寡有什么区别呀？不如吊死算了，轻松。）”

我生无可恋地看着黑狗。我竟然觉得……它说得……对。

我守着李怼怼的棺材和猫待了五天。

不过也不算无聊，我麻烦于邵把我的电脑和手绘板拿下来了，在李怼怼家里艰难地维持着我的更新。

我本来以为，有电脑，有 Wi-Fi，我就能过得风生水起，但当自由真的被剥夺的时候，我才知道，每天能遵循自己的意愿，想出门就出门逛逛，对一个人类来说，是多么重要。

有网，依旧像坐牢。因为失去了选择的权利。

第五天下午，李怼怼依旧没有要回来看看的意思。我在 QQ 上和叽叽酱说：“我可能不只要忙半个月了，你要想来重庆玩就来吧，只是我可能有时间来看你也可能没时间，一切都要看天意……”

“为什么呀？你到底在忙什么呀？我看你最近更新也没有耽误

呀，微博也找回来了。”她沉默了一会儿，“唔，你要是觉得害羞的话，那咱们不见也行。”

“不是……我很想见你，但真的是……”我想了半天，终于敲出了一个缘由，“我父亲生病了，最近要照看他，维持更新已经很吃力啦，实在没时间。”

“那好吧。”

这三个字可以说是非常的失落了，不过想想我也能明白叽叽酱内心的失落，本来就是兴致勃勃的见面之旅，为了我而拖延了时间，现在我还是告诉她不见她，谁都会感觉到扫兴。

而我还真的是为了不见她而撒谎，我内心实在愧疚得不行。

黑狗跳到我的桌上，扫了一眼我的屏幕，尾巴在我面前拂过，送了我一句冷漠的重庆方言：“杂皮。（无赖。）”然后它嫌弃我，“你娃儿不老实，兄弟伙都骗，还说得楞个顺口。（你这孩子不诚实，哥们都骗，还说得这么顺口。）”

我瞥了黑狗一眼：“我有别的办法吗？我能和人家实话实说吗？”

“你可以选择不说。”

于是我懒得和黑狗争辩了，我起身走到客厅倒水喝，忽然听到门外一阵琐碎的脚步声，其中还隐约伴随着李陪陪和卫无常争吵的声音。

“你们什么破商场，旷工五天都没把你开除。”

“被拘留的第一天我已经向经理报备过，请求调休五日，经理已经答应。”

“你们什么破经理，这样也能答应？”

“经理通情达理，只让我之后请她吃饭以做报答。”

“你们经理男的女的？”

“女中豪杰。”

李陪陪吹了下口哨：“看上你啥了？”

卫无常的声音正直而严肃：“李姑娘，莫要胡乱猜测，坏人清白。”

李陪陪又吹了声口哨，而在她这声口哨声音的末端，我“嘭”

一声推开门，大喊：“陪陪！”

门外，李陪陪、卫无常、余美美和阿季正巧走到楼道口，阿季一只手里拿着一块布，盖着一个东西，我看那东西的形状，仿佛是他自己的……心脏。

没给我多想的时间，李陪陪夸张地张开手臂扑过来，把我一个熊抱，将我脑袋摁在她丰满的胸上摩擦：“小信！我想死你了！”

我在李陪陪的波涛汹涌之中沉沉浮浮，沉的时候世界一片黑暗，浮的时候能看见后面三人一脸的冷淡。

卫无常点头微微鞠躬和我打招呼：“苏姑娘，好久不见，可还安好？”

余美美注意到了重点：“你怎么住在李怼怼屋子里？”

李陪陪闻言，将我推开。她看了一眼李怼怼的房间里面，又上下打量着我：“李怼怼趁我们不在，对你做了什么？”她挤眉弄眼地问我，看起来并不是担心，而是带着一丝期待，一丝激动，还有很多乱七八糟的八卦情绪，“居然让你住进了他的房间？他的棺材你睡过了吗？”

你们吸血鬼问这种情色问题都是这么的惊悚的吗？

“你想多了，这五天他根本没有回来，我被他在这里关了五天的禁闭。”

“哇，李怼怼这么渣的吗？五天都不回。”

“那李怼怼去哪儿了？”美美接过话头问，“这几天在拘留室，听吸协的人说，这几天李怼怼也很少去上班，他又不回家又不上班，跑哪儿去了？”

“这谁知道？”李陪陪撸起了袖子，“没事，小信，你别气，等他回来，我帮你削他。”

“削谁？”

李怼怼的声音极其冷淡地出现在李陪陪身后。

竟是不知道什么时候，用阵法回来了。

五天不见，他似乎……憔悴了许多。看到他状态这么不好的模样，我忽然……觉得好受了一点。

然而就算憔悴，李怼怼也是李怼怼。

他一来，仿佛自带一股改变 BGM 的力量，所有人的气氛都变了。

余美美就开口撤退："我先回去了。"

阿季跟在美美身后，一言不发。李怼怼扫了阿季一眼，没有多言，任由阿季跟随余美美上了楼。

想来，这是默认阿季住在这栋楼里了。

我往上一看，看见美美和阿季两人上楼的背影。

阿季才分开人腿没多长的时间，走路还是有一些蹒跚，楼梯上到一半，似乎有点疼痛和疲惫，他稍微站了一会儿，美美回过头来，沉默片刻，向阿季伸出了手，阿季抬头看着美美，两人都没有说话，然后阿季默默地将手放到了美美掌心里。

美美握住他手的瞬间，阿季垂下了头。

因为站在楼梯下，所以我能看到垂头的阿季微微弯了唇角，隐晦的窃喜。

很难猜测到阿季的心情，只是回忆起阳光下，沙滩边，他说"这次，带我走吧"时的模样，我想，他应当是很安心的。

在这么多年过去之后，属于美人鱼余美美和阿季的故事，这个时候才真正开始吧。

"说说，你要削谁？"李怼怼轻轻抬了一下鼻梁上的金边眼镜，一句稍显薄凉的话将我从美美的故事中拉了出来。

李陪陪前一刻还高扬的气势，像被锉刀狠狠地锉掉了一截："没，没有啊……我说的是削……消息。"

卫无常一声看穿一切的冷笑，换来李陪陪一个眼刀，卫无常抬手对我抱拳："既然苏姑娘无恙，我便先回去休息了，五日未回，家中需要清洁打扫一番。"

我点头："好的。"

"告辞。"卫无常转身开门回家。

李陪陪似乎觉得自己刚才㞞得有点丢脸，清了清嗓子问李怼怼：

“你这五天怎么一点消息都没有？小信说你没有回家，吸协的人又说你没有去上班，你到底干啥去了？”

“忙去了。”李怼怼简单地甩了三个字，一转头，目光落在我身上，将我上下打量了一眼，最后眼神停留在我的脚上。

我的脚尖，此时此刻正停在李怼怼房间大门门框处，正正好，一点点也没有迈出。

李怼怼似乎很满意，他微微点了点头，然后瞥了李陪陪一眼：“你还有话，进来说。”

李怼怼向门内走来，我只好让到一边，他走到门口，看了地面一眼：“我的拖鞋呢？”

“你老不回，我给你收到鞋柜里面了。”我答完了，下意识地从鞋柜里面将他的拖鞋翻出来，放到地上。

“这几天黑狗有喂吗？”

“怎么可能不喂……饿了它一点就不知道吵得多厉害。”

“铲屎了吗？”

“铲了。”我有点怨言，“它话都会说，为什么不能自己去铲屎？”

“就你话多。”黑狗插话进来，“你还长得人模人样的，啷个不会开飞机哎？（怎么不会开飞机呢？）”

我刚想和黑狗理论两句，李陪陪关门进来，冷漠吐槽：“你知道你们现在就像一对结婚多年的夫妻吗？还赡养了一位脾气恶劣的老年人的那种。”

李陪陪一说，我忽然发现，好像……是有这么一点像。我悄悄瞅了一眼李怼怼，他似乎……并没有要反驳李陪陪这话的意思。

我和李怼怼没说话，黑狗却跳了出来：“你脾气才恶劣！老子好得很！温顺又可爱。”

“李怼怼你家猫又欠抽了，我帮你抽一顿吧。”

“你来抓我撒！”

李陪陪没有废话，身形矫捷地扑了过去，一人一猫在屋子里上蹿下跳，一边折腾一边吵。

安静了五天的屋子，一下子就闹腾了起来。

李怼怼视而不见，自己穿好了鞋就走进了他的房间。

“啊……”我看着他的身影，有点忐忑。

虽然我只在他的房间待了五天，但里面已经满满的都是我的东西了——电脑、手绘板、护肤品和一些粉色的毯子、抱枕、杯子。我以为李怼怼看到这些，或多或少都会有点不悦，因为他向来是一个距离感很强的吸血鬼。

但让我没想到的是，李怼怼只在走进房间的时候脚步顿了一下，然后继续若无其事地走到里面，从他棺材旁的小柜子里面拿出一个水杯，再慢慢走出来倒水喝。

喝完水，杯子往茶几上一放，他拉了一下领带，坐在沙发上，双手交叉，放在膝盖上，好整以暇地盯着我：“习惯吗？”

“什么？”

“这几天住得习惯吗？”

“还……还行。”

“那以后就住这儿。”

这几天我想过李怼怼回来后，对我说这话的可能性，所以我听了之后，还算淡定。但此时跳上桌子的黑狗却是一个脚滑，直接从桌上摔了下去，伸长爪子抓都没抓住桌子边，李陪陪更是惊讶得一个猛转头，眼睛盯向李怼怼，头顶撞上了桌角，直接把桌子顶得在地上摩擦出了十厘米的痕迹，我听声音都替她疼。

一人一猫一起摔在地上，李陪陪像根本没有痛觉一样，跳起来就问李怼怼：“你们什么时候暗度陈仓、沆瀣一气、鹊桥相会的？”

我看着李陪陪：“你知道自己在说什么吗……”

“主人！”黑狗盯着李怼怼，声音里是满满的难以置信，“你到底被她下了什么药？”

我看着李怼怼，我也想知道我给他下了什么药。

但李怼怼像根本就听不到别人的话一样，只盯着我说：“情况比我想的还要不好，以后你白天也别上去了，还有什么东西要拿下来的，让李陪陪去给你拿。你睡沙发，自己把电脑桌搬下来，在客厅里找个地方，以后你就在客厅活动，我的书桌我要用。”

“不是……”

“他们从拘留所回来了，白天吃饭你随便让谁给你买，我会给他们打招呼，尽量帮助你。如果实在找不到人，就叫外卖放到山下公交车站，黑狗去给你叼回来。周末我会去采购一些食材放进冰箱里，你也可以自己做。”

“等等……”

“我在公寓的时候，你可以去楼顶晒晒太阳，但必须有我陪同。”

我揉揉眉心：“李怼怼……”

“没什么事，就这么定了。”

“不能定啊！”我急了，“为了保命我可以被关着，但是不能关一辈子啊！总得有个时间吧，让我有个盼头吧，没有盼头，总得给我个理由吧，到底是为什么啊？什么危险？为什么危险？谁要杀我？他为什么要杀我？总得有个理由吧！”

李怼怼沉默地看着我，房间静了一会儿。

李陪陪算是稍微冷静下来一点了，她脑袋在我和李怼怼之间转来转去，最后问：“谁要杀小信？”

李怼怼这才将目光从我脸上挪开，看着李陪陪冷静说着：“你们被拘留的前一天，解放碑附近发生一起争斗，从留下的波纹来看，是林子书。”

然后我眼睁睁地看着向来大大咧咧的李陪陪，脸色慢慢变得严肃：“他还敢来？”直至说出这句话的时候，我听到了陪陪言语中令人森然的杀气。

“找了五天，没有搜到他的踪迹。”李怼怼身子微微往后一仰，靠在沙发上，声音中终于透露出了先前掩盖起来的疲惫，“不知又蛰伏在什么地方，伺机而动。”

李陪陪也陷入了沉默，我打量着他们兄妹的脸色，然后望向黑狗，黑狗也看了看他俩，又看了看我，也是一脸的迷茫，想来它也是个什么都不知道的。

“所以……”我举手，打破房间的沉寂，乖巧提问，“这个林子书，到底是谁，他为什么要杀我？”

李陪陪和李怼怼一起转头看我。

很难得，心直口快的李陪陪竟然沉默地不回答我。

“一个很长的故事。”李怼怼说，“你不用知道为什么，你只需要知道，他针对的不是你，而是我。”

那我就很不明白了：“那为什么杀我？”

“他不希望我身边，有任何人类。”

“这……”我一句话在胸口堵着，堵了半天，实在憋不住了，“关他屁事！？”

李怼怼和李陪陪齐刷刷地看着爆了粗口的我。

我咳了一声：“不是……这也不能怪我一时没控制住吧……有个人要杀我，只是因为我和你是朋友……”

“朋友？”李怼怼挑眉。

啊，抱歉，房东大人，是小的僭越了。我利索改口：“我和你是租赁关系。”我打量李怼怼，见他没了意见，这才继续说下去，“因为这个理由杀人，太荒唐了吧！”

“很多事，你认为荒唐、奇怪乃至不可理喻，不过是因为你的见识少。”

我被李怼怼一句话怼回来之后，我选择了保持沉默。陪陪心疼我，和我解释：“你肯定是有点难理解，但那个人……”她想了想，“其实他背后牵扯的，还有许多非人类世界的势力分割和利益诉求。”

势力分割和利益诉求……怎么一下子上升到了这样的高度？

我……我就租个房啊，我就是个租客啊！

“小信你知道二战之后，世界上成立了世界非人类联盟吧。”

“我知道，简称世非联，下面还有国非委……是指每个国家成立的非人类委员会，然后国家下面还有每个省市的非人类委员协会，简称市非协或者省非协……这些你之前都和我说过。”

"嗯。但是这些协会联盟都是这几十年建立的，时间还不足百年，但非人类这个群体，存活在这个地球上，已经很多年了。论活的年头，只会比你们人类多，不会少。"

我望着李陪陪，觉着，虽然陪陪平时没有个老师的模样，但每次在科普的时候，才终于有了一点老师上课的样子，我乖乖听讲。

"在以前，人类人口爆炸增长之前，很多非人类，是以造物主的身份自居的。人类对于那时候的非人类来说，太弱小了。就像猪牛羊狗对人类来说一样，都是食物，猎物和利用的工具。"

我瞥了一眼沙发上坐着的李怼怼，李怼怼也盯着我，不用他开口，我就听到了仿佛一直悬于我耳边的声音："听到了吗？猎物。"

是的，我听到了……

"在世非联成立之后，还是有很多不愿意服从世非联法律的非人类存在。一开始这样的非人类很多，还形成了一些大大小小的组织和世非联相抗衡，但这之后，人类的科技发展，社会进步速度极快，在大势之下，这些反抗的非人类也渐渐地放弃了斗争，融入了世非联中，只有一些尤其极端的个人或者团体，依旧坚持过去的传统看法，我们称他们为流离者。"

陪陪看着我说："流离者依旧认为人类只是猎物……"

我看了李怼怼一眼。

"是低一等的存在……"

我又看了李怼怼一眼。

"人类就该臣服于非人类的脚下。"

我忍不住再次瞥了李怼怼一眼。

李怼怼拿起桌上的水杯："你老看我，是觉得，我内心也是这样想的？"

不……我不是觉得您老这样想，我是看着您老平时就是这样做的，也是这样说的。

我把嘴唇紧紧咬住，将这些话都闷死在了心里。

"我要是这样想，苏小信，第一次见面，你就变成一具干尸了。"

他优雅地喝着水，喉结上下滚动，寻常的举止，却让我感觉到背脊一寒。

我连忙解释："你都是市吸协主任了，你肯定思想过硬，觉悟甚高，不会那样的。"

李怼怼把水杯放下："苏小信，你只需要知道，现在，外面有个杀你就像杀蚂蚁的东西存在就行了，至于他为什么要杀你。"李怼怼盯着我，目光里带着丝森冷的光：

"别问原因，没有理由，就像你踩死蚂蚁的时候，也不会告诉它为什么。"

"可是……"

李怼怼打断我："你，以后就好好地待在屋子里。"

"可是这样也太过了。"这一次不是我，而是李陪陪开口了。

陪陪科普完了，又恢复了平时的模样，她站到了我这边："这都过去多少年了，也多少年没看见流离者闹事了，上面都快把流离者的警报取消掉了，花花世界美好人间，哪个非人类没有颗浪荡的心啊，谁愿意整天为了一点莫须有的传统搞事情。即便是林子书，在这个时代，也掀不起什么浪，怕他干啥？他要敢来，我就敢揍他。"

"呵。"李怼怼冷笑一声。

莫名的，我的脑海在这个时候忽然闪现出了我漫画页面下的评论楼里，那个叫千叶的ID，冷漠的一个"呵"字。

次元壁很神奇地在这个时候被打破了。

我按捺住自己的 内心活动，静静地看着李怼怼，他慢慢地将衬衣袖口扣子解开，把袖子卷了一圈上去："好啊，你先来和我练练。"

李怼怼站了起来，明明什么都没做，房间里却似有风吹过，在这瞬间，我陡觉脊梁一寒，我看着李怼怼，他嘴角还噙着冷笑，但盯着李陪陪的眼神已经凉了："今天你放倒了我，明天就让你带着苏小信出去溜达。"

我一转头，只见李陪陪以迅雷不及掩耳之势，转身走到门口，开门，出去，抱拳："告辞！"

“嘭”

门一关，外面的脚步声一点停留都没有，利落地上了楼去。

李陪陪你……

我转过头，看着面色薄凉的李怼怼，黑狗向来是见风使舵惯了的，这时候也不知道逃到哪儿去了，屋子里就剩下了我和李怼怼两人。

沉默让我们之间有些尴尬。

但一想到这样的尴尬即将持续不知多少个日日夜夜，我又觉得有点愤怒：“我大概了解情况了，总之就是那个叫林子书的流离者，看不惯你们吸血鬼和人类的我接触……但现在和人类接触的非人类那么多，为什么针对你？”

李怼怼瞥了我一眼：“别问为什么，蝼蚁。”

我望着李怼怼这副模样，点了点头，我明白啊，因为李怼怼就该和那个林子书是一样的人啊！你看他的语气，作风，哪样不像陪陪说的“流离者”了！

“好吧，就当你和他有一段不为人知的过去，他看不惯你身边有我这个人类。我理解，我都理解！我可以答应你不出这栋楼，但不让我出你的房间还是太夸张了吧，他们都回来了，而且陪陪不是说了嘛，这都什么时代了……”

“弱肉强食，哪个时代都一样。不能出房间就是不能出房间，我这里不是菜市场，不要讨价还价。”李怼怼显然对和我谈话失去了兴趣，他抬了下眼镜，掏出手机，手指滑动手机屏幕，“我休息一会儿要去洗澡，你帮我把热水放一下，别太烫。”

我：“啊？”

李怼怼把目光从手机上挪开，看傻子一样看着我，重复着他的要求：“热水，放一下，别太烫。”

“你让我待在你房间里，其实就是因为想找一个保姆而又嫌外面市场价太贵吧。”

他看着手机头也不抬：“算是包了你的吃住。”

“那我这个月的房租可以不交了吗？”

李怼怼滑手机的手指顿了顿，仿佛经过了良久的煎熬。煎熬到他内心的纠结连我都看出来了。

“行了！行了！我交！我自食其力！但你也别太过分了，我的居住环境直接被缩减了一半！你也得给我减免房租！至少减一半。”

“减三分之一。”

“一半！不然我就打电话报警，说你非法拘留我！”

李怼怼不满地扫了我一眼，我捏着拳头，鼓着气，宛如胀气的河豚一样瞪着他，四目相对，我想如果下一秒他还这样盯着我我就㞞的时候，李怼怼转开了目光。

“好，一半。以后黑狗的屎归你铲。”

这吸血鬼真是太会斤斤计较！不过好歹也是减了一半的房租，也算是讨了点利益回来。我转身去浴室放热水，走到浴室门口，想起来昨天我洗澡的时候出水太小的问题，我转头想告诉李怼怼，却猝不及防地看见了坐在沙发上的吸血鬼的微笑。

金边眼镜后面的眉眼弯弯，他唇角的弧度温柔得那么好看。

这个吸血鬼，明明有那么美的一张脸。

美到在蓦然回首的一瞬，可以惊艳到让我失神。

李怼怼目光一转，盯住了我。他嘴角的弧度消失了。

“看什么？”

我反问：“你笑什么？”

“刷到好笑的微博。”他答得冷淡。

但李怼怼啊，你是不是有时候也是傻的啊？你的手机，刚刚明明就是黑屏的，什么光都没有。

我没有继续问下去：“我昨天洗澡的时候发现出水很小，你什么时候联系人来检修一下呗。”

李怼怼闻言，放下手机，向浴室走来：“我看看。”

浴室门口狭窄，我和李怼怼都侧身他才能过去，擦身而过的一瞬间，他身上自带的凉气拂过，让我皮肤不自觉地麻了一下。我看着他打开了热水，却听“噗”一声，热水从花洒里面汹涌地喷了出来。

李怼怼和我都猝不及防地被喷了一脸。我愣在了门边，李怼怼倒是冷静又快速地反应过来，将热水关掉了。

我站在门边，只有头上湿了，身上没湿多少，而李怼怼却是浑身都湿透了。他的白衬衣贴在他身上，将他肌肉的形状都显现出来。

狭窄的浴室里，在热水流淌之后，空气带着点湿热，我望着李怼怼，一时间之间不知该做何反应。

李怼怼转头看了我一眼。

“呃……我，为什么水……”我语无伦次，李怼怼已经转过头去，在浴室毛巾架上将我那粉粉的毛巾扯了下来，往我头上一丢。毛巾盖了我一脸。

我的视线被粉色毛巾挡住，在我自己摘下毛巾之前，一只大手摁在毛巾上，带着刚才热水的温度，他将我头发一阵乱搓。我脑袋随着他的手转动着，仿佛坐上了旋转木马，世界都在转，还有我的心跳，在木马上起起伏伏。

“好了。”大手松开，毛巾从我脸上滑下，我慌乱接住。浴室里的镜子里，我头发乱糟糟，表情也乱糟糟，但李怼怼此时已经背过了身去，在拧着花洒：“自己出去吹干，别又感冒。”

我呆呆地走出浴室门。

忍不住回头看了浴室门一眼，然后陷入了沉思——刚才那举动，如果是其他男生，我一定认为是在撩我了，但李怼怼……怕是对湿头湿脸的我的……嫌弃吧。

我看了看空荡荡的屋子，听着背后浴室里流淌出了正常的水声，继续沉思着……

这被嫌弃和怼的日子，到底什么时候才能是个头啊……

图书在版编目（CIP）数据

我的奇异时光：全2册 / 九鹭非香著 . -- 南京：江苏凤凰文艺出版社，2019.6
ISBN 978-7-5594-3676-4

Ⅰ . ①我… Ⅱ . ①九… Ⅲ . ①长篇小说 – 中国 – 当代 Ⅳ . ① I247.5

中国版本图书馆 CIP 数据核字 (2019) 第 079342 号

我的奇异时光

九鹭非香 著

责任编辑　刘洲原
特约编辑　马春雪　苗玉佳
装帧设计　A BOOK STUDIO 阿茜 Design 841773761
责任印制　刘　巍
出版发行　江苏凤凰文艺出版社
　　　　　南京市中央路165号，邮编：210009
网　　址　http://www.jswenyi.com
印　　刷　北京永顺兴望印刷厂
开　　本　880×1230 毫米 1/32
印　　张　16.75
字　　数　482 千字
版　　次　2019年6月第1版　2019年6月第1次印刷
书　　号　ISBN 978-7-5594-3676-4
定　　价　49.80元（全2册）

九鹭非香
——著

我的奇异时光

下

江苏凤凰文艺出版社
JIANGSU PHOENIX LITERATURE AND ART PUBLISHING, LTD

目录

Contents

第二十三章

Chapter 23

不得了的愿望

十天，我想，这是我忍受李怼怼的极限了。

与李怼怼同居之后，我抱着“这个人是要救我的命”的念头，打算好好地和他相处着，但是！但是！他对我的态度，仿佛是救了我全家千儿八百条命啊！

一开始还好，他比较忙，每天夕阳落下就出门上班，早上要到朝阳初升的时候才回来，而朝阳初升的时候，正是我刚睡下三小时，睡梦正沉。

我中午十二点起床，李怼怼已经躺进了他的棺材里。下午我在屋子里活动，李怼怼一直在沉睡，到夕阳西下，他醒了，我俩顶多一起吃个饭，他收拾收拾，很快就出去上班了。接下来的漫漫长夜就是我一人的天下。

我们的时间完美错过，每天应付他一顿饭的时间，这个耐心我还是有的。

但是这样过了五天之后，李怼怼忽然间就没有那么忙了。

他凌晨四点回来，这时我刚在沙发上睡下，他回来折腾洗漱，房间那么小，客厅望过去就是浴室，我自然也是睡不着的，在沙发上躺着玩手机到凌晨五点，他洗漱完了，进屋关门睡觉，我也才能好好睡觉。

而这样导致我和李怼怼睡觉的时间其实是差不多的，我因为睡觉时间推迟了一个小时，起来的时间也推迟了一个小时，到下午一点左右才醒，李怼怼比我睡得久一些，下午两点也起了，然后我们就相顾无言地待在屋子里，一直到晚上十点！

十点！

他才出门上班！

中间隔着八个小时！跟上班时间一样长了！而且我和他都还是清醒状态！我不可能连着画八小时的画，而且这也不是我的习惯，我的习惯是深夜工作。

李怼怼也不可能玩八个小时的电脑，这也不是他的习惯，他的习惯是……

好吧。我也不知道他平时在家里待着的习惯是什么，但我知道了他的爱好，他的爱好是使唤我、使唤我、使唤我！

“黑狗拉屎了，去铲。”

刚打完一局游戏的我只好去铲屎。

“我要在沙发上看书，你把自己被子叠了。”

看完一部剧的我只好去叠被子。

“该吃晚饭了，想想吃什么。”

正在和叽叽酱聊天的我没空理他，他就走到我桌子边敲敲我的桌子，直到我的目光转到了他身上，他才说：“去厨房看看有什么吃的。”

过了四天这样的日子，在第五天的时候，我实在忍无可忍，愤而反抗，怒视李怼怼：“你就不能让我安安静静地坐上八个小时吗？或者你安安静静地坐八小时。”

他坐在沙发上，手里握着书。

“安安静静地坐八个小时，你大概会少活十八年。”

“颈椎病让我清醒，肩周炎使我快乐，我愿意活在当下，想太多才死得早。”

很难得，李怼怼拿着书，沉默了地看了我半晌，大概是对我这样自暴自弃的丧人没有话说了。但李怼怼到底是李怼怼，就算没有反驳的话，他还是能理所应当地提出他的要求：“去厨房看看有什么吃的。”

我一咬牙，默念，人在屋檐下……

我一拍桌子，屁股一抬，刚要站起来，桌上手机响了起来，上面大写的“妈妈”两个字，我瞥了一眼李怼怼：“母上电话。你自己去厨房看吃的吧。”

李怼怼放下书，站了起来，走过我的身边的时候，还是说了一句：“站起来接电话。”

这一瞬间，我都感觉电话里的妈妈走到了我的身边。

我看着李怼怼走进厨房，一声叹息，接起了电话。

“小信啊。”

“嗯，妈妈。”

“你这两天回家来看看吧，你爸爸先前出门摔了一跤，腿骨折了。”

我一愣：“啊？怎么摔了，严重吗？”

“医生说没什么事，好好静养就好，就是你知道你爸，年纪大了，一回家修养，每天手里没事，就喜欢念叨你，该是想你了。”

我回头瞅了眼在厨房里研究食物的李怼怼。

“你也好久没回来了，我知道你怕我和你爸念叨你，这次我们保证不念叨你，你定个时间吧，看哪天回来看看你爸，我也好提前买点菜，你不是喜欢喝排骨汤吗？你在外面肯定不会自己炖汤喝的，妈妈给你炖点汤补补。”

妈妈在电话里絮絮叨叨地说着，打算在排骨汤里炖点什么，爸爸的腿是怎么摔的，以及不去上班的爸爸在家里比她更能念叨。

我听着这些念叨，觉得有点心酸，仔细一想，也是好久没有回家去看父母了。

但是……

我又看了一眼李怼怼的背影。想了想，说：“妈，那你等我安排下时间，等安排好了我和你说。”

“哦好，那你先安排吧。”电话里妈妈停顿了一会儿，然后又说，

“你要是实在忙，不回来也可以，其实我和你爸现在也理解你，你爸就是这两天念叨得多了些，等他腿养好了，能走动了，自己就好了。”

“我……”

其实，有时候父母的退步比他们的殷殷期盼更让我难受。得有多小心翼翼，才会说这样的话。

“我没事，不忙。待会儿我给你电话。”

“好。”

挂了电话，我心情有点沉重。

让我沉重的，不是父母的爱，而是我即将面对的李怼怼的狂风骤雨。

我在内心里纠结挣扎了许久，终于斟字酌句地在内心打好了腹稿，凑出了一句话。然后我鼓起勇气，站起身来，英勇就义一般，走向厨房。

我站在李怼怼身后。

李怼怼正烧了一锅水，他站在锅边，一手拿着勺子，一手端着一碗冰冻水饺，看样子，是打算等水再沸腾一些，把水饺倒进去煮。

“李怼怼。”我呼唤他的名字，他却头也不回地盯着锅说：“站远点，别碍事。”

“我和你商量个事。”

“不许出门。”他依旧头也不回。

“你陪我回家见父母吧。”

“咚”一声，在我的腹稿脱口而出后的下一刻，李怼怼手里的冰冻饺子带着碗，一起掉进了锅里。

沸腾的开水霎时凉了，闷闷地冒了两个泡，只有锅下的大火还不知发生了什么，拼命地，呼呼地烧着，熬煮着锅里的水饺和碗。

整个厨房里，静得只有火焰的声音。奇怪的寂静和炙热相互交织，正如我和李怼怼之间的关系。

李怼怼没有管锅里的东西，他拿着勺子，有些僵硬地转过头，终于看了我一眼：“你说什么？”

“是这样的。”我连忙解释，“我爸把腿摔了，躺在家里行动不便，我又好久没有回家了，我想回家看他一下。我知道我们有约定在前，但这确实是突发情况，所以为了我的安全和你的承诺，我诚邀你和我一起回家看看爸妈。”

我宛如相声演员一般说完这段话，期待地看着李怼怼，等待他的回应。

他握着勺子的手仿佛收紧了一瞬，我有一种莫名的直觉，我觉得这一刻，他是想拿这个勺子敲死我的。

“不行。”

他铁面无私地拒绝了我，又转过身去，从旁边抽了一双筷子，然后以精湛的筷子功，将锅里的碗夹了出来。

“为什么？”

“耽误我的时间。”

“就耽误一会会儿，就一会会儿，我保证我回去看看他们，和他们吃个晚饭就行。”

“不行。”

“就喝口水也行。”

“不行。”

他冷漠的态度令我愤怒，但奔着这事儿确实是我临时提要求的原因，我按捺住情绪，继续提议：“那不耽误你的时间，我让李陪陪陪着我……”

李怼怼不为所动，只翻搅着锅里的饺子，此时，水已经重新沸腾了起来，饺子也在锅里快速地翻滚着，一如现在的我和李怼怼的关系。

我再接再厉：“还带上卫无常，卫无常不是跟你一样厉害吗？再带上小狼，再把美美带上总好了吧，让他们四个陪我回家，东南西北围着，总不能出事吧。”

李怼怼冷漠地转头看我：“你还想带谁？”

“我最想带的就是你啊！”我脱口而出，李怼怼竟然没有反驳，于是我接着和他梳理我的逻辑，“带你又方便又省事儿还是最有保障的，但你不是觉得耽误了你的时间吗？那我只有带别人……”

李怼怼的脸越听越黑，最后把火一关，勺子扔进锅里就往外面走。

我跟着追了出去，看见李怼怼开始穿鞋要出门，我茫然：“我们事情还没商量完呢，你要去哪儿？”

李怼怼穿好了鞋，将门拉开一个缝，随即回头甩了我一个冷漠的眼神：“我去问问，谁敢跟你去。”

我慌了：“你这样问不是威胁吗？那谁还敢跟我去！”李怼怼拉开了门，我无比愤怒，“李怼怼你太过分了！”

而在李怼怼拉开门的一瞬间，李陪陪竟然出现在了门口，也不知道是发生了什么，相比我和李怼怼的神情，她一脸的喜悦，仿佛遇见了天大的好事。

她看见李怼怼拉开了门，目光越过李怼怼的肩膀看见了我，说了一句：“正好！”她对我挥挥手，“小信小信你有什么愿望啊？”

我现在的情绪出奇的愤怒，指着李怼怼的背影大喊：“我现在唯一的愿望就是想让李怼怼这个混蛋变成猪！”

李陪陪在外面听了这句话，笑容僵在脸上，显得有些猝不及防，李怼怼推了一下金边眼镜，眯着眼，微妙地看着我。

然后我听到了一个从来没有听到过的女声说：“啊……这个愿望吗？好啊。”

声音出奇的好听，语调莫名的温柔，然后我看见一个身影从楼上慢慢走下，站到了李怼怼家的门口。

白皙的皮肤，金色大波浪的头发，女神的身材与容貌，我愣了半晌，陡然反应过来，这是……我们这栋楼的 Wi-Fi 女神——金花。

我也想起来了，听说她一年 365 天，只会苏醒一天，其他时间都在沉睡，我还想起来了，在她苏醒的这一天里，她会满足别人的一个愿望，从不让人失望。

而我刚才……好像……许愿了。

而女神说……

“好啊。”

此时此刻，后知后觉的我，感觉到空气，安静得令人窒息……

我搞出的这个事情，比想象得更严重。

我、还是人的李怼怼、李陪陪、于邵，还有金花女神以及黑狗，是这楼里目前有空闲时间的五个半人，我们齐聚李怼怼房间，围着茶几，坐在地上。试图商量出一个解决方案来。

但……

因为这事情有点过于荒诞，被叫来商量解决办法的李陪陪和于邵，面部肌肉都在疯狂地抖动着，他们不停鼓动嘴巴，看向其他地方以及扭动身躯，试图将这来自灵魂深处的笑意给压下去。

“笑撒子嘛笑！（笑什么笑！）”黑狗非常凶地吼了李陪陪和于邵，“我主人变猪很好笑迈！楞个可怕的事情，笑锤子哦！（变猪很好笑吗？这么可怕的事情，笑个屁啊！）”

听了黑狗的话，抱着手、盘着腿的李怼怼脸色变得大概比黑狗的毛更黑一些。他瞥了黑狗一眼，黑狗接住他主人的眼神，身上的毛战栗了一下，它也垂下头，不敢言语。

而于邵和李陪陪选择了弯腰勾头，发出了拼命压抑但是又压抑不住“咕咕咕”的笑声，像两只鹌鹑。

我跪坐在李怼怼身边，是的，跪坐。

我其实也很想笑，但是我真的不敢笑，而且我对李陪陪和于邵的笑，也是非常痛恨的。

因为，我觉得李怼怼现在虽然没有看我，但他已经戴上了他的金戒指，金边眼镜和戒指上都带着扎人的寒光，如果我敢露出一点笑容，我发誓，李怼怼一定当场削了我的头垫在屁股下坐。

而陪陪和于邵的笑，宛如声声催命，只要把李怼怼气到临界点了，我大概也就交代了。

我，苏小信，一个普通的漫画作者，此时命悬一线，如坐针毡。

我垂着头，看着茶几，沉默且瑟缩，一言不发，假装自己已经把脑袋埋进了地里。

而金花女神是我们当中唯一正常的一个……其实，也不太正常，自打她来到李怼怼的屋子里坐下，她就开始了疯狂地吃。

先前李怼怼煮的水饺，我和李怼怼是没胃口吃的，所以已经被她消灭了，而她在吃水饺的时候，还外卖叫来了五十份重庆小面。

此时，金花女神身边，空下来的外卖纸盒，大概有三十个了，她已经吃了三十碗三两小面，现在她开始吃第三十一碗了，筷子一夹，吹一吹，然后塞进嘴里，一吸，咀嚼两下，吞进去，大概重复三次，一碗面就空了，然后抱着碗“咕咚咕咚”喝上两口，空的外卖纸盒又添一枚。

整个房间里，除了女神吃面的声音，就只有李陪陪和于邵笑得“叽叽咕咕”的声音。

到第四十碗的时候，女神温柔的声音打破寂静：“我还想再吃五十碗。”

“好，我给你点！”陪陪终于找到了除了憋笑以外的其他事情，她兴冲冲地点开女神的手机，帮她加上了外卖，然后把女神手指头拉过去付款。

李陪陪停止了“叽叽咕咕”，于邵也不太好意思笑下去。他一抬头，清咳一声，脸上没有半分笑容，一个小孩，严肃地望着李怼怼：“事情怎么会变成这样呢？”

女神继续吃面条，没空搭理人，陪陪为了给自己找点别的事情做，和于邵搭上了腔，宛如一唱一和：“唉，我也是没想到啊，今天下楼的时候，看见金花家门开了，进去就看见金花饿得晕乎乎地趴在地上，你是知道的，金花一年醒一天，一天要吃一年的东西，我就上楼给她找吃的去了，她在我房间里吃东西的时候，我就跟她说了一下，这一年里搬进咱们公寓的小信的事儿。”

“哦！”于邵十分刻意地点头，“然后呢？”

“然后金花很喜欢小信。”

女神吃着东西，含糊不清地说了句：“嗯，陪陪和我说小信帮了她很多忙，性格又非常善良温柔，我喜欢这样的女孩子。”

李陪陪接着解说：“所以金花说，要把今年的愿望额度留给小信。”

“嗯。”女神又吃完一碗面，空闲时间插话，“陪陪和我许愿一夜暴富我都没答应。”

“嗯，不过我觉得没什么，这个愿望让给小信，我心甘情愿的。”

我……

谢谢你啊金花女神……谢谢你啊李陪陪……

你们真的……

你们真的太会挑时间了。

我在心里哭出了一片太平洋，但脸上，已经寂静如死。

“然后我就很开心地跑下来敲李怼怼的门嘛，但我还没敲门李怼怼就开门了，正好小信又在背后，我就问小信有什么愿望啊。然后……”

于邵点点头：“原来如此。”于邵转头看我，“所以小信为什么想让李怼怼变猪呢？”

啊……哥……于大哥！

于爸爸！

你别问了！你饶我一条狗命吧！我这条命留着，以后一定给你提供点别的乐子！

我嘴角颤抖，借用求生欲的力量，转动我的脖子，看了眼李怼怼。他还是人的模样，他依旧没看我，我声音犹如细如蚊讷：“别……别问这些了。”我目光挪向女神：“这个……愿望可以撤回吗？”

女神呼呼喝了汤，一抹嘴，一双绝美的眼睛温和地看着我，然后她温柔地笑了：“不行哦，我答应的时候，愿望就发出去了。”

还能有发出去这一说吗？女神难道是什么信号塔吗？给外星人发消息的那种？那到底是什么外星神秘力量能把李怼怼变猪啊？

女神又端来一碗小面，吃之前说：“等夜晚过去，朝日再起时，你的愿望就会实现了。”

也就是说，明天早上太阳升起的时候，我将在棺材里面看到一只变成猪的吸血鬼，名唤……李猪猪?

想想也挺萌的。

不过，我觉得我的生命怕是走不出这个良夜了。等到太阳升起的时候，我或许已经凉了。

因为在女神说完这话之后，我感到压力倍增，不是错觉，而是地面真的有些抖，一些墙灰从震颤的天花板上落下，刷了粉的墙面，一条细缝突然从墙根蜿蜒爬上。整个房间里，满满都是李怼怼无形的气息。

为了保住自己这条命，我赶紧瑟瑟发抖地问金花女神："有没有什么可以补救的办法呢？比如说把这个愿望追回来，或者再发一个愿望出去撤销上个愿望，"

金花女神对房间里倍增的压力视若无睹，继续吃着自己的面条："唔，追回是不行的，再发一个愿望可能也很困难，因为我一年只有一次发送愿望的机会。但我可以就你那个愿望，帮你附加一个条件。"

在李怼怼变猪这个愿望上附加条件?

附加什么？让他变成一只可爱的猪?

在我还在绞尽脑汁思考怎么用一个附加条件解决这个危机的时候，女神忽然放下筷子，将嘴里的面吐了出来："啊！"她转头看我，"我知道了，这样吧，李怼怼会变成猪，但如果有真爱的一个吻，就可以让他变回原来的样子。"

什么玩意儿?

青蛙王子吗？那李怼怼这个变猪的算什么？猪猪亲王吗?

"我觉得……"这样不太好，这样让女神你像给人诅咒的女巫啊……

我后面半句话还没说完，陪陪忽然眼睛一亮，叫了出来："喔喔喔……这个很好这个很好！一个非常棒的童话故事开头啊！"

"是吧是吧！我发出去了。"

嗯?

等等……

她说……

“嗯！？”我情急之下抢了女神的小面，“你怎么了？”

“附加条件啊。”女神笑着看我，“我追加上了。”

我……

我此时内心大概有八百公斤的血想吐一吐。

什么……什么玩意儿的真爱？非人类到底要不要这么不靠谱啊！

“李陪陪！你怎么能说好？”我迁怒陪陪。

陪陪一脸耿直地回看我：“不好吗？确实是个很棒的童话开头啊。”

于邵也在一旁不靠谱地点头：”确实不错。

“我上哪儿去给你哥找个真爱啊！你看不出你哥现在虽然没说话，但满脸写着，‘苏小信今天要是解决不了这个事，我在太阳出来之前就先送她去见阎王’这行字吗？”

李陪陪看了一眼李怼怼，然后眼神儿一转，落在我身上：“小信我看你很懂我哥嘛，这么懂，说不定就是真爱呢，反正现在附加条件已经发出去了，你要不就啵他一个试试？”

我……

我转头看了李怼怼一眼，错觉似的，李怼怼眼神动了一下，像目光才从我身上转开。

要我……亲……李怼怼？这……这怎么都是坑吧！

我不亲他那就是我不想帮他。我不厚道。我亲了他，他明天不变猪，我岂不就变他的真爱了？李怼怼这样的真爱？那还不如让他变猪呢！

而且如果我亲了他，他明天依旧变猪，我不是他的真爱，李怼怼大概能用猪蹄子叉死我。

我进退两难，没法答话，而就在这时，李怼怼开口了：“李陪陪我看你是皮痒？”他转了下手上的戒指。

李陪陪脸上的笑立即收敛了一下，她轻咳一声：“好了……不开玩笑了。我说真的，反正这附加条件都出去了，怎么着？试试呗。”

“对呀，试试呗。”女神从我手里拿回自己的小面，“我听陪陪说，李怼怼很喜欢小信不是吗？这个条件你们不是轻而易举就能达到吗？”

女神话一出，李陪陪神情一僵，我指着李陪陪大怒：“原来是你给女神灌输的这种！”

“李、陪、陪。”

李怼怼这三个字喊出口的时候，李陪陪忽然身影如烟消失，只在空中留下四个字：“溜了溜了。”

而在她身影消失的地方，李怼怼的鞭子已经“啪”挥了过去，将屋中茶几劈了个两半。

于邵也咳了两声：“那啥，我也帮不上什么忙了，剩下的，你们自己想办法解决吧。”他开门走出去，“不过我倒是真的觉得，穷途末路，什么办法都可以试一试嘛。”于邵冲我眨了下眼睛，转身离开。

女神也已经吃完了五十碗小面。她抹了抹嘴：“我去外面等外卖了，待会儿拿回来就上楼吃了。吃完我就该睡了，明年再见哦。”

真是匆匆苏醒的女神，又匆匆离去的女神。

所有人离开之后，一片狼藉，留给了我和屋中的李怼怼。

我看着他，他看着我。

离开三人都说过的那句“试试”，宛如还在绕梁。

第二十四章

Chapter 24

愿望满足的时刻

我看着李怼怼，做了无数挣扎，最后心一横，牙一咬，我闯的祸我背锅，死活亲一口吧！

就当亲了狗一口！

我眼一闭，冲李怼怼的嘴撞过去，可我刚起了这个势，脸还没凑得上去，一只大手就直接将我整张脸抓住，毫不客气地往后一推，力气有些大，我由跪坐的姿势被推成了摔坐在地的姿势。

我睁开眼睛，呆呆地看着李怼怼。

李怼怼轻蔑又嫌弃地瞪着我："干什么？"

"亲……这不是要亲你吗？为了不让你变猪。"

"走开。"李怼怼说着，站起了身来，他理了理袖口和衣领，"没人说过金花的愿望一定会实现。"

"可是……以前他们许的愿不都达成了吗？"

李怼怼一脸毫不在意的样子，转头就走进了自己的房间："小恩小惠谁都可以做到，这种荒唐的事情没有根据。我待会儿去上班了，你自己在房间里待好。"他回头，以警告的神情盯着我，"要是让我知道你敢私自离开，苏小信……"

他顿了很久，一开始，我以为他是想给我制造压力，可这个制造压力的时间未免也太长了一些，于是我发现，这个李怼怼，也没有想好，如果我私自离开，他将用什么办法处置我。

是啊，让我待在房间里本来就是为了保我的命，他总不能为了保护我，所以直接杀了我吧……

“日后你将知道什么叫恐惧。”

好的，一句并没有什么力量的威胁，和平时比起来，功力差了许多。

我想，此时此刻，在李怼怼的内心，应该也是被变猪这回事扰乱了吧，只是现在还没有到天亮，他死活不肯承认罢了。

李怼怼自己回了房间，及至晚上九点，他西装革履地走出来，头发依旧打理得一丝不苟，精致的金边眼镜在灯光下还是非常的闪耀，外表看来，一如往常。

他走到门边穿鞋。我有些担心：“要不，今天晚上，你还是就在家里待着吧。”

“你在家里待着。”他头也没回，说完这句话，起身开门就出去了，像对来自女神的诅咒，根本没在意一样。

李怼怼关门离开，之前一直不知躲哪儿的黑狗才重新蹿了出来：“你莫说，勒些话听起，摁是像两口儿一样。（你别说，这些话听起来，真的像两口子一样。）”

我垂头看黑狗：“你真的只在意这个吗？要是你主人真的变猪了……那你就是一只猪养的猫了。”

黑狗斜了我一眼：“不得（不会），我主人要是变成猪了，那你就是要养一只猪和一只猫的人了。祸是你闯的，你要负责。”

想想余生都要带着一只说话欠揍的猫和一只说话欠揍的猪过日子……我内心真的是无比凄凉。

我坐在沙发上，抱拳拜了东西各个宗教的诸天神佛，只希望他们不要让女神的愿望实现。

我祈祷着，忐忑着，当然也根本睡不着了，一直在沙发上等到凌晨五点。这是天即将亮起来的时间，而一般这个时候，李怼怼该回来了。随着时间的临近，在寂静的破晓时刻里，我越来越紧张，生怕听到钥匙开门的声音后，看见的是一只肥美的蹄子。

然而不管我怎么紧张，时间终究是到了，我听到了脚步声，脚步声有点乱，但不像蹄子的声音。

我等待着，等待着，终于，钥匙叮咚作响的声音在门外响起，门把手开始转动，门被推开。

人形的李怼怼完好无损地出现在门口。

他进了门来，径直对上了我的眼神。

说实话没有开门见“猪”，我的心情是非常复杂的，既开心，又有点失落……

“眼睛盯这么紧做什么？你是不是有什么不切实际的期待？”李怼怼问我，我没有吭声，内心那些阴暗的小九九，绝不能透露一点点。

“我是担心……”

我话音刚落，走在向卧室走去的李怼怼忽然一个恍惚。

我立即紧张地站起来：“怎么了？”

“没……”他话刚开了一个头，忽然身体往旁边一偏，径直向我倒来。

我立即抬手，将李怼怼接住，可奈何李怼怼比我重上许多，我平时又十分缺乏锻炼，实在接不住，顺着他的力气又往后面一倒，重新坐回沙发上，李怼怼重重压在我身上。

伴随着一声金属落地的“叮咚”声。

我“哎哟”一声，勉强用自己弱小的腹肌稳住身子：“怎么了？”我坐稳之后，想要看身前李怼怼，却发现，倒在我身上的……

竟然只有李怼怼那套西装。

地上，是李怼怼的戒指和眼镜。

而我身上的西装，在我两腿之间腹部之上的这块位置，有一个圆滚滚的凸起物。

我……仿佛意识到了这是什么。

我抖着手，拉开西装外套，解开衬衣扣子，然后……看到一只小香猪的脸，从衣服里面拱了出来。

小香猪看着我，我看着他，我满脸震惊，他一脸严肃。

“李……怼怼？”

李怼怼看着我，然后站起身来，四个蹄子叉在我的腹部上，让我有些疼痛，但此时此刻，这点痛算什么？他抬起自己右边的前蹄，垂头看了看蹄子，又看了看我，又看了看蹄子。

然后整个人……整只猪，就僵住了。

黑狗从角落里冲出来，一个急刹，看着面前的场景，静默了两秒，然后哀号声从它嘴里哭天抢地地蹦了出来：“啊！天老爷！不活喽！勒日子没法过喽！我嘞个活哦！我主人变猪喽！哎哟！嘞个办哦！（不活了！这日子没发过了！我怎么活啊！我主人变猪了！怎么办哦！）”

房间里，寂静的我，寂静的猪，加一只号啕大哭的猫，形成了一个完美的闭合。然而很快，这个闭合就被门外面一阵惊天动地的狂笑给打破了。

李陪陪、于邵的声音在外面笑得震天响。

隔了一会儿，加入了卫无常的动静：“怎么了？为何大清早扰人安宁？”

又隔了一会儿，又想起了美美的声音：“从昨天开始你们就在闹腾什么？”

再一会儿，老巫婆也下来了：“哎呀，让不让人睡美容觉了，讨厌死了！到底在吵什么啊！”

小狼的声音也迷迷糊糊地在外面说道：“就是啊，我昨天唱了好晚的场，还没睡半小时呢……”

外面笑声不停，里面哭声未止。

唯一安静的，是香猪李怼怼，和被香猪压着的我。

李怼怼放下蹄子，这瞬间我感到了，来自一只猪的，杀气。

李怼怼是猪。

我没有骂他，我只是在陈述事实。

时间在我和他之间大概静止了千百万年。

最终，李怼怼终于接受了这个事实。耳边的动静，似乎在他内心平静下来之后，才慢慢传达到他的心里。

他眼中带着杀气，盯着我。

是的，眼前这只猪身上的杀气，让我感觉战栗。只是这战栗里，还透露着三分可笑。

但到底这个祸是我闯下的，从人道主义的角度出发，谁都可以嘲笑李怼怼，唯独我不能。

于是我认真地害怕着，认真地盯着李怼怼，然后认真地求饶："失手！这不都是我先前一时失手嘛！我可以弥补！"

我看着李怼怼，不知道为什么，人形李怼怼我亲不下嘴，而面对猪形的李怼怼我压力登时小了许多，这下亲他，真的可以当亲狗了："我可以亲你！"我宛如赌咒发誓一样喊出这句话，随即双手一抬，伸向前，抱住李怼怼的猪头。

李怼怼圆滚滚的眼睛猛地一睁，仿似吓得不轻。

我没有管他，径直抓住他的猪耳朵，拉着他靠近我，同时自己也卷腹探头迎向他。

李怼怼抬着蹄子试图叉在我脸上，然而，虽然他摆出的姿势是满满的抗拒，但奈何蹄子太短而鼻子太长……

我眼一闭心一狠，为了我的责任与担当，一口亲在他鼻子下的嘴上。

李怼怼到底是李怼怼，就算变成了猪，这嘴上还是干干净净热热乎乎，没有一点味道和湿润，触感很是不错，可也不足以让我留恋，这轻轻一碰之后，我便立即松开他。

李怼怼却仿似受到了重击，他依旧双目圆瞪地盯着我，然后难以置信地后退两步，他的蹄子踩在我软软的肚子上，一个没站稳，"啪"一声从我身上摔到了地上。

"哎哟！"黑狗趴在地上哭够了，抬头看到这一幕，又开始号啕起来，"妈哟，我主人达到地上的声音都楞个肉唧唧的！我主人再也不帅气了！嘟个办哟？（妈呀，我主人摔倒地上的声音都这么肉乎乎的！我主人再也不帅气了！怎么办呀？）”

我和黑狗不一样，我关注的不是这种细枝末节的点。我盯着李怼怼，看着他从地上爬起来，他踩在他自己的西装上，甩甩脑袋，甩动了一身软乎乎的肉，然后……

丝毫未变。

要命，金花女神追加的这个条件……没用啊！条件不成立啊！我不是李怼怼的真爱啊！

李怼怼抬头，他看着我，我看着他，时间再一次在我们之间静止。

“我、我、我、我刚才真的亲了你，但是……没用。”我声音越说越小，李猪猪的眼神越来越冰凉。

“啊！”黑狗像在给我们配 BGM 和旁白解说一样，再次号了起来，“亲都亲了也没用啊！日子没法过啦！”

我被号得心烦又心慌，但在这个空间里，我又不敢吭声，只能关切地注视着李怼怼的一举一动。

在黑狗的配乐中，我见李怼怼抬起了他的小蹄子，一蹄子叉进了他掉落在地上的戒指里，戒圈套住了他蹄子一角的……前端。戒指上立刻金光一闪……

夭寿了！这人是变猪了，但这猪还会用术法的！

我死了我死了我死了！

我捂着胸口躺在沙发上闭上了眼睛，在给自己做最后的祈祷，但下一秒我却听到黑狗高高的一声：“喵！”

好久没有听到这猫发出真正属于猫的声音了，我一睁眼，转头，但见黑狗蹲在了房间角落，一直前爪捂着自己的屁股，双目含泪，眼神可怜地盯着李猪猪。

“吵，死，了。”从李猪猪的嘴里，发出了三个森冷的音节。

随着他话音一落，戒指上金光化作长鞭，如蛇亦如闪电蹿到房门门锁上，“嘎哒”一声拧开房门。

金光径直蹿出去，将门外笑得快人事不省的两个人脖子一卷，金鞭一紧，丝毫不客气将两人的往屋里一拉。

背后另外几人一片茫然。

李陪陪和于邵一同被拉进了屋来，力道之大，让两人根本不可能站稳，他俩摔在地上，面朝下地在地上磨过。在摩擦而过的地面上，他俩都还坚强地留下了笑声的尾音。

他们摔倒在李怼怼面前。

一大一小，两个人慢慢坐了起来，或许是因为疼痛，或许是因为羞愧，两人捂着脸，坐起来之后，半天没吭声。

然而隔了一会儿，他们俩将手从脸上拿开的时候，我发现，我还是太善良了，这两个人，不把手拿下来，只是因为……

“啊哈哈哈哈……不行了，真的太好笑了，看见实物更好笑，啊哈哈哈哈……妈呀！你变猪怎么那么可爱？怎么办？我停不下来，哈哈哈……我要笑死了，我死了。”李陪陪笑得在地上捂着肚子打滚。

于邵好一些，只是在地上打滚，没有力气说出嘲讽的言语。

看着他们这模样，我深深地为他们的性命感到担忧，而同时……我也实在忍不住了，我转过头，背对李猪猪，埋头在沙发里，紧紧地，紧紧地咬住牙，深呼吸。

然而下一瞬间，只听“唰”一声，房间里所有的笑声都止住了。

我也警戒地一转头，只见李怼怼的金鞭分成两股，停在于邵和李陪陪的眼睛前面，金鞭最前端，变成了细如麦芒的一根针，针尖直直地指着两人的眼球。

“好……好了，我们不笑了。”李陪陪在地上摩擦着往后挪了一点。

于邵也清了清嗓音：“好，我们现在严肃地来想想解决办法。”

“李陪陪。”李猪猪冷声吩咐，“去给我向吸协请假，十天。”

陪陪收敛了笑，坐直身体：“十天……能解决……这个情况吗？”

“必须解决。”

“好……”

“于邵。”

"在在在！"

"这期间，吸协部分公共事务，由你出席，替我处理。"

于邵盘腿坐着，这下才带了几分正经："官老爷，我现在可是个小孩，你手下那些吸血鬼，能听我的吗？"

"少给我推脱，这事你办还是不办？"

"办办办！"于邵拍拍衣服站起来，"总不能白笑你官老爷一场吧。"

李陪陪也站起身来："我这就帮你请假去。"

我看着他们，有一点欣慰，终于这些非人类也有齐心协力去做点事情的样子了。

"从刚才我就在好奇，你们到底在笑什么啊？我听到李怼怼的声音，可怎么没看到李怼怼人在哪儿？"敷着面膜的老巫婆从屋外面走进来，然后目光落在地上的李猪猪身上。

"呀，这楼里养猫养狗怎么还养猪了？脏死了，哎……咦？这是……"

老巫婆的目光落在李猪猪蹄子叉着的戒指上，而此时此刻，戒指上飞出的金鞭还停在空中没有收回。

李猪猪此刻仿佛意识到了什么，立即将金鞭收了回来，然而……有个成语叫作……为时已晚。

老巫婆看着地上的李猪猪、沙发上的我、李猪猪蹄子下的戒指、李怼怼散乱在地的西装。似乎又联想到了方才李陪陪和于邵的狂笑，屋内黑狗的哀号，然后……

"啊……"

他仿佛被人打了天灵盖一掌，整个人，都通透了。

"李怼怼你……"他指着李猪猪，脸上的表情，在我的见证之下，扭曲，变化……我眼睁睁地看见，他的面膜，裂了。

"哈！哈哈！哈哈哈哈……"

"李怼怼变猪了！哈哈哈……"

老巫婆带着几分尖锐的声音宛如一只穿云箭，号召千军万马都来相见。

美美走了进来，小狼走了进来，卫无常也走了进来。

然后，场面就失控了，房间，响起了再也停不下来的，此起彼伏的……笑声。

我，内心一片平静，我不是不想笑，我只是想到这些人离开之后，自己的下场，有点笑不出来。

李猪猪也在沙发下，和我一样的，寂静。而他的寂静，我想，是暴风雨前，最后的宁静……

第二十五章 Chapter 25

李猪猪

所有人都被李怼怼打了。

除了一脸无望的我和一直严肃克制的卫无常。

房间陷入了沉寂之中，李猪猪坐在沙发上，屁股蹲落在地上，两条短短的前腿直挺挺地撑在沙发上，即便是做猪，他也在以一个骄傲的姿态做猪。

茶几之前已经被打烂掉被拖出去扔了，现在沙发前一片空地。

我瑟缩地坐在沙发角落，垂着头，一脸生无可恋。卫无常站在一旁，满目正直，除了我们俩，李猪猪面前跪坐着的一排，是刚刚不知死活嘲笑了李怼怼的家伙们……

他们……不是眼角青一块，就是嘴角黑一坨。

面膜笑裂了的老巫婆嘴角被鞭子抽红了；小狼额头被打出了一个大包，大包上周围一圈爹出了一些狼毛，仿佛他脑袋里住了个河童；减了一些肥的美美笑得太大声，左边脸被抽成了以前的样子；于邵和李陪陪带的头，所以两人鼻青脸肿到让我认不出他们。

但因为都是非人类，这点皮肉伤，估计明天早上起来，就不见影子了。

还有黑狗也在地上蹲着，摸着屁股，老老实实地没再吭声，屋里到底也算清静下来了。

而我这么生无可恋，是因为，我见识了刚才金鞭的光影交错，我可不是非人类，我不知道，在大家离开之后，我还能不能活着喘气。

李猪猪表情很严肃，声音也非常一如既往的冷酷无情：“精神都很好啊。”他说，“房租都交清了？”

以李陪陪为首的拖租四天王的我、小狼、美美，都把脑袋垂得更低了一些。

李怼怼以实力告诉我们，房东就是房东，不以他的形态改变而转变催租的姿态。

我们在他是人的时候，欠他钱，在他面前抬不起头来，在他做猪的时候，依旧欠他钱，依旧抬不起头来。而且说出去还更不好听了——我们连一只猪的债都还不起。

于邵和老巫婆勉强还能翘点脑袋：“我可是都交清了。”老巫婆说得很骄傲，“还预交了后面三个月的呢。”

“我也没欠你租啊。”于邵说，“我还给你交了押金的。”

“哦。”李猪猪慢条斯理地继续说，“你在外面招惹的那些女人，给他们注射记忆混乱的药物，大概是你押金的二十倍，这么一直欠着也不是办法，我找你们赶尸匠协会讨回来，怎么样？”

于邵立即低头：“我错了，哥。”

李怼怼目光转到了老巫婆身上：“你让我秘书去海外开会的时候，帮你代购一些你们巫协总部的东西。”

老巫婆浑身一僵。

“有的，是不许在国内销售的，你该知道吧？”

“哎呀，人家错了嘛……”

老巫婆也垂下了头。

“错了？”

“错了。”

李猪猪再问：“都知道错了？”

“知道了。”所有人异口同声地回答。

“这几天，我不想再在公寓里听到这么杂乱无章的动静。”

挨了打的人都垂头丧气地点头。

李猪猪的蹄子在沙发上敲了两下，当然，闷闷的“噗噗”两声，没什么气势，但他的架势却摆足了：“听到了吗？”

“听到了。”大家声音答得软软绵绵，七零八落，但逼迫大家把承诺说出了口，李猪猪宛如小学的教导主任一样，满意地点了下头，点完头，他下意识地抬起了前蹄，看动作，似乎是想推推鼻梁上的眼镜，但是却一蹄子戳到了自己胖胖的下巴，将自己脸上的肉怼得一抖。

他蹄子僵了僵。

下面坐着的一群脸上都还带伤的非人类，大家明明都垂着头，也不知道是不是头顶都长了眼睛，所有人的呼吸在这一瞬间都重了一下……

然后，于邵开始咳嗽，美美开始打哈欠，老巫婆拉着睡衣衣领假装自己气闷，小狼左顾右盼打了个饱嗝出来，陪陪大概是没辙了，呻叹一声，双眼一闭，花样扭腰，倒在地上假装自己死了。

没人说话。

我瞥了一眼李猪猪的脸，他的脸很黑，真的黑，因为他的脸上有香猪特有的黑皮，但此时他身上冒出的气息更黑，比黑皮更黑。

香猪发号施令：“都、滚。”

众人如获大赦，连忙起身，鱼贯而出。

躺在地上的李陪陪睁了一只眼睛，看见大家都在往外面走，也心急地想往外面爬，但姿势实在难看，旁边站着的卫无常仿佛是看不下去了，在路过陪陪身边的时候，一把揪起了她的衣领，拎着她就出门了。

李陪陪嘀嘀咕咕小声骂他：“你就不能轻点？”

“那在下便放手了。”

李陪陪双眼一闭：“提着。”

我不得不说，李陪陪这戏，真的是要多假有多假，演尸体都敢睁眼说话。也得亏是李怼怼现在心累不想和他们计较了，才能这样放过去。

陪陪和卫无常出去时，门还没关，我看见阿季下了楼来，站在李怼怼屋外门边，一言不发。

阿季看见美美红肿的侧脸，一愣，下意识一抬手，想要去碰，但又颤抖了一下手指，将手收了回去，随即他眉头一皱，好像起了点怒意，一转头，瞪向屋内要找“凶手”，可……

可李怼怼是只猪啊！阿季当然不会想到这些人都是被猪打了，所以他只瞪到了我。

我……

我能怎么办？

我只有垂头装死。

阿季很生气，仿佛要进来找我讨说法，美美连忙将他的手拽了，阿季一愣，垂头看着美美握住他手腕的手。

美美小声拉着他往楼上走：“走了走了，回去说回去说。”于是阿季再也没有注意屋子里的事情。

李怼怼家的门终于“嘎哒”一声关上了。

黑狗也跟着大部队走了出去。

现在，房间里就剩下李怼怼，和我这个罪魁祸首了。

李猪猪站了起来，他转向了我，我紧张无比地看着他。他抬了抬前蹄：“你，去把我工作电脑抱出来。”

我立即起身照做，帮李怼怼把电脑抱了出来。

“打开，密码 112233，打开这个文档，打字……”

李怼怼说什么我做什么，一点也不反驳，知道被奴役了一个小时之后，我才反应过来，李怼怼，这并不是在折腾我，而是……让我成为他的双手，帮他工作。

“呃……你就让我帮你做这些吗？”

他瞥了我一眼，即便是一双猪的眼睛，也带着满满的嫌弃：“你还能做什么？”他说，“今天先帮我把之前工作上没处理完的事结个尾，之后的事情有于邵帮我做，明天开始，再专心地找解决这个状况的办法。”

“怎么找？”

李猪猪又看了我一眼，然后我从他的眼神里读到了，他……也不知道。

工作处理完后，我和李怼怼在家里面面相觑。

他坐在沙发上，猪尾巴翘起来的弧度非常的迷人，我看着他的尾巴发呆，听漏了他的话。

“你在看什么？”

李怼怼声音沉下来，我几乎是下意识地皮一紧，瞬间回神，盯住李猪猪的眼睛：“啊？”我假装眼酸，揉了揉眼睛，“没什么，你刚说什么？”

“去给我拿条毛巾来。”

“哦……”

我老老实实地去了卫生间，将李怼怼的毛巾拿了出来：“要干什么？”

李怼怼沉默了一会儿，最后好似无奈极了，头一转，不看我：“给我系在腰上。”

“哦……”

我拿着毛巾走到李猪猪身边，他坐着，没有半点要挪动身体的意思，如果他不把屁股抬起来的话，我要把毛巾围在他腰间就非常的困难。但在我要开口让他抬屁股的时候，我又忽然明白过来了，李怼怼为什么让我拿毛巾过来给他系腰上。

因为……他裸体啊。

所以刚才那两只前蹄规规矩矩地放在身前，不是为了骄傲，而是为了遮羞……

“那个……”

我开口，还没说出话来，李猪猪就站起了身体，四只蹄子着地，他不看我，我也清咳一声，不看他，摸索着帮他把毛巾系在了腰上。

毛巾遮住李猪猪的腰，但是毛巾还是被他翘起来的小尾巴顶了个帐篷出来。

唔，弧度非常的微妙。

我决定转开目光："李怼怼，我们要不去试试，看能不能把金花女神叫醒吧，先看看有没有别的解决方案。"

李怼怼沉思片刻："好。"

终于同意我出门了！我欣喜万分："那我去楼上敲门！"

李怼怼看着我，继续沉思，随后像终于下了决定一样："一起去。"他从沙发上跳下来，四只脚着地，毛巾也拖在了地上，他走路的时候后面的蹄子不停地踩在毛巾上，显得有些磕磕绊绊。

"要不……我抱你上去吧，待会儿你上楼得更不方便。"

李怼怼依旧沉默着，仿佛在思忖着一些关于尊严和生命意义的东西。我觉得再让他想下去，大概这以后十天就不要出门了，于是我直接弯腰，抓住他的两只前蹄，"嘿哟"一声，把李猪猪抱了起来，放在怀里。

这只猪……唔，这只李怼怼，比我想象中要重一点。

我掂量着，他大概有十五斤左右，有点压手："你以后吃什么啊？"想到体重，我下意识地就联想到了这个问题，脱口而出之后，我才发现李怼怼有些沉默。

他在我怀里，整只猪都是僵硬的。

我以为他待会儿回神过来，必定要痛斥我的逾距，所以连忙解释："我这都是为了方便，没有半点对你不敬的意思。"

但我解释之后，李怼怼也并没有任何表态，他只是转过头来，长长的猪鼻子在我胸前一擦而过，他抬头盯着我，眼神是我意料之外的复杂。

像在看我，又像在透过我看别的东西，我理解不了。

想到李怼怼现在的模样，他普通的情绪大概都没有几个人能理解，我又释然了。

"出去吧。"李怼怼说。

得到赦令，我犹如死囚刀下逃生，激动地走到门边，拉开大门，低头看了一眼门槛，有些激动地在原地摩擦了一下鞋底，让自己干干净净地迈出一步，走出了李怼怼的房间。

啊！

自由！

“上楼。”李怼怼的命令接踵而至，我短暂的自由就这样消散了。

不过这也足以让我开心好一阵，我抱着李怼怼往楼梯上走：“你有金花女神家的钥匙吗？要是我们敲门敲不醒她怎么办？”

“她的门从来没锁过。”

李怼怼话音一落，我一拉金花女神家的门，果然，只是虚掩着，不只是没锁，连门锁都没有彻底扣上。

我抱着李怼怼走进女神的屋子。

屋里很干净，干净得……一如清水房。

客厅里什么都没有，只有一张大床，而这张床却出奇地浮夸，有我半个人高，上面棉被之柔软，让女神几乎整个人陷入其中，金色头发扑散在羽毛一样纯洁的被单上，让她像一个沉睡的天使。

她闭着眼睛，皮肤吹弹可破，呼吸又轻又暖，睡得像婴儿一样安宁，要吵醒这样的美人，实在让人不忍心。可怀里的猪显然不是这样想的。

李猪猪在我怀里一蹬，直接跳到了金花女神的床上，然后一蹄子戳在女神的脸上：“起来。”

女神毫无反应。

李怼怼又叉了她的脸几下。女神依旧纹丝不动。

“你来叫。”

于是我趴在女神耳边：“女神？”我轻柔地呼唤她的名字，没得到回馈之后，我一次叫得比一次大声，直到最后的声嘶力竭，配合着李猪猪的蹄叉脸，女神却连眉毛都没有皱一下……

就像，死了一样。

“好像……叫不醒……”

“你们还在折腾呢？”门口李陪陪睡眼蒙眬地倚着门框，她打了个哈欠，“不累啊你们，昨天就没睡吧，这都快第二个晚上了。”

“这不是……在想办法吗……”我确实折腾累了，说话都有气无力的，眼睛一睁一闭，也想和女神一样趴在床上睡觉。

“金花不是说了吗？”李陪陪说，“真爱之吻就可以让他变回去啊。”

主要是上哪儿去找这真爱啊！

我累地叹了一口气。

转头看李猪猪，李猪猪也不叉女神了，他再一次陷入了沉默，沉默之后抬头看了我一眼，然后声调变得有些不悦：“回去休息。”

“不想办法了吗？”

“明天再说。”

我只好点头，再将李猪猪一抱，往门外走去，路过李陪陪身边的时候李陪陪吹了一声口哨：“之前没成功，可能是你们的目的性太强了，就想着把李怼怼变回来。哪有真爱是奔着目的去的？要不下次你们试试安静的情况下，来个互相对视深情一吻，或许就能成呢？”

和一只小香猪对视，然后深情一吻吗？

这个难度，是不是也太高了？

我和李怼怼都没有吭声，沉默地下了楼，再次回到李怼怼的房间，我实在困得不行了，把李怼怼放到地上之后，我倒头在沙发上，说了句：“我先眯会儿。”就睡着了。

这一觉我睡得很沉，而这一觉我也睡得很奇怪。

我做梦了。

梦里李怼怼一直在我身边看着我，然后他开口和我说话。

在我印象里，除了怼人的时候，李怼怼从来没有过这么多话。而这一夜，他在我耳边说的话大概比我遇见他之后，他对我说的话都多。

奇怪的是，我知道他一直在说话，也一直听到他的声音，但是，我一直没有听清楚他在说什么。

“咕噜咕噜”，“咕噜咕噜”……

他说了一夜，我在梦里对他喊了一夜：“我听不清啊！我听不清啊！”

直到我把自己喊醒了：“我听不清！”

我睁开眼睛，房间里，光线昏暗，应该是又一天的凌晨，太阳还没有升起，房间温度有些低，而房间里并没有凌晨该有的寂静，李怼怼的棺材里，传出了一声接一声的呼噜声。

来自变猪以后的李怼怼。

听着他响彻整个房间的呼噜声，我坐在沙发上，哭笑不得。

难怪……听不清啊！

睡醒之后，我也再难睡着了，我在厨房翻了点吃的出来，想着李怼怼大概也要醒了，想给他也做点东西吃，我尝试着做了几样，等了半个小时，自己吃了半个小时，洗碗用了半个小时，天已经大亮了，李怼怼的呼噜声还是没有停止。

于是我又坐到自己的书桌上，刷微博一小时，看评论一小时，摸鱼画画一小时，都快到中午吃午饭了，李怼怼还是睡得非常沉，一点苏醒的迹象也没有。

到了中午，我忍不住了，走到李怼怼的房间里，轻轻推开他的棺材，看到四肢短短，圆圆一团的李猪猪趴在黑漆漆的棺材里，打着呼噜，非常具有黑色幽默风格的画面。

“李怼怼，你差不多该起床了吧，今天不是还要找恢复的办法吗？你都快睡过去了。”

李怼怼没有任何反应。

我只好又从房间里出去，到百度上搜了一下小香猪的资料，然后发现……这种动物需要非常长的睡眠时间。

原来，变成猪之后，真的方方面面都会变得像猪啊。

我一声叹息，忽然手机一响，是我妈发了一条短信过来：“时间有定好吗？”

我看着屋内的李怼怼，忽然眼睛一亮，立马给我妈回了消息：“我今天下午回来。”

回了消息之后，我满屋子地寻找，终于在棺材边找到了李怼怼的金戒指，然后把戒指揣在身上，将沉睡的李猪猪抱了起来，他还是没醒，我很开心，打开了他的大门，在门边犹豫了一会儿，然后迈了出去。

我抱着李怼怼走到了卫无常的门前，敲响了卫无常的门。

很快，卫无常就来开门了："苏姑娘。"

"大将军，我有个事拜托你一下，今天你可不可以护送我回家一趟啊？"

卫无常一愣，看看我，又看看我怀里的猪，然后点了点头："苏姑娘有事，在下自是义不容辞。"

好了，我觉得今天妥当了，不管是李怼怼口里说的坏人要杀我，还是李怼怼醒来之后要杀我，我今天，都死不了了。

第二十六章 Chapter 26

苏家父母

抱着李猪猪走在回家的路上，我才知道，卫无常今天下午本来是该去上班的。

听着卫无常和他的主管打电话请假，我有些不好意思，不是因为愧疚，而是因为……尴尬。

“好的，上次的一顿饭我记着的，嗯，这次请假事出突然……嗯，当然……嗯，再来一顿也没有问题……还要一顿？主管，在商场这些天你照顾我很多，我很感激这知遇之恩，此恩日后我必当涌泉相报，但如今我委实囊中羞涩……嗯，是的，工资不低，但是我要先还苏姑娘的钱……苏姑娘是我邻里，也帮衬我许多……不，我对苏姑娘并无男女之情，请主管休要如此言语，辱了姑娘清白……”

我在旁边听着这些话语里的转折，直想揉眉。

终于等到卫无常挂了电话，我斟酌着言语含蓄地问：“大将军，你以前怕不是没有成过亲吧？”

卫无常立即严肃正经地看着我：“男儿立于天地间，自当以国事为重，战事为先，儿女私情如何能相提并论。”

和他相处了这么久，我对他的严肃正经也是习以为常了，我抱着李猪猪，一边走一边瞅他：“你父母逢年过节不逼婚吗？”

提到此事，卫无常也是颇为无奈地叹了口气：“逼的。”

这倒是有些出乎我意料了，我本来以为，时常一脸苦大仇深的大将军，要么是凶煞之命，除了自己，并无亲人，要么是父母骄傲，一家栋梁，但没想到父母对孩子逼婚这事儿，真的是不分古今，不论身份，一视同仁。

“所以成功了吗？”

“我生前最后一役时，寄书信回家，告知爹娘，若得胜归来，便迎娶定亲之女。”

“啊……”

一出惨剧。

我想了想，告诉卫无常：“以后啊，像什么‘我如果什么什么事做成了，那我就什么什么’这样的话，千万别再说了。还有‘你在这儿等我，我待会儿就回来’这样的话，也千万别说。”

“为何？”

“这个叫死亡 FLAG。”

“何物？”

“唔，就是，你说出这句话，这事儿肯定就做不成，然后让人家等你回来，你就肯定回不来，反正心里想都行，别说出来。”

“还有这样的咒语？”

“这不是咒语，这是……”

“这是哪儿？”

我话说到一半，听到一个低沉的声音将我的话头接了过去。

虽然在威严地问完这句话之后，李猪猪一呼气，带出一声猪叫，但这并不妨碍他的淫威震慑住我。

我停住脚步，卫无常也在我身边停住脚步，我没有答话，卫无常抬头一看，然后肯定地说：“这是苏姑娘父母的宅邸。”

“你带他来见父母？”李怼怼问我。

“你怎么知道？”我问卫无常。

卫无常依旧望着上方，伸手一指：“苏姑娘和母亲长得甚为相似。”

我和李猪猪顺着他手指的方向一抬头，只见面前这栋房子五楼的窗台上，我妈伸着手冲我挥着，一脸神奇又迷醉的笑意：“快上来呀，快上来！”

在我妈的催促下，我没有时间和李猪猪解释现在的情况，李猪猪也没有时间发作，我就抱着他，带着卫无常上了五楼，坐在我家客厅的沙发上。

我妈热情得过分，把我和卫无常引进屋后，她就端了一杯茶来，根本没有看我和我手里的猪，就把茶杯放在了卫无常面前，目光一直打量着卫无常，上下左右，仔仔细细。

我实在受不了这种沉默的尴尬了，问我妈：“我爸呢？”

“睡着呢，别管他。”

我这次回来的目的难道不是看望摔断腿的爸爸吗？为什么妈妈你见到另一个男人之后，就好像根本记不得这件事一样了呢？

“这位叫什么名字啊？”我妈看够了，终于开启了话题。

“伯母好，在下卫无常。”卫无常说着，站起来鞠了个躬，身高大概比我妈高出了一个头，我妈看着他的体格，高兴得合不拢嘴。

“哎，你好你好，这小伙子还很客气啊，年纪多大啦？”

问到这个，卫无常沉思了一下，我知道他是在认真地计算他的年纪，为了避免他答出一个惨案一样的数字，我连忙拦在前面：“妈！这是我朋友！”

“是是是，是朋友，年轻人的关系都是从朋友开始的嘛，妈妈知道。”我妈妈还是一脸笑意，笑完了忽然想起来什么，又指责我，“就是你这孩子，真是，要带朋友回来，提前和我说一声啊，这屋子都没有收拾的。”

我妈的目光终于转到了我身上，随即，才看到了我手里抱着的猪。

我妈愣了一下：“你还带只猪回来干什么？”

听到这话，气场一直很压抑的李猪猪看了我妈一眼。而我妈的气势显然是比李猪猪要强很多的。

我妈立即眉头一皱：“还是活的？这么小一只，要肉没肉，没什么用，回头我还要找人杀猪……”

李猪猪气得发抖，我连忙把他按住：“宠物猪，宠物猪。”

我妈又是一个皱眉，继续嫌弃："养猫养狗就算了，现在还养猪了，不嫌屋里臭吗？"

"他……叫香猪……"

"叫香猪就香吗？再有了猪那么笨，大小便你肯定教不会……"

"妈你这是偏见，猪其实很聪明的。"

我妈瞥了我一眼："和你一样吗？"

我沉默了，我的亲妈在某种程度上来说，和李怼怼其实性格也是很相似的。这大概也是为什么我能在李怼怼的淫威之下租房这么久的原因吧。

我妈还要开口，我觉得我已经快要摁不住抖个不停的李怼怼了，于是连忙往旁边一指："他送我的。"

把锅甩到了卫无常身上，卫无常接受了，但李怼怼是什么心情我不知道，而我妈好歹是停住了嘴。

我妈看了卫无常一眼有些尴尬地笑笑："你们年轻人，现在都送活的啊。你们先坐吧，我去看看你爸醒了没。"

我妈进了卧室，我终于能把稍稍松开李猪猪一些了。

我一松开，李猪猪就立即跳到了地上。

他立在地上，先转了一下脖子，盯着我："苏小信，你想怎么死？"

我已经记不得李怼怼是第几次问我这样的问题了，所以我也没有特别的惶恐，我抓住兜里李怼怼的戒指，以免在我不知道的时候，这个戒指被他抢过去，到时候给我几鞭子，我怕是真的吃不消。

我小声告诉他："就只有今天一天，我看完我爸就回去，这次实在是情况特殊。"

"是很特殊，还带着保镖。"李怼怼瞥了卫无常一眼，眼神真是出奇的不开心。

"这不是……怕别人杀我，也怕你杀我吗？"

"呵，原来，你还怕死？"

我往卫无常身边靠了靠，卫无常正直地开口："你吓到苏姑娘了。"

"关你屁事？"李怼怼缓缓地吐出这四个字，但却带着莫大的压力和杀气，李怼怼虽然喜欢怼人，但说话带脏字却是鲜少有的，我想……他现在应该是真的很火大。

但他的火大在我看来却有点奇怪。

这个怒火，与其说针对我离开居民楼，不如说针对卫无常……一把邪火，烧得莫名其妙的炙热。

而卫无常，显然觉得李怼怼这四个字，是对他的一种冒犯。

两人都不再说话，他们对视着，令我有些说不出的煎熬。

“小信。”我妈从卧室出来，适时打破一人一猪之间剑拔弩张的沉默。

我喘了口气。

“你爸爸醒啦，你去看看他呗。”

“好。”我应了一声，把李猪猪抱起来放到沙发上：“你俩不能打架也不能走，在这儿等我，我看完我爸就出来，然后我们一起回家，行不行？”

回家这个词仿佛触动到了他们的某根神经，两人之间的火药味淡了些许。

我转身走进卧室，怕开着门风大，微微将门合上了些许。

我走到爸爸身边，他看着我，忽然笑了：“小信，你终于舍得回来了。”

我一怔，爸爸这张熟悉的脸，忽然露出了我一点也不熟悉的神色，让我陡然心头一悸，下意识地觉得，有什么事情，变得不妙了。

我爸一垂头，用手撑着身体，稍稍坐起来了一些。

当他再抬起头来的时候，脸上笑容温和，仿佛刚才那表情之中的阴鸷都是我的错觉一样。

“午饭吃过了吗？”我爸问我，是最寻常的问题。

“吃过了。”我也做了最寻常的回答，但因着在李怼怼的居民楼经历了太多匪夷所思的事情，所以我心里还是有些戒备。

“你妈之前给你包了一些饺子放冰箱里冻着，回头你都拿回去吃，你在外面租房子，也别老叫外卖。”他说完这话，我心里陡然生出一股愧疚感。自己不常回家就算了，现在居然连父母都开始怀疑了。

我走到我爸床边坐下：“知道了。”我看着我爸打了石膏的腿，有些心疼，“你腿怎么摔的呀？”

“下楼的时候被吓到了。”

我奇怪：“被吓到？被什么吓到？”

“被这样的脸。”我爸忽然声音一沉，我毫无防备地抬头，看见的却是一张煞白可怖的脸，眼下青影森森，宛如从恐怖片里爬出来的恶鬼。

我被吓得浑身一抖，立即往后一撤，但手腕却被狠狠地抓住，我低头一看，确实有一只白骨森森的手抓住了我的手腕，我惊恐不已，刚想惊声呼救，却被另外一只白骨森森的手捏住了嘴。

我的眼神再次往上，这次看见的却是一个骷髅头！

但我的嘴却被他控制，没能发出声音，而这个白骨精捏住我的脸后，立即放开了我的手腕，另一只手抬起来，彻底将我的嘴捂死。

我只得看着“我爸”从一个鲜活的人变成了一具白骨，白骨坐在床上，却依旧灵活自如。

“别叫哦。”他声音变得极低，低到像一只徘徊于我耳边的蚊子，除了我，没有任何人能听到他的声音，“不然，你爸爸，就真的要变成我这样了。”

我瞪着白骨精，白骨精也看着我，但是他并没有眼珠，只有黑洞洞的眼眶，令人恐惧。

“你是不是想问我，你爸爸在哪儿？”他说，“你让我住进你的身体里，离开这个房间，我就告诉你。”

住进我的身体里？他都住进我的身体里了，掌控我的一切，那我还有什么筹码和他谈判？

我唯一的筹码，就是此时身在客厅的李猪猪和卫无常。他肯定也是畏惧他们，所以才提出了这个条件。

在脑海里想清楚了这件事，我立即用空出来的双手扯住被子，想往旁边扔，闹出一点动静，惹李猪猪和卫无常进屋。但我刚动了一下，白骨精立即捏着我的脸就将我提了起来。

他没有站起来，只是双手的肘关节离开了他的身体，两根骨头，连着五指的骨头，将我举了起来，越举越高，越举越高，我感到脸上的肉像要被他的手指骨掐出洞一样疼痛。

我说不出话，双脚在空中无力地踢着。

“你不乖。”

他说了这三个字，两只手在我脸上用力，我惊惧地看着坐在床上的骷髅，他没有五官，没有表情，但我却能感受到他的杀气。

他动怒了，他想把手伸进我的嘴里，一只手拉着我的上颚，一只手扯着我的下巴，然后将我的脑袋硬生生地撕开。

我很害怕，来自死亡的恐惧支配着我，我的大脑一片空白，而在这一片空白中，只有三个字，宛如白纸上的浓墨重彩，尤其醒目地冲了出来。

李怼怼……

李怼怼！

救命！

“咚”一声，门被猛地撞开！

我痛得迷糊的视野中，看见了一只香猪从地上撞开门，马不停蹄地冲了进来，但因为地板太滑，蹄子没来得及刹车，所以一头撞到了进门的书桌桌腿上，又是“咚”一声闷响。

我想我此时翻起的白眼，绝对不是因为瞧不起李猪猪，而一定是因为我忍受不了的疼痛……

在白眼的余光之中，我听到了我妈一声惊恐的尖叫，随即她身体一颤，竟是一掌被卫无常打晕过去！

嗯？第一时间打晕我妈是个什么操作？

李猪猪也回头看了一眼忽然到底的我妈，一甩猪头瞪向卫无常。

“此场景不宜为人所见。”卫无常解释了一句，才转头来呵斥白骨精，“你是何方妖孽？放下苏姑娘！”

能不能不要喊话，直接动手？

显然，李猪猪是懂我的，他一言不发，眉目凛然，杀气腾腾，随即抬起蹄子往身上就是一蹭！

然后又一蹭……

然后整只猪愣住了。

我想，他一定是在找他的戒指。

在我兜里！在我兜里！

我很想大喊，但我的嘴还是被捏着，痛得什么也说不出来。

“呵。”白骨精一笑，从床上站了起来，他的手肘收了回去，一手落下，擒住我的双手，令一只手还是捂住我的嘴，限制我的言论。

虽然他手还是很用力，但我脸上剧烈的疼痛却小了不少，让我能比刚才舒服多了地用鼻子喘上气。

“主人说那吸血鬼将这丫头看得紧，不曾想那吸血鬼却没有亲自跟过来。我看，这丫头也不如主人所说，对那吸血鬼那般重要。”

重不重要我不知道，但你说的那吸血鬼我想应该是已经来了的，只是你现在不认识他罢了。

李猪猪四蹄站在地上，仰头看着白骨精，满目肃杀，然而并没用。

卫无常上前一步，他看着我的脸，表情也越发森冷。

我在我爹房间的镜子里看见，被白骨精掐过的脸，已经红肿了一大片，两颊充血，十分可怕。

“最后一次警告你，放开苏姑娘。”

“可别威胁我，我脾气不好，也掌握不了什么力道，到时候这老骨头不听使唤，一不小心用了力，可是会要了这丫头的命。”

卫无常和李猪猪果然没动。

我知道，卫无常擅长近战，近战一动手，很难不误伤，但李怼怼要是有戒指在身，一鞭子甩过来，能救我也能杀敌。我嘴被捂住，手被擒住，动弹不得，但脚还可以活动，我盯着李怼怼，扭了扭屁股，试图让他知道我的意有所指。

但他没有领悟过来。

我觉得变成猪，或多或少也影响了他的智力。

我有点绝望。但我谁也不能怪，毕竟这件事，也是我造成的。

在房间陷入僵持的状态时，忽然，窗边吹来一股清风，房间里光线一动，我看见李猪猪身体猛地一僵，随即一个人影出现在了我的身后。

我被白骨精制住，看不见那人的脸，但是我却听见了白骨精倏尔变得恭敬的声音："主人。"

"他没来？"

优雅却魅惑的声音，仿佛是月夜里的小提琴曲，带着鲜花与鲜血的味道，让文明与野性奇妙地在这个声音里结合。

"没看到他。"

他们说着，而我却一直看着李猪猪，拼命地扭胯。

李猪猪却在我背后的男人来了之后，陷入了诡异寂静的沉默里，李怼怼现在的眼睛和人类一点不一样，但是我却看到了他的情绪，阴沉，戒备，还有……森冷的杀气。

"你又是何人？"

卫无常开口，我身后的人似乎这才将注意力放到了卫无常身上，然后我听见他笑了，笑声就在我耳边，在这么致命的情况当中，吹得我耳垂一颤，让我背脊登时一麻，起了一片鸡皮疙瘩。

"是你啊。"

听这语气，竟然是认识卫无常？

"你的心脏，找回来了？"

卫无常一愣，眉头一皱："你到底是什么人？为何会知我心脏一事？"

"我当然知道，因为，当初你的心脏就是我放到那僵尸的肚子里的。"男人的手越过我的肩头，指着卫无常的心脏，"僵尸王的心脏，我本以为能给他搞出多大的事，没想到，阴差阳错，倒是被你们解决得很快。"

卫无常闻言，表情沉凝："你……"

他再开口还想问什么，但这人却不再给他提问的机会。

“好了。我该带着小可爱走了，省的待会儿，又来一些闲杂人等。”

他说完，我看到他刚才伸出来的手收了回去，随即，我腰间一凉，被一个冰冷的手臂抱进了一个同样冰冷的怀抱之中，我贴着他的胸膛，看见脚下闪出了一个紫色光芒的法阵。

和李怼怼平时用来传送我们的金色法阵一样。

只是这个法阵的光芒，显得魅惑又邪恶，一如我背后的这个男人。

“转告你的房东。”他给卫无常留下言语，“想要人，就到老地方见我。”

这是我在世界陷入黑暗前，听到的最后一句话。

而我看到最后的一幕，是李猪猪不顾一切冲过来的身影。

他是一只小香猪，但却那么的无畏。

一如平时的他。

那么帅气。

第二十七章

Chapter 27

宿敌

我！又！被绑架了。

今年第二次，上次，是卫无常绑的我。这次，不同的人，不同的地点，不同的情况，但同样的诡异。

因为没有囚禁，没有虐待，没有怒吼，这绑架我的人，甚至把我请到了上座。然后观察我。

黑暗的房间里点着长蜡烛，蜡烛的火光跳动，将屋子里的阴影描绘得十分迷幻，在火光照不到的黑暗里，我可以感受到有很多目光在盯着我，但是我看不见他们。

我局促地坐在一张极长的长桌的一头。

我很紧张，双手交握，放在并拢的膝盖上，不停地搅动指尖。而我的脚有些止不住地抖动，就像我紧绷成弦，但不停被人拨动的情绪。

我转动眼珠，瞥见一条长长的分叉的舌头在我脸颊边转动，我忍住不做出任何反应。在湿润的舌尖即将触碰到我脸的时候，旁边及时的传来酒杯放在桌上的声音。

“嗒”的轻响，声音不大，但在静默的房间中那么引人注目。

那长长的分叉的舌头顿住。

舌头的主人是一个拥有长长的海藻红发的女人，她光着上半身趴在我面前的长桌上，头发耷下，遮住她的胸，再往后，就是一条长长的蛇尾巴，盘在桌上，还有一部分往后搭在桌子下。

她转头，目光掠过她的尾巴看向长桌另一头的男子。

那人面容瘦削，金发碧眼，脸出奇的白，但是嘴唇却是鲜艳极了的红，我想这并不是因为他气色好或者用了什么昂贵的唇釉，而是因为他手里的杯子，装的并不是酒，而是血……

新鲜的人血。

非常的新鲜。

我甚至能看到这杯血生产的过程。

他身边的一名少女，十五六的年纪，脖子、手上、脚上带着厚重的镣铐，在少女的手腕上，镣铐没有遮挡的部分，刚刚凝结的伤口还是湿润的，而她的手臂上有无数的刀痕，新的，旧的。再往上，她裸露的肩颈处，也有很多或深或浅的圆形伤口。

我知道这是什么，李陪陪给我看过资料图片，这是被吸血鬼咬过的痕迹。

她被咬了很多次。多到即便他在她手臂上随便划口子取血，她也麻木到没有表情。

她是个人，但却不像人，宛如吸血鬼手中的杯子，只是个器物。

这样的环境和场景令我更加忐忑不安，甚至有唇亡齿寒之感。这个少女，似乎就是未来的我。而在这样的环境下，长桌尽头的吸血鬼却一直看着我，带着笑意，表情温和得宛如谦谦君子。

“喝点啥？”

他问我，如此冷静又寻常。

我看着他手中的杯子，咽了口口水。

他也捕捉到了我的目光：“你也想喝这个？”他晃了晃杯子。

我连忙僵硬地摇头，艰难地吐出几个字：“白……白开水就好。”

“你不是爱喝橙汁吗？不用和我客气。我这儿有很好喝的橙汁，你尝尝。”

你说什么都好，我僵硬地点头。但僵硬的大脑在稍稍思考一下之后，又陡觉不对，他……怎么知道我爱喝橙汁？

男子使了个眼色，旁边的少女转身离开，她走动的时候，身上的镣铐“叮当”作响，我看着都觉得沉重，但她走得很习以为常。

少女很快将橙汁拿过来了，放在他身前，男子敲敲桌子，趴在桌上的蛇精甩动尾巴，将那橙汁一卷，稳稳地递到了我的面前。我战战兢兢地接过橙汁，蛇精歪着脑袋看了我一会儿，开口了：“子书，她真的好普通。”

“是很普通，不过那位很看重她。”

“为什么？”蛇精不解，转头询问，“我看不出来，她有什么特别的地方值得让那位看重。”

林子书也沉思了片刻，然后回答：“大概是看上她出奇的普通了吧。”

那真是感谢我普通得这么特别呢！

我憋着气垂头不说话。

“橙汁不喝吗？”林子书转动桌上的杯子，“还是，你真的想尝尝我宠物的鲜美汁液？”

听到这话，我的求生欲让我立即抱紧面前的橙汁，我看着这平时爱喝的果汁，心里只有两个想法，第一，他这么想让我尝这个橙汁，里面一定有毒。第二，如果还有命走出这个地方，我以后，肯定不喝橙汁了。

我端起橙汁，一仰头，犹如吞毒一样，将橙汁仰头喝了进去。

我紧紧闭着眼睛，等待橙汁里面的药效起作用。

但是等到的却是面前蛇精的哈哈大笑：“子书你看她的表情，五官都扭在一起了。”我睁开眼睛，蛇精笑得翻了过来，躺在桌子上，从下往上，盯着我，“你以为我们会给你吃什么？”

我的目光从蛇精脸上挪开，看向另一头的林子书，他嘴角噙着一抹笑，他端着杯子，又轻轻啜了一口鲜血，像看笑话一样看着我。

他什么也没说，但对我来说，他的笑容，比蛇精的嘲讽更令人胆寒。一如以前李陪陪对我科普“流离者”时说的一样，这些非人类，打从心里的觉得人类就是低他们一等。

他看我时，如同小孩在看地上的蚂蚁，感兴趣就盯着看，觉得无趣了，就拿水将蚂蚁窝冲掉，他不会因此而感觉罪恶，因为对他来说，不过是碾死了几只无关紧要的虫子。

林子书一口饮掉杯中的鲜血，他站起身来，房间黑暗的角落里瞬间响起窸窸窣窣的声音，不知道是什么样的非人类在纷纷下跪。

“好了，看够了，把她关起来吧。”

我松了一口气，终于等到这句话了。我觉得，现在被单独关起来，至少比这样的情况要好很多。

林子书留下这句话，转身就离开了。那锁着镣铐的少女亦步亦趋地跟在他身后，宛如他身边会自己行动的餐盘，随时准备供给他新鲜的食物。

林子书离开后，房间里的声音多了起来，显得有些嘈杂。蛇精从桌子上撑起身体，尾巴甩过来，将我的双手绑住，她的尾巴够长，所以就算蛇尾缠住了我的手，她也有很长的尾巴在地上磨蹭前行。

我跟着蛇精离开，在出门的时候，房间门打开的瞬间我余光瞥见一个阴影一闪而过，蛇精也停顿了一下，但左右看看，什么也没有，她继续牵着我往前走。

“你乖乖的。”她一边走一边和我说，“咱们暂时不杀你，别怕啊。”

我想，她或许是想安慰我，但“暂时”二字真的没办法让我不怕。我在思考着自救和李猪猪来救我的可能性，心情十分的沉重，但蛇精并没有这样的感觉。她还想和我闲聊。

“你的漫画我和主人都有看你知道吗？”

我……

我在这种情况下遇到读者，我也真的是不知道该用什么样的表情去面对。

“我还和你聊过天呢。”

“啊？”我望着蛇精的背影。

她转过头，指着她自己，说：“叽叽酱，你听不出我的声音吗？”

我：“……”

我其实，很想让人知道此时我的心情，但是，千言万语，融到嘴边，我只吐出了一个：“啊？”

我这个“啊？”不是在怀疑她的话，我只是在怀疑自己的人生。

难道上天真的打算让我在遇到李怼怼之后，就没办法再遇到一个正常的普通人类朋友了吗？

就连隔着网络，终于联系上的共同爱好的朋友，居然也是为了不可告人的目的，而特意接近我的非人类……

“所以……”

“对，为了勾引你，我们可是老早就开始做准备了，就是那位真的把你看得很严，要不是这次你说到父母，我们都还没想到可以从你们家人入手呢。”

“叽叽酱”转头看着我微笑：“毕竟我们自己对亲人血脉并不看重。”

我沉默不语，我什么都说不出来，不知道这时候是该苦笑，该愤怒，还是该哭一场。

很多情绪扑面而来，让我变得有些反应不及的呆滞。接下来的一路我都没有说话，只有叽叽酱自己在说着，直到将我送到我的房间，关门前的一刻，她看着我，摸了摸我的脸颊：“小信，我是真的喜欢你的漫画。不过如果主人最后还是要杀你……”

她沉默了片刻，表情有些不舍和难过，随即深吸一口气，说道：“你放心，我会帮你发讣告的，不让你的读者认为你是一个不负责的弃坑作者。”

我……

我真的谢谢你八辈祖宗……

真不愧是我引以为傲的知己啊！杀了我也不忘帮我保住我的名誉啊！

“好了，你先休息一下吧，那位也不知道什么时候找过来，等人来了我来叫你啊。”叽叽酱留下这句话，挥了挥手，算是和我告别了。

门关上，我拉了拉门把手，嗯，果然是反锁的，我有些绝望地走到屋里。

屋中的风格很西式，床出奇的大，我坐在床上，还没来得及思考人生，忽然发现，一个影子从床下爬了出来。

我看着他，有些难以置信地眨了眨眼：“你……李……李猪猪？”

当我叫出“李猪猪”这三个字的时候，我就知道大事不好了。

果然，我话音刚落，这只小香猪刚从床下爬出来，只见他身体微微停顿了一瞬，然后头也没抬地奔着窗台而去。

不！我只是口误！带我一起走啊！

求生欲让我几乎是从床上弹了起来，我飞身一扑，抓住李怼怼的猪尾巴，但他的尾巴太短，又滑溜，只在我手掌中匆匆留下一个短暂的触感就弹走了。

“李怼怼！”我压着声音叫他，此时他已经跳上窗台，一只蹄子已经推开了窗户，“你戒指在我兜里！”他蹄子一顿，收了回来。

李猪猪在窗台上，居高临下地转头，看了一眼趴在地上的我。

我立马站起来拍拍衣服，从兜里拿出了他那枚金戒指，献宝一样诱惑着他：“你看，这儿。”

“为什么在你这儿？”

“你睡着的时候我带你出门……怕万一出事，就把你的法器揣在身上了。”

李猪猪冷笑。如果是人，此时应该是“哼”一声，但现在他从鼻腔里发出了“轰”一声。

仿佛被自己的冷笑声惊到了，李猪猪浑身的肉抖了一抖。

我也没有来得及取笑他，只急忙上前，一手捂住他的鼻子，一手将他往怀里一揣，熟门熟路地将他抱进了怀里。

“你别哼哼了，这可是在敌人大本营呢。”

李猪猪的脸感觉都要绿了，我想，他还是很不习惯自己的新身份。

“放我下去。”他没好气地说。

我毕恭毕敬地把他放到床上，宛如供奉神佛一般，又把戒指放到他跟前："物归原主。"我巴巴望着他，"带我出去和找我爸爸的事，就拜托您了。"

李怼怼眼神轻蔑，长长的鼻子一动，又想冷笑，但想起了刚才他自己发出的声音，他又愣生生地把这声冷笑忍住，只冷冰冰地盯着我："跑出来的是你，有危险的也是你，事到临头，知道怕死了就劳烦我来救，苏小信，你说说，你哪来这么大的脸？"

我继续眼巴巴地望着他："我的错，我有罪，都是我作死，可你那么厉害，一定……"

"苏小信。"李怼怼声音忽然一沉，"我不是万能的。"他盯住我的眼睛，认真而暗含警告，"我会有疏忽和顾虑不周，但你的命，只有一条。"

很难得，李怼怼说这话的时候，并没有带着轻蔑，他是真的郑重其事地在告诉我要我好好宝贝自己的性命。

"我……"

"小信。"

我还要说话，外面忽然响起了叽叽酱的声音，她随意敲了一下门，然后一摁把手就直接推门进来了，速度快得让我和李怼怼都没来得及反应："你饿不饿啊，这儿有点人吃的东西。"她端着一盘烤肉走进来，然后一眼盯住了我床上的李猪猪。

我和李怼怼都是僵硬的。

我余光看见李怼怼蹄子微微挪动了一下，插在了我放在床上的戒指戒圈里，看样子，是要一言不合就动手了。

叽叽酱扭着屁股，长长的蛇身往这边挪了过来。

李怼怼戒圈一闪。

"这是谁的猪啊？"叽叽酱开口问。

在她经过大床床沿的柱子时，我连忙坐到床上，一屁股挤开李怼怼，把李怼怼的戒指坐在了屁股下。

"就……就是……"我把李怼怼推到一边，"这是你们谁家的猪妖，吓死我了。"

我心里想的是不到万不得已，不能动手。

李怼怼现在还没有恢复人形，那个蹄子是戴不住戒指的，真打起架来肯定很受限制。而且这里还是他对头的地方，强龙都压不住地头蛇，更别说小香猪了……

现在是我们两人身陷敌营，李怼怼也确实不是万能的，我的命只有一条，他又何尝不是只有一条命，刀砍在谁身上都是痛，如今最好是智取。

我内心琢磨着这些，一转头，对上李怼怼的眼神，我看出来了，他对于我称他为“猪妖”这件事是出奇地愤怒的，但是他应该也明白我的意思了，并没有直接拆我的台。

叽叽酱把烤肉放在我床床头柜上，又转到另一边打量了一番李猪猪：“看起来不像猪妖啊，就是只猪吧。”

嗯，叽叽酱这话出口，我感觉李怼怼的情绪又糟糕了许多。

“早就警告过那些家伙不要随便饲养宠物，搞得楼里好脏的，现在连猪也敢养了。”叽叽酱直起身，“这到底是从哪儿跑过来的？”

我指了指窗户：“从阳台顺着外面凸出的砖墙边沿跑进来的吧。”

叽叽酱往阳台看了一眼，她还想细究，我连忙鼓起勇气，和她搭话，打断她的思绪：“只是只猪的话，就没什么可怕的了，那个叽叽酱……看在咱们还算认识的份上……”我打量着她的脸色，“我可以问你一个问题吗？”

“你可以问，答不答，就看我了。”

“你知道，我爸在哪儿吗？他之前摔了腿，年纪又大了，人类身体本来就很脆弱，经不起太多折腾……”

“你爸？”叽叽酱看着我，“没抓来啊。”

“啊？”这次换我愣神了。

叽叽酱坦然告诉我：“一个老头，腿脚还不方便，带走太麻烦了，就塞在那房间床下面呢。”

我：“……”

你们非人类办事，还真的是直接到让人意想不到呢！

原来白骨精在的时候，屋子里没有人注意到我爸就被塞在床下，等我们这儿被抓来了，卫无常应该能发现吧。不过，就算发现不了，也好过直接被带到这个地方来。

知道老爸安全了，我也放下了心来。

“哦对了。还有这个。”叽叽酱走出门，从屋外那了个黑乎乎的东西和一个白色键盘进来，走进来一看，我当即就亮了眼睛！

键盘是 Cherry MX board 8.0！堪称机械键盘的颜值巅峰了，现在国内售价接近两千块。而那个黑乎乎的东西……Wacom 手绘屏！堪称数位屏中的法拉利啊！一个屏少说也要两万多！

我看得两眼发直，叽叽酱把东西放到了我屋内的桌上，说：“主人说，你在这儿也别闲着，赶紧画更新吧。”叽叽酱补了一句，“有命的时候，能画多少画多少。”

我望着叽叽酱：“你平时也画漫画，都是用这样的设备画的吗？”

“对呀。”

我也想要在这里画画！

我露出了羡慕到极点的眼神。随即我收回目光看了眼李怼怼，又看着叽叽酱：“你们主人对我没有仇恨对不对？”

“对呀。”

我又意味深长地看了一眼李猪猪。然后我收到了李猪猪的白眼。

“但是哦，”叽叽酱笑道，“如果一直没有人来救你，你对主人来说也不重要了，不重要的人类……”她的尾巴从后面绕过来，在她自己脖子上缠了一个圈，“都是要戴上项圈的。”她吐了一下舌头。

一瞬间，我想到了林子书身边的那个少女，登时浑身打了一个寒战。

“你自己先玩吧，我去忙了。”

叽叽酱退了出去，我陷入了长久的沉默。

隔了一会儿，李猪猪走到我身边，一屁股撅开了我：“不就戴个项圈吗？你就可以用这样的设备画画了，我还是不打扰你实现梦想了。”

未免李怼怼跑掉，我不由分说地把他抱了起来，熟练地将他禁锢在怀里：“我们快点，想个逃跑的办法吧。我想家了。”

“我看你在这儿待久一点，这儿也能变成你家。”

“不，我就想那个要给你交房租的家。”我说得很坚定，“李怼怼，带我回去吧。”

李怼怼沉默了片刻。

这次是轻轻地，又发出了“轰”一声。

我还是没有取笑他，我知道，这个“哼”，不过是他傲娇的最后抵抗。

第二十八章

Chapter 28

恐惧

李猪猪答应了带我离开，但到底怎么带我离开，却是一个谜。

他在房间里巡视了一圈，忽然抬头看我："苏小信。你会画法阵吗？"

我想了想："看你和黑狗画过，隐约记得图形。"

"嗯。"他好像终于发现我有点用了似的，稍稍舒心地点了点头，"来，我一边说你一边画，带上我的戒指，就算是一点底子也没有的人类，借助我的法器画出的东西或多或少也能有点力量。"他琢磨了下，"虽然不知道会把你我传送到什么地方，但总好过一直被困在这里。"

我听着他话里的意思，有点忐忑："传到什么地方都不知道吗？那要不……你用……那啥套着戒指，自己画画。"

李猪猪嫌弃地瞥了我一眼："画法阵是有时间限制的，从起笔开始，一直到最后落阵成功，不能超过十秒。"

嗯，我懂了，所以，黑狗能画，因为黑狗是猫，身体灵活动作敏捷，但是李猪猪画不了，因为他是猪。

我没有敢再多嘴说什么："你先教，我先光着手画一遍，等熟练了，我再一蹴而就。"

李猪猪也没有再继续怼我，它四肢落地，站在我旁边，犹如一个严格的教授，严肃说着："先画圆，再五星，后三角……顺序错了……

你记着，顺序不能错，不然到达的地方天差地别。最后是中间最小的三角，贴着三角顶点再画一个圆。”

我空手又练了两遍，李猪猪很难得地对我的表现十分的满意：“看来你也并不是一无是处。”他指了指旁边，“戴上戒指画，画完就站进圈中，想着想要到达的地方，虽然因为法阵力量微弱，不能把你和我正确送达，但方向对了就行。”

我连连点头，将李怼怼的戒指戴在了食指上。

他的戒圈比我能戴的戒圈大了许多，于是我还要用拇指摁着戒指，在地上画画。

“顺序别错……”他在旁边叮嘱我，也正是这时，忽然大门又是“嘭”一声被毫不客气地推开。

叽叽酱带着一堆非人类站在门口：“小信！这些都是想来围观你画画的……嗯？你在干吗？”

我一抬头，看到门口站了黑压压的一片流离者非人类，当即吓得脸色一白，肾上腺素疯狂分泌，冷汗贴着鬓角就流了下来。

而此时在我短暂空白的脑海当中，还有李怼怼的声音在倒数着：“六，五，四……”

要是我在画法阵的事情被这些非人类发现了，不仅我保不住，估计李猪猪也要保不住了！

我盯着叽叽酱，大拇指摁着食指上的戒指，几乎是颤抖着，飞快地在地上画着三角五星和圆形重叠组合的复杂法阵。

“三，二……”

最后圆，圆……不对，圆内还有个三角。我在画完圆之后忽然意识到这事，于是又连忙补上匆忙间画漏的三角。

一。

法阵完成，我连忙站进了法阵之中，法阵立即发出了李怼怼平时作风一样浮夸的金光。虽然比他平时的光芒黯淡许多，但也足以照亮外面一片非人类的眼瞳。

每个非人类瞪大着眼，惊讶地盯着我，他们的眼睛像动物一样反着森冷的光，仿佛身处狼群之中，看得我一阵胆寒。

叽叽酱尤其吃惊，但她却是最快反应过来的一个，她的蛇尾立即甩了过来，试图卷住法阵中的我的小腿，我确实也感受到了她蛇尾扫过来的风，但在那冰冷的蛇尾刚贴在我皮肤上的一瞬间，金光大作，我只觉身体一轻，面前一阵刺目的白。

下一瞬，失重感突如其来，我猛地自空中落下，但却没有踩到一个平地上，而是右脚脚尖先触到了一个光滑而尖锐的石块。

"啊！"我一声惊呼，直接跪了下去，右膝登时与坚硬石块重重撞击。

撞击的瞬间我是只有触感而没有痛感的，等过了一会儿，麻木的感觉过去，我才感受到了被撞击到的地方四周如百蚁钻骨一样的疼痛。而这时我反而叫不出来，只咬牙忍住，等待这一波疼痛过去。

直到疼痛渐渐消失，其他感觉才慢慢涌了出来，我感到我现在正仰躺在一个潮湿又泥泞的低浅水潭之中，水潭里有淤泥还有无数尖锐的石头。刚才我跪在上面的就是其中一个。

但我却不知道我到底伤得怎么样，因为四周一片黑暗，伸手不见五指，混着地上泥泞的水与泥，我甚至不知道自己膝盖有没有流血。

被黑暗控制的惊恐顿时喷涌而出："李怼怼……"我惊慌之下连忙叫着这个名字，"李怼怼？李怼怼！"

"我还没死呢……喊什么。"

他的声音有一点飘忽，我想起刚才掉落下来的时候几乎都没有听到他的声音，我很害怕："你怎么样？你有没有受伤啊？你没有摔到脑袋吧？"

"撞了一下，没事。"他声音很平静，很快的就从虚弱中恢复了回来。

我听到他站起来的声音，蹄子在水潭之中"嗒嗒"作响，然后还有甩动身上的肉，抖掉泥点的声音。

根据这些声音和溅到身上的泥点，我判断出他的方向，以及他离我并不远。确定了这个事情，我暂时放了半个心下来。

还好……不是孤独一个人落到这种境地，真的是不幸中的万幸。

虽然……对于另一个陪我一起掉进这境地的人来说，并不是什么幸运就是了。

“我们被法阵传到哪儿了？”我也尽量平静下声音问他，“我刚才好像慌乱地把最后的两个图形画反了。”

“不知道。”李怼怼似乎也通过我的话寻到了我的方向，他踩着蹄子，嗒嗒向我走来，“我的戒指呢？给我，我能让它发光，做个电筒。”

我一摸食指，顿时心下一空，在刚才掉落的过程中，李怼怼比我食指大一圈的戒指早就不知道掉哪儿去了。

我连忙在身侧的水潭里摸索寻找：“你的戒指比我的手指大，我刚才掉下来的时候没有注意，我找找……”我努力镇定，但心下却还是害怕，又自责又愧疚，如果真的把李怼怼的戒指弄掉了……

“别慌。”而他在这个时候，却没有再怼我了，“我能感知到法器就在这里，虽然黑，但慢慢找一定能找到。”

李怼怼在这时候的温柔让我忽然鼻头一酸，但深知这时不是哭泣的时候。

我忍住膝盖的疼痛还有心中的情绪，冷静的在身侧水潭之中摸索，李怼怼蹄子的声音渐渐向我这方靠近。

“我找到了。”他说着，轻轻“嗒”一声，他的蹄子似乎踩进了水潭之中的戒圈里，金色戒指顿时发出太阳一般的金光，将黑暗驱逐。

我一下便看清了周围的环境，似乎是一个地下的溶洞之中，李猪猪站在我身边，虽然小小一只，但戒指闪耀出来的光芒将他的身影投射到溶洞的墙壁上，却显得他那么高大又魁梧。

“李……李怼怼……”

他看着我，双目却睁得老大。

他黑乎乎的眼睛映着我的脸，我满脸的泥与血，灰头土脸，狼狈不堪。

我顺着他似乎有点慌张的眼睛往下一看，我看见我的膝盖裤子已经被尖锐的石头划破了，膝盖上的伤口糊着泥，但鲜红的血却顺着泥巴，沿着裤腿，一直蜿蜒流下，流进地上的水潭里，红色的血迹在水中蜿蜒，一直流到他的蹄子下面。

他呆呆地看着我："苏小信……"

在李怼怼从来没有慌乱过一分的声音里，我这下听到了紧张与惊惶。

我也被我流出的血吓着了，惊魂难定地看看自己的腿，又看看李怼怼："李怼怼，我……我会不会被这里水里的细菌感染，然后……然后死掉啊？"

问到最后，我已经带出了按捺不住的哭腔。

李怼怼看着我，好似也已经吓得忘了动弹。

他好像……在害怕，更甚于我的害怕。

李怼怼为什么怕成这样，我是没有精力去思考了。

此时此刻，我是一个狭隘的、怕死的尿货，光是腿上的泥就能吓得我浑身发抖。

不爱运动只爱宅的我在十岁之后基本就不怎么接触大自然，每天生活在钢筋水泥之中，见得最多的动物应该就是宠物狗和猫，以及苍蝇蚊子……

当然，现在还有一堆非人类，如果他们也算动物的话……

除此之外的一切动物，不管是昆虫还是飞禽走兽，都令我畏惧。

我在这黑暗阴森的洞穴里，几乎是生理性地对未知的自然力量感到恐惧，我脑海里满满堆砌着一堆可怕的想法，我想这水潭泥地里不知道有多少细菌，或者还有寄生虫……

我可能会患上破伤风、狂犬病、脑炎、癌症，或许还会全身溃烂而死……

我的身体或许已经开始崩坏了……

想到这里，我泪眼汪汪地望着李猪猪："李，李怼怼……我，我真的要变成一个挖坑不填的作者了。”话一出口，就是满满的哭腔，而哭腔责更加带动了我的情绪，“我要是死了，我要是在这里死了……都没有人知道，他们一定会觉得我是为了拖更才装死的。”

我哭了出来，用湿袖子抹着眼泪，但是却糊了自己一脸的泥。

“我完了，我要臭名昭著了。我……我爸妈也不知道，我爸还在家里床下啊！”

我号啕大哭：“我还不想死，我都还没在这世上留下什么东西……”我的声音在空荡荡的洞穴里来回回荡，震得我自己耳朵都疼。哭了一会儿，身边没有回应，我也有点累了，于是停了下来。

我一抽一抽地吸气，通过戒指的光，看到地上的李猪猪，他一言不发，只是静静地看着我。

此时，他的情绪显然也镇定了许多：“还能哭吗？”

这什么破问题。

“当……当然。”我说，“只是，我觉得，哭好像没什么用。”

李怼怼好像松了口气，他一声叹息，低声说着：“声音洪亮，脑子也没坏，一时半会儿应该死不了。”

我暂且把这句话当作李怼怼式的安抚，我抽了抽鼻子，将情绪压住。李怼怼又等了我一会儿，直到我的呼吸完全平静下来，他说：“我帮不了你，你自己试着站起来。”

一直坐在这里确实不是办法，还得找到出口出去才行。

我点点头，借着戒指的光扶着旁边凸起的石头慢慢站了起来，膝盖很痛，将腿伸直的过程当中几次传来刺痛，虽然我已经拼命咬牙忍住疼痛，但还是憋不住变化的呼吸。

我站了起来，但右腿还是伸不直，我只能用脚尖点地，往洞壁边挪去，扶住边上的石头，我才能算是站稳了。

李猪猪一直静静地看着我，虽然没有说一句鼓励的话，但此时此刻他不怼我，我觉得已经是非常的贴心……

“苏小信。”他忽然开口，我皮一紧，转头看他，“虽然我和你说过很多遍，但我看你并没有太把我的话放在心上，但现在你应该知道了。”

“知道……什么？”

“地上静止不动的石头就足以造成你难以忍受的疼痛。污水，淤泥，可以轻易要你性命。风霜雨雪，雷鸣闪电，这世界的一切都在想方设法地杀死你。”

李怼怼说这话的时候太冷静，冷静得让我背后汗毛一竖，在脑子里把他这话一过，发现这世界……好像还真是这样。

“好好躲起来吧。”李猪猪蹄子顶着戒指，用地上的石头磕了两下，戒指算是面前卡在了他的蹄子上，他瞥了我一眼，“脆弱的人类。”

他戴着戒指，照亮前方的黑暗，慢慢向前行去。

我到这时，看着他的背影，才思考起来他的方才过分恐惧的原因……他有一个以前喜欢过的人类啊，死于一场感冒生病。所以他看待所有的人类，都像在看待玻璃一样啊。

这是李怼怼关于人类的见解，此时身为伤患，我也没有资格去反对他什么，只得老老实实扶着石壁跟着往前走。

我走得很慢，但所到的地方脚下总是有光。这个别扭的吸血鬼在用他一言不发的方式，别扭地照顾着我这个脆弱的人类。

“李……李怼怼。”

不知道在黑暗中缓慢地行走了多久，除了踏在泥地里的脚步声，我终于忍不住开口唤他。

他转头，看着我。

“之前一直忘了问，我这么脆弱又麻烦的人类……为什么你还要这么奋不顾身的来救我？那个……在我被白骨精抓走的时候，我没看错的话，你应该是想也没想，就扑过来了吧。”

李怼怼沉默了很久，他扭过头，继续向前走：“废话。”他声音又恢复了往常的冷淡与嫌弃，“你死了，欠的房租谁还？”

哦。

话题结束，我和他之间再次变得沉默，但因为走路膝盖实在疼，我想转一下注意力，于是又暂时藏起自尊，问他：“那当初，你为什么要让我住进那个居民楼呢？我感觉……你一开始好像很讨厌我。”

“哦？”他又扭头瞥了我一眼，“你只有一开始是这样觉得的吗？”

我拉扯了一下嘴角，用自己身为人的理性保持礼貌微笑。

果然，对于李怼怼这样的性格来说，只有怼人的时候他是最自在的。

他怕不是成长过程当中有什么缺陷吧，才会养成这样磨人的脾性？

我暗自在心里犯嘀咕，却不想忽然听到李怼怼一句：“别骂骂咧咧了。”

我吓了一跳：“我骂出来了吗？”

小香猪侧头翻了我一个白眼：“躲到边上。”他倏尔将戒指的光芒隐去，压低声音，“前面有人来了。”

我登时又将心提了起来，现在我是个残废人类，李怼怼战斗力至少折损了七成，这要是碰上个小狼一样等级的对手怕是都吃不消……

“还躲什么？”

听到这个温柔中暗带笑意的声音，我的心猛地提了起来。

是他——林子书！李怼怼的那个宿敌。

现在我们的境况不亚于刚出新手村就碰上大BOSS，我有些腿软。

一片漆黑之中，林子书的轻笑瘆人地在阴冷的洞穴之中回荡：“老友，这么久未见，都不想与我叙叙旧吗？”

第二十九章

Chapter 29

以我残躯，护你周全

我靠墙站着，双腿不自觉地发抖，也不知是害怕还是疼痛。

我屏住呼吸，后背紧紧贴着冰凉的石壁，却忽然听到那边林子书一声轻笑，带着满满的轻蔑："你以为，黑暗能遮住我的眼睛？"

我倒是忘了……他们吸血鬼在夜晚的视力，根本不受什么影响。

我有些绝望，现在的境况，对我和李怼怼是绝对的不利，我和李怼怼对他来说，就跟扒了衣服站在光天化日之下没有区别。而我根本看不见他，至于李怼怼……我是不知道猪的夜视力怎么样，但从刚才他的表现来看，应该也没有他做吸血鬼的时候那么好吧。

"李一言。"林子书微微提高声音，喊出这三个字。

李一言……这是李怼怼的真名吗？还是他之前的另一个艺名？李一言，我默念这三个字，揣测名字背后的意思……

一句话怼死人不偿命的寓意吗？

"事到如今，你还要避而不见吗？"

避而不见？我和李怼怼不都站在他面前了……哦……忘了，李怼怼现在是只猪啊，要不是亲眼所见，谁能相信李怼怼竟然变成猪了呢！就算他是非人类，也一定想不到吧！呵……

林子书一步一步慢慢向我与李猪猪的方向靠近，脚步声带来了巨大的压力。

我不敢动，也没听到李怼怼挪动的声音，他一定在想应对之策。

我们现在对上林子书是绝对没有胜算的，唯一可以翻盘的机会就是——林子书并不知道李怼怼现在是只猪。想要顺利逃离，只能出其不意攻其不备……

“看来，非得给你的宠物吃点苦头。”林子书话音未落，洞穴中的空气倏地一凉，前方紫色光芒一闪，光芒凝聚成箭，密密麻麻的一排箭横在林子书的身后，照亮整个洞穴。

我贴着墙壁站着，浑身汗毛倒竖。我目光下意识地往旁边寻找，却意外地寻找不到李猪猪的身影。

他猪呢？

遇上死对头就自己跑了吗？

不给我更多的时间，林子书动了动手指，所有的箭箭头一转，齐刷刷地指向了我。

箭尖上的光犹如美妙的宝石，锐利又充满杀气。

箭还没过来，我便感觉到自己五脏六腑瞬间凉了个通透，脸上所有人色褪去。

林子书欣赏着我的表情，他嘴角一弯，随意一挥手，紫色的箭携着千军万马之势向我射来。

我闭上眼睛紧紧咬住牙，电光火石之间，一片“噼里啪啦”的声音，我感觉到有空气在我耳边不停地炸开，有的冲击力撩动我的头发，有的力量击打在我的皮肤上，甚至能让我感受到灼热和疼痛。

生死悬于一瞬，不过三秒，我却感觉犹如过了半小时一般漫长。

空气再次静止下来，我闭着眼睛，紧紧地抱住自己，隔了好一会儿，才喘着气，试探的微微撩开了一点眼皮。

洞穴被浅紫色的光芒照得大亮。

地上有断掉的紫色箭与金色不明物的碎屑。

碎屑在我的身前形成了一个圈，宛如一个防护罩一样，将我保护在里面。金色的碎屑蜿蜒远去，一直延伸到一块我斜后方的大石背后。因为光源在林子书所在的地方，光芒照过去，将大石的影子拉得极长，被大石阴影挡住的地方，谁也看不见里面的状况，即便是我。

此时，在洞穴里，好似形成了一个三足鼎立的状态，我，林子书，大石背后的李猪猪，构成了一个三角形的站位。

“林子书。”大石背后的李怼怼开口了，相较往常，此时他的声音令我莫名胆寒，“你这么急着送死？”

“哈哈哈……”林子书忽然笑了起来，欣喜若狂得十分突然，但我能感受到他此时此刻，从内心散发出来的狂喜，“对对对，就该是这样，李一言，你就该是这样，浑身散发着戾气与嗜血的味道。”

我看向大石背后，李怼怼在阴影之中，他的神态我都观察不到。

林子书却十分地兴奋：“这么多年了，你当年流着血泪说，要向我讨命债的模样，我可一直未曾忘记过。”林子书深吸一口气，“时至今日，多少午夜梦回，我都对你那嗜血的眼神，念念不忘，这么多年，这么多年，一言，我再没发现另一个你。”他不解似的又往前走了两步，“为什么要被驯服呢？”他好似又有些愤怒，“你明明，该是最出色的捕食者。”

“我现在唯一的猎物，是你。”

他们说的话，背后暗藏了太多过去，所以我听不懂，但我能听出他们之间的剑拔弩张。

我此时就像一只瘸腿的兔子，是闯进了两个猎食者的围场，瑟瑟发抖，十分无助。

而最要命的是，我知道，能救我的那个猎食者，不过是在虚张声势……

“哦？”林子书瞥了眼地上的金色碎屑，“不过挡下了我的箭雨，就让你的法器碎成了粉末，一言，你在非协的体系里退化太多了，现在，你拿什么猎杀我？”

我惊呆了。

这地上的金色碎屑……居然是李怼怼法器的残骸？他的那戒指，为了保护我，碎了？

我怔愣地盯着那块大石。

法器对他们非人类来说有多重要我知道，法器与主人之间是有契约的，法器受损必定反噬主人，现在李怼怼的法器碎了……他……

我忽然之间无比后悔！我居然在之前和李怼怼吵架，许下了那样的愿望，如果现在李怼怼是平时的他，怎么会……怎么会到这样的地步。

“不过没关系，一言，你的实力我知道，只要你现在愿意回归，我会让你重新登上力量的巅峰。”林子书一步步向大石背后走去，“你我联手，世非联那九个老头，也无所惧，这个世界，本该是为我们而旋转的。”

不能让他再往前了，这个林子书，他来找李怼怼，不是为了与老友叙旧，他就是为了来拉李怼怼入伙的，如果让他看到李怼怼现在的样子，他搞不好会恼羞成怒，因为李怼怼没有利用价值而……杀了他。

我必须想个办法……

“谁说，我的法器碎了？”

大石背后，终于再传出李怼怼的声音。

伴随着他的声音而起的，是地上散落一地的金色碎屑。碎屑漂浮到了空中，林子书脚步一顿，碎屑如针，径直向林子书扎去，速度之快，在我眼睛根本没有跟上的时候，已经有一些碎屑扎进了林子书的皮肤之中，在他皮肤里闪耀着犹如太阳一样的光辉。

林子书一声闷哼，洞穴之中猛地气流大起，宛如平地起巨龙，狂风猛地大作，在这样的大风里，我连墙都要贴不住，只能坐倒在地，任由狂风拉扯泥石，风，水，泥，还有碎石不停地在我身上击打。

而便是在这狂风之中，我身前的金色碎屑还是飘了起来，在我身前与头顶围成一个屏障。

屏障无法阻挡所有的混乱，但这个屏障却犹如某人的背脊，在混沌之中，为我撑了一片力所能及的天。

风沙之中，我根本看不清那方发生了什么，只听得林子书一身大喝，狂风骤停，挡住李怼怼的大石未动，洞穴之中的金色碎屑全部消失，唯一还剩下的……在林子书的脸上。

有碎屑，扎进了他的眼睛里，让他的眼角落下一行血泪。

“林子书。”李怼怼的声音还是毫无波动，在他的声音里，刚才那一场混乱好像都是毫不起眼的小吵小闹一样，“这个世界跟以前早就不一样了，非人类世界的所有资源都被非协掌握手中，你们不过是强弩之末。”

林子书捂着眼睛，沉默不言。

“我说过，下次再见，就要向你讨命债，但今日……”他顿了一下，“感谢你所瞧不起的人类吧，因为有她这么胆小的猎物在，所以，我不见你。”

这句话换一个说法就是，因为她胆小，所以我不在她面前杀你。

但是李怼怼啊……

你这话，在我这么狼狈的时候说出来，真的很没有说服力啊！

“哼。”林子书也是一声冷笑。他将眼角的血一抹，好像那金光入眼根本没给他造成多大的困扰一样，“虚张声势，李一言，你还有吸协，若当真如此厉害，怎么会让我将她抓来？”

“不乖，当然要让她学个教训。”

好吧……

“一言，你这样，可唬不住我。”

“那你尽可试着，走到这里来。”

林子书眼角再次流下血来，他眼角微微颤动了一下。脚步却顿了一顿。

李怼怼给他造成的伤应该也不轻松，但他们都在互相试探。用对彼此的了解，试探着对方真正的实力。

“好，那我便试试。老友，今日你若能讨回这命债，便算我心服口服。”

林子书继续往大石那方走去。

我的心提到了嗓子眼，李怼怼和我今天才是真正的强弩之末，李怼怼已经尽了自己最大的努力，我想，我不能这样眼睁睁地看着。造成今天这个局面的人是我，今天如果要有一个人交代在这里，那也只能是我。

这是我应该负的责，哪怕……我即将变成一个挖坑不填的作者。

我握了握拳头，从捡了一块石头，一咬牙，冲林子书扔了过去。

石头没有砸到林子书，只是落在了他身边的地上，但也足够吸引他的注意力了。

“哎。”我说，“谁告诉你，李怼怼在那儿了？”

林子书转头看向我。

紫色的光芒在他脸上流转而过，让他脸上鲜血的颜色带着几分妖异的恐怖。

我咽了一口唾沫，鼓起此生所有的勇气，强装镇定：“那根本不是李怼怼，那不过是李怼怼的另外一只宠物。你算计错了，我对李怼怼来说，根本没那么重要，他没必要为了我，只身来犯险。”

林子书眉头一皱。大石背后的李怼怼没有说话，但是在我的角度，看见石头背后阴影之中李猪猪微微挪动了一下身子，他蹭到了阴影边缘。林子书看不见他，但我能看见了。

他靠着石头坐着，眼睛已经有些睁不开了，蹄子软软地放在身侧，他转头盯着我，似乎已经花尽了最后的力气。

我想的没错，李怼怼的法器碎了，他受到了反噬，挡下刚才林子书的攻击已经耗尽了他所有的力量。

如果林子书走到了大石背后，我不敢想象他该怎么去应对。

我深吸一口气，在别无退路的时候，走唯一的一条路，即便是死路，人也会拥有超出往常的坚定和英勇。这大概就是平民百姓嘴里的——豁出去了。

“我可不认为，有别的宠物能使用一言的法器。”林子书冷笑，“人类小丫头，你想做什么？”

“我？我还能做什么。你们法器的事情我不明白，我不知道你们法器谁能用谁不能用，也不知道你们为什么要做这么无聊的争斗，我只知道对你们来说，我不过是贱命一条。你看不上我这条命，李怼怼也看不上。”我冷笑，“连救我，也只派一只猪来救我。”

我话音一落，林子书眼睛微微眯起，他一挥手，紫色的光如剑一般砍掉了大石头，光芒照耀过去，石头背后，确实只有一只奄奄一息的猪。

林子书眼神变得极其的不悦，他额上的青筋突起，似乎在极力忍耐愤怒。

他相信我的话了。

我说这只猪是李怼怼的宠物，会使用李怼怼的法器，这要是在平时，别说林子书，便是我画进漫画里，也不一定有人认为这个说法合理。

但现在，“李怼怼”这个人确实不在，这里确实有只猪，而且这只猪刚才还真的使用了李怼怼法器。

比起“李怼怼变成猪了”这个荒诞的事情，“李怼怼让一只猪宠物带着他的戒指来救我。”这件事情就显得没有那么荒诞了。

在两个说法面前，人们总是更倾向于相信比较靠谱的一个，尽管事实就是让你理解不了的荒谬。

“呵……”林子书摇头笑了起来，片刻后，目光一转，落到了我身上，“假货到底还是假货，看来，一言也不过是在你身上寻找一个影子。”

假货……

我瞥了一眼林子书背后的李怼怼，他也静静地看着我。

我其实一直觉得奇怪，李怼怼那么讨厌人类，为什么还要让我住进他的公寓。

现在把过去的事情联系起来想一想，我大概也猜到了个一二。或者说……很早之前就隐隐感觉到了什么吧。

所以即便我和李怼怼一起经历过这么多事，有过那么多心动的瞬间，我的身体已经下意识地会依赖他给我的安全感，但我和他之间依旧不是彼此的真爱……

不仅仅因为李怼怼只把我当成一个影子，还因为……我对他也有下意识的防备啊。

别靠我太近，别走进我心里。

我害怕被伤害。

我和李怼怼之间的别扭，在此时此刻忽然有了一个通透又合理的解释。但此时此刻又是那么的不合时宜。

现在那些事情都无所谓了，什么假货，什么真爱，都不如活下去来得重要。

而我活下去，也不如让他活下去重要。

无关其他，只是因为，这是我该担的责。

“对呀，说到底，我也只是个影子。”我自嘲地开口。

林子书颇感兴趣的地看着我：“怎么？他还跟你讲过以前的往事？”

“他能和我说什么？我是个创作故事的人，听到一些只言片语，我就能猜出事情经过了。”我看着林子书，伤心欲绝地冷笑一声，“我一直忍耐，一直认为终有一天我能把以前的人的影子抹掉。我以为我做得很好……”

李猪猪在石头背后看着我，尽管伤重，但他的一脸迷惑我还是看了出来。

不要问我做了什么……因为我自己也不知道……

我继续沉浸在自己的设定和情节里面。

“今天他居然让这宠物来救我……呵呵，真是让人心死。”我望着林子书，“我今天随便你处置，你让这只猪回去，去告诉李怼怼，我不要他这样的施舍，我这条命，不稀罕他救。”

我话音落地，洞内一片沉默。

林子书笑了笑，正要说些什么，他后面的李猪猪忽然怼了一句：“我不。”

不什么？！我路都给你铺好了！费了这么多功夫绕过来的！你敢说你不走我打死你去做红烧乳猪！

“你这条命，我一定要救。”

他说得很坚定，坚定得几乎让我感动。

明明那么虚弱，没有一点胜算，这个时候，还说要救我。

李怼怼啊，你倔起来的时候……也是有点可爱呢。

“疯言疯语。”我按捺住心头酸软，嘲讽他，“你怕不是得了猪瘟，傻了吧。回去告诉李怼怼，我不甘心，我死了做鬼，也不放过他。”

“哈哈哈……”林子书笑了起来，“小丫头你与我想的倒是差不多。”他一张开手掌，一柄紫色的西洋剑自他掌心之中长出，剑身如针，又细又长，“我绑你来，就是为了让一言过来，他不来，按照你们人类的规矩，你这票，就该撕。”

他走到我的面前，光是身高就带给了我足够的压力，他长剑背在身后，另一只手伸了过来，捏住了我的下巴：“可惜了你的脑子，装了那么多有趣的故事。以后，再也没办法讲给别人听了。”

你错了，有趣的不是我的脑子，是那个居民楼里，住着的大家啊。

我闭上眼睛，这些时日以来，那些有趣的，震撼的，感动的瞬间一一在脑海中划过。

要说可惜的话，我能想到的让我感到可惜的唯一一件事，竟然是没办法用吻把李怼怼恢复……

到这短暂的一生结束，我都没有真正爱上一个人，也没有享受过真正的爱情。

好可惜……

剑光在我一片黑暗的世界里面一闪而过，预想的疼痛来临之前，我却忽然听到了林子书的一声闷哼。

我睁眼，看见李猪猪正扑在林子书的背后，獠牙狠狠地咬穿了林子书的肩膀，林子书握着剑的手顿时无力，长剑落在地上，化成了紫色的粉末。

林子书肩膀的鲜血溅了李猪猪一脸。他的脸是我从未见过的犹如野兽一般的狰狞。搏命的战斗让他杀气四溢，而吞食了吸血鬼的新鲜血液又让他双目泛红。

如妖如魔。

我看得愣住，但又立即回神。

林子书另一只手要越过肩膀将背后的李猪猪抓下来，我立即抱住林子书的另一只手，此时我有无数的问题想要问李怼怼，比如，为了一个一直瞧不起的人类，为什么要这么拼命？又比如，你这么拼命地要救我，真的全是因为我和你以前喜欢的女孩很像吗？

但现在根本没有说话的时间，林子书显然发怒了，他没再维持他绅士的身份，抬起一脚直接踹在我的小肚子上，力道之大，宛如一辆小车撞上我，我从旁边飞了出去，又重重地摔在地上。

第一次感觉自己像一个毫无重量的皮球一样，我摔在地上，滚了两圈，才停了下来。

膝盖上的疼痛此时根本算不上什么了，我浑身裹上了泥水，已经分不清到底是胸口在痛，还是腿在痛，或者只是脑袋机械地收到全身的疼痛的反馈。

我趴在地上，只剩下苟延残喘的呼吸。

我在泥坑里睁开眼睛，只有一只眼睛的余光还能看见林子书那边的情况。

我摔在地上之后，那边的李猪猪好像疯了一样。

他疯狂地噬咬林子书的脖颈，或许是用吸血鬼的直觉在攻击吧……但太悬殊了。

李猪猪被林子书抓了起来，恶狠狠地扔在地上，力道也大得惊人，让李猪猪撞碎了地上坚硬的石头，溜滑到我的跟前。

他似乎短暂地晕了过去，但又颤抖着身体，支撑着自己四肢着地，站了起来，但很快又瘫倒在地，他浑身在颤抖，他还在用力，想让自己站起来。

我眼眶有些热，泪水混着泥浆流淌下去。

此时，境遇有多绝望，李怼怼就令我多感动。

他不放弃，一直不愿放弃。

可他真的伤得太重了，他站不起来了。

“呵……”林子书一声冷笑，他被彻底激怒了，他捂着后背的伤口，然而普通的伤口对他来说根本无法造成伤害，他的伤口以肉眼可见的速度在愈合，“李一言真的是养了两只，非常不乖的宠物。”他一步步向我和李怼怼走来。

他背后再次闪耀起了紫色光芒的箭，这次再也没有什么东西可以给我和李怼怼做遮挡了。

于是，在长箭离弦的那一刻，我抓住了李怼怼的腿，将瘫软在地的他抱进了自己怀里。

我缩成一个球，像刺猬藏着自己柔软的肚子一样，我把李怼怼藏在我的怀里。

我背对着千军万马似的箭阵，紧紧地抱住李怼怼，时间宛如静止，箭声呼啸中，我脑海中却似有诗歌吟诵着……

如果说生命即将终结，那我此时唯一的、仅有的遗憾，就是……

不知我的残躯，能否护你周全……

后背一阵钝痛，箭似寒冰，刺破了我的皮肉，扎进了我的骨头之中。

我似乎听到……生命的钟摆，戛然而止的声音。

第三十章

Chapter 30

真爱之吻

仿佛到了意识弥留之际，周围的一切事物都变得那么缓慢和虚无。

紫色的光在黑暗的洞穴内流转，我时而看见上方利剑一般倒挂着的石笋，时而看见怀里浑身颤抖，眼神惊恐的李猪猪，时而又看见提着细剑走来的林子书。

他本是绅士的一身衣裳尽毁，整个人也是满满的狼狈。

我控制着自己的视线，把目光尽力集中在怀里的李猪猪身上。

“苏小信，不准闭眼，不准睡！”李猪猪嘶哑地叫着我的名字，他用尽全力地挣扎着，扑腾到我脸上，用蹄子叉着我的脸，“清醒些！不准睡！”

尽管是在这样生死关头，我也还是……用鼻子发出了一声气音。

真的很好笑啊，李怼怼。

你看看你，现在这一幕大概能写进你生命十大诡异黑暗时刻了吧。

我们的故事，如果就这么结束的话，那可真的算是一个满是乡土风的黑色幽默了。

但现在的李怼怼并没有感受到我内心的黑色幽默，他声音沙哑而绝望：“苏小信……”

为什么要这么恐惧呢？你明明是一个傲视天下谁都不跪，就跪金钱的李怼怼啊。

李怼怼凑近我，我抱着最后一分希望，轻轻一抬头，用嘴唇触碰到了他的嘴唇。我想，如果我能让你变回去，那就变回去吧，如果我做不到，那你就……

“跑吧。”我看着李怼怼，“走……”

在我吻了他之后，他并没有变回去，我不知道是我做不到还是破除这个诅咒也需要一晚的时间缓冲。不管是怎样，他都没有变回去。

那就赶紧走吧，离开我注定冰冷的躯体，活下去。

“走？”林子书一声嗤笑，“放心，你们的尸体，我会让人给李一言好好地送回去。”

剑尖的光芒闪烁，黑暗里忽然传来了一声惊慌的呼唤：“主人！主人！吸协的人来了！”叽叽酱拖着长尾巴，从黑暗洞穴的另一端飞快地爬行过来。

她看了一眼地上的我，愣了一瞬。

“来便来了，慌张什么，派四五人挡着，其他人撤退。”

“不是……”叽叽酱听到林子书的声音才回过神来，继续慌张地说着，“吸协少说来了五百人！”

“五百？”林子书声音一沉，“吸协哪来这么多人？”

“还有僵尸协会的，狼人协会的，以及美人鱼协会的……主人，现在上面的人全线败退，死了十来个，被抓的兄弟数不清！主人，我们挡不住了，快撤吧！”

僵尸，狼人，美人鱼……

我听着，嘴角不由自主地弯了起来。

你们非人类，平时不靠谱，但是在该靠谱的时候，还真的是靠谱得可怕呢。

林子书陷入了沉默，然而便是这片刻的沉默之后，洞穴之中忽然响起了阵阵脚步声，宛如一个军队开了进来一样。

“撤什么撤，你抓老子女人，老子抓你全家！”李陪陪的声音犹如震天雷，响彻黑暗。

各种法器的光芒照耀黑暗，将黑暗驱逐，把洞穴照得犹如白日。

我模模糊糊的视线里看见了一群非人类拿着他们的法器从洞穴另一端走来，密密麻麻，让人根本数不清有多少人，李陪陪拿着她的蛋蛋鞭站在人群最前端。

陪陪……

李陪陪似乎看见了地上的我和李猪猪，她双目一瞪，随即面色一白，又紧接着变得通红：“敢动我的人！”

她拿着手中的蛋蛋鞭在地上狠狠一挥，整个人凌空飞起来，径直冲林子书而去。

她鞭子甩出，叽叽酱的尾巴一抬，将蛋蛋鞭挡住，但是叽叽酱的尾巴却被狠狠抽出了一条口子。

叽叽酱看向林子书：“主人！”

李陪陪红着一双眼，疯狂地攻击叽叽酱，想尽快攻下叽叽酱去杀林子书，但她与叽叽酱打得不分上下。

林子书沉着目光，手中长剑向李陪陪掷去，即将刺到陪陪之时，旁边忽然伸来一只手，轻描淡写地将林子书的法器抓住，“嘭”一声，以极快的速度飞去的法器被迫停下，在空气中发出巨大的震动。

卫无常冷眼看着林子书。

随即又转头看了看地上的我和李猪猪。

“欺凌女子与弱小，手段委实卑劣。”

林子书一挥手，法器猛地向后退去，剑刃划破卫无常的手掌，再次回到林子书手中。

卫无常面无表情地看了一眼自己的手掌，他并无痛觉，只静静地看着自己的伤慢慢愈合。

“呵，僵尸王。”林子书长剑在地上一划，一个紫色的法阵成型，“今日便到此为止，但回去告诉李一言，我等与世非联的战斗，这才算开始。他不来，那就连他一起杀。”

此时叽叽酱猛地往后一跳，与李陪陪分开，身影如风，闪进林子书的法阵之中。

法阵光芒一闪，两人身影顿时在洞中消失。

李陪陪余怒未消，长鞭往前一指："给我追！抓不到他，就把他们这别墅里的人通通抓走。全给我送去蹲号子！"

洞穴里各种法阵闪耀，没一会儿，跟着来的吸协人员都追了出去，黑暗的洞穴里再次恢复安静。

陪陪跑到我的身边，她手动了动，却没敢碰我："小信……"李陪陪一开口，竟然是哭腔，"你，你伤得好重，你是不是要死了？"

李猪猪有气无力地呵斥她："闭嘴！老巫婆呢……林子书法器伤的，让他先来治，再送去人类的医院。"

我趴在地上，有气无力地看着他们，我很想夸赞陪陪刚才真的是威风到爆炸，但是我现在什么话都说不出来。甚至连最后的意识都在慢慢地消失。

"老巫婆来了，他在上面抓人，我去找他。"陪陪抹了一把眼泪，"老僵尸你在这儿守着他们，不许再让他们受伤了！"陪陪用鞭子甩下法阵，离开了洞穴。

卫无常在我们旁边静静坐下，这时洞穴里又传来几声猫叫："主子？"

黑狗从远处跑过来，它轻轻地走到我和李猪猪身边，它看了我一眼，显然他对我没什么关切，但是对李猪猪确实出奇地关心，它一双眼睛湿润了起来："主子主子，你啷个楞个老……你莫黑我（你怎么这样了，你别吓我）。"

李猪猪趴在地上，也没有力气答它的话了。于是黑狗伸出舌头，轻轻舔了舔李猪猪的鼻子，用它身为一只猫能想象的温柔帮助他。

但让我怎么也没想到的是……

任由我怎么亲吻都没有变化的李猪猪，在这一瞬间，忽然双目一睁，身体里发出了几声奇怪的"咕咕"声，然后"嘭"一下，白烟在李猪猪身上炸开，洞穴内一下变得如仙境一样缥缈。

白烟散去之后，李怼怼忽然浑身赤裸地变了回来。

啊……

原来，黑狗才是李怼怼的真爱啊，或者说，原来，只有宠物对主人的爱，才是接收信号的终端认为的真爱啊。

想想也是，那么的忠诚、信任、纯粹且独一无二的爱，进化到现在的人类已经很难做到了吧……

我的大脑不受自己控制地漫无边际地想着这些事，沉重的眼皮也再也没法睁开。

我闭上了眼，耳朵还接收这周围的信息。

“啊！主子！主子！”黑狗上蹿下跳地呼唤着李怼怼。

卫无常沉默地脱下外套：“给，衣服。”

而李怼怼一点声音都没有，我只感受到有一个冰凉的指尖，从我的脸颊游走到了我的后背，触碰到了穿透我后背的紫色利刃，我没有再感受到疼痛，因为整个身体的痛觉，已经麻木了。

很快，身体的触觉也没有了。耳边的声音也在慢慢地消失，在一切陷入死寂之前，我听到的是李怼怼极力压抑恐惧的声音：“苏小信……别睡。”

抱歉啊，李怼怼，我这个人类，有时候弱小得，连身体也控制不了。

我彻底陷入了黑暗之中。

像闭着眼睛沉入了水中，我漫无目的地漂浮着，不知道自己是谁，也不知道自己将要去何方，我过去所在乎的一切此时都变得不再重要，我的一生，所有我认为有意义的，有价值的事情，在这时也变得没有意义，毫无价值。

死亡或许就是这样，抹掉一个人身为人的所有骄傲。

有一股你根本无法抗拒的力量，把你变得和这世界的泥土与水一样，不过就是滋养下一个机体的养料。

很神奇，我也并没有恐惧，我感觉，我不过是回到了最原本的地方。

一切都可以这么沉寂下去，我很安心。

“苏小信……”

有一道声音，忽然闯入黑暗。他什么也没有说，但这三个字，像咒语一样的符号，宛如一记天雷，劈在我的胸膛上，为我做了一击强有力的心脏复苏。

“咚。”

在这声呼唤之后，我听到了我的心脏在黑暗之中跳动起来。

缓慢而有力。

它倔强地，顽强地说着不肯放弃，它继续跳动，挤压着血液，从我的心脏里面涌出，血液流过血管，我的肺开始起伏，我的身体里面每一个器官，都拼命地，拼命地运作起来。

还是黑暗，但黑暗却不沉寂，我听到心脏跳动，血液穿梭，肌肉在收缩，骨头发出轻响。

像一出恢宏的交响乐，在我身体里奏响，而这一切，到最后，都只化为我睫毛轻微的颤动，眼睑缓慢地睁开。

日光倾洒在我眼睛里。

恢宏的交响乐消失了，黑暗也消失了。

我再次睁眼看见了这个世界。

是窗帘拉开后的安静的病房，谁也不在，我听到机器“滴滴”作响，代表我心脏跳动的声音。

我想，我是在死亡的边缘游走过一次，然后又幸运地走了回来。

“嘎哒”一声，病房的门打开。

李陪陪的声音压得比平时都低：“我让小信的父母回去休息了，他们在这儿照看了这么多天，我怕他们身体受不了。你也是啊，为了抓个林子书，多少天没睡了，我可不想小信醒了之后你又倒了。”

“我又不是人类。”是李怼怼的声音，他的声音还是那么平静，“今天比昨天有好转吗？”

“希望比昨天有好转吧，医生说，只要醒了就……”李陪陪走到我的床边，忽然与我四目相对，然后猛地眼眶一红，“啊！小信！”她作势要往我身上扑过来，却猛地被背后的一只手抓住。

李怼怼抓着李陪陪的胳膊，从李陪陪的背后绕过来，他又戴上了他的金边眼镜，还是一脸的冷漠和不高兴。但在和我四目相对的时候，他那双从来鄙视人的眼睛，微微睁大，似惊讶，又似被什么情绪触动。

我想和他们打招呼，但张了张嘴，才发现自己现在正带着呼吸器。

我深吸了两口气，才勾起嘴角，笑着看他们："早上好啊。"虽然声音细如蚊讷，可我知道，他们能听见——

"真高兴，又迎来一个有你们在的大晴天。"

知道我醒来之后，陪陪抱着我哭了一阵，说我已经在医院昏了一周了，而后又火速通知了我父母。

我妈带着我瘸了一条腿的老爸来了之后，两人又抱着我哭了一阵。他们询问我怎么这么不小心，竟然出了车祸。

父母来之前，陪陪和我打过招呼，吸协为了掩盖此次事件，给我爹妈注射了一点导致记忆混乱的药物。

所以我妈现在根本没有我抱着猪带着卫无常回家的记忆，我爸也不知道他曾经被人弄晕塞到床底下去过，他们现在知道的是，我在回家的路上遇见了车祸，车撞上我，我飞出去后撞上了路边突出的钢筋，被刺穿了后背，还导致胸椎受伤以及大腿和手臂骨折。

来医院之前，老巫婆先帮我治疗了一番，消除了一些法器在我身上留下的持续伤害，然后把伤口进行了人工造假，让这些伤看起来和被车撞的一模一样。

吸协的人甚至还在没有监控的角落伪造了车祸现场，当然，车牌是假的，也没有司机。

我妈现在十分的愤怒："路上装这么多监控，偏偏这个角落没装，这么久了什么人都抓不到！"

我爸就在旁边沉声说："好了好了，闺女刚醒，你能不能别念叨这些了。"

"我这哪是念叨，你就不想抓住那混账东西啊！"

"想啊！但是……"

然后我爸妈就这样你一言我一语地互相说着"你别在病房吵"

地吵了起来。暴脾气的陪陪此时左右赔笑地劝着架，但并没有什么用。

我躺在床上，插着呼吸器，说话对于现在的我来说，还是太费力了，但我却觉得现在真好……

我家这两个老人家，根本不知道他们的性命曾经也悬于一线上，现在还能进行这么平凡而有精神的争吵，真好。

我在床上笑着，却觉有一道目光一直在我身上，我微微侧过一点头，看到了一直站在窗边的李怼怼。

阳光照在他脸上，给他苍白的脸色染上了一点温度。从我醒来开始，除了走近看见我的那瞬间他有一点情绪的波动，剩下的时间他都沉默地待在一边没有说话，房间里的吵吵闹闹好像都跟他没有关系一样。

他只是在无人的地方静静地看着我，仿佛在进行哲思一样。

"好了我不跟你吵了，我要去交警那里看看了，现在小信醒了，最重要的就是找到肇事的人，我懒得跟你一般见识。"我妈率先决定结束骂战，她轻轻拍了拍我的手臂，"小信你放心，妈妈一定帮你抓住那个司机。"

妈……没有司机的，就算有，也抓不住啊。

"你别去和交警急，有什么用！"我爸说着，又和我妈一边吵着一边离开了病房，走之前，他回头看了我一眼，"好好养着，啊，那个，麻烦两位朋友了。"

他们离开了，房间暂时安静了下来，李陪陪抹了一下额头的汗："小信，你怎么就一点没遗传到阿姨的彪悍呢。"她想了想，"也不是，你急起来的时候，也挺吓人的。看来还是遗传到了。哦对了，我还没来得及和美美他们说呢，我先去打电话，你歇会儿。"

我眨眨眼睛，示意听到了，陪陪就拿着电话，刚要出门，一直沉默的李怼怼开口了："告诉他们可以，但是探病明天才能来。"

李陪陪闻言，发出了一声非常暧昧的："哦。"这个"哦"字的尾音拖长了不知道多少个调，她看着我眨了下眼睛，一脸"干得不错"的表情。

我躺着对她眨眼睛，表示我的无措，但她并没有领会我的意思，非常麻溜地出门关门离开了。

房间只剩下了安静的我和安静的李怼怼。

他在窗边阳光下又站了一会儿，才沉默地走到了我的床边。他跷着二郎腿坐下，推了一下眼睛，和平时一样冷漠且高傲。

“林子书还没抓到。”他说，“但是他们建在武隆的老巢已经被端了。”

武隆……

原来，是武隆啊。难怪画了个法阵能把自己和李怼怼送到地下溶洞去，那地方是喀斯特地貌，以天坑地洞出名，天坑地陷，上下落差能有上百米，洞穴蜿蜒幽深能到几公里的长度，法阵传送到的地方没有直接把自己摔死，已经算是运气不错了。

“现在还不知道他背后与其他城市的流离者有多少勾结，但从他最后离开的话来看，未来的局势，不容乐观。”

他说话的语调很平，我听的时候觉得无聊，便努力控制自己的手，往旁边挪，一点一点，像蜗牛在爬一样，终于，指尖爬到了李怼怼抵着病床的膝盖前方。

我敲了敲他的膝盖，像敲门一样。

“干什么？”他问我。

我躺了一周，但李怼怼当时做猪的时候，也伤得很重，从陪陪刚才的话里我听出，他应该一天……也没有躺吧。

“你身体还好吗？”

呼吸器让我的声音又小又模糊，可我相信李怼怼还是听清楚了，因为听到我这个问话之后，他沉默了一瞬间，竟然头一侧，转了目光，像不忍心再看我了一样，又像在和我四目相对，他就有什么情绪，会被我发现了一样。

房间太安静，以至他比平时更重一些的呼吸声我都能听得清楚。

“我和你不一样。”李怼怼调整好了情绪，再转过头来，直视我，“那些会要你命的伤，对我来说，根本不算什么。你还不知道自己的脆弱吗？苏小信。”

他说了这样一长串话，但我却只在意他叫我名字时候的声音。

果然，在我安心沉浸在黑暗之中，快要随黑暗流逝的时候，是李怼怼呼唤了我的名字。

和他们非人类说的一样，名字真的是有魔力的。

我看着他，笑了起来。

李怼怼眉头皱得非常紧：“笑什么？”

我没有回答他，因为身体再次有倦意涌上来：“我睡会儿，醒了和你说。”

然而等我再醒来的时候，天已经很黑了，李怼怼也离开了。房间里，只有在旁边床睡着的我的妈妈和坐在我床边鼓捣笔记本电脑的陪陪。

“小信。”陪陪压低声音和我打招呼。

再次睡醒，我感觉有了些精神：“陪陪，我有话和李怼怼说。”

“现在？”陪陪看了下电脑上的时间，“李怼怼应该刚启程去世非联总部啦，现在不在国内呢，要一周后才能回，这一周他所有的信息应该都会加密，你应该联系不上他。”

世非联总部？像联合国一样的存在，那个只存在李陪陪科普里面的组织，李怼怼竟然去了那里吗……

“因为这次的事？”

“嗯，上面的人非常在意这次的事件，小信你大概不知道自己掺和了个什么事，这可以说是 21 世纪以来，流离者和世非联第一次的大冲突吧。”

“……”

我明明只是想回家看看摔断腿的爸爸……搞出这么大的事，真的并非我本意啊……

“你有什么话要和李怼怼说啊？着急吗？正好后天我也要去世非联做笔录，我帮你带话。”

我摇摇头：“等他回来吧。”

第三十一章

Chapter 31

重回居民楼

我没想到，这一等，居然等了一个多月。

这五十天的时间我都待在医院里，身体慢慢康复，手上脚上的石膏已经拆掉，换成了简单的木板固定，我终于获得了出院允许。虽然身体还不能活蹦乱跳，但精神基本已经恢复。

我爸妈不放心我，让我又回家养了一个月。

一个季度的时间，从秋天到了隆冬，在家里过完了年，我身体也好得七七八八了。

这快一百天的时间里，我和李怼怼基本上没什么联系，我偶尔发给他的消息也都石沉大海，我问过陪陪，陪陪说她每天也不见李怼怼人影，问了几次没有结果我也就没再问了。

爸妈好像对我出车祸的事有了阴影，极度不愿意让我再离开家。

年后，因为我要搬出去，而和父母爆发了几波争吵，但每次都以妈妈的眼泪而结束。

我没有搬回居民楼，楼里的非人类们也没有谁来询问我，美美也好，小狼也好，都没有来打扰我的生活。其实现在想想，很多时候，他们都是独来独往的，和人类不一样，他们并不需要那么多联系和牵挂，包括陪陪。

不住在居民楼里，和非人类们没有接触，我的生活好像又忽然回到了正常一样。

但正常的生活却让我觉得非常空虚，甚至寂寞到发狂。

明明每天时间多得要命，但我拿着画笔坐在桌前，却什么都画不出来，像之前的画都是老天爷握着我的手画出来的一样，现在老天不再垂怜我，所以剥夺了我表达的权利。

我强行画了几张发上去，但却被读者说没有之前好看了。

我感到无比的恐慌。我不敢再去看我的评论区，下意识地开始回避，偶尔点开，看到满满的催更评论，我的心情再也不像之前那样雀跃了，我感到了压力和负担。

一百来天的断更，有手受伤的原因，也有画不出来的原因，我怀疑自己已江郎才尽，甚至觉得，我这辈子，都没法再画漫画了。

这部之前被女神推荐过的漫画，基本已经没有什么人追了。

我感觉自己很失败，也很迷茫，忽然在人生的道路里面迷失了一样。

这样的情况持续了两周，周末我被我妈拖出去和她一起去买菜，路上她一直告诉我："你现在出过这么大的事，我和你爸别的都不担心，就担心你的身体，你在家里，我和你爸爸什么都可以帮你照顾着，而且我们现在又不反对你画漫画了，你这个工作又不挑地方，哪里不能画，干吗非要搬出去？"

我沉默不说话。

我没法告诉他们为什么，父母大概就是这样，他们或许是全世界最在乎你的人，但却不一定是最理解你的。

我垂头推着手推车在超市走着，忽然间，手推车撞上了一个人，车微微倒回来一点："对不起。"我下意识地道歉，一抬头，然后愣住了。

西装革履的李怼怼站在我手推车前面，他的金丝眼镜还是像之前一样闪耀。

三个多月不见，四舍五入，等于小半年，他真是一点变化都没有，这么熟悉的一张脸，再见我却听到自己心脏"扑通"一声。

我一直以为再见李怼怼我一定会问他这段时间都干什么去了，为什么跟失踪了一样，是不是真的忙到连消息都没法回的地步，但这一刻真的来临的时候，我唯一徘徊在脑海里的问句之后——“哎，李怼怼，你怎么又在我迷路的时候找到我了？”

“咦？”我妈刚从货架上拿了东西，转过身来看见李怼怼，“这不是小信的朋友吗？”

“我不是她朋友。”李怼怼推了下眼镜，“我是她房东。”李怼怼把目光从我身上挪开，转到了我妈身上，“她和我签了三年的租房合同，现在她欠了五个月房租，房子不租了可以，付清拖欠的房租还有违约金。如果不付房租和违约金……”他顿了顿，看着我，“那就乖乖住回去，我不喜欢欠我房租的租客，住在我不方便催租的地方。”

我呆呆地看着李怼怼，我妈也呆呆地看着李怼怼，然后又看看我，又转头盯着李怼怼：“房租和违约金多少？”

“房租一个月一千五，违约金……”他思索了一下，非常随意地说，“七八百万吧。”

我妈震惊地看着李怼怼：“多少？”我妈对于这个大张口的狮子，一瞬间失去了言语。

我看着李怼怼，头一次因为这个人的无耻而笑了出来。

我说：“我赔不起。”

“那就跟我回去。”

我看了我妈一眼，把手推车推到了旁边，和李怼怼说：“走吧。”

我妈大惊：“苏小信！？”

我没有再看我妈，拉着李怼怼的手就往超市外面跑，我妈在后面大声喊我的名字，但手推车里还有她付钱买了的东西，她喊我一声，想追我，又回去拉着手推车，左右摇摆不定了一会儿，我就拉着李怼怼跑远了。

跑出了超市，到了街角，我停下来，气喘吁吁地看着气定神闲的李怼怼，我喘着粗气，指了指身后：“我妈……又想要手推车的东西，又想把我抓回去，明明自己也是个有摇摆不定犹豫不决的人，只不过是年长一些，就想帮我做决定，好不好笑？”

“跑两步就喘成这样，苏小信，你也很好笑。”

我直起身，盯着李怼怼：“你和我妈才是一样好笑。”我抬起胳膊在他面前比画了一圈，又伸了伸腿：“你看。”

他看着我：“看什么？胳膊和腿有多短吗？”

我没有因李怼怼怼我而生气：“你看，我都好了。”

李怼怼沉默地上下打量我：“嗯。”

“李怼怼，我之前一直想和你说，我躺在医院里那一周，好像在死亡边缘走了一圈，但死亡并不可怕。不过是把这个从黑暗里借来的东西，又还回黑暗……”

李怼怼仿佛忍不住了，想要怼我，我马上打断他：“但是！但是，我还是要谢谢你叫醒我，让我重新活过来，也谢谢你之前孤身来救我，还有现在，来找我，带我回去，我真的很感谢！”

“谁说我是来找你的？”李怼怼一脸不开心地吐出两个字，“偶遇。”

“怎么都好，反正，我现在是觉得，虽然死亡不可怕，但活着真的是件万分幸运和不容易的事情。我身体里的五脏六腑，206 块骨头，639 块肌肉，60 多万亿细胞都在拼尽全力地让我好好地活下去。你看！”

我伸手在他面前晃，把手指玩成花一样。

他金边眼镜背后的眼睛看着我的手。阳光有些刺眼，照在我的手上，似乎是我皮肤的反光，在他眼镜上如蝴蝶光影一般跳跃着。

为了展示自己的灵活，我比画了很久，李怼怼也沉默了看了很久，最终侧过头：“嗯，很短，还粗了。”

我抽了下嘴角，把自己的手收回来：“李怼怼，我是想和你说，人类很脆弱，但也没有你想的那么脆弱。”

李怼怼侧这头，却转过了眼珠，他斜眼看着我，就是这么别扭的姿势，但我却在他眼中，看见了温柔。

“苏……”

“嘭！”一声惊天巨响，在我和李怼怼耳边炸开，我和李怼怼同时望向传来声音的左边。

一条单行道的小马路，一辆摩托车撞上了一辆摩托警车。

摩托车瞬间撞得稀烂，车上穿着黑色皮衣的少年直接飞上了天，甩出一个抛物线，重重摔在地上，滚了七八圈，撞上另外一辆路边停着的面包车轮胎，停了下来。

我想，完了，这人肯定死了。

但没有几秒，就看见那黑色皮衣的少年摸摸脖子，在周围一圈震惊的目光中，站了起来。

穿着黄色警服的交警从旁边饮料机前慌张地跑过来，先是冲到少年身边，难以置信地上下看了他一圈："没事吧？"

黑色皮衣的少年站起来的第一时间，看到自己的皮衣整个手臂全部被沥青马路磨破，他开口就是对交警一句："车停路边干什么啊！"

看他这么精神，交警愣了一会儿，也怒了："这是单行道！你逆行撞警车还有理了？"交警把饮料揣进兜里，翻出了小本本，"姓名，驾驶证。"

"开罚单？呵！"少年冷笑一声，"你要是敢开我罚单，我明天就让人毁灭地球你信不信？"

交警一脸冷漠地看着他："你明天要毁灭地球，我今天也要开你罚单。姓名，驾驶证。"

我呆呆地看着那边荒谬的一幕，然后转头看李怼怼："那不是人类吧。"

"你觉得呢？"

我觉得，不是。

什么人类没有你想的那么脆弱，真的是对不起，我说错了，比起这些非人类，人类真的是很脆弱。

那边的交警抓了少年，要将他带走，少年挣扎之际，一个转身，目光扫过我与李怼怼，然后他拼了命地扭过头来，大喊："房东！房东！你快过来帮我解决一下啊！房东！"

我震惊地看着李怼怼："他是你的租客？"

李怼怼一个冷漠转身，迈步就走，眼神都懒得多给背后一个，任由少年声嘶力竭地喊着："房东！你敢让我被抓，我明天就毁灭地球！"

我看看李怼怼又看看背后的少年，实在没有把这少年和房客里面的任何一个联系起来，陪陪好像也从没和我说过那几个经常不在居民楼的人里面有这么嚣张的一个啊。

李怼怼一边走一边掏出手机打电话："于邵，这种动不动就叫嚣要毁灭地球的外星傻子，你再敢随便带回来，我见一次打一次。"

嗯？竟然是于邵的熟人？还是……外星人？

"街上看见的，逆行撞警车，被抓了。"

于邵似乎在电话里说了什么，但街上太吵，我听不清楚，而李怼怼嫌弃的表情我却看得很清楚："自己想办法捞人。"他挂了电话继续走。我跟在他背后追。

"刚才那人是新的租客？来了多久了，我都不知道……"

李怼怼闻言，脚步微微一顿，我一时没刹住，撞在了他背上，胸口撞得有点痛，我有点脸红地后退两步，抬头望他。

他看了我一会儿，背过身去，声音不大地说："走了这么久，你当然不知道。"

他这话……怎么还似有点怨气？

一直发消息不会，不和我联系的，难道不是他吗？

李怼怼走到马路边上，抬手要拦车，我暂时把这些困惑抛到脑后："等等，我还是想回家……"一趟，这两个字我还没说出来，只见李怼怼一回头，盯着我，目光中还有些愤怒甚至是……不甘？

"你就这么不想回居民楼？"

我一愣，这个问题和他的情绪真是来得让我猝不及防。

"我……没有啊。"不知道他为什么会这么想，我下意识地解释，"我只是想回家收收东西，刚才虽然就这样抓你跑了，但话还是要和爸妈说清楚的啊。"

李怼怼沉默片刻，扭头，深呼吸一口气，又短暂地叹了出来："我和你一起去。”

出租车上，李怼怼陷入了沉默。我几次起了个话头，他都只是“嗯”了两声，也不知道是在生谁的气，我聊不下去，也就扭头看窗外风景了。

李怼怼这个吸血鬼，情绪变化真的是太快了。

到我家楼下，我拦住李怼怼不让他上楼：“你在楼下等我，我收完东西就下来。”

我想，我妈现在估计也到家了，她大概也是余怒未消，李怼怼又是个嘴炮王者，万一和我妈吵了起来，那场面岂不难看？所以我宁愿自己独自承受炮火，也不愿再起一场硝烟。

但是吸血鬼大王又来了情绪：“怎么？我不能见你父母？”

“不是。”我好言好语地安抚他，“非人类和人类接触太多不好……”

李怼怼抱着手，勾唇一声冷笑：“以前你带卫无常回来的时候，可没这么说过。”

关卫无常什么事？

“那话不是以前你和我说的吗？我现在觉得很有道理，我一会儿就下来。真的，就一会儿。”

李怼怼盯了我一会儿，一推眼镜，开了口：“半个小时，没下来我就上去拖你走。”

“我收东西也得要一会儿呢。”

他看了眼手机：“你还有 29 分钟。”

我一吸气，扭头跑上了楼。

回到家，我妈果然也已经回来了，她坐在沙发上，很生气地瞪着我，但却比我想象的要好一点，毕竟是她亲生的，她想把我摁回去也没办法了。但我爸脸上的笑就有点诡异了。

“谈恋爱了？”我爸一副过来人的表情看着我，“没跟你一起回来啊？”

“呃……”

“肯定在楼下。”我妈走到阳台往下一望，“哼”了一声，“果然在。苏小信我告诉你，你这个男朋友我不接受。没大没小，第一次见面，就怎么说话的？”

“我……”

我刚要开口，我爸一把打断我，对我妈说：“你才是，小信交什么男朋友关你什么事，你看你就跟那电视剧里面的恶婆婆一样，少学那些！”我爸一转头，问我，“他叫什么名字啊？”

“呃……唔，姓李。”

“做什么的啊？”

“事业单位。”

我爸点点头：“事业单位啊，不错啊。”

“有什么不错。”曾经疯狂想让我进事业单位找一个稳定工作的母亲，现在却像完全变了一个人一样，“年纪轻轻就待在事业单位，肯定没有拼劲儿。”

我忍不住为工作狂李怼怼说了句话：“他是他们单位主任……”

我妈又有意见了：“年纪轻轻，就当到主任，不知道用了什么手段，心机肯定深！”

我：“……”

我总不能和我妈解释，这个人已经老得可以进博物馆展览了……

“就你话多。”我爸又说了我妈一句，然后问我，“你这么想搬出去，是因为他吗？”

我沉默了一会儿，然后点点头。

我爸看着我，没有说话，我妈拍了桌子：“苏小信今天我话还就撂这儿了，你找的这个，我现在不同意，以后也不会同意，你要是敢和他结婚，我……”我妈左右看了一圈，“我以后肯定找机会给他小鞋穿！”

我：“……”

我无奈地揉着眉心，身后忽然传来一道声音：“我从不怕刁难。”我转身，惊讶地发现李怼怼竟然从楼下上来了，他见我瞪着他，他指了一下背后，“门没关，你们吵得太大声，我就上来了。”

我爸妈也愣愣地看着他。

“哦哦……”我爸上前打招呼，“小李？挺高的个儿啊。”

“个高有什么用？”我妈嫌弃了一句。没等李怼怼说话，我爸就先转头和我妈你一言我一语地争执起来。

李怼怼看着我：“你不去收东西？”他看了下手机，“还有十五分钟。”

反正你都上来了……

我看着我已经陷入争吵之中无法自拔的父母，转身进了自己房间，快速地扒拉了一堆东西，收了个大箱子，我推着箱子出去的时候，我妈短暂地从争吵中抽空瞟了我一眼，大怒：“你要干什么？苏小信！我跟你说，你今天敢踏出这个门，你就别回来了！”

我爸也怒了：“什么别回来？这家有我一半呢！你那半不让她回，我让。”

“你这老头子，胳膊肘怎么往外拐？我天天给你做饭吃，喂狗了？”

“你说什么呢？你看人家第一次上门，你这样闹也不嫌笑话！”

“什么上门，我认他了吗？他就上门！出去！”

“小信你跟他一起出去！你妈这儿有我！”

“哎……”我弱弱地应了一句，拎着箱子往门口挪，走到门口，李怼怼看了我一眼，伸手，自然而然地将我的行李箱拿了过去。

他下巴轻轻一抬：“让你父母这么吵，没问题？”

“从小吵到大的……”我说，“他们吵累了就好了。”

李怼怼没再多言，帮我把箱子拎着出了门，关上家门，父母争执的声音还在里面响起，随着我和李怼怼走下楼，他们吵架的声音越来越小，直到我走出楼道，到了下面马路上。

“小信！”

我妈在阳台上喊我：“注意些安全！”她还是一脸不开心，“什么安全都要注意！”

什么……安全……

我瞥了一眼旁边的李怼怼，有些不自然地咳了一声。

我爸碰了她一下："说什么呢！"

"她才受过伤……"

"那你就不让她走了吗？这辈子都给她绑着？"

我妈没说话了。

我向他们挥挥手："我知道的。我以后每周都回来。"

李怼怼也往上望了一眼，他什么都没说，只沉默地帮我拎着箱子。我和他走在老小区的路上，路灯藏在黄桷树里，老小区里面很安静，李怼怼忽然开口："原来你是这么长大的。"他看了我一眼，"所以平时不吭声不吭气，一发火就火气冲天？"

"对啊，你可别真的惹怒我。吓死你。"

李怼怼冷笑一声，表示不屑。

我想着刚才的画面，过了那喧嚣的劲儿，才觉得好笑："李怼怼，你这辈子怕是都进不了我家门了，你看我妈多不喜欢你。"

"哼，怕什么？不喜欢我的人多了。"

"哎？你平时不应该说……"我压低了嗓子，学着李怼怼怼人的样子说，"谁稀罕，我还嫌弃你家门呢！"说完，我自己先"哈哈哈"笑了出来，笑了一会儿，发现旁边一直在身边响着的轮子声音安静了下来。

我一转头，看见李怼怼提着我的粉红色箱子站在路灯阴影处，表情不明。

和他对视了一会儿，我忽然反应过来。

啊……

对哦，他刚才，为什么没有说，嫌弃我家门呢……

他……

手机振动声从李怼怼的裤子里传出，他挪开了停滞在我脸上的目光，垂头掏出手机，接了电话："喂……"话音未落，电话那头传来了李陪陪声嘶力竭的声音："啊！李怼怼你快回来！那个小子又闯祸了！我要杀了他！快点！”

熟悉的陪陪的声音，熟悉的鸡飞狗跳，所有的绵长的情绪再次被黑夜淹没。

“走吧。”我向李怼怼伸出手，“我们快回去吧。”

回到那个不安生但有趣的世界。

我万万没想到，隔了一百多天再回来，看到的，居然是这么破烂的居民楼。

是的，破烂。

以前虽然泛黄但还算干净的外墙上，如今被涂鸦了许多意味不明的图案，楼外的平地上有大大小小数不清的坑，也不知道是被什么东西炸出来的。

此时此刻，在八楼楼顶还在冒着黑烟……

我呆滞地看着那股黑烟："那……是不是我的房间？"

在我问李怼怼的同时，楼顶再次炸出一团黑烟，连带着砖石和水泥块从顶上喷射而出，像一座小火山爆发了一样，砖石泥块冲上天又飞速坠落，砸在我身侧，我仰头望着，只见一个砖块即将落到我头上，连闭眼的时间都没有，旁边倏尔伸来一只手。

“咚”一声，那块砖重重地砸在李怼怼的手上，沉闷而扎实的声音，如同砸在地上了一般。

我怔愣地看着李怼怼的手，他五指握紧，指关节泛白，只听“啪”一声，砖石直接在李怼怼的掌中碎成齑粉。

随着这粉末的飘散，来自李怼怼的气息忽然变得杀气满满。

我咽了口口水，转头望了李怼怼一眼。

他收回手，拍了拍手掌，用手背轻轻推了一下金边眼镜："很好很好。这个外星傻子……"他声音很轻，但杀气却令我胆寒。我躲远了两步，忽听楼中传来一声李陪陪的大喊："你有本事别让我逮住你！"

“哈哈……”一声猖狂的笑在夜色中的居民楼里响起，一个少年从楼顶黑烟之中冲出，身影仿佛跳入了天上雾蒙蒙的明月之中。

他径直从楼顶一跃而下，一个炫丽的翻转，双膝弯曲，仅单膝跪地，他俯身于地，左手在地上轻轻一撑，一个完美的落地姿势与起跑姿态就此成型。

他咧着嘴得意一笑，冲身后喊道："你有本事，就来逮我啊。"

他双腿发力，往前一蹬，身影如箭一般向我这边冲过来。

因为我刚才畏于李怼怼的杀气，往旁边挪了两步，所以我和李怼怼之间有一个能让人通过的距离，他奔着这个空当就跑了过来，眼瞅着是要逃了，李陪陪还没有从楼里追出来。

我听到我的箱子被人往旁边一推，滑轮在并不平整的地上滑了一段距离，箱子倒下的同时，李怼怼一伸手，那五指如网，又似如来佛手中的山，往旁边一捞就把少年的脸抓了住。

李怼怼抓着少年的脸，就势把他往地上一摁。

"咚"一声闷响，少年的后脑勺直接撞在地上，把地撞出了一个坑。

李怼怼屈膝蹲着，一手摁着少年的脸，一手放在自己的膝盖上，他打了个响指，有金光从他指尖冒了出来："拆迁办都不敢拆我的房，你敢拆？"

少年仿佛被这一击打晕了，他在地上躺着，只有喉咙里发出哼哼唧唧的声音，缓了许久，他意识慢慢恢复，一只眼睛在李怼怼的指缝间睁开。

"房东……"他不甘心地闭了闭眼，"哼！这栋楼里能这么对我的也就你了……"

"就只有他吗？"李陪陪人未到声先至，跟着砸过来的是一块棺材板，这块棺材板来得急，李怼怼眉头一皱，往后一撤，他在一片尘土飞扬之中拍了拍袖子。

李陪陪气喘吁吁地站在棺材板旁边，待尘埃褪去后，她把棺材板往旁边一扔……

地上躺着的，是已经彻底被砸昏过去的少年。

"哼！跟你爸爸狂？也不看看皇历。"陪陪一撩头发，傲然一笑。

我心里嘀咕着，棺材板都捞出来了，看来陪陪也是气急了。

"李怼怼，今天算你回来得及……"陪陪转头，这才扫见了一直默默站在一旁的我，她一愣，眨巴着眼盯了我许久，然后才难以置信地喊出我的名字，"小……小信？"

"陪陪。"我挠挠头，"我要搬回来了。"

"呀！"李陪陪一声高呼，冲过来就把我搂进怀里，将我的脸狠狠摁在她两个汹涌的波涛之间，在我气都没喘上一口的时间，抱着我原地转了三圈，"我小信要搬回来了！"她放下我，马不停蹄地对着后面的居民楼大喊，"美美！小狼！你们都给我下来！小信回来了！"

然后我就看见黑灯瞎火的居民楼瞬间亮起了几盏灯，一楼的卫无常，三楼的美美，六楼的老巫婆，七楼的小狼。

我看见他们人影在阳台上一晃，几个人就从阳台上纷纷探出了头来。

看到他们，我心底莫名一暖。

"哟，我还以为不回了呢。"老巫婆敷着面膜揶揄我。

小狼开心地看着我，喊了两声"小信！"

卫无常则冷静地站在窗口，对我点了点头："苏姑娘。"

美美几个月不见，胖回去了一点，她身边站着阿季，阿季帮她剥好瓜子放在掌心，她现在连壳都不用嗑了，就往嘴里吃："小信，我刚听楼上打架呢，动静不小，你那屋还能住吗？不行来我屋呗。"

旁边的阿季皱了下眉头，这才把目光从瓜子和美美身上挪开，瞪了我一眼。

我抽了下嘴角："不了吧……"

"小信和我睡。"陪陪抱着我，一直不肯撒手，"房子修好前都和我睡，谁也不准抢，李怼怼，你也不准抢。"

李怼怼瞥了我一眼，一转头："求之不得。"他说完打了个响指，指尖转出金色的绳子，将地上晕过去的少年缠住，拖着他就往自己的房间走去。

李陪陪在背后对他吐舌头，学着他的模样说：“求之不得。装吧装吧。”李陪陪转头看我，忽然暧昧地笑了笑，“我还以为李怼怼有多能忍呢，你看，这还不是忍不住。来小信，今晚睡我的棺材，让我来和你扒一扒这几个月，你错过的精彩。嘿嘿嘿。”

第三十二章

Chapter 32

我的寿命，他的特殊

我头一次和陪陪挤棺材睡。

因为我的房间确实不能用了，地板和天花板从七楼开始穿了个大坑，不知道是那个外星少年研究的什么玩意儿给倒腾出来的，墙根从八楼到一楼裂了个大缝，依我来看，整栋楼都有些摇摇欲坠，但这些非人类一点都不在意，我也只好强装镇定。

陪陪住八楼的另一侧，睡在她的棺材里，就算楼塌了，我们也是落在最上面的。

其实陪陪也没和我八卦什么东西，无非就说了一下，这几个月吸协的工作流程，主要包括李怼怼的工作流程。其中她认为，李怼怼这几个月，最主要就干了一件事，那就是——

“替你出气。”

替我出气。

这是我，万万没想到的。

“这也是我万万想不到的。小信，你敢信吗？他没有抓到林子书，但如果林子书之前是只凤凰，李怼怼徒手将这只凤凰，拔成了鸡。让骄傲的凤凰永远被压制着，永远飞不起来，这比抓了他，更让他难受。”陪陪说这话的时候，莫名地带着一种得意，“少说二十年，多则五十年，这些流离者，不敢再踏进重庆半步，哦，或者说，不敢再踏进李怼怼的辖区半步。林子书也不例外。”

其实，李怼怼处理工作时候的雷霆手段，在很久之前我就听陪陪说过。

在世非联建立初期，李怼怼参与和策划的暗杀与清剿数不胜数，在那些事件里的李怼怼像永远行走在黑暗中的独狼，用一双猩红的眼瞳注视着黑暗。

可是，陪陪和我提起那些事的时候犹如在讲故事，而我也犹如在听故事。

我没办法把戴着金边眼镜、人模狗样的斯文败类和那样的人联系起来。

毕竟……

从我接触到李怼怼开始，我所知道的他的任务，要么是抓捕倒卖假血粉的吸血鬼，要么是协助各种非人类协会的公益活动，稍微严重一点的就是吸血鬼学校的霸凌事件，仅有的几次称得上可怕的，就是卫无常的僵尸事件和这次的流离者事件。

而不管是什么事件，认真说来，我都没有看见过李怼怼大开杀戒的模样。

所以当陪陪和我说，这次世非联通过李怼怼处死了五十个流离者的时候，我愣了好半天。

“他亲手杀了五十个流离者？”

“处死。”陪陪强调了一下，她想了想，又解释了一句，“就是下令执行死刑。”

这句话对我来说真是陌生又惊人。我沉默了半天，才战栗着问：“为……为了给我出气，杀了五十个？”

陪陪看我瑟缩的模样，竟然一下子笑了出来：“当然不是全部为了给你出气，人是咱们抓的，但要他们死是上头的意思。世非联这都搞了多少年了，居然还有人能在下面聚集这么多流离者，还在吸协的地盘上抢了人，真是打了咱们，也打了上面的脸。跑了的算他们命大，这被抓了的，上面不清算他们才怪。”

我结合人类历史纵观一下，点头说：“哪儿的斗争都一样。”

“而且抓出来的这五十个，没一个好东西，背后的烂事一抓一大把，指不定杀掉你多少同胞吃了呢，他们都死有余辜。”

我又问：“那这之后，流离者那边就不敢再来了是吗？”

“五十个哪够啊？你那天和李怼怼在地下山洞里，不知道外面的情况，我带人杀上去的时候，那个大别墅里面，鸡飞狗跳的，他们人没我们多，但也不少，能养这么多人背后肯定还有千丝万缕的势力。而且，要是杀了五十个就了事了，李怼怼肯定早忙完找你去了。”说到这儿，陪陪对我挑了一下眉，“所以我说李怼怼对你上心嘛。”

“我实话跟你说，咱们吸协，太平了这么多年，狗都养懒了，大家一时热血过了，也是不想干活的。杀了五十个，上面气消了，咱们气也消了，就打算暂时把这事儿打住了，但李怼怼不干啊，非得干到底。”陪陪笑得暧昧，“为了给你出气嘛。”

我眨巴了一下眼睛，听得入神：“所以……”我猜事件走向，“他去单挑了？”

“不能这么实诚。”陪陪勾唇一笑，“他放了一个。”

“放了？”

“嗯，处死之前，假装疏忽，放了一个，然后那个流离者死里逃生，跑啊跑啊，你猜他会向哪里跑？”

“他们……老巢？”

“差不多吧，不过是跑去他们流离者情报接应的地方。可是对方也心狠手辣，这流离者刚跑到那接应的地方，很快就被杀了，整个接应点，直接被摧毁。”

“像谍战……线断了，之后怎么办呢？”

“感谢你们人类的监控系统，我们通过监控排查了大半个月，锁定了摧毁接应点的人，然后顺藤摸瓜，找到了他们在重庆的第二个驻点。一举击破，又抓了百十来个，通通送去世非联裁判庭，然后把里面的资料都抢了回来，再炸了房子。接着又通过这些资料分别捣毁了他们在全世界各地大大小小二十来个据点，这不清算不知道，咱们这个年头，还有这么多流离者。”

陪陪跷着二郎腿，嘚瑟地说，“不过过了这次，这些流离者啊，在大势之前，已经不足为惧。那个林子书自己搞了这么大出事情来，在他们内部肯定也过不了好日子。”

我将整个事件消化了一会儿：“这几个月你们竟然做了这么多事……”

“我可没怎么掺和。”陪陪说，“我还是要上课的，这些都是李怼怼憋着一腔怒火一手操办，我听说，吸协的工作人员现在听到李怼怼休息，比自己休息都开心。不过，这些所有的事，早在大半个月前就已经办完了。”

我一愣：“赶得这么急吗？”

“可不是吗？”陪陪意味不明地看着我笑，“李怼怼几个月没回来过一次，忙完了，回来了，第一句话就问……”陪陪板着脸，学着某人的声音，又沉又冷漠地说，“苏小信呢？”

也不知道是陪陪学得太像，还是她的描述太有画面感，我一瞬间就想象出了李怼怼的模样。

他戴着金边眼镜，站在居民楼前，背脊挺直，面色不善，语气冷漠地问人：“苏小信呢？”

明明没看见，也没听见，但这句话却像穿越了时空，来到了我的面前，让我一瞬间，有一丝情不自禁地心悸。

苏小信呢？

她走了。

陪陪说，她是这样回答李怼怼的。

她说：“小信，我从没有看到李怼怼那样的表情，说失落和难过有点过于浓烈，但他确确实实地失去了他的平静和淡定。像从三月暖阳间，被推进了隆冬雪地里。连他金边眼镜上璀璨的光芒都变得黯淡了。”

“你为什么……”我沉默很久，问陪陪，“你为什么说我走了呢？”

陪陪也很难得地沉默了下来，我俩躺在没盖棺材板的棺材里，她侧身撑着脑袋，看着我：“小信，这是最合理的推断，你在非人类的世界里遭受了生命的威胁，不只是我，包括美美，小狼甚至是那个卫无常，都认为你该走。我也活了很多年了，小信，我知道你们人类的生命有多么脆弱和短暂，所以我也知道你们的每分每秒会比我们珍贵很多。”

陪陪说得很淡然：“我们的关系，不值得你用这么珍贵的生命来坚持。”

“那在我短暂的生命里，我该去坚持些什么？”

如果不坚持我认为珍贵的东西，那我的生命，除了短暂的长度，哪来的珍贵？

我与陪陪在棺材里四目相对，陪陪又笑了：“小信，你平时不吭声不吭气的，但有的时候，我真的很喜欢你眼睛里的火焰。”

我摸了摸我的眼睛，解释着：“我回去了没回来，是因为我父母，之前我有跟你说过，你们……不会以为这是我离开的借口吧？”

陪陪撇了一下嘴，又恢复了平时吊儿郎当的样子：“反正我和李怼怼说你走了，李怼怼那瞬间灵魂都黯淡了之后，他就把自己关在房间里几天都没出来。可怜了黑狗，李怼怼不在的时候，它都快饿死了，天天跑我家来蹭狗粮，夜夜号得跟死了爹一样。李怼怼回来之后，它还是天天跑到我这里来吃狗粮，说它主人完了，魂都掉了。”

李怼怼……

那黑狗可是你的真爱啊！

“我和小狼美美都劝李怼怼，说，应该的应该的，现在反正流离者也被赶走了嘛，让小信回家应该的。李怼怼当时还喷我们呢，说我们多管闲事，他根本没有在思考关于你的事，结果这几天，天天都请假，吸协的工作人员都高兴坏了。”

“他请假……”

“大概是去做跟踪狂了吧。”李陪赔笑着，“我还以为他有多能憋呢。”

我沉默，沉默了很久很久，然后我看着李陪陪，郑重其事地问：“陪陪，照你这样说，我如果没想多的话，李怼怼对我……”

“当然没想多，我们四天王中的其他三天王不是早就和你说过了吗？我们觉得，他喜欢你。”

当这个事被如此清晰且理性地被人抛出之后，我犹如被大钟撞了一下，整个脑袋都嗡嗡作响。

“而且我也早就觉得，小信，你怕是也喜欢李怼怼吧。”

“咚”大钟，又撞了过来。

“我……”

这一瞬间，我脑海里闪过许许多多关于李怼怼的画面，怼我的，注视着我的，保护着我的，每一幕都犹在眼前。

“我想……是的。”

说出这个话，陪陪仿佛早就想到了，她并不吃惊，反倒是我，捂住了自己的嘴。

陪陪看了我一会儿，表情微微严肃下来：“我是祝福你们的，但是小信，你和李怼怼还是很不一样的，身体，寿命。如果你想一晌贪欢，那你就上。反正谁也不吃亏。”

“陪陪……”

“但如果你是认真的，你就有很多事要考虑了，不说别的，我直说一件，虽然现在人类和非人类社会已经完全融合，但非人类之间的冲突并没有消弭，从这次的事件当中你应该就能看出一二。这次，李怼怼下令处死五十个流离者，下一次再有冲突，他或许会亲手杀死五十个流离者。而这种事，在很久以前，对他来说已经是稀松平常了。小信，你想想清楚，你会喜欢李怼怼，但你也会喜欢双手沾满血腥的他吗？”

“我……”

我，苏小信，作为一个生长在红旗下的好青年，从来没有想过，当有一天我意识到我喜欢上一个人时，居然会面临……这样严肃的人性问题。

人生，果然就是各种意想不到。

我意想不到的还有……第二天美美给我办了个接风宴，李怼怼……居然喝醉了。

事情，是这样的。

作息习惯日常晚睡的我和作息正常的陪陪，一起聊到凌晨五点才睡觉，我一觉醒来，已经是中午十二点过了。

我睁开眼下意识地看了一眼手机，发现美美给我发了好多信息和菜市场的图片。美美说她今天早上和阿季一起去长江里捞鱼了，收获颇丰，卖了鱼赚了不少钱，打算买点菜回来做烧烤火锅宴，算是给我接风。

我还没来得及感慨阿季的乡土化如此快速而成功，就又被美美一堆图片淹没了。

图片里全是阿季站在菜市场摊边，手里拎着一堆塑料袋的模样。

光是看图片，我就能想象出现在的阿季在菜市场里和美美有多么的般配……嗯，虽然背景有点杂乱，但非常的质朴写实。

阿季袋子里装着各种各样的蔬菜。美美问我："我和阿季买了这些，你还想吃啥，都给你买。"

一片拳拳心意，我没拒绝，点了一堆鸭肠、血旺和牛下水，我报菜名的时候把陪陪馋醒了，她也没客气，抢了我的手机，叽里呱啦说了一堆，点的全是肉。下完单，她正要放下手机，忽然眼睛一亮，转头盯着我："小信这次能回来，李怼怼是功臣啊，美美你这接风宴也把李怼怼请了吧。"

美美倒是爽快地就答应了："好啊，小信帮我通知下李怼怼吧。"我正要拒绝，那边飞速发来一段语音，"手机没电了，别发消息了，我接着买菜去了。"

紧接着一张黄色的狗脸，带着诡异的微笑。

然后对话框那边就陷入了死寂。

我看着手机，又看着李陪陪，陪陪打了个哈欠："棺材里睡两个人还是太挤了，我再眯会儿，你去叫李怼怼吧，走走。"她连说带推，就把我推出了门外。

我被赶出房间，站在陪陪门外，本来是我的房间的地方在昨晚已经坏得不成样子了，那老铁门被天花板里灌进来的风吹着，“吱呀吱呀”左右晃着，仿佛在嘲笑我的呆滞。

最后，我还是下了楼，站在了李怼怼门前。

我在他门口犹豫了很久，我在考虑，经过昨晚之后，我要不要挑破我和李怼怼之间这层窗户纸。

有的事，心知肚明不挑破，那日子糊涂还能过。但如果挑破了，要么不破不立，要么破……就破破破破了。

而且，正如陪陪昨天问我的问题一样，我和李怼怼之间还有很多的问题，并不是说一句我喜欢你，我们在一起，这些问题就不存在了，问题还在，而我还没想清楚。

关于我的寿命，他的特殊……

在我还在苦大仇深地对着李怼怼的房门沉思的时候，后颈两个软软的肉垫蹬上了我的脖子，肉垫虽然，但力气却不小，伴着黑狗一句拉长声音的：“个……混蛋！”

我的脑袋狠狠地撞在了李怼怼的房门上，“咚”一声，比起敲门，更像敲钟，钟声余韵从我的额头一直穿过我的后脑勺，将我整个人都震得麻木了。

我捂着额头，蹲在地上，站不起来。

黑狗倒是身型优美的落地，站在我面前，黑漆漆的尾巴很是愤怒地从我脸上扫过。

“我主人勒辈子摁是倒了血霉，居然遇得到你！（我主人这辈子真是倒了大霉，居然遇到了你！）”黑狗站在我面前骂我，“手不能提肩不能扛，回个家都能遭人绑架，你勒种弱鸡活在世上不是浪费资源是撒子？搞得我口粮都没得吃！（你这样的辣鸡活在世上不是浪费资源是什么？弄得我连口粮都没得吃！）”

那这世上浪费资源的还有其他七十亿……

我这句反驳的话还没来得及说出口，背后李怼怼家的房门往外一推，而这时我正蹲在他家门外，毫不意外地被李怼怼的大门直接怼翻在地，脸杵在地上，额头再次遭受重创。

我一声没吭，抱着脸，倒在地上。

之前所有的少女心事此时都变成了地上的土，不值一提。

“你这只猫……”我忍住了疼痛，翻过身来，躺在地上，看着李怼怼，“炖了吧。”

李怼怼瞥了黑狗一眼，黑狗一改刚才气势汹汹的模样，浑身一抖，转身就往屋里钻了。

我捂着额头，挣扎着坐起身来：“虽然对它来说，你是它的真爱，我知道你不舍，所以交给我吧，我来炖。”

“我的真爱？”李怼怼推了一下眼镜，眼镜背后的眼睛微微眯了起来，“黑狗？”

“对呀，那之前，你不是要真爱之吻才能从……变回来吗？”说到这儿我有点心虚，“我没用，但黑狗舔了舔你，不就回来了吗？”

李怼怼看了我好半天，仿佛我刚才说的是个笑话。

但他并没有觉得好笑。

他隔了好一会儿，深吸一口气，转过头，吐出一口长长的气，随即又深吸了一口，然后才平静下了心情一样，冷漠的，无动于衷地看着肿着额头坐在地上的我，别说扶我了，真的是连手指头都没有动一下：“刚回来一天，又有什么事来烦我？”

比起刚才，他说这话的时候，莫名其妙变得暴躁了。

我咽了口口水，发现自己居然……对这样的李怼怼更加适应。

我大概，内心也住着一只狗吧。

我拍拍屁股，自己站起来：“美美让我来告诉你，晚上她请大家吃火锅。”

“房租交完了吗？就请吃火锅，我允许了？”

我望着他：“这不是……在请示吗……”

他看着我，隔了很久，冷哼一声，转身进门，只留下一句：“不许在室内吃。”

就是因为他这句话，不许在室内吃，我们也没法在被炸烂的楼顶吃，所以，晚上，大家在一楼的空地上开始吃起了火锅。

一开始，大家还是正儿八经地在吃火锅，烫毛肚，涮鸭肠，火锅辣油让每个人的脸都变得红扑扑的，没吃多久，于邵带着小狼扛了几大箱子啤酒回来。

然后……场面就开始失控了。

最先趴下的，是老巫婆，他不是因为喝酒趴下的，而是因为嘲笑李陪陪和李怼怼吃火锅油碟里不放大蒜，被李陪陪一拳打晕的，然后就是正儿八经喝酒的几个人。

小狼看着能喝，两杯下肚就开始变身狼嚎。

李怼怼把他绑了，和新来的外星人一起扔在一边。

这个新来的外星人名叫小爷，因为他总是自称小爷，也没有告诉过别人他的名字，所以大家都叫他阿小……嗯，因为叫爷那是不可能的，对这群非人类来说，这辈子都不可能。

这个外星人是于邵家里的小辈带到重庆来的，托于邵照顾，于是于邵就让他住进了居民楼，但没想到，这个阿小，特长闯祸，爱好越狱，每次出去闯完祸被李怼怼逮住之后关起来，但没两天他就能从吸协越狱，但他也不跑去别的城市或者地方，就还回居民楼住着。

用他的话说，就是，“小爷交了房租，我不睡这儿睡哪儿”。

他说的也很有道理。

但这个举动简直就是在跟李怼怼示威，还偏偏……就是拿他没办法，也不知道他是怎么从吸协里跑出来的，所以现在李怼怼逮了他，也懒得送去吸协了，就地绑着，画地为牢。

阿小没别的爱好，就爱吃，跟金花女神一样，但金花女神是清醒的时候狂吃，而阿小饿了就要吃，吃得巨多，宛如一头鲸鱼，而对他来说，最难受的惩罚也莫过于挨饿。

所以……

现在我们在外面吃火锅，李怼怼就把阿小绑在旁边的空地上，让他哀号着看着我们吃。

不知道的，还以为李怼怼对他施加了什么酷刑。

但听着他的哀号，李怼怼吃得很香，宛如一个暴君在欣赏自己的杰作。

我是打内心觉得，他们非人类其实心里都住着恶魔。找一个小角落，就跑出来了。

就着阿小的哀号一开始我还吃得比较少，从小狼喝大之后，一狼一人一起在那儿号，此起彼伏地宛如唱歌，慢慢地我就觉得……习惯了。

安心地吃自己的火锅，看着大家喝酒。

然后，陪陪和卫无常就喝大了，两人开始徒手拔河，他们开始发力，憋气，脸涨得通红，然后接着发力，最后也开始大喊，好像这样就能有更大的力气一样，两人就这样在桌子一边开始了角力。

火锅宴会的二声部合唱就此诞生。

太嘈杂之后，所有的噪音都变成了背景音，我吃饭吃得更加淡定了。

没一会儿，美美喝醉了，她倒在阿季怀里，走的是和二声部四人组完全不同的套路，她和阿季开始温情满满地倾诉过去："你吃了很多苦吧。"

"你也是吧。"

"剖开鱼尾一定很疼吧。"

"你一定也是吧。"

不知道为什么，当时因他们故事而感到撕心裂肺的我，此时只觉得肉麻得想走开。

我端着碗，来到了小可爱于邵身边，结果哪曾想，我刚坐下，于邵一只手直接就搂上了我的腰，他一抬头，一张小脸通红通红地望着我："小姐姐，屁股给我摸吗？"

我顿时整个人都石化了，然后手臂被人猛地一拽，我后背撞在冰凉的胸口上，

我还没来得及转头，李怼怼拉着我就离开了一片混乱的火锅宴现场。

他不由分说，拽着我就回到了他的房间，开门，进门，关门，锁上……

嗯？

等等？

我慌张地往身后看了一眼，看见李怼怼还把房门里面的防盗锁挂了上去。

还挂防盗锁？

我抬头，李怼怼的呼吸触碰我的额头。

“苏小信。”

他开口，我就闻到了酒味。

我推着他的胸膛，将他推开了些许，这才看到他因为酒精而变得绯红的脸颊，一改平日的苍白与冷漠，金边眼镜滑到了他平时不允许眼镜滑下的位置，懒懒散散地挂在他的脸上，带着几分慵懒的诱惑。

“你再吻我一次。”

嗯！？

什么？

等等！

你说什么！

你们这些非人类，没有劝酒的习俗啊！为什么一个两个，自己能把自己喝成这样？！

第三十三章

Chapter 33

再吻我一次

你再吻我一次。

这个要求来的唐突又荒谬。

我完全呆滞的表情好像让李怼怼等得不耐烦了，他一把捏住我的下巴，盯着我的眼睛，一字一句地说："我要你，吻我。"

"轰"，仿佛一颗原子弹在我胸膛爆炸，我的脸瞬间炸红，心里的小鹿像要顶死我一样乱撞。

"李怼怼……"我撑在他胸前的手仿似螳臂当车，我的整个手臂到指尖，都在颤抖，"你吃点醒酒药……"

"为什么？"

在慵懒挂在脸上的眼镜背后，他眯起了眼睛，眼神带着醉酒的雾气与迷离。

"因为你醉了！"

"为什么？"他还在问我，显然我刚才回答的并不是他想问的问题。

我蒙圈地看着他："什么为什么？"

"为什么不愿意吻我？"

"……"

为什么？

为什么你问这话能问得这么委屈？

从来听过李怼怼用这样的语气和我说话，我有点慌张，想要转头看别的地方，下巴又被他捏住了，所以我只有左右转动眼珠子：“呃……唔……呃，我……”我开口时，忽然嗅到了一丝身上残存的牛油火锅的味道，我脑中灵光一闪，眼珠子这才敢直视李怼怼，“我吃了蒜！”

他冷笑一声，即便是在眼神这么迷离的情况下，他的冷笑也还是具有十分的嘲讽力：“蒜？算什么？”

他凑近我，双唇与我近在咫尺。我后背挺直，紧紧地贴门站着，心脏剧烈的跳动似乎能撞响背后的门。

“等等，等等……”我做着最后的挣扎，“为、为、为……为什，为什么非要我吻你……”

李怼怼看了我很久：“苏小信，我要你把我变回去。”

这个答案真是出乎我的意料之外好几千里。

“可、可你……已经不是猪了啊。”我小心翼翼地点破这个事实，“你已经变回来了啊，在黑狗舔了你之后。”

“黑狗？”

“对啊，黑狗。”

我心里暗恨，平时那么喜欢碍事的东西，今天怎么死活不见猫影，在这种情况下，黑狗随便来一句重庆方言都可以干脆利落地打断暧昧和旖旎。

毕竟重庆方言，实在耿直得不适合谈恋爱。

“呵，黑狗……”李怼怼暗暗呢喃了一句，“你怎么就是不明白？”随即，像酒劲儿突然上来了一样，他捏住我下巴的手一松，整个身影瞬间往我身上倒来，幸亏我背后靠着大门，我双手抄过他的双臂，勉强吃力地将他架住。

但这个时候，受过伤的身体弊端就凸显出来了，即便多数功能已经康复。但在突然承受重力的时候，我受过伤的关节还是隐隐作痛。

我没有站稳，贴着门滑了下去，李怼怼也跟着滑了下去，我摔坐在地，而李怼怼摔在我的怀里，脑袋枕着我的腿，头顶顶着我的肚子。他转了转头，在我身上找了个合适的位置，竟然……

闭眼睡了。

我有一丝丝的蒙圈，看着在腿上睡着的吸血鬼，一时之间竟然不知道该作何反应。

愣了一会儿，我叹了口气，为了让他睡得稍微舒服一些，所以想把他脸上的金边眼镜取掉，可当我的手放到他的架上的时候，他却一抬手，将我的手腕抓住了。

“你一定很讨厌我。”

他突然说出了这么一句话，宛如已经清醒，但我又深知，清醒的李怼怼是绝对不会说这样的话的。

“我没有。”我轻声和他解释，“我从来没有讨厌过你。”我想了想，又说，“当然，除了偶尔催租催得过分了的时候……”

他抓着我的手腕，却将我的手轻轻放到了他的面前，他的鼻子触碰到了我的手背，他在我手背上蹭了两下：“你很温暖，所以，我必须推开你。”

我……很温暖？

对于吸血鬼来说，或许，人类都是温暖的吧，温热的血液滋养着我们的生命，也从最深处，吸引着他们。

“我知道，我会有多迷恋。”他抓住我的手，仿佛要将我的手藏进怀里。我因此被他拉得微微弯下了腰，我的脸再一次贴近他的呼吸。

他躺在我怀里，而我在他上方凝视着他的双眼，我看见他微微睁开了眼睛回望着我。

“苏小信，我可以忍受永无止境的孤独，却没办法忍受得而又失的落寞。”他的眼中，漆黑一片，我在里面看不见我的影子，也看不见他的神智，但我相信此时此刻我听到的，应该是他内心的声音，他说：“向往朝阳，只会令我的黑夜更加绵长。”

我因他这句话，而失了神。

我想，那句“喜欢你”，果然还是不应该说出口的。

我是一个人类，贪婪的，永远不满足的人类，我没有自信去告诉李怼怼，“放心，让我们在一起吧，我会永远爱你的”。别说我和他之间的“永远”根本不一样，就说在我有限的“永远”里，我都没办法保证，我将会一直爱他。

而李怼怼……

我一直认为，想要看清楚一个人，不要听他说什么，而要看他做了什么。我所看见的李怼怼是，到现在都还记得一个女孩，一个在战乱时期病死的人类女孩。

我不知道他们之间发生了什么事，但我知道，从那时候到现在应该快有小一百年了。他一直记得，没有忘记。

我……也要让他记一百年，甚至更久吗？

虽然作为一个女人，这样想还是挺爽的，但我有什么资格，让他承受得而又失的落寞？

所以，还是别说了吧。

我沉默下去，李怼怼也没有再言语，过了一会儿，他握紧我手腕的手慢慢松开，眼睛又重新闭上。我从他掌中将手抽回，这一次，我帮他把眼镜摘掉的时候，他再没有任何动作。

过了一会儿，李怼怼的呼吸也开始变得均匀。

他的呼吸是凉的，来自身体之中的凉意，让我在黑暗中也觉出几分冰冷。

忽然之间，不知是出于什么心态，我忽然有些在意这一丝凉意，我弯下腰，就着他在我怀里睡着的姿势，蜻蜓点水一般的，我用唇触碰了一下他的唇，仿佛能将我的温度，晕染给他些许。

反正只在今夜，天知地知我知，连他也不知。

与他薄凉的唇相接片刻，我陡然回神。

猛地坐直身子，然后看着李怼怼，发呆。

我在做什么？强吻醉汉？

我呆愣在屋内，看着李怼怼的睡颜，听着室内的钟走着“滴答”声，许久许久，没有任何动作。

他不知道吧，应该不知道吧，不然早就该跳起来了。

我如此安慰着自己，直到双腿彻底僵掉，关节传来丝丝疼痛，我意识到我的身体不允许我这样抱着李怼怼在地上坐一晚，于是我推了推李怼怼。

他“哼哼”了两声，我心情复杂地看着他，但对于自己刚才那个情不自禁的举动，却是放下心了。

“李怼怼，你去棺材里面睡。”我开口叫他，他依旧只是哼哼，我叹了口气，“为什么要喝这么多……”

我先将李怼怼的脑袋推到地上，然后努力撑起身子，自己站起来后，腿上传来蚁噬一样的麻痹感，过了一会儿，疼痛消失，我才将李怼怼半拖半扛地从门口拉到了他房间里，但无论如何是没办法把他扔进棺材了，于是我给他垫了张毛毯在地上，把他推上去，用毛毯一裹，如同木乃伊一样包着他。

也算是另一种棺材的形势吧。

我看李怼怼睡得很香，未免自己再做出什么出格的举动，我立即迈步离开。

出了李怼怼的房间，我透了口气，打算把今天晚上的事抛之脑后，反正谁也没看到……

“我看到了哦。”

恍惚间，一道声音宛如幽灵一样从我背后冒出，我顿时惊了一跳，但当我一转身，看向声音传来的地方，却又什么都没看到。

“别怕，我不会告诉任何人，帮你保密。”

声音陡然间又从二楼楼道转角的地方传来，我猛地抬头往上看，只来得及看见一个黑色袍子的一角，在昏暗的楼道灯光中一闪而过。

那是……

“不敢相信的爱”先生？

“等……”我想唤住他，我追到二楼，但楼道里空空荡荡，别说人影了，连半点声音都没有。仿佛刚才听到的那两句话，只是我的错觉，“真是……神出鬼没……”

李怼怼不是说，这栋楼里，一般的非人类，都靠近不了的吗？

他到底是谁？

困扰我这么久的问题，当然也不会在现在得到回答，但是外面忽然又传来的一声哀号让我回了神。

他们的火锅宴……还在继续？

我下了楼，走出去，空地上一片狼藉，小狼嚎累了，借着酒劲儿已经倒在地上睡着了，美美和阿许两人互相搀扶着倒在桌边，于邵挂在昏迷不醒的老巫婆腿上，已经迷糊得睁不开眼睛，但嘴里还是在喊着：“小姐姐小姐姐。”手里也不停地摸着老巫婆睡袍里的腿毛。

我看了一会儿，没有看见之前在徒手拔河的陪陪和卫无常，但想来这两个人也不会出什么事，也就懒得管了。而刚才发出哀号的，是从头到尾，一直没有吃上一口东西的阿小。

因为饿，他的哀号频率也是眼瞅着下降了。

我打量了一圈，决定挨个把他们送回房间，美美和阿季住在最下面，他们也醉得不算严重，我把美美喊醒了，让他俩搀扶着也就回去了。

老巫婆被陪陪之前那一拳打得头上肿了一大个包，醒是完全醒不过来了，我拖着他，连带着于邵，一步一喘气的，把他们扛上了楼，扔在门口，等他们自己醒了再开门回去。

小狼皮糙肉厚的，我没打算管他，他屋里指不定还没有外面的地干净。

剩下一个阿小……

他还被李怼怼的绳子绑着，现在已经喊得没有力气了。

我回头望了一眼，桌上火锅里的菜还有很多，反正丢了也是浪费，放到明天，锅里的东西也不能吃了，于是我就拿了个大碗，将里面剩下的菜全都滤了出来，端到了阿小面前。

闻到香味，阿小猛地一抬头，眼睛直勾勾地盯着我的碗。

“就剩这么多了，李怼怼的绳子我解不了，我就将就着给你塞一些到嘴里。”

“好好好。”他连忙点头，我也如同打扫卫生一样，将剩菜通通喂进他的嘴里。

火锅牛油冷了之后有点糊糊的，在菜上弄不下去，粘着辣椒花椒一堆香料，他通通吃进嘴里，辣得一张脸通红，但他还是不停地吃着，跟陪陪家的莽子吃肉一样，都不带嚼的，一口就吞下去了。

把一大碗剩菜喂完了，他还意犹未尽。

“没了。”

我端着空碗要走，他却叫住了我：“你是不是叫苏小信？”

“嗯，我本来住你毁掉的那个房间的……”我本来还想和他抱怨几句他把我房间弄坏的事，但话没说完，这个阿小开口就是一句：“你要不要和我结婚？”

我……

现在的这个世界，是只有我一个人，思维那么僵直不灵活吗？为什么今天晚上我听到的话，都跳跃得这么巨大？

我当然是拒绝了他。

然后不再搭理他“喂喂喂”的呼喊，直接上了楼。这些非人类有时候就是喜欢冲动，无论说话行动，想一出是一出，就没有把他“求婚”这个事放在心上。

我回到了陪陪的房间，房间里只有莽子蜷在窝里睡觉，李陪陪依旧不见踪影，我洗漱完毕，找了被子，爬进陪陪的棺材，和莽子道了声晚安，就睡了。

睡前只不着边际地想着，他们吸血鬼的棺材睡多了，倒也没有想象的那么可怕和难睡，还挺能给人安全感的。

第二天，我被人直接从这给人安全感的棺材里面拎了出来。

我睡眼蒙眬间就被人当作垃圾一样扔在地上，我抱着被子，就地滚了两圈，撞到了莽子的狗窝，莽子一个不开心，跳起来就从我脸上踩了过去。这只阿拉斯加被李陪陪养得又肥又壮，一只爪子带着毛有我半张脸大，我脸都被它踩变了形。

“唔……”我捂着脸，从地上爬起来，“陪陪……”

我揉揉脸，望向棺材，只见陪陪身影如梭，飞快地钻进那个棺材里，瞬间盖上棺材盖，然后在里面瑟瑟发抖……

其实当棺材盖盖上之后，我是看不见瑟瑟发抖的李陪陪的，但她颤抖的弧度实在太大了，连带着她那一整个实木棺材都抖。

荞子一无所知，只觉得李陪陪回来了很开心，它吐着舌头，趴在棺材上，跟着棺材盖一起抖。

“陪陪？”我走到陪陪棺材边，敲了敲她的棺材盖，“你怎么了啊？”

听到我的声音，棺材的颤抖这才慢慢停了下来，接着，棺材盖慢慢挪下来，李陪陪惊恐的脸出现在棺材里：“小信……”

“嗯？”

“我完了。”

“怎么了？”

“我犯了强奸罪了。”

一句话，几个字，将我脑袋炸得“轰”一声。我反应了好半天：“啊？谁？”

“我。”她手指颤抖着指着她自己，“把卫无常给……”她看着我，用夸张的嘴型，无声地说出“办了”两个字，搭配着她惊恐的表情，仿佛一出惊悚剧。

我沉默地看着她，她也沉默地看着我。

半晌之后，我的大脑终于把信息理解了，我捏了捏眉心：“不能吧……他，不是死人吗？”

“对啊！”陪陪推开棺材盖，坐了起来，也是一脸委屈又愤怒，“一般僵尸哪能……”她说到这儿，莫名顿了顿，不知道想到了什么，忽然眼神有点飘忽，双颊慢慢泛起了他们吸血鬼极少有的红晕，随即她轻咳一声，“反正，我就是犯法了。”她叹了声气，抓住自己的头发，“待会儿，李怼怼肯定就会来抓我了。”

像在配合她的话一样，下一瞬间“笃笃笃”敲门声就响了起来。

“完了完了完了完了完了。”陪陪的嘴飞快地重复着这两个字，像把她脑中的弹幕都不经思考地吐出来了一样。

门口敲门声没停，陪陪的叨叨也没停。

我想，总不能隔着门站一辈子啊，这事儿还是得解决啊，而且这来的，也不一定是李怼怼呢。

我问了一句："谁啊？"然后走到了门边。

门后的敲门声顿了顿，随即响起了一道十分沉稳的声音："苏姑娘，是我，卫无常，我来找李陪陪。"

唔……

我手放在门把手上，没有开门，转头看陪陪。

陪陪连忙把棺材盖一拉，自己又躺了进去："不不不，让他走让他走，让他去告我都行，我直接去蹲号子都可以，别让他见我，不见不见。"

她声音说得挺大，我想，隔着门外面的卫无常也能听见。

外面沉默了很久，又开口了："苏姑娘，你让我进去，我一定要见她。"

"不见！绝对不见！"

我仿佛被门和棺材盖夹在了中间，怎么都不是。

这次，外面静了一会儿，卫无常就说："苏姑娘，你站得离门远一些。"我立即站得离门远了一些，"在下冒犯了。"卫无常落了这五个字，紧接着"嘭"一脚，直接把李陪陪的房门踹开。

"我靠！"陪陪惊得直接从棺材里弹坐而起，棺材盖掀到一边，她和卫无常四目相对，陪陪有些愤怒，"李怼怼回头又要找我赔门锁钱，你帮我付啊！"

嗯……这个时候……还在想赔钱的事，李陪陪和李怼怼也真的不愧是兄妹二人了。

卫无常看见了她，一脸严肃，眉头锁得极紧。

陪陪与他相视了一会儿，陡然想起什么来，连忙又要去捡自己的棺材盖，卫无常见状，一脚上前将棺材盖踩住，陪陪拉了两把，力气到底是没有拼得过卫无常。她一咬牙，将棺材盖放下，自暴自弃一般："说吧，你还要怎样！昨天是我……"

“我要娶你。”

没有废话，干净利落，实打实的卫无常风格。

哇呜……

我在一旁听到这句话，用手指挡住了嘴，将来自灵魂深处的惊叹咽了下去。

陪陪也惊呆了，看着卫无常：“啊？”

她肩上的衣服微微垮了一点下去，我现在才看到，她一身T恤被撕得破烂，运动款的拉链连帽衫，拉链已经崩了，衣领的地方被扯得破了一条口，衣服在肩上松垮垮地挂着。下面的牛仔裤，扣子已经不见了，坚强的拉链勉强拉住了她最后的尊严。

唔，从陪陪这身衣服来看，怎么也算不上是她……办了为无常吧？

看到陪陪几乎无意识地拉衣服的动作，卫无常转了一下目光，像又重建了一番内心，才再次转过头来，直视陪陪：“我要娶你，尽快。”

陪陪愣了半天，眼神从呆怔到不解最后变成了极度的困惑：“卫无常，你难道是昨天被我推到墙上的时候，撞到脑袋了吗？”

喔……推到墙上……

我用手指捏住嘴，不发出任何声音。

卫无常的脸在这话之后也再也忍不住一样慢慢涨红起来，他目光闪烁，转到旁边，看莽子，看棺材，看墙，就是没看陪陪：“我很清醒。”

“我看并没有。”陪陪看着他，“你清醒，就该送我去坐牢啊。”

这次换成了卫无常不解：“为何？”

“我强了你啊！”

卫无常的眉头皱得更紧了：“我不这样认为。”

陪陪一愣，一拍棺材，怒了：“那难道你还觉得是你强了我吗？”

为什么这事儿你也要争强好胜？我揉了揉眉心，感觉自己有时候真的很不懂陪陪……

卫无常也很不懂陪陪，他端端正正地站着，铿锵有力地说：“虽然昨日饮酒过多，致你我皆不清醒，但你我……说到底还是我的过错，男儿立于人世，自当顶天立地，我该为昨日的行为负责，也该为你负责，所以……”

“神经病，直男癌。”陪陪甩了这两个词，转身就要从阳台翻走，看样子是不想与卫无常多聊。

卫无常跟上，一把抓住了陪陪的手腕：“李陪陪！”

陪陪挣了一下，没有挣开，她更怒了：“谁要你负责了？你要是觉得昨天不是我强了你，那这事儿就和你没关系了……”

“怎么会没关系？”卫无常气得眉毛都要立起来。

“有什么关系啊？昨天是我要我爽我开心！你不就顺带搭个车吗？”

嗯……是陪陪能说出来的话。

卫无常被这两句话气得一直深呼吸，但愣是半天没想出反驳的言语来。

陪陪又吼他：“再说了，这都什么年代了，谁还兴睡了就要结婚啊？放手！懒得和你这迂腐脑袋理论！”

“你……”卫无常被噎得无话可说，陪陪一掀手，倒还真的把卫无常的手甩开了。

这一下，她往外面一蹦跶，直接跳到了一楼，转眼间就跑不见了踪影。

卫无常站在窗台边，站了半晌，春日的暖风吹拂他额前的头发，暖阳在让头发在他眼中留下阴影，我看不出他的情绪，只觉得他现在仿佛受到了巨大的冲击。

不只是被陪陪丢下的无奈，还有被时代丢下的无奈。

也是，他来的那个时代离现在已经很远很远了。

“那个……”我轻轻开口，想安慰他一两句。

而没有等我说完，他被我的声音打断沉思之后，直接看向我，依旧沉稳一如往常：“苏姑娘，抱歉，一大早扰你休息了。烦请问一句，李陪陪平时穿的衣服都在哪儿？”

“哦……在那个柜子里。”

卫无常转身就走向了旁边的柜子，将衣柜一打开，里面杂乱无章的衣服立即如洪水一般涌到地上，卫无常看了一会儿，从里面捡了一件长袖，一条长裤出来，然后快速地将地上的衣服收拾了一番，简单地分了个规矩，重新放进衣柜里。然后他关上柜门，将陪陪的长袖长裤叠起来，在旁边找了一个陪陪随手扔在屋子里的塑料袋装起来。

“苏姑娘，你接着歇会儿吧，让你见笑了，告辞。”他向我告了别，飞快地出了门去。

我看着陪陪这儿被踹坏的门，有些无奈，干脆……让李怼怼找人来修修吧。现在虽然是春天了，但晚上房间漏风，还是挺冷的。

我下了楼，走到一楼，看见美美和小狼刷着牙站在一楼，望着卫无常离去的方向，仿佛刚刚看完一出热闹。

想来也是，他们非人类耳朵多厉害啊，楼上吵什么，大概都听得一清二楚了。

“早啊。”他俩叼着牙刷和我问好。

“早。”

“我看咱们楼里很快就要办一出喜事了。”美美说着，往楼上走去。小狼点了点头，也跟在后面走。

这时，楼外忽然传来一声阿小的大叫：“什么一出喜事？两出！我和苏小信，也要办喜事！”

我正准备敲响李怼怼房门的手，就这样僵住。

正在上楼梯的美美和小狼闻言，也慢慢转过头来，眼神充满故事感地看着我。

而片刻之后，我并没有敲响的那扇门，自己慢慢地打开了。

“哦？”李怼怼在门内，抓了抓头发，他戴上眼镜，“谁来给我说说，昨晚到底都发生了什么？让咱们这楼里，一夜间，添了这么多喜事？”

他说着这话，眼珠却一转不转地盯着我，仿佛有刀，要刮我的皮……

第三十四章

Chapter 34

外星人一样狗血

我看见李怼怼，第一瞬间闪过我脑海的，却是昨天夜里我给他的那个情不自禁的吻。

我的目光不由自主地落到了他的嘴唇上，有些心虚、害羞和不自在。我突兀地将眼神从他脸上挪开：“我……我就是下楼来想说陪陪的房门坏掉了，我没法找普通人来修……”我说着这话却忍不住又拿余光瞥了李怼怼一眼，他皱着眉头，审视着我，似乎在思考些什么。我更加心虚了，“你……你看你有没有办法联系人来修一修，就这个，我上楼了。”我说完要跑，忽然听到远处传来一声——

“你要修什么，小爷帮你。”阿小在空地里扯着嗓子吼，“我的女人，不要随便去求人。”

我的……女人？

我脚下一滑差点没摔在楼梯上。美美一把扶住我，她把牙膏都咽了下去，只为了发出一声“哦哟”的感慨。

“呵。”李怼怼一声冷笑：“修门不要紧，我看有人要修修脑子。”

很难得，我赞同了李怼怼怼人的观点。

李怼怼转身，往屋里退了一步，我有些好奇，探头望了一眼，只见他从鞋柜上拿起一个快递文件袋。三两下撕开包装从里面取了一个稍显浮夸的金色戒指出来。

我一愣，想起来之前李怼怼的法器在和林子书战斗的时候碎掉了，所以，这是……他的新法器？

用快递寄过来的？

也不知道他有没有保个价……

“正好。今早到的快递。”李怼怼戴上戒指，再次从屋里踏了出来，“拿你的脑袋来试试吧。”

“哇！”这次是小狼咽下了牙膏，他指着李怼怼的戒指，有些兴奋地跳起了脚，“大师！江铃大师新作！原来是房东大人订的！”

虽然不知道小狼口中的江铃是谁，但想来应该是个很厉害的法器制作者特别给李怼怼做的。

这个吸血鬼，人脉还是很广的嘛……

我看着李怼怼走向阿小，阿小在空地里转了个头，似乎是看见了李怼怼的脸色，他神情微微一变：“你干什么？”我听出了他话语里的一丝瑟缩，“我警告你啊，你敢对我动手，我明天就叫人毁灭地球你信不信？”

“不信，你明天试试。”

李怼怼落下这句话，手一扬金光化作鞭子在空中夸张地飞舞，旋转，围绕在阿小身边，然后“啪”一声，鞭子化为绳索，覆盖了昨天李怼怼捆绑他时留下的金光，以更灼目的光华捆在了阿小身上。

法器可以将非人类的力量发挥到最大化，越好的法器，能发挥越大的力量。如果说昨天留在阿小身上的绳子是李怼怼没有法器时，本来的力量，那现在通过这个鞭子的光芒，可见这法器把他的力量扩大了不止一倍。

“李怼怼这个戒指……是不是比之前的还要厉害？”我问美美。

没等美美回答，旁边的小狼已经接过了话去：“那肯定的啊，房东大人之前的那个法器已经用了很久很久了，没有人知道那是什么时候他开始用的，以前的非人类一个法器要跟那人一生，但都这个时代了，制作法器的水平也一直在进步，法器基本上都是十年二十年一换。房东大人以前用着那么久之前的法器还能那么厉害，可谓是非常难得了，现在他用上了江铃大人的最新定制，房东大人简直就无敌了。”

“江铃到底是谁……”

“现在世界上最厉害的法器制作师。”美美给我科普，“也是最神秘的。听说，江铃很早以前就和李怼怼认识的，陪陪以前和我说过。我还以为是陪陪吹牛呢，没想到竟然是真的。”

“啊！啊！这鞭子里还有针在扎小爷！”美美的科普刚完，那边又传来阿小的怒吼，“你动用私刑！我要去你们世非联控诉你！”

李怼怼一脸冷漠地看着阿小：“新法器自带功能，非我主观使用。随你控诉。”

“吸血鬼你玩阴的！”

“呵，阴你？”李怼怼转动着戒指，捆在阿小身上的法器光华更加强烈了起来，“我不过是，秉公执法，处理越狱的犯人而已。”

“李怼怼，你就是想弄死我然后继承我的媳妇！”

我：“……”

我忍不住上前两步，骂他：“谁是你媳妇了！”

“谁应我谁是我媳妇！”

“……”

没想到这种时候，他逻辑还挺强？

我站在李怼怼身后，只觉得非常尴尬，但尴尬中，我的情绪还有一丝丝莫名的，唔……复杂。

我，苏小信，平凡了很多年的山城姑娘，在经历过绑架、拘留、生死悬一线之后，终于有一天，也摊上了这么狗血的桥段。

想想……

还是有些暗爽的。

“你别想在我和苏小信结婚之前杀了我！我不会死的！”

这个外星人，真的是对自己的寿命有着莫名的自信呢。

“结婚……”李怼怼重复了一下这两个字，他此时背对着我，我看不见他的表情，但我听出了他话里的冰冷，“可以，受完吸协给你的囚禁处罚，你做什么都行。”

“你少装大方，我这牢你给我判了一百年，我坐穿牢底，出来小信都死了！还做什么都行！瞧瞧你酸的……”

没让他把话说完，李怼怼手指一动，径直把跪着的阿小拉得一个跟头摔在地上，那脸是正面贴着地碾磨过去半米远。

我揉揉脸，看着都疼。

李怼怼一言不发，手指再一动，金鞭前端分出茬来，在地上画了一个传送阵法：“你还是去吸协牢里待着吧，跑一次，我抓一次，再给你加一百年。”

话音一落，没等阿小蹭起头来多说一个字，阵法金光大作，阿小径直被传送了过去。

金光从阵法之中收回，没入李怼怼的戒指之中。

他转了转戒指，将手揣进兜里。他站了一会儿，转头看我。我终于看到他的表情了，不善……非常不善。

“说。”

我浑身皮一紧：“说说说……说什么？”

“昨天我喝醉之后都发生了什么？”

他问得严肃，他这么严肃的一问，我脑子当场就死机了。逻辑上，我是知道，他想问我和阿小昨天都发生了什么，但在感情上，我想起来的都是我面对李怼怼的这张脸，吻了下去的那瞬间。

我几乎控制不住地涨红了一整张脸。

“没、没、没、没……没有什么，什么都没发生。”

李怼怼看着我，表情更加严肃，面色更加不善，他金边眼镜背后的眼睛眯了起来，审视着我，似乎想要看穿我，他也当真如此说了，带着一些咬牙切齿：“苏小信，真想把你脑袋撬开看看……”

我立马捂住我的天灵盖。

可不能让他看了，看了可不得了了……

当然，李怼怼知道，撬开我的天灵盖也是看不了什么东西的。我也庆幸，这栋楼里，没有住什么非人类是会读心术的。因为在下一刻，李怼怼把炮火对准了美美和小狼：“昨天发生了什么？”

小狼立即一个瑟缩：“我昨天醉得比你早……”

美美也摸着楼道扶手一步一步往上挪：“我昨天也喝大发了，我清醒的时候一切……哦！”美美好像倏尔眼睛一亮，“我昨天完全喝醉之前，好像看见你把小信拉进屋了。”

嗯！？

我猛地看向美美，昨天你不是和阿季你侬我侬旁若无人吗？你怎么还有空看见这个？

李怼怼听到美美的话，那爆裂的气氛陡然一收。

我再转头看李怼怼，他也看着我，我立马转身，连滚带爬地往楼上跑，似乎他是一只恶狼，我被吓得不行。我体弱，颤巍巍地爬楼梯，就算用了所有力气，也没有多快，于是我听到美美在后面困惑地说：“这样子看起来，怕不是和阿小发生了什么吧……”

你别说话了余美美。

我现在……脸已经烧红得像一碗红烧肉了。

李陪陪被卫无常堵得三天没回家了。

我这两天收拾好了电脑和手绘板，然后练了下笔，找回手感，打算重启更新，所以我几乎每天都待在房间里，每天晚上八点，卫无常会准时敲响刚修好的房门，问问李陪陪有没有回来。

其实卫无常住在一楼，依照他们非人类的感觉，不可能不知道陪陪没回来，但他每天都还是来问一遍，只是为了确认一个万一。

但当然，陪陪每天都没回来。

我想……她应该是被这突如其来的求婚吓得不轻，找了个谁都不知道的地方躲起来了。陪陪怎么想的我不知道，但卫无常的想法却很清楚了，每天看到他来找人的眼神，我就知道，陪陪这事，怕是躲不过去。

但这事我也没法多掺和什么，我只能努力地把自己的生活掰回正轨。

我重新打开我的漫画界面。

在断更之后，一开始我还上去看看评论，后来看到有的读者在骂我之后，我就缩了脑袋，索性不看不管，到现在累积了那么多天，我终于鼓足勇气，再次刷出了评论。

很……意外。

评论里读者的情绪走向，从一开始的激情求更，到一部分苦兮兮求更，一部分暴跳如雷的谩骂，发展到，骂断更的读者都走了，只剩下了苦兮兮求更的读者。

所以现在的评论页面看起来，竟然让我觉得有几分暖心……

“更多更少不要求，只求不要永远断更。”

“想把这个故事看完，但如果没法画完了，那也挺好，就当故事里的角色永远这样欢乐地生活下去了。”

“微博也没更，漫画也没更，作者怕不是生活出什么事了吧，希望作者安好。”

萍水相逢都谈不上的关系，只是碰巧看了一段我画出来的故事，就能这么温柔地对待我……

这样的读者真的都是小天使啊！

我想了想，更新了我的漫画简介，在原有的简介下面加了一句话——辛苦各位这么久的等待了，我很好，我只是生活突然出现了一点偏差，而现在，这个偏差已经被及时修正过来了，我会尽快调整好自己的状态，回来继续更新的。

发完这段话，我忽然感觉自己打了满满的鸡血，我伏案桌前，拿着自己的手绘板，将之前自己画的东西重新细细翻看了一遍，再找出大纲对照，调整，简单写下今天要画的内容，然后开始打草稿，画分镜。

我静下来做这些事的时候时间就变得飞快，转眼从身边溜走，当我再抬起头来的时候，墙上的钟已经快走到八点了。

外面天也黑了，我抬起脖子，转动了一下，只觉得自己脖子僵硬如钢铁，敲门声响起，我习惯性地以为是卫无常又来“请安”了，我走到门边没有问人就将门拉开：“陪陪昨天也没……”

看到门外的人，我愣了愣：“是你！”

“媳妇，小点声，别惊动了楼里别的人。”阿小径直钻进屋里，反手就关上了门，“李怼怼刚去上班，要是他们把李怼怼叫回来，咱们又要分别好久了。”

我有点紧张：“都说了我不是你媳妇……”我上下打量他一眼，得见他身上一点伤都没有，果然如传说中一样，堪称非人类界的百大未解之谜——这个外星人到底是怎么逃出吸协拘留室的……

“我认定了你是你就是，你只是缺少时间和空间和我培养感情而已。走，我带你去好玩的地方，不在这破居民楼里待……”

他抓了我的手要走，这时，外面又响起了敲门声，我转头一看钟，八点整，是卫无常来了。

阿小立马拉着我往后退了几步：“媳妇……”

他刚一开口，外面就响起了卫无常打电话的声音：“李怼怼，外星人又回居民楼了，李陪陪房间，在骚扰苏姑娘。”

阿小炸了：“一整楼的贱人！”他说着放开我，转身就往阳台跑，“媳妇我改天再来……我去！”他跳出窗台，窗台外面忽然出现一个金色的法阵，阿小根本没来得及反应，自己跳进了法阵之中。

法阵消失，李怼怼手上戴着戒指，西装革履地站在陪陪房间窗台的晾衣架上。他转了转戒指，扫了我一眼：“下次自己小心些。我还有事，回吸协了。”

他说完，也凌空一跳，脚下立即出现了金色阵法，他的身影也随即消失。

看来李怼怼，真的是情愿一遍又一遍不厌其烦地抓，也不愿意把阿小捆在居民楼里了。

对于这样的日常闹剧，其实我现在已经非常能接受了，送走了两人，我平静地去给卫无常开了门，平静地告诉他陪陪还是没有回来，然后平静地看着他平静地离开。

这个居民楼里面发生的事，如果习惯了，一切都还是很平静的。

就是这样的平静的生活，我又过了五天。

我恢复了更新，继续给我的小天使们画这个居民楼里面的趣事，在第五天的晚上，阿小又越狱出来了。

他还是锲而不舍地来找我："小信，我真的带你去一个地方，到那儿之后，没有什么李怼怼可以来打扰我们谈恋爱。"

"谁要和你谈恋爱？"我拿起手机，想给李怼怼打电话，阿小径直抢了我的手机，"你现在是被李怼怼控制久了，有点不清醒，我来让你醒过来，让你脱离李怼怼的控制。"

"我不……"

阿小将我手一抓，他的手臂揽住我的腰，没有等我任何拒绝，带着我就从八楼窗户一跃而出。

失重感骤然袭来，宛如突然坐了一次跳楼机，我全程蒙圈，落到地上都还有点愣。

落地的一瞬间，背后忽然传来美美的一声呵斥："外星人你别太过分！小信不是你说带就能带走的。"

"这个你们说了可不算。"阿小转头冲美美一笑，"这次谁也不能拦我！"

他这话说完，在居民楼外的空地上，陡然出现金色法阵。

"李怼怼！"我刚喊出了这声名字，忽觉我脚下影子竟然自己动了起来，我的影子爬上我的脚，直接把我拉进了土地里，连带着旁边的阿小，一并被他的影子拉了下来。

世界一片黑暗之后，很快，我再次重见天日，但周围的环境我已经完全不认识了。

好似直接从居民楼来到了一个废旧的老工厂厂房里面，厂房之中空空荡荡，唯有角落里有一台机器，机器背后的阴影里站着一个人。那人走出来，我完全无法理解地看着他，随即又看了看走到他身边的阿小。

我指指阿小，又指指东溪："你们俩又是怎么勾搭上的？"

我前男友和自称是我未婚夫的男人一起合作，在我喜欢的人面前，抢走了我。

这说出去……真的是好大的一出戏。

“小信！”东溪痛心疾首地看着我，“你真的不能再和那个李怼怼在一起了！他没有人性！”

我冷漠地看着东溪：“你身上不是应该还背着你们非人类委员会的禁令吗……不允许靠近我的禁令。”

“可我是为了救你！我跟你说，那个李怼怼上次之后，找了各种各样的由头，抓我去蹲局子，这个吸血鬼太坏了，睚眦必报，心眼比针小，你不能和他在一起！”

“啊？所以呢？你让我和这个动不动就要毁灭地球的外星人在一起？”

“阿小是个好人，我们蹲局子的时候认识的，他出来，还把我一起操作出来了。”

“所以你们到底是怎么出来的……”我揉了揉太阳穴，“说到底，我和谁在一起关你们什么事啊？这一年我被绑架了太多次了，我不想再遭这种罪了，我走了，以后你们别搞这些名堂。”

“不行。”阿小开口了，我只见地上的阴影瞬间爬上了前方厂房的大门，将厂房封住，我转头看他俩，怒火中烧：“你俩到底要怎样！”

东溪将他身侧的机器推了出来，这东西有点像……一个人体工学椅。

“这什么玩意儿？”

“我研发的，高科技。”阿小得意地和我介绍，“这个地方过不了多久也会被李怼怼发现，所以，咱们要去另一个空间里面谈恋爱。”

我想也没想就拒绝：“不去。让我回去，今天的更新还没画完。”

“小信，我这是要救你，你被李怼怼迷惑了！他根本没你想的那么好。你看到的都是他想让你看到的幻象。”

我憋了一肚子的火，刚想炸了，东溪就操控地上的阴影将我裹住，根本不给我拒绝的权利，直接把我放到了椅子上，我想挣扎，但影子就像裹身的布一样，让我怎么都使不上力。

“东溪你是不是疯了？”我骂他，“你怎么想的？脑子有屎吗？为什么要帮这个神经病？”

“小信，这也是为你好，我们的关系我知道，是结束了，但我不能眼睁睁地看着你爱上那样一个坏人。”

“关你屁事！他再坏再贱再讨厌，我爱爱谁就爱谁，什么时候轮得着你们来说三道四了？给我放开！”

当然，我没有被放开，我被戴上了一个像VR眼镜一样的东西，在戴上的一瞬间，我感觉周围所有的物体都离我远去，仿佛瞬间被丢入了一个失重的环境之中。

我完全不知道，我将被带去何方……

第三十五章

Chapter 35

无处不在的李怼怼

再次落地的一瞬间，我只有一个想法——我好不容易恢复的更新，又完了……

我在地上睁开眼睛，爬起来，跟喝了八斤白酒一样，整个人都是蒙的，脑袋里一片天旋地转，我站起来，又栽倒在一旁，“哇”吐了个翻江倒海。

我胃里翻腾，脑中一片混沌，闭眼又睁眼缓了许久，那种天旋地转的感觉才慢慢平复下去。

也是在眩晕的感觉平息下去之后，我才感觉旁边有只手一直扶着我，让我没有栽到自己的呕吐物之中。

“媳妇儿，你平衡感也太弱了，怎么难受成这样了？”

我还在耳鸣，朦朦胧胧地将阿小的话听进脑袋，然后我无力地推了他一把，当然是没有推动的：“你……滚……”

我一腔怒火，却苦于身体不适无法发泄，只任由让他将我扶到一边，找了块石头坐下。

“小爷会滚？小爷好不容易把你带到这儿过二人世界，感情还没培养出来，你别想我离开你一步。”他一边说着，一边献殷勤一般拍了拍我的后背，“你早点从了我，咱们就早点回去，你一直不从我，我们就一直待在这儿。反正这儿没有李怼怼那个坑货碍事。”

我看了看左右，砖石房，黄桷树，背后还有溪水潺潺之声，像某个环境不错的山村："这是哪儿？"

"这是金……"阿小顿了顿，"这是梦境里。我要你我的爱情，如梦如幻。"

我揉了揉太阳穴："好……"我深吸一口气，"行了，我爱上你了，我们回去吧。"

"你以为我傻吗？"阿小瞥了我一眼，"今天先让你在这儿适应一下环境，明天我正式开始追求你。你就做好颤抖的准……嗯？"

阿小手腕皮下忽然闪出了一个红色的亮点，红光慢慢在他皮下组织成了一个蝴蝶的形状，宛如一个文身，忽闪忽闪地亮着："啧……"阿小眉头一皱，"这么快就找来了。"

我眼睛一亮："李怼怼吗？"

"他？"阿小一声冷笑，"他不可能。只是让你到这梦境里的机器有点违法。我母星的人找来了。"

这个外星人真的是……做什么事情都犯法，他这越狱本事，难不成是在他母星就练就出来的吗……

"你在这个小镇里转转，适应一下环境，不要随便乱跑啊，等我处理好了这些乱七八糟的人，我就回来找你。"他往旁边走了一步，像又想起了什么一样，从怀里掏了个红色圆球出来，像一块红色的橡皮，他把圆球递给我："你要是有非常危险非常紧急的事情，你就捏这个红球，说一句我爱你，就算千里万里，我也会来到你身边，帮你破除困境。"

我接过圆球，立即捏了圆球一把："我爱你，带我回去。"

阿小手腕皮下的蝴蝶亮光大作，他立即把手腕捂住："这个不能乱按的！"

"可我认为现在情况足够危急。"

"别闹，乖。"他揉了一把我的头，对我眨了眨眼睛，"等我回来啊。"说完，他转身就跑了。

我拍了拍脑袋，脑门跟糊了屎一样难受。

我把红色橡皮球揣进兜里，再次站起身来。

缓了这么一会儿，我的眩晕感和耳鸣已经消失得七七八八了，我左右看看，发现阿小构造的这个梦境简直真实得不像话。

三月份的天气，草长莺飞，黄桷树刚换了叶子，嫩绿嫩绿的叶在树枝上轻缓地扇动，溪水旁的青石板上都是绿油油的青苔，水底青荇也柔软得正好。空气中都是蓬勃的春意。

我顺着青石板的小山路一步步往下。

走过依山而建的两三座老房，路遇四五担煤的苦力，他们穿着打扮都非常的……古朴。

他们皮肤黝黑，身材精瘦而有力，脖子上都能看见肌肉的形状。

他们头上系着头巾，在额头前打了一个大大的结，把头发绑上去的同时，也让他们不用时不时地擦拭汗水。

虽然天气还不太暖和，但苦力们穿的都是草鞋，每个人的脚又黑又大，爬山的时候，脚趾关节微屈，关节处的皮肤因为用力而发白，但又被乌黑的尘土掩去痕迹。

“嘿……哟！嘿……哟！”

他们似乎在喘气，又似乎在喊口号，两人一组挑着担子，形成了非常默契的频率，依山而建的阶梯不好走，潮湿的气候又让青石板有些湿滑，所以他们专注地埋头看地，根本没有关注呆愣着站在一旁的我。

他们每一声号子，每一个脚步都让我愣神。

我呆呆地迈步向青石板阶梯下走，这些场景对我来说陌生又熟悉。陌生的是，我明确地知道，在我长大的时代，这样的苦力几乎已经消失，熟悉的是，这些场景，我在不少历史影响里面都看过。

这好像……是爷爷奶奶口中说过的，他们小时候的老重庆。

甚至……更早。

我转过一个青石板阶的转角，身侧的溪水潺潺而去，我看见面前的景色，呆怔住了。

这是一条热闹的小街，宛如没有开发过的古镇，街上没什么叫卖的人，大家安安静静地卖着东西，过着自己一成不变的生活。偶尔有几个小孩在街上打闹而过。我呆呆地往前走，坐在店里的人们开始看见了我。

他们似乎和我好奇这个地方一样，也很好奇我。因为我的穿着和这里实在格格不入。

走了好半天，我背后跟着看热闹的人已经跟了小半条街了，他们说着连我都有点听不懂的重庆方言，评论着我。

我想阿小大概把这个梦境设定在了老重庆了，他是想让我到另一个时空里面无依无靠，只有依靠他吗？

天真。

我走出了镇子，在镇子边找了一个破烂的空屋蹲着。

我琢磨着，阿小说这是梦境，那就是说，我现在是精神存在于这个世界的，我的身体应该还在那个世界戴着“VR 眼镜”坐在椅子上不能动弹。

所以，在这个世界，我应该是不死状态。因为我的身体并没有受到实质威胁。我在这里可以不用害怕被人杀死，可以不用喝水，不用吃饭……

虽然推理是这样的，但是到了天黑之后，我实在是饿到想哭泣，也口渴得受不了了。

我没法再在屋子里继续蹲下去，于是摸黑出了这破房子。

在这里，没有夜生活也没有灯光污染，此时此刻，唯有天上的明月是唯一的光源，而月光的明亮也超出了我这个“现代人”的想象。

漫山遍野都被这银辉照亮，光华落在地上真的……像霜一样。

我心里一边感慨着李白大大诚不欺我，一边追着溪水的声音，摸到了溪边。

溪水是甘甜的，我大喝了几口，非常解渴但并不顶饿。我左右看看，听到了山里咕咕的鸟叫，似乎是猫头鹰的声音。我捏了捏自己的胳膊，琢磨着，要凭我自己的本事打野味，那大概是不可能的。

要不要，去找人讨点吃的呢……

我抬头，看见一片寂静的小山村里，唯有一个单独建在半山坡的小房子此时窗户是透着烛光的。

我摸着肚子，爬上了山，我看见这小房子前有个院门，但门闩并没有闩上。

我太饿了，有点顾不了礼节，先探头进去，然后敲了两下院门：“非常抱歉，打扰一下……请问……”

然后，我瞪大了眼睛。

院里，有人长身静立，一头金色的长发映着月光的银辉，仿佛传说中缥缈的仙人，但和那听来总是孤寡清绝的仙人不一样，此时他的手中抓着一个男人，男人脖子上有两个深深的牙印，伤口中不停地冒出血来。

金发男人像丢垃圾一样，将奄奄一息的男子丢在地上。

被丢在地上的男子还在喘息，一如菜市场里那些被切了一刀喉咙的鸡，在地上时不时抽搐一下。

我浑身僵硬地看着这一幕。

我看着那金发男子抬起血淋淋的手，不经意地抹了一下唇角，随即似乎在回应我的声音，他缓缓转头。

他的唇被温热的鲜血染红，多余的鲜血顺着他的唇角留下，划过弧度几乎完美的下巴。在他下颌凝成一滴血珠。

染在他唇上的鲜血还有温度，在他呼吸的那瞬间，温热的气息化成白雾，轻轻飘散在月色之中。

这一幕很残酷却带着恐怖的美感，我战栗不止。

他看着我，那双眼睛的轮廓那么熟悉，但他眼中冰冷的温度，我却陌生得从没见过。

李……李怼怼。

金色长发吸人血的……李怼怼。

到底是哪个傻子说的，这里没有李怼怼？

李怼怼看见我了。

而我有一种来自生命本能的求生欲告诉我，被现在的李怼怼看到，并不是什么好事……不管这是不是梦境。

“打……扰了。”我默默地后退一步，安慰自己这件事情从来没有发生过，我抱着侥幸的心理打算关上门。

当然，在门合上前一刻，那带血的修长手指“啪”一下抓住了木门。

我心头咯噔一下，在根本来不及反应的时候，抓住木门的手将木门一甩，门扉大开，一只手擒住我的衣领，完全不给我挣扎抗拒的机会就把我抓了进去。

月色铺洒，金色长发随夜风而舞，李怼怼冰冷的目光淡漠地打量着我。

我被他的阴影笼罩着，看见他血色眼瞳之中，我怔愣的表情。

他没有说话，一言不发让他显得更加杀气瘆人，他呼吸扫过我的脸颊，带着血腥味的凉气令我汗毛战栗。

我看见他薄唇微微一动，他张开了嘴，不置一词却露出了他长长的獠牙。

这是第二次，我看见李怼怼对我露出他捕猎的獠牙，如同嗜血的野兽，马上要将我拆吃入腹。

“等……等等！”

求生欲让我一声大喝，抬手对着李怼怼的下巴就是一怼，直接将李怼怼张开的嘴怼了回去，让他的獠牙戳破了他的下嘴唇。

一时间，鲜血滴答，染了我一手。

“啊！”出于对债权人本能的恐惧，我一时间有点慌张，“抱，抱，抱歉……我不是故意的。”我确实不是故意的，我真的被这模样的李怼怼吓到了，我这一出手是绝对在我的意料之外……

显然，也在李怼怼的意料之外。

他捂住下巴，沉默了很久。

场面一时有点尴尬，特别是此时此刻旁边还有一个躺在地上不停抽搐的大叔。

李怼怼用拇指抹了抹下巴上的伤，很快，他的伤口就以肉眼可见的速度愈合，那细腻的皮肤完好如初。这一次，李怼怼再次盯向我，是真的将我看在了眼里，而不是像刚才那样，只是看着一个物体。

我有些手足无措，不知道怎么应对现在的李怼怼，我只能用我此时还能吐出的词语和他解释："我伤你不是故意的，来这里也不是故意的，我就是饿了，来找点吃的，没想到……"

没想到你也饿了在吃消夜呢。

说到这儿我忽然琢磨起来，这到底是什么梦境，竟然还有这么可怕的李怼怼，难道是我的噩梦吗？

或许……是阿小借用了某个叫九路鸟的人写过的小说梗，构建了一个我和阿小共同的梦境，只有当我和阿小许下同样的愿望时，才能离开这里？

荒诞了……

在我漫无边际琢磨着这些事情的时候，金发李怼怼忽然目光一凛，看向房屋的另外一边。

只见明月高悬的那方，忽然有黑影蹿出，不止一个，黑影有的跳到了院中，有的跳到了木屋的房顶上，他们都穿得破破烂烂的，像曾经在电视影像当中看过的民国时期在乡野田边干农活的人。

"但闻西南之地被食血者甚多，原来是你这异类在此放肆。"黑影之一沉稳开口，"滥杀无辜，我等赶尸一族，绝不饶你。"

赶尸匠……于邵一脉的吗？

"哼。"我终于听到李怼怼发出了一个音节，非常轻蔑的冷笑，终于和我熟悉的李怼怼有了一点重合。

他站在众人围剿之中，面不改色，那金发无风自舞，在他身边腾飞而起。

"上！"赶尸匠们一拥而上，李怼怼并未动一步，周身的气息猛地炸开，化为金光，似刀刃一样向赶尸匠们切割而去。黑影四处躲闪，院内狂风大作，木屋霎时被金光砍得乱七八糟，李怼怼气息化作的刀刃太乱，砍来时根本没有顾忌周边的人事物，包括我。

平心而论，在这样的乱斗之中，靠我自己，我大概活不过第一波，所以感谢有良心的赶尸匠，不知道是谁在我身上丢了块黑布，我的身体被黑布笼罩其中，光刃砍在我的身上，虽然痛，但没有杀死我。我连忙紧紧地抓住黑布，犹如抓着一个救命稻草。

但这时，李怼怼却瞥了我一眼，他一把将我身上的黑布扯掉，同时，我被他的力量一带，径直撞进他的怀里。

他的怀抱，比梦境之外更加冰冷。他的手臂勒着我的腰，却比梦境之外的任何时候，都勒得要紧。因为此时此刻的李怼怼对我，没有怜惜，甚至没有尊重，他只是……想抢走我。

“我不喜欢别的东西，脏了我的猎物。”

他冰凉的声音在我头顶响起，像一只狼在护着自己的食物。

此时的我对于他来说就是……食物。

“这里没有你的猎物！”黑影一声呵斥，再次杀上前来，而在他攻过来之时，我余光恍惚间瞥见一根根银针穿透月色薄纱，杀向李怼怼。

李怼怼抱着我，一个旋身，动作流利弧度完美，但是我却莫名觉得他手臂一紧。

李怼怼落在地上，沉默片刻，忽然脚底金色阵法的光芒大起。

“休想逃！”赶尸匠再要扑上前来，李怼怼一抬另一只手，一记金光凝作长鞭，恶狠狠地甩了出去，追来的赶尸匠连忙避闪。

在金光阵法起作用的最后一瞬间，我还是看到了，那人被李怼怼这记长鞭打到了眼睛，鲜血直流，旁边的赶尸匠一时间都没有来追李怼怼，而是向那人蜂拥而去。

阵法光华闪耀黑夜，刺目的光华之后，我感到我们瞬间移动到了另一个地方。山野树林之间，我被李怼怼夹在手臂之下，脚不沾地地在林间穿梭，速度之快，让我根本看不见周围场景。

最终，风声停止，李怼怼带着我停在一个山洞之前。

山林之间，月色更是亮得吓人，穿透层层树叶，落在春日的地上。

李怼怼毫不客气地将我丢在地上，像在丢垃圾。

我不敢抱怨，自己从地上爬了起来，李怼怼瞥了我一眼，也没有捆我绑我，任由我自己活动。我知道他的意思，他是打内心里认为，我这模样的“食物”能跑多远？他要抓我，简直易如反掌。

我也从内心深刻地承认这个事实，并且我知道，就算我跑离了李怼怼，可能在这个梦境里面，不远处或许还有猪怼怼，牛怼怼，跑是跑不完的，还不如待在这儿省心，好歹……李怼怼也算是个熟人。

我左右逛了几步，回头看见李怼怼找了块大石头坐下，我也就跟着蹭到了一边，找了块小石头坐下。

我坐得很乖，因为实在饿得折腾不动了。而在我坐下之后，李怼怼一转头，盯着我，我也沉默地盯着他。

月光之下，荒野林中，大小石上，我和李怼怼四目相接，两人皆是一脸麻木，我是累的，他……他大概是因为这个梦境给他的设定就是扑克脸吧，一点表情波动都没有的，远不如现实里的李怼怼活泼。

他和我相顾无言了半晌，最后他转过头，也没有避讳我，径直将他复古燕尾服一脱，露出里面的白色衬衣来，他衬衣的样式也十分的复古，我还在研究他的衣服，就见他将里面的衬衣也解开了。

这就让我有点慌了。

这难道不是噩梦，是个……春……春梦？

我从小石头上吓得一屁股摔坐在地。

李怼怼又转头看了我一眼，这次他微微皱了眉头，这模样似乎是在说——“这盘烤鸭到底有什么毛病？”

他扭过头，没和我多说话，自顾自地脱了衣服，他苍白的皮肤在月光下几乎在反光。他看向自己的手臂。我也顺着他的目光看去，只见李怼怼手臂上有两三个非常突兀的黑色血泡，血泡微微凸起，内里似乎还有什么东西在转动。

“这是……刚才受的伤吗？”我问他。

李怼怼没有理我，他指尖凝出一道金光，一声不吭地划破了其中一个黑色血泡。

黑色的液体登时从血泡之中流出，随着液体流出，那黑色的血泡处却留下了一个坑，坑里有东西蠕动了两三下，随即不见踪影。

“噫！”我有点替李怼怼紧张，脑海中虽然还有一点印象告诉我，这个李怼怼，刚才要杀了我，但到底，李怼怼要杀我这个事，还是没有李怼怼是我房东这个事，这么根深蒂固，紧要关头，我还是打内心里，向着他的。

“这是不是他们赶尸一族的蛊虫之类的？”我紧张地询问李怼怼。

而李怼怼根本不搭理我，一抬手又要划掉另一个血泡。

我心头猛地一紧，立即打掉他的手：“都还没弄清楚是什么你不要随便乱动啊，刚才那个东西划破之后就有什么钻进你的肉里了你看不见吗？再说了，徒手弄，没别的毛病，感染了也……”

也……

有点不对……

不是别的，是气氛，有点不对。

我抬头，再次与李怼怼四目相接。

这次，李怼怼没再挪开眼神，他一伸手，捏住了我的下巴，将我脸颊两旁的肉都捏得堆了起来，毫无美感地掐着我的脸，他说：“你到底是哪来的肉猪？胆子这么大？”

我……

我才没做过猪呢，你才做过……

第三十六章

Chapter 36

回到他身边

“你这样……我没法好好说话。”我被捏着嘴，嘟着肉，含糊地说了这么一句。

李怼怼将我的脸甩开，力道大得似乎要把我的脖子甩个360度，我用坚韧的脊椎稳住了我的脑袋。

我转回脸来，揉了揉自己双颊的肉，面对杀气这么重的李怼怼，我敢怒不敢言，只嘟囔着说：“我还不是因为……担心你吗……”

他从鼻腔里发出极其不屑的一声冷笑：“担心自己吧，猎物。”

话音一落，他两根手指一并，在手臂上划下，两个血泡应声而破，黑血蜿蜒流出。和刚才一样，在血泡之下有东西蠕动着钻进了他的皮肉里。

“啊……”我张了张嘴，但又想起了双颊的疼痛，我捂住嘴，蹲着没再吭声。

李怼怼站起身来，将衬衣和燕尾服再次穿上，金色的长发柔软地在我脸上扫过，我仰头望着他，等待着他处理完自己的事情之后处理我。待他将扣子扣好之后，李怼怼垂头，居高临下地盯着我，我也回望着他。

月色那么美，我想，他应该是想对我做些什么的。

比如，继续刚才那顿被我打断的夜宵，只是……换一盘菜。

他的手指微微抬起，放在我的下巴上，这个动作，他停顿了差不多有三秒的时间，我不解，歪着头看他，却只见李怼怼一声没吭，双眼一闭，像木头桩子一样，直挺挺地往旁边一倒……

“咚”一声，李怼怼直接昏倒在地上，惊起一地尘土落叶，还有几只附近树上的鸦，乌鸦叫着飞走，留下一林子的寂静。

我惊呆了。

“李……李怼怼？”

他没有反应，我想了想，如果梦境是很久远之前的年代，那这个时候的李怼怼应该还没有给自己取名字叫李怼怼，他应该叫：“李一言？”

我叫了一声，还在地上捡了根棍戳了他手臂两下。然后从手臂一路戳到他脸上，最后蹲到了他脑袋旁边，用手指掰开了他的眼皮。研究了一下他的眼白，最后放手，他的眼皮又自己合上。

吸血鬼毫无反应。

我左右看看，荒山野岭，求助无门，春夜寒凉，风还有点大。

我没有别的办法，只有架着他的胳膊，把他往山洞里面拖，希望这山洞能为他挡一点风，也希望这吸血鬼身体真的像他们自己说的那么好，百毒不侵长生不死。

我把李怼怼拖到山洞里之后，已经花光了最后一分力气，饿是饿过劲儿了，现在开始困得不行。

我在山洞里转了一圈，重庆山洞潮湿，别说干草枯柴，这洞里顶上没有“滴滴答答”的落水珠已经是很不错了。我没找着比较干燥的地方，这里唯一能垫着睡的……

我情不自禁地望向了李怼怼那身精致的燕尾服。

李怼怼现在中了毒，晕了过去，面色惨白，双唇发紫，还有些颤抖，情况可以说是非常糟糕……所以，再着点凉好像也没什么大不了。

反正也已经那么糟了。

我把李怼怼的燕尾服扒了，横铺在地上，但只能将后背和屁股的地方垫一垫，腿和脑袋还是得睡在地上。

总好过没有。

我安慰着自己，又看了一眼只穿着衬衣的李怼怼。我深吸一口气，憋足了最后的力气把李怼怼拖拽到了衣服上。我给他摆好了姿势，尽量让他身体躺在燕尾服上，然后我才找了角度躺下去。

燕尾服横着也并不宽，所以我几乎是贴着他的胸膛躺着。

李怼怼的身体凉得像冰块一样。虽然我从来没听到他们吸血鬼喊过冷，但作为一个温血动物，我自作多情地对身体冰冷这件事感到难受。

我再次往李怼怼的胸膛前挤了挤。

我犹豫了一番，还是伸出了手，揽住李怼怼的腰，尽量让我和他靠得更紧一点。

我的体温总能将他焐得暖和一点吧。如此想着，我闭上了眼睛，困意袭来，迷糊之中，我感觉李怼怼身体真的慢慢被焐热了。

这一夜我很困，但睡得并不踏实，铺着燕尾服的地面还是太湿太冷又太硬了，我总想换个姿势睡觉，但每次要换姿势之前，总有一个模糊但坚定的念头在梦中盘旋——不能转身，一转身李怼怼又得凉了。

这样的感觉就像小学生春游前夜和高考前夜的学子，心中总惦念着一件事，不踏实却很执着。

半夜里因为实在太不舒服，我蒙眬地睁过几次眼，恍惚间，似有一次，我看到被我焐着的李怼怼也睁眼了，他也没有平时精神，眼神也是迷离。

我像安慰生病的孩子一样，就着放在他腰上的手，轻轻拍了拍他的后背，像在给他顺气似的捋了捋他的后背。

我想说："睡吧睡吧。"但半梦半醒之间，言语也朦胧，可能就轻轻"哼"了几声，便又再次沉睡过去。

这不踏实的夜晚过去，第二天我醒来时精神头也好不到哪儿去。而且山林间清晨起雾，地上露水重，我感觉我浑身的关节都被湿气浸透了。

我揉着胳膊腿，打着哈欠坐起身来，李怼怼还用我给他摆的姿势躺在燕尾服上，一动不动。

他还能睡，我无论如何也睡不着了。我的胃饿得有点疼痛了，就算不能打猎，好歹出去摘几个果子吃吧。我看了眼李怼怼，将燕尾服往他身上裹了裹，然后离开了山洞。

山洞前是个下坡路，在即将看不见李怼怼的时候，我回头又瞅了他一眼，他……

好像睁眼了。

我眨巴了一下眼睛，仔细盯了一会儿，当然只发现那个睁眼是自己的错觉。

如果这时候的李怼怼醒了，应该不会眼睁睁地放任“食物”离开吧。他应该和我一样，都想要吃“早饭”的。

我在山林间行走，然后发现了作为一个现代人的天真。

这……树上的野果子，在我看来，真的是没有一样能吃的。因为和超市里面的水果长得都不一样！它们味道如何就不说了，有没有毒都不知道，完全不敢尝。

绝望。

而地上的走兽，水里的游鱼，天上的飞鸟……我更是一个都抓不到。

越发绝望。

我转了大概……两小时吧。累到根本抬不动脚，而且更饿了，还发现我要再用两小时原路返回。

绝望到底。

回去山洞的路上我几乎是靠意志在行走，一直低头看地，倒是还看到了一种低矮的植株，是小时候和父母出去玩时，隐约被爸爸带着认识过的，野生桑葚，红红的小小的，方言里好像叫“桑泡儿”。

应该能吃吧……

我摘了一个放进嘴里，比超市里卖的桑葚要酸，但……

能吃！

我立马把这个上面的果子全摘了。抬头一扫，旁边还有一株大的！我喜极而泣地奔过去，边摘边吃，酸的甜的熟没熟都不论了，全塞嘴里，喂饱了事。

但这个果子吃再多，只能骗个嘴开心，牙都吃酸了，肚子也没有多饱。我忍着牙酸，把剩下的摘了，揣进衣服兜里。

补充了一点能量，虽然还是饿，但走路好歹有劲了，我急急忙忙往回赶，一心想把果子带回去让李怼怼也尝尝。怀揣着这样的心情，回去的山路蜿蜒，但也没有来时那么累了。

也是在肚子里有点东西的时候，我才来得及思考，原来我是真的这么喜欢李怼怼啊。

就算是在一个梦境里，我也会因为要赶去见这个人，而满怀期待，欣喜若狂，想把自己得到的，仅有的东西，献宝一样，呈给他。

或许在薄凉的人看来，这有些卑微。但卑微，从某种角度来说，也是喜欢得不得了时的热忱。

我怀揣着这样的热忱一路翻山越岭一小时，回到山洞前。

山洞里，李怼怼已经清醒过来了，他坐在自己的燕尾服上，金色长发曳地，如同一个误入山间的精灵。

“我回来了！”我大声地告诉他。

像惊扰到了这个精灵，他眼睛微微睁大，看了我一会儿。

“你看我带了什么回来。”我从塞得鼓鼓的衣兜里拿了两颗桑泡儿出来。我走到他面前，把手掌摊开，将果子递到他面前，“看。”

李怼怼看着我手掌中的果子，目光只停留了半秒，然后瞳孔的焦距一变，盯住了我的眼睛：“清晨到正午，你跑了这么久，带了这玩意儿回来给我……看？”

他似乎不理解极了。

“我只找到了这个能吃的。”我和他解释，“我也想吃点别的，但你把我抓得太远了，我走了那么久都没看到人住的地方。”

李怼怼：“你不回来，可以走更远。”

“但走更远回来要花更长时间啊。”

“……”

“这山里的东西能吃的我不认识，认识的都抓不到。只有这个，能吃又认识，你就将就……”

哦！我陡然想起……这个李怼怼，是不吃这些东西的。

我才是他的口粮。

刚才饿得脑袋里只有吃的，找到了吃的就一门心思想回来喂他，忘了这茬了。

我默默收回手里的果子，沉默地低头静思了片刻，然后又抬头望李怼怼，我轻声问：“你现在……饿吗？”

他脸色还苍白着，他把目光从我脸上挪开：“不饿。”

我舒了一口气，感谢昨天的大叔，真的堪称血牛，一顿饭喂饱李怼怼，自己没丢性命，还让他撑到现在。

我还在感慨自己命大，正在这时，李怼怼忽然目光一凝，指尖金光一起，我刚放下的心又猛地提了起来，这家伙难道想杀我个措手不及！？

在我根本来不及反应的时间里，只听“唰”一声，一记金光擦过我的耳边，风撩起我的头发，我背后一声闷响，紧接着是一阵什么东西在草里面窸窸窣窣摩擦的声音。

“把它剥皮烤了。”李怼怼冷淡地丢了一句话。

我眨巴了一下眼睛，回头一看，只见一只灰色的野兔在草地里垂死挣扎地蹬了两下腿。

“你……喝血吗？”

李怼怼瞥了我一眼。

我想起他们吸血鬼以前视饮动物血为次等血，他这个眼神应该是觉得我冒犯了。

但有什么冒犯的，你们吸血鬼到改革开放以后，喝的都是人工血粉呢，内部还有生产假冒伪劣产品的……你以后的一部分工作就是去打击抓捕那些造假血粉的贩子。能喝上新鲜动物血，已经很奢侈了好吗？

当然，我这些话都是在内心吐槽，我默默地转身，想去捡那只死兔子，但当我走到兔子身边的时候，我沉默了。

这兔子……还在动，而我一个娇滴滴的现代人，并不会杀兔子剥皮烤。

我把无助的眼神投向李怼怼：“那个……”我望了李怼怼很久，而并没得到回应。到最后，还是饥饿战胜了一切。

我，在梦里，第一次杀掉了一只，可爱的兔子。

手感非常的真实。

兔子垂死挣扎的时候力度很大，我一开始拎着兔子耳朵，它耳朵温热，毛茸茸的感觉像一条小狗，它的双腿在空气里拼命地蹬着，用力挣扎。

到这时，我内心已经满是惊恐。我几次放手，它落在地上，但也站不起来跑不动了，它在地上挣扎，浑身的毛都裹上了湿润的泥土。

“我……我下不了手。”我再次向李怼怼求助。

但李怼怼无动于衷，他冷淡地回答我：“那就等着，最多一小时。”

还要让它这样痛苦地挣扎一小时？我也看不下去，尽早杀掉它可能才是最仁慈的。

我左右看看，搬了块大石头，在兔子脑袋上比画了好几次，但就是没有下手砸下去，倒是把自己吓唬得一直在深呼吸。

一旁的李怼怼好像看不下去了，手一甩，一道金光凝成的小刀落在我脚边，我把石头扔掉，拿起刀，又看了李怼怼一眼，李怼怼这次甚至连看都没看我。他靠着山洞的石壁，闭目养神。

我咬牙，一闭眼，手起刀落，刺穿了兔子的脖子。

温热的血溅在我的脖子上，让我浑身一抖，兔子最后剧烈挣扎了两下，然后只余肌肉最本能的抽搐。

它死掉了。

我拿着刀，一边哭，一边给兔子道歉，一边颤巍巍地把它的皮剥了，皮剥得不利索，东一刀西一块，染了一身一手的血，李怼怼全程冷漠地坐在旁边，这一切好像都是我一个人的表演。

我从来没有这么真实地感受到，我吃掉的食物其实也是拼尽全力想要活下来的生物。

最后李怼怼帮忙生了个火，我烤熟了兔子，吃掉了。

没有油盐，所以味道不太好，又柴又干还有腥味，但我终于饱了，我摸了摸肚子，有些感慨地叹了一口气。

李怼怼盯着我，很难得，主动开口和我说话了："吃的时候，怎么不哭了？"

我抹了下嘴："我在感谢兔子用自己的性命喂饱了我。这是我吃得最虔诚的一顿饭，以后我会好好珍惜每一口粮食的。"

"所以，你是在告诉我，以后要虔诚一点面对你？"

我抬头看着李怼怼，我想他给我打兔子，大概就像给猪倒饲料，喂肥了才好宰。

"我们……能不能打个商量？"我琢磨着，这是在梦境里面，李怼怼不能真杀了我，所以我是有底气的，但迫于他往常的"淫威"，我也架不住他这么时不时地吓一嗓子。于是我提议，"你吃我可以，但在吃我之前，能不能不要折腾我，从言语到肉体，都不要。"

李怼怼看着我，言辞清晰地吐出两个字："不能。"

我："为什么？"

"你自己回来了，我怎么对你，你都不该问我为什么。"

他说着，手指在空中一划，一条金色绳索凌空而来，套住我的手腕。我还在愣神，那边的李怼怼拉着金色绳子的另一头，轻轻一扯，我一个踉跄，往他身前栽去。

我俯在李怼怼身前，他背靠石壁坐着，神情冷淡，宛如壁画上的神祇，但在灵魂深处，又带着他独属于吸血鬼的阴鸷与魅惑。

"要问，问你自己。"他说，"为什么要回来。"

我为什么要回来？

还用问吗？

因为你是李怼怼啊。

我喜欢你，所以想待在你的身边，就这么简单。

李怼怼在我左边手腕上留下了一个金色的绳结。

像那传说中月老的姻缘线一样，一头绑着我的手腕，另一头……当然他是不可能绑着他自己的手腕的。

另一头，他自己牵在手里。金色绳索平时看不见，但一旦他想招呼我了，手一拉，我手腕上的绳结就一亮，我就会被这绳子牵引着，往他身边走去。

真是非常过分的一个东西，我感觉李怼怼好像把我当一条狗在养。

但我敢怒不敢言，毕竟现在李怼怼的脾气真的太阴晴不定了。

吃完兔子的那天晚上，李怼怼就带着我开始赶夜路了。虽然他是个可以在白天行走的日行者，但出于本能，他还是更喜欢在夜里活动。

而我虽然也是一个熬夜熬习惯了的夜猫子，可我这个夜猫子只喜欢在晚上找个地方猫着熬夜，并不喜欢大半夜在外面跋山涉水，徒步旅行。

所以和他旅行的这第一个夜里，我就状况百出。

“我脚上的水泡好像破了几个……我真的走不动了。”我坐在地上，头发散乱，满脸尘土，一身狼狈。

而李怼怼明明也折腾了一整天，但他还依旧长身玉立，风度翩翩，人模狗样。

有时候这世界就是这么偏心，把美好的东西放在你眼皮子底下送给别人。真是抢都抢不来。

“站起来。”李怼怼不惯着我，即便是在梦外面，他也不惯着任何人，更别说现在了，他严肃得像特种兵的教官，“别磨蹭。”

可我真的走不动了，早上采果子跋山涉水四小时，然后杀兔子又耗费了不少精力，现在已经走了大半个夜了，我又累又困，小腿肿胀得被鞋子勒出了血痕。

我巴巴地望着李怼怼：“你不是有那个阵法吗？你要去哪儿，我们‘嗖’一下就过去不行吗？”

李怼怼没有吭声，依旧严肃地看着我。

比起现在的李怼怼，我觉得之前催租的那个李怼怼，已经不是很讨厌了。

我咬了咬牙，还是只有认命地站起身来。但之前一直走着还好，现在休息了一下，再站起来的时候，双腿根本没有力气，我站在比李怼怼高一点的坡上，腿一软直接往他身上扑过去。

李怼怼眉头一皱，手上金光一闪，下一瞬间我就被他的绳子拎了起来。

他的绳子绑着我的手腕，让我吊在半空中，像块抹布一样，左右晃荡了两下。

“走不动，那就挂着吧。”

他如是说着，一转身，竟然想将我这样吊着走！挂票吗？

“但这样手疼……”我发出了一声抗议，李怼怼视若无睹，“真的有点疼。”身体重量都被挂在一只手腕上，没一会儿，我的手就因为血脉不通而变得乌青了：“等一下，我还是自己下来走，喂！”

李怼怼的冷漠在手腕极度难受的情况下激发了我的愤怒，我气急之下，另一只没有被绑住的手往前一抓，竟然抓住了被风吹来的李怼怼的金色长发。

我奋力往后一拽怒道：“放我下来！”

李怼怼的脑袋被我拽得往后一仰。他疼不疼我不知道，但我想，他应该是……不开心了。

他转过头来，盯着我，没有眼镜片隔着他的眼睛，那杀气化作的剑刃那么直接地戳向我。

“我……我也会疼的！”手腕的疼痛激起了我身体里所有的勇气，让我和他理论，“我会好好走……”

“你。”他吐出一个字，我静静等待着下文，但李怼怼说了这个字之后，忽然沉默了下来，片刻之后，我手腕上金色的绳子一松，我从半空中掉了下来，摔坐于地。

我揉了揉屁股，还没来得及站起来，面前的李怼怼忽然半跪在了地上，他捂住腰腹，脸色霎时如霜打了一样白。

没空再搭理自己红肿的手腕，我站都没站起来，几乎是跪行着两步爬到李怼怼身前：“你怎么了？又毒发了？你是要去找什么人吗？我帮你去找。”

我握着他的手臂，希望能借给他一点力量。

李怼怼垂头看了看我的手，又抬头看我。

他离我太近，而月光又太亮，让他的眼瞳那么澄澈且通透，那眼睛像一面镜子，把我的焦虑、不安、担心都照得清清楚楚。

“你能帮我什么？”他吐出这句话时，嗓音极度沙哑。

“我不知道能帮你什么。”我让自己镇定，但镇定之下又有一点气，“但你说了说不定我就能了啊！有这怼我的力气，不如省着来向我求救！”

听到“求救”这两个字，他倏尔一声冷笑，是多么自然而然的不屑与嘲讽：“救救你自己吧，猎物。”

话音一落，他忽然整个身体脱了力，往旁边倒去，我赶紧伸出双手，穿过他的腋下，架住他的身体，把他拉到自己怀里，拼尽全力不让他倒在地上。

“这样了还让我救自己？”我抱着李怼怼，左右探看，这荒山野岭的，连个挡风的地方都没有，真是还不如昨天待的山洞！

我着急地寻找能安置李怼怼的地方，本来想将他拖到一棵大树下面，好歹有个可以靠的地方，当我终于拖着他到了树边，忽然柳暗花明，发现前方山坡下竟然有一个破烂的小木屋，木屋后面还有潺潺溪水声，虽然不知道已经荒废了多久，但有个遮蔽的地方，总好过幕天席地。

我又拽着李怼怼，又拖又扛，终于把彻底昏迷的他倒腾到了小木屋里。

小木屋屋顶破败不堪，但该有的都有，桌子、椅子、床榻、干草。我忽然有一种升级了住宿条件的欣喜感。

外面的月光透过架子照进来，也算是点了盏灯。

我把李怼怼塞到床榻上，将旁边堆放着的破烂褥子拎起来看了看，一阵霉臭扑鼻而来，呛得我直咳嗽，褥子里的昆虫在我这忽然一抖下，全部都蜂拥而出，有的还往我手上爬来，我连忙将褥子提出去扔掉了。

唯有将上面的布条撕了下来，借着月光拿到溪水边洗洗抖抖，看样子还算结实，我把布条拿回木屋，给李怼怼擦了擦脸上的汗。

他的呼吸比昨天更加急促，看他这样子，竟然比昨天还要严重一些了，我算了算时间，昨天李怼怼好像也是在这个点昏迷的。

我心里想着这些事情，手上动作没停，我帮李怼怼把衬衣解开了，因为他看起来实在呼吸不畅，这衬衣一解开，我才发现他的浑身都被汗湿透了。

这短短一会儿肯定是不能让衣服湿成这样的，也不知道他忍了多久。我帮他擦了胸口的汗，顺着往下擦的时候，忽然看到他左侧腰腹的位置有一条乌青乌青的瘀痕。

我研究了一会儿这瘀的宽度和位置，然后又看了看我的手臂，我把手臂伸上去比画了一下，竟然发现，他这个瘀痕是我昨天抱着他睡的时候，手臂抱住的地方。

我……手臂竟然重得能把他压出这样的瘀青吗？还是说有别的原因？

我想不出来，但忽然明白了他为什么不画阵法走，想来是他这样的身体状况，没办法画阵法走吧。

我有点着急，我看得出来李怼怼是想离开这个树林去某个地方的，他去的那里肯定能有解他毒的办法，但他走不快，带着我更走不快……

把李怼怼的身体擦了一遍之后，我帮他把衣服重新扣上，看着还在冒汗的他，我有点心疼。

我出了门，走到溪边，将鞋子脱掉，我脚上的水泡全部破了，嫩肉和袜子黏在了一起，我穿着袜子把脚放进溪水里泡了泡，然后抬起脚来，一闭眼一咬牙，一鼓作气把袜子脱了下来。

一开始脚是麻木的，过了一会儿，皮被撕掉的疼痛钻心而来，我紧紧闭着眼睛，等着疼痛过去。然后又如法炮制脱掉了另外一只袜子。

疼痛持续了很久，久到我忍不住骂了一句："真疼。"然后抹掉眼角疼出来的眼泪。

疼痛缓过去后，我就好了。我把袜子放在水里清洗了一下，放到旁边石头上。

我泡着脚，让冰凉的溪水镇住脚上的疼痛。

我想，明天怎么也不能耽误路程了。我不会死，但李怼怼会可能会死掉啊。

不管在任何地方，我都不希望看到他死掉。

我光脚踩上了鞋，就让袜子放在石头上晾着，我想李怼怼醒来也应该是明天大中午了，山里太阳大，放在石头上这袜子肯定能干的。我睡一晚上，脚上的伤肯定也能结痂了，明天肯定能挺过去！

我打算好了明天的事情，一转身，忽然看见穿着衬衣的李怼怼，站在比我更高一些的石头上。他一手扶着小木屋的破木墙，撑着身体，看着我，也不知道到底是什么时候站在那儿的。

他面色依旧苍白得吓人，盯着我的双眼也亮得灼人。

我踩着鞋走到他身边："你怎么醒了？"

"一直醒着。"

难得，我说一句他立马给了回应，之前我说话，他都是想搭理搭理，不想搭理都不带瞧我一眼的。

我看着他："你刚不是晕了吗？"

"意识还在。"

我停顿了一下，他……难道一直知道我是怎么折腾他的？还有昨天……

"那你昨天也是像今天一样……？"

"昨天短暂失去了意识。"

"哦。"我问完，觉得有点尴尬。短暂失去意识，那也就是说，一开始的事情他不知道，但后来我抱着他睡还拍他后背的事情他是知道的……我清咳一声："那个，今天先休息一下吧，明天早上再起来赶路，等我休息得精神好了，明天一定健步如飞。"

李怼怼沉默了一会儿，然后垂头看我踩着鞋的双脚。

我一时慌张，想要将自己的脚藏起来，我想我现在的脚又肿又大，肯定丑极了。

人类就是这样，在喜欢和美好的东西面前，总会为自己的不足而感到自卑。

李怼怼两样都占了，我很喜欢，他很美好。

我连忙往屋里躲，跑得太急，掉了一只鞋。

我进屋坐在了长桌上，桌子是一块长木头切的，有点破旧，但正好能睡觉，我和门口的李怼怼说："快点休息吧。"

李怼怼走进来，手里拎着我掉了的那只鞋，我有点窘迫，他却毫无所觉，将我的鞋放到了我另外一只鞋旁边，然后拎着两只鞋的后跟，将它们规规矩矩地放到了我的桌前。

他帮我放鞋的时候，长发都拖到了地上，沾了尘土。

一件小事，他做的时候，我却有些控制不住地心跳加速。我想转开话题："我，我今天睡桌上，不和你挤了，免得你身上又被我压得青一块紫一块的。"话一出口，方觉暧昧。

我咬了咬唇，心里正懊悔时，李怼怼坐在床榻上，看了我一眼："不是你压的。"他说，"赶尸匠的尸虫在我体内，他们喜欢温暖的东西，你的体温贴在哪里，它们就会往哪儿去。"

是……昨天钻进李怼怼身体里的那几只虫子……

它们喜欢温暖的东西，你的体温在哪，它们就在哪儿……

这话听着，真的也是有一种恐怖的暧昧感呢。

第三十七章

Chapter 37

我喜欢你

我一觉睡到大清早，还是被照在脸上的太阳给晒醒的。

我清醒之后下意识地往床榻的地方瞅了一眼，却没有看见李怼怼！

一瞬间，我初醒的蒙眬尽数褪去，我从桌上弹坐而起，蹦下桌，一大步迈到床边，摸了摸床上垫的干草，干草被太阳晒得有些热，可见上面躺的吸血鬼应该消失了一会儿了。

他去哪儿了？他不会死了吧？在我熟睡的时候被尸虫悄悄吃掉了？

但没有血迹啊……

我左右看看，发现破屋里也没有挣扎的痕迹，我走到破屋外望了一眼，外面也非常的平静，一切的迹象都在告诉我——

李怼怼走了。

他是嫌我……拖累他了，所以悄无声息地走了吗？或者，他其实是感激我这两天对他的照顾，所以大慈大悲地留我狗命一条，不让我继续跟着他折腾了。

但他走了，我又该去哪儿呢？

我望着四周深山老林里的树木，只觉心头一片失落与寂寞。

我思考着自己之后的出路，去溪边拿了大石头上的袜子。我坐在石头上穿袜子的时候瞅了旁边溪水一眼。溪水清澈，倒映出我满脸满头的油腻。

想来也是，这好几天没有洗澡洗头了。我嗅了嗅身上，闻到自己已经有点发臭了……

反正这深山老林的也没人，唯一有的一个吸血鬼也走了……

我犹豫了一番，将刚穿好的袜子又脱下，放在一边垫着，然后把衣服裤子通通脱了，脱到内衣的时候我还是犹豫了一下，作为一个现代人，即便在森林里，还是对在阳光下赤身裸体这件事有点羞耻感。

可如果不脱内衣，那待会儿湿淋淋的上来，可没有什么干燥衣物让我更换。

于是我还是将最后的束缚扒掉了。

脚尖触碰清凉的溪水，我摸着石头站到了水里。溪水透彻，看着不深，我踏下去时却直接淹没到了我腰腹处。

春日艳阳虽高照，但山涧流水还是凉的。入水之后，我轻轻惊呼一声，浑身鸡皮疙瘩瞬间站了起来，我抱着胸，在水里瑟瑟发抖了一会儿，倒是也适应了水的冰凉。

我不敢往溪水中走，怕浮力太大将自己冲走，于是就在及腰深的地方蹲了下去，搓搓胳膊搓搓腿，将自己身上的泥土尘埃都洗去。

等完全适应了这水之后，我憋了一口气，将脑袋埋下去，在流动的溪水中清洗着自己的头发，头发顺着溪水流淌而蜿蜒，水流如梳子，抚顺我打结的发丝。

待到憋不住气了，我一仰头，站起身来。

身体暴露在阳光下，体温让身上的水珠也热了起来，阳光一晒，我便像那些仙侠武侠里面的人物在练功一样，一身蒸气。

我看着自己身上雾气翻飞，觉得十分有趣，大概画漫画的人心里永远住了个中二病，即便是在被人丢下，孤身陷在深山老林的境况里，我还是有戏要演，有角色要代入。

我手在水里一捞，摆了个姿势，将手里的水用力地往岸上抛去，口中大喊：“哈！接招！”

我抛得用力，是在玩，也是在发泄内心的不愉快。

哼！李怼怼！说走就走！打死你！

水珠欢乐地飞向岸边，阳光下像一群晶莹剔透的小精灵，而我顺着这群“小精灵”的身影，看见了站在岸上的一个真“精灵”。

他站在树荫之下，但阴影并不能掩盖他金色长发的光泽，他脸色苍白，神情寡淡，抱着手，靠着树，斜斜站着，目光却毫不避讳地看着我。

我身上水蒸气从我眼前悠悠飘过，山间的风也轻，水也轻，他的神色也很轻……

而我却如遭雷劈。

在水珠落地的瞬间，我一声惨叫，抱着胸跪在了溪水里：“啊！你为什么在这儿？”

我脸跟炸了一样烫，满脑子都是“他看见了吧？他肯定看见了！他看见了多少？他肯定都看完了”。

“你不是走了吗？”我紧紧抱着胸，把跪姿变成蹲姿，尽量缩小自己身体暴露的面积。

李怼怼挑了一下眉，还站在那儿，不咸不淡地说：“谁说我走了？”

“你现在可以走了！”

“呵。”他一声冷笑，“搂着我睡觉不怕，这会儿倒是怕了？”

“那、那、那……那能一样吗？”我颤抖着解释，“那是为了帮你！而且我们穿着衣服的！”

“衣服？”他这句反问满是嘲讽。

“现……现……”现在可没有衣服。

这句话在他简短的反问之后，我说不下去了。因为从理论上来说，李怼怼想对我做任何事，我都是没法反抗的，无论有没有衣服，无论他是要吃我，杀我还是玩弄我。我都无力反抗。

我像个鸡蛋，看着有壳，其实脆得不行，一磕就破。

我把下巴都缩到了水里，要不是需要呼吸，我整个脑袋都已经埋进去了。

“你……转过去……”我再一次发出声音，比一开始已经没了很多底气。

李怼怼这时倒是没有再怼我了，他沉默地看了我一会儿，然后脚往后面一勾，将一卷绑起来的东西踢到了岸边的大石头旁。然后他背过了身去，往破屋子里面走。

“干净的衣服、裤子和鞋，自己起来擦擦干，换上。把之前脏兮兮的东西都扔了。”

他语气冷漠，说完就进了屋，好似对外面的我再不关心一样。

我又在水里蹲了一会儿，才站起来，依旧别扭地捂着自己的身体，走到大石头边。我将他捆着的东西打开。里面有两套布衣，虽然不新，但干干净净的，还有着皂角和阳光的味道，像小时候奶奶帮忙手洗过的衣服。

我抓着衣服一边往自己身上穿，一边抬头看了一眼上面的小破屋。

原来……李怼怼这一大早出去，是给我找衣服去了……

我换好衣服穿上布鞋，惊讶地发现这鞋竟然十分的合脚，而且走起路来比我穿过来的那双单鞋不知道舒服了多少。

我收拾好自己，把另外一套衣服打包，背在背上，然后也回到了小破屋里。

破屋中，李怼怼坐在床榻上，正在打量自己的手腕，也不知道他在研究什么。

“那个……”我有点别扭，想想觉得，还是不要提刚才溪水里面的事情比较好，所以只拣后面的事说，“衣服和鞋都换上了，挺合身的，谢谢你。”

李怼怼眼皮一抬，轻描淡写地扫了我一眼：“收拾好了就走吧。”

我一愣，看了看外面几乎是大中午的日头：“现在？”

“嗯。”

没有废话，他起身出门，我背着包袱，连忙跟上，亦步亦趋地追在李怼怼身后，“白天赶路你身体没问题吗？”

我追着问，他并不回答，大长腿在前面迈，我跟着有些吃力，湿答答的头发在空中甩来甩去，许是有水珠甩到李怼怼手上了，他忽然停下脚步，我一头撞在他后背上，头发水珠又飞洒了几颗到他衣服上。

我抬头看了眼他的神色，然后拧了拧头发：“长了些，一时半会儿干不了。”

他没有说话，抬起手，五指为梳，贴着我的头发根部，穿入我的三千烦恼丝，他掌心忽然有了温度，像有阳光照入了发丝间，清风一吹，竟然是温暖的温度。

李怼怼的手指顺着我的头发梳下，我的发丝缠绕在他的指尖，只一次，我的头发霎时干燥不少。

他收回手，手上还有金光未消，金光驱散了他手上沾染的水气。

我呆呆地看着他，看他将缠绕于他指缝间的我的青丝拈于指尖。

青丝随风而走，我的目光却无法从他身上挪开。

“别把自己弄得湿答答哒的，我不喜欢黏糊。”他转身走了两步，我没有动，他又停下脚步回头看我，“跟上。”

“那你……”我在林间的阳光与清风之中，忍不住开口问他，“你喜欢什么？”

他静静地看着我：“和你有关系吗？人类。”

我郑重点头：“有关系。”

他冷笑，满是嘲讽。

我直直地看着他，我想，如果这是梦境，那就造作一点吧。我永远不敢告诉李怼怼的那个偷吻和那份悄悄的喜欢，就在这里告诉吧。

我盯着他，严肃而认真地说：“我喜欢你。”

他脸上的冷笑僵了一瞬。

我说：“所以想要不自量力地帮你，救你，靠近你，了解你。”

“我喜欢你。”我红着脸，握紧双拳，胸膛里是一腔炙热的血和强烈跳动着的心脏，带着真诚，带着热忱，带着开天辟地一般的孤勇，“喜欢得不得了的喜欢你。”

明明只是一句话，却仿佛用尽了全身的力气。

我盯着李怼怼，我知道现在的他不是他，但谢天谢地，我终于把这份心意，传达出去了。

李怼怼啊，我是那么真切地，喜欢着你。

“可惜，我不喜欢你。”

李怼怼风平浪静地拒绝了我。

宛如一盆冰水，浇在了我炽热的心口上，“嗤”一声，火花都没溅一个，我那如被炭火烧红一般的心口瞬间就给凉得透透的。他顺道还补了一刀：“你有什么毛病？”

我抓了抓头发，把被风吹乱的头发抓老实了：“没……没毛病。”

他审视着我：“有什么目的？”

“也没什么……”

“别想耍花招，人类。”他斜眼瞥了我一眼，带着些许警告，然后一转头，金色发丝在林间一甩而过。他自己迈步向前走了。

我轻咳两声，缓解了一下自己的尴尬，然后又跟了上去。

李怼怼啊……这个吸血鬼，不管是不是在梦里，都那么的不好相处呢。果然，不在现实里和他表白是绝对正确的选择，不然这楼上楼下的，抬头不见低头见，多尴尬……

幸好幸好，只是李怼怼并不知道的梦境之中。

我重拾被怼碎一地的自尊，又小步跑着跟了上去。

李怼怼找来的鞋很好走路，昨天的睡眠也不错，早上还起来洗了个澡，我精神头很足，在路上并没觉得有多疲惫，还有多余的闲心看看风景。也是现在才有时间来感慨：

“天真蓝！”李怼怼瞥了我一眼，我冲他笑了笑，“空气也真好！”

“很普通。”

那是你没有见过百年之后华夏大地冬日里的修仙仙雾。

我深呼吸一口气，一边赶路，一边看景，路途比昨日轻松了很多。

也或许是上午的表白终于让我放轻松了自己——反正已经做过最“可怕”的事了，其他也没有别的什么好怕了。

我如同踏上了一场春日旅途，开始主动和李怼怼搭茬。虽然……很少得到他的回应。

但我还是按捺不住地告诉他，我听见的鸟啼叫多么动人，嗅到的花香多么馥郁。还有天上的飞鸟……

“咻！”

一道金光射向天际，刚在蓝天遨游的飞鸟瞬间坠落，其他结伴而来的鸟登时飞散。

李怼怼看了张着嘴一脸呆滞的我一眼：“自己去捡你的口粮。”

“啊……哦……好。”

我又一次在梦境里杀了一只鸟，放血，拔毛，用李怼怼给的刀子剖开它肚子，取出内脏，然后烤肉。

这些事一旦做过一次，第二次就开始慢慢习惯了。

我没有再为鸟掉眼泪，或许是因为这鸟确实没有兔子可爱。我吃烤鸟的时候打量着旁边靠着树坐着的李怼怼。

他明明目光没有落在我身上，却很快问了我一句：“做什么？”

“你……要不要也吃点？”

算来，从他喝了那血牛大叔的血被赶尸匠攻击到现在，也有两天了，他不饿吗？

他转过眼神来，那目光轻描淡写地在我脖子上一扫而过，而后盯住我的眼睛，他勾唇笑了笑：“这么自觉？”

一时间，我只觉这烤鸟的肉哽在喉咙里，上不去也下不来，我咽了好几口口水，才勉强顺过来了气。我举着烤鸟，挡住自己的脸，假装自己刚才什么话都没说过。

李怼怼也大发慈悲地放过了我，没有就这个话题继续聊下去。

我吃完了东西，李怼怼灭了火，继续赶路，太阳下山了，我琢磨着时间，想着是不是又要到他昏厥的时间，回忆起昨天他完全被汗湿的衬衣，我有点紧张起来了：“我们要去哪里？大概还要走多久？如果待会儿你身体不好，我扛着你走。”

很难得，李怼怼没有就“我扛他走”这件事发表意见。他沉默一会儿，继续迈步走："快了。"

说着这话的时候，我和他正好走上一个山头，李怼怼往下一指："到那里就行。"

我从山上往下望去，发现下面是一个四面环山的山坳，山坳里阴冷又潮湿，从下面吹上来的风都是阴冷的。

山坳正中的地方，或许是因为阳光少的缘故，有的树木都已经枯了，而在那一片枯木林里，有一个和周围环境不太搭的砖瓦房。

我打量着那个房子，心里觉着，这不管是从风水还是建筑学的角度，把房子建在这么一个一没水二没光的地方，都不太好吧……

不过，我转念想了想前两天晚上睡过的山洞和破木屋，如今的砖瓦房虽然地段不好，但好歹也是实现了住宿条件的升级。

很不错。

我和李怼怼开始往下走，山路蜿蜒，看着近，但其实要走不久，我一路上一直观察着李怼怼的身体状况。

隔个四五分钟就问一句："你怎么样？"我不想让他突然晕倒，今天可不像昨天，这下山的路，他这样的体型，一头栽下去，我可拉不住。

问得多了，李怼怼就烦了："闭嘴。"

我委屈地闭嘴了十分钟："你真的没事？"

他不悦地盯着我："你吵得我头疼。"

我就四五分钟问你一句还嫌吵？真是无法想象李怼怼居然是这么孤僻的一个吸血鬼，内心的城墙比万里长城竖起来都高，也不知道他为啥还要盘个旧居民楼来做公寓！这不给自己找事儿吗？

"嘟囔什么？"李怼怼再次不耐烦地开口。

我捂住嘴，抬头，难以置信地盯着他："我就心里叨叨都不行吗？这你也能听见？"

这个梦也太荒唐了些吧！

李怼怼还想再说些什么，正在这时，李怼怼目光倏尔一凛，一抬手，径直将我脑袋往他怀里一摁。

我整个人登时撞入他胸膛之中，他的手搂住我的腰，紧紧地抱住，然后他身体往后一仰，不过电光火石间，他抱着我向后转了三圈，在十来级阶梯下停住。

李怼怼放开了我，而我还有点没反应过来。

“放手。”李怼怼说。

“啊？”我愣了一会儿，然后发现，自己的手竟然已经自然而然地抱住了他的腰，“哦……”我这才放开了李怼怼，“刚有点急……就……”条件反射地抱他了……

我转头看他，却见李怼怼根本没有看我，他仰头看着阶梯上方。

我也顺着他的目光看去。

此时在阶梯之上，有一个女子静静地站在那方，手里拿着几只短箭，她背后是月出的山头，巨大的月亮像为了照耀她而升起的一样：“我还道是哪个不长眼的来闯我山谷呢。原来是你啊。”她一边说着一边拔着嵌入石壁里面的短箭，声色慵懒且迷人，“李一言。”

咦？她……知道李怼怼的真名？

我又回过头看李怼怼。

“尸虫，帮我除了。”

李怼怼也根本没有和她客套，直接说出了来的目的。

这两人……不管从怎么看，从哪个方向看，他们……好像都有故事啊。

我忽然想到，李怼怼百年之前喜欢过的那个人类女孩……

思及此处，我忍不住再次认真打量了一下眼前这个人。

女子拿着短箭从阶梯上一步一步踏下来，春日的天气，她穿得可谓是极致的清凉，一袭在这个时代背景下放肆得有些过分的短旗袍，旗袍只将她的臀部包住，凸显了她傲人得过分的身材，她光着脚，像猫一样，每一步都走得悄无声息。

她很火辣，且比李陪陪的火辣，更加知性和魅惑，致命的魅惑。

“惹了麻烦就来找我啊。”她说着，走到了李怼怼身前，修长的手指向着李怼怼的领口而去，却在碰到领口之前被李怼怼一巴掌打开。

她倒也不生气，那手指顺着李怼怼打开的力道往旁边一指，指向了我。

她比我高出半个头。那脸……却比我小很多。

输了……

“也不先介绍介绍，这面生的小姑娘是谁？看起来这么肉乎乎的。”

我：“……”

“还有点气呼呼的。”她弯起了嘴角，笑了，“哎哟，可爱的哟！”她说着，在我完全没有反应过来的时候，她脑袋倏尔往我脸上一凑。

嗯？这又是什么妖怪？她要做什么？她想做的事怎么和我的预想有些不太一样！？

在我呆愣在原地只剩下脑内吐槽的时候，那柔软温热的唇就将我脸颊的肉轻轻含了一下。

她像在尝一个棉花糖，用唇咬了一口之后，又飞快地退开了。

“啊啊……真软真软！还想再咬一口。”

我：“……”

她再次向我伸出手，而这一次，李怼怼一抬手，将她拦开。我立马往李怼怼身后退了一步，一手摸着脸，一手拽住李怼怼的燕尾服，戒备地看着妖娆女子。

李怼怼护着我，盯着她：“手，收回去。”

就是，收回去！哪有一上来就咬人脸的？大美女也不行！

女子收回手，冷哼一声：“不给咬算了。”话虽这样说，但她还是馋得一直绕过李怼怼打量我。

李怼怼说：“要咬可以。”

我盯向李怼怼：“嗯！？”

李怼怼并没有理会我的意见，自顾自地说：“先把尸虫给我除了。”

我：“……”

我忽然有一个不成熟的想法，李怼怼这个吸血鬼，这一路带着我走到现在，莫不是……就是为了此时此刻卖了我吧？

第三十八章

Chapter 38

精灵母女

大美人为了再咬我一口，和李怼怼达成了肮脏的交易，她决定给他除尸虫了。

她带着我和李怼怼来到了她山坳里的房子。

说句不好听的大实话，她的房子，真的很像……鬼屋。

屋外重重枯木林，屋内层层蜘蛛网，不知道多少年没有检修过的木地板，走起路来“嘎吱嘎吱”乱响，我每下一脚，都会担心会不会把这木板踩断了，但李怼怼和大美人都走得十分的自信。

上了一个破旧的楼梯，大美人把我们带进了一个房间，房间里有古旧的大床、梳妆台、沙发和喇叭花一样的音响机，完完整整的民国时期的贵族家庭配备。只是一切看起来都有些破旧和……阴沉。

梳妆台上蒙了灰，音响机里也有厚厚的蜘蛛网，床榻看起来还干净……

“喏，你先上床躺着，我先给你诊诊，看看是哪家的尸虫，然后才知道怎么治。”大美人发了话，李怼怼坐下去了，只见床榻上立即腾起了一片尘埃。

李怼怼皱了皱眉。

“躺下呀。”大美人一无所觉。

李怼怼倒是也没有挑剔什么，脚放上床榻，躺了下去，然后大美人就坐在床边开始帮他诊脉。

我站在一旁没有事儿干，左右打量着这个屋，正在这时，门口外，黑漆漆的走道里，忽然响起一阵脚步声，慢慢悠悠从小及大，我转头望门口望了一眼，只见一个披头散发的小女孩的身影在门口一晃而过。光线太暗，我连她穿什么颜色的衣服都没看清。

我浑身一僵。

盯着门口看了一会儿，却没有再看见那个小女孩回来。

“那个……”我开口，“请问，这屋子里，还有小孩子吗？”

大美人还在研究着李怼怼的脉象，轻描淡写地说了一句：“没有啊。”

我只觉一股寒气顺着我的脊梁骨蹿上了脑门，把我整个人凉了个透。我默默地往床边靠近了一些，然后又靠近了一些。

“哎，别别别。”大美人连忙阻止我，“你的体温太高了，你一过来他身体里的尸虫都在躁动，离远点离远点，你去窗边站着。”

我觉得我现在整个人都是凉的！哪里体温还高了？

虽然心里这么想，但我还是不敢添乱站到了窗边去。

彩色玻璃的老窗户，我站的位置正好是一小块绿玻璃，从绿玻璃往外望去，外面的枯木林一瞬间变得更加阴森可怕了。我抱住胳膊，打了个寒战。

忽然之间，绿玻璃外光芒一闪，一簇火焰倏尔自枯木林里烧了起来！

像有人点了篝火，火焰在林中跳跃，隔着玻璃，宛如鬼火。

我咽了口唾沫，悄悄将窗户开了一个缝，想将外面的情况看个清楚。

透过缝隙，我看见枯木林中，一个小女孩蹲在篝火旁边，她身上黑色的裙子让她几乎和树林融为一体，她手中拿着黄色纸钱，一张一张地往火里扔着，火光照耀在她的脸上，可见她还在念念有词地说着什么。

我：“……”

我觉得我快被吓死了，深山老林之中，月黑风高夜里，一个披头散发的神秘女孩独自林中烧纸……

忽然间，那小女孩猛地一转头，一双眼睛直勾勾地盯向了将窗户开了一个缝的我。那眼神如同一根针，要扎爆我的眼珠子。

我只觉头皮一紧，立马将窗户拍上，后退三步，“咚”一声摔坐在地。

破木地板被我坐得“嘎吱”一响，我的心脏几乎要从嘴里跳出来。

似乎被我的动静惊到，床上的大美人回过头，躺下的李怼怼也微微抬起了身体，他俩一同望着摔坐在地上的我。

李怼怼皱着眉头：“又怎么了？”

好像以前我就怎么过很多次一样，但现在并没有时间和李怼怼计较这个，我指着窗外：“那里那里有有有……”在我还没说出个所以然之前，那窗户忽然“嘭”一声，被大力推开，穿着黑色小旗袍的女孩忽然从窗户外面翻了进来。

“呀！”我忍不住发出一声短暂的尖叫，屁股磨在地上，蹭着地飞快往后退了几米。

然而屋内的两人都很淡定。

大美人说：“铃铃，和你说了多少次了，淑女要走楼梯。”

嗯？认识啊？

小女孩站在窗前，一脸不悦地看着我，“阿娘，她偷看我烧纸。”

嗯！？

阿娘？

我忍不住插话了：“不，不是说没小孩吗？”

“我不是小孩。”小女孩一脸不高兴，“我10岁了，是大姑娘了。”

十岁……

我正觉不知该吐什么槽的时候，床榻传来轻轻一声闷响“噗”一声，我转头一看，是李怼怼再次昏迷了过去。

“啊……”我心思一下就转了过去，连忙跟大美人解释，“他这几天都这样，被那个赶尸匠伤了之后，每天到了受伤的这个时间，他都会陷入昏迷。是不是尸虫在他身体里作祟？”

“唔，这个玩意儿还不是普通赶尸匠做得出来的呢。”大美人研究了李怼怼一会儿，然后对小女孩说，“大姑娘你先出去一会儿，把这姐姐也带走，他们是客人，让她看看你烧纸没什么的，还可以让她帮你烧。”大美人开始赶人。

小女孩想了一会儿：“哼。”她有点不情愿地答应了，“好吧阿娘。”她走到我面前，向我伸出了手，“你听见阿娘说的话了，你得帮我烧。”

“呃……好。”

我牵了小女孩的手，站起身来，跟着她往屋外走去，走到门口我还是有点不放心，于是转头看了床榻上的李怼怼一眼。

他的症状好像比之前更严重了一些，脸色比纸白，额上的汗像淋了雨一样多：“能……能治好吗？”

大美人回头瞅了我一眼，随后轻轻一笑：“这家伙也能被人这么担心，也不知道他是走了什么狗屎运。”她说这话时的语调，莫名带了几分惆怅与羡慕。

旁边的小女孩好像非常的敏感，她似乎察觉出了她妈妈的情绪，立即拉拽我的手，说：“走走走，你和我走。”

女孩看着小，力气却大得惊人，真的是一个“大姑娘”的手劲儿，我直接被她拖走了。

一路拖到枯木林里的火堆边，小女孩才停下，没好气地塞了一把纸钱给我，然后自己蹲下去，嘴里念念有词的烧了起来。

唔，说到烧纸这个情节的话……

“你是不是认识什么人给你托梦，让你给她烧纸，方便她在下面集市里面买东西啊？”

小女孩转头用一种“你在瞎扯什么玩意儿”的表情看着我。

我摸了摸鼻子，也蹲了下去：“以前看的一部小说，挺好看的，女主是个叫路招摇的大魔头，死了之后可穷了，于是就让人给她烧……”

“我给烧纸的那个人确实是个大魔头。”小女孩打断了我的话。

我立即眼睛一亮：“哦，这里真的还有大魔头这种东西吗？”

“大魔头老做坏事，你干吗听到他的存在那么高兴？”小女孩对我的表现非常愤怒，她“哼”了一声，“我是把纸钱烧给大魔头的，但这个魔头没有死，他还活得好好的，我烧纸就是为了咒他死。”

我：“……”

小小一个女孩子竟然活得这么阴暗的吗……但她妈妈看起来很阳光健康啊，她是不是被这住的地方影响了啊？

“我以前听别的精灵说过，精灵说的话是有言灵效果的，我每烧一张，就咒他一句，我天天烧，天天咒，就算他不死，我也不要他痛快，我要他缺胳膊少腿，身上长疮头上流脓地活着。”

原来，那个她们母女是精灵一族啊，我在居民楼里从来没见过精灵，听说他们神出鬼没，不喜欢和人接触，总是独居深山老林之中，可谓是非人类联盟里面，最遗世独立的一支。

如今一见，果然遗世独立，只是过得和我想象中高贵冷艳或者活泼可爱的小精灵们有点不一样……

从住处到性格到行为……

我斟酌下，询问小女孩：“你为什么那么恨那个大魔头啊？”

“他是我爹。”

“哦……”

得到这么四个字是我怎么也没想到的。

这四个字背后的故事怕是我这个才见第一面的外人不方便触及的，所以我一下沉默在了原地，静静的烧纸，没法再说话。

但小女孩却像终于找到了一个倾听者，一边烧纸，一边碎碎念地抱怨了起来：“哼！一个普普通通的人类，不就家里有点钱，读了几本书吗？把我阿娘的心骗走了，让我阿娘生了我，我阿娘以前是那么厉害的铸器师，为了他都放弃了自己的事业，不和别的不是人类的家伙接触了，结果他知道我阿娘是精灵不是人之后说变脸就变脸，抛弃阿娘和我，害我阿娘吃了那么多苦。哼！他倒好，转身又接受家里安排，娶了个人类媳妇。哼！人类，男人，没一个好东西，我现在也长大了，想去杀了那个负心汉，但我阿娘去不许。哼！没办法亲手杀了他真是可惜，不过没关系，我就天天咒他，就算我只有一半的精灵血脉，我也能让他不好过。”她看着火堆一直往里面丢纸钱，“不得好死，不得好死，负心汉，秃顶瞎眼烂舌头……”

我手上拿着纸钱，一时间也不知道该不该往火里丢了。

“那个……”我看着越来越沉浸于碎碎念诅咒的女孩，决定转移一下话题，“还不知道该叫你什么呢？”

“我叫铃铃，我阿娘叫薇薇。”小女孩转头问我，“你叫什么？”

“我叫……”我顿了一下，心想，这些非人类用的都是假名，我也没必要那么实诚地报上自己的大名，而且这个小女孩脾气有些阴晴不定，还是取个艺名吧。

李怼怼叫李一言的话，那我就叫：“吴一语，你叫我一语就好了。”

李一言，吴一语，正正好。

在铃铃的诅咒当中，我陪她烧完了纸。

回到砖瓦房里时，铃铃的阿娘薇薇刚从李怼怼床边站起来。

她手里攥着两把小刀，刀上还染着鲜血。她转了转脖子，脖子“咔咔”响了两声，在阴森的环境中不像在救人，反而更像刚分完尸。

“啊……”她长叹一声，“剖得我脖子疼。”

剖？

我立马看向床榻上的李怼怼。

李怼怼还在昏睡，他的上衣解开，在靠近心脏的地方有数条小口，破开的口子里流淌着鲜血，染红了李怼怼的衬衣，然而他一道道伤口却又在以肉眼可见的速度愈合。

我看着只觉心惊胆战：“那个……”

薇薇将手中小刀扔到地上，有点不耐烦地咋了下舌：“不好搞啊这个尸虫，湘西于家的歹毒玩意儿，以温水为引还引不出来。我本想着吸血鬼身体恢复能力好吧，就拿刀进去倒腾倒腾，想直接挖几只出来，但虫子在他血脉里钻得太快了，刀子跟不上啊。”

虽然他是吸血鬼复原能力好但也不能拿刀子随便花吧！

切西瓜还是片肉片啊！

我觉得心疼极了。但又不能对“大夫”发脾气。只得皱着眉头，有些无助：“那是治不好了吗？”

“治是能治，就是解铃还须系铃人，得去于家要点他们自家的药，抹在一个地方，到时候尸虫会被药引到一堆，然后拿只蚂蟥，往那地方一放，吸出来就得了。”

这个治疗方法听起来也很吓人，但好歹算是能治。问题是……

“你不是说，这就是于家的虫子吗？他们会给药吗？”

“能给最好，不能给就抢呗。”薇薇非常轻松地走过来，摸摸铃铃的脑袋说，“大姑娘，你不小了，阿娘外出几日，你能好好待着吧？”

“哼！阿娘不要小瞧我。”

“行，那我这就走了。”

嗯？果然是个雷厉风行的性子。在我还在感慨的时候，薇薇轻轻用手指弹了一下我脸上的肉：“来，你送送我。”我不敢反抗，听话地跟着走到门口，薇薇捏了一把我的脸：“我走的这段时间你帮我看住小丫头啊。”

我点头：“我一定好好照顾她的，薇薇姐放心。”

“啊，倒不是让你照顾，随便给点吃的不饿死就行了，你要不会做饭，让她给你做也行。你主要就是看住她，别让她跑出去把她亲爹杀了。”

这话说得那叫一个轻描淡写……

我扯了下嘴角：“我……我尽力。”

薇薇走了，留下我和命悬一线的李怼怼还有一个时时刻刻都在诅咒亲爹的小女孩。

薇薇走的第一天，我本来提心吊胆，生怕出点岔子，把铃铃丢了，又把李怼怼的命丢了。

但这第一天却出人意料的安稳。

铃铃诚如她自己所说，果然是个不可小瞧的孩子，在我早上睁眼醒来的时候，她就自己做好了三个人的早餐，放到了楼下餐厅的餐桌上。有豆浆和粥，还有一个煎鸡蛋，煎鸡蛋上还细心地滴了两滴酱油提味。

这个伙食待遇可谓是我来到这里之后的王者级别。

我感动得眼睛都红了。

坐下之后二话没说，一顿狼吞虎咽。

李怼怼也下楼了，但他只喝了一点豆浆，别的一点没碰，又一言不发地回了自己房间。于是我不客气地把李怼怼的鸡蛋和粥也拿来吃了。

等我吃完了铃铃才说："哼！吸血鬼就是事儿精，还挑食。明明饿得獠牙都要收不住了，还非得装。"

我一口蛋卡塞在嘴巴里，把这个脸都塞圆了，我一边喝了一大口豆浆把蛋顺下去，一边从餐厅门里望走出去的李怼怼。只见他脚步缓慢，上楼的时候还扶了一把楼梯，结合铃铃的话来看，就是一副快饿晕了的表现。

想想……他是有很多天没进食了，身体里还有尸虫在作祟，他应该……很饿吧。

但把自己送上门让他吸血，我还是有点㞞，把铃铃送去……这种犯罪的事我做不出来！那就只有……

"铃铃，你有看见这山上有动物吗？你抓过吗？"

"为什么要去山上抓？我家后院养了鸡。"

"哦……你们精灵还喜欢养鸡啊。"

"哼！不然你以为蛋是哪儿来的？我今天早上去摸的，最新鲜的蛋。"

嗯……原来，不止世非联成立之后的非人类接地气，你们这个时代背景下的非人类也这么接地气啊……很棒！

我求得了铃铃的同意，去后院挑了一只鸡。

在继杀兔，剖鸟这些事件之后，我认为杀鸡已经无法难倒我了。

但我还是太天真了。

我之前杀的都是李怼怼杀了半条命的东西，而这个鸡啊，大山里散养的鸡啊……真的是扑腾能力一级棒，我在鸡圈里混着鸡毛踩着鸡屎，鸡飞狗跳地折腾了半小时，愣是没抓到一只鸡。倒把自己弄得满头大汗发丝乱飞。

最后铃铃看不下去了，帮我逮了只大公鸡："你让他自己到鸡圈里来吃呗，干啥这么伺候着他？"

"他应该不爱来这个地方。"

现在这个李怼怼，像月亮一样，又高又冷，我自己都不舍得把他带到鸡圈来，我就想像古人看月亮一样，望着他，祭奉他。我没法在现实里对李怼怼那么好，因为这样会走漏心声。所以我就要在这里，拼命地对他好，把他供起来。

我心里这些话没法和铃铃说，在我想这些的时候铃铃把公鸡翅膀根部一抓，公鸡就像定在了她手上一样，除了脖子动一动，脚伸一伸，就没法动弹了。

"喏。"铃铃把大公鸡递给我。

我看着鸡，鸡看着我，最后我一闭眼一咬牙接过铃铃的手，拽住公鸡两个翅膀，死死地握住。

那个在铃铃手里不动弹的鸡，到了我手里，好像瞬间明了了我是个好欺负的，拼命地挣扎，我放也不敢放，死死捏着鸡翅膀，但这时，我才想起来一件事……

我飞快往房子里跑去，三步并两步，冲到李怼怼房间门口，我拎着不停挣扎和叫唤的鸡，顶着一头汗水问他："刚才忘了问，你要自己吃最新鲜的还是要我放出来给你喝？"

毕竟，以前李怼怼和陪陪喝的都是血粉冲剂，我也不知道他们的进食流程是个什么样的。

李怼怼坐在床榻上，面对动如脱兔的鸡，他静如处子，眉眼淡漠地看着我："拿走。"他冷傲犹如高岭之花。

我心里是实打实地着急，除了被鸡闹的，还有担心他的身体："可你很久没有吃东西了，你得吃点！"

李怼怼盯着我，神情有些不悦。

“都这个时候了，你身体又有伤，你不能挑食了！”

李怼怼看了我一会儿，随即一言不发地站起身来，他向我走来，在他靠近的时候，我手里的鸡仿佛受到了巨大的震慑与威胁，它开始疯狂的，回光返照一样地挣扎，但在李怼怼又靠近一点之后，它又不动了，宛如死了一般寂静。

李怼怼走到我面前，身影几乎将我笼罩其中。

“用这么轻贱的食物侮辱我？”

轻贱？侮辱？

你以后喝血粉吃麻辣烫血旺的时候可以一点没有觉得轻贱啊！那不就是从这些鸡鸭猪牛血里面提炼出来的吗？吸血鬼之间关于血粉甜咸之争的时候，你还在网上穿马甲为甜党摇旗呐喊呢！李陪陪都已经给我扒得透透的了！

“这……”我想为自己辩解两句，李怼怼忽然手一抬，掐住了我的脖子。

“你凭什么？”李怼怼收紧我脖子上的手指，我开始感受到了压力，紧张之中，我的手一松，大公鸡麻溜地从我手下逃走。

李怼怼却没有像我一样松手。

他手指往上挪动，迫使我扬起下巴，与他对视：“你凭什么不怕我？”

凭什么不怕他？

因为我从潜意识里就那么笃定——

“你不会杀我。”

李怼怼倏尔唇角一歪，带着些许嘲讽地笑了，他头微微一低，完全出乎我的意料的，一口咬在我的唇上！

这不是吻，他直接咬破了我的唇，近乎粗暴地吮吸了我口中的血液，还有更多的血液顺着我的嘴角留下，他的獠牙便追着我的血液留下，划破我脖子的皮肤，最后在我颈侧的位置，两个獠牙毫不吝惜力气地咬了进去。

这一瞬间，我脑中一片空白。

李怼怼咬我了……

疼痛和血液流逝的感觉只给我带来这唯一的六个字——

李怼怼咬我了。

他带走了我身体中的温度，我开始觉得指尖冰凉，双脚发软，如果不是他一只手抱住我的腰，此时我怕已经跪在了地上。我想要推开他，但我的双手太无力，放在他的胸膛上，宛如在回应他的拥抱，

他以他的力量撑住我的身体，以他的冰凉带走我的体温，最终他的獠牙在我颈项边微微一颤抖，他猛地抬起头，停息了片刻，那獠牙“入鞘”，他抱着我，在我耳边轻声喘息。

那气息比平时粗重了许多，也沙哑了许多。

“我可以杀你。”他似情人在耳边厮磨一般，缠绵地说着可怕的语句，“请你永远保持你的敬畏之心，小蝼蚁。”

失去了太多血液，我脑中昏暗一片，什么都来不及反应，我在他怀中瘫软，直至昏迷。

黑暗侵袭之时，我唯一感受到的，是他冰冷而有力的拥抱，一直未曾放开。

第三十九章

Chapter 39

黑狗之所以是黑狗

我被吸血吸昏厥了，再醒过来时，是铃铃在照顾我。

屋子里满满的是鸡汤的香气，看我醒了，铃铃就端着一碗鸡汤从桌边走到我床边：“我去山上找的一些生血的补药，混着公鸡一起炖的，你吃了好得快。”

公鸡……

看来后院的那只大公鸡到底还是没有逃过它的宿命。就像我，到底还是被李怼怼当食物咬了一口。

我抬起手，因为无力，所以手指还是有些止不住地颤抖，我指尖有些发麻，导致触感并不灵敏，但即便这样，我还是摸到了脖子上那两个凸起的点，是结了痂的伤口。

李怼怼咬过我的证据。

“来，喝汤。”铃铃把鸡汤递到我面前，我努力地想坐起身来，但身体实在乏力，尝试了很久，才终于靠铃铃的力量，勉强撑起了一点身子。

我望向铃铃，示意她将汤递给我，铃铃却忽然看了门口一眼。

我便也顺着她的目光转头向门口望去，但因动作迟缓，我只看到了金色长发从门框边消失时飘舞的踪迹。

李怼怼他……他还没吸够吗？

想到血液从身体里大量流走的冰冷，还有那生理反应的恶心眩晕，我心有余悸地捂着脖子。

“哼！除了人类男人，我最讨厌的就是雄性吸血鬼了。”铃铃回过头来，没有把碗递给我，而是舀了一勺汤，吹凉了递到我嘴边，看着这动作，十分娴熟，应该是曾经这样照顾过人很多次。

我喝了带着药香的鸡汤，一口咽下，汤带着香气从口腔一直滑到胃里，铃铃又喂了我几口，一小碗鸡汤下肚，我感觉身体暖和不少，这才有精力问铃铃：“为什么？”

“一个狼心狗肺，一个没心没肺。”铃铃又给我弄了碗鸡汤过来，像个大人一样说着，“我爹的忘恩负义是愚昧，这个吸血鬼就是单纯的冷血。他是块石头，焐不热的。”

李怼怼是石头？我脑海里一瞬间闪过了很久之前，居民楼里，李怼怼穿着睡衣拖鞋被李陪陪拉出去打架的场景。还有不久前，在武隆的地底溶洞里，李猪猪为了救我，碎了他的戒指法器的场景。

还有很多很多细小的时候，他催租的时候，烫火锅的时候，在我怀里睡着的时候……

李怼怼对我而言，并不是石头，也不需要焐热，因为他本来就是温暖的，对我还有居民楼的大家，甚至对吸协，对非人类一起构建起来的那个组织，他都是有温度的。

所以他投入那么多的时间、精力在里面，为了维持非人类组织的秩序。

他有血有肉，有喜怒哀乐，有偏好，有憎恶。

他并不像他自己所说，也不像别人所说是个冰冷的吸血鬼，他其实……有一颗那么温暖的心。

我所认识的李怼怼是那样的。

“阿姐。”铃铃劝我，“你不要喜欢他了。”

我沉默了很久：“这么……明显的吗……”

“你看他的眼神跟我娘看我爹的眼神一模一样，我阿娘太可怜了，我不希望你变得和我阿娘一样。”

可能怎么办呢，我已经喜欢上李怼怼了啊，虽然……可能不是现在这个。

但他……和他一样啊。

我沉默地喝完了汤，这一天就在铃铃的照顾下，在床上躺着过了。我因为气血不足，一整个白天都昏昏沉沉半睡半醒，到了晚上的时候，却突然精神了些。

山谷里的月光更亮，砖瓦房四周也安静得吓人，于是，在这深夜极致安静的时候，房子里有一丁点的动静，我都听得一清二楚。

隔壁房间的李怼怼……在呻吟和挣扎。

我摸着脖子上的疤，理智告诉自己一万遍，不要过去不要过去不要过去，你是蝼蚁而已。

但当我反应过来的时候，我已经站在了李怼怼的门前。

算了吧，认了吧，苏小信，对于这个吸血鬼的事情，你就是没办法事不关己，哪怕这事儿可能要你的命。

我告诉自己，好在，这只是一个梦。

我抬起手，推开李怼怼的房门，李怼怼躺在床上，脸色惨白如浆，汗水已经湿了他的头发。和前几个晚上都不一样，今晚的李怼怼似乎承受着极大的痛苦，或者说他之前也一直在忍受痛苦，但今夜，终于超过了他能压抑的程度。

“李一言。”我唤他的名字，希望能唤醒他的神智，让他好过一些。但收效甚微。我不知道还能为他做些什么，我唯一能想到的就是烧点热水，给他那个毛巾擦擦汗，我起身要走，却忽然被冰凉的手掌拽住了手臂。

我一愣，那手却猛地一用力，将我拉向床榻。

我连惊呼的时间都没有，李怼怼另一只手立即将倒在床榻上的我抱住。

我立即在他的怀抱里捂住自己的脖子，但李怼怼却没有做更进一步的动作：“不要动。”他开口了，声音沙哑至极，而怀抱却那么的紧。

因为挨得这么近，所以我能感受到他身体的颤抖，也能看到，屋外月光银辉之下，他脸上皮肤下，有一个阴影轻轻爬过。

我忽然想起之前他说过，他体内的尸虫，喜欢温暖的地方，所以……他抱着我，是为了让尸虫都集中在手上，这样，或许能缓解疼痛？

他抱住我的双手一时间变得有些可怕起来，但我又想起薇薇离开之前曾经说，这尸虫必须要用于家的药才能引出来，那想来也是不会那么轻易地离开李怼怼，钻到我身体里来的。只是这些尸虫到了这个点是活跃的时候，爱在李怼怼身体里作祟，而我又刚好能缓解李怼怼的疼痛……

我躺在李怼怼的怀里，没敢再多动。

李怼怼努力压抑着痛苦，也没有多说话。

时间仿佛就在这时静止了一样，月夜，独处，共卧一个床榻上，但却除了拥抱，并无他事。

我身体还是气血不足，被他抱了一会儿，困意再次袭上头，我又睡了过去。

迷迷糊糊半睡半醒间，我又看见李怼怼在看我。他审视着我，如同在审视世间的奇珍异兽一样，仿佛要将我发际线的高度和下颌骨的弧度都描摹下来一样，那么仔细……

醒来的时候，李怼怼早已经不抱着我了，他坐在屋中椅子上，翻看着不知从哪儿找出来的旧书。听见我醒来的声音，李怼怼头也没回地说：“自己回去，昨夜的事，再没下次。”

初醒，听到这么一句话，我一时间没反应过来：“我是想帮你……”

话没说完，李怼怼又说：“下次你就别想活着醒过来了。”

再没下次，别想活着醒过来，小蝼蚁……

这些词句在我脑海里盘旋了几圈，一时间我只觉心凉透了，仿佛自己的热情全都喂了狗，我有些委屈，有些难过，我扶着床站起身，本来打算走掉算了。

但转念一想，还是好气。

这个梦境里面，李怼怼你折腾也折腾了，我照顾也照顾了，对你好也对你够好了！

你还想干什么？

整天阴阳怪气地折磨人，你还要我怎么供着你？

我越想越气，多日来的伏低做小霎时化为了一股巨大的愤怒，怒向胆边生，我心一横，反正这是个梦境，李怼怼你大不了一巴掌拍死我，不蒸馒头争口气！梦醒之后还是一个好作者！

我三步并两步，走到李怼怼椅子后面，李怼怼察觉到了我走向他，他皱着眉头一脸不耐烦地转过头来，我一巴掌狠狠地从他后脑勺上飞过去。李怼怼目光一凛，他的动作比我快不知道多少，这一巴掌直接被他抓在了手里。

他眯眼看着我："找死？"

"你才要死！！"我抬脚狠狠一脚踹在他坐的椅子上，虽然没有对他造成实际伤害，但这套动作言语可谓是完全践踏了他的权威。

我从李怼怼微微眯起来的表示愤怒的眼神里还看到了一丝震惊和蒙圈。

"你爱怎么就怎么吧！我不伺候了！痛死你这孙子！"我狠狠地将手臂一抽，竟然还真让我从他手里将手臂抽回来了。

我转头就走，一脚踹了李怼怼的房门，大步走了出去。

我一路气呼呼地走回自己的房间，一回房间我就开始扶着墙喘气。

铃铃在楼下坐早饭，听到动静，小小一只的她穿着围裙拿着锅铲就上楼来了，她看着扶墙的我，问我："李一言欺负你了？"

我摇摇头，想了想，又点点头。

"他打你了？！"铃铃很愤怒。

"没……"

"那你捂着胸口喘什么气？"

"太！爽！了！"我又深呼吸了几口气，"有点晕……"

铃铃："……"

怼了李怼怼之后，我身心都舒畅了，但爽完之后，铃铃问了我一个问题。

“吸血鬼心眼小，你有没有想过，他会怎么报复你？”

没有。

我呆住了。

铃铃给了我一个“保重”的眼神，随即喊了一声吃早饭了，又拿着锅铲下楼了。

我跟着去了餐厅，坐在餐厅的长桌边上，我抖了两下腿，心里有些焦躁，李怼怼从来都是睚眦必报的脾气，他肯定不会轻易放过我，但管他的呢。

救他我也救过了，血也给他吸过了，好脸色好言语也都说过了，反正我做什么这个李怼怼也不会有好心情。那我不如就做个一不怕开水烫的死猪，你越怼我我越浪。

你不爱和我和平共处，那咱们俩都不要好过就好啦！

瞧瞧前那段时间把他给惯的！

越想越生气，让本来气血不足的我有点头晕，我喝了口豆浆定定神，忽然，餐厅外面传来了脚步声，我转头一看，正巧对上李怼怼的眼睛。

我一愣，随即强撑气势与他沉默对视，不能退缩，谁退，谁就输了。在我较劲一般看着他时，李怼怼却倏尔将目光一转，竟是……服软了？

我看着他走到餐桌另一头坐下，端了已经摆好的豆浆喝了一口。

他很沉默，也没有看我，更没打算要报复我，早上那事儿……竟是打算就此带过吗？

出人意料。

“小精灵。”喝完了口豆浆，李怼怼开了口，喊的却是铃铃，“把阁楼钥匙给我。”

铃铃两条腿短，人坐在椅子上，腿却够不到地，在空中晃来晃去地荡：“做什么？”她吃着荷包蛋问李怼怼，“阁楼有我阿娘之前造的法器，不能随便让人上去。”

“我对那些破烂没兴趣。”李怼怼说，“在你磨叽的娘回来之前，我不想被废人打扰。”

我筷子一放：“谁是废人了？”

铃铃也很不高兴：“我娘哪儿磨叽了？”

要是铃铃的娘在，估计也会问他，那些法器怎么破烂了？

这大概就是李怼怼的本事吧，用最少的话怼最多的人。他还一脸正气，浑身自信。

他把手一抱，靠在椅子上：“你娘走了几天了，去湘西都能跑个来回，现在还没见人影，不磨叽？”铃铃还小，一时间没想出回嘴的话，李怼怼转而针对我，“对着镜子看看脸，再来和我理论你是不是废人。”

我不是铃铃，我对这样怼人的李怼怼早已经适应，所以我很快就组织好了我的反抗言语：“我变成这样的脸色，不是因为我天生这样，而是因为我用我的血喂饱了你，所以现在才这么废，吸血鬼，于情于理，你都应该谢谢我救你一命吧？”

李怼怼挑了一下眉，冷笑一声：“还能在这儿装腔作势，不该是你要谢谢我留你一命吗？”

“你留我一命？”我气笑了，“你们吸血鬼就是这么是非颠倒、不知感恩的物种？”

“强者为是，弱者为非。我强你弱，我是你非。颠倒？你怕才是颠倒的那个吧，不知感恩的废人。”

“哪有以强弱论是非的？”我愤怒，拍案而起，“你强词夺理！”

“强者定规矩，弱者服从规矩，从来如此，只有你们人类非要假模假样地套些仁慈礼仪，不过是让弱者自我安慰，让强者心安理得而已，我不信你们人类这套。在我这儿，我就是规矩，而在我的规矩里，前天夜里，是我，留了你，一命。”他强调了这句话，看着我接着说，“我和你们人类还不一样的一点是，我做事，不需要感恩。”

他……

歪理一套套的，这辩论我居然要输了……

李怼怼站起身来，对于赢得了这场“战役”的胜利，他感到志得意满，那高傲中带着点暗爽的模样，竟然和我先前认识的那个李怼怼重合了起来。

这是我第一次在这个长毛李怼怼的身上，看到那个“包租公”的影子。

他敲敲桌子，对着铃铃仰了下下巴，高傲地说：“钥匙。”

铃铃坐在椅子上，也不晃腿了，目光盯着李怼怼：“所以，你为什么要留她一命？”

铃铃这一问，仿佛是对李怼怼灵魂的拷问。

李怼怼微扬的嘴角僵了一瞬，我也倏尔抬头再次迎向李怼怼的目光，耳边是铃铃稚嫩的声音带着孩子天然的纯真在发问：“你那么厉害，在你的规矩里，为什么留了她一命？”

对啊，为什么？

会不会因为你这个长毛李怼怼，也对我生了一些……恻隐之心？

我微微红着脸，看着李怼怼。

正在我内心涌出无数想法之际，屋外树林之中忽然传来一声狗狗的惨叫，声音凄厉，瞬间惊醒了沉默的我们，我们都下意识地往窗外望去。

透过彩色玻璃，只见外面枯树林中，一只棕毛的大狗正在撕咬一只小黑狗。场面血腥暴力，李怼怼面无表情，铃铃也只是看了一眼就回过头来。

“那小狗要被咬死了！”我连忙站起身来，拿了桌上的刀叉和碗就冲了出去。

我冲出屋子，小狗已经没有了惨叫的力气，只有大狗还从喉咙里发出“呜呜”怒吼声，我一把将碗砸了出去了，瓷碗破碎的声音吓得大狗松了口。

大狗往旁边一撤，随即盯向了我，那裸露的獠牙看得我心头一寒，我瞅了一眼那躺在地上奄奄一息的小黑狗，一咬牙，拿着手中刀叉去吓唬大狗：“嘘！走！走开！”

大狗被我吓得身子抖了一下，但还是没有走，它一直摆着攻击的姿势，寻找扑上来将我咬死的机会。

我有点尿了，本就气血不足的身体，这么一跑一吼，一下就开始觉得脑袋晕了起来。

便在这时，气势汹汹的大野狗低啸的声音忽然矮了一截，它开始往后面退，忽然“嗷呜”一声，发出求饶似的声音，夹着尾巴扭头就跑了。

我一转头，看见李怼怼走到了我身边。

“干得漂亮。”我心系小黑狗，盯着小狗，心不在焉地夸了李怼怼一句。

李怼怼一脸不高兴地皱了下眉头：“你……”

我没听他说完，就向小黑狗奔了过去。

小狗非常可怜，一身是血地蜷缩在地，一直发出低弱的求救之声。一双黑眼睛泪汪汪地望着我，将我看得心软又心酸。

“李……李一言，你把你衣服借我下，我们把它抬回去，给它包包伤口。”

李怼怼跟着走过来，抱着手，腰都没弯一下：“杀了算了。”

铃铃也跟着走了过来，她蹲到旁边看了会：“嗯，能吃肉。”

这些非人类……

我没有理他们，自己把小黑狗抱了起来，小步跑回餐厅。铃铃看我一定要救，就给我拿来了屋里准备的酒精和纱布。我其实是不知道怎么救的，我拿着酒精看着小黑狗身上的伤口，有些束手无策。

最后还是铃铃接过了东西，开始给小黑狗治疗。

这个小精灵，真的不愧是个小精灵，做饭医疗，真是样样都会！

我聚精会神地旁边守着。

李怼怼在门口瞥了一眼，冷言冷语地说：“一条狗命，兴师动众。”

“狗命也是命，它跑到这里被我看见了，那就是缘分。”

“咬成这样……”李怼怼淡漠地说着，“你和它的缘分，怕是不够深。”

我没有搭腔了，因为我确实不知道这小黑狗现在还能不能活。

铃铃给它缝伤口缝了许久，等完全弄好了已经是晚上了，吃过晚饭，铃铃回屋休息了，我还坐在餐厅守着小黑狗。它呼吸又小又弱，我摸摸它的小爪子：“小可爱。”我叫它，“你一定要活下来让那个吸血鬼看看呀。”

到了深夜，我有些犯困了，便想着回屋休息，我心想着今晚绝对不要再去看李怼怼了。但路过李怼怼的房间，我还是忍不住往里面望了一眼，却见李怼怼的房间房门大开，里面空无一人。

我一惊，走进李怼怼房间，左右探看，却忽然从天花板上听到了一些动静。

铃铃还是把阁楼的钥匙给他了吗?

我握了握拳，心想不能再去热脸贴冷屁股了，但我最后还是站在了阁楼房间的门前。

阁楼的三角屋顶上开了一个长方形的天窗，外面的星光正好可以从这窗户漏进来，星光照亮了阁楼，我看着门把手，没有握上去。

忽然之间，房间里忽然传出“咚”一声闷响。仿似是什么撞上了木门，将阁楼房梁上的灰都震了一些下来。

我握上了阁楼木门的把手，轻轻转动了一下……

门被反锁了，打不开。

想到白天李怼怼说的“闲杂人”三个字，我想，要不我还是下楼吧，李怼怼好像并没有觉得，我是在帮他。或许，他更想一个人面对痛苦，或许他觉得被别人看到自己的狼狈会非常的丢人……

我叹了声气，放开了木门把手，正打算离开，木门忽然间又是“咚”一声响。

我惊了一跳：“李……李一言？你……没事吧？”

“没事……”里面是他紧咬牙关发出的沙哑声音，虽然听起来并不是没事的样子，但我还是决定尊重他的逞强。

“那我下去了，不打扰你了。”

“吴一语。”

李怼怼声音很小，说话也含糊，我根本没听清楚他在说什么，只当他在嘟囔，直到他又大声地喊了一次："吴一语！"

这次我听清楚了，然后反应了半天，哦……对了，之前我和铃铃胡扯，我的名字叫吴一语来着。

"怎么了？"

"回来。"

一时间，我觉得我的耳朵似乎出问题了："啊？"

"回来。"

我走到门边，看着地上的门缝，门缝漏着屋里的光，中间一片却有阴影，应该是李怼怼……靠着门坐着："就在这里。"他的声音，也是靠着门发出来的，所以听起来那么近。

"你要我在这里干什么？"我问他。

"待着。"

"为什么？"

里面沉默了很久："你会让我身体里的尸虫，安静一些。"

尸虫喜欢温暖的东西……

"我体温有那么高吗？"我一边疑惑着一边也背靠着门坐了下去，"隔着门也能感受到？"

"隔着门也能感受到。"

他重复我的话，给了肯定的答案，明明不是什么甜言蜜语，却让我心跳倏尔乱了一瞬，我有些慌了，赶紧找了另外一个话题："你今天怎么没晕过去？"

"我的身体，会一天比一天更适应它。"

还真是……厉害的身体。我瞥了下嘴："你身体这么厉害，还让我留下来干什么？你白天拼命地赶我走，说我是闲杂人，还那么嫌弃我。"

他又沉默了很久："你身体里的血还能被夺走多少？"他反问我，"还没被咬疼吗？"

我摸了摸脖子，被他獠牙刺伤的地方，结的痂还没有脱落，像印章，是他在我身体上留下的痕迹。

“李一言。”我思考了一下他话语背后的含义和思想感情，我问他，“我可不可以把你昨天和今天的别扭理解成——其实，你是在为咬了我这件事，感到抱歉啊？”

李怼怼再次陷入了沉默之中，时间长得让我以为他根本不会回答我这个问题了。

我背靠着房门，望着天窗外的星空，感觉困意如岸边水波一样推来，在我即将被这水波淹埋的时候，我隐约听到了李怼怼别扭地说了句。

“没有。”

我快睡着了，意识模糊，但心里却清楚。

是的，他有。

第四十章 Chapter 40

你是此时此刻

我醒过来的时候已经是大天亮了。

我看了看四周，头顶是三角房顶，还有一个天窗，只是和我入睡前看到的不太一样，周围一堆破破烂烂的东西，大到刀剑斧钺，小到项链戒指，到处放得都是。

这是……阁楼里面。

昨夜我在阁楼门外睡着，醒来却在阁楼里面的床上……

我下意识地往床内侧看了一眼，没人。

李怼怼呢？

我走下楼，看见李怼怼正在餐厅里吃东西，他抬眼睛轻轻瞥了我一眼："没见过比你更能睡的人。"

我在心里犯嘀咕，某次某人变那啥的时候，我还没见过比他更能睡的吸血鬼呢。

"你又在嘀咕什么？"

我心底一惊："你是真能听见我心里的声音还是怎么的？"

"还用听。"他冷笑，"一看你眼睛就知道你没琢磨好事。"

我抬手就把眼睛一遮："那你别看我眼睛了。"我心里觉着，现在这李怼怼的嘴皮子真是和我认识的李怼怼越来越像了……

"你们这样在小孩子面前打情骂俏不太好吧。"旁边传来铃铃冷静中带着点嫌弃的声音，她指了一下长桌另一头，被绷带缠成一堆的黑狗，“考虑下我和这条狗。”

打情骂俏……

“我没有……”

铃铃也没和我争论，跳上椅子就开始吃起了自己的东西。李怼怼也怡然自处，仿佛被铃铃的话搞得有点尴尬的只有我。

我清咳一声，只得自己转了目光，走到长桌另一头，去看被绷带绑着的小狗。

小狗还睡着，但呼吸比昨天有力了许多，我轻轻摸了摸它毛茸茸的额头，触感柔弱又温暖，可怜得叫人想要抱在怀里：“它什么时候能好啊？”

铃铃说：“今明两天能睁眼就没事。”铃铃话音未落，外面倏尔一声鸟啼，铃铃登时眼睛一亮：“阿娘来信了！”她扔了碗就从窗户里面翻了出去，往外面枯树林跑去。

我追着她的背影看去，只见天上一只大黑鸟乖乖地落在了她的手掌心，她从黑鸟脚脖子上取了个纸信下来，又兴高采烈地蹦跶了回来：“阿娘说她拿到解药了！三天后就回来！”铃铃叮嘱李怼怼，“我阿娘取药一定很辛苦，你要撑着不要在这三天里死了。”

李怼怼冷哼一声没说话，我却瞥见他悄悄用手放在了心口的位置。

我守着小黑狗直到夜里，我看着小黑狗，耳朵却听着楼上的动静。

李怼怼昨天说，他的身体会越来越适应尸虫，所以以前我靠近他的时候，他身体里的尸虫会躁动，但在昨天已经不会了，反而会安静下来。但他适应了尸虫的躁动和疼痛，却并不代表尸虫对他性命没有威胁了吧。

或许会有一种可能……李怼怼在适应疼痛之后，他的身体依旧在尸虫的啃食下衰败，他也会因此而死，甚至……撑不过三天。

思及至此，我有些忧心，想要忍不住去找他，但一抬头却看到餐厅里面倏尔多了一个人影。

黑暗之中悄无声息突然出现的人吓了我一跳，待借着桌上烛光认清他之后，我有点蒙："你……不在阁楼待着，下来干吗？"

李怼怼看着我，轻描淡写地说了一句："喝水。"然后才走到旁边拿水杯。

我看着这杯水喝得十分慢的李怼怼，静静地等着他喝完了一杯水，静静地等他离开，但他却没有走。他转过身来，见我一直盯着他，于是他又转身给自己倒了一杯水，也没喝，就是站在那儿没动。

"要不……我们聊聊？"我主动开了口。

"哼。"他一声冷哼，"和你有什么好聊的。"

然后……他到餐桌边坐了下来。

还没有坐到他平时最爱的长桌另一头的位置，他坐到了我右手边第一个位置，把水杯放在桌上，跷着二郎腿，抱着手臂，一脸高傲。

我："……"

"说吧，你要聊什么。"李大爷看着我。

我……聊点什么呢……

聊聊您老人家现在是不是一只脚已经迈进了棺材？

在我想强找话题而无话题之际，一直睡死在桌上的黑狗忽然重重地喘了一口气，我立即转头望向小黑狗，只见黑狗眼睛慢慢睁开，一眨一眨地适应光线，然后张了张嘴，被固定在绷带里的爪爪轻轻动了动。

"啊！活了。"我欣喜地看着小黑狗又转头看了李怼怼一眼，"你快看！它活了！"

李怼怼瞥了一眼，仿似非常不屑，但目光却一直落在小黑狗身上。

小黑狗伤得重，所以铃铃给它包得紧，还加了各种固定，现在它躺着动不了，只能轻微地转转头，动动眼珠子，然后看着我。它看着我，发出一声小到几乎是气音的叫声。一下将我心都听软了。

"啊……小可怜，心疼你，摸摸哦摸摸。不痛啦不痛啦。"我用手指轻轻摸了摸它额头，又唤来几声轻细的声音，像在回应我，"当时还说杀掉，你看，现在是不是很想保护它？"

我嘴上说着这话，转头去看李怼怼，且发现李怼怼的目光并没有放在狗身上，而是放在我身上。

于是在我转过头去的时候，他与我瞬间四目相接。

触到他完全没有攻击性的眼神，我有点愣，李怼怼也愣了一瞬，随即他清咳一声，转过了头。

金色的长发如波一般，随着他转头时的风轻轻浮动，又如纱帘一般挡住了他的侧脸，让我一时间看不清他的脸色。

李怼怼……是因为和我眼神接触，而害羞了？

这个念头冒出的时候，我看了看外面的月色，月亮很正常，没什么毛病，那应该是我眼睛出什么毛病了。

小黑狗又叫唤了几声，再次把我的注意力引过去。我拿了李怼怼的杯子，在手指上沾了点水，然后递到小狗嘴边，让它舔我的手指喝水。

“救它干什么？”李怼怼开口了，“它和你吃掉的兔子、鸟，有什么区别？”

“那是为了生存吃掉的，这个没必要吃掉，而且它很可爱，我喜欢它。”

“为什么？”李怼怼又问了，“有什么好喜欢的，比起你的寿命，狗能有几年？”

“这个和时间没关系。”我想了想，“或许也有关系，但就像人知道未来自己会死，也会充满希望地迎来明天一样吧。和以后没有关系，只是现在。”我又沾了一点水喂给它，“如果我只能在现在守护它脆弱又坚韧的生命，那我就守护它的现在。”

“你能得到什么？”

“我能得到此时此刻啊。”

李怼怼沉默了，我很在意他所有也在意他的沉默，我停下了喂小黑狗水，转头看李怼怼：“怎么了？”

“你觉得，我得到了什么？”

“啊？”

他说：“你觉得在无尽的寿命里，我得到了什么？”

这个问题让我无从作答，因为……我没有无穷的寿命啊！

“我不知道。”我老实交代，“不过，如果我是你的话，我肯定孤独死了，得想办法交很多朋友，最好朋友们都住在一起，平时大家各过各的，谁有个困难大家都可以帮忙……啊……”

我停了一下，想到现实中李怼怼的居民楼，恍然发现……

原来现实的李怼怼居然和我是同道中人！

那这个李怼怼搞不好也会走上这条道路呢！

我向李怼怼投出抱以厚望的眼神，他却在与我眼神相接之时倏尔一皱眉头，他额上开始冒出冷汗，我知道，是他身体里的尸虫又开始作祟了！

我有点紧张，连忙站起身来走到他身边：“要不要我先扶你去楼上，你先躺着？”

他没说话，我搀住他的胳膊，想把他架起来，但却没想李怼怼一把抓住了我的手。

“别动。”

我立马不敢动了。

“坐下。”我在他身侧坐下，任由李怼怼抓着我的手。我皱眉关注着他，看他努力压抑疼痛，虽然比以前直接昏迷来说，他还能坐直在椅子上已经很好了，可谁知道他身体里面……

“吴一语。”他压抑疼痛时，声音低沉了许多，“为什么？”

我不解：“什么？”

他微微侧过头来。

适时，窗外，林上，云中月，月光正好破过云中缝隙，闯入窗户，照在李怼怼的眼瞳之中，让他眼瞳亮得犹如宝石。不知他眼中的我又是什么模样。

我听见他问我：“为什么会用这样的眼神看我？”

“什么眼神？”

他抬起一只手，伸出食指，指腹放在了我右眼眼皮上，又轻，又凉：“为什么，担心我？”

“我说过了。”我看着他，郑重地说，“我喜欢你。”

李怼怼沉默了很久。

“于我而言，你是蝼蚁。”

“对我来说，你是此时此刻。”

他放下了放在我眼皮上的手，但握住我掌心的手，却一直没有放开。

这一晚李怼怼和我坐在餐桌边，握着手，什么也没做，静静待到我困了，趴在桌上睡了。

第二天我被阳光唤醒之时，整个餐厅被晨光笼罩在一片朦胧之中，鲜少在这个点起床的我对周围的一切都感到有些迷糊。

我趴在桌上，睁着眼睛，却没坐起身来，我用这样的低角度看见了旁边，餐桌前，李怼怼站在小黑狗面前，小黑狗没有被包裹住的尾巴露在外面，“啪嗒啪嗒”在桌上拍出又轻又愉快的节奏。

仿佛是晨光中的错觉，我看见李怼怼抬起了手，他摸了摸小黑狗的头，目光那么轻柔。

这画面，温柔如梦幻般美好。

自打李怼怼摸了狗之后，这个吸血鬼像在养宠物这件事情上打通了任督二脉一样。

他白天睡到下午，醒来就去山里转一圈，打两只鸟回来，让铃铃炖了，给我们喝汤，让小黑狗吃肉。

铃铃炖汤炖了一下午，到晚上吃饭的时候，我和铃铃坐在长桌边上喝汤，看着长桌那头的李怼怼给小黑狗喂肉。看着李怼怼抽肉丝一点点喂狗的模样，铃铃问我：“吸血鬼怎么忽然充满母爱了？”

我也不知道，于是摇了摇头。

一心喂狗的李怼怼转眼瞥了我一下：“好好喝汤。”

仿佛那肉是狗的饲料，这汤是我的饲料……

我埋头喝了两口汤，忽然间铃铃一转头望向窗外，长桌那头的李怼怼也倏尔皱眉往外看去。

我不知道发什么了什么，于是也转身顺着他们看过去的方向看，但什么都没来得及看清，只见厨房的玻璃瞬间破碎，伴随着这清脆之声，碎玻璃如刀刃一样向我刺来，我下意识地挡住脸，背过身去，却没有感觉到有任何碎片扎到我背上。

再一回头，李怼怼已经挡在了我的身前。

我看着他的背影，有点愣神，这个长毛李怼怼竟然……保护我了……

“急什么？”

“阿娘！”

李怼怼和铃铃的声音同时响起。

我从李怼怼背后探出头去，看见薇薇拍了拍自己身上的玻璃碴，还没有抬头，就被扑过去的铃铃一把抱住：“阿娘你终于回来了！提前了两天真是太好了！我好想你！”

“等等等等。”薇薇却气喘吁吁地推开铃铃，“现在没时间说这个。后面还有人追。”

嗯？我目光透过那被撞破玻璃的窗户往外看去，只见月亮挂在山头，照亮山头上的石壁，在石壁之间，一排排的人如蜜蜂一样，从上面蜂拥而下，向山坳中间追来。

什么……情况……

“你带了一队大军回来剿匪吗？”李怼怼问她。

“大军倒不是，就是一些赶尸匠和另一些人类的……兵。”

人类的兵？

薇薇一边说着，一边急匆匆地走到了客厅，在客厅大门前，将那门把手往下一按，我只听脚下一道沉闷的声响，房子外面的那些妖异的枯木瞬间像活了一样开始动了起来。

铃铃却看着她娘：“阿娘，那些是什么兵？”

铃铃问这话的时候，神情十分奇怪，薇薇也没有正面回答，她转头，目光越过铃铃望向李怼怼，从袖子里掏了个竹筒出来，冲李怼怼一扔：“把这东西抹在手背上，划一条口子，拿东西吸一吸尸虫就出来了。外面人太多，枯木林怕是挡不住多久，你们先躲在这里把尸虫弄出来，我去引开一部分。”

说完，她作势要从客厅的另一个窗户跳出去，铃铃连忙追上，一把抱住她娘的胳膊：“阿娘！这是不是我爹家的家仆？他是不是针对你来的？让我去！我去杀了他！”

“江铃！”薇薇斥了她一声，将她手甩开，“别闹，外面那么多人，枪支弹药那么多，你能杀谁？去帮吸血鬼把病治了，外面枯树林拦不住那么多赶尸匠和人，治好了就赶紧让他用阵法带你们走！”

“不！”铃铃还要说什么，薇薇推了她一把，打了个响指，地上倏尔蹿了两条藤蔓起来，将铃铃双脚与双手都牢牢绑住。

薇薇看了李怼怼一眼：“看好她。”

言罢，她翻窗出去，任由铃铃声嘶力竭地喊她她都没有回头。

这是我第一次见到懂事得不像一个孩子的铃铃哭得和她同龄人一样。

薇薇身影跑进枯木林里，没一会儿里面就传出来了阵阵枪声，让人听得胆战心惊，然而枪声却也随着她的离开，而离这个房子越来越远，外面山坳里，层出不穷的响起枪声，惨叫声，还有士兵呼和的声音。

铃铃哭了一会儿，便开始咬牙切齿地望着窗外。

士兵的声音被薇薇带远了，但我能从厨房的窗户里看见，有另一队人马悄无声息地在向砖瓦房这边靠近，他们没有枪支弹药，但是他们行径来的地方，枯木林成片成片地倒下。

“是赶尸匠来了，李一言……”想让李怼怼赶紧将尸虫驱除，但在我站起来的这一刻，我才发现，打从刚才薇薇离开后，李怼怼就过分地安静。

我转到他面前一看，只见李怼怼一只手紧紧攥着那竹筒，一只手捂着胸口，面色如金纸一般难看，额上的汗水更是大颗大颗的往下落。

“又开始疼了吗？但……你昨天不都好些了吗？”

“赶尸匠……”李怼怼咬牙，抬头望向窗外，他眼瞳中的血色若隐若现，“催发了尸虫。”

我愣了一瞬，几乎是在下一瞬间，我什么都没想，冲到料理案边，抄起菜刀，冲到客厅，我手起刀落，砍断了绑住铃铃双手的藤蔓：“铃铃，李一言身体里的尸虫马上要除。”我说着又砍断了她脚上的藤蔓，脚上的藤蔓比我胳膊还粗，我砍了两刀，虎口直接被震出了一条口子。

我没松手，又是两刀下去，砍断了铃铃一只脚踝上的藤蔓：“那药……”

我话还没说完，刀在往下砍的途中，一股大力拉扯着藤蔓，直接将藤蔓拉扯得拔地而起！在我完全没来得及反应的时候，铃铃自己挣断了脚上的藤蔓，抢了我手里的菜刀，理也没理我，直接翻窗，追着她娘离开的方向就走了……

我：“……”

我转头再次望向厨房里的李怼怼，他似乎已经撑不住身子了，捂着胸口，靠着桌子坐着。

外面窗户的枯木林还在一片一片地倒，赶尸匠离这边越近，李怼怼的身体状况仿佛就越差，没有时间再等下去了。

这里只有我能帮他。

我一咬牙，再次走回李怼怼身边，李怼怼已经握不住解药了，药瓶掉在地上，我将它捡起来，回忆起薇薇离开前的话——抹点到他手背上，划一条口子，拿东西吸一吸……

我再次从案台上拿了一把小刀过来，我将药瓶打开，抹在李怼怼的手背上，然后大着胆子咬着牙在他手背上划了一条口子。

感谢之前在山林中行走的时候，李怼怼让我自己杀过兔子和鸟，以至现在划起他的手来，我并没有太多的心理障碍。

我将他手背划开了一条口，登时，鲜血涌出，滴得餐桌椅子地上到处都是。小黑狗在绷带里面似乎嗅到了血的味道，也一直发出可怜的叫声。而身体处在剧痛中的李怼怼，却根本没有察觉到我对他做了什么，直到我将他的手抓了起来，放到嘴边……

李怼怼像忽然清醒了一样，另一只手猛地将我肩头一推，我被推得退了一步，但还是紧紧抓住他那只划了口子的手。

“你做什么？”

“你做什么？”

我俩同时开口，比起我的着急茫然，他的声音显得愤怒很多：“你找死吗？”

“药也抹了，伤口也划了，我给你吸一吸尸虫就出来了啊！”

“人类沾上尸虫就是死，你不要命？”

我愣了一下，目光在李怼怼比纸苍白的脸上一转。

心里有了答案——是的，我不要命。

我不由分说地，将李怼怼的手抓了过来。难得的在我与他对峙的时候，我的体力占了上风。他没能将他的手抽回去，于是我的唇贴在了他手背的伤口上。

宛如在行一个吻手礼，是我对这孤傲吸血鬼的致敬。

在充满诡异血腥味的黑夜之中，我吮吸着他手背的伤口，几只虫子以极快的速度，从他手臂处游了过来！

我一直吸着，直到几只虫子从他手腕处游过时，我猛地将头仰后，唇从他手背上离开，几只虫子顺着我吮吸的力量的弧度，从李怼怼手背的伤口中跃出，在他的手背与我的唇齿之中，跃出了一个小小的弧度，随即掉落在地，触碰到地板的一瞬间，几只尸虫宛如被灼烧了一般“嗤”一声，化作一股青烟，瞬间消失不见。

困扰李怼怼多日的尸虫，终于……出来了。

我心头的大石瞬间落地。

我抬头望李怼怼，只见他看着我，眸光之中，似有什么从未有过的光华在闪动。

在外面一片紧张的枪声与厮杀声中，李怼怼的目光犹如天上远观这闹剧的月一般安静，但也如那唯一的月色一般，执着地注视着大地。

“为什么？”

他又这样问了。

为什么总是这样问呢。

“我喜欢你啊。”我冲他笑了笑，“你看我喜欢你喜欢到都舍不得死掉……”

话音未落，我只觉口中一股血腥味冲入鼻腔，浓烈得让我胃中一片翻江倒海，我一转身，趴到水槽上，登时开始狂呕起来。

“吴一语！”

我根本没时间搭理李怼怼了，一开始我只是将刚才喝的汤吐了出来，多呕几口，我倏尔觉得胸痛难耐，一声呛咳，竟然猛地呕出一摊黑色的血来。

我看着从自己嘴里吐出来的血，愣住了。可根本没给我反应的时间，胸口又是一痛，我一口又一口地呕出血来，仿佛就要这样将自己身体里的血都呕干了去。

“吴一语，吴一语……”

在不知道吐了多少血之后，我终于感觉到了身边其他事物的存在。

李怼怼不知在我身后抱了我多久，也不知道呢喃了多久：“你再等等。”他抱住我腰的手有些颤抖，“我的血中有尸虫留下的尸毒，你再等等，会有人来救你，你不会有事。”

他说这话，也不知道是在说给我听还是在说给自己听。

“我不会有事的。”我抹了抹嘴角的血，我想告诉他，我本来就不是这里的人，这不过是一个梦境，我不会死在这里面。

但没有等我说出这些话，厨房的窗户里倏尔翻了一人进来，那人一只眼睛已经失明，另一只眼睛犹如鹰隼一般盯住了我和李怼怼。

这个人我隐约认了出来，是我来这里的第一天，那个将尸虫种入李怼怼身体里面的赶尸匠，薇薇说……他们是湘西于家的……

于家……

难道是于邵的家族吗？

“吸血鬼。”赶尸匠站在窗台上，面色森冷如修罗，“这次，看你如何逃。”

第四十一章

Chapter 41

拉钩

现在的李怼怼肯定不是赶尸匠的对手。

尽管尸虫已经被吸出，但经过这么多天的折腾，即使是吸血鬼的身体，也没法恢复那么快。

我拽住李怼怼的衣角，我想和他说，赶尸匠对我这个人类应该没有什么敌意，不会杀我，我想让他走。

可我现在太难受了，一个字都没说出来，反倒是李怼怼，看了我一眼，反手将我拽他衣角的手握住。

他掌心冰凉，却让我心头一热。

我看着他的侧脸，也默默握紧了他的手。

独眼赶尸匠从窗台跳了进来，在他的身后，也陆陆续续有赶尸匠翻过窗台，站到了餐厅中来。没一会儿时间，平时只有三人吃饭的空旷空间，一下变得十分拥挤，气氛剑拔弩张。

独眼赶尸匠瞥了我一眼："她是普通人，不该参与你我之争，把她交给我们，稍后留你全尸。"

"呵，她确实不该参与你我之争，但我也不会把她交给你。她是我的。"

我知道，我是李怼怼的猎物，一开始他就这样说了。

"谁也不能把她带走。"

这一次，他没有说'猎物'两个字。

独眼赶尸匠看了我一眼，似有了然，随即冷冷一笑："那就让她给你陪葬。"

话音一落，周遭气息瞬间大变，独眼赶尸匠五指一弹，李怼怼双眼一眯，将我肩膀一推，我侧过身去，眼睛里什么都没看见，只听到风声从我耳边擦过，随即"叮"一声，我看向身后的墙壁，有三根金针钉在了墙上，而在金针末尾还牵连着一根如藕丝一般纤细的银线，映着窗外月光，散发着森冷的光。

独眼赶尸匠手指一动，金针收回他的手中，丝线在他指缝间落下，他五指一振，数十根金针顺着丝线滑下，在他掌下指尖，宛如浮空飘动的幽灵，伺机刺入李怼怼的心房。

以前和于邵闲聊过，我知道他们赶尸有很多手法，其中一种就是金针控尸，一根金针控一具尸，一般人能同时控五根金针已非常不易，而这人……掌间有数十根金针……

我紧张得手心冒出了汗，却没给我更多紧张的时间，独眼赶尸匠再次出手，这一次，数十根金针齐发。

李怼怼并指为剑，指间金光闪烁，不似往日耀眼。

他一手将我拉到他身后，一手金光化为长鞭，一通令我眼花缭乱的光华轮转之后，李怼怼护着我退了三步，而那独眼赶尸匠却往前进了一步。

我从李怼怼身后望他的侧脸，他唇角紧抿，目光似刀，面色依旧苍白，而额上的汗水却顺着鬓角，不停地往下滑落。我触碰他的身体，能感受到他的身体不住地颤抖。

李怼怼已经……到极限了。

"吸血鬼。"独眼赶尸匠冷笑，"你还能撑多久？"

李怼怼嘴角微微一弯："到你倒下的时候。"

赶尸匠眸色更冷："西方僵尸，本事没有，嘴倒是硬。"赶尸匠话音一落，十指宛如操控提线木偶一般，在身前一拉，又有十来根金针从他衣袖中滑落。

我看得心惊胆战，几乎想挡到李怼怼身前，而李怼怼却一直拽着我没有放手。

独眼赶尸匠手一挥，金针再次破空而来，有的被李怼怼的鞭子挡了回去，有的擦过我的耳边钉在了我身后的墙上，有的……停在了李怼怼的身体里……

“哼。”赶尸匠一声冷笑，金针再一次收回，却有一根，停在了李怼怼的膝盖里。赶尸匠动了动他的食指，李怼怼唇角抿得更紧，额上的汗水如雨般落下，我握紧他的手，帮他撑住身子。

“这一针，便算是还我这只眼！”

赶尸匠食指一动，李怼怼身体紧绷，我倒抽一口冷气，以为李怼怼的腿要就此废了，然而便在此时！

电光火石间，天花板上一个紫色法阵一转，一人从天而降，一把西洋剑径直斩断牵连金针的丝线，随着那人的出现，赶尸匠手中一根丝线落地。

周围本一直在静观的赶尸匠们登时戒备起来。

“又是一只吸血鬼。”独眼赶尸匠冷声道，“来送死吗？”

我看着面前穿着一身白色西装的吸血鬼，愣住了，这人竟是……林子书！

刚才李怼怼说的……会有人来救我，是指的他吗？

这个林子书给我造成的阴影到现在也无法消除，我看见他，下意识地开始有些腿软。或许是我怕得太明显，让林子书瞥了我一眼。但显然，他并没有把我放在眼里。只一转眼，目光又回到了李怼怼身上。

“一言，这可不像我认识的你。”林子书根本没有搭理那独眼赶尸匠，只看着李怼怼嘲讽了一句，“你把自己搞得这么狼狈，可真让我有杀掉你的欲望。”

这……

这真的不知道是搬的救兵还是敌人……

李怼怼瞥了他一眼：“少废话，开阵。”

“想走？”赶尸匠众人皆祭出手中金针，一根根金针刺入房间四周的墙壁之中，针尾的丝线宛如蛛网，将整个餐厅围住。

林子书拔出地上的西洋剑，轻笑一声："有本事，便拦。"

林子书话音一落，剑尖在地上一转，紫色阵法光华大作，赶尸匠往这边冲来，有一人碰到了长桌，桌上被绷带包裹着还动弹不得的小黑狗倏尔发出"嗷"一声。

小黑狗没有在阵法里面……

这句话刚在我脑海中浮现，我便觉掌中一空，李怼怼身影转眼便落到了小黑狗身侧。

"李一言！"林子书一声厉喝，那独眼赶尸匠手中金针立即射向出了阵法的李怼怼，李怼怼抱住桌上的小黑，就地一滚，手指金光挡住迎面而来的金针，他正想往阵法此处赶来，却没想那独眼赶尸匠倏尔再动金针，那金针擦着李怼怼的眼珠而过。

李怼怼一声闷哼，我根本不知道他伤到了哪儿。

林子书当机立断，西洋剑一甩，刺断金针之后的丝线，剑滑到李怼怼脚下，剑尖迅速转动，在他脚下画出一个紫色阵法。

林子书同时催动两个阵法，光华刺目的闪耀之后，我双脚重新落地。

不知道落到了什么地方，我没来得及看四周，只觉在这一通折腾之后，我再难压住心头翻涌的腥味，一口黑血吐在了地上。

身旁的林子书嫌弃地瞥了我一眼，挪开两步，走到了落在另一方的李怼怼身前："一言，我竟不知，你有朝一日竟然会为了一条……狗，去拼命。"

我没听到李怼怼的回答，但却听到一声轻响，林子书被推开，在我那摊黑色的血迹前，李怼怼带着些许踉跄地走了过来。

他在我面前蹲下，美丽的金色长发落到了地上黑色的血水中。

"吴一语。"他抚摸我的脸，同时也借了我力，让我把头抬了起来。

我眼神有些涣散，我看着他，只见他一只眼睛充血红肿，眼角几乎有血泪落下，另外一只眼睛也满布红血丝，似被方才那金针所伤。这伤让他眼睛看起来恐怖又可怕，但他眼中却是我能辨认出来的温柔。

“你会没事。”他告诉我，“它也没事。”

我低头，看着李怼怼怀里抱着的小黑狗，小黑狗轻声叫着，伸出爪子，抓了抓李怼怼的衣领，便是这柔软的爪子，让我一瞬间，竟有些红了眼眶。

这个长毛李怼怼和我一开始认识的他……不一样了。

“李……李……”我抬起手，颤抖着将他脸上的血泪擦干，但血迹还是在他苍白的脸上画出了鲜红的印记，“你以后，眼睛怎么办？”

“还能看见。”他把小黑狗递给我，“你抱着它，在这里等着，我找人来治你。”

“人类而已。”林子书静静地站在一旁，他看着我和李怼怼，目光有些冰冷，“体弱就吸干了丢出去，还治什么？”

李怼怼充血的双眼转动，盯向身后的林子书：“离她远点。”

林子书闻言，嘴角笑意更深，但眼神更加冰凉：“李一言，你知道，你在做什么可笑的事吗？”

“做什么，都与你无关。”

“你和这个人类的命，可是我救回来的。现在说与我无关，可是晚了？”

气氛剑拔弩张，我只觉刚离开了狼窝，现在仿似又入了虎穴。

“哎！刚到就看见你俩吵架，起什么内讧啊。”薇薇爽朗的声音传了进来，下一刻，薇薇抱着铃铃从窗外一跃而入，薇薇直接落到林子书与李怼怼两人中间，将铃铃放下。

她一巴掌拍向林子书的肩膀：“哟，老林，你这嘴角的笑都快挂不住了，去，赶紧给我找几个大夫来，把我腰上这颗子弹取了。”

林子书的微笑在听到薇薇这句话的时候才掉了下来，他皱了眉头：“你中枪了？”

“啊，中了。”

林子书面色阴冷：“谁干的？”

“那能有取弹要紧？赶紧的，疼着呢。”薇薇摆了摆手。

林子书这才没有耽搁，立即转身离开。铃铃一脸惨白地抱着薇薇的胳膊站着，整个人一言不发，无比丧气。

薇薇回头看了李怼怼和我一眼，无奈一笑："真是一屋子伤号。"

她话音一落，竟是一个转身，倏尔倒地。

"阿娘！"

在铃铃惊惶的呼唤之中，薇薇慢慢陷入昏迷。

非人类的医师给我灌了无数解毒剂，在喝解毒剂喝到快吐的时候，我终于不吐血了。

在我被灌解毒剂期间，李怼怼一直守在我身边，我在这边喝药，李怼怼在一边被人上药。

他的眼睛伤得不轻，医师几次说要给他做一个全面的清理，都被李怼怼拒绝了，直到我睡了一觉，安稳地睁开眼之后。

我第一个看到的人就是坐在我床边的李怼怼，他脸色苍白，一只眼睛已经被厚厚的绷带缠住，另一只眼睛充血极为严重，根本不知道他还看不看得见我。

"李……李一言。"我开口，也被自己沙哑的嗓音吓到。我清了清嗓子，但没有效果，"你的眼睛……"

见我睁眼，听我说话，李怼怼一直挺直的背脊这才微微弯了一些。

而这时我忽然听到旁边一声轻轻的"嗷呜"声，我微微侧过头，这才看到那条救回来的小黑狗正在我床下站着，我转头看它，它爬不上床，于是踱着脚退了两步，也伸长脖子巴巴把我望着："嗷嗷。"

它叫着，仿似很欣喜。

小黑狗能自己活动了……

"我……睡了几天？"

"两三天。"

两三天？李怼怼……一直守着我吗？没有去治疗，也没有去休息吗？

仿佛是读懂了我眼神里的疑问，李怼怼说："你醒了，我要去接受治疗了。”他声音缓慢，“这个地方并不安全，至少对你来说……或许比被赶尸匠带走，还要危险一些。那只精灵在隔壁接受治疗，待会儿我会让人在隔壁给你准备一张床，你过去睡，我在接受治疗期间，你一步都不许离开那两只精灵。”

我吃力地点了点头。

李怼怼被血丝充满的一只眼睛一转不转地盯着我。没一会儿，屋外有人推了一张简易的木床进来，两个医师想要来抬我，但李怼怼在他们靠近我之前，便先站了起来，他一只手臂从我的后颈穿过，一只手从我的膝弯后穿过。

即便他现在身体状况非常的糟糕，但他将我打横抱起的时候，还是轻松如反掌。

我贴着他的胸口，不过一瞬，却也依旧心跳如鼓。

直到我被他放在了那张简易的小床上，这虚弱的身体再怎么拖后腿，也没办法将狂奔的心跳拖慢下来。

我看着他，问：“多……久能治好？”

“三天。”

我看着他的眼睛，吃力地动了动手，抓住了他垂在身侧的手指，他的小拇指冰冰凉，被我抓住之后，他似乎下意识地勾了一下手指，然后就没有放开。

我和他拉着钩说：“好好治。我等你啊。”

李怼怼在听到我这话之后，倏尔嘴角勾起了一个轻微的弧度。

他没有怼我，而是勾着我的手指说：“好。”

我被人推到了隔壁房间，小黑狗就跛着腿，跟在床后面追，我被推进了薇薇房间，小黑狗就来到了这个房间，但它很懂事，到了这个房间，它就没再轻易发出声音。

李怼怼在门口看了我一眼，确认我被安置好了，他就被另外的医师带走了。

薇薇这个房间很大，给薇薇的床也很大，像清代老旧的古董，外面有个纱帐，纱帐里面才是床，而床榻边上还有一层帐，私密性极好，我躺在外面，几乎看不见里面的人。

“薇薇？”我虚弱地唤了一声。

里面的纱帐隔了很久，才撩开了。

是哭红了眼睛的铃铃在里面拉着纱帐，她看着躺在小床上的我，我床边的小黑狗又欣喜地向铃铃奔了过去。

铃铃俯身，将瘸着腿奋力跑过去的小黑狗抱了起来，小黑狗一被抱起来，就立即开始舔铃铃的脸，直将她留下的眼泪全部都舔干了去。小黑狗不知道为什么它越舔铃铃泪水越多，它很卖力地甩着尾巴，像在安慰铃铃。

而我看着铃铃，心里却有些不安：“铃铃，你娘……”

“还没死。”床帐里传来薇薇虚弱的声音。薇薇自己抬手，将她床边的帐子也撩开了，她面色苍白，但还是望着我笑了笑，虚弱而沙哑地说，“哎，说好了解了毒就让我再咬你一口，我还没咬到呢，可不能死。”

我也虚弱且沙哑地说：“那等咱们都能下床了，补上。”

宛如两个养老院的百岁老太……

我想着，薇薇还能开玩笑，还这么乐观，身体应该也已经没了大碍，但万没想到，到晚上的时候，薇薇忽然发起了高烧，她开始说起了胡话。

她絮絮叨叨地反复说着：“文生，穆文生……我在山间等了好多年了，你为什么还不来接我……”

薇薇突如其来的病情吓到了铃铃，她出去叫了医师，很快，许多医师涌进了房间，林子书也来了，他们围在薇薇的床榻边，铃铃抱着小黑狗被挤到了一边。

她满眼无助地看着大人们在薇薇床边忙碌，眼中的泪水含着，都不敢掉下。

“铃铃。”我下不了床，只有将铃铃叫到我身边来，我握住她的手，想给她微弱的支持。

医师们和林子书根本没有时间管一旁小床上的我和铃铃，他们一忙就忙了一整宿，到了第二天早上，林子书忽然将一个医师从薇薇床边拎了起来，他掐着那个医师的脖子，一脸冰冷。

“我要听的，不是这个。”

其他的医师立即退开，有医师讨饶：“那子弹上有毒……她中弹之后没有及时取出，现在那块肉挖了也晚了……这些天，她全靠一口气吊着……真的救不了了……”

林子书他眸中满满的杀气与怒意，与我之前见过的那阴鸷吸血鬼判若两人。我看得见，在这愤怒之下掩藏的无力与悲哀。

他对薇薇……

此时，床上倏尔传来一声嘶哑至极的呼唤：“老林。”

只一声，就剪掉了林子书眸中半边天的火气。

“你这就很不讲道理了。”

林子书牙关一紧，他恶狠狠一甩手，将医师甩到地上，医师滚了三圈，还在踉跄地想爬起身来，林子书便吼道：“都给我滚！”

医师们立即转身，如鱼涌一般纷纷逃离。

我看向那众人散去的床榻。宛如那沸腾的生气和残存的希望都瞬间从这床榻上消失了一般。

薇薇一动不动地躺在床上，床上的褥子，床单，全是干涸的褐色血迹，她白中泛青的脸色在一片鲜红的床上显得尤其醒目。

“阿娘……”

听到这两个字，薇薇转过脸看向铃铃，仿佛是最后的清醒，她对着铃铃笑了笑：“来。”

铃铃放开小黑狗，慢慢走到了薇薇床边。她伸出手，小小两只手，想抓却又不敢抓住她阿娘。

“江铃，你是大人了，对吗？”

铃铃包着眼泪点头。

“所以，以后，你可以照顾好自己，对吗？”

“嗯。”小孩不住地点头。

“阿娘对你别无所求，只希望你以后……不要为任何人放弃自己该做的事，无论那人是谁……知道吗？”

“知道……”

听到这个回答，薇薇忽然笑了笑：“不要像我一样……用一辈子来换一个人回头……”

薇薇气息渐弱，随着她生息的寂灭，铃铃的呼唤之声却越来越大，直至最后，声嘶力竭，但不管她再怎么啼血似的呼唤，也没有唤回故去人的再睁眼。

薇薇死了。

在所有人都没有想到的时候。

她被葬在了我们住的别墅外面。

我们被林子书带来的这个地方，就是以前我曾被林子书绑架的地方。武隆的大山里，孤独的一栋别墅，里面有着不同的非人类。李怼怼说我待在这里并没有待在赶尸匠那里安全。

我现在终于领悟到了。

这里的非人类对我并不友善——尤其是在薇薇去世之后。

薇薇和一个人类相爱生了孩子的事情在他们这群非人类当中人尽皆知。他们认为都是因为和人类“苟合”，所以薇薇才惹来了杀身之祸，他们瞧不起有一半血统的铃铃，更瞧不起身为纯人类的我。

他们不再给我治疗，也不再给我准备食物。

我忽然想明白了，为什么李怼怼要一直守在我身边，直到我睁眼后，他才愿意接受治疗。李怼怼是笃定，一旦他不盯着这些非人类的医师治我，就绝对没有人治我……

现在薇薇去世了，李怼怼在接受治疗，一众非人类根本不搭理我，我刚能下床走动，但根本不敢离开这个房间，每当走到门口，一旦遇见非人类，他们的目光都幽幽地盯着我，仿佛在看一盘不太美味，甚至让人有点倒胃口的食物。

照理说，在这样的情况下，我只有忍着饿，挨到李怼怼治疗完出来。

但我没想到铃铃在薇薇坟前待了一晚之后，第二天就回来了。

她不说话，但还是像之前在她家别墅时那样照顾我。

没有人来给我送食物，她就顶着非人类鄙夷的眼神来给我送吃的，没有人给我拿药，她就顶着医师们打量的目光去帮我把药要了过来。

刚失去母亲的铃铃，用我难以想象的坚强和懂事，照顾了我一整天。

到了晚上，夜里，铃铃蜷缩着身体，躺在薇薇睡过的床上，她不让人换掉被薇薇血迹沾染过的床单被子，她就缩在那被子里，宛如呼吸都没有一般寂静。

“铃铃。”我有些小心地靠近那床榻，我掀开帐子，看见铃铃睁大这一双眼睛，躺在满是干涸血迹的床上，不知多久没有闭眼了，小小的孩子眼里，全是血丝。

我走过去了她才转动了一下眼珠，近乎机械地坐起来，看着我：“一语饿了吗？”

“我不饿。”

“你冷吗？”

我也摇头。我握住她的手，这才发现她的小手一片冰凉。我焐着她的手，没说话。或许我的体温就像极度寒冷时的一杯热水，铃铃垂下眼眸，盯着我的手。

我不知道说什么，只能更加用力地焐热她的手，在血迹斑驳的床上，小女孩的眼泪终于落到了我的手背上。

“啪嗒”“啪嗒”，然后越落越快。

“我是大人了。”铃铃说，“我不能哭。”

小女孩的坚强倒是让我忽然红了眼眶，我忍住泪意，想了好一会儿说：“没有哪条规矩说，大人不能哭的。”这句话说道末尾，我的音调也变了。

“一语，你哭什么？”

她泪眼蒙眬地问我，我也泪眼蒙眬地看着她，语调里的哭腔已经完全压不住了：“我心疼你。”

我心疼她，没了那么好的妈妈。

我和她四目相对着，一大一小，泪眼婆娑地哭了大半个晚上。

那天我晚上我和铃铃都没有睡，她哭着给我讲了一晚上她妈妈的故事。从她妈妈在山里遇见一个迷路的人类讲起，讲到了薇薇义无反顾的爱，一往无前的勇气，和那个男人的愚昧和辜负，还有那天她追着薇薇离去，她亲眼看见那个被称为她“爹”的人，对她的阿娘开了一枪。

这送命的一枪。

“那个男人呢？”我问铃铃。

“还活着。”铃铃说着，目光带着蛇毒一般的恨意，“林子书安葬好我阿娘之后，去杀他了。”

林子书去杀那个叫穆文生的男人了！？我惊讶，不过难怪……昨天薇薇下葬之后，就没有再看见林子书……

像要附和我们的聊天一样，正在这时，门口传来了脚步声，我转头一看，但见林子书站在门口，他唇边还带着未曾抹干净的血，仿佛已经饱餐了一顿……

铃铃立即奔下床，跑到林子书身前：“那个男人死了吗？人头呢？尸体呢？”

林子书瞥了铃铃一眼：“他妻儿都死了。他身边跟着赶尸匠，暂时让他跑了。”

铃铃一愣，随即咬牙切齿：“我不能让他多活一天！”她说着，光着脚就跑了出去，而林子书居然没有拦她！

“铃铃！”我想喊她回来，但哪里喊得住，我也急得胡乱穿了鞋，往外面追去。

我追下楼，看见她的身影跑去了大山森林之中，我也连忙跟着气喘吁吁地追过去，可一追到森林，我就迷失了方向，只有在林间大声喊着她的名字：“铃铃！江铃！”我喊她的本名，都说非人类对自己的本名是有感应的，但我喊了好多声，也没见她回来。

我在森林里转了两圈，心急如焚，不知道这小姑娘冲动起来会……

我一转身，忽然看见背后站了一个人，我一惊，后退一步，这才看见来人竟是林子书，而此时，在林子书肩头上扛着的，正是昏迷过去的铃铃。

“你将她打晕了？算了……先带她回去吧。”

我想从他手里接过铃铃，但林子书却站着没动。

他静静地盯着我，神色阴鸷不明：“她是薇薇的孩子，我自然会照顾好她。但她跟你却没什么关系。你跟我，以及李一言，更不该有关系。”

“和人类走太近，终归会被毁掉。”

我看到他眼中一闪而过的杀气。

我微微后退一步，但已经来不及了，我根本没有逃走的机会，在林子书这样的吸血鬼面前，我从来都如蝼蚁一般渺小。

“我不屑杀你，你有本事便自己走出这山吧。”言罢，林子书手一挥，我脚下忽然闪现出了紫色的法阵，在我震惊之际，紫色光芒大作，下一瞬间，我被传送到了另一片森林之中。

周围是几乎一模一样的树与山，四周除了风声与鸟鸣，什么也没有了……

第四十二章

Chapter 42

终于等到你

我想，我完蛋了。

深山老林，要手机没手机，要意识没意识，要李怼怼……也没有李怼怼。

我身体还没有恢复，别说捕猎，连走路都带大喘气儿。这里的野草似叶芒，草叶边缘都带着细小的锯齿，我光是从草丛里走出来，手上脚上都被划了不少口子。

举目四望，难辨方向，连大喊求救都不知道该向何方。

我找了块大石头坐下，茫然了好一会儿，现在……是不是到了阿小说的最紧急的时候？

我在身上到处摸了摸，摸到粗布裤子兜里一直揣着的红色小球……

蹦跶了这么多天，还没掉，也是神奇，而且我……好像更神奇，明明这么多天里，我遇到了那么多危机，被李怼怼威胁过，吓唬过，还被他咬过……

这么多时刻，我都没有想过要用这颗球离开，甚至连想也没有想起它来，却在没有李怼怼的时候，这么轻易地就想起了它。

我捏住了红色小球。

我此时只要像阿小说的那样，捏住球，说一声“我爱你”，就能离开这危险的梦境。但在捏住这个球的一瞬间，阳光偏差，穿过树叶的缝隙，落在我眼睛上，恍惚之间我就想到了前日李怼怼去治疗之前，我和他拉钩的画面。

我说了要等他的。

如果我现在离开，那这个梦里面的李怼怼，会不会……就以为我没有等到他就死掉了？

思及至此，我的手竟然不受控制地一松，又将小球放开了。

吸血鬼的牙齿，大概有毒吧。被他咬过的人，是不是就再难离开他了……

我重新将小球揣回兜里，然后站了起来。

现在，还不是放弃的时候。

我继续向前迈步，如果说我注定走不出这大山，那我至少要走到力气用尽的那一刻。

我拖着仿似已经病入膏肓的身体，翻过了一座山，我未曾找到水源，但庆幸的是，在我快渴死的时候，下了一场夜雨，雨水解了我的渴，却也给我带来了新的问题——夜晚太冷了。

山里，我没有一开始来这里时那样好的运气，我找不到山洞、树洞或废弃的小屋。我只有在大树之下避雨。

雨下了一整夜，被雨打湿的衣物布料贴着我的皮肤，迅速带走我的体温，且湿气如针，从我的毛孔钻入我的体内，在关节缝隙处给我刺透骨髓般的寒凉。

到后半夜，我不出意外地开始发起了烧，身体的热度一路蹿高，到清晨的时候，雨变小了，而我的脑子也跟着变蒙了。

我什么都看不清，脑中似有巨锤在不停地敲打我每一根神经。

所有残存的理智都在告诉我，回去吧，回去吧，这不过就是一个梦境，没必要在里面苦撑。

但在所有的理智之中，我能看见一个身影，是那日清晨，李怼怼在长长的餐桌那头，抚摸了小黑狗的脑袋的模样。

他变温柔了。

在这些时日里，他变温柔了。

至少，要与这样的李怼怼，告个别吧……

老天像听到了我的祈愿，黎明下着沥沥小雨时，柔软的金色长发轻轻拂过我的脸颊。

下一刻，绝色中永远带着苍白的吸血鬼出现在我模糊的世界里。

他似乎在对我说些什么，但我一句都听不见，我皮肤的温度和他冰凉的指尖好似差不了多少，但当他的手落到我额头上的时候，我才发现，啊，原来李怼怼你的手，这么冰啊。

也是当手触到我的额头之后，我看见他慌了。

一只眼睛还缠着绷带，一只眼睛的充血也没有完全消失，但他的神情，已经足够泄露他内心的恐慌。

慌什么呢？你看，你我现在不是又见到了吗？

我晃晃悠悠地抬起手，用小拇指勾住了他的小拇指：“终于等到你啦。”我说，“真费劲啊。”也不知道，我这含糊的声音，他听没听清楚。

不过……大概是没听清吧，不然明明是说出来想让他安心的话，却惹得他更加惊惶了呢……

别怕呀李怼怼，你该永远都是那副天下万人任我怼的厉害模样啊。

这话没来得及说，眼前的天光就如墨滴入水般晕开，将一切都糊成了一片白光。连那么耀眼的李怼怼，也融了进去。

后来，我是被一声巨大的撞击声，从这一片苍白之中拉出来的。

我迷迷糊糊地睁开眼，看见的是同样苍白的纱帐，以及升腾着飞舞到我身前来的尘埃，右手边，纱帐外，有砖石落地的声音，我转头看去，只见身着白色燕尾服的林子书后背撞在了白墙上，力道之大，将墙都撞裂了，破碎的砖石从他身边落下，掉在地上，发出刚才我听到的声音。

林子书……

有身影从我眼前晃过，金色长发的背影一步一步地，走向林子书。

“李一言。”林子书从裂开的墙中撑起身子，站了起来，“你为一个人类，与我动手？”

李怼怼沉默着没有说话，他一抬手，五指指尖金光凝聚，他抬手便掐住了林子书的颈项：“你差点杀了她。”

“区区人类……”

李怼怼收紧五指，林子书额上青筋凸显，仿似瞬间承受了巨大的痛苦。但他还是不甘，咬牙切齿地盯着李怼怼：“你想步槐薇后尘吗？”

槐薇……是薇薇吗……

“我前路如何，无须他人置喙。”李怼怼脚边的砖石颤动着，宛如触动了一场地牛翻身，他身上杀气腾腾，未见他正脸，我却似已经看到了他鲜红的眼瞳，“任何人都不能伤她，包括你。”

林子书盯着李怼怼，也是动了怒了，他掌中凝气，将李怼怼掐住他脖子的手挥开，身形一闪便落在了我的身前，他掌心光华凝聚，探手便要撕碎我的颈项，但手落下之前却又被金色长鞭卷了回去。

“林子书！”

“她非死不可。”

吸血鬼之间的战斗，我现在的眼睛是根本看不清的，也不知道我这条小破命在鬼门关前走了多少遭，忽然间门外小黑狗嗷嗷叫着的声音传来，紧跟着的还有疾步奔来的脚步声。

房门被猛地推开，铃铃直接冲了进来，不管不顾地往我床边一扑，抱住了我，一声尖叫：“够了！”

小孩的声音撕裂空气，空中交织的金紫光华这才停息下来，也是在这一瞬间，我才看见林子书的手，离铃铃的后背只有一寸之隔。

要不是铃铃刚才扑了进来，林子书这手，此时怕是已经让我咽气了。

李怼怼的金鞭缠着林子书另一只胳膊，此时他们两人唇角都带了血色，想来，刚才是都动了真格……

“不要再伤她了，我不想再看到她也死了。”

铃铃趴在我身上，脸闷在我盖着的被子上，棉被让她声音小了不少，但却藏不住她的哭腔。

林子书霎时静默了。李怼怼金鞭将他往后一拉，李怼怼身形一转，也站到了我床边："滚。"

"李一言。"林子书默了很久，终于微微转了身，离开之前，他目光冰冷地盯着我，"你终会被人类毁掉。"

不会的，我看着静默地站在我床边的李怼怼，想着，他不会被毁掉的，他会变得更加温柔，也更加强大。

林子书离开之后，铃铃从我身上挪开，她跪在我床边，看着我，小小的手，帮我抹了一下糊在脸上的头发："一语……"她转头望李怼怼，向他求助一样，"她脸还是这么烫。"

李怼怼回头看我，见我也清醒了，睁眼望着他，他似乎怔愣了一下，随即躬下身子，探手摸了下我的额头。

"这是人类的病，这里的医师治不了人类。"铃铃说，"我们得带她去看人类的医师。"

"我带她去。"

"等等，人类看病要钱的，我阿娘留了点人类的钱，我去给你拿。"

铃铃又急急忙忙地跑了出去，小黑狗追着她跑了一段，又转回来，守着李怼怼和我。

我盯着小黑狗看了两眼。

李怼怼见铃铃还没回来，就把小黑狗抱到了我床边。

小黑狗能碰到我了，立即欢喜得用舌头来舔我，脸颊被它舔得痒极了，我就张开嘴，沙哑地说着："小黑狗小黑狗，别舔了……"

一开口，我沙哑的嗓音没吓到我，但是"小黑狗"三个字瞬间点得我脑中精光一闪。

小黑狗……

黑狗。

我转眼看着李怼怼，但见李怼怼一只眼睛的绷带还没拆，我又愣住了，忽然间想起了短发李怼怼，抬手推眼镜的模样。

李怼怼见小黑狗舔我舔得太欢，有点不乐意地将它一拎，又丢下了床，小黑狗在床下哀怨地"呜呜"叫着。我却没时间可怜它，我只看着李怼怼，问："李一言，你是不是……喜欢我了？"

李怼怼一怔，没来得及回答，铃铃又风风火火地跑了回来，将钱塞到了李怼怼手里："快带她去看病！"

怼怼将我打横抱起，没再多说一字，金色阵法瞬间大作，下一刻他带着我传到了一条喧嚣的巷子里。

走了两步，离开巷子，面前就是一个两层楼的白色建筑，建筑上红色的十字尤其醒目，还没走进门口，外面便由担架抬着送进来许多血肉模糊的伤者，医生护士忙做一团，伤者号叫着被抬进医院。

混乱之中，我听见有人用重庆的方言在喊："又遭炸了！又炸了！"

大轰炸……

我脑海中登时闪过这三个字，没来得及多想，一个护士见我被李怼怼抱来，立即扑上来问我怎么了，李怼怼没说话，护士见我脸色又摸了一把我的手，往里面一指："去里面右边第二个科室等着。"然后转身又走了。

这里伤者太多，死者……也太多。我这样完整的，已经不足以吸引他们的注意力了。

李怼怼带我走到了第二个科室，科室里面满满都是人，床位是没有的，大家都坐在地上的担架上，李怼怼将我抱进来时，大家都转头过来，仿佛在看什么珍稀动物一样。

又有医生转到这个地方来，一个一个病人地简单问过，问及我的情况后，他只皱了下眉头，说："药这里没有了，附近医院现在都忙得联系不上，你要是有条件，想办法弄来这几个药，给打几针看看。"

医生开了单子给李怼怼，又风风火火地走了。

这个年代，一切都那么简单粗暴。

李怼怼拿着单子扫了一眼，蹲下身来嘱咐我："在这里等着，待会儿我就回来。"

我没有点头，反而抓住了他的衣袖："你得等我。"我说。

李怼怼不明所以，但没有细究，他拉住我的手，将我手放下，揉了一下我的头，没再回头，转身就离开了。他走出人来人往的医院，从哀号与苦痛之中迈过。

我大概明了，这根本不是什么梦境，这就是过去。

是李怼怼实实在在的过去，是他戴眼镜的原因，是黑狗之所以叫黑狗的原因，是他之所以成为我认识的那个李怼怼的原因。

我也大概明了，我或许就是我曾经了解过的，他的那个过去，我或许……就该“死”在淋了一场雨之后的“感冒”里。

老天爷像要印证我的想法一样，空中忽然响起了防空警报的声音，那只在纪录片中听过的飞机声音从空中传来。

病房之中的人们犹如惊弓之鸟，除了躺在地上彻底动不了的，完整的不完整的人，通通从房间里面蜂拥而出，他们往医院背后跑着，喊着那里有个防空洞。

但我却跑不了，因为我此时此刻，就是躺在地上动弹不得的那种人。

我摸到兜里的小球，将红色小球掏了出来，外面忽然之间“轰”一声落下了一个炮弹，巨大的声音登时震得我头晕脑涨，耳边嗡鸣一片，瞬间静音，我什么都听不到了，只见面前的房子烧了起来，烧成了一片火海。

火焰在外面炙烤着，我也分不清此时到底是我脑中的温度更滚烫，还是这火焰更灼人。

我用最后的力气捏住了红色小球。

火光之外，仿佛有我熟悉的金光闪动，在所有人都仓皇逃离的时候，我透过那被炸破的窗户，看见外面人群中的人，轻声说着：“我爱你。”

即便我自己都耳鸣得听不到这声音。

下一刻，我腰腹一紧，有人抱住了我，但却不是火光之外的李怼怼。

我看见那边的他的目光带着几分仓皇，望着身边的人群如蝼蚁一般地在这世间奔走逃生。我看见他往医院这方疾步而来，面色苍白更甚往日，我看见他口中大声呼喊着，似乎在呼喊着我编造的那个名字。

一声一声，不敢停歇。

这个见面之时，寒如天边冷月的吸血鬼，现在竟然像走丢了的小孩一样，在寻我。

只是……李怼怼，抱歉啊……

我看着他，伸出手，却怎么也触碰不到。

抱歉啊。

李怼怼，接下来，我会让你等我很久，久到世界都变了模样……

恍惚间，似有感悟一般，火光之外，仓皇之中，李怼怼的目光与我短暂相接，我张了张嘴，未来得及发出一个音节，天空之中一枚炮弹如命运一般落下。

也是在这一瞬，我被腰间的那个强有力的臂膀拉拽着，瞬间拖进了另一个空间一样。

我什么都看不到了。

我好像变成了一件衣服，被甩进了洗衣机中，我在里面翻滚，最后被滚筒吐了出去。

“呕！”我果然也将胃里的食物全部都吐了出去，随着这不受控制的呕吐，我也将耳边的嗡鸣尽数吐掉。

“哇！”另一个男声在我耳边惊声大呼，“媳妇儿！你也太厉害了吧！怎么把自己操作到那么危险的地方去的？小爷我事情都还没来得及处理完，火急火燎地就赶去救你啦，咱们都还没来得及好好在那边谈个恋爱呢！”

阿小的声音仿佛与我隔了一个世纪，过了许久，我才反应过来，我被他拉回来了，回到正常的时空之中来了……

“哎？你都怎么造作你的身体了啊？你现在怎么弱成了这样？离了小爷，果然不好混……”

“李怼怼呢？”我抬头问他。

仿佛被我的眼神吓到，阿小愣生生地将他还没出口的话尽数噎了回去。

“你……你还想他干吗？”仿佛要找回场子，阿小强撑着说，“你不用想了，虽然咱们没能在那边谈成恋爱，但在这边也能谈，咱们先换个地……”

“换……不了了！”空中，陡然传来东溪的声音，伴随着他由远及近的声响，一摊宛如烂泥般的影子“啪”一声摔在了我所坐的“人体工学椅”旁边。

我一愣，阿小也是大惊。

“哼！李怼怼，这边时间不过才两天，就找过来了……”他话音未落，一道金鞭声破空而起，我听到这一声，浑身汗毛瞬间战栗。

我未来得及从椅子上站起来，李怼怼的身影就转瞬出现在了我的身前。

还是戴着他的金边眼镜，西装革履，他背对着我，所以我看不见他的神情，但他一身冷冽之势却诉说了他此时情绪的低沉。

阿小站在李怼怼身前，不过在李怼怼抬手的瞬间，阿小像被吸过来一样，脖子便被李怼怼掐在了手中。

“我很多年不杀人，不代表我不会杀人。”

我看得见阿小表情痛苦，李怼怼言词肃杀，语调森冷，但在我眼中，却全然屏蔽掉了他身上这些尖锐如刺般的刀刃。

我从椅子上站起身来，向前迈了一步，我踏到李怼怼身后，伸出双手，从他的后背将他圈住，我贴近他的后背，抱住了他。

“扑通”一声，阿小从李怼怼手中滑落，掉在了地上。他不停地呛咳，那边瘫软成泥的东溪也在不停颤抖着嘀咕些什么。而此时，我耳中，这些声音已经被抹掉了。

我只关注李怼怼，我抱着的李怼怼，他愣住了，身体微微僵硬着。

“李怼怼。”

他的名字脱口而出的瞬间，我收紧了手臂，我用尽我肌肉、骨骼、灵魂里的每一分力气，拥抱他。

“让你久等了。”我说，“对不起。”

李怼怼微微转头，似乎想看看我到底怎么了。

但我却一鼓作气地说了下去："隔了这么久才和你说，我喜欢你。"

他脊梁一僵。

我的脸贴着他的后背，在他背上蹭了蹭："我喜欢你，最喜欢你，我好想和你在一起。"

此时此刻，除了这拳拳心意，其他言语，都无意义。

第四十三章 Chapter 43

他从未忘记

我从后背抱着李怼怼，抱了很久。

他一直没有动，像听不懂我的话一样。而我也不太需要他的回应，在经历了“刚才”的弹药炮火和混乱之后，能这样安安静静地抱着他，对我来说已经是最大的满足。

直到阿小捂着脖子战抖着手指指着李怼怼说：“你脸红个屁……那是老子媳妇……”

然后阿小就被一道金光弹飞了，他重重地撞在远处工厂的大铁门上，巨大的动静惊走了方才那片刻的静谧。

李怼怼转过身来，我看着他，他脸上也已不见方才阿小所说的红。

“你知道自己在说什么吗？”他问我。

“我知道。”我盯着他金边眼镜背后的双眸，“我喜欢你，我想和你在一起。”

李怼怼瞳中光华有些许颤动。

“李怼怼！”铁门边的阿小颤巍巍地站起来，“你竟然还装没听懂要她再说一遍！”

又是一阵金光自李怼怼身侧荡出，这次阿小直接被打飞，滚出了工厂，彻底没了动静。且连地上的东溪也被一同扫地出门，偌大的废旧厂房里，只有我和李怼怼两人了。

“为什么忽然……”李怼怼言语顿住，似乎这才看到我这身奇怪的装扮，他眉头越皱越紧，他在回忆些什么，但又极其不确定。我立即拉了他的手，借着他的力，踉跄地退了两步，重新坐回阿小制作的人体工学椅上。

“李怼怼，你不要不信，我就是吴一语。”

李怼怼怔住。

“阿小用这个。”我拍了拍椅子，然后又指着刚才混乱中被我直接扔在地上的 VR 眼镜，“还有这个，把我送去了民国年代。我在那里遇见了你！在你的生命里，我和你相遇，是在以前！”

李怼怼双眸睁：“吴一语……”他轻声重复着这三个字，“吴一语……吴一语……”终于，他忽然顿住。猛地瞪大双眼，极其难以置信地盯着我，“原来……”他默了半天，脱口而出一句，“竟然是叫这个名字。”

我也难以置信地瞪着他：“原来，你都忘了吗？！”

细细想想，理理逻辑，如果李怼怼记得我，又怎么会在之前相处的那么长的时间里，认不出我呢？

看来……他忘得还有点干净。

我沉默且尴尬地看着他，搞半天……李怼怼一直对过去旧情人念念不忘的这回事，只是居民楼里的大家自己瞎想的？李怼怼早就把这段过去轻描淡写地放下了？

我这丰沛的感情真是万分多余！极其尴尬！

然而尴尬了半天，我忽而思及刚才炮火纷飞之中的诀别。

想到那个长发的吸血鬼在众生流离之中无助地呼唤，那画面仓皇令人心碎，犹在眼前，而现在，炮火消逝，这世界和眼前人，都变了模样。

想来也是……

这时间于我不过一瞬，于他而言，却已是百年之前。

忘了……也是正常的吧，

但我还是……越想越难过，越想越可惜，越想越头晕，越来越晕……

我一转头，“哇”一声又呕了，但胃里已经没有东西了，只吐了一些酸水出来。仿佛是乘坐时空机器的后遗症，在再见李怼怼的兴奋劲儿过了之后，再次发作出来。

我吐得昏天黑地，又难受，又难过，想想还有点小委屈，一委屈，这眼泪鼻涕跟着就流了下来。

“苏小信。”

“呕！你不要……呕……你不要和我说话……呕……”

“你要去医院。”

“呕……我知道……”

李怼怼没再和我多说，也不嫌我脏，不由分说地将我打横抱起，时间仿佛回到了“不久前”的那一刻，他带着我要去医院。但现在的李怼怼和那时候的李一言已经不一样了吧，他早就忘了我了，他不再喜欢我了。

我被他抱起来的时候，已经不吐了，就捂着脸不说话。而即便捂着眼，我也能感到周围金光闪了一下，我知道他是用了法阵带我到了别的地方。

“别哭了。”李怼怼抱着我走着，一听这话，我更是哭得停不下来，哭了之后又觉得有点羞耻，羞耻之后，紧接着就是恼怒。

“难怪！”我在他胸前，一把拽了他的衣领，强迫让他把注意力都转移到我身上。

他看着我，对于我拽他衣领的事，可谓是非常纵容地没有追究，他平静地问我：“难怪什么？”

“难怪你会这么对我！”我控诉他，“你都忘了！名字也忘了，长相也忘了，经历的事情肯定也都通通忘干净了！难怪你一直以来都这么对我！怼我、骂我、嫌弃我！”

李怼怼皱眉：“我嫌弃你什么了？”

“你嫌我穷！嫌我胖！嫌我吵！你这么嫌弃我还多收我房租！我都还乖乖给了！还钱！负心汉！”

李怼怼：“……”

“这么多年也不知道在情场中风里来浪里去多少回了，不知道都骗多少小姑娘为你淋雨、为你感冒、为你生病了，下雨送伞不知道给多少小姐姐做过了，你……”

“没有。”

他沉着且冷静地答了两个字，倒弄得我情绪有点接不上。我被他打断，抹了一把眼泪，看着他。他也专注地看着我，四目相接时，金边眼镜背后的眼睛，难得没有带上刻薄的意味。

他认真地注视着我，说着：“送伞从来没有，骗小姑娘也没有，风里来浪里去是很多次，但在情场里，一次也没有。”

李怼怼迈步往前走，他抱着我走出小巷，走到大街上，街对面就是医院，路上人来人往，看着他轻轻松松地将我公主抱着，众人都纷纷侧目，有人还拿着手机给我们拍照。

和那个炮火纷飞，众人自顾不暇的年代，完全不一样了。

大家笑着，议论着，投以暧昧的目光。

而我没心思顾及他们，李怼怼也根本不在乎他们，他看着前面医院的大门，嘴里还在说着：“穷、胖、吵，确实都说过，但居民楼里除了金花，谁在我眼里，都这样。”

“……”

金花女神是因为一年醒一次只交房租不说话，所以显得尤为优秀吧……

“还有，房租是多收了，但退是不会退的，别想了。”

李扒皮……

“最后，你的名字忘了，长相也忘了，但经历的事，一件没忘。”

李怼怼脚步微微一顿，医院门口，有护士向我走来，在被护士们接过去之前，李怼怼看着我的眼睛，说：“我只是不敢相信自己还有运气，重逢你。”

李怼怼的声音一如往日的冷淡，但这一句话，却绝对不是往日的他能说出口的。

宛如是一把钥匙，打开了闭塞在我与他之间的那石门，光亮互通的这一刻，我明了他冷静背后的深情。

不用再去多说什么，所有情义，已经了然于心。

我被护士们接了过去，他们把我放到了担架车上，我看着李怼怼，他也看着我，在护士们一遍遍“请躺下”的嘱咐中，我冲动开口：“以后我会把多交的房租都算回来的！”

李怼怼似乎笑了一下，他推了一下眼镜，抱着手：“你有本事，病好出院，账都给你管。”

那你完了李怼怼，以后，我一定收你房租。

我在医院做完一整套检查，结果显示我只是有一些贫血，头晕呕吐的原因却找不出来，医生要我留院观察两天。

我再一次进了住院部，安安稳稳地睡了一觉醒来后，看见大家都来了。

美美坐在我床边在削苹果，削完一个苹果，切成四瓣，给阿季一块，给小狼一块，给李陪陪一块，然后自己吃一块，并没有给我留的。

非常熟悉的居民楼风格……

我在被子里看着他们四个“咔嚓咔嚓”开心吃苹果的样子，真是感觉时光无限美好。

“哟，小信醒了。”美美注意到了我，一边嚼着苹果一边开口，“你吃苹果吗？我给你削。”

李陪陪第一个冲了过来，用她冰凉的手碰了碰我的额头。

“看起来没什么毛病了，还好。要不是那傻子外星人被关起来了，我真的打死他。”

“阿小又被抓啦？”我坐起身来，这才看见病房还有几人。

角落里，卫无常抱着手靠着墙站着，见我瞅见了他，他对我微微颔首致意。

我也对他点点头，但转过来，就看见李陪陪对着卫无常的方向“哼”了一声。

卫无常立即眉头一皱。

这两人之间，气氛别扭，我倏尔想起在我“离开”之前，这两人一夜荒那个唐之后，卫无常要娶陪陪，陪陪满心不愿意，躲着他来着。

看来……这事是还没有解决吗……

“小信，以后你就不用担心那个外星傻子的骚扰了。”陪陪不看卫无常，只对我说：

“这次他伙同你前男友绑架并且伤害你，还动用了他们外星协会明令禁止的时光机器，带人旅行，是真的犯上大事了。上头下的命令，李怼怼亲手绑的他，给他丢去了海外世非联总部的监狱里，关的是监控最严密的牢房，隔段时间就要移交外星协会，带去审判，总之，他绝对不会再出来骚扰你了。”

是吗……

可我总觉得那傻子外星人身上有种超能力叫作“越狱”。所以我对这个“绝对”保持着最本能的怀疑。

“都怪我都怪我。”我病床的另外一边传来小孩于邵的声音，他此时吃着棒棒糖，双腿因为没有凳子腿长，所以就在半空中晃荡着。他和我打了个招呼：“那外星傻子是我小辈托我照顾的，也是被我带到居民楼来的，惹出这祸事都是我的锅，小信，你住院这段时间的花销都算我的。等你出院了，我请你吃火锅。”

他话音一落，众人纷纷举手表示“带上我”。

李陪陪也喊了一句，但忽然又想起了上次吃火锅之后的某些事，她声音不自觉地一弱。

她似乎有些不由自主地看向往卫无常那边，然后清咳一声，不自在地拉了拉衣领。她站起身来：“我先出去逛逛，看给你带点吃的来。”

她迈着大长腿就走了。卫无常从头到尾一言不发，直到陪陪走出了门，他才站直了身子，和我鞠了个躬：“苏姑娘，下次再来看你。”

“哦，好。”我刚点头，卫无常也迈着大长腿追了出去。

美美一边削着苹果一边咋舌：“啧啧。小信你是月老啊，你不回来，这两人都不带见面的。他俩万一成了，让李陪陪把自己私房钱都拿出来给你包红包。”

我笑了笑：“陪陪有李怼怼这样的哥哥，哪里还藏得了私房钱。”说到这里，我将屋子再次环视一圈，“李怼怼呢？”

“还在世非联总部呢，你后天出院，他应该能来接你。”于邵舔着棒棒糖，轻描淡写地说了这句话，我却忽然听得心头一跳。

来接我……

这就好像，在大家眼中，已经公认我和李怼怼在一起了一样。

“说来，小信，你这次被傻子带回过去，是回到什么时候了？过去干啥了？”美美将削好的苹果递给我。

我接过苹果，想了想，觉得这事也没什么好瞒的，于是简单地将我和过去的李怼怼的相遇，相识到最后分别都简单说了一遍。

我尽量将故事讲得平静，但说完之后，病房内忽然陷入了一片沉默，美美阿季都怔怔地看着我，于邵也不晃腿了，小狼双眼居然含起了泪光……

“呃……”我有点尴尬，“怎么大家一副被吓到的样子。”

于邵长叹一口气：“乖乖，搞半天，这吸血鬼和我祖上的仇是这么来的啊。”于邵说，“我祖父，瞎了一只眼睛，我打小家里就和我说西方的僵尸是个坏东西，后来阴差阳错和这个吸血鬼成了朋友，家里还跟我闹了一通，原来根源在你这儿呢。嘶……”于邵说着，又抽了口气，捏着下巴琢磨着：“那照这样说来，你当初的‘死’和我们家也有关系，但这吸血鬼到头来，对我竟然还这么平和，他这莫不是……想挑个机会，搞个大事情吧？”

我撇了下嘴：“我想应该不至于，那个西方僵尸活得太久了，对他来说一百年的事情，他都已经忘了，忘了我当时编造的名字，也忘了我的长相，虽然他说还记得当初的事情，但肯定也都模糊了，当时的那些感情啊，爱恨啊，对他来说，也都不值一提了……”

说到这里，我也叹了口气。

“那……那倒不见得。”小狼抹了一把眼眶里的泪，蹲到我床边来：“小信，你还记得第一次你遇见我和李怼怼的时候吗？”

"嗯，你抢了我的巧克力，刚想吃就被李怼怼抽了。"

"那不重要。"小狼目光坚定地看着我，"我觉得，房东大人他根本就没有忘记当时的爱恨和那些感情。我以前和你说过，你们初遇的时候，嘴不是撞上了吗？他尝到你血的味道了。"

我想了想，好像是这么个乌龙的相遇……

"然后房东大人那天晚上真的在房间里对着镜子发呆了好久，他一直摸着自己的唇。那时候房东大人的神色，我从来都没有见过。我觉得，房东大人一定不是自己想忘了你的。"

小狼话音一落，美美就在旁边拍了拍我的手背："小信，其实我觉得议论记不记得这回事没有意义，我早和你说了，我觉得李怼怼就是喜欢你。不管是过去喜欢上你的还是现在喜欢上你的，他都喜欢你。这次你被阿小绑了，那傻子和你那可以操控影子的前男友，布了个东西，让李怼怼感应不到你在什么地方，李怼怼气得都要疯掉了。这是这么多年以来，我第一次觉得，李怼怼大概是要杀人了。"

很难得，阿季也在旁边点了一下头："印象深刻。"

看来……李怼怼是真的发了很大的脾气，所以才让他们这么心有余悸……

我回想起当时我在椅子上看见的李怼怼的背影，他确实也是捏住了阿小的脖子说："我很多年不杀人，不代表我不会杀人。"而后来他放了阿小，是因为被我吓到了吧……

被我突如其来的表白，吓到了。

"我看，这世上不只是人类，连非人类里面，都没有谁能让他这么在乎的。"美美摸了一下我的头，"看一个人喜不喜欢你，不要去听，也不要去猜，你就看他做了什么。在我看来，李怼怼对你做的每一件事，都写着'喜欢'。"

美美的话我听进了心里，接下来的两天，我都在思考这一番话，并不是我真的那么在乎李怼怼记不记得我这回事，而是我在从美美说的这个角度，去反思我住在居民楼这段时间里，李怼怼对我做过的事。

这一想，才忽然发现，原来我忽略了那么多他注意力停留在我身上的时刻。

虽然他从来没说过一句好听的话，但每一次危险，我总能等到他的守护。

出院的那天，李怼怼真的来接我了。准时出现在我的病房门口，依旧西装革履，表情冷漠："走了。"

"回家吗？"我问他。他表情柔和了一瞬。

"嗯。"他点头，说，"家里还有人等你见。"

"谁啊？"

"江铃。"

我一愣："铃铃？"

"对，我去世非联总部的时候见了她一面，跟她简单说了一下这事，她就跟我一起回来了。"

"她还记得我？"我有些欣喜，没想到作为一个有一半人类血统的精灵，竟然也能活这么长时间，而且还记得我。

"你去见见她就知道了。"

这话的意思是……

我在李怼怼的房间里面见到了"久别重逢"的故人，铃铃已经从一个小女孩真正地长成了一个大人，而且头上还生了华发，脸上也已经有了风霜的皱纹，拥有一半人类血统的她，到底还是没有办法像别的非人类那样青春永驻。

会被时间杀死，大概是人类最劣质的基因。

"阿姐？"铃铃见到我，脱口而出这两字，却唤得我有一丝的恍惚。她上前打量我，随即笑了，"原来你是长这样的。"

"你也不记得我的模样了吗？从什么时候开始……忘掉的呢？"

江铃笑了笑："你一走，就忘掉了，当时觉得奇怪，为什么才分开没有多久的人，一转眼，面目就变得模糊，名字也不再记得，回忆里，事情历历在目，但唯有你的面孔变成了模糊的烟雾。现代老吸血鬼告诉我，你不是那个时代的人，我才大概明了。"

她说："时间不想让我们记住你。"

我一愣，转头望向旁边的李怼怼：“你也……是吗？”

李怼怼点了头。

所有的事情都记得，唯独记不得我的名字和模样。

那李怼怼……在过去这么长的时间里，如果还带着喜欢的话，这记忆的空缺，对他……岂不是太折磨了吗……

辗转反侧时会努力地去回忆我吗？午夜梦回时，会有失落的时候吗？没有面孔，没有名字，会不会觉得，自己只是大梦一场……

“不过，都过去了。”李怼怼轻描淡写地说着，还是维持着他的高傲。

但我却心尖有些灼热得发疼。

我好心疼你啊，李怼怼。

第四十四章

Chapter 44

向死而生

和已近百年身的铃铃聊天感觉非常的奇妙。

对我来说不过几天前的事情，对他们来说已是 20 世纪的古老记忆。

我很好奇在我走了之后发生了什么。

或许也是时间不太希望我记清楚那个年代的事情，所以现在我回忆起来，过去铃铃的面孔已经模糊，但我还清楚地记得铃铃说要杀了她爹时，那带着噬骨深仇的情绪，仿佛恨不能将其抽筋剥皮。

而现在，当铃铃再提起当年时，不过只是一句轻描淡写的："林子书杀了他，后来我也渐渐将那些事放下了。"

时间或许不想让人记得的事情，会有很多，但有时候，不得不感谢"遗忘"，让大家变成了对自己和这个世界都更友善的人。

我和铃铃坐在沙发上聊天，李怼怼他不怎么爱闲聊，但也没有离开。

他拎了个椅子过来，跷腿坐在旁边。平时嘴贱得让人心烦的黑狗今天也很懂事，出奇的乖，它跳到李怼怼的腿上，将身体一蜷，就老实闭眼歇着了，任由李怼怼时不时懒懒地摸一下它的毛，宛如一条小狗。

有一瞬间的恍惚，时间好像发生了偏差。

今天仿佛不是 2018 年的某一天，而是在 20 世纪，那山坳别墅里的一个午后。

在铃铃她的家里，我、李怼怼、铃铃还有那只被救回来的小黑狗，聚在餐桌边闲聊。

原来，回到过去并不是真的要时间回到过去。

但现在到底不是过去了，铃铃与我闲聊两小时，她的身体有些撑不住了，离开前，她让李怼怼将法器戒指拿出来，李怼怼对铃铃没有防备，他将戒指递给她。

铃铃接过戒指后，在戒托的地方轻轻一敲，一根金针从戒托里面刺了出来。李怼怼眉毛一挑："你这个机关设计，是想让我去扎别人还是扎自己？"

显然，铃铃之前并没有跟他说过这戒指里面还藏了一根针的事。

"这针只能用一次，我本来以为这辈子你可能都用不到，但你找到了阿姐，那就用一用吧。"铃铃向我伸出手，她手上已经长了老人斑，皮肤已经皱得如枯木一般，"阿姐，手。"

我依言伸出了手，在她一句"不疼"之后，她就用戒托上的金针扎了我一下。

确实不疼。但我的指头还是出了血，而金针很快就将我的那滴血吸了进去。

"你这是做什么？"李怼怼皱着眉头，有些不开心了。

铃铃并没有第一时间回复他。金针缩回戒托之中，很快就没了踪迹，而被金针吸进去的血，却像枝丫生长一样，在戒指之中长出了鲜红的脉络，红色的血丝如藤蔓一般缠绕了整个戒指一圈。

"她的血会永远被储存在你的法器里。"铃铃将戒指递给李怼怼，"在可以预见的未来，人类的躯体注定消亡，而法器里，她这滴血，能陪你走过之后没有她的岁月。"

我一愣，万没想到竟然是这么一个……礼物。

李怼怼也怔在当场，他没有将戒指接过。

这血仿佛是刻在戒指上的一句话，这句话一直在提醒着李怼怼，我短暂的生命，终将离他而去。

或许，从我遇见他的那一刻开始，就是倒计时的开始，一天一天，过一天，少一天。

“我的手要抬不动了，法器你不要了吗？”

铃铃开口，李怼怼才缓缓抬了手，将戒指接过，但没有第一时间戴上自己的手指。

“我走啦，折腾着来，费了太多力气，阿姐，以后也不知道有没有再见的机会，你多保重了。”铃铃站起身来，颤巍巍地往门口走去。

李怼怼将戒指一握，揣进兜里，回头看我：“你先回去休息会儿，我把她送走。”

我点点头，看着李怼怼搀了铃铃胳膊一把。想起第一次见铃铃时，她还是个被家长勒令不要跳窗户的少女，一时间我觉得有点好笑，但笑笑之后，又觉得有点感慨。

适时，黑狗蹲在地上，用后腿爪子挠了挠耳朵：“苏小信，你回去多锻炼身体，多活两天，不要死在我前头。”

也不知道为什么……一旦大家知道我要和李怼怼在一起，连一直寿命比我都要短得多得多的猫，都要开始忧心我的寿命长短……

而且，难得的，黑狗用一种讨打的话语说出这句话来，我竟然一点也提不起打它的兴致。

“你也好好多活两天吧。”这话说得丧气，好像我和黑狗已经七老八十就奔着死亡去了一样。

我甩了甩脑袋，离开了李怼怼此时显得有些丧气的房间。

我往楼上走着，心里还在没有边际地琢磨，我现在虽然没和李怼怼说明，但态度上应该也是挑明了。那我以后要不要直接搬去一楼，然后……就不用交房租了？

“苏小信。”

我的脚刚踏上三楼的楼梯，却见楼梯口堵着一个人，是许久不见的时空旅行者——万事难老爷爷。

我微微后退了一步。

虽然这个精瘦的老头从来没对我做过什么，并且还给我带来过“不敢相信的爱”的礼物，但我莫名地有点怕他，因为……就算不确定他对我有没有敌意，但至少不友善，是确定的，就像他现在的眼神……

他盯着我，有些蔑视，有些不屑，还有更多的不耐烦与厌恶。

“有……有什么事吗？”

“有人要见你。”

“啊？”我有些蒙，随即脑中一个黑影一转，我恍悟，“是……”

“对。”他不耐烦地打断我，“就是你‘不敢相信的爱’。过来。”

说完，他转头就往他房间里面走。我犹豫了片刻，也跟着走了进去。

我想，再怎么说，这也是李怼怼的居民楼，万事难也是李怼怼的租客。住了这么多年，他们彼此之间应该是有基本的信任的吧。

应该不会杀我。

而且……我有些话，也必须要和“不敢相信的爱”说清楚。

万事难的房间很阴暗，屋里到处堆满了杂物，最多的就是钟表，古旧的，现代的，还有看起来时代感已经超过了现在的各种钟表盘与计时器。上面显示的时间各不相同，但唯一相同的是，钟表与计时器上的时、分、秒都在滴滴答答地走着，发出微弱的声音，这些声音汇聚在了一起，把时间变成了可见可听的洪流，倾注而去，又归于无形。

“他……在哪儿？”我在屋中环视一圈，并没见到“不敢相信的爱”。

万事难走到一个古老的座钟前，座钟比我人还高出一个头，下面的钟摆正常地晃着，而上面的时针分针却在不停地跳动，一会儿顺时针飞快地转了一圈，一会儿又逆时针跳回去两个，时不时还倒着转个三四圈，停顿片刻又飞快地旋转到停不下来。

这……仿佛是个坏得有些疯狂的机器。

万事难将座钟小柜门打开，在一直匀速摇晃的钟摆下，左一下，右一下，每一次晃动，钟摆背后的图画就改变一次。

有时是青青草地，有时是蓝天白云，有时又是一片漆黑。

“这是……？”我探头进去打量，正转了个脑袋想问万事难，但后背被他一推：“进去吧，人在里面。”

我一个踉跄，在钟摆晃到左边之时，我直接摔进了钟摆摇晃的缝隙之中。

一脚踩进去就踩了一个空，但却又不是完全踩空。

我脚下宛如陷入了棉花糖一般柔软的地面，整个人都沉在里面，用不上力，也爬不出去。我挣扎着适应了一会儿，终于将自己从棉花糖里面拔了出来。

我抬头望向四周，一片漆黑，什么都没有。

我往身后望，试图找到被推进来的那个钟摆。但没想到看见的却是一个裹着黑袍的身影。

这个身影我知道——“不敢相信的爱”先生！

“哎！你真的在！”

以前都是他出现在我的世界，这一次我好像闯进了他的世界。

我快步走到他身后，想唤他，但又不知道该叫什么，于是只有开门见山地对着他的背影说：“你好啊！这次你想见我，正好我也想见你，我想告诉你一件事，我……”我有点不好意思地挠了挠头，“我有喜欢的人了，而且这个人对我来说非常重要，重要到我不想让他有一点点的不开心，所以……虽然不知道你为什么会出现在我身边，也不知道你为什么会对我说你是我‘不敢相信的爱’，但我还是想借今天这个机会告诉你，我可能没办法回应你的感情了。对不起！”

我厚着脸皮，带着无比尴尬的情绪说完了这一段话，恨不能鞠个 90 度的躬给他道歉。但我没想到在我“噼里啪啦”说了这么一通之后。

黑袍人沉默很久，微微一侧头，在那黑袍遮掩之下，我倏尔听到了一声笑。

有点熟悉，又有些陌生。

“苏小信，你确定？”

黑袍人转过头来，黑色烟雾散去，我头一次看见了他的模样，但……

“李……怼怼？李怼怼？！”

黑袍人，我“不敢相信的爱”，给我送礼物、送裙子、悄悄救我、帮我很多次的人居然是……

李！怼！怼！

“你……”我指着他，怔愣了好半天，“你为什么要伪装……不对，你不是去送铃铃了吗？哎……也不对……”

我仔细思考着，一开始僵尸母亲事件的时候，我被僵尸母亲咬了，“不敢相信的爱”和李怼怼接踵而至，李怼怼当时的表情，不像演的。还有之前林子书来找麻烦的时候，李怼怼还在办公室看见视频拍到的黑袍人和林子书打斗画面，那也没必要做这样的戏啊。

所以这个李怼怼……

“是你没有见过的我。”

“什么意思？”

黑袍人并没有急着回答我的问题，他在黑暗中，凌空坐下，他拍了拍自己身边的地方，我看了一眼，发现他手上戴着的金色戒指法器，上面还有丝丝鲜血在流转。

这是之前铃铃给李怼怼的，但现在这个法器看起来，竟然破旧许多。

我走到李怼怼身边，他转头看了我一眼，眼神复杂，里面有太多现在的我还无法理解的情愫。

“时间。我的时间停在了你的时间停止后的两百年。”

这话说得有点乱，超出了我的理解，我一脸茫然地看着李怼怼，李怼怼好像脾气也变好了很多，并没有怼我，他继续和我解释：“你的时间停止，是肉体的消亡。”

是指……我死了吗？

“而我时间的停止，是我选择停留在这个空间里面。”他顿了一下，“如果按照正常时间来计算，我现在的时间，大概是你死后两百年。”

我……死后两百年。

“但在这个空间里，我的时间停止了。”

“什么意思？”

“万事难，时空旅行者，他们一族的人可以随意穿梭于各个时空之中，他们可以带着一个建立过契约的人，穿梭时空一次。但也只有一次，如果有第二次，时空旅行者自己无所谓，但被带着穿梭时空的人，就会被困在时空的缝隙之中，再也回不去原来的时空，也无法进入另外的时空。唯一的可能，就是通过空间不稳定导致的缝隙，离开这里几分钟。”

“我……之前在‘外面’见到你，是因为你从时空缝隙里面出去的吗？”

“嗯。”

我沉默很久：“你为什么，要让万事难，带你穿梭时空呢？为什么……一定要做第二次？”

李怼怼转过头，看了我很久，他笑笑，没有说话，神态温和，所有的棱角仿佛也被这空间里无边的黑暗抹平。

他什么都不说，但我也能猜到了。

我死了，在未来的某一天，我死了，离开了他。

他的时间里没有了我的存在，所以，是想回到过去来找我吧，所以有了第一次，才有第二次，然后迷失在了这里。

我垂着头，不说话。

“很幸运了，苏小信。”李怼怼说，“现在还能和你坐在一起，很幸运了。”

“我都记不住你……我之前，根本就不知道是你……”

我想起了铃铃说的，时间不愿意让他们记住不属于那个时空的我。同样，时间也不希望我记住不属于我那个时代的李怼怼。

所以，即便当时我能看清他的模样，但一秒，或者一秒都不用，这个李怼怼就会在我的脑海里变得模糊，变成一团黑色的烟雾，我看不见他的表情，也不知道他的状况。

时间在他的现在，那么不公平地对待着他。

我又开始心疼他了。心疼得有些红了眼眶。

这个李怼怼过去让我心疼，现在让我心疼，连未来，也那么让我心疼。

他念了我两百年了，他真的是我不敢相信的爱，也是我无法触碰的爱，在我所无法抵达的遥远未来。

头顶忽然传来一道压力，是李怼怼见我垂头沉默，他揉了揉我的脑袋："我知道万事难带你来这里，让你看我现在的模样，是想做什么。但苏小信，不要干涉我的决定。"

"为什么……不把我也变成吸血鬼呢？不是该像电影里面讲的那样，初拥之后，我就变得和你一样了吗？我就可以一直陪着你了吗……"

"尝试过，失败了。"

"为什么？"

"体质原因。"

我不敢抬头，不想让他看见我此时眼红的模样。

但他肯定都猜到了，他站起身来，伸出双臂，将我圈在怀里。

"永恒的寿命让我很难理解，为什么明知会死，人还要那么拼命地活着。人类和飞蛾有什么区别……或许就是没有区别。飞蛾向死而生，人类也是如此。"

李怼怼轻轻在我耳边低语，宛如吟诵着诗篇："苏小信，是你给了我向死而生的勇气，你用生命告诉我，生是有意义的，死也是有意义的。就算终将流浪于虚空，我们每一次缝隙中的相遇，也是有意义的。我活了很久，却只有和你相遇后，才算真正的活着。"

我说不出任何言语，只有在李怼怼的怀里，紧紧将他抱住。

而便在这时，巨大的钟声在这黑暗之中响起，李怼怼拍了拍我的后背："你该回去了。"

我咬咬牙，推开他，我望着他："我就问你一个问题，我什么时候会死？”

我想知道时间，我想在那个时间之前，拼尽全力地对李怼怼好。

“这个不重要。”李怼怼笑了笑，在我身后，倏尔有风吹了进来，仿佛是一扇门被打开，吹动我的头发与他的黑袍，他说，“你只需要知道，最后一刻，你是笑着闭眼的。”

风声大起，将我脸上来不及抹去的泪水都卷去，落在他黑袍上。

“我将留在这里，等待下一次缝隙开启，再与你相遇。”

狂风大作之中，我被拖拽着，离开了黑暗。

钟摆晃荡，“哐”一声，我被从座钟里面甩了出来。

我摔倒在地上，万事难还站在我身边，我爬起身来，看着座钟里面的钟摆落下，原来我刚刚在里面的时间，不过是座钟的一次钟摆摇晃的瞬间。

若不是万事难还站在身边，我当真以为只是自己的黄粱梦一场。

“知道了吧。”万事难没好气地对我说，“这就是结局，这就是结果，你好好想想清楚，你们在一起都要付出些什么！对你来说，你每一次见到他，不过是几个月间的几分钟的事，但对他来说，每一次都是在时空罅隙中枯耗的十数年或数十年。成千上万个日日夜夜，无边无际地等待，只为了几分钟的相见。问问你自己吧！值不值得！”

我没有说话，只是站起了身来，我看了万事难一眼，我向他鞠了个躬：“谢谢你。”言罢，我转身离开，从三楼走下，又回到了李怼怼的房间门口。

我站在他门口等他。

一直等到夕阳西下，李怼怼回来了，西装革履，金边眼镜，眼中的凌厉尚未被时光洗去。

他远远地便看着我在门口等他，他走近了，问我：“为什么在这儿等着？”

“李怼怼，大家都很担心我活不长，陪不了你多久，如果，我是说如果，如果我几年后就死了，那你还要和我在一起吗？”

“要。”

"要是几个月后就死了呢？"

"也要。"

"明天就死了呢？"

"那今天的一分一秒，更不该浪费。"

我上前一步，双手穿过李怼怼的腰间，将他抱住："那我们就明说了，这一分，这一刻，这一秒，我们就在一起了。"

头顶传来一声轻笑，他也伸手抱住了我。

"嗯，在一起了。"

"我们去领个证吧。"

"现在？"

"现在。"

于是，求婚我也一步完成了。

如果要问为什么，那我只能说，我的时间很紧，一分一秒，都不该浪费。

故事到这里就结束了，但我的美好生活仍旧再继续，只是，不足为外人道也。

番外一

Special Episode 1

婚礼

我叫苏小信，我马上要举办婚礼了，和一只吸血鬼。我最大的问题不是婚礼怎么举办才比较浪漫，也不是盘算能收多少礼钱，我最大的问题是……

“其他亲戚都可以不让他们来，但是，我有一对纯人类的血亲父母。”我坚定地看着李怼怼，“这个，必须请。”

李怼怼跷着二郎腿坐在沙发上，他抱着手臂，手指在手臂上敲了两下，然后一转头，扫了一眼围着茶几坐了一圈拿着请帖的非人类们：“听到了吗？必须请。”

“我保证不喝多！不奓毛！不变狼！”小狼第一个当乖宝宝，赌咒发誓，但气势汹汹地说完之后，又挠挠头，有些不好意思地看着李怼怼，“就是……房东大人，那个……婚宴中午吃了饭，不是还要等晚饭吗？下午时光多无聊，你们吸协有几个约了我打麻将，在咱们居民楼里你不许赌博，我忍了好久了，可你大喜日子……我能不能……也破破戒……”

他声音越说越小，李怼怼金边眼镜背后的眼珠子斜睨着他，最后到底是挪开了眼神：“人凑齐了就打，把房租给我赢回来。”

“好！”小狼瞬间笑得心花怒放，“我运气好，打五毛都能赢八百！没问题！”

小狼确实赌运好，以至于我认为他大概是入错了行，他不该当歌手或者乐手的，他应该去专职买彩票……

“我是没什么问题啊。”美美坐在阿季怀里，现在的美美，又养回了胖胖的模样，她坐在阿季怀里，宛如一只大型洋娃娃，阿季也没有觉得重，就老老实实将她抱着，时不时还悄悄用小拇指轻轻摁一下美美肚子上的肉，看起来手感很不错的样子，很柔，很软。

搞得我也有点想摸……

“就是……”美美转转眼珠，有些不要命地开口，“房东好不容易办个婚礼，这大喜日子，是不是也该效仿古制，大赦个天下，免个拖欠的房租什么的，让大家跟着乐呵乐呵，更卖力帮你盯着婚礼现场不出岔子呗？”

她说这话时，眼睛到处乱转，看我，看天，看黑狗，就是不往李怼怼脸上瞥一下，活像看一眼就能被扎穿一样。

李怼怼冷笑一声：“行啊，免你房租。”

美美大喜，李怼怼抬手推了一下眼镜：“但是，”他顿了顿，满意地看见美美脸上的笑容僵住，“婚礼现场要真出一点岔子，你就给我十倍赔款，你要是同意，待会儿签个合同，摁手印，我拿去吸协录档。要不要这优惠，随你。”

美美开始严肃地思考起了这件事。

我大概能透析她的想法，她八九成是会同意的，毕竟能占李扒皮的便宜，可是千载难逢的机会，至于婚礼现场万一出了岔子……反正她欠李怼怼欠也不是一天两天了，虱子多了不咬，债多了不愁。

果然，美美片刻后，应了下来：“好，合同我签！”

“哎！你们都占便宜了……”李陪陪有话要说，“那李怼怼你也要答应我一件事才行，不然……不然我就闹腾你的婚礼去！”

李怼怼一挑眉：“威胁我？”

李陪陪咽了口口水，屃了：“不是……就……打个商量？”

李怼怼抱着手看他：“你想要什么？”

“我上个月翘班太多，学校工资都给我扣光了，你帮我出三张请假条呗，一张一个星期，就说我被吸协召唤去协助干活了，别扣我工资。保个底薪。”

一个吸血鬼学校的老师混到要自己要靠关系拿请假条才能开工资的份上……我看着李陪陪，觉得我这小姑子真的有点惨。

“行，三张请假条，没问题，但底薪你也别拿了，我帮你收着，当你偿还的拖欠租金。”

李陪陪宛如噎了一只苍蝇，如鲠在喉，缓了一会儿气，最后认命：“好，从今往后，我再也不欠你钱了！”

“不，你的底薪只够三个月。”李怼怼脑子里仿佛住了一个算盘精，他说，“你还欠两个月又十七天的房租，到婚礼那天，就是两个月又二十八天，四舍五入，还有三个月。”

仿佛心口中了一剑，李陪陪咬牙咽回了心头血。

旁边的卫无常仿佛忽然开启了护短属性，一下子站了出来：“不用如此咄咄逼人。”他这一声，让房间里所有人都看向了他，卫无常不卑不亢，挺直背脊，掏出手机，“她的房租要多少，我给了便是。”

来自古代的大将军，学会了手机支付。现代科技，造福人类……

“好啊。”李怼怼应了下来，“一共……”

“关你屁事啊？！”李陪陪直接打断了李怼怼的话，“谁要你帮我付房租了！”在金钱问题上，陪陪终于站起来了一次，却是在面对卫无常的时候。

卫无常眉头微皱，耐着性子说：“你是我妻子，我不会让你在任何情况受他人折辱。我外出工作已有钱财存款，可助你……”

“谁是你妻子了！你有病吧！整天整夜，没完没了！你是不是想逼着我跟你打架！”

卫无常依旧不卑不亢：“男子汉大丈夫，顶天立地，刀剑所向应是贼寇之处，怎能与妻儿动手。”

“你……”陪陪额上青筋乱暴，“还上瘾了，你过来，老子今天就是贼寇，你来打我啊！”陪陪已经开始撸袖子了。

卫无常一本正经地皱眉：“说脏话实在不妥，现在便罢，以后有了子嗣，不可再如此。”

我揉了揉眉头，古代大将军……大概很是不懂陪陪的爹毛点吧……

我见陪陪已经骂起了三字经，形势即将失控，而在场非人类们皆是一副坐等看戏并不想劝架的模样，我连忙往陪陪身边一站，凑到她耳边说："大家都在，打输丢人。"

仿佛被戳中了定身穴，陪陪国骂停口，浑身僵了两秒，随即重重且幼稚的"哼"了一声："老子不待见他，你结婚前我不回来了，看着心烦。"

说完，她踹门就出去了。

李怼怼看着她的背影挑了挑眉，我想，大概是在她账上又记了一笔破坏门锁的钱，而李陪陪却并没意识到。

卫无常一直眉头紧锁，但见陪陪走远了一些，他转身向我抱拳："苏姑娘，时间仓促，准备不周，你婚宴当日，我再补上贺礼。"

我连忙摆手："不用这么客气……"

我话没说完，空中就飘下他一句"告辞"，转身就追陪陪而去。

真是好一出苦情相公追求狂躁媳妇的戏码……

陪陪和卫无常一走，没戏看了，大家也都各自散了去，黑狗在地上伸了个懒腰，站起来，晃荡着尾巴给了句总结："闹麻老。（吵死了。）"

我看了看空下来的屋子，又看了眼已经开始玩起了手机的李怼怼，有些惆怅地坐在了李怼怼身边的沙发上。

明明没拿正眼瞅我，但李怼怼仿佛已经和我心有灵犀了一般，脱口就说："不用担心。"

"你知道我担心什么？"

"我们的身份，不会被你父母发现。"

说得这么笃定……

"为什么？"

"我已经安排好吸协的人了。"他一边说着，一边在手机上发了一条消息出去，"婚宴当天，凡有'失态者'……"

“杀无赦”这三个字在我心里打了个转。

李怼怼瞥了我一眼：“全部远程注射高剂量镇静剂，拖走。”他在手机上点开了一张图，是我们预定婚宴的酒店，之前我和李怼怼去看的时候，我就只看了看酒店环境以及价格，顺道将婚宴用菜定了下来，但没想到李怼怼回来之后，还做了个周围环境的 3D 建模……

“重庆是山城，我们定的酒店，一面向水，一面靠山，另外两边各是两栋高楼，我已经安排了人在山顶，高楼，以及江上采沙船上布点，全方位包围我们婚宴现场，宴会大厅四面通透，我特意选了能开窗的大厅，就是为了这几个点上的人马，能远程狙击，命中目标。”

我咽了口唾沫……

大哥我们这是办婚礼，你安了几个点的狙击手全方位包围自己，你这怕不是在让我上刑场吧？

“为了保险起见，吸协还安排了人在服务人员之中，远程攻击无效时，现场也有可以控场的人。”李怼怼关了手机，“出不了岔子。”

我沉默相对，更加觉得这场婚礼，前途难测……

但李怼怼却转头看我，他推了一下眼镜：“苏小信，身份原因，我无法让我们的婚礼成为最盛大的，但我一定会让我们的婚礼，是最完整和安全的。”

我愣了一瞬，忽然间心中暖流涌动。

李怼怼……他那么上心啊……

李怼怼五指穿过我的五指缝隙，与我十指紧扣：“不能给你一个特别的婚礼，但普通人有的，我要你也一定能有。”

十指相扣，李怼怼比我还苍白些许的肤色那么显眼，我笑了笑，李怼怼或许不知道，对我来说，有他在，这个婚礼就已经是全世界最特别的婚礼了。

我见过亲戚家的姐姐筹备婚礼，从订酒店到婚纱照到行程细节，无不烦琐。但我的婚礼因为吸协的帮忙，或者说因为吸协主任的“假公济私”之命令，所以筹备得尤为轻松，李怼怼跟我说，你想掺和就掺和，除了安全事宜，别的都听你的。你要是不想掺和，就让别人忙去。

我自然是不太想掺和的……

毕竟，在我的骨子里，我还是一个有懒筋的宅女。

美美也曾问过我："到底是婚礼，你不亲手筹备下，不觉得遗憾吗？"

"我都把新郎筹备好了，别的还有什么可遗憾的？"

"嗯，你说得也很有道理。"

她也就这么简单地被我说服了。

婚礼当日，我一大早起来梳妆打扮，全程有吸协的秘书在我耳边告诉我行程安排，简单拍了一些婚礼当日的照片之后，我被车接到了酒店新娘的化妆间，补妆之后，又跟着李怼怼出去迎接宾客们。

我和李怼怼请的人不多，我的父母，居民楼的大家，还有他吸协的同事……

虽然，有一大半同事都是他请来做安保的。吸协特意给吸血鬼们买了强力防晒，每人发了墨镜口罩，看起来仿佛来了一只神秘的武装队伍。

我父母到的时候被吓了一跳。我妈把我拉到一边，抽了我的手背一下："苏小信，你这孩子，结婚这么大事，你就提前几天和我说，你知道我和你爸都吓傻了吗？还不让我们见你……"我妈看了看四周西装革履包裹严实的吸血鬼们，又回头瞪我，"你是不是，肚子，啊？"

"肚子啥？"

"还能什么！"我妈压低了一下声音，"是不是肚子快大了。"

妈妈……你都在想些什么……

我觉得我脑袋要大了。

"我没有。"

"没有那你急什么！结婚是什么你知道吗你就结？这什么人啊，多大，叫什么，哪里人，在哪儿工作，我们什么都不知道，你就办婚礼了，亲戚都还不让请！你……"

"小信。"我妈正疯狂输出着，李怼怼唤了一声我的名字，走到了我身边。

虽然李怼怼平时也穿西服，但我从没觉得哪一天，他穿得像今天这样帅气。

李怼怼将我的手拉住，转头看见了我妈，我妈也沉默地打量着他，气氛正有些尴尬，我正想说些什么时，李怼怼忽然开口了：“妈。”

我：“……”

我妈：“……”

比起我妈的一脸猝不及防，我转过头，憋了好久，才让自己的表情维持不变。

“失礼了，工作原因，婚礼准备仓促，也没有提前告知二老，抱歉。”

李怼怼……居然认错了！

我震惊地回头，看着李怼怼。

李怼怼倒是一脸正经，我妈错愕之后，回过神来，左右瞥了一眼，公共场合，大家都看着，她清了清嗓子：“你们年轻人的事我不反对也不想插手。”

我又瞥了李怼怼一眼……

年轻人……

他依旧面不改色。

“只是你们总得提前和我们说一声吧，这么着急，你叫什么名字，多大了我们都不知道。”

“我叫李斯年，28 了。”

嗯？不是李一言也不是李怼怼，竟然是李斯年这个名字？

到底哪个才是真名，或者说哪个都不是？李斯年和这个 28 的年纪，也只是这一次吸协给他安排在身份证上的名字？

“我在安全单位工作，具体工作事宜事关机密，不便透露，这次婚礼单位领导也很重视，但也是出于安全考虑，不想声张，所以很抱歉，小信的亲朋好友，无法宴请。”

我看着李怼怼一本正经地打官腔，七分真三分假地糊弄我妈，我妈……果然成功地被糊弄住了。

“安全单位？”

我立即解释：“公务员。”

“公务员？”我妈又转头看四周的吸血鬼们，就在这时，我爸一步上前，拉了我妈一把：“哎呀，孩子的事，他们自己决定好了就行，你管这么多做什么，这都办酒了，你看小信也挺开心的，你就祝福不好吗？”

我望着我妈，我妈沉默了片刻，目光又在我与李怼怼之间转了转，最后叹了口气，拍了拍我的手背，转身随着来领他们的人，走进了大厅里面。

我仰头，盯着李怼怼，四目相对，我笑了：“你对我父母态度还挺好啊。”

“因为是你的父母。”

“宾客都到得差不多了，主任，夫人，你们准备一下。”李怼怼的秘书出来通知我们。

夫人……

今天被人叫了一天，我本来已经麻木了，但只要稍停一会儿，再听到时，我内心又难免起了一次波澜。

李怼怼点点头，垂头看我，倏尔抬手，帮我把垂下来的刘海理了理：“我先进去等你。”

“好。”

这一天的婚礼，没有出任何岔子，之后我听说，阿小越狱出来了，但在到酒店的时候就被摁在了酒店门口，注射了大量镇静剂，又被拖了回去。

酒店还收到了一个匿名快递，吸协的安保人员发现是流离者寄来的，他们带回吸协拆开看了，里面是一本用 A4 纸打印出来的，我在网上连载的吸血亲王怼穿肠的全部漫画，装订成了几本书，旁边写着叽叽酱祝福语——新婚快乐啊。

小狼很乖，滴酒未沾，下午打牌赢了好几个月的房租，陪陪与卫无常也来了，坐在一桌，非常神奇地没有吵架，美美和阿季在我结婚前几天离开了，这天回来，送了我一颗巨大的海水珍珠，珠光亮得仿佛能照耀整个宴会现场。

这一天的一切，都似梦一般奇幻。

而之后很多次想来，最奇幻的，还是我爸爸牵着我的手，将我带上那红毯时，我走向李怼怼的那一路。

他在红毯的那一头，静静地等着我，宴会的音乐停了，窗外的阳光停了，只有百年前和百年后的风不敢停歇，风吹着，撩动我的白纱与他的眸光。

我的手放在他掌心的那一刻，仿佛这前后几百年的时光都被锁在了我们的掌心之间。

在众人与众神的注视之下，在时光与虚无的见证之中，我将与他共度我短暂而美好的一生。

美如梦幻般的一幕。

我背过身，抛出手中花球，美美与陪陪等人抢作一堆，婚礼最是沸腾热闹之际，我顺着红毯望去，大殿之外，黑袍影子静静伫立，我不敢耽误，立即露出一个大大的笑容，他的黑袍下，一团黑气。

他仿佛也笑了。

黑影散去，我紧紧握住身边李怼怼的手。

似乎察觉到了什么，李怼怼也紧紧将我的手握住："苏小信。"

"嗯？"

"以后你不用交房租了。"

我愣了一瞬，大笑起来，随即一把把他抱住。

这一天，真的美好到不像话。

番外二

Special Episode 2

不敢相信的爱

他很多次回忆起过去时，其实并无别的感觉，只是一句当时只道是寻常，徘徊心头，经久不绝。

时空的罅隙之中，还是一如既往的黑暗，与平时没有任何区别。他在黑暗中醒来，望一眼无边际的黑暗，又重新闭上了眼。

李怼怼很清楚，自己的故事其实早就已经结束了，他的余生，像在看一场老电影，一遍一遍地回放，不能停歇。

其实，有时候，也会心觉无望。

不知又过了多久，黑暗之中倏尔有风声传来。

李怼怼睁开眼睛，面前，时空缝隙出现了波动，他知道，这是老天爷赏赐的，可以让他离开这黑暗的日子。

没有耽误，他站起身来，整理了一下自己的黑袍，在风声呼啸之中，踏入黑色的漩涡。

狂风呼啸，似要将他的身体与灵魂都一同撕碎，天旋地转之中，一道巨大的力量，将踏入漩涡的他推了出去。

走过时钟钟摆的夹角，打开巨大座钟的门，他一脚踏出——是万事难的房间。

离他上一次离开缝隙，大概已有十来年了，但这间屋子还是原来的模样，一点没变。

万事难坐在他一堆时钟堆积的小山上，老头子把那里当作自己的王座，在上面修着一块手表。看见李怼怼从自己的大座钟里面出来，他一点惊讶的情绪也没有。瞥了他一眼，又继续做自己的事情。

“他们在外面摆了火锅。”万事难说，“吵得我头疼，你爱看自己看去。”

“这是哪一年？”李怼怼一边往外面走，一边问。

“2018 年。你刚肃清了流离者，那丫头回家了一段时间，又被你带回来了。”

李怼怼记得，林子书绑架了苏小信之后，苏小信得救了，却受了不轻的伤，居民楼的所有人都认为苏小信离开了，不会再回来了，但最后，她还是回来了，余美美安排了一次聚会，大家一起吃火锅。他的记忆里，那天晚上，所有人都很尽兴。

或者说……是今天晚上。

李怼怼刚开门要离开，身后的还在修手表的万事难叹了声气：“就在这之前让她走掉，你怕是比现在要轻松很多。”

李怼怼慢慢将门合上。

“那可不一定。”

他走下楼，到二楼的楼道口，将自己的身影隐匿在阴影处。他抱着手，倚靠着墙壁，看着楼外空地处，一个大桌子，坐着他昔日的友人，亲人与……爱人。

他将自己的气息藏起来，没有人能发现他，即便是过去的自己。

从某种角度来说，他即便是离开了时空的缝隙，来到真实的世界里，他也要活在黑暗当中，因为关于他，这个时空的人，也只会看到一片黑暗。

他在时空之间来来回回，次数多了，李怼怼自己有时候也会想，这一切，是不是都是他的一场梦，梦里梦外，都是一片寂静的黑暗，而他永远也醒不过来……

“啊！”空地上，阿小看见大家吃起了火锅，开始号叫起来，紧接着，和过去的回忆一样，大家吃着，喝着，玩闹着，每个人脸上都洋溢着幸福的微笑。

特别是苏小信。

李怼怼看着她，嘴角不自觉地上扬了起来。

大概苏小信自己都不知道吧，她在吃火锅的时候，脸上的表情有多幸福。

长筷子夹着一片毛肚在红油锅里涮了涮，巴巴看着，眼珠子时不时还扫一眼锅旁边别的菜，琢磨着吃完这片毛肚，下一筷子夹个什么。等想得差不多了，毛肚也熟了，她把冒着白气儿的毛肚放到油碟里，蘸一下，抖下两滴油，然后一嘴吃进去，唇上的油和眯起来的眼睛都透着光。

真香。

而苏小信在吃得这么香的时候，还会不自觉地拿眼神瞟一眼坐在另一边的李怼怼。

并不是有意的，而是完全下意识的动作，泄漏了她心底，对某人的最在意。

李怼怼在黑袍里，就这样静静地看着她。

直到众人都醉了，依着记忆，当年的李怼怼把苏小信从于邵旁边拽走了，拉着回了自己的房间。

李怼怼拉了一下自己的黑袍，身形一转，落到了一楼他自己的房间的卧室外。

这个老居民楼的房间，卧室窗户看过去，正好能看到客厅玄关进门处。

他看见自己反锁了门，听见那时的他，带着醉意，对苏小信说："苏小信，你再吻我一次。"

苏小信一脸猝不及防的震惊。

黑袍下的李怼怼没忍住，一声轻笑。

"我要你，吻我。"

"李怼怼……你吃点醒酒药……"

"为什么？"

"因为你醉了！"

那边的对话进行着，但听在此时的他的耳朵里，却仿佛已经隔了亿万光年的距离。直到他听见自己说："苏小信，我可以忍受永无止境的孤独，却没办法忍受得而又失的落寞。

"向往朝阳，只会令我的黑夜更加绵长。"

李怼怼看向已经醉倒的自己。

他身上的黑袍，宛如身后黑夜凝成的幕布，裹在他的身上。

他看着苏小信静静地抱着他，轻轻地，带着怯懦地俯下身，在他唇上，落上一个吻。

明明轻得几乎没有力道，但时隔多年，仿佛仍旧是个烙印一般，见此景，就让他的唇瓣灼痛。

他当时，确实是不知道的，他是第一次……见到这一幕，得知这件事。

苏小信从来没和他说起过这一晚……苏小信还在的时候，很少和他提及他们的过去。她总是在不停地与他一起往前走，做新的事，看新的景，她已经知道了在她离开后，李怼怼即将面对的是什么，所以她很少做重复的事情。

她让每一天，都有意义。

李怼怼看着苏小信亲吻了当年的自己，她压着内心的慌张，把他拖到了屋子里。

在苏小信准备离开的时候，李怼怼黑袍黑烟一过，在她所能瞥见的二楼一闪而过。

"我看到了哦。"他的话，让苏小信一惊，他笑着说，"别怕，我不会告诉任何人，帮你保密。"

这是他们之间的秘密，连过去的自己，都不曾知晓。

或许……这并不是一场老电影，他们之间过去的时光，还有那么多细节，苏小信还悄悄地藏了那么多秘密，足以让他用无穷无尽的时间，去挖掘。

李怼怼回到了万事难的房间。

万事难还在修表："你再回来晚一点，就回不去了，是什么后果，你该知道。”

他知道，一旦回不去时间的缝隙，他就该永远消失在时空中了，连等下一次见到苏小信的时间都没有。

他迈入座钟之中，钟摆停留在他踏出来时的夹角。

“改天见。”

他对万事难说。

万事难一声叹息。

他踏入钟摆夹角之中，漩涡将他重新吸入了一片黑暗。

面前，是熟悉的虚无，接下来，又是无尽的等待，仿佛是印证了他那时的话语，他从此以后的人生，都将面临无尽的黑夜。

但此时的李怼怼却和那时的自己想的不一样了。

并不是向往朝阳，黑夜才更加绵长。而是因为向往朝阳，所以，这漫漫长夜，也都不再难熬了。

他知道，被诅咒的自己，终将走向会拥抱自己的太阳。

番外三

Special Episode 3

李陪陪

卫无常沉默地走回了居民楼，还在楼外空地前，就被三楼阳台前的余美美看见了。

余美美见他垂着头，面色凝重，脚步沉缓，不知道是不是又和李陪陪吵架了。余美美觉得这个来自古代的实诚大将军被折腾得有点可怜。

“哎，大将军。”美美开口唤他。

美美想着，李怼怼和苏小信都去扯证了，这眼瞅着婚礼都要办了，但李陪陪和这个大将军还没结没果的，也是时候有个人来告诉一下他，为什么李陪陪老是看不惯他了。

美美说：“你要不要上来坐会儿？咱们聊聊。”

卫无常一抬头，眉头一皱，义正词严地拒绝：“余姑娘此言甚是不妥，孤男寡女，纵使白日也不该共处一室，理当避嫌。”

“……”余美美觉得，这僵尸王怕是没得救。

“那咱们找个亮堂的地方，我带阿季一起来。”

她说着，就回了屋，叫上了阿季下了楼来，然后和卫无常招招手，往居民楼后面的小公园走去。

卫无常犹豫了一番，到底还是跟了上去。

“我说大将军，”余美美牵着阿季的手，一边走着，一边斜眼瞥了眼卫无常，“你这都被陪陪拒绝了多少次了，还这么锲而不舍啊？”

“该当如此，是我……”卫无常清咳一声，“是我有愧于她，男子汉大丈夫，顶天立地，绝不该逃避责任。”

“哦。”余美美细细打量着卫无常的神色，“你这个责任嘛，李陪陪也不想让你担，她唯恐避之不及，你何必强人所难呢？干脆放手，糊弄糊弄过了，你们一别两宽，不是很好？”余美美觉得，和这个僵尸王说话，简直要耗掉自己毕生所会的所有成语了。

“断不可如此。”

“为什么？”

“既已有……”卫无常又顿了一下，但还是拼着满脸通红说了出来，“既已有夫妻之实，自然该有夫妻之名！天理伦常，不可败坏。”

“这第一嘛，婚姻制度其实就是一种落后的经济制度，他们人类用来延续自己所有财富的，你现在都不是人类了，为什么还要遵守人类的规矩？第二嘛，现在人类也不信你这一套了。那不就一夜嘛，对方也没当真，你何必搭上自己的未来。你未来还长着呢。”

余美美一番话让卫无常沉默了半天。

他并不是一个善于言辞的人，又在这巨大时代精神价值观的冲击下，别说反驳了，根本连自己的价值观都差点被冲歪，他稳了许才终于稳住了自己的脚跟，咬牙说：

“总之……就是得负责。”

美美瞅了卫无常半晌，斜眼睨她：“这么想负责，你怕不是喜欢李陪陪吧？打着天理伦常的旗，行着正合心意的事？”

卫无常一惊：“无……无稽之谈！”

“你又不喜欢她，只是单纯地想负责，那多对不起李陪陪啊，她又不是你满足自己伦理纲常的工具，你这样做，不是对她的另外一种耽误？”

听到这话，卫无常如遭雷劈一般愣在当场：“我……我还未曾如此想过……”

“那你今天回去好好想想吧大将军。”

卫无常失神地抱了下拳，与美美告辞了。他离开没多久，一直在旁边静静观看的阿季拽了一把美美的手，美美转头看他。

“何苦欺负老实人？”他一脸冷漠地学着卫无常的用语习惯，让美美不经笑了出来。

“我没欺负他啊，我就确定个事儿。”

“什么事？”

“看他喜不喜欢李陪陪啊。”

阿季一挑眉：“结论呢？”

“喜欢了百分之七八十吧。”

“还有剩下的百分之二三十是什么？”

“唔……”余美美想了想，笑说，“大概是他的伦理纲常吧。”

娶妻当娶贤。

卫无常从小就听着父母亲人先生在耳边说着这句话，他也一直认可这句话。

娶妻，自然要娶贤。

但这李家陪陪，无论从哪个方向看——穿着，谈吐，举止礼仪，为人处世、待人接物……通通都担不上一个贤字。若不是因为那次醉酒之后……他无论如何也是不该娶这个女子，更遑论喜……喜欢？

“怎么哪儿都有你？！”

面前忽然出现了李陪陪的脸，也不知道为什么，卫无常在看见她的这一瞬，脑子里一瞬间就将刚才那些问题都忘光了，只剩一句“快答应嫁给我”即将脱口而出。

但他今天并不是来说这话的。

卫无常将这话压在喉头。

“我都跑到这深山老林了！这乌漆墨黑的，你到底是怎么找到我的？！”面对卫无常，李陪陪十分的崩溃，崩溃到狠狠地在旁边树上踹了两脚，“我就想自己清静一会儿，顺便在山里挖块石头拿回去贺苏小信新婚，你连这点空闲时间都不给我啊！你算什么僵尸王，你是背后灵吧！”

对于李陪陪自带脏话 BGM 的作风，卫无常皱了皱眉，但日复一日的，也渐渐习惯了，纵容了，他说："我以前在你身上留过印记，你去哪儿我都知道，休要再做无用功，你甩不掉我。"

"啊！"李陪陪十分生气，一声怒吼，可又知道自己动起真格来并不是卫无常的对手，于是她转身就走，"随你便！老子当你是坨会说话的屎还不行吗！"

卫无常皱眉，压下心头不悦："我此次前来，并非为你我婚事。"

"你我没有婚事！"

"昨日我细细想过，虽然你我已有夫妻之实……"

"你能不能不要再把这个事挂在嘴边？！"

"好，虽然已有失礼之事……"

"……"李陪陪发现自己无话可说了。

"我对不住你，理当负责，但你若不愿，此事确实不该强求。"

李陪陪眼睛一亮："你说什么？！"

"若你不愿，此事不该强求，你不是我满足自己伦理纲常的工具，此前是我疏忽了，实在冒犯。"

李陪陪内心是欣喜的，但忽然看到道歉的卫无常，她一时间还是有点反应不过来，不知道自己是该仰天大笑还是指着这么晚才清醒过来的卫无常嘲笑一遍。她张了张嘴，未来得及开口，倏尔瞅见卫无常身后，有一团绿幽幽的火飘了起来。

李陪陪脸上的表情渐渐僵住，眼光开始有些发直："鬼鬼鬼……"她伸出手，往卫无常身后一指，卫无常转身一看，只见一团鬼火在身后飘起。

卫无常眼睛微微一眯，一伸手"啪"的一下，打散了那团鬼火，却没想换来了李陪陪一声尖叫："啊！"

"还有！"

卫无常转头望向左右，一时间，只见山野之中，遍地鬼火，将这山林之间照得一片诡异。

李陪陪全然失去了刚才看见他时那破口大骂的气势，乖乖地屃在了卫无常身后，拽着他腰后的衣服，紧巴巴的，勒出了他身前六块腹肌。

卫无常瞥了李陪陪一眼，见她脑袋也没抬，头直接埋在了他肩膀上，也不管刚才怎么叫人滚的了。

卫无常恍然想起来，这个吸血鬼……好像是怕鬼的……

不是同类吗……

卫无常有点无奈，但看李陪陪怕成这样，也没顾上说什么男女大防了，他一挥手，所有周遭的鬼火尽数聚拢他的掌心，在他掌心熊熊燃烧，而他不过一握手，人高的火焰霎时消散。

他是僵尸王，这些东西于他而言，不过小把戏。

“没事了。”

李陪陪这才颤巍巍地从他背后抬起头来，果然周遭鬼火尽数消失。

“你……你还有点本事。”

卫无常平淡地接受了这句夸赞：“我要说的话已经与你说了，不打扰了。”

“好，好啊，赶紧走吧。”

卫无常没动，李陪陪也没动。

“李姑娘。”卫无常礼貌地叫她，“请放开在下的衣服。”

衣服还贴在他的六块腹肌上，即便他说了这话，李陪陪也没有放开。

“我、我手心有汗，借你衣服擦一擦，马上擦好了。”

卫无常看了李陪陪一眼：“你要去挖什么石头？”

“山顶的石头。”

“我和你一起吧。”

李陪陪一愣，卫无常已经开始往山头上走了，月光倾洒在他侧脸上，竟让李陪陪有一瞬间的失神。

但失神归失神，她的手却始终死死拽着他的衣服，卫无常一动，她也被拉着走了。

山间明月亮，没了鬼火，倒是一番宜人景色。李陪陪难得对卫无常少了几分成见，走路无聊，也就随口找了个话题说着：“僵尸王，你之前来的时候不是说，你要找一个带你来这里的青年，让他带你回去吗？你怎么还没找到啊？”

“在下也在纳闷此事。”

“你过去到底有什么仇啊？”

卫无常脚步顿了顿。

“不说也行不说也行。”

“我……”他瞭望远方月色，轻轻开了口，“被挚友所害，挚友降了敌，回来做了他国细作，我被他消息误导，领十万兵马，身陷埋伏，浴血杀出，十万将士，只余两万。我还未回朝廷，我那挚友便带了皇帝亲兵，将我绞死于沙场前。”

提起这件事，卫无常至今犹觉怒血在喉，恨意难平，他深吸一口气：“都是我过去的事情了……”

“王八蛋！”李陪陪一卷袖子，骂道，“下次你找到那个青年的时间旅行者了和我说，带我一起回去！我帮你回去杀了那吃里爬外的狗东西，顺道把那个昏君揍一顿，什么玩意儿！”

李陪陪愤愤然地骂着，骂完了，一看，自己的手不知道什么时候竟然已经松了，而卫无常站在她身后两个台阶下，仰头将她望着。

“你看着我干吗？”

卫无常望着她，此处阶梯正好没了树木遮挡，一轮圆月就挂在李陪陪身后。

卫无常垂了头：“我在看月亮。”

李陪陪也转头看了一眼：“哦，月亮是挺圆的。”她一无所觉，继续迈大步往前走着，到了有月光的地方，仿佛壮了她的胆，走得自信又潇洒。

卫无常踩着被月色投下来的她的影子，拾级而上。

他想，这个女子，是无论如何与“贤”挂不上钩的。可要论“义”，现在和过去，怕也是没有几个女子能像她一样，能与之挂钩。

他与李陪陪一路走到山头，李陪陪在山头刨了一晚上的坑，愣是没有刨出像样的石头，气得她跺脚大骂，都怪于邵那混蛋，给她指的什么地方，根本挖不到玉石。

卫无常一直站在旁边静静陪着。听到她骂于邵，卫无常忽然就懂刚才的鬼火是怎么回事了。

这傻妞，又被人逗了吧……

卫无常回居民楼后，找于邵来自己房间座谈了一番，大意是，李陪陪很怕鬼，你把她三更半夜哄到荒郊野岭去，很不仁义，也很不道德，这样的恶作剧以后不要再玩了。

这居民楼里，于邵连李怼怼都敢涮，唯独对卫无常是十分的恭敬。

所谓一物降一物，大概就是这么个降法。

于邵“哎哎哎”地答应了，离开前，却问卫无常：“你这是关心陪陪，还是关心自己未来的夫人啊？”

卫无常转头看他，一本正经地回道：“不都是她吗？”

于邵笑笑，不再多言，出了门去。

卫无常坐在沙发上，面无表情地看电视，电视里播着新闻。

他认了余美美的话，也认了李陪陪的态度，还承认了自己先前的失误，但负责，还是要负的，一点都不能少。

只是，时间问题罢了。